夏志清夏济安书信集

卷五

夏志清夏济安书信集

卷五
（1962–1965）

王 洞　主编
季 进　编注

中文大学出版社

《夏志清夏济安书信集》（卷五：1962–1965）〔简体字版〕

王洞　主编
季进　编注

© 香港中文大学 2019

本书版权为香港中文大学所有。除获香港中文大学
书面允许外，不得在任何地区，以任何方式，任何
文字翻印、仿制或转载本书文字或图表。

国际统一书号（ISBN）：978-962-996-793-2（精装）
　　　　　　　　　　　978-962-996-794-9（平装）

出版：中文大学出版社

　　　香港 新界 沙田 · 香港中文大学
　　　传真：+852 2603 7355
　　　电邮：cup@cuhk.edu.hk
　　　网址：www.chineseupress.com

Letters Between C. T. Hsia & T. A. Hsia (Vol. V: 1962–1965) (in simplified Chinese)
　　Edited by Della Hsia
　　Annotated by Ji Jin

© The Chinese University of Hong Kong 2019

All Rights Reserved.

ISBN: 978-962-996-793-2 (hardcover)
　　　978-962-996-794-9 (paperback)

Published by　The Chinese University Press
　　　　　　　The Chinese University of Hong Kong
　　　　　　　Sha Tin, N.T., Hong Kong
　　　　　　　Fax: +852 2603 7355
　　　　　　　Email: cup@cuhk.edu.hk
　　　　　　　Website: www.chineseupress.com

Printed in Hong Kong

目　录

夏志清与罗德里克·麦克法夸尔（Roderick MacFarquhar）

（左起）韩小姐、陈世骧、陈夫人美真（Grace）、夏济安

李田意，1955 年，耶鲁

（左起）何凡、夏志清、林海音、痖弦

（左起）夏志清、水晶、孙述宇、马泰来、郑培凯

（左起）刘若愚、夏志清、高友工

（左起）夏志清、蔡濯堂（思果）、潘希真（琦君）、李唐基（琦君夫婿）

（左起）金介甫（Jeffrey C. Kinkley）、刘宾雁、夏志清

夏志清与卜乃夫（中）

（左起）王洞、夏志清、狄百瑞（William Theodore de Bary）、狄百瑞夫人
（Fanny de Bary）

（左起）王洞、夏志清、林海音、齐邦媛

夏志清夫妇与刘再复一家

夏志清夫妇与梅家玲、杨庆仪（右二）、刘宇善

（左起）彭歌、夏志清、张兰熙

石纯仪（左一）和母亲以及王洞

（前排左起）夏志清、张佛千、（后排左起）痖弦、何怀硕、高信疆

钱思亮（左三）、赵元任（左四）、赵夫人杨步伟（右四）、夏济安（右一）

卷五中的人与事

王　洞

　　本卷最后一封信是编号663，夏志清1965年2月19日写给长兄济安的信。这封信寄到伯克利时，夏济安已撒手人寰，向这个令他迷恋的世界告别了。2月14日是美国的情人节，1965年的情人节，济安没有和心仪的女友在一起，而是孤独地伏案写信向弟弟诉说感情受挫的困境。情人节过后，志清接到济安同事萧俊先生的电话说济安倒在办公室，已送医院。志清即刻从纽约飞往伯克利，赶到医院时，济安昏迷不醒，不久告别人间，时为1965年2月23日，享年四十九岁。志清把哥哥安葬在附近的落日墓园（Sunset Cemetery）后，于2月30日飞返纽约，也带回济安的遗物。其中包括济安的两本日记和志清给他的信件，最让志清感动的是济安对心仪女子的痴情及对弟弟的关爱。兄弟二人自1947年分离，历经战乱，济安把弟弟给他的信连信封，从北京到上海，经香港、台湾，到美国，都带在身边。同样地，志清也把哥哥的信，从纽黑文（New Haven），到安娜堡（Ann Arbor, Michigan），经奥斯汀（Austin, Texas）、波茨坦（Potsdam, New York）到纽约，也都带在身边，为节省空间，志清往往丢弃信封，仅保存了信件本身。志清一直想把济安的日记和他们兄弟的通信公诸于世。

　　夏济安日记，经志清整理后，在台湾《中国时报》连载，没想到济安暗恋的女生，李彦，也在台湾，已结婚并育有子女，其夫向报社抗议，中华民国五十三年（1964）出书时，只得以英文字母R. E. 代替。2009年我有幸结识当年中央研究院副院长王汎森博士，王博士说他在读中学时，看了夏济安的日记，很受感动。我读了济安给志清的信，也是感触良深；济安才华横溢，想象丰富，看书一目十行，为文也是瞬间即就，无论谈到任何议题，都有很多设想与意见，他给志清的信，都很长，平均五六页，有时竟达十五六页，甚至二十页。诚如他信中所说，他的设想与意见都可做博士论文来研究。济安这些高见，在此无法细述，读者若有兴趣，敬请详读济安的信。志清的信往往比济安的短，通常二页到六页，报告家居生活、亲友往来、读书心得和影剧新闻。兄弟二人均醉心英美文学，爱看外国电影。除了美国电影，济安更爱看日本电影，也爱吃日本饭，竟想做日本人（见《书信集·卷三》，信件编号359），却从未想过去日本游历。可能潜意识里对八年抗战的国仇家恨，未能忘怀！

　　济安终身未娶，一面是他把婚姻看得太神圣，一面是对心仪的女子不知怎么表达爱慕之情。

　　在北平时他暗恋一个中学生，董华奇，在台湾又爱上了自己的学生，董同琏。1958年到了美国，已年过四十，身为教授，很怕失恋丢脸，便决心不交中国女友，竟爱上了同事B和R，又爱上了酒家女Anna，周旋于三美之间，好不令人羡慕？自己似乎也很得意，把约会的经过都描绘给弟弟看。志清对哥哥的恋爱往往是一味地鼓励，从不加分析，导致济安不能面对女友退书的刺激而中风。缘起1965年情人节，济安送了女友R一本价值昂贵的有关日本艺术史的好书，并且在扉页上写了几句自以为得体的话，重申二人"灵犀一点通"的友谊。不料R在接受赠书次日，将该书退回，否认二人相知的友谊。我1961–1963年在伯克利加大读书，想来B我是应当见过的，可惜当时没注意，因为济安信里常提到的吴燕美，我在中学时就认识，我曾去中国研究中心找过她，也参加了她的婚礼，至今我还和她有联络。

济安信里提到的S，我也见过，她确实像济安所描写的，有几分姿色，喜欢婀娜作态，吸引异性。我当时住在国际学舍（I-House），常在饭桌上，听男生说长道短，言及这位S小姐。她甫自大陆来美，尚未入学，不知怎么认识了陈世骧并认作干女儿？后来去"机器翻译工作室"（Machine Translation Project）做事，是接我的事，想来是由孔杰荣（Jerome Alan Cohen，1930–）教授引荐。孔教授与我的上司蓝姆（Sidney Lamb，1929–）教授是耶鲁同学，孔教授知道我即将离职，一通电话便把我的工作给了S。据我了解，S并不像她的表象，实在是个有中国传统道德的好女子，在此要为她说几句公道话。

济安1916年生，长志清5岁，出生于一个中产之家，父亲经商，曾任银行经理。父母都是苏州人，但在上海成长，他们还有一个幼妹，名玉瑛。抗战时，济安不肯留在上海为日本人服务，只身经西安辗转逃到昆明，进入西南联大担任讲员。胜利后，1947年随校迁返北平，入北大西语系任教。抗战时，志清与母亲、幼妹留在上海，沪江大学毕业后，考入上海海关任职，1946年随父执去台湾港务局服务。济安认为志清做个小公务员没有前途，便携弟北上。由于济安的引荐，志清在北大做一名助教，得以参加李氏奖金[1]考试，有幸夺魁，荣获奖金，引起"公愤"，落选者联袂去校长办公室抗议，声称此奖金应该给我们北大或西南联大的毕业生，怎么可以给一个上海来的"洋场恶少"？胡适虽不喜教会学校出身的学生，倒是秉公处理，尊重考试委员会的决定，把李氏奖金颁发给夏志清，志清得以赴美留学。胡适不肯写信推荐志清去美国名校读书。幸赖一位主考官，真立夫（Robert A. Jelliffe，原是奥柏林大学教授），建议志清去奥大就读。志清1947年11月12日乘船驶美，十

1　李氏奖金是纽约华侨企业巨富李国钦（1887–1961，祖籍湖南）1947年捐赠给北大的留美奖学金，文、法、理科各一名。

日后抵旧金山，转奥柏林，发现奥柏林没有适合自己的课程，去俄亥俄州甘比亚村（Cambier, Ohio）拜望"新批评"元老蓝荪（John Crowe Ransom，1888–1974）教授，由蓝荪写信给其任教耶鲁的弟子布鲁克斯（Cleanth Brooks，1906–1994），志清得以进耶鲁大学英文系就读，三年内便获得英文系的博士，更于1961年出版了《近代中国小说史》[2]（*A History of Modern Chinese Fiction*），为中国现代文学在美国开辟了新天地，引起学者对现代文学的重视，不负济安的提携。

济安不仅对志清呵护备至，更引以为荣，常常在他的朋友、学生面前赞美志清，是以他的朋友都成了志清的好友，如胡世桢、宋奇、程靖宇（绥楚）。济安过世时，他台大的学生来美不久，尚在求学阶段，济安和志清的通信里，对他们着墨不多。按照时间顺序写来，济安认识胡世桢最早，他们是苏州中学的同学。胡世桢博闻强记，对中国的古诗词，未必了解，却能背诵如流，参加上海中学生会考时，便脱颖而出，获得第一名，来美留学，专攻数学，在洛杉矶南加大任教，很早便当选中华民国中央研究院院士。不幸爱妻早逝，一人带着两个孩子生活，很是辛苦。我1970年与志清路经洛杉矶，曾去看望过胡世桢，他价值六万美金的房子，建在一个山坡上，这个山坡，已不是当年草木不生的土坡，而是一个树影扶疏的幽径。他的两个男孩，大概十几岁，都很有礼貌。济安信里写了世桢与来自香港的某交际花订婚又解除婚约的糗事，读来令人喷饭。据说世桢的亡妻霞裳，秀外慧中，是公认的美女。后来世桢追求的女子，也都相貌不凡，可惜没有成功，最终娶到的妻子，看照片似乎资质平平，倒是贤淑本分，夫妇相守以终。

宋奇（1919–1996）是名戏剧家宋春舫（1892–1938）哲嗣，原在燕京大学读书，因抗战返沪入光华大学就读，与夏济安是同学，常

2　耶鲁大学出版社发行的第一版（1961）及第二版（1971），扉页内的中文书名译作《近代中国小说史》，香港中文大学发行的译本（2001、2015），名《中国现代小说史》。

去看望济安，因而与夏志清熟识。夏志清从小醉心西洋文学，很少阅读中国当代作家的作品。他写《近代中国小说史》时，很多书都是宋奇寄给他的。宋奇特别推崇钱锺书和张爱玲。钱锺书学贯中西，精通多国语言，是公认的大学者。张爱玲是畅销小说家。《小说史》里，对二人的作品都有专章讨论，推崇钱著《围城》是中国最好的讽刺小说，张著《金锁记》是中国最好的中篇小说，把钱、张二人提升到现代文学经典作家的殿堂。志清1969年请到古根海姆奖金，去远东游学半年，我随志清去香港住了三个月，常去宋家做客，记得顿顿有一道酱瓜炒肉丝，非常好吃。宋奇曾在电懋影业公司任职，与许多明星有交往。志清想看玉女尤敏，宋奇特别请了尤敏和邹文怀夫妇。当时尤敏已息影多年，嫁给富商高福球。尤敏肤色较黑，没有电影里美丽。宋夫人邝文美，毕业于上海圣约翰大学，中英文俱佳，也有译作出版，但为人低调，把光环都给了夫婿。她和张爱玲在香港美国新闻处工作，她俩因背景相似，成了无话不谈的挚友。宋奇夫妇是张爱玲最信赖的朋友。宋奇善于理财，也替张爱玲经营钱财，张爱玲晚年并不像外界传说的那样穷困潦倒，她身后留下240万港币。宋奇夫妇过世后，由他们的公子宋以朗接管，在香港大学设立了"张爱玲纪念奖学金"，颁给港大学习文学科及人文学科的女生。

程靖宇（1916–1997），出生于湖南衡阳，西南联大历史系毕业。抗战胜利，随校迁返北平，继续攻读硕士，住沙滩红楼，是夏济安的好友，也与夏志清熟识，为人热忱，颇能文墨，笔名金圣叹、丁世武、一言堂等，著有《儒林清话》。此公不拘小节，"吃、喝、嫖"样样来，只是不"赌"。他在北平时，曾带济安去过妓院，指导夏济安怎样与女友接吻。1950年济安初到香港时，程靖宇在崇基学院教书，后来如济安所料，因生活浪漫，以卖文为生（见《书信集·卷三》，信件编号351，第294页）。我1970年在九龙中文大学宿舍住了三个月，程靖宇已脱离教育界，靠在小报上写文章糊口。他追日本女星失败，倒娶到一位年轻的日本太太，并育有子女各一，他每个星期都会来九龙看我们，请志清去餐馆吃饭，有时也请志清去夜总会听歌，他太太高桥英子在旅行社工作，他们包了一辆巴士（bus），请我们游览香港，吃海鲜。盛情可感，虽然他请的客人，除了刘绍铭夫妇之外我都不认识。1978年中国大陆开放，程靖宇欲向志清借七千美元接济大陆的弟弟，殊不知志清薪水微薄，奉养上海的父母、妹妹，毫无积蓄，无钱可借，得罪了朋友。靖宇不再与我们来往。他1997年大去，我们不知，自然也无法对他的家人致上由衷的哀思。

我1961年至1963年在伯克利读书，与夏济安有数面之缘，在赵元任家，在小饭馆Yee's，在中国中心，多半是与洪越碧在一起。越碧（Beverly Hong-Fincher）是来自越南的侨生，济安在台大的学生、华大的同事。他们有很多话可说，济安绝不会注意到平淡无奇的我，更想不到我会成为他的弟媳，并在他身后把他的书信公诸于世。发表他与弟弟的通信是志清的愿望，志清生前发表过他与济安的两封信（《联合报》1988年2月7–9日）后，一直没有时间重读哥哥的旧信。2009年，志清因肺炎住院达半年之久，每天叫我把济安的信带到医院，可惜体弱，精神不济，未能卒读。康复后，因杂事缠身，无法重读哥哥的信，于是发表兄弟二人的通信便落在我的肩上。将六百多封信输入电脑，是一个大工程，于是我向好友王德威教授求救。德威一面向我盛赞苏州大学季进教授及他所领导的团队，一面恳请季教授帮忙。季教授慨然应允，承担下打字作注的重任。济安与志清在信里，除了谈家事，也讨论文学、电影、国事。他们经历了日本侵华、八年抗战、国共内战，他们除了关心留在上海的父母及幼妹，更关心自己的志业与未来。兄弟二人都是英文系出身，醉心西洋文学，但也熟读中国的传统文学，信里随手拈来，点到为止。若没有详尽的注解，读来费力乏味，只好放弃。但有了注解，读来会兴趣盎然，信里有文学、电影、京剧，有亲情，还有爱情。济安虽终身未娶，但认为世界上最美丽的不是绮丽风景，而是"女人"。

我终于完成了志清的心愿，出版了夏氏兄弟的信件，首先要感谢王德威教授的指导与推动。

德威是好友刘绍铭的高足，但与志清并不认识。他来哥大也不是由于绍铭的引荐，而是志清看了他的文章，一次在西德的汉学会议里，特去聆听他的演说，看见他站在台上，一表人才，侃侃而谈，玉树临风，满腹珠玑，便决定请他来哥大接替自己的位置。志清有一次演讲，称请德威来是继承哥大的优良传统，"走马荐诸葛"。原来志清来哥大是由于王际真教授的大力推荐。王教授原不认识志清，只因在耶鲁大学出版社读了即将出版的 *A History of Modern Chinese Fiction*，决定请志清来接替他的教职，为了坚持请志清，还自动拿半薪（见《书信集·卷四》，信件编号492）。德威在哥大继承了志清的位置，也继承了志清的办公室。德威多礼，让志清继续使用他肯特堂（Kent Hall）420室的办公室，自己则坐在对面蒋彝的位置——志清和蒋彝原共用一间办公室，二人隔桌对坐。德威放假回台省亲，必来辞行，开学回来必先看我们，并带来他母亲的礼物。我们也视德威如家人。志清爱美食，吃遍曼哈顿有名的西餐馆。我们去吃名馆子，总不忘带德威同去。德威去哈佛后，我们也日渐衰老，提不起去吃洋馆子的兴致了。

好友杨庆仪原是我耶鲁大学的同学，毕业于台大国文系，有文采，我1967年来哥大工作，庆仪也转来哥大就读，上过志清的课，很欣赏夏老师，因为二人都有童心，不拘小节。庆仪听说王际真为了请志清来哥大，自动拿半薪的壮举，很是感动，也知道德威为夏老师举办过许多活动，庆祝夏老师九十大寿，开夏氏兄弟文学研讨会等，使夏老师退休后，生活仍旧"热热闹闹、快快乐乐"，德威对我也是百般照顾。庆仪写了一篇文章，题目是"夏老师享三王之福",以"赏花闲人"的笔名发表在纽约《侨报》上,写到夏老师得王际真的赏识,继承了他哥大的教席;夏老师又把这个教席,传给王德威。而我王洞照料夏老师的起居,使夏老师长寿。对夏老师的事业、生活最有贡献的人,都姓王。这篇文章很有趣味,读者可以参考。

夏济安自1950年10月受聘在台大任教直到1959年2月来美,除了1955年在印第安纳大学进修一学期,一直在台大外文系教书,培养了不少人才。刘绍铭、白先勇、洪智惠(笔名欧阳子)、李欧梵、王文兴、叶维廉、谢文孙、杨美惠、庄信正、丛苏、陈若曦等[3]都曾受教于济安。白先勇原本在成功大学攻读水利,自称因在书摊上看了《文学杂志》,甘愿降级,重新报考台大外文系,追随夏济安学文学。济安的这些学生,如今都是文学界响当当的大作家。可惜济安1965年弃世,未能看到他这些高足的成就。后来他这些高足都成了志清的忘年交。与志清通信最多的是刘绍铭,推广夏氏著作,出力最多的也是刘绍铭。志清大去后,济安和志清的学术著作,统归香港中文大学出版社出版。刘绍铭不辞劳苦,精心校对,功不可没。感念绍铭为夏氏兄弟的付出,《书信集》本请绍铭作序,可惜绍铭近有微恙,不能动笔,祝福他早日康复。

这里最要感激的是王德威与季进两位教授及苏州大学的同学。由于王教授的精心策划与大力推动,使《书信集》顺利出版。他不仅向联经出版公司推荐本书,并力邀苏州大学的季进教授协同编著此书。夏氏兄弟来往的信件,由我整理,按日期顺序编排扫描,电邮给季进教授。季教授率领他的学生再打字重新输入电脑并作注。这些信件都是手写的家书,难免字迹潦草,文句欠通,特别是夏志清的字写得很小,有时很难辨认。幸赖季教授博学细心,不仅能辨认

3　1955年,夏济安来美,在印第安纳大学(Indiana University)进修,所以没有教过
　　陈幼石和杨沂(笔名水晶)。

夏志清的字句，更做了简要的注释，便利读者。这里还要感谢我在哥伦比亚大学东亚语言与文化系的同事张之丙老师，和我在耶鲁大学的同学杨庆仪。她们是本书的第一读者，对本书错误多所指正。最后要感谢联经出版公司发行人林载爵先生的支持、胡金伦总经理的精心策划和编辑陈逸华先生的细心校正，本书错误极少。胡总用最好的纸张印刷本书，设计精美，厚实而轻便。我敢自豪《书信集》是一套五卷的好书。《书信集》简体版由香港中文大学出版社和北京活字文化出版发行，在此一并向甘琦社长、张炜轩先生、李学军总编辑致谢。

编注说明

季　进

　　从1947年底至1965年初，夏志清先生与长兄夏济安先生之间鱼雁往返，说家常、谈感情、论文学、品电影、议时政，推心置腹，无话不谈，内容相当丰富。精心保存下来的600多封书信，成为透视那一代知识分子学思历程极为珍贵的文献。夏先生晚年的一大愿望就是整理发表他与长兄的通信，可惜生前只整理发表过两封书信。夏先生逝世后，夏师母王洞女士承担起了夏氏兄弟书信整理出版的重任。600多封书信的整理，绝对是一项巨大的工程。虽然夏师母精神矍铄，但毕竟年事已高，不宜从事如此繁重的工作，因此王德威教授命我协助夏师母共襄盛举。我当然深感荣幸，义不容辞。

　　经过与夏师母、王德威反复讨论，不断调整，我们确定了书信编辑整理的基本体例：

　　一是书信的排序基本按照时间先后，但考虑到书信内容的连贯性，为方便阅读，有时会把回信提前。少量未署日期的书信，则根据邮戳和书信内容加以判断。

　　二是这些书信原本只是家书，并未想到发表，难免有别字或欠通的地方，凡是这些地方都用方括号注出正确的字。但个别字出现得特别频繁，就直接改正了，比如"化费"、"化时间"等，就直接改为"花费"、"花时间"等，不再另行说明。凡是遗漏的字，则用圆括号补齐，比如：图（书）馆。信中提及的书名和电影名，中文的统一加上书名号，英文的统一改为斜体。

三是书信中有一些书写习惯，如果完全照录，可能不符合现在的文字规范，如"的"、"地"、"得"等语助词常常混用，类似的情况就直接改正。书信中喜欢用大量的分号或括弧，如果影响文句的表达或不符合现有规范，则根据文意，略作调整，删去括弧或修改标点符号。但是也有一些书写习惯尽量保留了，比如夏志清常用"只"代替"个"，还喜欢用"祇"，不用"只"，这些都保留了原貌。

四是在书信的空白处补充的内容，如果不能准确插入正文相应位置，就加上〔又及〕置于书信的末尾，但是信末原有的附加内容，则保留原样，不加〔又及〕的字样。

五是书信中数量众多的人名、电影名、篇名、书名等，都尽可能利用各种资料，如百科全书、人名辞典、网络工具等加以简要的注释。有些众所周知的名人，如莎士比亚、胡适等不再出注。为避免重复，凡是前几卷中已出注的，本卷中不再作注。

六是书信中夹杂了大量的英文单词，考虑到书信集的读者主要还是研究者和有一定文化水平的读者，所以基本保持原貌。从卷二开始，除极个别英文名词加以注释外，不再以圆括号注出中文意思，以增强阅读的流畅性。

书信整理的流程是，由夏师母扫描原件，考订书信日期，排出目录顺序，由学生进行初步的录入，然后我对照原稿一字一句地进行复核修改，解决各种疑难问题，整理出初稿。夏师母再对初稿进行全面的审阅，并解决我也无法解决的问题。在此基础上，再进行相关的注释工作，完成后再提交夏师母审阅补充，从而最终完成整理工作。书信整理的工作量十分巨大，超乎想象。夏济安先生的字比较好认，但夏志清先生的中英文字体都比较特别，又写得很小，有的字迹已经模糊或者字迹夹在折叠处，往往很难辨识。有时为了辨识某个字、某个人名、某个英文单词，或者为了注出某个人名、某个篇名，往往需要耗时耗力，查阅大量的资料，披沙拣金，才能有豁然开朗的发现。遗憾的是，注释内容面广量大，十分庞杂，还是有少数地方未能准确出注，只能留待他日。全部书信分成五卷出版，本卷为最后一卷。由于时间仓促，水平有限，现有的整理与注释，错误一定在所难免，诚恳期待能得到方家的指正。

参与卷五初稿录入的研究生有姚婧、胡闽苏、王宇林、周雨馨、彭诗雨、张雨、王爱萍、李琪、曹敬雅、冯思远、许钇宸、张立冰，特别是胡闽苏、姚婧和王宇林付出了很大的心血，在此一并致谢。

2019年2月

543. 夏志清致夏济安（1962 年 4 月 25 日）

济安哥：

　　信两封和在 Las Vegas 寄出的卡片一张都已收悉。这两个星期我忙着写那篇《水浒》paper，一口气写了四十页，现在把它整理成二十多页的文章，但 negative criticism 太多，措辞较困难，恐怕听众不服也。文章两三日内可整理完毕，那时再写长信。因为恐你悬念，先写这封短信。

　　李钰英的事，你处理得很恰当，你愿意资助她来美，很好，但她能否出国，还是问题。我上封信上把这种事看作"天作之合"，丞望有"奇迹"的发生，但这种奇迹是不大可能的。假如我还没有结婚，父母帮我做媒，我想我自己也要缓词拒绝他们的好意的。所以我那封信，凭一股热情，乱说了一阵，很使你读信后，被 perturbed 了一阵，是很不应该的。可能我写信时明知你不会答应这段婚事的，所以敢放胆乱说。最近父亲有信来，觉得李小姐个性方面不妥处很多，已由母亲和李小姐谈妥，把此事作罢了。父亲写信时，还没有看到你的复信。父亲信下次附上。（胡昌度太太最近逝世，也是致命于胡世桢太太一样的那种脑病。）

　　你和世骧夫妇去 Las Vegas 玩，玩得很痛快，甚喜。Desert Inn 的 show，美女如群，是纽约看不到的。在纽约 nude girls 根本不能上台，night clubs 祇有一两家大的，以前 Billy Rose 的 Diamond

Horseshoe都早已关门了。你喜欢沙漠地带的气候，Harley对desert climate也极爱好，住在沙漠地方，可体会到宇宙之静穆，结庐人境而无车马之喧，人真可变得性平气和了。纽约城实在是hell，住在那里，我的nervous system一定变得更坏。上星期我去看了一场burlesque，因为Mai Ling又在登场，离开Pgh.后，没有机会再看到她了。Mai Ling貌不美，但身体很结实，她挂二牌，头牌是Justa Dream，是blonde。她们两位真是一丝不挂，裸体跳淫舞，是以前我所没有看到的，但戏院极挤，观众极下流，comedy skits都听不入耳，到这种戏院去，实在是受罪。月前 *Time* 介绍Mexican border几个小城，专供美国军士娱乐，你有机会，倒可到那些地方去seek adventure。

春天到了，气候很和暖，Pgh.城树木不少，有些开着花，看了很有鲜艳的感觉。我们去看（了）一次flower show，希〔奇〕怪花车有不少。枇杷树放在热带室，室内开放了暖气，humidity极高。江南有枇杷，大概humidity要比美国与日本诸城高得多。哥大房子没有消息，大概非得自己去纽约一次不可。建一身体很好。隔两天再写长信，专颂

春安

弟 志清 上
四月二十五日

544. 夏志清致夏济安（1962 年 5 月 2 日）

济安哥：

《水浒》一文写好了，今天晚上翻看《企鹅英国文学史》*The Modern Age* 消遣，的确如 Walter Allen 在 *N. Y. Times* 上所说，是 Leavis（的）徒子徒孙包办的 enterprise，想不到 Leavis 在目前英国徒弟这样多，但 Leavis 祇管英国文学，对欧洲文学有仇视态度，美国批评界近况也不大熟悉（他赞许的有 Winters、Trilling 两人），比起 Eliot 来，实在没有做"一代宗师"的资格。Eliot 一直着重全欧的文化和文学，使人扩大眼界，Leavis 祇着重英国的几个大诗人、大小说家，approach 实在较狭，而企鹅文学史执笔诸公，把他的每句话，都当作经典，岂非怪事？Leavis 我一向佩服，从他的文章里，得益匪浅，但他学问不够广，也是事实。最近他大骂 C. P. Snow，我特找出 *Spectator*[1] 那一期把全文读了，他骂 Snow 骂得很有道理，他是文化界"俗气人""官僚派"的代表。但 Snow 的小说，我一本也没有读过，不能发表什么意见。

1　*Spectator*（《旁观者》），英国著名记者罗伯特·润特尔（Robert Stephen Rintoul）创办于 1828 年的政治文化周刊，是英国历史最悠久的周刊之一，主要发表政治、文化、时事评论，也发表一些图书、音乐、影视方面的评论，其政治立场偏向于支持保守党。

我就要准备写"妇女与家庭"。这种应酬文章，我不预备多费气力，但材料总得要找一些。匹大中共书籍太少，无法做研究。在Berkeley时，参观你的办公室，中国文学作品你们Center搜集了不少，可否你选择几本与"妇女家庭"看来似乎有关的小说、选集之类（作者也似较有名的），寄几本给我作参考（邮寄可用Special Handling的rate，较快，而邮费不大）。1949年前的妇女家庭我了解得很透彻，1949（年）后的作品我实在读得不多也。丁玲、赵树理的作品，我已由interlibrary loan去借，所以你不必寄来了。《水浒》一文打好后，当寄上，Indiana大学前两日有信来，paper限半小时读完，我的paper可读一小时半。伦敦的conference大约也只要半小时读完的paper（见到Birch，可问问他，我预备写封信给他），准备了长paper，也无法读完。下星期我们要去纽约，研究一下housing的情形，哥大如无apartments可出租，寻房子必大伤脑筋。在哥大时，可能把全套《人民文学》借来翻看一下。多看了旧小说，新小说的文字觉得很生硬，没有兴趣多读。

前信曾托问《毛姆短篇小说集》，不知你已向台湾通信否？附上彩色照片五张，是二月间摄的，父亲看到后说建一瘦了，那时她病后，也难怪。现在她已长得很结实了。照片上可看到我们所住apartment布置及apartment house的外形。印度小孩是邻居Epen的千金。父亲信上讨论李钰英的问题的一段，剪了寄给你，不必寄还了。

上星期四下午我去apply for passport，passport今天（星期三）收到。华府办事如此迅速，令人吃惊。Kennedy大约很讲究efficiency，但他的"小暴君"面目已完全露出来了，Cuba和Big Steel两事对照，正可看出他"欺内惧外"的胆怯心理。你近况想好，长信隔两天再写，即请

　　近安

弟 志清 上
五月二日

545. 夏济安致夏志清（1962 年 5 月 5 日）

志清弟：

　　两信并照片父亲来信都已收到，悉一切平安，甚慰。上海李女士的事这样了结，亦是不差。我做人所企求的是心境平和，谁能帮助我保持心境平和的，我总是感谢的。

　　你的《水浒》一文已完成，很好。关于《水浒》可说的话很多，要挤在半个小时内说完，的确是不大容易的。中共统治下的"妇女与家庭"，那实在是太难的题目了。

　　我还欠 Center 一篇文章，现在题目已想定，但尚未动笔，大致有关"公社"的现况，是跟着我的"下放"研究（尚未复印）而来的。《人民日报》是天下最 dull 的报纸（它 misquote 美国报纸的地方很多，常常故意错误，我未曾加以特别研究，美国人很注意在"海外的 image"，中共把各种新闻歪曲的报道，实在值得美国严重的注意。如 Kennedy 劝人吃牛奶，中共给他添了一条：说是牛奶太贵，很多人吃不起；好莱坞影业萧条，很多人反对制片家到欧洲去拍片，但中共报道，偏偏对于欧洲，只字不提，只说好莱坞制片家贪求亚洲、非洲、拉丁美洲的高利润云）。只有像我这样兴趣广泛的人，才能对它发生兴趣。我现在对于公社的近状，已经知道得〔的〕很多研究算是 terminological study，其实我最有兴趣描写的，还是人民的生活也。那些"社会科学家"有几个像我这样肯详细读《人民日报》的？

但是我对于中共的了解，还有一些大缺陷，即我不大读他们的 imaginative literature。中共的长篇小说，我一本也没有读过（包括《桑干河》、《李有才》等）。《人民日报》上的短篇小说（都带有教训性的），我读了一些，觉得文字不坏，废话不多，描写得亦蛮像一回事，对白亦像人话，可惜它们并不告诉我们多少关于中共社会的"真相"。要从中共现在的 Socialist Realism 文学中了解"妇女与家庭"的情况，只能看见根据中共 ideology 所描绘的"光明面"与"黑暗面"——而我们所认为的黑暗面，是看不大到的。

你要借的书，待我到我们的 Reading Room 去翻阅一下，只能胡乱借几本，因其内容我大多不知也。很多长篇小说是描写'49以前的中国的——中国的"进步史"、共产奋斗的"光荣史"。我几时有空，倒很想来读一读。李劼人的长篇小说（他改名为李六如[1]？）已出版（重写了？），去年双十节附近，JMJP 曾转载过他的一节。这些对于你不知有用否？我先借关于描写'49以后的小说，你看了把印象告诉我，亦可作为我将来读书的参考。（日本平凡社出了一套《中国新文学大系》From《孽海花》To 赵树理、周立波，共90卷。）

关于妇女的地位，每年三八节，都有文纪念。至于家庭，那是和公社太有关系了。他们的文学如何反映之，我还不知。共产党似乎喜欢强调过去乡下的长工等，没钱结不起婚，解放后都可以结婚了。最近看到一篇什么《三杰》（是在《人民日报》1962三月份，占一版，很容易找），用评话体写，文字就像说书，很有趣；三杰中有一杰，叫骆仁，是四十以后结婚的，结婚之后，居然有点 privacy，很多朋友平常来打搅他的，都不来了。你那里如有《人民日报》，可检出一看；如无，我可照相寄上。（JMJP3/17/62，p. 5，张庆田[2]：《山村三杰记》）

---

1 李六如并非李劼人的别名。李六如（1887–1973），湖南平江人，小说家，早年参加革命，1955年开始写作三卷本长篇小说《六十年的变迁》，第一、二卷分别于1957年、1961年由作家出版社出版，第三卷出版于1982年。

2 张庆田（1923–2009），河北无极人，作家，早年参加革命，曾任《河北文艺》副主公社的现况，可说者：大约是把食堂取消了，农民又可以在家吃饭了，这点对于家庭生活是很重要的。过去有食堂时，婚礼就在食堂举行，大家顺便吃"喜酒"，加跳秧歌云。（妇女于下田之外，缝补衣服扎鞋底，做鞋子等事恐很忙，非但为自己一家，恐怕亦帮别人做。）

关于妇女与家庭，我知道的事情不少，但只是报纸的报道，不是文学的反映。MacFarquhar 出的题目实在太难，有一件小 episode：一个妇女从武昌坐船到汉口，码头上很挤，把她带的两个小孩子挤失了。她报告了警察局，警察一时找不到，她在汉口事情办了也回去了。过了一些时候，警察局写信叫她去领孩子。原来那天孩子走失后，孩子说不出自己的姓名地址，就被送进幼稚园，幼稚园不管来者是谁，就给他们吃，让他们住，让他们穿上幼稚园的制服。后来警察局发现他们可能就是那两个走失的孩子时，他们已经成了幼稚园的人了。中共当局对此事很得意：这足以证明警察办得的确好（这点是他们想说的）！还可以证明：孩子可以用不着母亲，国家可以代替家庭的地位（这点也许他们不想明言的）。（详见 JMJP 3/5/62，p. 2。同版有警察帮家长管教孩子的故事。）

这种小 episode 能告诉我们的事情，中共的 creative writing 亦许反而不能告诉我们。这种小 episode 其实可以作为很好的"得胜头回"。

我现在乱七八糟的东西看得很多，除《人民日报》外，还看了二十卷陈诚的 microfilm ——有关江西共产（1931–1934）的资料。我初看是为了 "Five Martyrs" 研究之用，后来完全为了好奇。我们 Center 举行过一次座谈会，请我和 Hoover Library 的吴文津来报告该 Collection 的内容。吴文津（Eugene Wu）为人很好，帮了美国学者很多的忙。那天的报告我看出来我同他的 approach 的大不同。吴文津为人亦很谦虚的，但一报告起来，俨然是 authority 的样子，一

编、河北作协副主席等职，代表作有长篇小说《沧石路畔》、短篇小说集《老坚决集》等。

副指导别人研究的样子。该 Collection 是 Hoover 花了很大的心血弄来的，当然要暗示：研究中共江西 period，非此莫由的。我在报告前，亦做了一篇讲稿，怀疑该 Collection 的用途（因 70% 以上是共产八股，并不新奇，并无多大研究价值的），后来怕得罪吴文津，没有说。我所讲的倒亦很有趣：一是强调我在这里不懂，在那里不懂——我只是草草地把机器摇过一遍，实在并未做什么研究也；再是约略介绍江西苏区的生活情形。相形之下，我的 approach 是我个人的，我的报告中有我的个性在；而吴的报告则是一个学者的报告而已。在美国做学者很多人是把个性抹杀的——如张琨等。

你批评 Kennedy 是小暴君，很得当，但我在 U.C. 有个印象：U.C. 一些年轻有为教授，有意无意地都是在学 Kennedy。或者说，Kennedy 是这一类人的代表。这一类人很 smart，讲起话来头头是道，但绝不谦虚。他们最为 enjoy 的，是 authority——在学校里的发言权，对于 foundation 的影响，以及在学术界的权威等。得到这些东西后，他们很引以为乐。对于学问本身的兴趣，似乎反居次位。因为他们如真爱学问，至少应该承认 the little known，the unknown vast 等也。尤其对于研究中共一门，非得人人谦虚不可，因为中共过去和现在搞些什么鬼，实在无人知道得完备或清楚。我们现有的 evidence，我称之为 archaeological evidence，实在是鸡零狗碎得很，谁敢说是把中共的"底细"都"摸"清了呢？我是个 satirist，psychologist，moralist，见之自然很觉 amused，但我同他们并无利害冲突。我的朋友们得意了，对于我自然是只有好处的。（陈世骧还是中国旧式读书人那样的厚道，不是那一类人。）

我现在闲事少管，生活可说是以 intellectual life 为主。我能注意的，和你似稍有不同。我在文学方面花的工夫实在很少。我现在的野心是想写一部《中国革命史》，把辛亥前后以来，中国人的无知莽撞以及牺牲等，好好地写一部大书。但我亦很贪求享受，写大书太吃力，非有人逼着，很难写出来。其实要写这样一部书，我还算是个合适的人。我的长处是sanity，对各方面的了解，亦相当够，而且很肯做research，只是怕吃力。

最近看的书，有本 Meridian Book，*The Varieties of History*[3]，很好，集印了很多大史学家的文章，很开眼界，很多人的文章亦写得好。还有一本 Vintage Book，Stuart Hughes[4] 的 *Consciousness & Society: The Reconstruction of European Social Thought*，*1890–1930*——欧洲在那个时期的思想，很是丰富（Croce和Mussolini的关系，很想〔像〕胡适之与老蒋），可是对于同时期的中国思想的影响很小。还有一本 *Freud & the 20th Century*（Meridian），里面亦有很多好文章。还有一本 *Freud: The Mind of the Moralist*，似还不够深刻。我的兴趣主要还是在ideas方面。看看这些东西，再想想中国近代社会，觉得有很多话可以说。

程靖宇的《独立论坛》于今天收到。封面上的题词，大约是从我那篇文章里转录过去的。我那篇文章，冒充是香港一个学生写的，批评五四时的前辈，反而捧蒋介石，大约不对他们编委会的胃口。其实不登亦好，我很怕再发表中文文章，甚至不愿贱名在中文报纸杂志出现（你上次剪寄的《海外论坛》把我吓了一跳；后来看，没有出大乱子，方才放心），但程靖宇盛意难却，只有用这个办法使他不敢向我要稿子。《独立论坛》封面上的"自由、民主、科学"和下面的"成见不能束缚，时髦不能引诱"实构成强烈的讽刺也。个中道理，程靖宇是不会了解的。（程靖宇强调你的"博士"和"主任"，亦很可笑。）

3　*The Varieties of History: From Voltaire to the Present*（《历史的多样性：从伏尔泰到现在》），由著名历史学家、哥伦比亚大学教授Fritz Stern（弗里茨·斯特恩，1926–2016）编选，纽约Meridian Books公司初版于1956年，后多次重印。

4　Stuart Hughes（H. Stuart Hughes，斯图尔特·休斯，1916–1999），美国历史学家，代表作有《美国与意大利》（*The United States and Italy*）、《意识与社会》（*Consciousness and Society: The Reorientation of European Social Thought*，*1890–1930*）。

最近电影看了不少。*Experiment in Terror*[5] 你大约猜得到我很快会去看的，但并不顶紧张。法国片看了两张 Fernandel，两张 Jean Seberg[6]：*Breathless*[7] 亦不够紧张。*Five-Day Lover* 中，Jean Seberg 非常之美，她头发留长了好看得多。她说法文另有一功，我都会学她了。非常细腻，描写爱情之熟练，好莱坞是达不到的。Fernandel 并不特别发松，不知怎么糊里糊涂的我把他的片子（来过美国的）大约都看全了。他的法文腔调我亦很喜欢模仿（可惜无人欣赏）。Debra Paget[8] 最近和孔祥熙的儿子结婚。（*The Bridge* 很好。Rhoades Murphey 说，我的"Five Martyrs"像这个电影里的故事。）

希望你们在纽约找到很好的房子。胡昌度所住的附近并不太脏，只怕 Joyce 没有地方玩。像我这里（Berkeley）那种闹中取静的街，花树多，纽约恐怕是很少的。反正你同 Carol 都很 energetic，在纽约花几天工夫好好地找吧。吃饭是我主要的乐趣，纽约的中国饭是不比旧金山差的。再谈 专颂

近安

济安

五月五日

〔又及〕台湾好久未写信去，今天一起发出一信给吴鲁芹，讨"毛姆"之书与《文学杂志》。

---

5 *Experiment in Terror*（《昼夜惊心》，1962），惊悚片，布莱克·爱德华兹导演，福特、雷米克主演，哥伦比亚影业发行。

6 Jean Seberg（珍·茜宝，1938–1979），美国女演员，代表作有《圣女贞德》等。

7 *Breathless*（《欲海惊魂》，1960），法国电影，让–吕克·戈达尔（Jean-Luc Godard）导演，贝尔蒙多、珍·茜宝主演，UGC发行。

8 Debra Paget（黛博拉·佩吉特，1933–），美国女演员，代表作有《十诫》（1956）、《铁血柔情》（*Love Me Tender*，1956）。

546. 夏志清致夏济安（1962 年 5 月 7 日）

济安哥：

寄上《水浒》文一篇，请指正，有几段译文，可能不妥，请查原文对照，如有译错之处，可以早日改正。全文把《水浒》批评得很凶，读者可能不服，但文章已太长，优点无法多讨论了。Indiana Conference 大概祇好读 Section I，Section II 可否出〔在〕Conference Proceedings 内登出，尚成问题。Section I 所讨论 "fiction" 和 "history" 两个 concepts，我觉得很有道理，虽然我举例不够，说理恐怕也不够清楚。Section II 使我想到周作人《人的文学》，周氏兄弟曾大骂旧礼教、旧文学残酷不通之处，想不到我和他们有同感。我觉得《水浒》的 sadism 实胜其他小说。

前日收到程靖宇的《独立论坛》，杂志内容很单薄，一半倒是文摘，两篇讨论胡适的专文，也毫无见解，看来程靖宇朋友不太多，杂志似不易维持。预告上把我大捧，居然不出你所料，"……博士原著"等字样，看着很肉麻，倒是你笔名投稿较妥。程靖宇的"书评"，想必也是乱捧一阵，不会有什么道理的。隔两天即去纽约一行，星期四动身，星期六返。即祝

近好

弟 志清 上
五月七日

547. 夏济安致夏志清（1962 年 5 月 9 日）

志清弟：

前日寄上这些书：

(1)《女副社长》　　　　　(2)《吕玉华和她的同学们》

(3)《杜大嫂》　　　　　　(4)《双喜临门》

(5)《第一年》　　　　　　(6)《新中国的新妇女》

(7)《中国妇女第三次全国代表大会文献》

(8)《1957 年短篇小说选》(9)（上海）《十年短篇小说选》(上、下)

(10)《苦菜花》　　　　　　(11)《创业史》（第一部）

其中长篇小说不多，有些长篇小说描写的似皆为 1949（年）以前的社会，与你所要写的题目不合。这批书中有些是 non-fiction，可能亦有点参考价值。

Birch 给我电话说，MacFarquhar 已决定请我去英国，题目是《中国文学中的"英雄"》。这个题目比你那题目好写多了，盖中共任何小说中皆有"英雄"也，但是好好地写一篇文章亦不容易。中共的小说我从未看过，现在得好好地看了。我劝你对于共产党，不妨骂中带些幽默（英国的环境亦许不便大骂）——共党的虐待妇女破坏家庭是太明显的事，不必骂它，其罪状自见。

关于出国事，移民局方面我已去打听过，毫无问题。照我现在（的）身份，我一年可以出国四个月，只要不去东柏林就可以。

现在要谈谈我们的旅行计划。世骧和 Grace 可能亦从东部起飞；我到东部来 join 你，一起飞最好。你八月中在匹次〔兹〕堡抑纽约？

到欧洲去，我们预备去逛哪些国家（亦许得跟世骧他们分手）？我得报告移民局。法国是总该去看一下的，虽然据说巴黎在热天毫不好玩。西德和义〔意〕大利如何？

这次他们请我完全是出于你的推荐。我虽然当初并不起劲——我是不喜欢"挨上前八尺"[1] 的，但是既有请帖来了，我还是非常高兴。和你一块作长途旅行，当是极大的乐趣。Carol 和 Joyce 是否一起去？她们一定亦会 enjoy this trip。

论文总得写 20 页——预备一个钟头讲的。这个研究加上我的"公社"，是够我忙一阵子的了。你如没有空，请不要写长信。假如我们能一起去，一路上可有说不完的话。再谈 专颂

近安

济安

五月九日

〔又及〕哈佛有个研究生 Mrs. Merle Goldman[2] 写信来借我的《鲁迅》一文，我手边只有一份原稿，其中涂改颇多，footnotes 又添了许多，不便借出。她可能写信来向你借，你如有，不妨借给她。

---

1 吴语方言，意思是水准不够还要逞强出头。

2 Merle Goldman（戈德曼，1931–），美国中国史研究教授，哈佛大学博士，曾任教于卫斯理学院和波士顿大学，代表作有《共产中国的文学异见》(*Literary Dissent in Communist China*)、《在中国播撒民主的种子：邓小平时期的政治改革》(*Sowing the Seeds of Democracy in China: Political Reform in the Deng Xiaoping Decade*)、《从同志到公民》(*From Comrade to Citizen: The Struggle for Political Rights in China*)。

548. 夏志清致夏济安（1962 年 5 月 15 日）

济安哥：

知道你也要去英国，大喜。TWA 已同我接头，我预备八月十一日下午（or evening）的飞机，十二日晨抵伦敦。TWA 和你接洽时，你最好也定这一班。八月中我们早已搬到纽约了，你可先乘飞机到纽约，玩两天，我们一同起飞如何？我暑期工作相当紧张，预备 conference 结束后，再玩一个星期，在欧洲多留恐怕没有时间，巴黎我是想去的，西德、义〔意〕大利也应去一看，假如有时间的话。你可在欧洲多玩一些时候，玩三个星期也是值得的。

上星期四我们开车到纽约，星期五晨即找到房子，是学校的房子（Apt. 63，415 W. 115th St. N.Y. 27），房租特别廉，仅 102 元（Rent Centre 的规定：tenant 换一次人，房租可涨价 15%，那 apartment 的 tenant 住了十八年，房租仅八十多元，所以我们的 apt 特别便宜），地点在 115 号街上，between Morningside Drive and Amsterdam，离哥大极近，对我是极方便的。Joyce 可能进附近一家圣公会办的小学（St. Hilda's School），功课较紧，不知她吃得消否？此外，有 teachers college 自办小学 more progressive，不大讲究读书，或者对她较适合。Apartment 在顶高一层六楼，二间卧室，一间 living room，一间 study，kitchen 较大而无 Dinning Room，对我们当适合。较大较好的公寓房子，大概非 200 元以上租不到。我们这次运气很好，Housing Bureau 恰有两个 vacancies，暑期开始后，抢的人多，恐怕就不很容易。

书一大包已收到了，谢谢你找到这许多材料，对我很有用，我从哥大借到了十年以来的《人民文学》（1960 年后的匹大有），这两天一期一期翻阅，极感兴趣，可惜 distractions 较多，不能专心研究"妇女"问题。有一期吴兴华发表了两首诗，同期沈从文写了一篇文章。看了不少小说，觉得艾芜的几篇超人一等，真是大不容易。他的《百炼成钢》想也可一读。艾芜抗战期间和 1949（年）以前写了很多自传小说，我没有读到，我想他在我书内是 deserve 一个 chapter 的。师陀有一篇也不错，自己的 style 还没有走样。那些新人的技巧文字都是较拙劣的。中共小说对"妇女"并不太注重，讲的莫非他们结婚和生产努力问题，"家庭"都是新旧冲突的家庭，新家庭生活情形如何很少提到。文章中我预备多讲一些丁玲，她的个人主义的被打击，也是妇女自由的打击。

《水浒》一文想已看过，第一节立论如何，请多指教，因为可能有不妥的地方。重读一遍，发现 compel 拼为 compell，也是自己脑筋昏乱。Merle Goldman 如来讨文章，当转寄。Hans Bielenstein 据 de Bary 说是 Karlgren[1] 的高足，有人说他曾在加大读过，不知世骧认识他否？房子事情，我叫 Carol 和你通信。我们六月中旬搬家。再谈，附父亲、焦良来信，即颂

近安

弟 志清 上
五月十五日

---

1 Karlgren（Bernhard Karlgren，高本汉，1889–1978），瑞典最有影响的汉学家、语言学家，曾任哥德堡大学教授、校长，一生著述极丰，研究范围包括汉语音韵学、方言学、词典学、文献学、考古学、文学、艺术和宗教。他运用欧洲比较语言学的方法，探讨古今汉语语音和汉字的演变，创见颇多。代表作有《中国音韵学研究》（*Études sur la phonologie chinoise*）、《中日汉字分析字典》（*Analytic Dictionary of Chinese and Sino-Japanese*）、《古汉语字典》（*Grammata Serica Recensa*）等。

549. 夏济安致夏志清（1962 年 5 月 29 日）

志清弟：

　　来信与大作收到多日，一直未复，甚歉。大作非常精彩，关于《水浒》的话，胡先生已隐约提到，现在你"直言谈相"，把它的 inhumanity 彻底地分析，实在是极其需要的工作。我相信这是很多人藏在心底的话，给你一说出来，眼目为之清爽。五四时代，对于"下等人"，有种肉麻的抬举；其实下等人是真正会吃人的（鲁迅恐怕还看不到这一点），所谓礼教吃人，倒还不过是象征性的说法而已。毛泽东熟读《水浒》，乃有"土改"等惨绝人寰的事做出来。在延安时，最流行的京戏是《三打祝家庄》。我们看到《祝家庄》《曾头市》这几回书，心里总觉得难受，毛泽东亦许看了觉得大为得益：斩草除根、歼灭战等，中国自有其传统也。

　　大作是很好的文艺批评。你是 shocked 的——因为你和中国的社会接触不深。我对中国人本来就很悲观，如我来研究《水浒》，当成为社会学、心理学、历史学方面的研究了。

　　大作没有提到中共效学《水浒》的事（不一定存心效学，不知不觉中就做像了），这样很好。《水浒》故事中的不人道，实际即是中共的写照，明眼读者应该看得出来的。如鲁迅等文化界的"卢大员外"，大约亦是糊里糊涂地给骗上梁山的。《水浒》的作者能写出这种不人道的故事，自有其天才。但其天才的缺陷，即如你所说不能对此种事情加以否定也。《水浒》差一点成了 masterpiece。

有本怪书，希望你将来能评它一下。《荡寇志》是另外一种 wish fulfillments，把草寇一一杀死（林冲、武松二人恐怕死得还不惨，足见作者俞某对他二人还有同情）。我已三十年未看此书，大约布局很花工夫。但后来索然无味，因为那些寇反正一一都要杀死，故事结果已经讲明，小说就不紧张了。（书里的"正派人物"，亦不可爱。）

金圣叹把《水浒》剪到 70 回（71 回），实在是有了不起的胆识。《水浒》是越到后来越不行，70 回后简直是毫无精彩（除了燕青等）。《水浒》亦肯定了些东西：强盗的义气等。这些东西竟然能掩改〔盖〕了许多不人道的事，而仍旧受到广大的读者的欢迎。《水浒》的 reputation 实在是中国社会一个很特殊的现象。

中国对于淫妇的痛恨，是三种阶级共同有之者：一、士大夫；二、农民；三、都市流氓。而《水浒》里面的人物之痛恨淫妇，恐还在他们痛恨昏君与贪官之上。一般人把中国社会硬说它〔成〕是受儒家的影响，是很不透彻的。孔子与较激烈的孟子，似乎都并不痛恨淫妇。宋儒反对"失节"，但似乎并无 sadism 成分在内。中国实际的 puritanism 不知道是从哪里起来的？有一本通俗小说（我未看过）《倭袍》[1]（刁刘氏），恐是根据实事（当时的 yellow journalism）写成。刁刘氏骑木驴游街，详情我亦不知。但木驴游街古时的确有此刑罚（这是"民意"！），刁刘氏大约是全身赤裸的，驴的生殖器放在女人的生殖器之内，游行四门，任人观览。中国这一类有关淫妇的故事与实际的刑罚，值得好好地研究一番（周氏弟兄对于这种事情，大约知道得很多）。"民意"视之当然，小说里写得再残暴，读者亦就不以为怪了。

1　即《倭袍传》，清代禁毁小说，弹词底本，全名《绘图校正果报录》，八卷一百回，作者不详。《倭袍传》讲述了两个故事，一个是唐家倭袍的故事，另一个是刁刘氏与王文的恋爱故事。

上面只是些拉杂的意见。我劝你大胆地把你的《水浒》研究发表——文字很得体，我已看出来你已经尽力地设法要替《水浒》回护，但是回护不了；思想清楚而有力——这是有功世道人心之作也（亦即真儒家精神）。

你和 Dubs 的论战亦已看到。你的文字很有分量，你比 Dubs 有礼貌多了，但是你的打击他还是受不了的。那天我们谈起此事，世骧和 Levenson 等都早想打击 Dubs，现在由你来出马，他们都很高兴。Dubs 我是不知其为何许人，但看他（的）文章，此人学者的风度很不够。

我最近忙得不可交开，但文章写不好，亦是无可奈何之事。那篇"公社"的论点，将是：公社失败原因之一，是语意学的混乱（Semantic Confusion）。共党干部（大部分低级的，一部分高级的）与农民（大约是全部）都不知道公社是要搞些什么名堂。他们越不懂，生产越失败。我来写此文，自己先得把"公社"弄懂——这就是件很吃力的工作；再则硬做〔是〕把我的知识和 Semantics（我只看过两三本很浅的书）配合起来，亦是 tour de force 也。这篇文章在短期内是写不好的。其次是到英国去宣读的文章，尚未开始。他们如限时缴卷，我是只好不去了。Birch 以前曾让我缓缴，因此我才较定心，如逼紧了，我只好不去。他们通知得太晚，我文章来不及写，亦是无可奈何之事。反正我做人无可无不可，决不为贪着去英国，把自己赶得焦头烂额。我总是想：这种会，以后大约还会有；今年不去，还有明年后年也。

你那篇妇女家庭大约快写完了吧？我的飞机票倒已定〔订〕好，八月十号同世骧与 Grace 从金山起飞，走 Polar Route。如去成，当同你在英国见面。Levenson 下学期得 Guggenheim 奖金，去英国休假，他太太是英国大富之家（犹太人），在英国有房子，八月间请我们（有你）去玩。返美后，再在纽约住几天，欣赏一下你们的新环境，参观一下哥大。你们公寓已找到，价亦不贵，闻之甚慰。建一学堂事，我主张进圣公会。读书紧一点，使人的精神可以焕发（唯一缺点，是伤眼睛，女孩子读书读出近视眼来终是不好），否则一天到晚，精神散漫，神无所属，对于身体亦未必是好（事）。我过去得肺病后，读书——就病人来说——还是相当用功的。这精神的支撑，还是日后健康的基础。

你们又要搬家，Carol 又将大为忙乱，甚为系念。希望这次以后，好好地住定在纽约，一直到自己买房子为止。世骧他们最近在 Berkeley 山上，买了一幢很漂亮的西班牙式房子，花木极多，松柏青翠，环境十分幽静，样子就像我们在 Monterrey 17-Mile Drive 一带所见者。价 33,000，不贵。他们原有的房子，已经 18,750 卖掉。他们大约在七月间搬家。

我在 Seattle 的房子已找好。暑假时，Berkeley 之屋，我要保留，免得搬来搬去麻烦，因此将出两面房租。如去英国，则将把两面的房子都空出来了。暑假时，如有朋友来住我可以让给他们住。

我大约六月十五日飞 Seattle。事情应该很乱，但我亦不去想它。

你如有关于 Heroes 与 Model Characters 的材料与感想，请随时摘录（打成英文最好），只要断断续续的就够，三四页即可。文字不必求工整。你的零碎资料，可以成为我的正菜。寄来了，可省我很多时间。我现在一脑筋的公社——牵连到公社以前的农村合作社组织——没有功夫去想"英雄"也。

别的再谈，专此 敬颂

近安

济安

五月廿九日

550. 夏济安致夏志清（1962 年 6 月 19 日）

志清弟：

　　长途搬家，加上到 Indiana 开会，想把你忙累了。我于六月十五日晚飞抵西雅图，但行李被误送至 Los Angeles，十六日（星期六）我在家等了一天，等行李送来。

　　新住公寓 1404 N. E. 42nd St. Apt. 316 Seattle Wash.，房子很宽敞，离学校很近。只是对门有一家 All Night Café，半夜以后，总有一群不良少年在彼集合，骑 motorcycles，总有五六辆，骑士穿黑色皮 jacket，上有白铜钉，很像一群小 Nazis（看过 Marlon Brando 的 *The Wild One* [1] 没有？）。他们倒守规矩，只是 motorcycles 的引擎太响，他们又来去无定。每十分钟似乎总有一辆车来或去，引起很大的响声。我两晚被他（们）吵得睡得不好，星期天写了一封信给警察局。信写好了，但现在习以为常，不觉过闹，所以信亦没有发，免得跟他们结仇。

　　马逢华最近为了招待远客（来看 Fair 的），很忙。我已跟李方桂他们去过了一次 World's Fair，觉得毫无道理，你看了（你是反对机器文明的，何况 Fair 里所展览的机器文明亦很简陋）大约会起反感。

1　*The Wild One*（《美国飞车党》，1953），拉斯罗·本尼迪克导演，白兰度、玛丽·墨菲（Mary Murphy）主演。哥伦比亚影业发行。

最有趣的是五十国的小吃摊子——价廉物美。只是每次进去要两元门票，加上我没有车——否则真想把五十国一一地吃遍。

关于公社，做了很多research，文章没有写完。到这里又得搁下，开始弄"英雄"。我看中文书极快，已看完一部长篇小说：吴强[2]的《红日》。Berkeley寄来的大批书籍尚未到，预备再看三四部长篇小说，就预备动手写了。大致将讨论战争中的英雄（如《红日》）与生产中的英雄（什么书尚未定，亦尚未看），要点已定，讨论不难。文章最难两点：（一）言之有物；（二）言之成理。那篇"公社"，我搜集的材料太多，可是真相我还是茫然，所以很难写。讨论几部共党小说，问题简单多了。

去伦敦开会的全部名单我昨天才看见，才知道李祁写"战争"，杨富森（原在Seattle，现在U. S. C.）写"工人"。他们如何写法，我不知道，但是我的"英雄"一定要侵犯到他们的领域的。

《红日》里亦有几个妇女，没有一个是有趣的——压制爱情，鼓励男人打仗，崇拜英雄等，这些qualities你早已知道，用不着我来谈。《红日》不是一部好小说，但篇幅长（约500页），作者难免透露一些"人情"的弱点。像这样一种长篇的历史战争小说，最值得谈的还是书中的"历史观"，而其"历史观"和马列主义的历史观是不会完全一致的，其间的歧异就大可做文章。

你到伦敦去念的文章，不知有没有讨论"婚姻法"？这在某一时期应该是很重要的。共党新出女作家，其中有"茹志鹃[3]"一名（冰心女在《人民日报》上曾作文捧过她）似很重要（我没有读过她的东西），不知你曾提及否？

---

2 吴强（1910–1990），原名汪大同，江苏涟水人，早年参加左翼作家联盟，抗战爆发后投笔从戎。后曾任上海市文联副主席、中国作协上海分会副主席等职。代表作有《红日》、《堡垒》、《三战三捷》等。

3 茹志鹃（1925–1998），上海人，祖籍浙江杭州，早年参军，在军区话剧团和文工团工作，1955年从南京军区转业到上海，任《文艺月报》编辑，1960年起转为专业作家。代表作有《百合花》、《高高的白杨树》、《静静的产院》等。

做你的文章的 discussant 的人是时钟雯[4]女士，她和刘君若是 Stanford 两个女博士，出身英文系，而在教中文的。为人方面，刘似乎是属心高气傲一型，下学期将去 Vancouver，接王伊同[5]；王伊同（常州人）到 Pittsburgh，我和王伊同相当熟，时较天真。她对中国东西恐怕知道不多，这次她要去伦敦讨论"公社与合作社"，她真是茫然无从下笔。我对于公社，虽然已经 follow 了好几年，但如问我公社在文学上如何反映，我亦说不出来。她来请教，我亦曾和她瞎谈谈。她将要讨论你的文章，我亦曾提起茹志鹃的名字，希望你稍加准备。

我是讨论 Boorman 的 "Conditions of Writing in Communist China"。Boorman 对此不知如何写法？我亦得好好准备一下这样一个大题目，施友忠写 "Old Writers"，预备讨论三个人：茅盾、巴金和沈从文。

世骧的论诗，我已看过，为篇幅所限，他只能讲冯至、李季[6]、戈壁舟[7]等三人极少数的诗。他的论点，conscious use of metaphor 倒是很要紧的。

我定七号（八月）飞回旧金山（旅费由伦敦出），十号和世骧他们从旧金山飞越北极到伦敦，大约要比你先到。到英国后的旅行计划尚未定。无论如何，我要到纽约来玩几天的。

4　时钟雯，曾翻译关汉卿名剧《窦娥冤》，亦是其博士论文《窦娥冤：〈窦娥冤〉的翻译与研究》(*Injustice to Tou O: A Study and Translation of Tou O Yüan*)。

5　王伊同（1914–?），字斯大，江苏江阴人，1942 年受聘于金陵大学，后留美获哈佛大学博士学位，执教于匹兹堡大学直至退休，代表作有《五朝门第》、《南朝史》。

6　李季（1922–1980），原名李振鹏，河南唐河县人，曾任《人民文学》副主编，《诗刊》主编，中国作协副主席、书记处常务书记等职。代表作有《王贵与李香香》、《生活之歌》等。

7　戈壁舟（1915–1986），原名廖信泉，四川成都人，曾任《群众文艺》编辑，代表作有《别延安》、《延河照样流》等。

关于"英雄"，我自信已经有很多话好说（虽然目前还只看了一部小说），所以你如忙，可以不必把你的材料转让给我了。别的再谈，专颂

近安

济安

六月十九日

〔又及〕Carol 和 Joyce 搬家后，辛苦如何，甚以为念。

551. 夏志清致夏济安（1962 年 6 月 29 日）

济安哥：

六月十九日信已收到，知道你已安抵Seattle，甚慰。寓所对门那些少年夜间太闹，我想你在那里住了一月搬家较妥，反正你没有什么行李。

我们六月十二日搬的家，当晚到纽约，在King's Crown Hotel住了两天，行李到后，即搬入新居。Apt房子较旧，有蟑螂，但地点很静，我们在六楼，被同样的公寓房子包围着，连街上的车子声音也听不到。搬家时Pittsburgh已很热，我祇穿了单薄的夏衣，把sport coat、sweater等都让搬运公司搬了，不料在King's Crown两天天气较凉，受了寒。星期六，我到West Point去参加婚礼，有些咳嗽，但当日即愈了。过三四天到Indiana去开会，咳嗽又发作，多浓痰，当时精神很不差，后来返纽约后，看医生，知道我患了bronchitis，这星期大多时间在家里，服了anti-biotics药片，差不多已痊愈了。我星期五读paper后，同Potsdam同事（暑期在读研究院）吃午饭，到他寓所坐了一下，因为blow nose太用劲，大出鼻血，是离开Yale后第一次出鼻血。

Indiana校园真大，新建筑真多，比你55年那时更多了很多limestone的大楼，我省钱住了quadrangle女生宿舍内，早晨出去开会后，就无法再回到room休息，很不智（李田意等都住在union）。

这次开会中国人到的有田意、陈受荣[1]、吴经熊、黎锦阳〔扬〕、Stanford 两位小姐等。David Chen 也在那里，刘绍铭[2]现在印大读比较文学，做招待员，很忙。还有一位梁实秋的学生吴岭[3]，以前专攻 *Hamlet*，现在也在读比较文学，他们两位年纪轻，都当我老师看待，向我请教。刘绍铭以前在《文学杂志》写文章，我以为他年龄该同我们相仿，想不到他入"坑"如此之早。他有志来哥大。吴岭说你的书籍家具还在台大寓所内，何不把家具卖了，房子退了，书籍寄美国来？

这次东西大会，印度人、日本人、高丽人较多，中国人读 paper 的，除我外，仅吴经熊一人（黎锦阳〔扬〕星期六晨讲些作家经验，我没有听到），吴是写英文前辈，但英文讲得很简陋，满口"You know""You see"，不登大雅之堂。他不慌不忙讲了一个半点〔钟〕头（讲 Justice Holmes[4]），听众都很窘。李田意是我 panel 的 chairman，他介绍我的时候故意加些讽刺，想不到多年在 Yale 也算朋友，他气量这样狭窄，不能容人，我去哥大，地位和他相仿，以后避免和他有什么来往。他介绍我的《小说史》，说这本书 at once popular and... 想了半天，用了个"scholarly"字结句。我序上提到他的"delightful conversation"，其实是客套，我祇问过他和作家有什么来往，从不

---

1 陈受荣（1907–1986），广东人，1937 年获斯坦福大学博士学位，后长期任教于斯坦福大学，曾任亚洲语言文化系主任，代表著作有《中国国语入门》（*Chinese Reader for Beginners: With Exercises in Writing and Speaking*）、《基础汉语》（*Elementary Chinese*）等。

2 刘绍铭（1934–），广东惠阳人，生于香港，笔名二残，1960 年毕业于台大外文系，曾与白先勇等人创办《现代文学》，1966 年获美国印第安纳大学比较文学博士学位，曾在夏威夷大学、威斯康辛大学和香港岭南大学任教，代表作品有《旧时香港》、《曹禺论》、《二残游记》。

3 吴岭，不详。

4 Justice Holmes，即 Oliver Wendell Holmes（奥利弗·霍姆斯，1841–1935），大法官，他是美国著名的法学家，1902 年，罗斯福总统提名霍姆斯为联邦最高法院大法官，直到 1932 年退休，被公认为是美国最伟大的大法官之一。

和他讨论文学上的大问题。不料他借题发挥，满口谎话，说我们
谈话何止"delightful"而已，往往engage in violent argument，几乎打
架。藉此可以证明他对中国近代文学是权威，而且我的意见都是靠
不住的。李田意已升正教授（大约是印大争聘的缘故），自己不常写
paper，而常做panel chairman，学了一些考据方法，以前读的西洋文
学早已忘掉，平日靠"交际""捧要人"巩固自己的地位，想不到内心
如此险恶。我回纽约是和他、和Donald Keene同机的，Keene为人
shy，不大会交际（但书读得不少，已把*Ship of Fools*读过了，我就没
有这许多时间），所以同路没有什么好谈的，相当乏味。

　　黎锦阳〔扬〕胖胖的，文学方面大约没什么修养。问问他近年
中国人写英文小说的，他都没有听到过。他写作材料愈写愈枯，我
看是没有什么前途的。最近他为香港电影公司写了个剧本，由黄宗
沾[5]摄影。陈受荣为自己叹气，大骂Nivison[6]（他在会上的concluding
speech，英文出口成章，讲得很漂亮）。中国人因陈受颐《文学史》
被David Hawks[7]大骂，大家抱不平，好像洋人和华人sinologists是

5　黄宗沾（1899–1976），美籍华人，广东台山人，一生拍摄了130多部电影，两次获
　　得奥斯卡金像奖摄影奖，被誉为电影史上最具影响力的十大电影摄影师之一。代
　　表作有《原野铁汉》(*Hud*)、《玫瑰文身》(*The Rose Tattoo*)、《老人与海》(*The Old
　　Man and the Sea*)等。

6　应该是David Shepherd Nivison（倪德卫，1923–2014），美国斯坦福大学荣休讲座
　　教授。1953年获哈佛大学博士学位。长期任教于斯坦福大学，教授中西哲学和古
　　代汉语，曾任哲学系主任、美国东方学会主席，对中国古代思想史、西周系年有
　　着深入的研究。代表作有《行动中的儒教》(*Confucianism in Action*)、《章学诚
　　(1738–1801)的生平和思想》(*The Life and Thought of Chang Hsueh-cheng, 1738–
　　1801*)、《〈竹书纪年〉解谜》等。

7　David Hawkes（大卫·霍克斯，1923–2009），1945年入牛津大学学习中文，1948
　　年来北京大学学习，1951年回国。此后长期任教于牛津大学，从事中国文学翻
　　译。从1970年开始，以十年时间翻译了《红楼梦》前八十回，并由其女婿闵福德
　　(John Minford)译完后四十回，完成了西方世界第一部《红楼梦》120回本的全译
　　本。此外，还出版有《楚辞》英译(*Ch'u Tz'u: The Songs of the South, An Ancient
　　Chinese Anthology*)等。

势不两立的。Hightower 将在 *Harvard Journal of Asiatic Studies* 登载的 review，有人也看过，也是骂得很凶。（JAS 本来请李田意评《文学史》的，但他既怕得罪洋人，又怕得罪华人，所以 decline 了。）柳无忌也在写《文学史》之类，前车可鉴，心中大约很慌张。他为人和李田意不同，相当厚道，对我大约也很有些佩服。他的学生把我的书都读过了。有的学生还提出问题，向我请教。印大教初级中文的是郅玉汝[8]，你在 Yale 时也见过他，他添了一个男孩，相貌极清秀，他还没有资格卷入 politics，所以生活很幸福。另外有中共专家 Peter Tang[9]，脸黝黑，带〔戴〕黑边眼镜，不像安徽人，他为人很 shy，今夏在印大教书。

《水浒》一文的 discussant 是刘君若小姐，她见我有些怕，所以也不敢批评什么，作了一番大体上同意的赞美。刘小姐"心高气傲"，我有同感。时女士也出席，她的确较天真，是 St. John's 的英文系，Ph. D. 是在 Duke U. 拿的（thesis 写的是 Spencer）。她也向我问了关于"公社"的材料，她要我把文章先寄给她看（summer 她在哈佛读书）。我自己打的文章，祇留了一份底稿，现在叫哥大添印两份，一份寄给她，一份寄给你。我这篇文章，仅用短篇小说作材料，research 比较省事。但《婚姻法》也谈到，茹志鹃的小说也引了两三篇，我在《人民文学》1958 年看到茅盾写文章捧她，所以对她注意（冰心捧她，可能在茅盾之后）。她的小说在英文本 *Chinese Literature* 已有译文了，

8　郅玉汝（1917–2016），河北人，1940 年毕业于北京大学，1965 年获印第安纳大学博士学位，长期任教于印第安纳大学东亚语言和文学系。代表作有《陈独秀：其经历与政治思想》（*Ch'en Tu-hsiu: His Career and Political Ideas*）、《高级中文报刊阅读》（*Advanced Chinese Newspaper Readings*）、《陈独秀年谱》等。

9　Peter Tang，即唐盛镐（1919–？），安徽合肥人，主要研究国际关系、政治学，1952 年获哥伦比亚大学博士学位，先后任教于华盛顿乔治城大学、波士顿学院等，代表作有《今日共产中国》（*Communist China Today*）、《中共反对现代修正主义的斗争：理论与实践》（*The Chinese Communist Struggle Against Modern Revisionism: Theory and Practice*）等。

我也看到。我文章讨论最详细的是1956年的反共小说《本报内部消息》，刘宾雁[10]此人以前不见经传，但那篇小说写得很卖力，女主角黄佳英我认为是茅盾早年和丁玲小说许多女主角同样的热情理想家，正和中共普通女英雄成了个对照。有一篇小说，因为女主角是韩国人，我没有讨论，你可以一读，路翎[11]的《洼地上的"战役"》，文章极好，颇有同海明威 Bell Tolls 相似之处，有不少心理描写，主角是王顺、王应洪老少两英雄，很明显的是父子关系。小说载《人民文学》1954（年）三月号，曾被大攻击，是清算胡风派的导火索。我以为《战役》和《本报内部消息》是两篇最 solid 的近乎中篇的小说。《消息》是反右运动时大受攻击的。我看的都是妇女小说，有一篇《铁姑娘》是报道文章，但铁姑娘她们一小组人苦干的情形，读后令人发指，她们是"劳模"，你可以一看。文载《人民文学》1960 or 1961 的一期。艾芜的短篇文艺水准较一般小说高。他的长篇《百炼成钢》你可以一读，大约一定是较好的小说。它可以代表 industrial workers 英雄，正和《红日》代表战争中的英雄一样。伦敦 conference，我曾写信（给）MacFarquhar 要辞掉做 discussant 的责任。今天他回信，要我和 Birch 换一篇文章。既然逃不了做讨论员，我已复信答应 discuss 李祁的 War Stories（Birch 讨论杨富森的《工人》），我对两个题目都是外行，但李祁对中共文学看得多，比较靠得住。

哥大中日文系搬家，搬进旧法学院址 Kent Hall，地方大得多，我和蒋彝同 office，书架 shelves 已装好，明天可以搬书去。Joyce 住在纽约相当不惯，小朋友太少，要 Carol 和我伴着玩。她上学后自己

---

10 刘宾雁（1925–2005），吉林长春人，作家、记者，曾任《人民日报》记者、中国作协副主席，代表作有《在桥梁工地上》、《本报内部消息》、《第二种忠诚》、《人妖之间》等。

11 路翎（1923–1994），本名徐嗣兴，原籍安徽无为，生于江苏苏州，是七月派的重要作家。曾任职于南京中央大学、中国青年艺术剧院、中国戏剧出版社等。1955年受胡风冤案牵连，中断写作20多年，一直到1980年平反。代表作有《饥饿的郭素娥》、《财主底儿女们》等。

可以看书，情形当可改善。搬家时，我曾伴她看了一张电影 *Whistle Down the Wind* [12]，是 Hayley Mills 主演的，她把一个 criminal 看作了耶稣，故事还可以。昨天看了 *Road to Hong Kong* [13]，有一段 Bing & Bob 在 Rocket 上吃香蕉极滑稽。Bing 看来很衰老，精神远不如 Bob Hope。附近饭馆 Shanghai Café 已变成低级饭馆，中国人绝少去，黑人倒不少。小菜和以前相仿，但少加盐和酱油，淡而无味。附近最好的馆子是"天津"Restaurant，布置很 modern，味道也很好。

　　"公社"那篇东西把你累死，用 semanticist 的眼光看中共是相当吃力的事。马逢华处我去了一封信，请问候。我 *JAS* 和 Dubs 论争发表后，赵冈有信来，说明为什么吴世昌认为"脂砚"是曹竹磵是不可能的。我信上没有肯定赵冈的 theory 是绝对准确的，因为问题实在复杂，我自己没有做研究，无法肯定他的 theory。我劝他写信给 Murphy 纠正吴世昌的错误。赵冈在胡适临死前，文字上已正式有了论争。不多写了，即颂

　　暑安

弟 志清 上
六月 29 日

---

12 *Whistle Down the Wind*（《剧盗柔肠》，1961），英国电影，福布斯（Bryan Forbes）导演，据贝尔（Mary Hayley Bell）同名小说改编，米尔斯（Hayley Mills）、伯纳德·李（Bernard Lee）主演，J. Arthur Rank Film Distributors 发行。

13 *Road to Hong Kong*（《香港奇谭》，1962），英国喜剧，诺曼·帕拿马导演，平克·劳斯比、鲍伯·霍普主演，联美发行。

552. 夏济安致夏志清（1962 年 7 月 2 日）

志清弟：

　　多日未接来信，甚念。今天接到来信，大喜。并由刘绍铭寄来了 Indiana 的开会日程，各人讲些什么东西，大体亦有点知道。你辛苦后，犯出鼻血气管支炎等，尚望善自珍摄。我已看了五部中共长篇小说：吴强：《红日》；杨沫[1]（女）：《青春之歌》；梁斌[2]：《红旗谱》；周立波[3]的《暴风骤雨》与《山乡巨变》。文章已经开始在写，用周立波的两书作为开头，《山乡巨变》我认为是共党文学中杰出之作，把农民在土改后分到的土地到合作社运动又要吐出来的痛苦情形，描写得淋漓尽致。该书并无英雄。我主要的将讨论《青春之歌》（很糟）、《红日》（中中）、《红旗谱》（很好）三部书。我文章题目暂定为 "Heroes & Heroism in C. C. Fiction"。模范人物不讨论了（讨论了，将破坏全文的完整），免得侵犯杨富森的"工人"，侵犯李祁的"战

1　杨沫（1914–1995），原名杨成业，湖南湘阴人，生于北京，早年参加革命，1963年起成为北京市文联专业作家，曾任北京作协副主席、北京市文联主席等职，代表作有《青春之歌》、《东方欲晓》等。

2　梁斌（1914–1996），原名梁维周，河北蠡县人，早年参加革命，曾任河北省文联副主席等职，代表作有《红旗谱》、《翻身记事》等。

3　周立波（1908–1979），原名周绍仪，湖南益阳人，早年参加革命，曾任湖南省文联主席等职，代表作有《暴风骤雨》、《山乡巨变》等。

争"，仅《红日》一部书，亦不去管它了。《青春之歌》讲的是九·一八到一二·九学潮中间北大学生情形，写得毫无生气。《红旗谱》中亦有（九·一八以后）学潮（保定），把学生受共党愚弄，饱尝苦辛的情形，直言不讳地讲出来，在共党文学中亦是难得之作。我的方法将是 Dramatic Irony，研究言外之意；看三书在技巧方面如何写英雄与英雄事迹，发现三书对于共党都有批评（他们的英雄都不算英雄）。《红旗谱》简直是激烈的抗议。我这种写法，相当 subtle，可使人耳目一新，即承认共党文学可能有反共意义。我这篇文章可能很精彩，假如我能言之成理的话。三书都很长，无法详细讨论，现在集中于 Heroes & Heroism 一点，反而使我写文章容易。

文章七月十五日要寄出（别的书来不及看），你介绍的东西，留待以后再看。定八月七日飞返金山，在金山玩两天，十日飞。旅馆已定在 Bonnington Hotel（伦敦）。

在 Seattle 紧张的工作（这个工作很有趣，谈起文学来比较有把握，叫我写"公社"，那才是苦事！），同时应酬亦不少，所以信不多写了。曾在 World's Fair 寄给 Joyce 德国猴子玩具一只，不知收到否？你们家里有蟑螂，希望勤拍，少用 DDT，*New Yorker* 文章讲 DDT 之害的，你看了没有？别的药比 DDT 更毒。Carol 想必对于新环境很满意。我门前的少年恐怕仍旧闹，但我听惯了亦不觉得了。别的再谈，专祝

近好

济安

七月二日

〔又及〕有桩传闻不妨一谈：Hellmut Wilhelm 有一天喝得半醉之余，向人说道，全美国对于中国文学真有研究者祇有六人，中外各半：洋人他自己，Mote 和 Hightower，华人乃陈世骧与夏氏弟兄云。

553. 夏志清致夏济安（1962 年 7 月 9 日）

济安哥：

　　来信收到，悉你已看完了五本长篇小说，甚喜。这几天一定很忙，想文章已差不多写好了。你看中文快，叫我看五本长篇，一定要多花不少时日，而且没有耐心。你这篇文章精彩当可预期，开会时可使大家吃惊。我那篇材料还整齐，但仅touch短篇，没有读长篇，分析也一定没有你那样深入。今天 *China Quarterly* 寄来了两份油印的陈世骧和李祁的 papers，世骧的文章很有些道理，文字也很 eloquent，虽然他喜欢用 big words。世骧说李季是新人，"young poet"，据我所知（source 可能是丁淼[1]），他实在是老人，在《新青年》时代就写文章了，所以资格比冯至更老[2]。这一点你可写信教世骧查一查，否则可能闹笑话。李祁的英文较嫩，也没有什么新见解，她讲的两部小说，《吕梁英雄传》、《新儿女英雄传》，Birch 都已讨论过；1949（年）以后的战争小说，她反而谈得很含糊。我把那两本小说读一遍，再讲些别的（丁玲《霞村》后来被攻击，她不知道），讨论半小时，很容易。

　　今天收到 *K. R.* Summer 号三本，*Sat. Rev.* July 7 号二本。我的

1　丁淼，不详。

2　此处夏志清记忆有误，李季出生于 1922 年。

review 被削了一段，这一期可能上星期已出版了，我没有注意。*K. R.* 那篇文章有两个 misprints，irrelevant 拼成 irelevant，法文 Princesse 拼成 Princess，很遗憾。杂志我不寄你了，你在书坊间想可买到，较方便。

程靖宇有信来，他真的去日本讨太太，带了钻石戒去，希望他能找到一位合意的小姐。

Joyce 今天上学，到大主教神父办的 Sino-American Amity 去学中文，一星期三天，上午十时至下午二时，现在学中文，学写字，秋季上学也可有个准备。

Rachel Carson[3] 的长文我也读过，想想 Dept. of Agriculture 做事笨拙，心中深恨之。中共打麻雀，想不到美国的鱼鸟走兽服毒遭殃，死得更惨。美国人让害虫恶鸟吃些粮食，每年也没有这样许多 surplus，花钱储藏。

我去伦敦，还没有接洽旅馆，Bonnington Hotel 是不是 *China Quarterly* 替你代 arrange 的？我没有收到通知，要不要写信去一问？别的再谈，专颂

近安

弟 志清

七月九日

近日读《西游记》，很满意。猴子玩具尚未收到。

3　Rachel Carson（雷切尔·卡森，1907–1964），美国海洋生物学家，代表作有《寂静的春天》（*Silent Spring*）、《环绕我们的海洋》（*The Sea Around Us*）、《海风之下》（*Under the Sea Wind*）。

554. 夏济安致夏志清（1962 年 7 月 19 日）

志清弟：

　　文章已于七月十六日寄出，现由华大复印一份，现特寄上，请你先睹为快。下星期五华盛顿州在乡下风景地区（Lake Wilderness）举办一个 Liberal Arts Program，请"名人"讲演，我亦被邀。我就预备去讨论这篇文章，讲员大多为英文系的（拉丁、日耳曼、古典等），此外 Victor Erlich 讲俄国文学，Donald Keene 讲日本文学，我们三人还要组织一个 panel，跟学西洋文学的人讨论。

　　这篇文章有些精彩见解，文章有几段不差，有几段较弱，这是看写的时候的精神好坏而定。等到全文写完，一则时间局促，再则精神松下来了，不想去重写那几段我所认为不满意的了。

　　因时间和篇幅关系，我不能讨论《红旗谱》，不能充分发挥共匪的 heroism 之意义，这是文中最大的缺点（普通读者亦许不觉得）。《红旗谱》用很长的篇幅（一二百页），描写中学生和军警冲突的事，甚为可怕（共党承认是"盲动主义"），其斗争几乎完全是"无意义"的（absurd）。作者梁斌的文章写得亦比杨沫与吴强好。

　　我一共看了没有多少共党小说，文章写完后，又看了《新儿女

英雄传》、《吕梁英雄传》与欧阳山[1]《三家巷》。还预备陆续地看，到
伦敦去开会时，将是满脑袋的共党小说。

《三家巷》不如我文章中讨论的那几部，即是把阶级划分得太明
显了。文章好些地方模仿《红楼梦》（共党英雄周炳竟是个无产阶级的
贾宝玉！），但大体上还是学西方 realism 写法。

两部《英雄传》是极糟的小说。中国评话体最适宜于那种草草表
述的小说。

文章中有三点，可以发挥而未曾发挥者：

（一）周立波、吴强、杨沫（梁斌、欧阳山等）都是学西方现实主
义写法来写的，这种写法可能对共党十分不利，可是共党亦没法禁
绝之。胡风强调西方现实主义，那些亲共作家不一定相信他的话，
但无形中还是和他持一样看法的。

（二）《青春之歌》中的 prudishness：一个女孩子最可怕的命运还
是"遇人不淑"（强奸，地主看中农民之女，国民党官僚追求女学生
等）。此外，共党的"好"，有些地方还是传统的"好"——普通所谓
好人的好（忠孝节义等），共党党员一定得要具备，小说才可叫人相
信。共党小说竟要借传统道德之光，才可进行它的宣传（共党道德
世界内容的空虚）。

（三）《红日》中把国民党的兵和共产党的兵，描写得无甚分别
（两面的兵都有帮对方作战者，国共之分一身制服而已）。但国民党
的兵算是他们的"敌人"，他们"燃烧着仇恨之火"，究竟是对着谁？
《红日》里有更大的 humanism 的意义，我未加发挥。

1　欧阳山（1908–2000），现代作家。原名杨凤岐。曾任广东省作协主席、广东省文
联主席、中国作协副主席等职，代表作有《高干大》、《三家巷》等。

照我看来，《青春之歌》与《红日》祇是两部俗气小说而已。《山乡巨变》很好，《红旗谱》亦很好。周扬等鼓吹1958年大跃进以后的小说成就；《三家巷》是不行的，《百炼成钢》、《创业史》、《苦菜花》、《林海雪原》等我都预备好好地看一看。《三家巷》的文章忽然conscious地学《红楼梦》(广东人——书中故事背景为广州——学说《红楼梦》体白话，是一种tour de force，叵奈不现实乎?)，忽然新文艺滥调，足见其并无"世界观"，《红旗谱》有些地方学《水浒》。《吕梁》、《新儿女》等是学平民小说。这些地方我特别提出来，可为将来做research的参考，《中国旧小说给中共新小说的影响》之类的题目，是可以一写的。

我这次挑选了周立波、吴强、杨沫，他们似乎都是左联人物，可惜我来不及做research(欧阳山似乎亦是左联人物?)，艾芜、草明[2]、魏金枝[3]那是一定的。"左联的死灰复燃"将可充实我那本书的内容。正如胡风所强调的，左联亦许还代表些积极的、写实的、反教条主义的因素。那些中年作家(当年的年轻作家)，假如好好地描写现实(不是软弱地描写所谓"人性")，终将成为对于Mao政权的challenge。我暂且下了"这个大胆的假定"，以后让我来"小心地求证"。

我这篇文章亦许给伦敦之会提出些有意义的问题，这些问题，不一定能答复，但是值得讨论的。

我的结论大约和陈世骧的不同，但我们似乎都言之成理。我并不是存心要发怪论，criticism亦是一种discovery，我祇是报告我的discovery而已。在我写此文以前，我祇想把"英雄"从小说中"提"

---

2 草明(1913–2002)，原名吴绚文，广东顺德人，曾任中国文联委员、中国作协理事等，代表作有《乘风破浪》、《神州儿女》等。

3 魏金枝(1900–1972)，原名魏义云，浙江嵊县人，曾任《上海文学》、《收获》杂志副主编、上海市作协副主席、上海师大中文系主任等，代表作有《魏金枝短篇小说选集》、《时代的回声》等。

出来，加以嘲弄式的讨论（如原稿 p. 10 那样），后来发现共匪小说亦有可讨论之处，于是正经地来讨论小说了。我的方法指导是 Mark Schorer[4] 的 *Technique as Discovery*，我没有引他的文章，因为引了他，问题反更复杂（此外"现实主义"与"社会主义现实主义"等，讨论起来亦是太复杂了）。Wayne Booth[5]: *The Rhetoric of Fiction* 我亦该一看，但尚未看。

　　这篇东西大约相当有趣，文字尚多疵病，但总教人读得下去。先寄上，敬候你的指教。

　　Saturday Review 的书评已拜读。你评吴国桢[6]的书是无所谓，祇怕他有政治野心，来和你勾搭。听这里英文系 Jacob Korg 说，Reichert 早已把 Evan King《黎民之子女》停止发行，据说该书的 plagiarism 是给一个"专家"（应该是你）揭发，书店不得不予以制裁云。

　　Seattle 很惭愧，高级文学杂志（Berkeley 有好几处经售地方）本来有一家书店发卖的，现因购者太少，停止经售了。我已去 order，

4　Mark Schorer（马克·肖莱尔，1908–1977），美国作家、批评家与学者，1936 年获威斯康星大学麦迪逊分校博士学位，先后任教于达特茅斯大学、哈佛大学、加州大学伯克利分校等，获选美国人文与科学院院士，代表作有《辛克莱·刘易斯》（*Sinclair Lewis: An American Life*）、《作为发现的技巧》（*Technique as Discovery*）、《我们想象的世界》（*The World We Imagine*）等。

5　Wayne Booth（韦恩·布斯，1921–2005），美国文学批评家，芝加哥大学 George M. Pullman 杰出讲座教授。曾就读于杨百翰大学和芝加哥大学，后长期任教于芝加哥大学，代表作有《小说修辞学》（*The Rhetoric of Fiction*）、《反讽的修辞》（*A Rhetoric of Irony*）、《批评的理解：多元的力量与局限》（*Critical Understanding: The Powers and Limits of Pluralism*）等。

6　吴国桢（1903–1984），字峙之，湖北建始人。1926 年获普林斯顿大学政治学博士学位，回国后进入政界，曾任重庆市市长、上海市市长、国民党中央宣传部部长、台湾省主席等职。1953 年，辞职前往美国，受聘于《芝加哥论坛报》，1965 年后任教于乔治亚州的阿姆斯特朗大学，直至退休。代表作有《中国的传统》（*Chinese Heritage*）、《夜来临：吴国桢见证的国共争斗》等。

希望能早日寄到，拿到Washington州Liberal Arts Program的夏令讲学会去和研究西洋文学的学者讨论。你的文章在那种地方讨论是很合适的。

最近一个月我的工作相当紧张，这几天总算在relax了。侯健要去哈佛，今天到Seattle，我要陪他玩两天。过几天当再有信来。

Carol、Joyce前均此问好（玩具事，明天去World's Fair当查询），别的再谈。专颂

近安

济安
七月十九日

555. 夏志清致夏济安（1962 年 7 月 27 日）

济安哥：

文章与信都已收到。文章极为精彩，对中共观察有独到之处，而最不容易的是把《青春之歌》和《红日》用高级文艺批评方法来批评，从文字上、技巧上、人物处理上来捉摸中共生活的真相，英雄写照中所表现的各种矛盾，作者在创作时经过的种种 dilemma 和痛苦。这项工作是你对这次 conference 独特的贡献（陈世骧也做了分析工作，但诗歌分析极易），将来开会的一部分人文艺修养不够，假如仅在开会时把文章读了，他们可能体会到的不多，但文章预先寄到，他们先读了，一定使他们吃惊（e.g. H. Boorman 的天真，他那篇文章一无是处，研究政治而对文学无训练的人是相当可怜的）。我写书有经验，要同时介绍一本书分析一本书是极不容易的事。所讨论的书是读者熟知的，情形就不同。所以许多小说我介绍一下故事，下几语〔句〕断语就算了。你夹叙夹议（所 quote 的 passages 皆极 apt）的批评是一种真功夫，也是真会读书的人才会写的文章。你的文字照旧地流利，读下去极顺。

我的那篇一直没有寄给你，因为哥大人手不够，无法重打添印（后来时小姐写信来催，我衹好把仅有的一份底稿寄给她）。现在文章已由 China Quarterly 打好寄出，想你已看到了。这篇文章，文字较干净，自己还满意。我的着重点是十二年来中共妇女的生活，所以文艺批评方面，并没有太注重（虽然所引的小说，好坏都有，顺便提了几句）。近年来中共流行"历史"小说，作者可能有较大的自由，我着重contemporary life，所以所读的短篇小说，内容都较简单而公式化。我想黄佳英（《本报内部消息》主角）这种人物在追叙中共过去光荣的长篇中一定很多，《青春之歌》的女主角就是较理想主义的。我文章p. 21上有一个footnote，是个大笑话，不知你有没有注意到。Note 1中讲的是《美丽》的作者丰村[1]，而《爱情》（的）作者是李威仑[2]，根本是两个人。我已写信叫MacFarquhar把这个footnote削去了。我文章打好后，觉得《爱情》是可能被攻击的小说，再去翻看一下《人民文学》反修正主义的文章，把丰村误为《爱情》的作者，写了这一段footnote。我几年吃药，把脑子alert性减低，造成这个笑话。以后还得好好把警觉性提高。

《新儿女英雄传》、《吕梁英雄传》，我还没有看，预备飞伦敦前读它，但是这种小说的糟糕我书上也提了一下。现在Cyril Birch把这两本书大捧，李祁也跟他走，我在discuss 李祁 paper时可能要坚持一下中国新文学跟西洋走的写作路线。Birch把赵树理捧得很高，可能他《三言》体小说读得多了，对这种说话体有偏爱。赵树理的东西大半是极幼稚的，《三里湾》我是硬了头皮读下去的。其实赵树理作风在中共并没有多大影响，最近八九年来的小说（我在《人民文学》所读的短篇），大多是西洋体的，文字也很少有特别土（的）话。我以前读了延安时期和1949（年）前后的作品，觉得中共作家在dialect上特别卖力气，写作技巧也特别拙劣。最近九年的作品可能和抗战前的写作在技巧上较接近，也未可知。《暴风骤雨》两厚册我以前没有读，现在经你一说，《暴风骤雨》、《山乡巨变》实在是中共的正统

---

1 丰村（1917–1989），原名冯叶莘，生于河北（现河南）清丰县，代表作有《大地的城》、《望八里家》等。

2 李威仑（1930–），长春电影制片厂电影文学编辑，20世纪50年代曾在《人民文学》发表了《山前山后》、《爱情》。

文学，技巧方面想都是学苏联的"新写实主义"的。

　　KR 已航寄了一本，想已收到。我这两星期研究《西游记》，很感兴趣。《西游记》创作成分多，所以文章很一致，作者自己有观点，虽然有许多 episodes 是重复的，不能不佩服吴承恩是努力而有天才写小说的人。最后阿傩迦叶这一段是亏他想得出的。猪八戒写得极好。附近中国馆子很多，发现一家 New Moon，weekend serve 小笼馒头、生煎馒头、蟹壳黄（11 A.M.–3 P.M.），想去一试。在美国，恐怕除大饼油条外，普通中国东西都可以吃到。女作家丛苏[3]在中文图书馆做事，李又宁[4]在 Boorman project 做事，Christa 石[5]和他〔她〕的妹妹住在我们一条街上，贴隔壁的 apt bldg。这周末我要请她们吃饭。台大的学生，你教过的，一定还有很多。Joyce 学中文很起劲。再谈，即祝

　　近安

　　　　　　　　　　　　　　　　　　　　　弟　志清　上

　　〔又及〕在华大演讲，想一定很成功。Keene 读书很多，但 as a critic，他不及我们。看了 *Blood and Roses*，*The World of Harold Lloyd*。

3　丛苏，原名丛掖滋，山东文登人，1949 年随家人去台湾。在台湾大学外文系读书时，开始在《文学杂志》、《现代文学》、《自由中国》等刊物发表作品。20 世纪 60 年代初赴美留学，获西雅图华盛顿大学英国文学硕士和哥伦比亚大学图书馆硕士学位。此后长期供职于美国洛克菲勒纪念图书馆，并从事著述。代表作有《白色的网》、《秋雾》、《中国人》等。

4　李又宁（Bernadette Yu-ning Li），哥伦比亚大学历史系博士，现任教于纽约圣约翰大学亚洲研究院，代表作有《瞿秋白传》(*A Biography of Ch'ü Ch'iu-pai: From Youth to Party Leadership, 1899–1928*)、《社会主义引入中国》(*The Introduction of Socialism into China*)、《华族留美史：150 年的学习与成就》等。

5　即石纯仪。

556. 夏济安致夏志清（1962 年 7 月 30 日）

志清弟：

到 Lake Wilderness 住了三个晚上（星期四五六），很为愉快。今天（星期天）回来，看见来信，赶紧写回信。

谢谢你对文章的赞美。大作亦也〔已〕拜读，你我两文可能是对中共小说批评中最重要的文章。你所搜集的材料很多，scholarship 上已经很占优势，批评得都很中肯，文章要言不烦，而直搔痒处。中共生活下妇女生活的痛苦，照你分析，还是昭然若揭的。我们这次开会，如你所说，是因为有些人如 Boorman 等对文学修养不够，讲的话不能中肯。另外一个原因，是中共作品虽然一般水准不够，但产量亦不少，很少人能读得足够多的。我们都有点临时抱佛脚的紧张匆忙（包括世骧）。我徼幸找到两本讲英雄的小说，可以敷衍（不是坏意思）成文。中共"大跃进"以后的小说，据茅盾、周扬等所吹捧的（documentation 不难找），有这几部杰作：

《山乡巨变》、《红日》、《青春之歌》、《红旗谱》、《三家巷》、《苦菜花》、《林海雪原》、《百炼成钢》。在这八部以后，又有《创业史》、《六十年的变迁》、《红岩》等。这些作品（除了《三家巷》一小部分——很可笑的部分）都绝少受中国旧小说的影响。Birch 和李祁大约没有看中共的新作品，因此不知道中共的新写实主义作风，是已超过毛匪的延安谈话所规定的写法。赵树理恐怕已远不如当年

的重要。左联时代所培养的"写实主义"作风（虽然左联时代小说
能写实到什么程度，亦是很成问题的），现在反而表现成绩了（中
共清算了胡风，但并未抹杀胡风的主张。正如 Stalin 清算 Trotsky 与
Bukharin，但仍采纳 T.、B. 二人的主张也）。Birch 和李祁的着重点，
恐怕要被中共作家认为 unfair。你看了很多较新的短篇小说，印象和
我看长篇小说所得者相同。《苦菜花》相当 sentimental，但内容较那
两本《英雄传》丰富得多（至少有点心理描写）。《创业史》我正在看，
觉得写得很好，对男女恋爱写得很细腻，可以 bear out 你对于短篇
小说的意见。《创业史》中还强调"土改"时的贫农英雄后来渐趋保
守，大家都想"创"个人之"业"，祇有极少数真正积极分子（傻瓜青
年）才想"创"社会之"业"。这本书很值得一看。你在文章中提起在
办合作社运动中，青年与孩子逼他们父母参加合作社，《山乡巨变》
中的情形的确如此。这点我没有提（因为看书不够多，看不出其重
要性），你提起了，可以作为我的文章很好的补充。《创业史》、《山
乡巨变》里面的世界，其实很像 Balzac 所描写的（乡村生活：乡下人
的愚而诈，他们的极端贪财自私），我对于 Balzac 看得不多，看过的
（中译本）亦已大部分忘记，不敢把问题提出来。你假如有兴趣把《山
乡巨变》和《创业史》一看，再拿 Balzac 描写乡村生活的小说一比，
当有很重要的话可说。将来你的书再版，不妨添一章 Communist
Fiction III 也。（按：Balzac 是马克思所捧场的作家。）

关于土话，我看仍有人用，但相当新鲜，有些地方很有劲道。
赵树理我没有看过，但照那两本《英雄传》（《吕梁》与《新儿女》）的最
大坏处，是滥用旧小说 cliché。中共指挥下所发生的故事，成了旧小
说的翻版。中共英雄除能运用中共术语以外，其生活与英雄行为皆
旧小说中英雄的生活与行为也。Birch 看到这一点，但不能据此而批
评此类小说的内容空虚（尤其是，中共另有一种不照"旧小说"而写
作的小说在），这就是他没有尽了〔到〕批评家的责任。

我在 Seattle 还有一个星期逗留（七号飞金山），在此期间，当把

《创业史》看完，再看《百炼成钢》与周立波的一本什么"钢"（《铁水奔流》），以及草明的一本什么"钢"（《乘风破浪》）。曲波的《林海雪原》（东北游击英雄故事）一时借不到，不看亦罢。此外还想看些短篇小说。这一下子，可以准备得很充分地去开会了。

我这篇文章，同《鲁迅与左联》一文一样，完全是赶出来的，连头搭尾，一共花了一个月。那一个月的日子很紧张，写完后就比较relax了。我寄上的一份，是后来打的，打字错误百出；但寄伦敦的一份，是先打的，其中错误较少。连续两个weekend，都是玩掉的。先是侯健来，我陪他各处游玩。这一个weekend玩得特别高兴。Lake Wilderness是Seattle附近的一个小湖，环境很幽雅。有一Lodge，设备很好。这是我生平第一次过美国式的假期——该处就祇是〔有〕我一个中国人，和美国人混在一起，心情轻松活泼（这种乐趣，很多中国人——如马逢华等——很奇怪的不懂得享受的；中国人一定要和中国人一起玩，亦是心里不能适应的怪现象）。 这是华大与Ford Foundation合办的一次小说讲习会，听讲者三十余人，大部分为中年妇人（中学教员、housewives等），她们都很天真（对讲员都很佩服）。英国小说讨论 *Tom Jones*、*Lucky Jim*、*Tristram Shandy*；美国小说讨论 H. James的 *The American*、*Great Gatsby*、*Huck Finn*、*Catcher in the Rye*。听讲者免费领书，先看后讨论。我去时，讨论已过一半，所以对于英美小说部分没有听到什么。我的演讲，大为成功。听者虽无人懂中文，但我用的方法，完全是西洋一套，他们是都能欣赏的。Keene没有演讲，祇是参加一次Panel讨论（和女诗人Caroline Kizer[1]——即*KR*中写*A Month in Summer*的——该女为一怪物，但其父——他亦来参加——曾任

---

1 Caroline Kizer，应为Carolyn Kize（1925–2014），美国女诗人，曾获1985年普利策诗歌奖，代表作有《寒冷、平静与诗集》(*Cool, Calm, and Collected: Poems 1960–2000*)、《絮絮叨叨》(*Harping On: Poems 1985–1995*)、《子夜是我的哭泣》(*Midnight Was My Cry: New and Selected Poems*)等。

中国 UNRRA 主任，乃一标准旧式绅士）。Keene 说话神气很像 Joe Levenson[2]，两人脸亦有点像，都是像 *New Yorker* 中 Robt Day[3] 漫画人物，没有凶狠样子的，比较文雅。Keene 周末才来，来了就走，没有听见我的演讲。我们都很 shy，没有多交谈（*KR* 寄来得很及时，我拿它在学员中流传，没有功夫讨论，但看过的人都说很得益，很 enjoy 云。我把你的书亦大为宣传一番）。

Lake Wilderness 假如在纽约附近，一定成为一个很出名的 Holiday Resort（星期六晚上有跳舞，我没有下去）；但 Seattle 附近，有高山、大海、大湖，这个小湖我以前都没听说过。那地方亦有骑马、golf 等激烈运动，我对之当然毫无兴趣。多少年没有游水，湖水墨绿（给人幽静之感，湖为野鸭游栖之所，入晚群蛙鼓鸣）。我亦下起〔去〕涉水漂浮一番。有人带了小帆船去，我没有坐，但曾划 canoe，并不吃力。晚上乘凉，看星——这更是多少年没有享受的 luxury 了，即便在台湾时亦没有这种 relaxed mood。

我在这讲习会中很 popular。一则我没有专家的派头和架子，我待人非常和气；再则 Berkeley 还是个使人尊敬的名字，我的去伦敦开会更使我显得好像真是个专家似的；三则我的英文之流利（虽然并非绝对流利）亦使得一般美国人吃惊——他们觉得我的英文讲得比欧洲人好。会期中我是唯一中国专家，与世无争而受人尊敬，这种乐趣是你在 Indiana 开会时所没有享受到的。

2　Joe Levenson，即 Joseph R. Levenson（列文森，1920–1969），著名历史学家。1941 年毕业于哈佛大学，太平洋战争爆发后，加入美国海军。战后重回哈佛，1949 年获哈佛大学博士学位。1951 年起一直任教于加州大学伯克利分校，曾任 Jane K. Sather 讲座教授。1969 年意外落水身亡。代表作有《梁启超与近代中国思想》（*Liang Ch'i-ch'ao and the Mind of Modern China*）、《儒教中国及其现代命运》（*Confucian China and its Modern Fate*）等。

3　Robt Day，即 Robert James Day（罗伯特·戴，1900–1985），美国漫画家和插图画家，1949 年读者文摘杂志社出版一本幽默故事选集，由罗伯特·戴创作彩色插图，首次以"Robt Day"的名字落款。

会期中亦有些人生小插曲。有一个美貌少妇（有一个苍老妇女说：Isn't she attractive?）醉心文学。星期天（最后一天）她丈夫来接她回去。丈夫是个三十几岁 bull-necked ex-athlete 式的壮汉，大约在工程界做事。丈夫对于我们这种研究文学方式大为不满，他认为文学是看着玩的。妻子和他争辩，我在旁边，她指着我说：Listen to Professor Hsia! 我当然是做和事老的。他们夫妇大约本来感情很好，但是女的要去找寻另外一种满足，到乡下住一个星期听文学讨论；她愈听我们的分析，愈觉得小说里面奥妙无穷，因此和丈夫的距离就渐远。丈夫为了保护自己，亦不得不再三地说这种讨论之无意义，可是亦说不出一个理由。这种讨论会目的亦许要增进俗人对文学的欣赏能力，但结果可能造成家庭的小小悲剧。

还有一个女的，身材很高，年纪不大，大约廿五六岁吧，长得不难看，祇是鼻梁太高（恐怕是犹太人？），但为人非常温柔和气，亦很有一点 intellect。她知道我是从 Berkeley 来的，就来 seek me out。原来她亦住在 Berkeley（她事前已知道我的 Etna 住址，她住得和我相当近，约四五个 blocks），现在正在 U. C. 读法文系 Ph. D.，同时在旧金山之北 Rafael 小城中学里教法文。她开车亦是在巴黎学的，大约对于巴黎很熟悉。她看见了我，好像"他乡遇故知"似的高兴，想不到美国人亦有"同乡"观念也。我们答应回到 Berkeley 后要再见面，我还说："When next time we meet, we shall converse in French"，这当然不是 romance，但是回到 Berkeley 后，我若去 date 她，这将亦是以前所没有的经验。

我过去一直 complain 没有 vacation，想不到今年真正地享受了美国式的假期。一百块钱一次讲演，三天免费吃住游玩，足见人生一饮一啄，莫非前定也。

寄上照片两张，是上次赵冈来时，马逢华给照的，一张给你们留念，一张请寄给家里。在你们的新环境，可以吃到很好的中国

饭，Carol 想必很满意。Joyce 读中文有兴趣，闻之甚慰。再谈 专颂
近安

济安

七月卅日

〔又及〕《新儿女英雄传》第九回、第十四回都曾引李季之诗。

557. 夏志清致夏济安（1962 年 8 月 7 日）

济安哥：

来信已收到，知道你了〔去〕Lake Wilderness 玩了三天，精神愉快，甚慰。谢谢你对我那篇文章的赞美。今天收到了你的和施、杨的三篇文章。施和杨两篇都极冗长，粗略翻看一下，觉得都很噜苏。施友忠分析茅盾 as theorist，没有新见解。其实茅盾在"百花齐放"那一段时期，曾表现对中共的不满，可惜施没有看到。他的《夜读偶记》，据你以前信上说，内容也有问题，他也没有注意到。杨富森看来还不大会写学术论文。

我八月十二日八点 35 分抵伦敦，*China Quarterly* 替我定〔订〕了一间房，我们住的大约是同一 Hotel。上午如见不到，吃午饭时当可相聚。这次开会你看了这样许多长篇，别的人恐怕都没有什么准备，可以在会场上大表现一下身手。

附上程靖宇近信，他在日本找女友似不太容易。在和赵冈合照上你神气极好，似比以前胖一些。父亲关照我们旅行期间拍几张照片，所以不要把照相机忘带了。卡洛、建一近况皆好，建一读台湾出版的初一国语教科书。我在英期间，卡洛要同 Joyce and 她母亲到 Bermuda 去玩几天，在伦敦相见，一路顺风，即颂

旅安

弟 志清 上
八月七日

558. 夏济安致夏志清（1962年8月26日）

志清弟：

这是到了伦敦后的第三天，本来今天想去剑桥访问张心沧和大学，但昨天晚上出了一件小小的不幸之事，今天不想再出去瞎跑了，索性耽在旅馆里休息写信。

昨天（星期六）玩得很痛快。一早跟 Guided Tour 的 bus 去牛津并 Stratford；曾参观 Warwick Castle，内部的收藏与设备十分精美，叹为观止。晚上在 downtown 的香港酒家（橱窗里陈列《西游记》大闹天宫活动机关）吃饭，饭后看话剧 *Signpost to Murder*，Margaret Lockwood[1] 主演的侦探戏，相当紧张，但没有什么大道理。因为全部听懂，亦觉得很满意。

十一点后坐地下电车回旅馆，这几天我已把伦敦的 underground 全部摸熟（tube 一字似已不用，subway 这个字是用的，但似祇指底下的走道，行人在地下穿过马路），相当得意。几个大站如 Leicester Square（戏院荟萃之区）有极长的 Escalator —— 长得使人看了头晕，美国无此设备 —— 从地面通到地下，亦可说是伦敦的一"景"。且

1　Margaret Lockwood（玛格丽特·洛克伍德，1916–1990），英国女演员，是20世纪三四十年代英国最受欢迎的影星之一，主演过《贵妇失踪记》(*The Lady Vanishes*，1938)、《开往慕尼黑的夜车》(*Night Train to Munich*，1943)、《地狱圣女》(*The Wicked Lady*，1945)等。

说，我赶上platform，恰巧车子进站，我匆匆上车，不料后面赶来一个衣服相当漂亮的青年，面孔亦很清秀，抢着上车，上去后，手一拦不让我上车，他说他要下车。我身后有四五个相当清秀漂亮的青年，堵住我路，我亦无法后退。我头一回，心想不对，其中必有阴谋。一摸裤袋，皮夹子已不翼而飞。其时车子开动。前面拦路的青年跳下车子，向外飞跑，我身后那些青年亦一哄而散。Subway车站人这么多，我当然无法追寻。我大叫"Stop Thief"，亦无人理睬，别人似乎亦有瞎嚷的；我亦不知道嚷的人是贼还是正当旅客。我当即报告站长，十分钟后，有名的 C. I. D.（Criminal Investigative Division）派来一个十分魁梧而和善的侦探，把我的案子记下来。他给我看一本很厚的Album，皆伦敦惯窃之相。那些惯窃大多面目狰狞，我说偷我东西的人是些年轻相当漂亮的人。他说惯窃是训练徒弟的。想不到，时隔百年，Fagin 和 Artful Dodger[2]等仍活跃于伦敦，但是现在伦敦更大更乱，捉贼当然更难了。

侦探说：破案希望非常之小，但空皮夹子和文件等可掷在街上，如捡到可寄回给我。

损失徼幸并不重。一张 $500的cashier's check（即你没有收的），别人想无法去领。今天星期（天），银行不开门。我已打了电报给Bank of California，叫它止付。同时又写了封信去说明情形，照规矩，银行可回我这五百元钱。侦探说，贼亦不敢去cash这种巨额支票，因为弄得不好，反被破案。银行碰到巨额支票总需要些identification才可以领的。

现款计US$20的一张（即你给我的），一元单票约四五张，五镑钞票一张。加起来不到四十美金，算是瞎花花掉了（或算是买了一架中等照相机，或一套西装），虽忍痛牺牲，亦不算十分痛。

2　Fagin 和 Artful Dodger，均为狄更斯小说《雾都孤儿》（*Oliver Twist*）中的小偷形象，道奇（the Artful Dodger）是指神偷道奇，本名杰克·道奇斯（Jack Dawkins），是一帮小扒手的头目，而费金（Fagin）则负责训练和管理他们。

　　文件顶要紧的是我的加州 Driver's License，关于此事我已写信给加州车辆局，请求补发。此外都是些不重要的，如 Health Insurance Card、AAA card、图书馆 card 等。还有父亲、母亲、玉瑛妹的照片，虽舍不得丢，但都是 replaceable 的。

　　当时使我相当气愤的是，那种扒手太明目张胆了。上海我亦曾被扒过两次，都是在人挤的时候，有人顺手牵羊，偷了一时亦不发觉。这一次，许多不良少年（Teddy Boy）包围住我，好像硬抢一般，心里有点不服气。当时，我亦不敢去抓他们，他们人多，被他们打一顿，更花〔划〕不来了。

　　你屡次叮嘱我出门小心，我还遭受这次损失，很觉对不起。徼幸的是，我旅行文件全部未被碰，另外一只口袋的旅行支票亦未丢。另一只口袋有四张 £1 与 10s. 一张钞票，亦未丢。那些先令辨〔便〕士角子等，亦未丢。我袋袋里满是东西，如要偷光，亦非容易。

　　看来，全世界各大都市盗贼横行，仍以伦敦为最恶劣。纽约有硬抢的匪帮，但尚未闻有硬偷的。你在纽约出门就坐 Taxi，这是最聪明之举。我若于戏馆中出来，立刻叫一部 Taxi 回旅馆，即不会被偷了。巴黎的情形想亦不太妙，但你道路不熟，多坐 Taxi，少乱闯，可以安全得多。

　　这次伦敦之行，虽遭贼偷，但对英国的印象仍不坏。昨天一路的风景很好，星期五和 MacFarquhar 吃中饭，谈了两个钟头，很高兴，他 assign 了很多题目。这次开会文章专集，他说请 Birch 作序，我作跋 —— predict 共匪文学的前途（飞机票可以稿费作抵，请释念）。

　　星期四、星期五两天晚上都可能白相夜总会或看戏等，但提前休息，没有去。如白相夜总会，亦可能冤枉花掉些钱（昨天精神养足了，大白相，反而出事）。

　　伦敦的名胜古迹（如 Tower、国会、St. Paul 等）都在外面跑过，没有进去。但巧的是在街上碰到华大旧友（Berkeley 的 Ph. D.）Ben

Hoover（现在Brandeis大学教英文）， 他是Dr. Johnson专家， 正在British Museum埋头研究Dr. Johnson，他带我进Museum里匆匆一看。今天晚上他请我吃晚饭，今天虽星期天，但他是老伦敦，总有地方可去的。

坐过一次tour，在伦敦东部兜圈子，那是犹太人区、Dock Areas等（Soho亦在附近？），普通旅客不大去的。想不到希特勒大炸伦敦，把中心繁华区（Piccadilly一带，银行区，政府衙门区）没有碰，反而把Chinatown炸光了。现在Chinatown祇剩些破烂小房子，中国人多已迁出。废墟上将陆续兴建廉价公寓。

你介绍的Atlantic旅馆，这几天客满，我现住在隔壁的Snow's旅馆（139 Cromwell Road），设备等想与Atlantic相仿。Atlantic很赤心忠良，把你留下的书和文章，好好保存，交还给我。我预备把文章丢掉，三本书（*China Quarterly*与中苏关系）带回Seattle。定明天中午（星期一）飞回Seattle。

MacFarquhar对你大为佩服，说你是这次开会最成功的一人。*Times Literary Supplement*关于这次开会已有社论讨论，是Clarks Harris[3]（？）写的。其中祇提起Boorman（B即住在Harris家中，现尚未走）与Birch两篇文章，MacF.很不服。*Times Literary Supplement*纽约想有得买〔卖〕，我亦不寄给你了。没有工夫去*China Quarterly* Office，因此没有遇着美女Osborn。英国人大多生得都很"细气"。

你在巴黎一个人白相，想必很吃力。MacF.想介绍几个朋友给你，但你没有留下地址，不能跟你联络。我们这次旅行，忘了利用American Express Co.，他们亦有Guided Tour，介绍旅馆、通信联络等较方便。我在伦敦碰到的美国游客都是利用American Express Co.的。

3　Clarks Harris，不详。

Carol 和 Joyce 想都已从 Bermuda 回来。Joyce 能多晒晒太阳总是好的。请向她们问好。我虽小破财，但遇事看得开，亦就认命了。请你们不要懊丧。专此

祝好

济安

八月廿六日

〔又及〕爱丁堡的 International Writers Conference on the Novel 刚闭幕，到有 Mary McCarthy、Norman Mailer[4]、Angus Wilson[5]、David Daiches 等两千余人，据各报报道，秩序紊乱，讨论内容空虚，大为失败云。

---

4 诺曼·梅勒（Norman Mailer，1923–2007），美国著名作家，美国文学艺术院院士，曾两次荣获普利策奖，被誉为20世纪最伟大的美国作家之一。代表作有《裸者与死者》(The Naked and the Dead)、《硬汉不跳舞》(Tough Guys Don't Dance)、《刽子手之歌》(The Executioner's Song) 等。

5 Angus Wilson（安格斯·威尔逊，1913–1991），英国小说家、批评家，毕业于牛津大学，曾任职于大英博物馆，代表作有《如此可爱的渡渡鸟》(Such Darling Dodos)、《盎格鲁—撒克逊态度》(Anglo-Saxon Attitudes)、《查尔斯·狄更斯的世界》(The World of Charles Dickens) 等。

559. 夏志清致夏济安（1962 年 9 月 3 日）

济安哥：

　　欧洲玩了两星期，很累，至今才和你通信。你伦敦寄出的信，读后很气愤，想不到 teddy boys 竟如此可恶，明目张胆地抢你的皮夹子。亏得损失不算重大，那张 cashier's check 想你抵 Seattle 后已由银行原数还你了。我在巴黎也出了一次小毛病，是从 Hotel Princesse Caroline check out 后乘 cab 开到 Terminal 后所发生的。我付旅馆账单时把小额钞票都用完了，剩下的是几张一百 franc 的钞票。是我不智，若付 hotel bill 时拿一张一百 franc 去找，手边必有很多小票子。我因为要看守行李，无法进 Terminal 去兑换小额票子，祇好拿一张百元 franc 出来，和 cabbie 算账。此开车人，也是恶少，英语一句也不会讲，一路上我同他讲了几句英语，他早已烦了。知道我是 tourist，可以欺侮，他把我那张百元 franc 先放进他的皮夹子，然后给我几个 coins，三张十元 franc 票，一张 1000 元的老法郎票。我知道 1000 老法郎所值无多，但不知值多少，就和他争辩。此人回到车内坐定，说了许多法文，好像不屑和我理解〔论〕的样子，他发动 motor，我的左手还在右边玻璃窗内，他竟开车疾飞而去了。进 Terminal 一问知道 1000 老法郎仅值十个新法郎，他骗去了五十法郎。虽然五十法郎仅抵美金十元，所值无多，但此人如此 rude、如此 brazen，我也气了半天，所以更可想象你被硬抢后的心境。那天

星期天，我到 Terminal 较早，本来想 check 了行李到附近 Hotel Les
Invalids 去玩玩，但 Terminal 无 check 行李之处，祇好坐 bus 先到飞机
场空等，飞机四时起飞，加上那天 mood 已转坏，相当无聊。

　　星期四下午抵达巴黎后，由 information desk 介绍一家旅馆叫
Hotel Rapp，在 Terminal 附近，设备极旧，且无 private 浴室，极不方
便，次晨即 check out，到 Princesse Caroline 去住。Princesse Caroline
原名 Lyon，也是家旧旅馆，但旅客多是美国下级军官，所以招待很
周到（Champs-Elysées 大街有一家 Park Hotel，才是真的美国新型旅
馆）。星期四下午坐 bus 过桥，到 Champs-Elysées 走走，此街特别宽
阔，一端即是 Tuileries 公园和 Louvre 宫，一端是 arch of Triumph，
气势雄壮，两排人行道上露天 café 很多，游人也很拥挤。许多电影
院都在映 Monroe 的旧片。我没有什么计划，走进一家 drug store，
订了一张 Folies Bergère 的票，当晚看戏，很满意。节目很长，八
点半开场，十二点方闭幕。大半节目都着重服饰考究，把法国有
史以来的各时代的 costumes 表演一番。较新的节目如 *Charleston*，
Twist，ballet 还是靠美国的，可见法国近五十年在 musical comedy 方
面没有什么贡献。裸女也有五六位，但引不起什么性感，仅是装
饰品而已。厕所外边守着老太婆，解手后要 tip，usher 领你入座，
也要 tip，颇给人厌恶之感（飞机场很新式，厕所门口也坐个女人，
等 tip）。星期五晨坐了 Cityrama 的 bus，参观了巴黎全城名胜，给
我印象极好，巴黎城宽大，architecture style 都能很一致，几座有名
buildings 都很 pleasing，虽然我对法国历史不太熟，看到后也很受
感动。下午参观 Louvre 博物馆，馆内东西太多，看不胜看。我看
了些希腊 sculpture，十九世纪名画（Ingres[1] 几张名画，司空见惯，
但 Ingres 着色的细腻和润，非看原画，不能领略），意大利文艺复

---

[1] Ingres（Jean Auguste Dominique Ingres，安格尔，1780–1867），法国新古典画家，
代表作有《土耳其浴女》(*The Turkish Bath*)、《泉》(*The Source*)、《大宫女》(*Grande Odalisque*) 等。

兴名画，Da Vinci[2]名画有四五张，*Mona Lisa*全画带有green tinge，reproductions上看不太清楚。Botticelli[3]的画我极爱好，也有几张，此外Titian、El Greco巨幅名画，实在一时无法多欣赏。Louvre游客极多，警察人手不够，名画都有被deface的危险。一张名画（查书，是Ghirlandaio[4]的*Portrait of an Old Man & His Grandson*），老人鼻子上有了很多条铅笔scrawl，还没有擦掉。许多裸女sculpture，两腿之间划了铅笔黑印，还没有全部擦掉。这种情形，在美国大museum是不会有的。Louvre没有冷气，游人怎〔这〕样多，空气不很好，几张特别名画，如*Mona Lisa*，都装在玻璃框内，免得人动手去碰。但玻璃和图画表面之间，积了水蒸气，画本身也可能deteriorate的。时间匆迫，印象派大师的画，我都没有看到。

当晚仍参加Cityrama的tourist group，看了四家night clubs，前三家没有什么道理，最后Lido节目很好，我看到的仅一部分，想你在Las Vegas看的更精彩。第三家是Pigalle，场面虽较Frankfurt的伟大，但给我印象不太好，不如Frankfurt的那样多少有些人情味。我觉得巴黎的night clubs不够gay，游客呆呆坐着，给人depressing的感觉。巴黎的striptease最perfunctory，一无是处，远不如Frankfurt和美国。

星期六上午shopping，买了些香水之类。下午参观Notre Dame[5]，这样一座Gothic大建筑，看后可令人感动到流泪。即〔接〕着

2　即达·芬奇。

3　Botticelli（Sandro Botticelli，波提切利，1445–1510），意大利文艺复兴早期画家，代表作有《维纳斯的诞生》(*The Birth of Venus*)、《春》(*Primavera*)。

4　Ghirlandaio（Domenico Ghirlandaio，多梅尼哥·基尔兰达约，1449–1494），意大利文艺复兴时期画家，代表作有《老人和他的孙子》(*An Old Man and His Grandson*)、《荣耀圣母与圣徒》(*Madonna in Glory with Saints*)、《哀悼基督》(*Lamentation Over the Dead Christ*) 等。

5　即巴黎圣母院。

在 Left Bank 走看，许多书摊出售的都是经书和翻印的图画，纸张都已陈旧，不知什么人会买这种东西。再下去是 St. Michel 大街，是大学生的拉丁区，街上尽是青年，东方人也不少，但最得意(的)是黑人，这里正是他们的天堂。法国的黑人比美国的 slender，脸上也没有这样许多油光。他们相当 dapper，脸上都露 arrogant or supercilious 的神色。许多电影院都映滑稽片(Laurel & Hardy[6]，Chaplin)，有一家上映贾克彭尼[7]、卡洛朗白[8]合演(的) *To Be or Not to Be*[9]，刘别谦导演。我 20's 电影很熟，却从未听见过这张电影。在 Latin Quarter 吃了一顿中国饭，回旅馆休息一下，在 Champs-Elysées 去看了一家小型 night club，此家酒价开得很高，striptease 节目也照样地 depressing，我坐了一回，就回旅馆了。

星期六那天我没有什么计划，本可来伦敦，但我星期天即预备返美，所以就在巴黎留下了。巴黎看了三天，如有机会看看以巴黎为背景的小说，必更饶兴趣。伦敦以后有机会，当要好好地观光一下。

6　Laurel and Hardy，指长期搭档的滑稽片演员 Stan Laurel（劳莱，1890–1965）和 Oliver Hardy（哈代，1892–1957），劳莱出生于英国，后在美国发展，哈代出生于美国，两人于 1926 年开始搭档拍片，共同主演了一百多部影片，如《大买卖》(*Big Business*)、《原谅我们》(*Pardon Us*)、《沙漠之子》(*Sons of the Dersert*)等，是美国早期电影中很受欢迎的一对组合。

7　贾克彭尼(Jack Benny，一译杰克·本尼，1894–1974)，美国影视演员、小提琴家，他的广播电视节目从 20 世纪 30 年代一直流行到他去世，对情景喜剧产生了很大的影响。代表影片有《查理的姑妈》(*Charley's Aunt*)、《你逃我也逃》(*To Be or Not to Be*)等。

8　卡洛朗白(Carole Lombard，一译卡洛尔·隆巴德，1908–1942)，美国女演员，尤善喜剧，是 20 世纪 30 年代好莱坞最有才华的女星之一，1936 年获奥斯卡最佳女主角奖提名。代表影片有《闺女怀春》(*My Man Godfrey*)、《二十世纪快车》(*Twentieth Century*)等。

9　*To Be or Not to Be*(《你逃我也逃》，1942)，美国喜剧片，刘别谦导演，卡洛尔·隆巴德(Carole Lombard)、杰克·本尼(Jack Benny)主演，联美发行。

The China Quarterly，我答应写一篇周作人，有机会可把周作人的文字全部读一遍。别的文章，MacFarquhar 虽出了很多题目，一时实在无法应付，第一年在哥大教书，必异常忙碌，抽不出时间研究中共文学也。这星期在读 *The Koran*[10]，dull 不堪，Mohammed 讲来讲去几条简单的道理，思想水准恐还够不上 *The Book of Mormon*[11]。我教一门 Undergraduate Oriental Humanities，近东也包括在内，所以近东名著都得看一遍。

程靖宇有信来，真的在东京和一位日本女郎订婚了，我很为他高兴。信附上。高桥咲子想是很纯洁的姑娘，他能找到这样一位年轻美貌的女郎，的确比和 Ada Chang or 日本红星结婚幸福得多。你有兴趣，也该到日本去一游，如能找到一位贤淑的女郎，也是好事。

玉瑛妹已决定在上海住下，伴父母，下学年不返福建教书了，你照片洗好后，可早日寄几张到家中去。Carol、Joyce 在 Bermuda 住了一星期，在娘家住了一星期，与我同日返纽约。Joyce 身体很好。你在 Seattle 再住几天？不多写了，即颂

近安

弟 志清 上
九月三日

---

10 *The Koran*，即伊斯兰教经典《古兰经》。
11 *The Book of Mormon*，指摩门教的经典《摩门经》。

560. 夏济安致夏志清（1962 年 9 月 7 日）

志清弟：

　　接来信知已安返纽约，甚慰。巴黎车夫敲竹杠之类的事情，中国过去各城市中亦皆有之。过去留学生在外国亦常受这类小欺侮，据我读书所得印象，大抵中国留学生很佩服日本之秩序，日本的码头车站等地，管理得很好 —— 虽然中国人那时总是神经过敏地觉得日本人在压迫中国人。而中国内地学生初到上海，必受欺侮 —— 言语不通吃亏在先；一般上海人的确亦是看不起外省人，尤其是外省的穷学生。出去留学的，到马赛必大吃其亏，去英、美、德的，印象似较好。我这次去欧洲之后，真的很想研究一下中国过去留学生海外旅行的心得 —— 好像研究瞿秋白留俄一般。海外旅行与留学，亦是浪漫主义的表现，一般社会人士之镀金思想则为功利主义的表现也。

　　我虽在英国被偷，对英国的印象仍很好，觉得在英国一个人的日子可以过得很舒服。尤其是占时可达一个钟头的早餐，那真是一种享受；我吃早餐时，看三份报纸，*Times*，*Guardian* 与 *Daily Telegraph*，报纸的文章写得都很好（虽然英国的 yellow journalism 比美国的更糟），印刷清楚，校对亦少错误，篇幅不像 *N. Y. Times* 那么多。英国的乡村风景亦很好，美国似乎没有一处有像那样的风景的。英国最贵的是抽烟，我抽板烟，一盎司一小铁盒，要五先令多，祇可抽一天。在加州，一纸包Bond Street（可能两盎司），祇消二角不到，可抽两天——其间差别甚大。

总之，如我所说：欧洲的光荣是十九世纪的，自从1914年八月炮声一响，这种光荣就不再来了。去欧洲的人总带着一点怀古的幽情；虽然中国早期留学生还是抱着"观光上国"的心理去欧洲的。我们因为从美国去的，反有一种condescending、patronizing的态度，这是前辈留学生所不能想象的。你在巴黎大受感动，我还没有这样的经验。

欧洲无论多么好，回到美国可像到了家了。这次欧洲之行，实在是增加了我对美国的感情，即使是和我没有十分关系的Seattle，我下了飞机觉得对它特别亲热。没有办法的，我们是成了美国人了。在伦敦参加Guided Tour，美国人当然一望而知，而美国人中的Californians，对我似乎亦有点"他乡遇故知"之感。

这次我忘了带我那用熟的Leica，那架廉价Agfa毕竟不行。微幸我们在Heidelberg的那张合影，还算清楚，二人神气亦还算愉快，父母亲看见了心里亦会高兴。你的几张眉头都皱得很紧，寄上公园里的一张面上有一条scratch，更觉歉疚。我们的合影寄上八张，可以够送人的了。

回来以后，继续我的Research。看了何其芳在40's的诗《夜歌和白天的歌》和丁玲的一些短篇小说。丁玲《我在霞村的时候》写得很好，一个寂寞的女人（丁玲）对于另一个寂寞的女人（受侮辱与损害的女人，亦给共党所利用）的同情，写得很深刻。丁玲《新的信念》是一个很残酷的故事——一个老太婆给日本人逼疯了，而共党更利用她的疯做宣传；形式上没有《霞村》完美，但描写战争与共党的残酷，还是很动人的。何其芳亦颇有些佳句。1942年后，何不写诗，丁不写小说，都说为学习而忙，而毛的压力便愈来愈大了。

你的书中有一点小错误，《三八节有感》怎么变成《五八节有感》了？（正文与index皆然）希望再版时更正。关于王实味，1944

年重庆有一批记者去参观延安时看见他。赵超构[1]（《新民报》记者——你说萧军在成都工作的《新民报》（？）是共党报纸，但重庆的《新民报》是张恨水他们编的）的《延安一月》中描写他的自我谴责的 vehemence，很可怜。虽王实味的话很少被 quote 在那书中，但他说"他还要从事政治工作"，其人之命运亦可想而知。《野百合花》Hoover 有，我回加州后当去一查；Hoover 还有些《解放日报》，大约亦值得一看的。

昨天借到一本《我与文学》——郑振铎、傅东华编，1937 年出版，为《文学》一周年纪念的附刊。茅盾一篇，似在其集中所未见者。巴金投稿两篇，一篇用巴金之名，一篇用王文慧之名。艾芜有一篇，可算是简短的自传。胡风《理想主义者时代的回忆》亦有很好的自传资料，不知曾被人引用过否？

周立波曾作文分析过 1936–1937 两年的小说，似颇有见地。他曾翻译《被开垦了的处女地》（生活书店出版）。《新观察》（北平，1951 年二月十日）有一篇周立波的《读书札记》，很短，但分析新旧小说的优劣点，很扼要而有见解。他指出"旧小说的缺点"："环境、生活和心理的仔细描写，章回小说是稍稍逊于西洋小说的"。1951 年还是"民族形式"占优势的时候，他敢说这句话，亦是太不容易了。（他又说旧小说"不能使用富有魅惑力的散文，回旋如意的、沁人心脾的表现……情感"。）

程靖宇的浪漫史，我认为太浪漫一点，未必会有好下场（不是触他霉头，祇是凭常识判断也）。他的地址我这里没有，返加州后当去信向他道贺。你如去信，不妨替我带一笔。

Joyce 曾经拿她的"国语"读给我听，读得很好，现在想必更有进步。Bermuda 回来后，是否气色更健康为念。Carol 的 Bermuda 之

1　赵超构（1910–1992），笔名林放，浙江里安人，曾任《辞海》副主编、《新民晚报》社长等，代表作有《延安一月》、《未晚谈》等。

游想必甚乐。

兹附上支票一纸$600，作为贴补家用之用。我丢的那张支票，银行已让我填了一张表——表示我即使再捡到那张纸，亦不可去领钱——相当时间后（再隔一两个礼拜），可以把钱还我；反正我亦不等用，他们答应还我，亦就够了（我虽去欧洲，UW薪水照给，亦不无小补）。

在此间碰到一个从上海逃出来的人。据谈：共党ration的东西是很少的，但去年开始（公社失败后），恢复黑市，农人可销售其货物，增加收入；城里人可吃得好些。黑市价约十倍于ration，如鸡蛋约合美金三角，祇要有钱，还可吃得不差。谈话那人的家——亦是开厂的，小资产阶级一个月开销亦得用美金$150元云。我们家的人少，$100元想亦够了。

我十五日飞回加州，别的再谈。专颂

近安

济安
九月七日

561. 夏志清致夏济安（1962 年 9 月 20 日）

济安哥：

七月七日信及附上支票 $600 一纸，照片十多张都早已收到，两星期多来一直忙着读书没有写信，甚歉。支票一纸承你补寄给我，希望你丢掉的六百元，银行已照原数奉还你了。其实你这次东来欧游，破费很大，家用用不到〔着〕很 punctual 地寄给我。以前我在 New Haven、Ann Arbor、Texas，收入较少，生活较苦，现在收入增加，接济父母已不再是个 burden 了。廉价照相机摄影成绩尚好，我们的合影，表情都是比较愉快的，我家信还没有写，写信时当把欧游经过报告一下，你也不妨写封信，以免父母想念。今天收到 MacFarquhar 寄来在 Ditchley Manor 和 Stratford 拍的合照数张，成绩还好。在莎翁故居门前所摄的那张，大家笑容满面，最有纪念性。世骧一定也有这一份照片，你想已看到。

哥大下星期开学，为了准备功课起见，我最近多看汉学杂志。在 Yale 时我没有读这种专门刊物，后来也一直没有机会读到。所以这一次还是第一次大看汉学家的专门著作。可惜我法文根底太浅，看书不方便，有机会把法文自修一下，学术文章一定不难读。*Bulletin of Museum of Far Eastern Antiquities* 自 1929 年出版，Karlgren 差不多期期有文章，每一期（年刊）有时有两三篇，等于是他的私人杂志。而且文章都很长，book-size，此公数十年来不断努力，实在令人佩服。他对汉朝及先秦的texts极熟，小学有根底，人种学、考古学也有研究，的确是大汉学家。而且考证很细心，不爱乱下结论，我想他在学术方面的贡献是大于胡适及清代汉学家的。*Bulletin*第十八期有一篇*Legends and Cults in Ancient China*，是一篇一百七十页的长文，你对神话大有兴趣，有空可以一读（同期Karlgren另有两篇专文，三文篇幅占382页，这是他一年的成绩，实在惊人）。法国汉学家，Pelliot[1]可算是他同道，较早的Granet[2]、Maspero[3]、Chavannes[4]，Karlgren觉得他们"大胆假设"太多，了解汉文方面也有问题。《通报》的Duyvendark[5]学问也很solid，他的successor Paul Demiéville[6]用法文写文章，兴趣似偏于敦煌和通俗文学。*Harvard Journal of Asiatic Studies*中文方面的台柱是杨联陞、Achilles Fang、Hightower。杨联陞学问很博，但研究的都是些经

1　Pelliot（Paul Pelliot，伯希和，1878–1945），法国汉学家、东方学家。1900年后，曾多次来中国考察或探险，收集图书和艺术品，特别是1908年从敦煌莫高窟带走了六七千卷古代珍贵文书，以及其他文物。曾长期主编欧洲汉学杂志《通报》，并任法国亚洲学会主席。代表作有《敦煌洞窟》（*Les grottes de Touen-Houang*）等。

2　Granet（Marcel Granet，葛兰言，1884–1940），法国汉学家、社会学家，代表作有《中国宗教》（*La religion des Chinois*）、《中国文明》（*La civilisation chinoise*）等。

3　Maspero（Henri Maspero，马伯乐，1883–1945），法国汉学家，埃及学家Gaston Maspero之子，代表作有《古代中国》（*La Chine Antique*）等。

4　Chavannes（Édouard Chavannes，沙畹，1865–1918），法国汉学家，伯希和、葛兰言、马伯乐均为其学生，曾法译《史记》（*Les Mémoires historiques de Se-ma Ts'ien traduits et annotés*），并著有《西突厥史料》（*Documents sur les Tou-kiue[Turks] occidentaux*）、《中国两汉石刻》（*La Sculpture sur pierre en Chine au temps des deux dynasties Han*）等。

5　Duyvendark（J. J. L. Duyvendak，戴闻达，1889–1954），荷兰汉学家，代表作有《1794–1795年荷兰赴华使节记》（*The Last Dutch Embassy to Chinese Court, 1794–1795*）、《中国发现非洲》（*China's Discovery of Africa*），并译有《道德经》等。

6　Paul Demiéville（戴密微，1894–1979），法国汉学家、东方学家，对中国佛教、道教、敦煌学、语言学、古典文学等均有精深研究，代表作有《吐蕃僧诤记》、《从敦煌写本看汉族佛教传入吐蕃的历史》等。

济社会的冷门问题。Achilles Fang 文学方面造诣很深，古文根底也好，可惜文章不多。Hightower 很稳，很小心，也有普通的文学常识。英国的 *Asia Major*、*New Series* 是比较后起的，Waley 以后，英国似乎还没有大学者。Hawkes、Pulleyblank[7] 年龄还轻，讲起学问远不如前辈 sinologists。加大的 Schaefer 文章很多，我和 Maeth[8] 谈话，他对 Schaefer 和 Boodberg 都大为佩服，他自己也走"考证"之路。我虽不弄考证，但对洋人肯花毕生精力研究汉文的精神很佩服，他们的贡献至少不在胡适、傅斯年之下。现在美国学人，懂了白话，即可写书，研究近代中国，情形和前辈学人大不相同。普通 Ph. D. 写了一本书，肚中学问掏空，大有丁玲"一本书主义"的作风。我翻了些 journals，对什么人研究些什么东西，有了些认识，教书比较方便。但翻翻那些年刊、季刊，真正讨论文学的文章，实在不多。Hughes 的 *The Art of Letters*（《文赋》）给 Achilles Fang 大骂，此公在牛津教了多少年中文，程度实在糟透。Hawkes 是他的学生，比他强多了。吴世昌在牛津郁郁不得志，已返中共。柳存仁已去澳洲教书，他的《封神榜》考证（《The Authorship of 封神演义》）已英文重写出书，德国出版，他送了一本给蒋彝（蒋同我 share office）。

　　我一方面还得看看阿剌〔拉〕伯波斯文学，所以三星期来一切 research 暂时停顿。你继续不断研究中共和左联文学，心得愈来愈多，这样专心一致做学问，也是大乐事。谢谢你指出"五八节"的错误，我书仔细校对了几遍，这个笔误一直没有看到，也是怪事。其他小错误也有好多处，我已做了个 list 了。《新民报》大约不是中共的报纸，我把它误认为中共报纸，事实上没有什么证据，但听人误传

7　Pulleyblank（Edwin G. Pulleyblank，蒲立本，1922–2013），加拿大汉学家，英属哥伦比亚大学荣誉教授，代表作有《中古汉语》（*Middle Chinese: A Study in Historical Phonology*）等。

8　Russell Maeth，加州大学伯克利分校毕业，1962–1967 年在哥大攻读博士。同时主持高中汉语教学，著有 *An Introduction to the Structure of Chinese Writing System*。

而已。你做学问的小心，我们朋友间是没有人比得上的（你的former同事神父Serruys在专门杂志上发表过不少文章）。

以前吴鲁芹寄给我的《毛姆小说集》已收到，还没有去谢他。昨天收到你转寄给我（的）《凌叔华选集》和《新诗的未来》一文，她亲笔题名，颇使我受宠若惊。陈源夫妇和张心沧认识，不知凌叔华如何知道你的地址的。你给我她的address，我也得写信谢他〔她〕。哥大有中国要人自传oral project，吴国桢也曾来哥大灌音（顾维钧现在灌音），据人说他曾打听我是什么人，要向我再三致意。我现在稍有地位，有些人见了我很尊敬的样子，我既不会客套，不知如何应付。

返Berkeley后想已和世骧夫妇、Birch见到了，请多致意。世骧处我应该给他一封信，他曾答应把他所写的文学书评都寄给我，并且代我写书评，诚意可感。我去欧洲和你有同感。住在Hotel Princesse Caroline见了美国军官，尤其是他们的孩子，特别有亲热之感。同旅馆住着一个中国俗人浦家麟，是台北远东图书公司的经理（他和刘守宜相识），一定要和我联络，相当讨厌。时小姐返纽约，曾请她吃顿饭，参观了哥大远东系，董同龢途经纽约，也同他吃了一顿饭。

建一上课9时到3时半，相当严，老师是尼姑，男女学生都穿制服。但尼姑教课认真，Joyce颇感兴趣，反无在幼稚园被bored的感觉。Carol每天接送，下午有时可以抽闲看一场电影。我看了*Jules & Jim*[9]，Jeanne Moreau很subtle，嘉宝和她相比，简直可笑。英文系还没有好好去交际，Richard Chase[10]今夏heart attack去世。

---

9 *Jules & Jim*（《祖与占》，1962），法国浪漫电影，弗朗索瓦·特吕弗（François Truffaut）导演，让娜·莫罗、奥斯卡·沃纳（Oskar Werner）主演，Janus Films发行。

10 Richard Chase（1914–1962），美国文学批评家，哥伦比亚大学英文系教授，代表作有《美国小说及其传统》（*The American Novel and its Tradition*）、《赫尔曼·麦尔维尔》（*Herman Melville, A Critical Study*）等。

Eric Bentley、F. W. Dupee[11] 都在哥大教书。再谈，即请

近安

弟 志清 上

九月二十日

11　F. W. Dupee（杜皮，1904–1979），美国文学批评家，哥伦比亚大学英文系教授，长期为《党派评论》、《纽约时报书评》撰稿，代表作有《亨利·詹姆斯之问》（*The Question of Henry James: A Collection of Critical Essays*）、《猫王以及关于作家与写作的评论》（*The King of the Cats and Other Remarks on Writers and Writing*）等。

562. 夏济安致夏志清（1962 年 9 月 27 日）

志清弟：

　　接奉来信，甚是快慰。大读洋文汉学期刊，我亦是蓄念已久，可惜没有这么多时间。瞎谈中共问题，究竟不是大学问，真想做学者，还得走汉学一路。据我看来，许多洋人汉学家对于中国古书，并不很熟悉，但对于其他洋人各学说家，倒是了然于胸的。因此对于许多问题，他们都可以搬出一大堆学说来，问题到底应如何解决，他们反可以不管（而且这的确亦难管）。我有些朋友 —— 尚未成名的汉学家 —— 去应博士学位的 prelim 口试，是只想去 quote 各家学说以应付考官的，而他们知道考官所能问者，亦不是问题（中国古书）本身，而是各家学说。目前中国人中读古书读得顶熟的人恐是钱穆，如让他来主持考试，美国许多汉学家（已成名的）恐怕将要一败涂地，但是如叫钱穆来应美国大学的 prelim（即使他英文能对答如流），他亦可能被 flunk 的。

　　美国的 Sinology 恐将成为 Knowledge about Sinology，但 Knowledge about Sinology 的确亦是真想弄汉学的人不可不具备的。

　　关于汉学，有两种材料，我认为亦很重要：一是日本人的著作，日本人因为读汉文较省力，而且他们苦干的精神不在欧洲人之下，他们的成绩是了不起的。二是中国方面的，中央研究院、北大、清华、燕京等那些学报期刊，我早就想好好地读一遍了。中共的暴政犹如当年康熙雍正，可以逼人读古书；中共统治下面，学者无疑更用功（这是避祸之法），有些学者，的确可以写出些好的考证论文来的。（在考证学方面，中共容许较宽，比之文艺的鸣放。）

中国五四以来的 Scholarship 方面的成就，很少有人讨论过，我是很想讨论的。王国维是近代学人中，我所最佩服的人，他是 serve holy ghost 的，但要讨论他的学问，谈何容易？这里 Levenson 鼓励学生写章太炎作为毕业论文，学生同我来讨论，结果发现：批评章太炎 as a scholar，是太难了，只好谈谈他的革命思想与活动——那据我看来，又是太容易了。

哈佛优秀学生 David Roy，在写郭沫若作为毕业论文，不知他如何写法。郭匪还是靠他的学者头衔来欺世盗名的。但香港反共作家史剑要"批判"他，对于他这一个头衔，还是不敢碰。我是很想去碰它一碰。

郭匪对共方顶大的 service 是把马列思想引入国学范围（鲁迅研究旧小说，则还是清儒王国维一路的）。他的《中国古代社会研究》成为 best seller，是中国近代思想史上一件大事。和他同时的学者研究成绩（关于中国古代史的）数量上是相当多的，但其总和的影响不及郭匪一书。胡适、傅斯年、顾颉刚等影响不到"人民"，郭则连中学生、小店员都能欣赏的。中国的老、少学究，常有自卑感（不懂西洋学问），郭更可以把他们欺侮。你总记得北大红楼有个"小学究"姓马的吧？矮小个儿，西装穿得很俗气，他是宁波学阀马家的本家。他跟我谈论时，就很佩服郭沫若的。

郭的方法其实亦是，"大胆的假设（马列主义），小心的（to the best he can）求证"，反正国学范围很大，材料分散而不全，任何不通的 thesis，总可找出几条证据来的。

考证学家大多没有认错的勇气，如有一篇文章，其"假定与考证"皆有错误，但是这篇文章还可以流传下来的（如胡适："诸子不出王官考"）。我以前买过一本商务印书馆出的郭著《周易著作年代考》，书后附陈梦家（another poet turned scholar）的长跋，比郭原著长了三倍，把郭的thesis驳得体无完肤。照我看来，郭那篇文章根本没有出版价值。但是现在郭的《周易》还是收在《十批判书》中（or《青铜时代》？），但陈梦家的长跋则反而不见流传了。

郭在1937年以前的考证文章，还有一点理由可以博人同情。原因是五四以后，胡适、傅斯年造成了学阀系统，郭是以反抗这个Establishment的叛道者的姿态出现，加以其"哲学"——马列主义——亦是叛道哲学。双重叛道，即使文章内容不通，一般人亦容易对他发生好感。

考证学者之偏，可以脂砚斋之identity一事见之。你驳牛津Dubbs说得很好：某些材料证明"脂"是曹雪芹的长辈，另些材料却可证明"脂"是他的平辈。问题是不在乎吴世昌有没有看见赵冈的文章，要点是吴世昌有了偏见之后，根本不注意（或注意了而抹杀）"脂书"中另外一些对他论点不利的材料。吴世昌能写出这么一本书来，对于红学的研究（熟悉），想不在赵冈之下，但他急于想证明什么，心就偏了，眼睛也就不能全睁开了。今年五月间《光明日报》有人驳吴的：脂砚名曹硕字竹磵之说，驳得很好。

最近一期 Encounter（九月份）有 Karl R. Popper[1] 的 On the Sources of Knowledge & of Ignorance，我认为是篇很清楚的哲学论文。他引 Bacon 的 Novum Organum 中所说的真假知识之方法：真方法，倍〔培〕根称之为 interpretatio naturae；假方法，倍〔培〕根称之为 anticipatio mentis（anticipation of the mind）。胡博士想提倡的是"自然之解释"（所谓"科学的方法"），但他所实践的是"内心的期待"——先有所"期待"，然后再找材料。许多考证学者就是藉此成名的。清

1　Karl R. Popper（波普尔，1902–1994），英国哲学家、教授，生于奥地利，被认为是20世纪最重要的哲学家之一，代表作有《开放社会及其敌人》（The Open Society and its Enemies）、《猜想与反驳》（Conjectures and Refutations）、《客观知识》（Objective Knowledge: An Evolutionary Approach）等。

儒因为没有人逼着他们去研究，名利心较淡（他们如要名利，干脆去做官好了。孔子所说："古之学者为己。"），不忙着发表文章，他们的研究亦许比较扎实可靠。民国以来，瞎考证成了士林登龙捷径，许多考证文章是站不住的。可柳存仁说：《封神演义》是陆西星所著，但赵景深曾驳过他（那时还在抗日时期）。此后不知柳存仁曾找到些新的证据没有，照他过去所发表的那样，论证还嫌脆弱了一点。

还有一点：清儒把许多 hunches 都写成笔记体，一点心得占一个 page 即够，他们书读得熟，心得亦多，真正靠得住的心得才会去发展成文。民国以来，读书人的心得减少了，一点点心得就要发展成一篇文章，把不充足的证据亦当是证据，因此有些考证文章给人"硬凑、曲解"的印象。

所以说了这许多话关于考证学的，因为一则我自己想弄"汉学"，再则考证学形成一种学风，亦是民国以来学术界一件大事。这一种没有"灵魂"的学问，在中共下面仍大有发展的前途的。

回到 Berkeley 后一个礼拜，方才有机会和世骧长谈。他说起你在 Ditchley Manor 开会时种种言行，实在好笑。如：一、吃早餐时点了一份，搬了地方，再点一份，把前一份的 porridge 拿来尝了一口，又说不好，不要；二、看电影，讲起 Confidential Agent 时指手画脚，差点把桌子碰翻（*The Counterfeit Traitor* — Wm. Holden）；三、参观牛津，把一个 pompous 的 guide 治得服帖。这些 antics 给对你不熟悉的人很深的印象。你的信口批评有时也让世骧很着急——但是他也放心，因为你是完全没有 malice 的。总之，这次开会，你的学问、见解与 personality，都是极大的成功。MacF. 是这么说的，Birch 亦然（他说你是 mind & soul of the conference）。中国人方面，世骧是百分之一百地 enjoy your company，施友忠对你也大为佩服。杨富森我和他认识三年多了，但我看和他这种"外向性"的人，无法深谈，因此交情一直是泛泛的。想不到几天之内，他对你的印象好极了（虽然你对他不十分尊敬，这点他似乎根本不觉得），他就从你那里学到很多东西，你可以做他老师，他恨不能早认识你云。开会的人中，我只和这五个人谈过，别人想必亦是如此看法。

回来以后，所以一直没见到世骧，因为他家住了个客人：Franz Schurmann[2]。此人在年轻学者中，算是很聪明的一个（能讲中文、日文、波斯文、俄文等）。他的太太是土生华侨，亦是个相当聪明的女子。暑假内，太太要同他闹离婚，说他本来做人很富于人情，近来一心想爬高，充满了野心，人越来越冷酷。但他还是个感情丰富的人，太太回娘家去住了，他的精神生活立刻崩溃。天天吃酒，想自杀。他的美国朋友劝他：（一）离婚是常事，不妨谈谈；（二）加紧work，唯work始能忘忧云。这样没有人情的话，更使他痛苦。一直在等世骧回来，他们回来了，他就搬到他们家去住。世骧和Grace设法拉拢（虽然他们都很累，像我们一样，旅行之后需要休息），仍是无效。我认识Schurmann夫妻，但交情不够，他大约不愿向我诉他的苦经，我如去了，他要找借口说明为什么住在世骧家里，这样反而增加他的精神上的压力，所以我一直没有去。他后来到欧洲去了（他最好的朋友是戏剧家Brecht的儿子，现在巴黎），换个环境，也许可以使他心境畅快一点。Schurmann这种人，平日对于"治国平天下"有一套大道理，可是所受的教育中就没有"修身齐家"一科。表面的愉快，经不起刺激，表面的学问，无补于内心的空虚。但他还是个好人，他承认软弱，需要温情。这次crisis使他对于人生重新考虑。最使他痛苦者，是出了事情，美国朋友中没有一个可以给他安慰的。中国过去以为"酒肉朋友"是假朋友，他现在发现那些"事

2　Franz Schurmann（舒尔曼，1926–2010），美国汉学家、历史学家，长期任教于加州大学伯克利分校，曾任中国研究中心主任，代表作有《共产中国的意识形态与组织》(*Ideology and Organization in Communist China*)、《共和国中国：民族主义、战争与共产主义的兴起，1911–1949》(*Republican China: Nationalism, War, and the Rise of Communism, 1911–1949*) 等。

业朋友"亦是假朋友。亏得世骧和 Grace 有耐心陪他，同情他，让他搬来住几个礼拜，才使他打断了自杀之念。

Birch 把他在英国念的 paper，在这里 colloquium 又念了一次。最后，他添了一篇丰村的《美丽》，以示中国小说的多样性云。

这里东方图书馆最近的陈列（放在玻珋〔璃〕柜里，各地图书馆多有此习）是你的书，七八个作家：鲁迅、叶绍钧等，他们的相片，每人的一部代表作，并有打字卡片说明这些人的作风和对于代表作的批评——这些都是从你的书里引下来的。整个的展览是捧你的场的，可惜你看不见。主办这展览的人，可能是 Huff[3] 或 Dick Irwin[4]，他们对于你的书读得也真熟，不由得不令人钦佩也。

电影看了一张 *Mein Kampf*[5]，里面的事情，我大多知道，但是仍很刺激思想。我想假如第一次大战是德帝赢了，恐怕就没有列宁、史〔斯〕大林、希特勒等的天下。德帝虽凶，到底还是属于"开明专制"一路，这个终比以后的 Totalitarianism 好多了。

此地赵元任将退休，继任人以张琨的呼声为最高，陈世骧正在努力使张琨获得此位置，张琨在他的 field 研究得很有成绩，做赵老先生的继任人无愧色。但是讲起为人的热心，那是比陈世骧差远了。他的"冷"比之 crisis 前的 Schurmann 相仿——美国的大学就培养这种人才，而这种人才在美国大学里也最容易爬得上。最近陈世骧和 Stanford 的刘子健，大谈应如何扩充中国人的势力，不要让洋人抓太大的权，这种主张对于我们当然是有利的，但我想：做人快乐的办法还是忘了自己是中国人。照他们说来，洋人总是排斥华

3　E. Huff（Elizabeth Huff，赫芙，1912–1988），美国汉学家，哈佛大学博士。早年曾留学日本、中国，太平洋战争期间收押于山东潍县集中营。博士毕业后一直供职于加州大学伯克利分校东亚图书馆，将其发展为美国第一流的东亚图书馆。其主要研究兴趣是东亚的文学与艺术。

4　Richard Gregg Irwin（理查德·欧文，1909–?），卒年不详，加州大学伯克利分校东亚图书馆副馆长，著有 *The Evolution of Chinese Novel: Shui-hu-chuan*（1953）。

5　*Mein Kampf*（《我的奋斗》，1960），纪录片，埃尔温·莱泽尔（Erwin Leiser）导演。

人，果真如此，那当然亦是可恨的。我是听见politics就怕的。再谈
祝

近安

济安
九月廿七日

Carol和Joyce前均此问好。

563. 夏志清致夏济安（1962 年 9 月 30 日）

济安哥：

　　九月 27 日信已收到，回信容隔日再写。玉瑛妹最近来信及合家小照一张先寄上（我也有一张）。照片上四人神采奕奕，你看后一定很高兴，父母都无老态，母亲似缩短一些了。你给 Joyce 的卡片和 Birch 的书已收到，谢谢。学校已开课，我《中国文学》有九人，《现代文学》有七人，两班上都有中国小姐。石纯仪没有什么男朋友，不知你曾和她通信否？她年龄已近三十，和你结合很有可能，她也一向对你很有兴趣的。父亲信上老是问及你（的）婚事，所以我在此带一笔。匆匆再谈 即颂

　　近安

弟 志清 上

九月 30 日

　　〔又及〕我买了两册（Thro Book Club）*Varieties of Literary Experiences*，中有 Trilling、Rahv、Brooks 等论文，尚可一观，送你一册，望哂纳。

564. 夏济安致夏志清（1962年10月13日）

志清弟：

来信并附家信收到。照片一张亦已妥藏在皮夹内，父母亲精神都很好，母亲体高大约一向不过如此，但其耐劳精神实是伟大。玉瑛妹与焦良绝无营养不足之象，焦良颇有点"英气"，我替他有点担心。周作人看见文章中有"英气"者，便觉不安。有英气之人，当然能办事敢说话，但在共党底下，还是糊里糊涂的人比较有福气。焦良可能成为杰出干部（即使在教育界），但恐亦不免如"黄佳音"等和掌权的人发生冲突耳。

最近文章只字未写，但做research颇有兴趣。现在材料搜集得差不多了，不久就可动笔了。

下月感恩节在Berkeley有American Philological Society Western Brand 开会，我要去报告一篇，题目我定的是"Some Ghosts in Lu Hsün"，和世骧斟酌后改为"Aspects of the Power of Darkness in L. H."，他认为这样可以"唬人"。无常女吊两种鬼和目莲戏的渊源就可成为两篇大文章，我所着重者恐怕还是L. H.的小说与style。

我很同意你的说法，L. H.不是个"大"小说家。日本竹内好似亦认（为）其世界太小，无大小说家气魄。竹氏纪念鲁迅之死，有句话说得很好玩：鲁迅死了，中国文坛的论战可停，鲁迅在世一天，中国文坛永远会有论战的。（以后去carry on论战的，就是胡风之流了。）

你对 L. H.小说的评价都很得当，我的讨论将从你的讨论《祝福》(Feudalism & Supercilious) 开始。L. H.好小说就是这么可怜的几篇，普通读者为其声名所慑，往往忘了这件事。周氏弟兄大致同古代韩愈、苏东坡之流相仿，著作等身，但是亦说不上有些什么 masterpieces。叶绍钧、茅盾等吃辛吃苦创作，其精神亦有不可及处。

L. H.有几点特点，似仍可一谈：（一）其文章之洗炼〔练〕，实在惊人。《狂人日记》是 1917 年写的，但其文瘦硬，开新白话之先河。我再读一遍，觉得文体还是很新。同时诸公，如胡适、傅斯年、陈独秀等，其白话文皆太松，皆像梁启超写的白话，我们今日一看，只觉其为启蒙时期之作，非但思想无其可取（胡适在《新青年》投稿，非但反对早婚，而且反对结婚，列举洋人中之大人物如康德等数十人，皆是不结婚的 —— 中国拿得出来吗？其徒弟罗家伦亦去投稿响应此说），但文章之不精彩亦是有目共睹的。如无鲁迅，只剩胡适的假逻辑与郭沫若的感情用事去驰骋文坛，中国白话文学的成就，当无今日之局面。周作人在 1927 年以前之文亦是松软的居多，对于 understatement 和 irony 还不太会使用。1927 年后方有浓淡适宜之妙，虽然，其去白话文亦渐远矣。

（二）《野草》是一部奇怪的东西：大约一半文章是梦或梦魇，中国人这样花工夫写梦境（不是黄粱一梦之梦，亦不是"未来新世界"之梦，只是离奇而不合理的梦），大约亦很少有的。我不知 Surrealism 为何物，但鲁迅大约亦有可能在这方面发展的。

（三）阿 Q 似乎尚有些深远的意义，在你所分析的之外。如周遐寿在《人物》书中所说：阿 Q 的心理，非农民之心理，实为士大夫之心理。此言即值得教人多想想。你所评的 facetious tone 与 mechanical structure 有道理，但阿 Q 大致如 Candide；Candide 在小说史上大约无甚地位，但其在"文章史"、"思想史"上地位仍是很高也。中国新小说是沿着《彷徨》中《肥皂》、《离婚》的道路前进的。阿 Q 只是一

种tour de force，表现作者的才气与愤世嫉俗，实是精彩之作。这种
tour de force 往往在文学史上可一而不可再的，很少"承先启后"的
作用。

（四）杂文是一种武器，毛泽东有两次受它之伤。一次是1942年
延安，一次是1956–1957（年）百花齐放时。徐懋庸在后期所写的几
篇文章很是精彩：在风格上，徐堪作鲁迅的衣钵弟子，萧军、冯雪
峰、胡风等皆无此阴狠。我很想学鲁迅编《会稽遗书》、《古小说钩
沉》似的，编一套《杂文集》，专挑选骂共产党的文章，在那两个时期
发表的。鲁迅杂文如不禁，青年人看得技痒，总是想骂人的。共产
党统治如稍为宽弛，必有鲁迅体杂文出现 —— 因为这是很多青年的
很重要的文艺教育也。（何其芳、丁玲等在延安时的著作，很多未收
入他们的书里，亦该编起来。）

当年左派人骂周作人"寒斋吃苦茶"之类的作风，其实此类作风
在明清暴君之下，文人求幸存之法，共产党得天下后，宁可提倡周
作人文体，不提倡鲁迅文体的。最近一两年来，《人民日报》不断地
登载《草木虫鱼》、《小考证》、《风土人情》、《山水》之类的文章，凡
此皆周作人的趣味也。近期（八月）《人民日报》有一篇讲绍兴酒的小
文，我看是周作人所作（提起"咸亨酒店"）。周作人自己亦说常投稿
补白一类的文章。（看：香港三育出版，《知堂乙酉文编》。）

我最近看了不少周作人，最初的动机是要看看他如何描写目莲
戏。他的两本《故家》与《人物》当是研究鲁迅早期作品之必备参考书
了，其实他的全部作品中，常常有些片段的儿时回忆，这些可作研
究鲁迅的资料 —— 但是研究鲁迅的人很少去利用这些资料。（知堂
后期文章中，隐隐对于鲁迅不满之意，亦流露出来。）

他们兄弟俩趣味思想颇有相近处，目标题材，两人写法不同，
这也可以拿出来比较，两人的风格 —— 两种中国近代散文中很杰出
的风格。

我说的相近处：一、对于乡土的偏好 —— 鲁迅辑《会稽遗书》，

周作人后来买了不知多少绍兴人的著作；二、对野史的兴趣——尤其是明末清末，confirm 他们对于中国人的残忍迷信的看法；三、为妇女儿童呼吁；四、对于弱小民族的文学的兴趣等；五、对于收藏——小古董、木刻、塌〔拓〕碑等。

周作人较鲁迅为诚实——他在 '30 以后的文章文笔越淡，说话越老实（林语堂是很装腔作势的）。他的思想还是五四时期的"开明"思想（他有一个笔名叫"开明"），同胡适似的，repeat himself 的时候很多。他欣赏明人小品，断断地说这种文章是代表"文学革命"——其道理从没有说清楚，当时恐怕很少人能了解，他的救世救文的心一直是很热烈的，人家看不出，他亦有点忧郁。不知他的风格，正投合中国旧式士大夫颓废的性格。他文章写得越多，爱他文章的人也越受"陶醉"。（鲁迅的文章大约是投合中国人"量小好斗"的性格吧。）

周作人的学问好像很博，但"博"得怎么样，亦可以研究的。他大约在 1927（年）之后就不看小说——鲁迅大约亦不大看小说（这从他的日记里的买书记录可以看出来的）。鲁迅大约是在要找材料翻译时，才看些小说，周作人干脆是不看的。

有一点是很可惜的，周作人的博学没有好好地利用。他的博学，大约与 Edmund Wilson[1] 相仿，如 E. W. 老是写些五百字到一千字的短文，报告他看到些什么关于内战时期的冷僻书，他永远写不出 *Patriotic Gore* 来的。周作人该写的书，乃是 *Patriotic Gore* 或 Sainte

---

1　艾德蒙·威尔逊（Edmund Wilson，1895–1972），美国著名批评家、作家，曾任《名利场》、《新共和》的编辑，《纽约客》、《纽约书评》的书评人，他的大量批评曾影响了辛克莱（Upton Sinclair）、帕索斯（John Dos Passos）、德莱塞（Theodore Dreiser）、菲茨杰拉德（F. Scott Fitzgerald）等作家，代表作有《阿克瑟尔的城堡》（*Axel's Castle: A Study in the Imaginative Literature of 1870–1930*）、《到芬兰车站》（*To the Finland Station*）、《爱国者之血》（*Patriotic Gore: Studies in the Literature of the American Civil War*）等。

Beuve[2]: *Porte Royale* 这一类的，他的favorite period，当是明末清初一段（包括变乱、风俗人情、literary taste等）。他有很偏但是很有趣的看法，写出来当为杰作。但中国文人很少想到有写大书做research的需要；知堂老矣，他的杰作也永远写不出来了。

我最近不想研究周作人。他的东西太多，要替他编一本Biography亦非易事，我只是拿U. C.和Hoover所有的他的书借来看看而已，恐怕有很多是遗漏的。共党治下，恐怕不会有人来替周作人做研究工作的。给周作人出一套全集——包括日记、书简等——其实是很重要的工作，这个希望，我只有寄托在他所"爱"的日本人身上了。

《鲁迅的鬼》我是要写的，先是为开会宣读，那只好是一篇短文，如有余意未尽，亦许加以扩充，详细地讨论The Power of Darkness in Lu Hsün，写他五六十页，将来作为我的书的一章。关于鲁迅，有一点小发现。他在《论睁了眼看》（收在《坟》里）中说：《醒世恒言》里，《陈多寿生死夫妻》中结局是小夫妻自杀身亡，后来给人改为救活了。横排本《全集》里有"注"：不否认《醒世恒言》二人自杀之说，"救活"事见《夜雨秋灯录》、《邱丽玉》篇云。该文鲁迅作于1925年，同年的《小说史》里，亦说二人身亡，英译本《小说史》亦然。你不是批评大团圆结局的吗？我有李田意照回来的叶敬池本《恒言》（台湾世界书局）结局是大团圆，且前有《城隍庙谶诗》伏笔。U. C.图书馆有一本木刻本（大约是衍庆堂版），结局相同。鲁迅是个十分细心求学的人，他会不会记错？或者他真见过一本什么有悲惨结局的《陈多寿》的《恒言》，而我们所见的都是给俗人改过了的？还有MacFarquhar那里的"文债"（钱债已钩〔勾〕消〔销〕，又伦敦偷去之

2　圣伯夫（Charles A. Sainte-Beuve，1804–1869），法国著名文学评论家，早年习医，后弃医从文，成为浪漫主义运动的支持者，也是把传记方式引入文学批评的第一人。代表作有《文学肖像》（*Literary Portraits*）、《当代肖像》（*Contemporary Portraits*）、《波尔–罗瓦亚尔史》（*Porte Royale*）等。

钱，银行已还）。Birch 希望我讨论《红旗谱》，放进《英雄》一文里，同时把我总论"小说"那几段抽出，补充以我关于毛"延安谈话"的研究，另作一文，作为将来要出版那书的 Postscript。这些做起来亦许不难。

我报告读书心得，读来津津有味；近况总算不恶，人生乐趣本来有限，有钱有闲能读书，即是至乐矣。我不相信可以更快乐些。Anxiety 当然偶然亦有：如怕健康出毛病，又怕 job 出毛病——这种当然是没有根据的，但心头要绝对明朗，还是很难的。谈恋爱真是无此兴致，知堂云："至于恋爱则在中年以前应该毕业，以后便可应用经验与理性去观察人情与物理。"（《看云集》:《中年》）我在中年以前有桩事情虽未毕业，但亦不想作老童生之应考，现在假如能够说得上"应用理性与经验去观察人情与物理"，对于人生亦可不无小贡献也。

谢谢你送的一本 *Varieties of Literary Experiences*，第一篇论 *Lycidas* 倒是近代批评方法的一篇很好的引论，陈世骧和我大约不出这几种方法的范围，你也许可以更近〔进〕一步，另辟蹊径的。再谈专颂

近安

济安
十月十三日

Carol 和 Joyce 前均问好。玉瑛妹和焦良的信写得都很好。

565. 夏志清致夏济安（1962 年 10 月 14 日）

济安哥：

　　哥大开学已两个多星期，我卖力准备功课，所以没有空复你那封长信。现在一切已渐上规〔轨〕道，觉得哥大学生并不怎样formidable，像加大训练出来的Maeth，中文讲得这样好，国学根底也不错，在哥大是绝无仅有的。我中国文学、现代文学两班都有八九个人，中间中国小姐也有四五位，日本小姐也有一两位，所以mood比较轻松，日后一定很enjoyable。中国女生有一位是香港新到的[1]，二位还在Barnard求学，有的是Smith毕业现在哥大做研究生，中文程度想都不会太好。这两课每星期meet二次，每次五十分钟，关于中国古典我要说的话很多，反而觉得时间不够分配。另一课是大学本部的Oriental Humanities，每section由两位教师同时执教，上课时让学生瞎讨论，所以时间过得很快。

　　上次去英国开会，亏得我对中国现代文学知识比较丰富，所以给在场人印象很好。那几天我是服用tranquilizer的，所以精神特别好，mood也极relaxed，到德国后我每天仅服1/2 or 1/4的药片，所

1　张曼仪，1962年在哥伦比亚大学英文系攻读硕士，后获得英国华威大学翻译学博士。1967年任教香港大学，直至退休，著有《卞之琳著译研究》、《现代中国诗选》（合译）、《扬尘集》等。

以人常感疲倦，精神也不太好。吃药与否，还是我的大问题，现在没有酒 or 药，恐怕平时不能恢复到我早年的 ebullience 了。上星期六（十月六日），我们东亚各系举行了一个盛大典礼，庆祝 Kent Hall 正式划归东方各系，并 confer 了哥大的老先生 Tsunoda[2] 一个荣誉博士学位，来宾不少。我见到 Wittfogel，他也说起 Hellmut Wilhelm 这次欧游归来在纽约小住时提到我的名字，所以我给两岸诸公的印象的确不错。

这次盛典，要人到了不少，中国方面有蒋廷黻、陈立夫（相貌很清秀，可惜我同他握手后，没有什么话可谈）。哈佛方面有 Fairbank 夫妇，Princeton 那边来了 Fritz Mote、Marius Jansen[3]，他们都和你很熟的，可惜我和他们相见已在 dinner，席散以后，没有多谈（Mote 新近出了一本书 on "*The Poet* 高启"，Princeton U. P.）。这次盛典，是这几年来 de Bary 主持中日系蒸蒸日上的表现，在 Goodrich 主持之下，大家暮气沉沉，没有什么作为。Goodrich 已返哥大，现在主持 Ming Dictionary Project，他的两个大 office lined with 汉学期刊，1920s 来的各种 journals 大概他都 subscribe 的，线装书反而没有几部。我同他吃了一次午饭，谈了些哥大掌故，据他说胡适的博士学位是在 1927（年）才拿到的（那时哥大规矩，论文非出版后并在哥大 Library deposit 了一百份 copies 后才可拿到博士学位）。想不到他 1917 年回国后，大家他〔都〕称他"博士"，他似乎也没有 protest 过。

最近把胡适的《留学日记》读了一遍，觉得很有趣，而对胡先生

2　Tsunoda，即 Ryūsaku Tsunoda（角田柳作，1877–1964），哥伦比亚大学"日本研究"的奠基人，直接推动了哥大图书馆日本语言与文学的收藏，代表作有《中国朝代史中的日本》(*Japan in the Chinese Dynastic Histories*)、《日本传统的源流》(*Sources of Japanese Tradition*) 等。

3　Marius Jansen（詹森，1922–2000），美国历史学家，普林斯顿大学日本史教授，美国人文与科学院院士，曾任亚洲研究会主席，代表作有《日本及其世界：两个世纪的变化》(*Japan and its World: Two Centuries of Change*)、《日本与中国：从战争到和平》(*Japan and China: From War to Peace, 1894–1972*) 等。

的精力充沛，aggressive的作风也很钦佩。中国留学生中像他那样爱发表言论，爱出风头的是少有的。他一方面读书，一方面有余力兼顾杂事，足见他在应付学校功课方面，毫不费一点气力。可惜的是他对西洋文学作品读得实在太少，而且他在1915（年）立志专攻哲学后，西洋文学名著简直没有功夫看了，所以他的文学训练实在不够。大家都以为他的八不主义是根据Imagist的Credo而重订的，其实他对Amy Lowell[4]、Pound的文章的确没有看过。他在1916年抄了一段 *N. Y. Herald Tribune* Book Review介绍Imagist School的一段文章，觉得和他自己的观点很巧合，假如他在这以前也看到同样性质的文章，他一定也会在他的笔记簿上记下来的。胡适的思想在未出国前早已定型，后来Dewey对他也没有什么帮助。后来思想一贯不变，而西洋文学也一直没有功夫读，情形是很可怜的。

你对洋人弄汉学的观察极是。一般高材〔才〕生注意的的确是Knowledge about Sinology，而中国老派汉学家如钱穆大师的确对这一项学问是隔膜的。前清一代经学大师著作多得吓人，我恐怕永远不会有时间去读他们，目前的企图祇有多读些中西期刊上的文章而已。（《开明书店二十周年纪念文集》——叶圣陶编——有一篇钱锺书的《中国诗与中国画》，说明"中国诗画品评标准似相同而实相反，诗画两艺术应抱出位之思，彼此作越祖代谋之势"——quote from summary——很有些见地。）

谢谢加大图书馆把我的书陈列出来。七月间我曾和Irwin通了两次信，他向我讨那篇《水浒》论文，他读后也写了许多赞美的话，所以这次的陈列，可能是Irwin出的主意。你见到Irwin or Huff，请代致意。我的书在今年正月已有second printing了，可惜Yale没有通知我，小错误都没有改正。

---

4 Amy Lowell（洛威尔，1874–1925），美国意象派诗人，死后获得1926年普利策奖，代表作有《多彩玻璃顶》(*A Dome of Many-Coloured Glass*)、《剑刃与罂粟籽》(*Sword Blades and Poppy Seed*)、《几点钟》(*What's O'Clock*) 等。

　　我在印大开会，中国人也一般坚持洋人排斥华人的说法——apropos of Hawkes attack on Chen Shouyi——不知真相如何，但据我看，情形不至〔致〕这么严重。After all，各大学都有中国教授，他们虽然没有实权，学问上有表现，照样受人尊敬也是事实。Fairbank、de Bary、Taylor，这种工作，我觉得还是洋人做较适宜，他们一天要写多少信，办多少事，普通中国人是吃不消的。刘子健人很能干，大约对行政也很有兴趣，所以很想挤入 Fairbank、de Bary 之流。但做了行政工作，平日忙着旅行开会，自己没有时间读书，实在是得不偿失的。以前听说哥大 politics 闹得可怕，我来了很久，也不感到什么，Martin Wilbur 待我也很好。比较 arrogant 而无法深谈的倒是 Hans Bielenstein，但我也不必勉强同他做朋友（他是 Ingmar Bergman 中学同学）。

　　前天晚上看了 *Judgment at Nuremberg*[5]，大为满意。这许多名演员集合在一起，戏看得很可〔过〕瘾。Max Schell[6] 的潇洒英俊和他的 eloquence 尤使我佩服，无怪他去年拿到金像奖。Dietrich 和 Tracy 为同时代人，而能永驻美艳〔颜〕，也是世上一大奇事。

　　Joyce 在学校读书，还能干〔赶〕得上，身体也结实，Carol 常看电影，weekends 我们社交也很多，再谈，即祝

　　近安

弟　志清　上
十月十四

5　*Judgment at Nuremberg*（《纽伦堡的审判》，1961），斯坦利·克雷默导演，斯宾塞·屈塞、伯特·兰卡斯特、马克西米连·谢尔主演，联美发行。

6　即 Maximilian Schell（马克西米连·谢尔，1930–2014），瑞士电影演员、导演、制片人，生于维也纳，多次获得奥斯卡奖、美国金球奖、德国电影奖等，代表影片有《纽伦堡的审判》、《城堡》（*The Castle*）、《步行者》（*The Pedestrian*）、《草篷里的男人》（*The Man in the Glass Booth*）、《朱丽亚》（*Julia*）等。

花了50元，买了一套James Legge，*The Chinese Classics*，台湾翻印。

〔又及〕我order了四本*Five Martyrs*，预备在这里送人，M. Wilbur见了加大通知，已自己去order了一本。

566. 夏济安致夏志清（1962 年 10 月 29 日）

志清弟：

　　来信收到多日，这几天从世界大事到个人生活，都充满刺激兴奋的事。情况都很好，且容我慢慢道来。

　　个人方面：（一）Schaefer 已请我在明年暑假开 Modern Chinese Literature 一课，我已答应。Seattle 明年暑假不去了。去 Seattle 本来花〔划〕不来，我在此地的房子保留，到那边再去租屋，车子留在白克莱〔伯克利〕，亦很不经济。人事方面，Franz Michael 是个忠心耿耿的朋友，但此人斗志旺盛（倒像要跟人争辩），而学问不够惊人，在 Seattle 的人缘弄得很坏。他是个寂寞的老人，我很想帮他的忙，但也无能为力。他和 Wilhelm 的关系搞得很坏，我为了要表示向 Michael 效忠，不能和 W 太密切，其实真正能欣赏我学问的是 W，不是 M，M 就只是一片热心而已。Taylor 对我至今是个神秘人物，我自负颇能识人，认识了 T 已有多年，至今不知他是好人坏人（或好到怎么程度），其人之难倒可想。总之，T 好弄权谋，亦喜爱 flattery，表面和善，但人家恐怕总要防他一脚的。

　　（二）1963（年）后 U. C. 要开设 Comparative Literature 系，世骧极力在设法替我弄一门功课：Literary Cross-Currents in Modern China，成功希望颇大。

（三）此间的Center大受校长Kerr[1]的青睐。研究苏联问题，
U. C.大约已预备让哥大或哈佛领先了，研究中国问题，Berkeley方
面的口气总是以全美国第一自居的。最近校长在州政府款项内拨了
十万元，指定给此间Center买书（U. C. L. A.拿到十万元，买非洲问
题的书）。我是众望所归，对于共产党材料"摸"得顶熟的一个。明
年二月起，照他们（的）计划，我该去印尼、星〔新〕加坡、马来（西
亚）、香港、日本游览三四个月，替U. C.买书。Grace听见了大为兴
奋，已经托我带什么东西了。那时我没有写信告诉你，告诉了，你
们也会兴奋的。我则是，不愿的成分大于兴奋，结果还是婉谢了。
若是research grant请我去远东搜集材料，我只要把自己要找的材料
找到，把文章写出，就是完成使命，那是我很愿意去的。现在这样
地跑一趟，一则耽误我真正做工作的时间，对我career未必有利，
二则内行皆知道，中共的东西，给美国已搜集得差不多了，在HK
等地，已没有多少东西剩下来，十万元买不到东西，使大家失望，
我也犯不着担这个责任。现在决定是请Dick Irwin一人前去（他亦怕
买不到东西，我如同去可分担责任）。但我在明年四月，各学会开
年会之时，将到东部来游历一个月，研究东部各大图书馆收藏中共
材料的情形，作为U. C.发展"压倒一切"的野心的参考。这样跑一
趟，我很高兴，与〔于〕自己research有利，而且没有什么麻烦。去
远东各国，护照visa等事就够使我头痛的了。

请我去远东各国游历一事，曾使我心绪不宁了好几天（向Seattle
请假，也曾使我心绪不宁）。此事颇有诱惑，但又不敢接受。现在
决定不去，心情又恢复平静了。明年四月，在纽约可有至少一个星

---

1 Kerr，即Clark Kerr（克拉克·克尔，1911–2003），美国高等教育家、经济学家，
1952年任加州大学伯克利分校首任校长，1958年任第12任加州大学校长，对美
国高等教育的改革作出了卓越的贡献。代表作有《金与蓝：加州大学的个人回忆
录，1949–1967》(*The Gold and the Blue*)、《大学之用》(*The Uses of the University*)
等。

期的逗留，你们听见了想必都很高兴的。由学校出钱供给开销，自己稍加贴补，生活可以很舒服。

关于世界大事，此间有一度人心（我所认识的美国人）惶惶，Los Angeles那样的panic（抢购物资）倒还没有。我到处宣传我的看法，我说老Kh[2]决不敢打，美国过去太软弱，一旦真预备要打了，苏联必定龟缩的。世界上如有纸老虎，那末〔么〕第一号是中共，第二号是苏联，美国大约只好算是"睡狮"之流吧。苏联打美国的机会，是偷袭，美国摆起阵势来了，苏联来打，无利可图，乖巧如老Kh，决不敢轻举妄动的。我是个好谈兵的书生，但我对共产党的认识，无疑比一般美国人要高明一筹。

中共和印度之事，中共又是谈谈打打的老作风。1945（年）后，马歇尔去中国调解，正中中共之计。中共那时的打，其实亦无多大把握。如打而失利，他们还可以在谈判桌上诉苦取巧。若打而惨败，则他们只求能保全一部分实力，免得全垮；那时，再叫毛泽东喊"蒋委员长万岁"，毛也是肯做的。但他们打赢了，他们的条件愈来愈苛刻，最后把他们所曾拥护的老蒋，甚至列为"战犯"。现在印度之事，中共利在边打边谈，能占多少便宜就占多少。Nehru拒绝谈判是明哲〔智〕之举，但印度的国力，与双方交战的地形，不可能使战争扩大。

现在古巴问题，美国总算取得了胜利。苏联的对策，无非想"走马换将"，在U. N.嚷叫一番，再策动日本、英国等左派分子，叫嚣拆除美国海外基地。但美国如强硬到底，苏联狡计亦是不得售的。

为美国打算，一劳永逸把苏联消灭了，实是上上策。但老Kh不中计，其心之苦，不在司马懿对付诸葛亮之下也。现在且看Kennedy对于柏林问题，强硬到什么程度了。总之，美国对付苏

2　赫鲁晓夫（Nikita Khrushchev，1894–1971），苏联党和国家最高领导人。

联，强硬是上策（立即开战是上上策），不死不活地拖是中策，示弱则是下策。前几天的美国，好像西部片里的Gary Cooper，在酒吧间受尽宵小的欺弄，英雄要拔枪了，宵小又潜逃了。

我的主战言论，不敢向美国朋友表示，我只是强调苏联之无英雄气概而已。你在国事上看法大致和我相同，但希望不要随便发表意见。犯不着和那些Liberals和糊涂朋友意见冲突，我们决没有办法说服他们，自己博得一个"右派"之名，在学校里亦没有好处的。你较直爽，我只是希望你"慎言"，话到唇边留半句。我对于左派人士，只想潜移默化，慢慢地使他们信服，免得他们陷溺深了，真的成了共产党。如跟他们辩，只有〔会〕加强他们的偏见而已。（英国无知青年Lowery便是一个例子。）

最近看的好电影：*Viridiana*[3]极好。*The Longest Day*[4]我认为是一张成功之作。又看了Hitchcock旧片两张：*Rear Window*——Grace Kelly初上来时，我觉得并不如以前所认为那样地可爱；到后来高潮时，她偷到一只戒指，隔窗向James Stewart卖弄，那才是一个很可爱的fond。还有一张*The Wrong Man*[5]，比*Rear Window*更新，但从来没有听说过。Henry Fonda主演。这张可以说是Hitchcock的最不紧张的电影之一。

台湾的复兴戏剧学校非常之好，他们要到纽约来，我希望你多捧场，多请些朋友去看，世骧和我都请了不少人去看（我请了房东Loeb夫妇、Nathan夫妇等），美国人看得都很满意。

复兴在美主要的演出是《貂蝉》一剧（无白门楼），该戏是

3　*Viridiana*（《华丽迪安娜》，1961），西班牙墨西哥合拍电影，路易斯·布努埃尔（Luis Buñuel）导演，希尔维亚·比那尔（Silvia Pinal）、弗朗西斯科·拉瓦尔（Francisco Rabal）主演，Films Sans Frontières发行。

4　*The Longest Day*（《碧血长天》，1962），史诗电影，阿纳金等联合导演，约翰·韦恩、亨利·方达主演，二十世纪福克斯发行。

5　*The Wrong Man*（《含冤记》，1956），希区柯克导演，亨利·方达、维拉·迈尔斯主演，华纳影业发行。

chop-suey，把貂蝉改得和原来的样子大不相同，但十分有趣，其增添部分如下：

一、董卓发兵 —— 八将起霸，那是抄曹操战宛城的；

二、吕布大战一个不见经传的末将方悦 —— 战马超；

三、吕布有个马童（never heard of），进城盗书 —— 三岔口摸黑；

四、貂蝉的各种舞蹈：

　　a．绸带舞 —— 天女散花

　　b．舞剑 —— 霸王别姬

　　c．其他舞 ——？

五、董卓貂蝉游湖 —— 船上身段，（亦像《秋江》）打渔杀家；

六、舞大旗 —— 铁公鸡。

从上表可知，台湾来的京戏和中共来的京戏，其注重点皆为舞蹈与 Acrobatics。京戏内容本极丰富，现在硬给他规定一个小范围，对于京戏未免是冤枉，但不懂京戏的洋人目前大约还只能接受这样的演出。

《貂蝉》至少可以重温 Carol 和 Joyce 在加拿大所看的戏的旧梦：两次的演出是很相像的。我在看《貂蝉》的时候，不断地想起 Joyce。很希望你们能赶快地看到。

复兴是儿童班（九岁到十六岁），但台上演出不觉其人小，他们的功夫都是够得上标准的，绝不马虎。演貂蝉的王复蓉，扮相很美，Joyce 又可多认识一个 pretty Chinese girl 了。

我还看了一次他们给华侨演的戏：《黄金台》（老生平平）、《白水滩》和《贵妃醉酒》。梅兰芳发明了《贵妃醉酒》一戏，实是替京戏添了十分丰富的内容，醉酒的细腻，是空前的，但仍是在京戏的传统之中，这是了不起的创造（谭、余、杨、程、荀等，都有这类的创造）。目前的京戏界，只有杂拌的本事，创造新身段、新意境、新的 subtlety 的本事，大约是丧失了。王复蓉的贵妃，据我看来，已经够名家气派了。

我有很多年没有看京戏，现在看了，感触很多：三国时代的动乱，吕布、董卓不过开其端，《貂蝉》一戏以 happy ending 结束，洋人怎知道以后许多的悲壮事绩〔迹〕？历史的演变，总使人有凄凉之感。我们看戏的人，年华渐大，景物全非，但"戏"还是那样，艺术永存，人生变迁，这种想法又是近乎 Keats 的了。

Cyril Birch 亦是跟我们一起去看的。我不知道他对京戏熟悉如何，但他有个高明的见解，他十分同情王允——忧国忧民的儒家士大夫。他能了解老生的重要，可算得是懂得京戏的了。

最近在香港出的一本"闲书"（《武侠与历史杂说》）中看到一篇有趣的考证文章：《定军山之战》。原来黄忠在定军山之战的次年就死（了）（战长沙关黄对刀，亦于史无据），死时年纪不到四十五岁。阳平关、定军山一带的战役皆是刘备亲自主持，法正（他不久亦死，才三十几岁）为参谋长，诸葛亮一直在后方（成都）。法正是个很 brilliant 的参谋，所以后来白帝城惨败后，诸葛亮叹惜法正之死了。别的再谈，专颂

　　近安

济安
十月廿九日

567. 夏志清致夏济安（1962 年 11 月 5 日）

济安哥：

　　读十月廿九日来信，悉你明夏已被聘在加大开一课现代中国文学，比较文学系成立后，开课的希望也很大，甚喜。你的才学，在加大和你相识的人无不佩服，开课是迟早的问题。现在有机会，并且Schaefer自己出主意请你，把开课的事confirmed了，你在加大地位更巩固，也不必再有什么worry了。去远东买书事，我觉得你的决定是对的。游历各国，浪费不少时间，徒添许多繁重的应酬，对自己没有什么好处，而且如你所说，你也不可能买到十万元的书。你对印尼、马来，向来并无好感，不如将来有机会，请到一笔钱，好好去日本住一阵，做些研究，同时领略日本人的生活，较妥。我前星期曾去华府给foreign service 学生讲了两点钟中日文学（他们请de Bary，de Bary太忙，把这差使让给我，不好意思不答应。亏得那些公务员程度极差，我对日本文学的完全外行，他们也不觉得）。事后见到夏道泰，他现在国会图（书）馆任Law division，Far Eastern Section，Chief之职，rank比袁同礼高了很多。今年春季，他也偕了太太到远东去考察一番，周游列国，但关于远东法律的书少得可怜，他搜集了些什么材料，也很难说，虽然他身为不大不小的官，到处有人汽车接送，吃得很痛快。（国会图书馆关于中共的材料搜集极齐整，各式各样的文艺杂志都有，好像从来没有人借过，亦可惜。）

哥大在中共方面的材料，不如理想。Social Science 方面不提，文学方面的书和杂志，缺得很多。20'、30' 的材料较完整，但皆纸张干脆，一碰即破，不堪应用。《鲁迅全集》、《新文学大系》等书皆陈旧不堪，不准出借了。比较有用的英文材料如 *Living China*，Anton *Modern Chinese Poetry*，Hu Shih *Chinese Renaissance* 皆已被人偷走，所以教书很不方便。哥大 thieves 之多，令人难信，我曾借了一本 H. Wilhelm 的 *Change*，后来我把此书 put on reserve，自己交回 Library，书即不见。Howard Linton[1] 徒有虚名，中日方面的知识当然远不如 Irwin，办事能力也较差。

你最近研究鲁迅、周作人，那篇 *Power of Darkness* 的 paper 想已开始动笔了，你十月十三日的那封信，是一篇对周氏兄弟最公允的评判，把他二人异同处，说说〔得〕着着实实，我读后极有同感，虽然他二人的散文好多年未碰了。我书〔写〕《鲁迅》一章，小错误不少，原因是我自以为对鲁迅很熟，没有多记笔记，写文章时手边又没有参考书，所以有几个细节都弄错了。如《呐喊》序中提到的想必是 slides，后来看到 Huang Sung Kang[2] 的书，她把 slides 译为"电影"，我就跟她改正，造成错误。我最近重读《狂人日记》大为 impressed，《阿Q正传》也有其道理，但鲁迅不善叙事，阿Q加入革民〔命〕党后，文章即较乱。鲁迅小说中最好的文章是《祝福》、《在酒楼上》开头抒情的几页，现在还没有人可及。《阿Q正传》地位是和 *Candide* 相仿的，但似乎鲁迅没有直接受 Voltaire 影响。要研究鲁迅的 source，还得多看俄国小说。Sologub 的 *The Petty Demon* 最近才有

1　Howard P. Linton（霍华德·林顿，1912–1976），毕业于达特茅斯大学，曾在达特茅斯图书馆、华盛顿的战略情报局工作，后长期任职于哥伦比亚大学图书馆，负责东亚馆藏，1962 年后成为国际关系学院的图书馆馆员，主编有《远东书目》(*Far Eastern Bibliography*，1954–1955)、《亚洲研究书目》(*Bibliography of Asian Studies*，1956–1960) 等。

2　Huang Sung Kang（黄松岗），生平不详。著有 *Lu Hsün and New Culture Movement of Modern China*（Amsterdam, Djanbatan, 1957）。

英文译本，而 Sologub 之类的作家，鲁迅是读得很熟的。Gogol 及受
Gogol 影响的大小俄国作家，我们有空，得多注意一下。

周作人早期的文章，自名言志，其实是载道。晚期的文章，多
讲冷门书，我在上海时看后，不大能领略，所以很有把他所有的散
文集从头读一遍的兴趣。我很想知道他究竟读了多少西洋名著，他
西洋学问较鲁迅为博，但可想读的也是 secondary sources。我每星期
要准备三课，要读三方面的书，时间不够支配，所以你做研究，读
书不受课程支配，收效更多。最近教《易经》，把 Needham[3] 的 *Science
& Civilization* 翻看了一下，觉得很精彩，的确是部 indispensable 的
巨著。

不久前 MacF. 请 Lavery[4] 写了一篇报告，世骧读后，大为振〔震〕
怒，同我通了一次信。其实 Lavery 所记的东西，虽然他把几个重
要的 sessions 略而不提，确是全场上讨论的经过。我们把报告读
了，觉得很幼稚，其实当时谈论的水准实在也不高。我的那篇《中
共妇女》，最近才有空 revise，多看了些《李双双》之类的小说，把讨
论"公社"那一段改动了一下；《美丽》、《本报内部》前的一段结论
也改动了一下（MacF. 要我把会场上讨论的传统小说中妇女形态放
进去），余文未动。文章今晨寄出。H. Wilhelm 在 *The Modern Age*
（summer）写了一篇书评，讨论我的书，颇多赞词。你有空可一读。

"复兴"剧团我们预备和 de Bary 一家一同去看。据你报告，节
目方面和中共剧团相仿，对 Carol、Joyce 一定是很有趣的。上星期
我们看了胡氏兄妹主演的一场戏，《贵妃醉酒》和《白水滩》，胡鸿雁

3　Needham（Joseph Needham，李约瑟，1900–1995），英国生物化学家、科学技术史
　　家、汉学家，剑桥大学博士，英国人文科学院院士，历时 45 年编写完成多卷本
　　《中国科学技术史》（*Science and Civilisation in China*），此外还著有《四海之内：东
　　西对话》（*Within the Four Seas: The Dialogue of East and West*）、《化学胚胎学》
　　（*Chemical Embryology*）等。

4　Lavery，可能指 M. Lavery（拉威利），里兹大学中文讲师，曾于 1964–1966 年在北
　　京教授英文。

（？）的贵妃表情尚佳，《白水滩》一无是处，胡氏兄妹（香港来的）武功拙劣，Carol大为 disillusioned。我在 Potsdam，学生们演美国的 musical comedies，有时演出成绩很好，看后很满意。京戏由起码角色上演，祇暴露剧本本身的单调笨拙，精彩处全不能表达。名演员能把绝少戏剧性的东西转成生动细腻，实在是难能可贵的。复兴上演 synthetic 的《貂蝉》，也是 decadence 的表现，但给洋人看，是极适宜的。

JFK[5] 居然有勇气 blockade Cuba，而使 K 让步，这事可能 Kennedy 自己也没有想到。JFK 联〔连〕任总统是大有把握了，但希望他真能保持强硬态度，不让苏联重占上风。明天我将生平第一次参与美国政治，投票选举。纽约州有一个新兴的"保守党"，但我想仍是选举 Rockefeller 较妥。不知 Nixon 的 fate 如何，如被 Brown[6] 打倒，他的政治前途也完了。

附上父亲、玉瑛妹的信。Joyce 读书略有进步，近喜画画。身体也很结实。再谈 即颂

近好

弟 志清 上
十一月五日

5　JFK，即 John F. Kennedy（甘乃迪，1917–1963），1961–1963 年任美国第 35 任总统。

6　Edmond "Pat" Brown（1905–1996），1957–1967 年任加州州长，现任加州州长 Jerry Brown 的父亲。Nixon 败选，但政治前途并未结束，后东山再起。1968 年当选美国总统，后因水门案辞职。

568. 夏济安致夏志清（1962 年 11 月 28 日）

志清弟：

　　来信早已收到。这几天很忙，Philological Association 的年会是在 Thanksgiving 周末开的，各地的来人，不免多一番交际应酬。鲁迅一文赶出，虽仅十页，但亦念了半个钟头。反应尚佳，自思亦颇有些精彩意见。过些日子请人重打一份，当寄上请指正。我想把《左联之解散》一文扩大重写，把题目改为《鲁迅之死》，可以多讨论些鲁迅关于死的看法与恐惧等。

　　这几天正在把"Twenty Years After the Yenan Forum"赶完中，该题太大，材料很多。我注重扼要的夹叙夹评，但文章总得在四十页以上。写这类文章之不易处：一不小心，笔底下就漏出"反共八股"。反共而说得着着实实（不拾人牙慧，不慷慨激昂），非易事也。

　　纽约各报对于复兴京戏的批评（你们看得想都很满意），都很捧场。寄上卡片一张，请 Joyce 收存留念。

　　世骧定星期四下午飞纽约，住 King's Crown。他有什么公事，我不知道。希望你于星期五和旅馆联络。我希望你（如能买到票）请

他看 *Little Me*[1]。Cyd Caesar[2] 我们在 Las Vegas 看过，滑稽突梯，真怪杰也。

文章将在月底前写完，休息一两天后，当有长信。专此 敬颂
近安
Carol 和 Joyce 前均此。

济安

十一月廿八

〔又及〕有一桩好消息，我可以改为 Permanent Resident 了。可惜近日太忙，那些表还没有填。

---

1 *Little Me*（《小小的我》，1962），百老汇音乐剧，西蒙（Neil Simon）编剧，科尔曼（Cy Coleman）作曲，卡洛琳·李（Carolyn Leigh）作曲。

2 Sid Caesar（席德·凯撒，1922–2014），美国喜剧演员，代表作有电视剧《你的表演之表演》(*Your Show of Shows*)、《凯撒时刻》(*Caesar's Hour*) 等。

569. 夏济安致夏志清（1962 年 12 月 7 日）

志清弟：

"Twenty Years After the Yenan Forum" 上星期六（十二月一日）寄出。因时间限制，写得有些赶，写完了人觉得很累（可能有点伤风），你知道我是不相信吃药提神的，于是就休息了一个星期，不用脑筋，上班看点报纸和闲书（真正闲书我在 office 是不看的），连信都懒得写。今天已完全复原（即脑力充沛如常），于是写这封欠了好久的信。

先谈些人生的事：世骧回来，我去机场开车迎接，知道你们相聚其欢。Joyce 写的几个汉字亦带回来了，写得很好，我看见了很高兴。Joyce 和杨联陞有缘，见面就熟，亦是好事。杨联陞我和他不熟，但知其很有才学，但心里〔理〕有毛病，平常郁郁寡欢，他见了你们的高兴是真高兴。

还有一位很有才学的刘子健，他心里〔理〕亦有毛病（二公的婚姻生活不愉快，给他们很大的痛苦；详情难言，我亦不清楚，但这种榜样是给我很大的警惕的。世骧他们都赞叹你的婚姻生活的幸福，这点请你告诉 Carol，我完全同意）。刘子健的为人，从下面一桩小事中可以看出来：昨晚有个 party，他见了我，再三向我叮嘱务必写信向你道谢你给他的招待。他说："我做人是到了一个地方，受了人家招待，一定要写信道谢，但是这几天实在太忙，没有功夫写信……"他对于这种小事，如此认真；对于大事的认真，我亦久仰的；大小之事夹攻，做人是太吃力了。我们的所以maintain sanity，对于很多事情的糊里糊涂，其功甚大。杨、刘二公大约都是不肯糊涂之人。刘子健的忙是有关在台北设分校的事，他全力以赴，又怕受人指责，心里似很紧张。不能干的人在他所做的有限事情的范围之中，还可能求完美；太能干的人如刘子健，还想求完美，只有自讨苦吃了。（王熙凤所代表的亦是儒家，虽然是corrupted的儒家，忘了你是否在文章中提起此事。）

昨晚的party是招待日本京都大学汉学教授吉川（Yoshikawa）幸次郎[1]。此人恂恂儒者，中文讲得很好，学问也好。欧美人中恐怕亦很少能比得上的。你恐怕不能和他处得很熟（日人本来守礼，再加上吉川先生consciously地做儒家），因为他没有我们这种洒脱的精神，但他是个值得尊敬的人。（他喜被尊称为"先生"，"吉川先生"还好。）

你在纽约，身处"水陆码头"，交际应酬恐怕很难躲开。十一月十五日左右，Seattle的Michael和荷兰人Marinus Meijer[2]（曾在中共大陆住过几年，跟荷兰大使馆）在纽约开一个什么会，没有机会招待他们，他们不会怪我，但为你着想，多一事不如少一事。在Berkeley，世骧夫妇和赵元任夫妇首当其冲，他们亦真好客，招待远来客人，我只需作陪即可。你在纽约，可能将成为首当其冲的人。其实我很enjoy酒会和饭局，如身上没有要事，和大家"糊里糊

1　吉川幸次郎（Yoshikawa Kōjirō，1904–1980），字善之，号宛亭，日本神户人，汉学家，曾任国立京都大学教授、日本东方学会会长、日中文化交流协会顾问等，代表作有《中国文学入门》、《中国诗史》、《读杜札记》等。

2　Marinus Meijer（M. J. Meijer，梅杰，1912–1991），荷兰汉学家，主要研究中国法律史，毕业于莱顿大学，曾任职于荷兰的东亚事务局。代表作有《中华人民共和国的婚姻法与政策》（*Marriage Law and Policy in the Chinese People's Republic*）、《中华帝国晚期的谋杀与通奸：法律与道德的研究》（*Murder and Adultery in Late Imperial China: A Study of Law and Morality*）等。

涂"，我很引以为乐。只怕忙的时候，精神不能兼顾，好在我忙的时候亦并不很多。

延安一文另封寄上。写好后没有精神重读，一切修改责任推给MacFarquhar去了。小毛病还有，但大致论点似还可以。此文规模太大，很多地方不能兼顾，我很想用所谓vivid writing的做法，把延安生活描写得更仔细一点，但这需要太多的research，目前无暇顾及。Even so，关于延安的有些事情，我所发现的，别人似都未曾触及。中共文艺理论的困难，亦可以大加发挥，但我也来不及管了。Footnotes也可以扩充，但就现有的观之，已相当吓人。其中有一条讲到一本杂志名《鲁迅风》者，我记得曹聚仁《鲁迅评传》中曾说起过。但这两天懒得到图书馆去查，查到了当写信给MacF.去补充。

因为《延安》一文费时甚多，《英雄》一文也没有工夫去动，已写信给MacF.，由他全权处理了。

《鲁迅与鬼》一文，已托Center打字，Ditto后当寄上。

今天很高兴接到Donald Keene之信。他说他收到你所送的 *Enigma* 小册后，本来是没有工夫看的，但忽然翻翻，发现其中大有道理，看后大为满意，特来信赞美。这是意想不到的谀辞，而Keene倒真能看出我用心之所在。

Enigma 一文的长处是love & irony。我怕《延安》一文，这两点发挥得还不够，以后再说吧。

文章写完后，本来想好好地看几场电影，结果只看了一场：墨西哥片 *Macario*[3]，可以和最好的意大利佳片（或Ingmar Bergman）相比。朴素的农民生活和生死之谜（民间迷信）很好地杂糅在一起。还有一张是Kurosawa导演、Toshiro Mifune（三船敏郎）主演的 *The*

3　*Macario*（《马卡里奥》，1960），墨西哥剧情片，罗伯托·加瓦尔东（Roberto Gavaldón）导演，塔尔索（Ignacio López Tarso）、Pina Pellicer主演，Estudios Churubusco出品。

Hidden Fortress[4]（不是 *Time* 在一两个月前推荐的那一张）。发现该片我已看过，但是第一遍我没有多大印象，第二遍竟看得大为满意，这亦是难得的经验。英雄保护公主，逃出敌人的包围，本是日本武侠片很俗气的题材，但在 Kurosawa（黑泽明）手法之下，该片很为亲切动人。

最近看得顶满意的影片是 *Lolita*[5]。小说没有看过，只是在台北时从你送给我的 *Anchor Review* 中，略窥麟〔鳞〕爪。电影中那四个人的演技都可以说是"绝"了。世骧认为 Sue Lyon[6] 是继 Marilyn Monroe 后好莱坞最重要的发现。这个女孩子不开口的确很诱人，一开口就俗不可耐，很合身份。Shelley Winters 的苦闷与附庸风雅演得亦好。James Mason 亦十分 convincing。最绝的是 Peter Sellers，没有他我不知别人如何能演此角色（不知小说中怎么写他的）。听美国朋友说，外国人学 American Accent 学得到 Peter Sellers 那样子，的确可算一绝。

以前你来信问起凌淑华的地址，该书是 Vincent Shih 带回来的，所以我亦不知道。现在查出来是 14a Adamson Road, London N.W. 3。陈源是中国派 UNESCO 的 permanent delegate，把这个头衔写上，信无论寄伦敦或巴黎，都是收得到的。X'mas 将届，我得提醒你一声，怕我忘了，你也忘了。这几天报纸载伦敦大雾，我有点莫名其妙地想念伦敦。

有一桩好消息，即是关于移民问题的。根据新法律，我已可申请改为 Permanent Resident。这本来是天大的好事，但在那几天忙的时候，不能集中精神去填那些烦琐的表，因此一直还没有填。现在

---

4 *The Hidden Fortress*（《武士勤王记》，1958），日本动作冒险电影，黑泽明导演，三船敏郎、上原美佐主演，Toho Company Ltd. 发行。

5 *Lolita*（《一树梨花压海棠》，1962），美国黑色喜剧片，据纳博科夫同名小说改编，斯坦利·库布里克导演，詹姆斯·梅森、谢利·温特斯主演，米高梅发行。

6 Sue Lyon（苏·莱恩，1946–），美国女演员，曾获金球奖，代表作有《一树梨花压海棠》(1962)、《灵欲思春》(*The Night of the Iguana*，1964)等。

要做的是向 Seattle 警局去讨人格证明书（Berkeley 警局的已索得），此外亦没有多少手续。取得永久居留，实在是了却一桩大心事。以后行动可以方便得多了。一般而论，我的运气总算不错。

　　吴鲁芹 X'mas 左右亦许会到 N. Y. 来，他是我的好朋友，人很 pleasant，希望稍加招待。我们的 Language Project 很有可能扩充，请他来帮忙。

　　近安

　　Carol 和 Joyce 亦均此。

济安

十二月七日

　　Seattle World's Fair 我寄出德制猴子一个，日制万花筒一个，想都未收到。又：台制陶器两件收到否？该项陶器纽约有经理人，如仍未收到，可去催询。地址下次附上。

570. 夏志清致夏济安（1962 年 12 月 13 日）

济安兄：

两信及大文都已收到。七日那封信收到的那天，吉川刚到哥大，他在这里预备住四个月。哥大的名教授都是日本派，Watson 是吉川先生的高足，现在京都大学开课。大文读后，极为佩服，可喜的是我们对毛的谈话及其恶影响观点完全相同。我书上没有把"谈话"提纲结〔挈〕领地说明白（realism、love、杂文三点极有道理），而且书看得少，丁玲和何其芳等的苦闷都没有详细描写分析。有了你那篇文章，Boorman 和 Vincent Shih 的两文更是相形见绌。China Quarterly 出版专号，当以你（的）两篇文章最有贡献，最有永久性。Birch 的《会议经过》看过了，他写的比 Lavery 好多了，而且 diplomatically 把每个 participant 的意见介绍一部分，亦非易事。Power of Darkness 一文想必极精彩，收到后当拜读。de Bary 对你的 style 和做 research 的功夫，也大为佩服。"复兴"卡早已收到，Joyce 极欢喜。

一月没有写信，实在太忙，而且应酬太多，我在哥大文科中中国人间地位算相当高。何廉已退休了，王际真向不管事，蒋彝忙着自己的事，不常上班办公，哥大有中国人来访，我的确有首当其冲之感。今天有 Yale 吴讷孙来访，同时碰到 Rod MacF.（！），

明天可和他长谈。他刚来，又在召集一个什么"会议"，Howard
Boorman、Doak Barnett[1]有份，大该是讨论中共政治的。世骧来之
前，吴国桢来过，住了二星期，我同他吃了三次饭，我的书评给他
的书一个很大的boast（出版后两月销了八千本），他很感激，其实我
对政治是外行，谈话polite不够，祇有听他讲掌故，说不到有什么
conversation。他讲到陈诚、白崇禧之类，只称呼他们的"字"，是官
场的规矩。据说他离台前，蒋经国要谋杀他（suborned吴的车夫），
所以惶惶逃出。"复兴"剧团来NY，我听了你的advice，请了de
Bary，de Bary那weekend要去Ann Arbor，所以de Bary的太太和她
的second女儿Cathy出席（de Bary同吃晚饭，在馆子上碰到Frankel
夫妇），另有他人作陪。Cathy曾去台，和"复兴"的演员认识，所以
我们上后台，找王复蓉[2]谈话，和她相会了一阵，先退出，Cathy和
她谈得较久，二人有合照，隔日登报（见clipping），也算一桩盛事。
建一若在化妆室多留一阵，可能也上照。"复兴"的演出相当让人满
意，和北京剧团一样地热闹，但造诣方面究竟不能和北京剧团相比。
　　杨联陞也给我郁郁寡欢的印象，他和刘子健一度都精神不正
常，假如在中国做教授，决不会如此的。世骧一直精神很好，谈
笑风生，是不容易的。我买了一本H. L. Li[3]的 *The Garden Flower of*

1　Doak Barnett（鲍大可，1921–1999），生于中国，美国中国研究专家、记者，曾任
　　美国驻香港总领事馆总领事，《每日新闻》驻亚洲记者，1961–1969年任职于哥伦
　　比亚大学，1969年转往布鲁金斯学会任职，1982年再转任约翰·霍普金斯大学讲
　　座教授，直至1989年退休。代表作有《共产中国与亚洲》（*Communist China and
　　Asia: Challenge to American Policy*）、《中国政策：老问题与新挑战》（*China Policy:
　　Old Problem and New Challenges*）等。

2　王复蓉，京剧名伶，毕业于复兴剧艺实验学校，其父亲是复兴剧校创办人王振
　　祖。王复蓉从小学戏，以一曲《金玉奴》唱红台湾，主要作品有《响尾追魂鞭》、
　　《丹心令》、《还我河山》等。

3　H. L. Li，即 Li Hui-Lin（李慧玲，1911–？），植物学家，著有《中国园林花木》（*The
　　Garden Flower of China*）、《绿荫观赏树木的起源与培育》（*The Origin and
　　Cultivation of Shade and Ornamental Trees*）等。

China 送他，昨天寄出，这本书较冷门，Ronald Press 1959（年）出版，可能他没有见过。Li氏是botanist，书中材料想可靠，Grace修理新花园，自己得种花草，这本书当是很好的参考。世骧攻诗，诗中所提到的花卉，有了科学的和历史的说明，对他也有用的。另外一册，送心沧夫妇。自己也预备买一本。逢节送礼，非是易事。Carol送你一件东西，不日可到，Joyce即将做一件手工，送你。你在Seattle送的东西，除万花筒外，都没有收到。请附上agent地址，去催询。你花费已多，年节不送礼物为要，刘子健有卡片来道谢，我不预备送他X'mas卡，免得增加他的负担。Meijer曾打过三次电话，我都不在，我不知他的电话号码，不能打电话给他，终没有见到。吴鲁芹来，我当好好招待一番，他送过我几本书，我都没有道谢。Dutch报上有人review他的《中国小说选》（along with *Naked Earth*，聂华苓的小说），此人将来哥大，剪报给我看。

Goodrich开始在编*Ming Dictionary*，我对bibliography不熟，不预备参加。你如有兴趣，写几篇明代文人的传记，我可以recommend你。Wayne State U.有一位高丽人对我那篇《红楼梦》特别佩服，由他推荐，已定在Wayne出版的criticism上发表，该journal相当respectable，能发表也是好事。此事完全（是）他出的主意。隔两天我得写一篇短评for JAS，X'mas假期已答应Boorman写一篇茅盾传。

父亲有意让玉瑛妹Carol通信，前日玉瑛写了封英文信来，文字surprisingly good，她同时寄一张贺年卡，卡上题了一首诗，讲的是我离沪前那一天在法国公园看菊花的事，我读后大为感动。我结婚后没有功夫多想玉瑛妹，想不到她这样想念我们。这次X'mas，你当寄张X'mas卡给她。附上信、卡及小照一张，信和卡看后请寄还。

电影极少看，*Lolita*却在不久前看了，大为满意。Quilty在书中是ambiguous and mysterious的角色，并不幽默。Peter Sellers的演出实在是一绝。以前大家都捧Guinness，我觉得他的cometics不

过如此，Sellers 的喜剧天才实远胜于他。Downtown 巨片如林，
Longest Day，*Bounty*[4]，*Lawrence of Arabia*[5]，我都不会去看。有时抽
出时间到 Broadway 小影院看二轮片。（Sue Lyon 曾在二轮影院每日
登台，我没有见到她。）

　　谢谢你给我凌淑华的地址，两月前碰到 Michael Sullivan[6]，他是
Birch 的好友，和陈家很熟，把地址抄给我，但我一直没有写信去道
谢。我在 Potsdam 四年，专在学生淘里面，现在交际这样多，生活
上实在是有了个大变动。苦的是读书时间减少，我读了 *Anatomy of
Criticism* 和 *Rhetoric of Fiction*，都中途而废，因为社交和平日准备
功课要看的书太多。我在教印度名著，对印度的一部分的 art 和文
学很生好感，Evergreen 有一本 Anchor 的 *The Love of Krishna*，其中
有好几张画，我觉得极好。曾往 Guggenheim Museum 参观 Modern
sculpture 的展览，看到不少大名家的 sculpture，很满意（Henry
Moore[7], Epstein[8], Rodin[9], Renoir, Picasso, etc）。

　　你已可申请改为 permanent resident，以后行动方便，学校方面
不再有麻烦，真是了了一桩心事，明春可来纽约，更是好消息。我

4　*Bounty*，即 *Mutiny on the Bounty*（《叛舰喋血记》，1962）。

5　*Lawrence of Arabia*（《沙漠枭雄》，1962），史诗历史剧，据 T. E. Lawrence 的作品
　　Seven Pillars of Wisdom 改编，亚利克·吉尼斯、安东尼·奎恩主演，哥伦比亚影
　　业发行。

6　Michael Sullivan（苏立文，1916–2013），生于加拿大，英国艺术史家、汉学家，哈
　　佛大学博士，专攻中国艺术史，曾任教于新加坡国立大学、伦敦大学、斯坦福大
　　学、牛津大学，代表作有《中国风景画的诞生》(*The Birth of Landscape Painting in
　　China*)、《中国艺术史》(*The Arts of China*) 等。

7　Henry Moore（亨利·莫尔，1898–1986），英国艺术家，擅长黄铜雕塑。

8　Epstein（Jacob Epstein，爱泼斯坦，1880–1959），英国艺术家，生于英国，1902 年
　　移居欧洲，1911 年成为英国公民。

9　Rodin（Auguste Rodin，罗丹，1840–1917），法国艺术家，代表作有《青铜时代》
　　(*The Age of Bronze*，1877)、《沉思者》(*The Thinker*，1902) 等。

一直想去New Haven一次看看教授们，一直抽不出时间。隔几天再写信，现在又在rush写贺年片了，世骧夫妇、Birch前问好，专颂

年安

弟 志清 上

十二月十三日

571. 夏济安致夏志清（1962年12月30日）

志清弟：

你们送的精美的礼物已收到，那件背心是十分讲究的。穿上去十分服帖舒适与漂亮。烟灰缸也是很漂亮而合用的。过节送礼是很伤脑经〔筋〕的一件事。我送了你们一本日历（这次齐白石不很多，但另有花鸟一种，这幅是以走兽为主），与加州名梨一篓，Joyce圣诞老人糖果，想都已收到。我并不怕shopping，就是怕包扎与邮寄，这些是比较麻烦的事。

你们寄来的两张卡片都已收到，都是东方化而极为富丽堂皇的，这些与礼物都是Carol挑选之功，敬在此特别赞美。Joyce画的卡片，美极了，给陈家的那张也美极了。Joyce大有艺术天才，这个天才在你们父母诱导之下，一定可以好好地发展，这是很值得庆贺的事。我小时候上美术课所受的委屈（不注意发展创造天才，呆板地临摹），现在还是不能忘记。我小时候所受的教育，最失败的是在美术方面。

适逢佳节，诸事杂乱，什么正经事也没做，值得一提的是我到Pacific Grove（在Monterey半岛）Loeb家去住了两晚，有很多新鲜的经验。廿五日上午一人开车前去，廿七日下午一人开回来，长距离单人驾驶，这次算是一个纪录，对于驾驶技术方面增加了一点自信。

Loeb家在海边有一幢房子（离我们上次住的Borg Motel不远），

这几天加州天气晴冷，无片云纤雾，吹东北风（陆上来的西风是海外来的，那便带来温暖与雾气），很使人精神爽快。Loeb 在 Monterey 恐是 leading citizens 之一，他的父亲是生物学家，现在在 Monterey 还有一幢很新式的洋房 Loeb laboratory，是研究鱼类生物，而纪念他父亲的。Loeb 从小在 Monterey 长大，对于当地海陆情形很熟悉。

廿六日，我与 Loeb 二人出去钓鱼，坐的是 outboard motor 的小船，船尾进水，船头翘得老高，拍浪而前，浪花不断打进船里来，我穿了黄色油布水手衣服，湿了很多地方。眼镜镜片与眼镜脚上，都结满了白白的盐花。我生平曾晕船两次：一次是从沪去平，一次是从港去台，该次与雷震同船，但我和他未交谈。这次坐小船出海之前，曾服 Dramamine 一片，结果无丝毫不舒服之处。

最奇怪的是我一点也不觉得恐惧，只是把 Loeb 当作 Spence Tracy 看待。他做事极稳当，他认为平安，我就百分之一百（consciously & subconsciously）地相信他了。

钓的是一种小鱼叫 Sanddab 的，约六时长，扁圆的，两只眼睛朝天，白肚皮大约和海底贴得很近。钓它很容易，钓线沉到海底必有捕获。一根线上三只钩，常常一钓鱼，一线三鱼，那些鱼大约实在饥饿得厉害，见饵必吞（饵是切小的鱿鱼——乌贼）。

Loeb 知道哪里鱼多，到了鱼多的地方，就把马达关掉。沉下一个假锚（帆布袋），开始放钓线。钓了一阵，船随水流，我们把马达开起，重新开到鱼多的地方。

钓 Sanddab 实在很容易（该鱼肉质是很肥嫩的），我最感吃力的是收回钓线。线到海底的有 200 呎长，放线时并不费力——只是不可太快，太快了线就要纠缠在一起了——但收线时要摇转那滑轮，这是非常吃力的事。线一下去，大约隔一两分钟必有 bite，我就拼命地转，结果右臂大酸，我又好强，并不说出来。

鱼捉到好几十条，小鱼有的放回去，有的掷给海鸥吃了（海里还有cormorant和一种野鸭），带回去的还有三四十条。

　　回去后右臂酸痛，心里倒有点怕，我不怕坐船，但有点怕一人开车回去。假如右臂酸痛不愈，开来时steering势必吃力而不准，这是要增加开车的危险的。

　　睡了一晚，第二天酸痛全失，这使我大为高兴。一般人都相信中年人最怕肌肉酸痛，常常拖好几天——甚至几个月都不会好。我这么快就好了，这表示I am not quite middle-aged，仍有少壮的康复能力。这是使我最高兴的地方。至于何以酸痛？一则我生平很少做用体力的事，对于使劲很不习惯（至今仍很怕parking汽车），再则，大约转那个轮子转得不得法。第二天（27日）坐Loeb另外一条船（名叫Petrel）出海sailing。他有三条船之多，钓鱼船就叫Sanddab，另一条小船叫Tern。东风猎猎，帆受满风时，左舷大为倾倒，右舷高举。我看过图画与电影，知道这是sailing的正常现象，所以也置之泰然。钓鱼时因手忙脚乱，并不觉得冷。Sailing时，无事可做（船虽倾倒，其实甚稳），双手冻得有点麻木。此外觉得sailing还是很有趣的，至少比坐敞篷车兜风有趣多了。Sailing是很难的，我也不想学。

　　27（日）晚Nathan家请吃晚饭，所以在下午赶回来了。两天出海，都见鲸鱼，第一天我看不见，第二天看得很清楚。鲸的喷水，不像图画上所画的一线上升而分歧下降，我所见的是一蓬轻雾而已，喷了好几次，一喷即消失。有一次它的背与尾还都露出水面。

　　看我的描写，你当可知道我心底还是喜欢冒险和做sportsman。但这次是受Loeb的邀请，我才游兴大发。其实我是喜欢过一个安静的假期，不喜欢往人多的地方去挤的。但在美国住久了，无形中也接受了美国生活方式。一到放假总想开车出去。虽然我最喜欢去的地方是S. F.，而不是山海野地。

美国人做事都有计划，我很少有计划——因为有点悲观，对于计划之类并不很相信。1963（年）的计划，当然主要还是做那 research，其次希望温习德文，再则想学日文。最大的希望——私人方面——是快点把 Permanent residence 弄到手。人生总有种种 worries（我算是 worries 最少的人了），弄到 Permanent residence 至少可以少一样后顾之忧。

再则希望你们暑假到加州来玩（世骧与 Grace 也专诚邀请），明年将有一个月假期（过去一直工作十二个月，今年去欧洲则是例外），既然已经接受美国生活方式，不出去玩似乎向自己没有交代似的。要出去玩，还是请你们来了一起去玩吧。希望把西部两大名山（Yosemite 与 Yellowstone Park）都玩一玩。Yosemite 像中国的名山，值得游赏；Yellowstone Park 则我尚未去过，很想一游也。

程靖宇居然真要结婚，我预备买两条领带 plus 女用物品送给他。他来信说得很滑稽："兄事高桥咲子负责介绍，请千万勿与美国人或支那人结婚"云云。人知好色则慕少艾，我所感觉到兴趣的女子，当然还是年轻貌美的一类，但年轻貌美之人难服侍，我也不敢接近。三十以上之女子，不论怎么 Mature，我总觉得苍老，而提不起兴趣了。

不苍老的人也有，如 Maureen O'Sullivan。New Yorker（Dec 8，p. 148）剧评说她是 very pretty fortyish sort；最近一期（Dec 22）还有一篇访问记（p. 23）说："When she arrived, she looked as young & as fair as the rose of the summer…"她能如此善保青春，也可说是得天独厚了。

Mature 女子大约有其很多好处，但我的 taste 始终停留在 Maureen O'Sullivan 阶段，永远没有提高。这也许不合理，但天下有些事本不能合理，我的 taste 还不算大不合理也。Nathan 说我是个 loner，此评甚确。现在我根本对于 dating 的那一套 ritual 毫无兴趣。"支那女子"尤其不敢碰，盖一碰即有 gossip，而我怕"坍台"尤甚于怕其他一切也（在上海时，我确不怕轰炸，但在光华大学毕业时，校长请我演讲，则是极可怕）。程靖宇之怪，尤甚于我，但他脸厚，自作多情，而不自知其怪，这也许是他福泽深厚之处。现在且看他介绍什么人出来。我尚未去信鼓励，希望你也不要去信鼓励，一切听其自然为要。有一点也许使你高兴的，即我的romanticism近年一直寄托在日本，对于日本种种，有极高之仰慕。如早二三十年有这种taste，我也许成了亲日派了，This may lead to something。日本是我的"梦之国土"，因此也不敢去日本。一去之后，梦破碎，那就太残酷了。电影 *Yojimbo*[1] 用心棒，极好；我向center 的secretary 推荐，她以为是Gumbo，看后大为失望。（Power of Darkness 已打好，明天寄上。）

吴鲁芹把你的地址丢了，我也来不及写信告诉他，他的地址是c/o N. Lu 330 E. 27th St. New York 16，如能在电话本子上找到此人电话，不妨打个电话去联络。如信到时，他已离纽约，那也就算了。

两件陶器花瓶在Donna Wu处，电话JU68599 WO2-31417，她的店叫Golden Key Gifts，1574 Broadway near 47th ST。如尚未送到，希望去催询。我挑选的两件很精美，希望不要被掉包。该Donna Wu（说北平话）我不认识，她在Seattle Fair 有个摊子，自告奋勇地替我带来纽约。

来信和玉瑛妹的信、诗、卡片与照片都已收到。玉瑛妹情感丰富，但在共党统治之下，丰富的情感徒然招来痛苦，言之甚为伤心，不说亦罢。父母亲想都快乐。

专此 敬颂

年禧

济安　上

十二月卅日

1　*Yojimbo*（《用心棒》，1961），日本电影，黑泽明导演，三船敏郎、东野英治郎主演，东宝影业出品。

572. 夏志清致夏济安 （1963 年 1 月 13 日）

济安哥：

星期五下午看到世骧信，当晚他飞到。星期六和他、杨联陞、吉川先生夫人及公子在天津楼吃烤鸭（另点的几只菜，味道不太佳，远不如新月酒家），谈笑甚欢。今晨世骧来，同访王际真，际真和世骧二十年未见面，未通信。这次重聚，王际真很兴奋，把肚中的牢骚发泄了一通。（How he antagonized Keene, Goodrich, et al.）我们一同在新月吃点心，烧饼、小笼馒头之类，世骧在西岸亦不易吃到。饭后，我们同世骧参观了 Guggenheim 的 sculpture 展览。即〔接〕着他去访友，明午飞归。世骧为人热心，精神也饱满，虽然他晚上（在旅行期间）要吃安眠药（在游英期间，亦然），早晨冷水 shower 后，精神极振足，能维持一天，是很不容易的。哥大很需要有世骧那样的一对夫妇做地主，客人来有地方招待，自己家里也可以煮菜，现在王际真不管事，蒋彝 bachelor，平常见不到人（X'mas 他到英国去了一趟），我做 host，究竟是不太适合的，虽然世骧说我做主人的 technique 是进步了。世骧游纽约经过，他会详细报告，我不多写了，谢谢你送给建一的糖。

新年期间，一直很忙，没有空写信，你寄的礼物果品都已收到受用了，谢谢，名梨三十只，我们把十只送了人，二十只自己洽〔吃〕。Joyce 最爱吃梨，吃得很高兴。加州的梨，很像莱阳梨，初到时，还不十分熟，吃起来清脆可口，味道也较甜，ripe以后则水分极多，入口而化。中国梨和西洋梨不同处，即是"可口"标准的不同，莱阳梨、夜而〔鸭儿〕梨，ripe后，我想也是和西洋梨味道相仿的。日历也已挂起，谢谢。Donna Wu那处陶器花瓶已亲自领到了一件，另一件据说damaged了，将replace，唯Carol从店铺拿回来的那一件，红木stand和花瓶不配合，明天预备去交涉。他们可能掉包，明天我当亲自去说明你四月中会来纽约，希望他们注意。以后你不送东西则已，要送东西，最好请店家把东西包扎好了，自己邮寄，较妥。日本万花筒已收到，猴子想已遗失了，世骧上次来给Joyce一件〔只〕绿绒猴子，样子很dainty，不知和你所购的是否相仿。

《鲁迅》大文已拜读，极佩服（前天Center寄来一份，已送吉川），你对鲁迅文字及他对"死"和"旧中国"的观察，都极精到。文章开头一大段极妙，替鲁迅一段文字做了注脚，transition 极smooth，即看你对他"杂文"、"小品"、"散文诗"的种种comments，都是前人所未言，我书上也未提到的。但我觉得这篇文章性质和"Dissolution of League"那篇不同，revise可能吃力不讨好。后者最好仍归入你"左翼文学运动"专著内，不必有大更动。

"Lu Hsün & Death"（or "The Death of Lu Hsün"）该是另一篇文章，扩大后，可在杂志上发表。鲁迅小说中常提到狼，大概他幼年时常听到狼嗥，所以《孤独者》（?）、《祝福》、《阿Q》、《野草》中常有狼的出现。狼与死的联系，你文中也可一提。假期间看到的人不少，较前有MacFarquhar，跟着有Yale老朋友，Potsdam 旧同事，你的台大学生来访。MacF.来纽约，不知上次信上有没有提到，他来美又要召集个什么会议，我到他父亲apt去参加了一次party，看到UN一些人的样子，他们这些人，日间虚伪一阵，晚上party不断，大家同欢，生活也很无聊。MacF.曾把Richard杨[1]写的 *Quarterly*

---

1 Richard杨，即杨富森。

文坛报道退回（英文太劣，报道不周），你以前曾有兴趣写报道，MacF. 仍希望你每季写几段报道寄他。你的女学生中有一位陈秀美Lucy Chen[2]，现在Holyoke读书，她对你极有好感，对你的婚姻事也很concerned。她自己看到石纯仪等前车之鉴，很想结婚，不知你有不有劲追她？她的样貌很美，眼睛大，人也直爽，没有Christa石的小姐气，也没有丛苏的beatnik的作风，比起Maureen O'Sullivan等Irish美女来，似更多passion。她假期来N. Y.，特地要见我，我们在大夜〔年〕夜一同吃晚饭（with丛苏），饭后她们两位小姐都没有什么节目，丛苏一向对Greenwich Village很有兴趣，所以我陪她们去玩了一阵，我们在一家低级夜总会看脱衣舞，每人一瓶啤酒，坐下。不料那夜总会大敲竹杠，每人cost十元，连tip、beer，共花了四十元，到Latin Quarter去，所费我想也不会那样多，我身边钱也没有带足，祇好向Lucy借了十元付账。我来纽约后，Greenwich祇日间去逛过一次，夜间没有去过，大呼冤枉。我们那次在Frankfurt玩的夜总会，实在高明而便宜得多了。另外一位小姐王克难Claire Wang[3]，也见过，她很活泼，英文讲得也美国化，她的MA论文，已经Carol修改过。另外一位高足熊玠[4]（去年曾在哥大教中文）已结婚，我也见到。

　　Meijer上次来纽约，曾打给office三次电话，我都不在，无缘见到。吴鲁芹来访，我和他谈了大半天，他极和蔼可亲，谈话精神很足，讲讲你和宋奇来台的掌故，很有趣。入学后他去New Jersey

2　陈秀美，即陈若曦（1938–），作家，毕业于台大外文系，参与了《现代文学》的创办，后取得美国约翰·霍普金斯大学硕士学位。文革期间曾一度返回大陆，以这期间的见闻写成小说《尹县长》。1989年在美国创办海外华文女作家协会，当选首任会长。代表作有《尹县长》、《突围》、《远见》等。

3　王克难（Claire），生年不详，1954年考入台大外文系，来美在哥伦比亚大学进修，获硕士后去加州定居，笔耕不辍，时有文章发表。

4　熊玠（1935–），祖籍江西省，生于开封，毕业于台大外文系，哥伦比亚大学博士，纽约大学终身教授，曾参与起草《与台湾关系法》。

教书，见面机会当多。（丛苏detest吴鲁芹，说他教书敷衍塞责，想也是事实）。吉川到哥大后，哥大中文专家太少，他很寂寞，de Bary特别关照我多招待他，我上星期曾和他吃一顿tempura、saki、鱼子、柿子（来美后第一次），谈得很欢，虽然我对中国文字还是外行，不可能深谈。他曾收到世骧recommend我的信，对我也很敬重，他在哥大，要开五次seminar，下星期开始。

假期间，不断有人来访，时间浪费很可惜。怪不得住纽约的人都有or希望有一个country house，寒假暑假期间去隐居，免得被人打扰。你和世骧诚心请我们来Berkeley住上一月，Carol很心动，我可能时间不允许，我得开始好好写中国旧小说的书。同时八月间，我有八个seminar，同N. Y. State teachers of literature讨论中国文学，大约和你去夏在Seattle附近开的conference是相同性质的，一共24 periods，de Bary、王任教前16 periods，我教后8 seminars，时间大约在八月中。每一个seminar酬报150元，很上算。但我暑假工作如有成绩，可能seminar教完后来Berkeley玩一星期。

家中情形很好，父亲关照，以后和最近二次汇款，每次寄250元，Carol希望你每两月多contribute 25元，大家平分。上海有汇款的人，新年期间特别优待，所以这次我把汇款已早寄，可赶上旧历新年。玉瑛妹已请到了上海的居民证了。

*Time*所选的十大巨片，我袛看了一张（*Taste of Honey*[5]），自己也不相信。上星期看牙医（希望你有空，也经常去看牙医），出诊所，附近一家电影院在映*Last Year in Marienbad*[6]，我去看了，所以十

---

5 *Taste of Honey*（《甜言蜜语》，1961），英国电影，据Shelagh Delaney同名剧本改编，托尼·理查森（Tony Richardson）导演，布莱恩（Dora Bryan）、罗伯特·斯蒂芬斯（Robert Stephens）主演，英狮影业（British Lion Films）发行。

6 *Last Year in Marienbad*（《去年在马伦巴》，1961），法意合拍电影，阿伦·雷乃（Alain Resnais）导演，赛里格（Delphine Seyrig）、Giorgio Albertazzi主演，Cocinor发行。

大巨片又多看了一张。*Last Year*颇能保持hypnotic的mood，但仍不免沉闷。纽约报纸被strike，电影院、戏院生意清淡，但Sid Caesar的闹剧常〔尚〕未去看。你四月来纽约时，我们一同去看吧。前星期日在Hunter College听Gielgud[7]读诗，蒋彝买的票，本来是T. S. Eliot亲自来美读诗，因病不能出国。Gielgud读诗也颇令人满意。带Joyce去看了*It's Only Money*[8]，Jerry Lewis这次很滑稽，你也可去一看。你和Loeb在ocean钓鱼的经验，很令人神往。不多写了，Carol隔日要和你写一封信，即颂

　　年安

弟 志清 上
一月十三日

　　〔又及〕Pandora丁念庄要几只dry葫芦gourd做排〔摆〕设，不知San Francisco有没有葫芦可买，请向Grace打听一下，附上张心沧信。

7　Gielgud，或为John Gielgud（约翰·吉尔古德，1904–2000），英国演员、戏剧导演，毕业于英国皇家戏剧艺术学院，以擅长扮演莎士比亚戏剧闻名，曾获奥斯卡最佳男配角奖。代表作品有《好伙伴》(*The Good Companions*)、《尤利乌斯·恺撒》(*Julius Caesar*)、《亚瑟》(*Arthur*)等。

8　*It's Only Money*（1962），喜剧片，弗兰克·塔许林导演，杰瑞·刘易斯主演，派拉蒙影业发行。

573. 夏济安致夏志清（1963 年 1 月 22 日）

志清弟：

　　来信收到。世骧来纽约，你们玩得很痛快，尤其是把不喜交际的 C. C. Wang 请出来，你的交际手法确是大有进步了。世骧虽然讲究吃，对于蟹壳黄，他却觉得很新奇，吃后赞不绝口。这种东西，金山的确是没有的。

　　暑假里，务必请你们抽空来玩至少两个星期，时间太局促，心里觉得匆忙，恐怕玩起来失悠闲之趣。反正我四月间东游，届时我们再面商一切可也。

　　家用事，我很乐意帮助。每月多 charge 我 25 元或 50 元，对于我可说毫无关系。我用钱不记账，糊里糊涂，多用少用几十元，我自己也不觉得。但是先请你垫付，过些日子我寄一笔整数来好了。总而言之，我还算是俭省的：因为一、我不大买东西（对于 shopping 没有兴趣，再则不喜增加身体之物的负担），连衣服都不大添的。二、没有女朋友，省了 date 的钱；假如要 date，钱花起来就多了。我每月花钱的大宗，还是在吃上面，但一个人也吃不掉多少的。

　　过年过节，买礼物的钱花了不少，但自己也没有个数目。程靖宇结婚，我送新郎（领带）别针连袖扣，送新娘别针连耳环，航空寄去，花了二十余元（寄费仅二元余，因东西都很轻便），这算很重的了。

〔此处缺失page 2〕是显得ridiculous，我不想再制造ridiculous的印象。

讲起女友，Grace正在替我介绍的是Martha Chin（陈？）不是时钟雯。Martha是Grace最稔熟的女友，她们曾在东京Mac Arthur总部共过事，至少总有十年的交情了吧。她现在Lockheed厂做事，几月前开车出事，撞死一个老太太，她自己也受伤进入医院，至今额上有疤。她住的地方比Stanford还要远，现在没有车子开，到陈世骧家来一次是很麻烦的。此人高挑身材，细眉细眼的，还有girlish风韵，不修边幅，也有点beatnik作风，土生华侨，能讲广东台山话，但不能看中文。Grace很有tact，至今未施压力，我也可以处之泰然。至今只是打过几次bridge，世骧夫妇是bridge迷，但他们想不到做媒人实不宜挑选bridge为媒介。因为Martha打得不太行（不熟），总显得很窘。我如碰到"高手"，我也显得很窘的。夫妻淘里做partner，有时也会起意见的冲突，有本书 The Mad World of Bridge 对于这点描写得很详细。打bridge总带一点malice，牌桌非培养感情之场所也。男的在拼命追求期间，当然会百般体贴，但我并不想追求，因此认真的事反而成为打牌了。这点秘密，请你千万不要向世骧与Grace道破。对于Martha的company，我还有点喜欢。但我并不想念她，谁要叫我摊牌，这事也许就完了。现在这样糊里糊涂地打bridge，我并不反对，而且也有点enjoy。这样拖一个时期再说可也。

还有一个可能，是夜总会女郎Yuki。这事说来很好笑，有光华老同学萧俊[1]者，在此地研究Law，对于中共的Law，他大约可算半

1　萧俊（Gene T. Hsiao，1922–1990），上海人，1962年从孔杰荣（Jerome A. Cohen）在加大伯克利分校读法律，课余在中国研究中心兼职，毕业后去伊利诺伊州（Illinois）一所大学教法律，1990年辞世，著有 Sino-American Détente and Its Policy Implications, The Foreign Trade of China: Policy, Law and Practice, Sino-American Normalization and Its Policy Implications 等。

个权威。此人海派作风，西装笔挺，用钱出手豪阔，但在学校里做research assistant（他还在读书），一个月没有多少钱进账，豪阔了一次两次，就无以为继（车子是1994年的别克）。但像一切有海派作风的人一样，"很够朋友"。他在追金山夜总会 Forbidden City 的台柱脱衣舞女 Coby Yee。这位 Coby Yee 在金山有点名气，大约从事脱衣生涯已有十几年，最近拿出私蓄十万元，把 Forbidden City 盘下来了。自己做老板，继续做台柱脱衣。该夜总会我去过几次，对于其间群雌粥粥，只看中一个（即 Yuki），我觉得她很娇小玲珑，脸型长得有点像李丽华。Coby Yee 把 F. C. 盘下来后，萧俊去捧场，把我也请去，他大喝其酒，还买酒请 entertainers 喝，我喝了两杯，即不喝了（我饮酒自知量，绝不多喝）。但是 Yuki 不在，我随便说了一句，萧俊自告奋勇，一定要替我拉拢，原来 Yuki 和 Coby 感情不睦，现已脱离。萧俊虽然还没有拿到 Law degree，但在"欢场"中，以律师姿态出现，那些女子也信以为真。最近 Yuki 生了一个私生子（！）。为法律事要请教这位"律师"，所以萧俊对她还是有点面子的。另外挑了一个日子，由我请萧、Yuki 和 Joe 陈[2]（也是上海人，Levenson 的学生，在写博士论文）去皇宫吃夜饭。那天晚上出现的 Yuki，和我心目中的大不相同，非但不像李丽华，蓬松松的一窝头发，反而像 *West Side Story*[3] 中的 Rita Moreno[4]。你当然知道我是并不喜欢 Rita Moreno 这一类的女子的（也不喜欢 Natalie Wood），但 Yuki 见面就和

---

2 Joe 陈，即 Joe Chen，应该是 Joseph Tao Chen（陈荣，1930–），上海人，1964年加州大学伯克利分校历史学博士，读博期间曾在中国研究中心兼职，后任教于圣费尔南多谷州立学院（San Fernando Valley State College）、加州大学诺思里奇分校等，代表作有《五四运动的重新解释》等。

3 *West Side Story*（《梦断城西》，1961），浪漫喜剧，据1957年百老汇同名音乐剧改编，罗伯特·怀斯导演，娜塔莉·伍德、理查德·贝梅尔（Richard Beymer）主演，联美发行。

4 Rita Moreno（丽塔·莫雷诺，1931–），生于波多黎各，美国女演员，代表影片有《国王与我》（*The King and I*，1956）、《梦断城西》等。

人熟。出口大方，和一般中国小姐的忸怩作态大不相同，我对于她认为还可以谈得（来）。她不喝酒，这点也引起我的好感。（当然，喝酒和养私生子两罪孰大，还是可以研究的。）假如她真是damsel in distress，我是很愿意帮忙的（这还是我的egotism也）。但是她很gay，一点也不像要人帮忙的样子。萧律师替我鼓吹，说我是作家，Yuki说她认得Burdick[5]（U. C.政治系教授，即写 *Ugly American* 与 *Fail Safe* 的），这一下立刻使我自惭形秽。我文章也许不比Burdick差，但人家是名作家也。最后她做了一件事情伤了我的自尊。饭吃完，我和她交换电话号码，她把我的那张纸放进手提包中去时，忽然拿出一叠IBM Card，说都是男人的电话号码。我大倒胃口，饭后party即散，此后我也没有打过电话。

　　这几天萧俊躲在家里（钱用光了），对Forbidden City里面的人说，他到华盛顿去开会了。但阴历新年他还是要去F. C.捧场（华盛顿的会开完了），预备举行一个大Party，各人dutch。他要给我fix a date，我说我还要Yuki，别人不要。他的面子是否够大，把Yuki拉到她所不愿意去的F. C.，我此刻尚不知。

　　Yuki是韩国人，名字日文，意义为"雪"。姓Cho，她不知是什么字，萧认为是赵，我看是崔。

　　Forbidden City 的 show实在lousy，我于'60、'61去过一两次。'62大约一年未去。那次萧律师请客，发现还是那点老套，看得索然无味。Coby假如不retire，另外到日本、香港物色人才，摆新噱头，弄新花样，我看去F. C.观光者，只有如萧某那种入迷之人（沪语"温生"）和无可无不可的tourists也。像我这种"老旧金山"是不愿意去的。

　　去F. C.实在很倒胃口，你对于金山的中国夜总会也许有点神

5　Burdick（Eugene Burdick，尤金·伯迪克，1918–1965），美国政治学家、小说家，代表作有《丑陋的美国人》（*The Ugly American*）、《安全失败》（*Fail-Safe*）等。

往，其实 Coby Yee（脸型作风等）完全是个黄柳霜[6]第二，其美（或丑）使人难受，其人之呆板与 dull 你也可想而知。

Yuki 我倒还想至少再看见一次，她到底长得什么样子，我要看看清楚。她有她的 cynicism 与 vanity，她对男人恐怕早已看穿。她说她做过很多次模特儿，在表演时，一眼望去，她就知道她周围的男人要些什么。她的出示 IBM Card，也并非表示对于男人轻视的心理。她这种 outspoken 的态度也有其可爱处，我倒很想多听听她的议论。她现在失业在家（Modeling 这类的事大约还有）。假如在别的夜总会登场，我倒想去捧场的。

F. C. 是个令人不舒服的地方。最近去过另外两个地方，都很满意。一次是 Earthquake Mac Goon，是在世骧在纽约期间，Franz Schurmann 和 Loni[7]（即闹婚姻纠纷的欢喜冤家）请 Grace 和我去的。该地门票一人一元，酒也不很贵（大约一元一杯吧）。乐队叫做 Turk Murphy（RCA Victor 有唱片），标准 Dixieland 的 Jazz。Turk Murphy 像个四十岁左右的 Khruschev，沙喉咙，粗脖子，一脸俄国乡下人样子，吹 trombone，另有人吹 trumpet 与 clarinet，再有些敲打乐器，吹打得很起劲。标准 Jazz 是很兴奋和悦耳的。

另一次是和台湾来的朋友去一日本夜总会 Ginza West（银座西），大为满意。门票也是一人一元，但其招待真令人舒服。别的夜总会总想灌人喝酒，一杯未干，就来抢走。我们到 Ginza West 时，尚未到九点，酒是六角一杯，我点的是白兰地 with chaser。女招待（穿 Kimono，礼貌周到）就不再来作敦促我们喝酒的样子，可是伺候得还很仔细，看见我们 chaser 里的水低下去了，就问要不要 O-Mizu（"御"水）这样给我们添了两次水。我还有一杯之量，后来

6　黄柳霜（1905–1961），美籍华人影星，代表影片有《巴格达窃贼》（*The Thief of Bagdad*，1924）。

7　Loni，Schurmann 的美籍华裔夫人，其人其事，见夏济安 4 月 1 日给夏志清的信（信 577，第 147 页）。

又叫了一杯Brandy。女招待（名"金子"）说九点以后是一元一杯了，那个我也不在乎。她把新杯拿来后，把旧杯里剩下的几滴酒还向新杯里倒，总之使我不吃一点亏——这使我心里很舒服。Show很高尚，没有脱衣舞。一个圆脸日本美女表演魔术；一个黑黑的，可是身材轻盈美目流盼的美女（Ayako Hosokawa，北川文子？）唱美国新歌，态度很自然大方；一个是日本的comedian，学华侨与义〔意〕大利人讲英文，最后是两个女孩子穿和服，乃孪生女，名Pair of Bees，唱日本歌，表演些身段，很优美，还唱了一两支美国歌，英文发音奇劣，但天真可掬。

旧金山是个很好玩的地方，平常很少机会去explore，这几天可算是例外。夜总会和高尚餐厅等，美国人都是成双作对去的（除了tourists），我没有女友，因此也不会向这种地方多跑。金山有个日本城，规模比Chinatown小，有好几家日本小馆子，有女招待陪坐侑酒。阳历大年夜，我无处可去（其实那天晚上，世骧与Grace、Schurmann夫妇也很无聊，但他们假定我一定有约会，因此没有打电话给我），一人去日本城吃饭。可恨的（是）不会讲日语（我去日本地方，总被认为是日本人的），有个女招待陪了我一下。饭后我就去看日本武士道电影了。（王适有一度和一个日本女侍打得火热。）

我现在的心境很平和，这种freedom亦未可厚非。男女关系间至少有两种力量compulsion & obligation都是使人不由自主的。我现在除了写文章以外（其实写文章还是力不从心的时候多），别的事情都是听其自然。不特别用力破坏已建立好的生活pattern。现在唯一可说的长处是脑筋清楚心地明朗。

正在自修日文，心得同一般人常说的相仿：看书容易会话甚难。看书容易者，因许多汉字我们都认识，且日文句法结构很清楚（中文句法最难）。会话时，字汇立刻大为缩小（认识的汉字不一定会念），且动词的活用也是很难的。

我预备再看它两三个月文法，然后买唱片学会话。哥大中文系日本势力很盛。你如有余力，不妨也看看日文。

最近买了一本 Yvor Winters 的 *The Function of Criticism*，对此老很佩服。他说理绝对清楚，几乎不用一点 rhetoric 帮忙，实非容易（Stanford 另一教授 Irving Howe 就多用 rhetoric）。此后又买了本 *On Modern Poets*。他的名著 *In Defense of Reason*，因在旧书店中尚未发现，尚未看。

电影最满意的是罗克[8] *World of Comedy*[9]，好久没有如此畅笑了。该片是 Anthology，笑料当然也特别多，但笑料一个连着一个，其creator 非有大 Intellect 不可。罗克之智慧实非寻常。Jerry Lewis 的 *It's Only Money* 还算好笑，但松懈重复的地方不少。英国旧片 *The Green Man*[10]，不知你看过否？是部非常紧张而滑稽的"隽品"。紧张处不任乎〔何〕Hitchcock 之下，滑稽处亦往往超过 *Guinness & Sellers* 的。（主角为 Alastair Sim[11]，我看过他不少东西。）

新年中在朋友家曾先后瞥见两部在 TV 上重映的 MGM 旧片，每部我大约只望了五分钟。一部是《泰山得子》(*Tarzan Found*〔*Finds*〕*a Son*)[12]，发现 Maureen O'Sullivan 没有如我记忆中那样动人的美丽。那时 M O'S 还非常之年轻，身材很苗条，但脸上表情只是楚楚可怜而已，缺乏含蓄。其可爱不如今日之 Lee Remick 也。另一部是 *Magambo*[13]，我一直认为这是 Grace Kelly 最得意之作，大约也是她

---

8 罗克（Harold Lloyd，1893–1971），美国喜剧演员，以出演无声电影知名。

9 *World of Comedy*（*Harold Lloyd's World of Comedy*，《滑稽大王神经六》，1962），即为哈罗德·劳埃德（Harold Lloyd）自导自演的喜剧片。

10 *The Green Man*（《谋杀博士》，1956），英国黑色喜剧，Robert Day 导演，Alastair Sim、乔治·科尔（George Cole）主演。

11 Alastair Sim（1900–1976），苏格兰演员。

12 *Tarzan Found*〔*Finds*〕*a Son*（《泰山得子》，1939），理查德·托普导演，约翰尼·韦斯默勒（Johnny Weissmuller）主演，米高梅发行。

13 *Magambo*（1953），五彩冒险电影，约翰·福特导演，克拉克·盖博、艾娃·加德纳主演，米高梅发行。

唯一演英国女子的片子。该片我记得摄影很美，TV上糊里糊涂（黑白），因此我也只看了五分钟，但我认为G. Kelly比M. O'Sullivan美。

张心沧的葫芦我当留意访寻。这个礼拜是过阴历年，我主要也将为交际而忙，事情大约做不出什么来。明天胡世桢要来开数学界大会，下星期初赵冈、马逢华等来开中共经济研究会，我都得招待。此外加上例有的娱乐（打牌、电影）与新年的被请等，大约将瞎忙一个星期。

承指出鲁迅之"死与狼"的关系，谢谢。该狼据周遐寿（《人物》）说应是"马熊"。该文可扩充之处甚多，我最想发挥而学问不够之处是"目莲戏与鲁迅小说"的关系。我这个theme（说两者有关系）也许站不住，但在我看见目莲戏（全文）之前，也无法下断语。"无常"、"女吊"在北平上演过（《剧本》1961年十二月），但单凭此两折，也无法知其全部。根据周作人（《谈目莲戏》），目莲戏中的硬滑稽的场面是很多而好玩的（周氏弟兄对于目莲戏的回忆之不同，也值得一谈）。我的野心是想写一部《鲁迅传》，以传记体来反映清末到抗战前夕的中国人生活。以我的style与研究兴趣来写这种东西似最合适。
再谈 专颂

新年快乐

济安 上
一月二十二日

〔又及〕Carol和Joyce前均问好，希望她们暑假来玩。

574. 夏志清致夏济安（1963 年 2 月 24 日）

济安哥：

　　整整有一个月没有和你通信了，几个周末过得怎〔这〕样快，自己也不相信。一月22日的长信早已读过，知道你近来有些艳遇，很高兴。Yuki为人想已很blasé，但你对她的身材相貌为人既很有好感，不妨单独和她出去玩玩，练练勇气。你在人较多的社交场合中，很容易表现自己的wit和才华，使异性倾倒，但因为date经验太少，和一个女子单独在一起的时候，就不免太紧张，太self-conscious，所以平时也怕有与异性单独在一起的机会（吴鲁芹也有此感）。不管将来结婚与否，这个弱点似该征服，Yuki在这一方面真〔正〕好做你的良友益师。Martha Chen[1]既然态度大方，为人也不讨人厌，你也可和她做做朋友，和她单独玩玩，可能也有一种乐趣。她是华侨，不如中国生的小姐一样always on guard，你既不抱野心追她，反而可以玩得很好，也说不定。你和女孩子在一起时，ego作祟，不容易enjoy自己，相反地，程靖宇面皮老，倒是他占优势的地方。他寄来了两张结婚照，一张穿华服的，咲子看来较呆板，但在酒席上穿和服的那一张，却保存一分妩媚。程靖宇和他〔她〕结婚，

1　Martha Chen，夏济安信中写作Martha Chin，应为同一人，陈世骧夫人的好友，竭力为济安撮合。

不能算不幸福。他花了不少本钱，追到这样一位很贤淑的少女，可算是他生命史上一大achievement。

程靖宇结婚，我去Tiffany买了一件玻璃果盘、一对玻璃天鹅送他。一共花了45元，连加寄费五元。我结婚时他曾送我一个象牙观音，十年来他寄赠了不少书，所以我给他的婚礼比较重一些。预计平邮寄出，一月后方可到达，不料Tiffany的shipping dept把重达25磅的包裹航邮寄出，十天之内即已寄到。Tiffany花了多少邮资，我也不敢想象。靖宇收到礼物，对Tiffany的包扎大为惊讶，写了一封信盛赞美国科学文明（信附上）。我们这次送礼，给靖宇咲子很大的喜悦，我们自己也很得意。

我去年system内受的tranquillizer余毒未消，精神不振，效率也不太高。最近一月来，自己出主意，改服复性维他命B丸Rybutol，精神大为改善，记忆力似也增高，平日准备功课颇有心得，对中国文学也渐感入门了。人的智力，完全被psychology所control，我深信此理。天赋不够，读不好书。我几次tamper with自己的体系，无形中影响脑力，以后当不再服徒求近效的药品了。你以前身体不佳时，自知休息，不服霸药，所以至今脑力充沛，少有人可及。一两月来教汉魏南北朝的诗，很感兴趣，觉得唐以前的五言诗，正好写一本书，《古诗十九首》、曹氏父子、阮籍、《孔雀东南飞》、陶渊明、谢灵运及萧梁的艳诗等，自成章目，写起来不难，而且可讨论的东西很多。唐以后律诗绝句倡〔昌〕盛，诗的variety反而不如以前，即李杜的诗，恐怕也是他们的古体诗较近体诗更有vitality。一年前我对中国文学可说完全是外行，现在可说有做"研究生"的资格了。

前星期五我看了一次极满意的电影，正片是*Yojimbo*，second feature是*Tales of Paris*[2]，有四段故事，女主角都很美艳，而故事轻

2　*Tales of Paris*（《巴黎轶事》，1962），法国多段式电影，阿勒格莱（Marc Allégret）等

松，乐而不淫，娱乐成分极高。最后一则故事Catherine Deneuve[3]
是女主角，Roger Vadim编剧。我刚看到那一期 *Time*，知道 Vadim已
和Annette Vadim离婚，C. Deneuve是他最近的未婚妻。*Tales of Paris*
时候，可能二人初次认识，那时Deneuve可能不过十七岁，她也有
高耸的金头发，相貌不如B. B.、A. Vadim端正，但因为年轻的关
系，delicacy过之。Roger Vadim一身兼有三美，也可算是世上最有
艳福的人了。隔日（二月九日），我们全家看了 *A Funny Thing Hap-
pened*[4]...，女主角是Preshy Marker[5]（原名Esther Stomne），她在
Vassar 读书时我曾见过一面。她的两位姐姐，都是Yale音乐史系研
究生，大姐拿到博士现在Wayne U.教书，二姐Ruth当时很美艳，
追的人很多，现在嫁了一位牧师，已有四个小孩，住在Baltimore
附近。*A Funny Thing...*故事vulgar我对bawdy jokes一向有反感，
所以印象平平而已。当晚吃了晚饭后，我自己到附近Radio City 看
了 *Days of Wine & Roses*[6]，Jack Lemmon 演技很好。Lee Remick 我
还是 *Anatomy of Murder*[7]后第一次见到，她的美我也很欣赏。她和

导演，凯瑟琳·德纳芙（Catherine Deneuve）主演。

3　Catherine Deneuve（凯瑟琳·德纳芙，1943–），法国女演员，曾多次获得法国凯撒
　　奖最佳女演员奖等。代表作品有《最后一班地铁》（*The Last Metro*）、《印度支那》
　　（*Indochina*）、《夜夜夜贼》（*Thieves*）等。

4　*A Funny Thing Happened*（*A Funny Thing Happened on the Way to the Forum*，《牡丹
　　花下斗风流》），1962年在百老汇上演的舞台剧，1966年摄制为电影。理查德·莱
　　斯特（Richard Lester）导演，Zero Mostel、吉尔福德（Jack Gilford）主演，联美发行，
　　女主角仍由普莱希·迈尔克（Preshy Marker）担任。

5　Preshy Marker（普莱希·迈尔克，1932–2015），美国演员、歌手，1954年毕业于
　　Vassar学院，演过不少百老汇音乐剧和电影，最有名的即是这部《牡丹花下斗风
　　流》。

6　*Days of Wine & Roses*（《醉乡情断》，1962），爱德华导演，杰克·莱蒙、李·雷米
　　克主演，华纳影业发行。

7　*Anatomy of Murder*（《桃色血案》，1959），奥托·普雷明格导演，史都华、李·雷
　　米克主演，哥伦比亚影业发行。

Lemmon 喝醉酒骨头轻的几景，演得很好，但电影本身并没有多大道理。我一连看了三场戏，是一年来未有的事，也可证明我服Rybutol 后 energy 的增加。

你四月间来纽约，不知何日动身，请预先告知。*Little Me* 仍场场卖座，得预先定〔订〕票，Maureen O'Sullivan 的 *Never Too Late*[8]，你既来纽约，也得一看。M. O'Sullivan 最近丧夫，*Time* 载 John Farrow 已逝世了。昨日在牙医处，翻翻电影杂志，悉知 Debra Paget[9] 的丈夫是中国人 Louis Kung[10]，富有五万万基金，现住 Texas，不知是孔祥熙的什么人。我的右上腭一双犬牙死了（神经组织已死），以前灌脓，生了一个疮，以为是 mouth cancer，看 skin doctor，浪费不少金钱时间，现在由牙医诊治，他把牙齿上下贯通，把腐坏的部分都除掉，祇留 enamel 的外套，中间镶补，下星期可以补好，常去 dentist office，浪费不少时间。

Journal of America Oriental Society 上载了陈世骧的 Hughes, *Two Chinese Poets* 的长篇 review，读后大为佩服，这篇文章写得极精彩，表演的学问更是广博。见世骧时，请代示意。Poor Hughes 早年翻译《大学》、《中庸》、先秦诸子，没有什么毛病，后来翻译《文赋》，被 Achilles Fang 在 *Harvard Journal* 上大骂一顿，这次译述汉赋，又被世骧挖苦，一生名誉扫地。"赋"这个 genre 我还不敢多碰，因为生字太多，读起来不够愉快。有位德国学者 von Zach[11]，曾

---

8 *Never Too Late*（《莫负良宵》，1965），巴德·约金（Bud Yorkin）导演，保罗·福特（Paul Ford）、斯蒂文斯（Connie Stevens）主演，华纳影业发行。

9 Debra Paget（黛博拉·佩吉特，1933–），美国女演员，演出数十部电影与广播剧，代表影片有《十诫》（*The Ten Commandments*）、《铁血柔情》（*Love Me Tender*）、《印度之墓》（*The Indian Tomb*）等。

10 Louis Kung（1921–1997），中文名孔令杰，是孔祥熙、宋霭龄夫妇之次子，留学英国，曾任国民政府外交官，1960年在得州（Texas）创办西方石油开发公司，生活奢侈，1980年与 Debra Paget 离婚，二人育有一子，名孔德基。

11 von Zach（Erwin von Zach，赞克，1872–1942），出生于维也纳，维也纳大学博

把《文选》译成德文，精神可佩，不知他译文有没有错误。陈受颐那本书，错误百出，我也看得出，他看来一点research也没有做，连《文心雕龙》也没有读过。他译《文心雕龙》为 "Secrets to Literary Success"，一定是把《文心雕龙》误解为《文坛登龙》了。

吉川先生在这里给了几个seminar，文稿是学生代写的，但ideas都是他自己的，有些都是不很通的。他读了一辈子中国诗，却并没有一点超人的见解，可能是他受了宋儒道学先生的影响太深，对诗已不可能会有真的了解。他书读得很多，廿四史也读了一大半，但食而不化，相当可怜。吉川是当今日本最大的汉学家，相比起来，中国人实比日本人聪明得多。即当今中共的批评家，也（有）很多值得研究的意见。我看到一本古典文学出版社出版的《谢灵运诗选》，注解很详细，书前有谢诗的介绍，书后有一长篇《谢灵运传》，都是很见功夫的作品。选者叶笑雪，不知何许人，但他这本书可作为一切individual poets选集的模范，以前商务印书馆学生国学丛书的选本，远不如它。中共出版的《先秦文学史参考资料》（北京大学中国文学史教研室选注）、《两汉……参考资料》两巨册，注解的详尽前所未见。最近出版的《魏晋南北朝文学史参考资料》两巨册，我已去定〔订〕购，对我一定很有用。这三种巨著你也可以买了自己作参考，虽然你古文根底比我好得多。

我多读了旧诗辞〔词〕，对中国现代文学、旧小说兴趣已较淡，最好能花一年功夫把旧诗弄通。但今夏当致力写讨论旧小说名著的那本书，把小说研究告一段落后，真可能有野心写本pre-Tang的五言诗的研究。

"上海村"又去了一次，带回来十只"苏州肉饺"，拿出来一看，却是"油酥饺"，这种东西我离开苏州后就不常吃到了，想不

士，曾任职于奥匈帝国驻北京、香港、横滨、新加坡以及荷兰驻印尼的领事馆，业余从事中国文学研究与翻译，曾翻译了《文选》和杜甫、李白诗作等。

到在纽约买得到。纽约已两个多月没有报看，电影生意一定大为低落。*The Longer Day*[12] 等巨片不知营业如何维持。Broadway 上几多电影院都改为 supermarket，marquee 却没有拆掉。最近附近一家影院又将改为 supermarket。我们在家看的是 *Christian Science Monitor*，此报专载很多，消息很少。每期有 *Christian Science* 的 sermon 式的社论，附载译文（星期五有德文、法文译文），西班牙文、拉丁、Modern Greek 都有，有一次载了一篇日文译文。文字有根底的看了此报，倒每天有读浅近外国文字的机会。

　　Carol、Joyce 近况都好，生活很平静。家里情形也好，附上贤良近信一封。你近来想仍写作很忙。Yuki 在旧历大年夜时曾 date 到否？即祝

　　近好

弟 志清 上

二月廿四日

〔又及〕《水浒》一文已有 offprint，另函寄上。

---

12 *The Longer Day*（或为 *Long Day's Journey into Night*，《长日入夜行》，1962），据尤金·奥尼尔剧作改编，西德尼·吕美特导演，赫本（Katharine Hepburn）、理查德森主演，Embassy Pictures 发行。

575. 夏济安致夏志清（1963 年 3 月 7 日）

志清弟：

接到来信，甚为高兴。我也好久没有写信给你了，总而言之，近况平常。你对于中国五言诗，必有独到的研究；你的研究，必将是对中国五言诗的研究开辟了一条新路。我对于纯文学的兴趣，其实不强；我的兴趣，第一是在事实，第二是在理论。我对于中国每一个朝代都想研究；我如涉及文学作品，无非也是为对那个朝代增加了解而已。牵涉到古代的学问的研究，我目前无暇进行。最近我忙的是对于人民公社的研究，想在暑假前和暑假中写完一篇关于公社的 terminology 的研究。敷衍了事地写，我现在的学问已很够，但我对于公社本身确实发生了很大的兴趣，正在读旧的《人民日报》。兴趣之大，甚至连星期天也想去读旧报。李祁是个语言学家，她的许多研究我是写不出来的。我也很想研究中国语言本身，但这门学问我根基不足，无从讨论起。我的 approach，可说是人文学的、历史学的或百科全书学派的。关于公社的 terms，如"三包一奖"、"三级所有"、"五好社员"等等，如不了解公社的组织与活动，是很难说得清楚的，恰巧我有很大的贪欲——想知道人民公社的组织与活动，叫我来解释这些 terms，我先得吸收百科全书式的知识。（事实上，并无人来叫我解释这些 terms；我只是常看《人民日报》，对于许多 terms 看不大懂，自己跟自己不服气而已。）现在发现：人民公社的许多terms，在1956年高级农业生产合作社时就已在流行；而人民公社的许多虐政（如Dulles所攻击者），在1956年都已存在。而1961/1962年人民在公社底下过的日子，也许还比56年在合作社下面过的日子好些。经过我的研究，我了解了不少what & how，可是why还是个大问题。毛泽东有很多机会可以停顿下来，让人民喘口气，但是他一定要鞭策人民大跃进，其故安在，我实不大懂。说他是fanatic，那太简单了，但也许除了少数人的fanaticism外，别无理由可寻。1962年收获情形较好，但是从1962年十月开始，老毛又开始要向人民"收骨头"了。如公社中的公共食堂于1961（年）无形取消，而据AP记者访问澳门难民报道云，公社又在谋恢复公共食堂了。

还有一桩事情我该做的，可是现在还无暇及此：即中共文艺中所表现的社会。关于公社的长篇小说还没有，但短篇已有不少。我对中共社会了解得已不少，如再多读中共小说，讲起来更可以头头是道。

我所搜集的这许多材料，作为历史的材料还不够。因为写历史要有统观全面的眼光——这方面我还缺乏（那是指1949年以后而言，至于1949年以前，我相信已有统观全面的眼光）。暂时拿来解释terms，可以左右逢源。我的那篇《下放》研究，到最后可以印出。自己拿来再看看，觉得内容很有趣。至少我整理枯燥的材料时，仍能不失每天的zest。作为一个humanist，起码的条件想已做到了。

最近在看*A Grammar of Motives*（旧书店买到的，*Rhetoric of Motives*也已买到）。Burke的理论对我有什么帮忙，刻尚不知，但Burke实是个博学而深刻之人，我万万不及他。有一点可说的是，我那篇Metaphor etc，是关于公社的Symbolic（带一点Rhetoric）的研究，现在在做的是属于grammar的范围。

　　最近听了Martin Malia[1]（历史系）的演讲，他访苏一年，最近回来。他滔滔不绝地讲了两个钟头。3/4的时间都是有关文学家、美术家和苏俄专制政体冲突的事情，内容很有趣。听他演讲，我有一点感想，即美国研究苏俄的专家，大多文学修养都不差，而研究中共问题的专家，大体是对于文学一无所知。而那些自命社会科学家，为掩饰其无知，态度上很不谦虚（不是私下对人，而是在其研究中），好像凭一些"数学"和"社会科学术语"就可掌握中共的reality，深知过去未来了。补救的办法，赶快影响大学里的研究生，至少让他们知道文学和社会科学一样重要，而彼此可以互相补充。

　　匈牙利1956年的革命，大约是作家们鼓动起来的。中共于鸣放时，作家们也很起劲。我看将来中共如出乱子，作家们还是会尽先知先觉的责任的。K对于苏联作家已觉得很头痛。（作家与美术家的下面大约还有"青年"，我始终不了解青年，但青年的as a group是很容易跟政府捣蛋的。）

　　关于中共问题，我不想多发议论。但毛K龃龉，终非台湾之福。老毛的民族主义恐相当强烈，他越跟俄国人闹得凶，便有更多的中国人心中佩服老毛。台湾的民族主义标榜，总有一天将不能自圆其说。中国人——从我们的父亲开始，到张琨、胡昌度等——爱国的太多了，而爱个人自由的太少了。

　　我的兴趣集中在大问题，对于私人问题便很少想到。你的神经与牙齿，都需医药护理，也是无可奈何的事。我的牙齿很坏，多少年未看牙医，也是不对的，但看牙医太麻烦了，不到非看不可时

1　Martin Edward Malia（Martin E. Malia，马丁·马利亚，1924–2004），美国历史学家，长于俄国研究，长期任教于加州大学伯克利分校，代表作有《赫尔岑与俄国社会主义的诞生》（*Alexander Herzen and the Birth of Russian Socialism, 1812–1855*）、《苏联的悲剧》（*The Soviet Tragedy: A History of Socialism in Russia, 1917–1991*）等。

（如太疼），总怕去。身体方面，肺病大约可算没有问题了（经Public Health Service详为检验，如移民事也，但证件尚未拿到）。神经还算好，主要原因恐怕是我比你懒，懂得如何relax。我的relaxation很彻底，连音乐都不听（同母亲一样，怕烦）。天天上班，不能睡午睡，但也不觉困（这点可算是精神旺盛了）。礼拜六、礼拜天下午还常常抽空睡半个钟头。把个人的问题减至minimum（不想升官、不想交女友等），大约也是使神经安宁的好办法。其实我修养不够好，心上是搁不得"问题"的，有了问题，便会大不安宁。要说我有修养本事，那便是自知检点减少问题发生的可能而已。

晚上在家大致是看书。有一美国朋友（Paul Ivory）去秋到台湾去留学，把他的一只落地无线电唱机存在我处，还有二三十张唱片。迄今他的唱片我还没有听过。无线电也难得听，只有在Cuban Crisis时是连续地收听的。

还有一点可算是精神旺盛的记号的，是我很难得感觉到无聊。大约一个人独处惯了，自己已能适应。我很少打电话。在台湾十年生活，差不多难得打一次电话，电话至今不是我生活中的一部分。很多美国人和留美已久的人，拿起电话来娓娓长谈。我还没有这种习惯。我而且不大喜欢人家打电话进来，除非有事商谈。我的Privacy是保护得很严密的。'60年，Grace还发起一次在我cottage中打牌的盛会，但一次以后，再也没有举行过。我也有我的extroverted的traits，但我很少请人到我cottage里来。在台湾时，我没有office，只有宿舍，所以宿舍里来的人特别多。现在有了office，寓所便是我关了房门做皇帝的地方了。我在家里几乎是不喝酒的（有些单身朋友在家里以酒浇愁，实很可怕），很sober，可说是很自得其乐。比起tranquilizer来，我还是相信喝酒。喝酒的坏处尽人皆知，因此不大，而药的害处则也许很大。

电影方面，发现非看不可的片子实在太少了，因此看电影的念头也不很大。最近看了一张国语片《白蛇传》[2]（邵氏出品），故事庸俗，进行缓慢——香港的电影想打入国际市场，实在还得好好地学学别国的作品，即便是中共的。这张片子可能会来纽约，你们也不妨去看看，为着好玩。白蛇演者为林黛（so-called"亚洲影后"），演青蛇的是新明星杜娟，这里的朋友，不论中外，都说杜娟比林黛美，不知你们看后印象如何。两人演技都不足道，杜娟面孔像很多中国美女一样，太扁。林黛有点 profile，但也不可爱。

纽约报纸罢工，你们必定大感不便。*N. Y. Times* 西部版我不大看（最近该报报道：T. S. Eliot 的博士论文 F. H. Bradley 的 Epistemology 将出版。Eliot 把论文写完，但没有去应博士考试，所以没有得学位）——反而不如以前我看纽约版那么地勤。主要原因是广告太少，而且几乎没有电影广告。早些日子，西部版刊登一篇复兴国剧学校的《白蛇》的剧评，评得非常之好，我忘了剪寄给你们，你们恐怕不知道百老汇曾演过白蛇也（在《貂蝉》之后）。说起《白蛇》，我在台湾曾看过一次日本的《白蛇》（李香兰演白娘子），故事也十分庸俗化。

我什么时候到东部来，刻尚未定。我做事很少有计划——有了计划就紧张。买飞机票等，想是 center 代劳。他们什么时候叫我走，我就可以走。这里没有放不下的事，但总希望我在东部时天气温和一点。到了纽约，你们总要请我看一次舞台剧，这点我先在此谢谢。其实我对于百老汇的 Musical Comedy 不抱多大希望。My Fair Lady 究竟好得如何，我还是怀疑的。电影版的 *West Side Story* 与 *Music Man*[3] 我看了都不大满意（进行太慢，无缘无故瞎唱歌）。*Damn Yankees*[4] 是新近看的，似比同时映的 *Music Man* 来得好。原因

2　《白蛇传》，岳枫导演，林黛、杜娟主演，邵氏影业发行。

3　*Music Man*（《音乐人》，1957），音乐剧，威尔逊（Meredith Willson）导演、作词曲，曾获托尼最佳音乐剧奖。

4　*Damn Yankees*（《人间仙子》，1955），音乐喜剧，理查德·阿德勒（Richard Adler）

是 *Damn Yankees* 还带一点讽刺，而 *Music Man* 太 sentimental 也。看电影在 intellect 上所得的满足，决非 Musical Comedy 可比。*Little Me* 有了情节，也许不如 Sid Caesar 一个人唱独脚〔角〕戏那么滑稽。

附上火柴两包，照片是在 Forbidden City 照的，神气还好（我现在眉心宽下巴宽，同以前不大相同）。Forbidden City 我虽不喜其地，但为朋友拉去捧场，也只好逢场作戏。一包请寄家里，如火柴不便寄，请将照片撕下了寄。Yuki 和 Matha 都没有 date 过。我去 date 小姐，的确很紧张，现在做人既然可以自得其乐，尽量避免紧张，这种自寻烦恼（至少"乐"不敌"苦"）的事就少做了。

下月想可以和你们见面，行期如有定，当即通知。纽约的中国饭必有为金山所不及处。我虽欲望很淡，但讲起好吃的东西来，还是会馋涎三尺的。再谈 专颂

春安

Carol 和 Joyce 前均此。

济安

三月七日

作曲，罗斯（Jerry Ross）作曲，1955年于百老汇首演。

576. 夏志清致夏济安（1963 年 3 月 21 日）

济安哥：

今天收到世骧信，知道他也要赶来费城开会，你如能同来，最是理想。你原本计划四月间来东部，何日动身，请早给通知，哥大四月一日起放春假，你早来，我们可以玩得痛快些。这次费城开会，同行的人我已认识一大半，其他未见过的如 Creel、Robert Ruhlmann[1] 及 Jaroslav Průšek[2] 等都要读 papers，也可见到，当是很热闹而有趣的 occasion。Průšek 是捷克研究中国小说的专家，*T'oung Pao* 已请他写我书的 review，他是铁幕中人，政治立场必定和我绝不

---

1 Robert Ruhlmann（于如伯，1920–1984），法国汉学家，国立巴黎东方语言文化学院教授，生于斯特拉斯堡，曾因参加 1945 年春的抵抗运动而获得战功十字勋章（The Croix de Guerre）。战后到巴黎和北京学习，并在北京成婚。此后多次访问中国，并在复旦大学教书。对中国传统小说、现代文学、中国戏剧等均有涉猎。

2 Jaroslav Průšek（普实克，1906–1980），捷克著名汉学家，欧洲汉学研究"布拉格学派"的奠基人。早年毕业于布拉格查理大学，并跟随著名汉学家高本汉进修。20 世纪 30 年代曾游历中国、日本，归国后任职于捷克东方研究所和查理大学，后长期担任捷克斯洛伐克科学院东方研究所所长，开创了中国文学研究的兴盛局面。普实克除了翻译《呐喊》、《子夜》、《聊斋志异》等作品外，还著有《史诗与抒情》（*The Lyrical and the Epic: Studies of Modern Chinese Literature*）、《中国历史与文学论集》（*Chinese History and Literature: Collection of Studies*）、《话本的作者与起源》（*The Origins and the Authors of the Hua-pen*）、《东方文学大辞典》（*Dictionary of Oriental Literatures*）等。

相同，但希望他不要骂得不过太〔太过分〕。Cyril Birch 的 paper 你想已看到，我已答应在会场上把 paper 讨论一下。他所举的例子，我都已用过的，所以讨论起来，事前不需准备。

三月七日信已收到，你这样致力写作研究，精神可佩，但希望你自己多多调养精神，不要工作太紧张。你最近两本将付印、将写完的书，必定要引起研究中共学者的特别重视。一般研究中共的，再多花些时日，也写不出你一种 engaging，encyclopedic 而分析深入的书的。哥大研究中共的有 Wilbur 和 Doak Barnett，他们的学生也有人在写"下放"的，结果一定很糟糕。Barnett 极左倾，他的两本书我都没有看过。Wilbur 专心研究北伐，已十年于此，还没有什么结果。假如你有十年功夫去写这个题目，一定写成一部近代历史界少有的 classic 了。（Thomes[3] 的 *The Spanish Civil War* 或者可以算是本 classic。）我中共情形已好久没有留意，纽约没有报，世界大事也不大注意，*Time*、*New Yorker* 也都粗略翻过。美国社会、政府种种恶劣现象，现都气出肚皮外，不再细细研究。我最近的生活已恢复到在 Yale 做研究生时候的那一段，早日多读书，对中国文学兴趣已很高而的确较一年前"内行"得多了。我本来对中国文学做研究生也没有资格，现在集中兴趣，也是两年前所想不到的。我对词和曲，还是外行，许多专门知识如音韵学等还得花一番功夫研究，但按步〔部〕就序地读书，终有豁然贯通的一日。

曾和 Trilling 吃了一次午饭，他读我那篇论《水浒》后，很佩服，因为 Diana Trilling 对男女关系问题很有兴趣，也推荐给她读了。Trilling 文章写得好，但在博学强记方面，他自叹不如 Auden。Auden 的学问杂博，实在也是记性强，最近把王尔德的一生在 *New Yorker* 上清清楚楚地交代出来，普通 reviewer 是办不到的。

3　Thomes（Hugh Thomas，托马斯，1931–2017），英国历史学家，代表作有《西班牙内战》（*The Spanish Civil War*）等。

看了 *School for Scandal*[4]，很满意，我事前匆忙把剧本看了一半，First Act 似不太滑稽，intermission 以后的一年，因为我没有准备觉得笑料层出不穷，引人入胜。Ralph Richardson[5] 演技极精到，女主角 voice husky，但极 attractive。这次戏看得满意，预备去看 *The Importance of Being Earnest*[6]，一定更轻松。舞台上的悲剧，不易演得好；musical comedy vulgar 的居多数，唯喜剧、闹剧最能令人满意。我所看过的莎翁喜剧，没有一次不满意的（去夏的《仲夏夜之梦》，世骧不太满意，我大笑不止），而且在上演时，自己无法体会到的动作，给演员们 interpret 后，剧本生色不少。

吴鲁芹前天来过一次，他在 Fairleigh Dickinson 教书，对张歆海大为佩服（他仍能 quote Dante！），约我明天到 F. Dickinson 去看看他。中共科学院出版了一部《中国文学史》，上册余冠英主编，中册（唐宋）钱锺书主编，下册范宁主编，但见解都和北京大学编的《文学史》相雷同，想来余、钱两位，都不能发挥自己的真见解，很可惜。

不多写了。Joyce 这星期放春假，纽约仍有雨雪，今年冬季特别长。

即祝

近好

并候

来东部的好音

4　*School for Scandal*（《造谣学校》），谢尔丹（Richard Brinsley Sheridan，1751–1816）的剧作，1777 年首演于英国，多次被改编为电影等形式，被誉为英国最优秀的喜剧之一。

5　Ralph Richardson（拉尔夫·理查德森，1902–1983），英国著名演员，出演数十部戏剧、电影或电视片，1947 年被册封为爵士。代表作品有《安娜·卡列尼娜》（*Anna Karenina*）、《奥斯卡·王尔德》（*Oscar Wilde*）、《长夜漫漫路迢迢》（*Long Day's Journey into Night*）等。

6　*The Importance of Being Earnest*（《不可儿戏》），奥斯卡·王尔德剧作，1895 年首演。

弟 志清 上
三月21日

　　MacFarquhar的朋友Zagoria[7]托我写一篇The Russian Image in China，我介绍你，你如能抽出时间，根据你目前的学问，不妨写一篇。*Annals*是很有权威性的journal。同期Schwartz、Levenson等都会有专文发表。

7　Zagoria，可能是Donald S. Zagoria（扎戈里亚，1928–），美国学者，毕业于哥伦比亚大学，曾任职于兰德公司和亨特学院（Hunter College），曾任美国国家安全委员会和国务院东亚暨太平洋事务局顾问。代表作有《中苏冲突，1956–1961》（*The Sino-Soviet Conflict, 1956–1961*）、《打破两岸僵局》（*Breaking the China-Taiwan Impasse*）等。

577. 夏济安致夏志清（1963年4月1日）

志清弟：

去费城以前发的信已收到。我不去费城，大约使你很失望。这几天你们放春假，我不能东行来和你们欢聚，你们大约也很失望。我其实并不喜欢旅行。我的早年的Wanderlust，于抗战后期到内地跑了一趟之后，早已满足，那一次远行使我对旅行有点厌倦。旅行很辛苦。我虽精神一直很饱满，但自己仍很小心，大量消耗体力的事是不大肯做的。大致养成习惯的事（如兵士之出操、农夫之耕田），做来并不十分吃力。你来信怕我读书太用功伤身体，其实我是绝不会"太用功"的，但也很enjoy近来所养成的routine。世骧和Schurmann于星期天东飞，瞎忙两天，星期三飞回，我认为这样是很辛苦的。他们二人怎么能应付裕如，恐怕他们跑来跑去的习惯比我深吧。

以前学校说要派我东行。现在不知怎么没有下文，我也未去催问。大约是为了省钱把前议取消了。美国的大学的教授们，大致已养成一个看法：旅行一定得由公家或基金会出钱，非如此显不出有派头。我认为钱应该用在衣食住行上面，我很愿意自己掏腰包旅行（那种申请我认为是侮辱，我是肯花钱而不愿受气、挣气不挣财的人），但困难是目前凑不出时间。公家派出去，至少在时间使用上有个交代。我不想无缘无故请一个月的假。何况现在又接了Zagoria之约，要替他写Chinese Image of Russia，四月份对我太有用了。文章还没开始，还不知从何处说起。政治学会的*Annals*是个很有名望的刊物，我既不喜欢投稿，人家来拉稿——这种扬名的机会我该好好利用。文章定五月十五交卷，四月至少应该开始做些research，而且动笔写了。

文章该怎么写，希望你来信发挥一些你的看法。我当然有很多话可说，但要证明（用文件）中国人一般都对俄国没有好感，并不是容易的事。萧军、龙云是杰出的例子，但这两个例子人人皆知，显不出我的学问。而且我何以能证明他们代表的是majority view呢？我如要写这样一个题目，非得说中共理念的亲苏宣传是失败的。据香港难民的报道（友联的《祖国》周刊），中共1962（年）的确进行大规模的反赫鲁雪夫[1]的学习运动。这种运动也许比过去亲苏宣传有效得多，因为一般老百姓对苏联根本没有什么好感也。看中共的出版物（包括'49年以前的左派出版物），亲苏拥苏捧苏的话多得不得了。有这么多的documentary evidence，是表示亲苏拥苏捧苏的；我要证明中国人民不喜欢苏联，的确是不大容易的。从这个题目可以看出另外一点：光凭documentary evidence未必能看出事物的真相。学问之难，就在这种地方。但是我写这种文章，没有documentary evidence也不能服人的。

你在费城一见Schurmann就去安慰他，使他很窘。你的嗓子大，又怕别人听见。好在他很感谢你的一片好心，而且他同我私交实在不差，所以这件事情并不尴尬。Schurmann此人是一怪才，英文写得平平，但很有语言天才（他听见上海话，就会学上海话），中文日文讲得都很流利，法德之外，更通俄语，此外大约尚有波斯文等。文学修养不差，可惜学的是社会学，大学毕业后少年得意，一心要加入Establishment，人情味越来越缺乏，英文大约也越

1　今通译赫鲁晓夫。

写越坏（学会了社会学那套jargon，英文就写不好了）。我起初觉得他年少气盛，对他敬而远之，何况听说他思想左倾，我跟他熟悉还是在他婚变之后，他现在面容憔悴。但Grace现在还叫他的绰号：小胖子，原来婚变之后，他体重减轻三十多磅——他说是自己要reduce。他现在是much sadder & wiser，处境实在也真苦，其人爱情之真诚，这个世界上也少有的了。他的太太是华侨小姐，大家叫她Loni（"老女"也——广东话，即吴语"窝脚囡唔"，父母老年所得之女）。人很charming，但是心直口快，和Grace的温婉不同。她的衣服很怪，有点beatnik作风。Grace是个女性，而Loni是个女intellectual。有一次她同我讨论，要什么样的人做我的父亲最理想，我就瞎举了一些qualities，她说："那末〔么〕你要你自己做你的父亲了。Of course, you know yourself best!"我问她：谁是她理想的母亲，她说是Simone de Beauvoir! 她去看 *Jules & Jim* 看了两遍，对Jeanne Moreau大约也很倾倒的。她是个aesthete，对于美术品有强烈的爱好——而aesthetes总是为道德问题所苦，而且不知什么是快乐也。她结婚已有多年，流产一次，故无所出；结婚前就在找psychoanalyst，psychoanalyst劝她结婚，却巧Schurmann来追，一拍即成。但结婚并未解决她的心理问题，她现在还是不断地在看心理大夫。心理大夫说些什么，我也不知道。据我猜测，有两点原因较重要：

一、是文化的，她说她不要做中国人，而Schurmann吸收中国文化太多，已经几乎成了中国人了。她硬是要做美国人，但美国人还是不会把她看作美国人的；二、是个人的，Schurmann对她百顺百依，我看她所需要的是一个比她个性更强的男子（美国话叫做"cool"？像Richard Burton[2]那样）。可是她是个intellectual，

2　Richard Burton（理查德·伯顿，1925–1984），威尔士演员，曾以出演莎翁戏剧之哈姆雷特一角知名。

Schurmann在这方面是可以满足她的。她假如能找到一个"硬派小生"，她生活的另一部分（对她也很重要的）就不能满足了。她现在Mills College教"家庭与婚姻"，Mills是贵族化女校，大约不喜欢她那样的rebel，明年不要她了。美国的psychoanalyst我看是骗钱的多，可是Loni有病，还是很值得同情的。Schurmann在陈家一住几个月，现在已搬出。他租了一个apt，Loni住另一apt；两人做邻居，Schurmann不断地去追求，心里痛苦还要陪〔赔〕笑脸，不断地date她。她有时mood好，眉花〔开〕眼笑，mood不好则脸色铁青，Schurmann则战战兢兢去博她欢心。这种婚变对Schurmann事业上的打击很大，他再也不能好好专心读书，脑筋也不如以前sharp，人变得傻里傻气的和气。美国的"恋爱"和"婚姻"都是full-time job，对于你，它却是part-time job，所以大家都说你（有）福气。而Carol的贤慧，也是世所难得的了。

　　谢谢你上封信中又鼓励我date女孩子。其实我是很怕date的，本无此习惯，始终是awkward的。且说pleasure principle吧。Date对我是苦事，我何必自讨苦吃？假如passion已经work up，那末〔么〕为解除passion之苦，硬了头皮也会去date（两苦相较取其轻）。现在心中泰然，正是求之不得，何必再自讨苦吃？我一个人过日子，已有其routine，这个routine我觉得对我很惯适，因此也不想去打破这个routine了。人能够定下心来做些"正经"事情，在这个世界上也算是福气的了。应该感谢上帝。

　　你在哥大真正能安下心来做学问，我闻之甚为欣慰。中国诗的了解很难（臧克家解释毛泽东、鲁迅的旧诗，都被人指摘；郭沫若曲解"毛"诗，大约也为毛所窃笑。但毛可以吃瘪郭沫若，毛也引以为得意吧），把理解再用英文写出来，更是大大的难事。我根本不敢尝试。我假如来研究汉魏六朝诗，大约也是来研究它的时代背景。上一期 *New Yorker* 中，Edmund Wilson推重 Van Wyck Brooks，使我觉得很安慰，我本来于读 Van Wyck Brooks 时，对他是有点佩服的。

（该期*New Yorker*中，长文介绍Crest牙膏，不知你看到否？我牙齿很坏，多年未看牙医；但是我糊里糊涂一直用的是Crest牙膏。现在牙齿总算还能对付，也许是Crest牙膏之功。Crest不能白牙，但能健牙，请注意及之，esp. for Joyce。）

最近看的书，一本*Voices of Dissent*，里面很有些solid的好文章（Irving Howe、Harold Rosenberg[3]等人著），这辈人自命socialists，但态度出乎意料的谦虚（里面有篇文章，大骂Left Authoritarians——美国大学里的左派不通"横人"），十分反共，我相信你看了对有些话也会引为同调。这批犹太人把问题想得很透澈〔彻〕，不像有些左派学者只是感情方面倾向共党，不敢面对共党所引起的问题也。左派亲苏intellectuals之外，Dissent里的人似亦痛恨美苏两国的planners，美国很多教授想做"学阀"、"project heads"——planners，bureaucrats。一本Dwight MacDonald的*Memoirs of A Revolutionist*（他的近著*Against the American Grain*太贵未买）。此人文笔很犀利，但思想方面没有多少可以使人得益之处。此人是*Partisan Review*的发起人之一，他和*PR*一段渊源很有趣。Leslie Fiedler[4]于1956（年）的perspective中有文介绍*PR*，不知你看过否？Fiedler把*PR*的来历与作风等，介绍得很详细，批评得很中肯。他说，*PR*本来是拒绝和大学合作，后来无形中和哥大勾搭上了，像Lionel Trilling那样的作

3　Harold Rosenberg（哈罗德·罗森伯格，1906–1978），美国作家、艺术评论家，长期为《纽约客》撰写艺术评论，是"行动绘画"一词的创造者，有力推动了战后美国抽象表现艺术的发展，代表作有《艺术品与包装》(*Art Work and Packages*)、《艺术与艺术家》(*Act and the Actor*) 等。

4　Leslie Fiedler（莱斯利·费德勒，1917–2003），美国文学评论家，毕业于威斯康星大学麦迪逊分校，曾任教于蒙大拿大学英文系，长期为《党派评论》、《肯庸评论》等刊物拟稿，最早将心理分析运用于美国文学研究，代表作有《美国小说中的爱与死》(*Love and Death in the American Novel*)、《等待终结：从海明威到鲍德温的美国文学景观》(*Waiting for the End: The American Literary Scene from Hemingway to Baldwin*) 等。

家，实在最符合*PR*的标准的。*PR*左倾时代，左倾分子之间的仇恨很深，也像胡风与周扬、胡秋原和瞿秋白之间相仿，不过美国的polemics（30's）现在很少人理会而已。

我现在最爱读的杂志是英国*Encounter*，立场大致和*PR*相仿，但一般而论文章写得比*PR*好。一月一期，也比一季一期看得过瘾。*PR*现在算是American Committee for Cultural Freedom出版的了，*Encounter*（连*China Quarterly*、*Survey*等）大约和那个council（欧洲的叫做Congress for Cultural Freedom）也有关系。该council大约是站在欧洲文化立场来批评共产主义的，详情不知，不知是什么人拿钱出来办这么多反共刊物也。

我现在的兴趣是偏于文化问题、思想问题、社会问题，对于文艺作品看得很少。我现在这种兴趣，实在是一种准备。我对于中共之暴政，实有极大之研究兴趣，现在东西渐渐多看，眼光渐大，思想渐深。批评起来更可以中肯。如MacFarquhar那本《百花齐放》，引的都是翻译材料，对于农民反抗，叹为"材料不足"；大家兴趣品好集中在智〔知〕识分子的反抗方面去了。其实农民反抗在《百花齐放》中占很重要的地位（不是暴动，而是反抗苛征暴敛：粮食都被搜刮去了），老毛之所以"反右派"，眼睛还是落在农村上的。即使像"百花齐放"那样人人皆知的题目，还大有可研究也。（最近一期*Reporter*有张爱玲的反共文章，我只是听说，未知你看到否？）MacFarquhar约我写中共文坛报道，写是一定要写的，目前无暇，总得在暑假里再动笔了。

电影不常看。*40 Pounds of Trouble*[5]很轻松，介绍Lake Tahoe和Disney Land两个名胜地区，值得一看。我四月间不能东行，大约Lake Tahoe要去两三天，明知去赌必输，但Nevada的赌场对我有很

---

5 *40 Pounds of Trouble*（《四十磅的烦恼》，1962），诺曼·杰威森（Norman Jewison）导演，托尼·柯蒂斯、苏珊娜·普莱薛特主演，环球影业发行。

大的引诱力（电影里 Phil Silvers[6] 演赌场老板，可称一绝），每天输掉十元钱，两天输二十元，我认为还是花〔划〕得来的。我喜欢赌场那里的喧嚣，五光十色，紧张的气氛，和全神贯注的人群。

昨天看了一张日本电影（离 *40 Pounds of Trouble* 有两个星期了）《维新の篝火》（*Torch of Restoration*）[7]，很满意。1863 年（百年以前），幕府将倒，皇政复兴，有少数武士道要为幕府卖命，fighting a losing cause。其中某英雄（片冈千惠藏[8]饰——日本的 Gary Cooper，此人称雄影坛也有四十多年了）爱上一寡妇。双方以礼自持，两人的爱情表演细腻极了，不在中国京戏之下。演寡妇的淡岛千景，我常看见，从不觉其美。在这张影戏里，我觉得她极美（因为演技精湛之故，加上摄影）。这是我生平第一次认为中年妇人可以是美的（我本有 fixation，我心目中的美女都是 BB 的 age group）。英雄（战败）美人当然不能团圆，而幕府也倒了。德川幕府时代，日本孔学大兴（相当于中国清朝），戏里的土方岁三（英雄）与阿房（美人）都是儒家礼教底下熏陶出来的人物，令人觉得可敬可爱。日本人能对那种人发生深刻的同情，而中国人不能，中国人实在很该惭愧。

《水浒》一文收到，重读一遍，觉得说理透辟，批评精到，仍是十分佩服。有一点小地方，上次没有想到：即忠义堂之"义"，与孔孟之"义"不同。在战国，"义"是 justice，后来不知何时转化为"朋友义气"——一种友情，也有为朋友肯献身的牺牲精神在内。"义"转化为"江湖义气"，是中国文化里的一件大事。我想讨论，可是学问不够，但是希望你注意。中国人说"婊子无情，老鸨无义"；和婊子可谈情，但老鸨和嫖客是朋友交情——这是不是用银钱可以衡量的，嫖客如倒楣〔霉〕了，老鸨如讲"义气"，还是应该以朋友待他。

---

6 Phil Silvers（1911–1985），美国喜剧演员，代表作为 *The Phil Silvers Show*。

7 *Torch of Restoration*（1961），日本电影，松田定次导演，片冈千惠藏、淡岛千景主演。

8 片冈千惠藏（1903–1983），日本演员，代表作有《十三刺客》、《血枪富士》等。

Průšek 在此定讲演两次，此人我尚未见到。但演讲和欢迎他的 Party，也得使我忙一阵。对他印象如何，下次信里再谈。

专此 敬颂

近安

济安

四月一日

Carol、Joyce 前问好，家里想都好。

578. 夏济安致夏志清（1963年4月6日）

志清弟：

前几天寄出一信，想已收到。和Průšek已谈过几次，兹把印象录后。P君于访问加大后，将来哥大；下面所述，也许可作你同他往来时的参考。

第一，我没有打击他。假如我性情比较险恶与刻薄，我可能打击得他很惨。可是我对全世界的人都很和气；我的反共也只是反抽象的、集体的"共"，对于个别共匪，我觉得还是很可怜的。至于左派人，我认为应该团结起来，一起反共。

P君是否共产党员，我不知道。但是捷克（还有波兰）等小国之人很可怜。捷克变成共产，和捷克人民无干，就像捷克之变成Nazi，与捷克人无干一样。像我们这种先知先觉，也无法挽救中国之命运也。

P君如能逃出捷克，也许可以放言反共。但他还要回去，因此我不忍设下辩论的圈套，让他承认我反共的立场。他一旦承认，在我无非是暂时的得意；在他可能是性命交关的事。（我的辩论工〔功〕夫很差，但自信handle P君还能对付。）

P君决不是你我的对手。他在文学方面的修养是不够的。书看了是不少，但分析一部文学作品，以及各种批评技巧，他都没有学过。像他这把年纪，再学这种技巧也来不及了。因此他讲的话不免笼统（甚至自相矛盾），盲目赞美他所讨论的东西，而说不出有力的理由。

还有一点理由我没有打击他，是礼貌问题。他是世骧请来的客人，世骧待以上宾之礼。至少为看世骧的面子，我也得让他三分。世骧当然也看得出一个人的好坏，他觉得有一点他可拉P君来做同道，即加大的"社会科学家"很跋扈，社会科学家的研究方法之狭仄〔窄〕，脑筋之死，以及自以为了不起的那种气焰，世骧（以及各大学的humanists）是很看不上眼的（他们和我不大相干，我只是埋头做我自己的事。但世骧是full professor，要出席各种会议，会议上难免和社会科学家冲突）。现在来了这个P君，是从铁幕后来的：不管此人学问如何，思想如何，至少他是来提倡"文学"的。铁幕后面来的人，在美国左派人士与青年学生之间，还相当有号召力。世骧觉得可以借他的力量，唤起一般人对于文学研究的注意。这里的各种colloquium大多由社会科学家把持，很难得请人来谈文学的。

P君是瑞典高本汉的学生，学中文总有三十年以上的历史了。他做学生时代，捷克还是个民主国家。他后来名气渐大，成了汉学家，纳粹和共党大约没有怎么去虐待他（详情不知）。

他对于马列主义到底采取何种立场，我不知道。基本上他同有些美国的左派Sinophiles相仿，觉得中国伟大、了不起。这种笼统的赞美一个国家，就是思想不清的证据。作为中国人而言，我觉得中国经不起这样的捧场，虽然捧场的人倒是真心来捧场的。很多中国人听见洋人来替中国捧场，心里总不免有点飘飘然。那些爱中国的洋人，对于中国的积弱很同情，也很愤懑不平。现在好了，出了一个毛泽东，又有了马列主义武器，etc，中国可以强大了，有希望可以成为富强了。他们因此愚蠢地来替中国人高兴。这一种态度应该打击。但是我们现在都忙于自己的研究，没有功夫写这种社会问题的文章。假如写出来，*PR*、*Encounter*等大约都会欢迎刊载的。一个洋人花一辈子心血来研究中国，也需要一些justification，他很自然地爱中国。这种"溺爱"，可能很误事。我猜 Harvard 的 Fairbank 也是这一类的 Sinophile。Sinophile 和中国人所看见的中国，永远不会是同一的东西，但很多中国人喜欢洋人来爱中国，倒是事实，虽然洋人常常爱错了东西。

这几天为了 P 君，瞎忙了一阵。我在学问和思想方面是毫无收获，他所讲的题目就是我的题目，我倒并不因为同行吃醋之故，才认为他讲得没有道理。世骧也认为他是个 enthusiast：讲起无论什么题目，都是瞎起劲，在费城讲刘鹗时亦然。一个瞎起劲的人，在智力方面要有什么特别表现，那就是大大的难事了。但世骧认为他这种瞎起劲，于纠正美国学风（esp. at 加大）是有些好处的。P 君强调"知今必须知古"——了解近代中国也得了解古代中国，世骧认为这种话美国人也该听听。

星期三中午聚餐，是我第一次看见他。却巧我在《人民日报》上看见一段捷克翻译《西游记》、《水浒》以及编《捷汉字典》的报道，把它提出来，大家就讨论这个。聚餐会的题目无形中是我讲定的，谈的既然是他最擅长的题目，当然不会有什么不融洽的地方。

饭后，我提出一个逼人的问题，那时只有世骧在场，不致使他太窘。我问：你们在捷克把胡风主要地认为是马克思主义者呢？还是认为他是"中国人民"的敌人？他说，这种东西他们不谈，就是学生要研究这种问题，他也 discourage 他们的。他又说他同沈从文、冯雪峰、丁玲、艾青等都有很好的交情。假如我在公开场合，先准备好几句漂亮的英文（即使不准备也行），再提出丁玲等受迫害的问题，可以逼得他很惨。可是他既然承认同情丁玲等等，我认为他心地还不坏，不是来做共产政权的说客，因此这种问题我以后没有再提。假如他认为"胡风该杀，毛泽东万岁"，那末〔么〕可能我要对他大骂，否则再也不去理他了。

星期三晚上，东方语文系请演讲，题目是 The Artistic Methods of Lu Hsün。我明知他讲不出什么高明的话来，但他题目是 Artistic

Methods，不是 Social Significance，我总认为此人不是不可救药，也同世骧一样地对他有点原谅的心理。

他所讲的东西可驳之处很多，但他说他没有准备（的确没有带讲稿），有些东西我就让他过去了。

他说他不赞成你的赞美《肥皂》（但他没有提《离婚》）。他说最能代表 L. H. art 的是《示众》。我没有问他：这种无头无脑的 Sketch，比之《阿 Q 正传》里放在 dramatic context 里的"杀头场面"，艺术价值孰高？他又盲目赞美《伤逝》（"伤"字他在黑板上写成 $\frac{\textstyle \imath}{\textstyle 5}$ 字，假如我把这个提出来，听众都将认为我太不忠厚了）和《奔月》——两篇 L. H. 的劣作。这种 taste 的问题，虽然关系很重要，但听众未必熟悉，我也没有责问。他提起黄松岗[1]的劣书，似也很赞美。Grace 坐在我的旁边，听得不断"批〔撇〕嘴"，认为没有道理。

讲完后，我第一个责问。大意："志清的书里，把 1927 年后的 L. H. 认为是退化了，退化的原因，是他接受了马列主义。这个问题很复杂。我一直寻思原因，尚无结果，希望他指教。我的问题：P 君所喜欢的那种淡远而 detached 的作风，在 1927 年后很少见；既然 P 君认为这是他的 artistic methods 要义所在，这种作风之消失，是否 P 君和志清同意，认为 1927 年后的 L. H. 是退化了？假如 P 君认为他并未退化，那么 1927 年后的 L. H. artistic methods 与之前很不相同，今天的题目既然是 artistic methods，希望他于这点上加以发挥。"

他的答复很是 incoherent：他叽里咕噜地说对你的书很不满意（我说：这个我不能答复，至少也得等他书评出版了再说）。他又说 1927 年大屠杀啦，L. H. 在上海生活很苦啦（其实 L. H. 每年收入在《鲁迅日记》中有清账——何尝"苦"来？），他说 L. H. 对旧社会的态度，对救国的热诚没有改变啦，等等。

我："我们今天要论的是 artistic methods，他的态度和热诚等等

1　黄松岗（Huang Sung Kang），见信 567，注 2，第 96 页。

虽不变，但方法改变了。究竟应如何说明？”

　　他不能答复。Birch 说：L. H. 是个 limited talent（这点照 P 君（的）逻辑，他是绝不能接受的），能写很好的小说，但后来写不出来了；反正他要闹革命，他就用“杂感”的方式来鼓吹革命了。Birch 此话，P 君居然表示同意——无形之中已经使 L. H. 从天上跌到地下了。他同意了 Birch 的话，至少避免了我的咄咄逼人的词锋。

　　世骧（他是主席）也出来替 P 君解围，说 L. H. 的文章（wen chang）一直写得很好的。P 君忽然得到救兵，大说 wen chang 好 wen chang 好。我当然不好意思再去逼他。越讨论下去，把 L. H. 的 artistic methods 越说越小，变成“文章好”了。即使承认这一点，“文章好”也得分析：到底好在什么地方？

　　讲完后，在 Menschen[2]（Oriental art history 教授，维也纳人）家有个香槟酒会，我没有同 P 君继续辩论。但星期三演讲之前，我们在世骧家吃晚饭（小 party，客人三名：我、P 君和 Schurmann），我也曾同他小小辩论过一番。像他这种左派 sinophile，当然胡乱地赞美五四运动。我说我对五四以后的中国有点看法：五四运动被人认为是个人的觉醒，但五四以后个人地位越来越不重要。旧桎梏，本已腐朽，而新桎梏束缚力度之大，更是前所未见。一切问题，只求现成答案，个人心智很少有开展的表现。他说：近代中国还有什么 individualists？我说：这个问题太容易答复了，我就是！那并不是说我有什么了不起，像我这种人一定很多。但这是我对我自己的认识。一个个人，囚之于集中营，则不能动弹矣；控制其 ration，则其人随时可饿死，但他的内心世界还是有他的存在。作为个人主义者而言，我相信我是不断地在求了解 mass movements，但是太注意 mass movements 的学者，根本忽略个人，我认为是错误的，那时 Grace 宣布开饭了（涮羊肉），所以辩论没有继续。

2　Menschen，不详。

星期四我在office对我们secretary说：昨天有个 great kitchen debate。

星期四晚上，Center for Chinese Studies 请P君讲Modern Literature & Social Movement in China（题目是否有点不通？），讲得也是毫无精彩。他把近代文学分作四段：（一）清末至1917，（二）1917至1937，（三）'37至'49，（四）'49以后。第四段他不讲一段那些作品当然不行，但他也说不出个道理。二段，他看重马列主义的抬头，三段他只讲延安及解放区，不提国民政府区，他认为那时的文学，是真正人民文学的抬头云。

星期四晚之会，是李卓敏[3]主席〔持〕。讲完后，世骧第一个发言，要点：（一）文学的excellence是很重要的，不可单注意文学与时代的潮流，忽略了作品；（二）很多作家——老舍、戴望舒、沈从文等都和马列无关；即使在左派人中，好作品也是在他们接受左派理论之前，鲁迅在1927年以后是退化了（这点他于第一次会上没提出，想因是做主席之故），郭沫若创作（的）黄金时代还是在他崇拜歌德的时候云云。

接着我发言。我希望学者们多注意第四段（是说给"社会科学家"们听的），关于第三段，我有serious reservation，但我的意见既已发表于"20 Years After the Yenan Forum"一文中，在会场中不拟重复。关于第一、第二两段，两时期的文学之不同，我提出level of consciousness这个概念。关于第二段，我因最近看了些美国左派文人活动情形，特别提出两点：（一）左派的多面性——甚至可包括无政府主义者在内；左派之盛，未必就代表马列主义之盛。（二）理想主义的左派和受Kremlin操纵的文化特务不可相提并论。

这种话只算是我们的comments，并不要求他答复。他也没有答

3　李卓敏（1912–1991），美籍教育家、学者，1951年起任教于加州大学伯克利分校，兼任中国文化研究所所长，直至1964年出任新成立的香港中文大学校长，1978年底退休。

复。又，P君提起"大同书"，认为康有为从古书入手，也能达到共产
主义的理想，很值得重视，好像中国文化中本有共产主义的因素。
这点世骧是驳他的：康有为的理想，与其说是近乎马克思，还不如是
近乎克鲁鲍〔泡〕特金。克氏于〔与〕马氏的思想，是不可相混的。

星期五晚上还有一次演讲：Lyricism & Realism in Mediaeval
Romance，我没有去听，所以没有去听，并非是 I got sick of the man，
而是我早已答应 Gerald Cohen[4]（法律教授，专攻中共法律）去听从哈
佛找来的 Prof. Harold J. Berman[5] 讲 Soviet Legal Reform。星期五晚上
很少人愿意去听演讲，何况这是春假前夕的星期五。Cohen 怕没有
人去为 Berman 捧场，在 U. C. 面子上不好看，事前再三叮嘱我去，
我早就答应他了。这个 Berman 年纪很轻，样子 suave，英文漂亮，
虽然我对法学毫无所知，但听来很舒服，同听 P 君的演讲大不相
同。像 Berman 这种人指挥若定，亦庄亦谐，学问大约不差，将来很
可能去联邦政府做官。看来苏联改革法律是很重要的事情，Stalin 没
有把老律师杀光，那些老律师曾受两方训练或是深受西方法律思想
感染，他们又教出徒子徒孙。1956（年）后，K 真的和他们合作，想
取消恐怖统治，和那帮老律师合作，建立苏维埃法治基础。'60 后，
苏联又渐渐走向严刑峻法之路，但还不好算是恐怖统治云。但于这
种专门题目，我当然什么意见都不能发表。

当天晚上，东文系老教授 Boodberg 家有 cocktail party 招待 P 君。
我听完法律演讲，赶到 Boodberg 家里。P 君对我很为熟络，我不去
听他（的）第三次演讲，他很为失望。他说你是研究文学的，去听法

4　Gerald Cohen（Jerome A. Cohen，孔杰荣，1930–），夏济安把 Cohen 的名字写错
了，应为 Jerome，美国法学家，中国法律专家，曾任教于加州大学伯克利分校法
学院、哈佛大学法学院等，代表作有《人民中国与国际法》(People's China and
International Law)、《中华人民共和国的合同法》(Contract Law of the People's
Republic of China) 等。

5　Harold J. Berman（哈罗德·伯曼，1918–2007），美国法学家，擅长比较法、国际
法、苏维埃/俄罗斯法律。

律干什么？他说他太喜欢跟我讨论了，在"Praha"没有人跟他讨论，他觉得很寂寞。（欧洲小国人很容易变成sentimental，俄国人亦然；美国学者如Berman那样的指挥若定，也许表示美国是要统治世界的吧？）我说：我跟你讨论只是想提出问题，并不想获得什么结论。他说：对啊！提出问题自由讨论才是重要的，假如要结论，莫斯科可以出钱买得到的。（他无形中已经受我的影响了，我总算向他播了一些自由的种子。）

我们谈起他的书评。据我看来，此事你可任其自然。你书在出版之前你就预备左派人来骂。结果，so far只出来了一个小左派A. C. Scott，大左派无人来和你为难。情形已经比Owen Lattimore把持书评那时好得多。你书已经博得很多好评，一篇坏评未必能动摇你的地位。我的涵养功夫不差，但人家给我坏批评，我总觉得难受——这是人之常情，所以在台湾后来我很不愿意再做《文学杂志》的主编。树大招风，杂志受人注意，总有人来骂。我虽然气量比鲁迅大，不去和人还嘴，但人家来骂，总是不舒服的。P君对你的书的批评，小地方指责当然有，有些你自己于再版时也预备改正了。他对你最大的不满，是情感的：何物〔故〕夏志清年纪轻轻，怎么敢对老前辈们大不敬？这种话他说了好几次，他有点以〔倚〕老卖老，说那些作家他都认得。鲁迅曾为他译中国小说选（捷克文）作序，序文L.H.全集中想有，我未去查。他说他们何等艰苦奋斗——包括丁玲——他们的努力，岂可随便抹杀？他的出发点还是个左派Sinophile，你的书好像是对于他过去一段宝贵的回忆的侮蔑。他又说了好几次：你的书不objective——而凭主观好恶信口雌黄。我对于他所用objective一字很感兴趣，他虽然没有照Marx的用法。听他的意见，我看他自己是完全subjective，至少是much more凭主观的好恶，比起你的方法来。讨论文学作品不是容易的事，我看P君所写英文未必畅达（没有见过），更不要说是峭拔锐利了。他也许想重重地打击你，但也许因为英文能力远远不够，力不从心，打不到痛处。他自己的论点，恐怕未必能保护得好。

今天（星期六）晚上世骧家有盛会，我将进一步地去收服他——他现在对你已开始有好感，他毕竟是个可怜的老好人。世骧这几天忙极，稍后我要把我对P君的观感详细跟他讨论。P君曾和Birch私下长谈你的书，今天我准备在宴会上找Birch出来，详细谈谈。不要让他受P君之愚（弄）。

香港《文汇报》曹聚仁在批评Birch。Birch说中共没有文学，曹这个无耻的同路人，硬是要替中共辩护。中共自己是要搭架子，不屑和Birch来笔战的。

今年American Oriental Society Western Branch在Seattle开会，我没有去，世骧也没有去。经Schaefer、Wilhelm几个人一商量，把我选在Executive Committee里。这种"官"我在美国还是第一次做。

上次信发出后，我去看牙医。最近几年牙齿确是没有继续恶化。原因之一，据牙医（日本人）说，可能是抽烟太多。烟能污牙，但其中尼古丁能杀细菌；黄黑的烟牙，形状难看，但细菌也不能生存。现在的毛病还是过去的毛病，十几年前装的金套，早已磨破，多少年来以无金套的蛀牙吃东西咀嚼力总是不够。现在有两只老蛀牙要重装金套（牙医说：新法金套绝难磨破），有些老蛀牙水泥掉落，要重新补过，再加繁复的清污工作。牙医charge我约二百元，我已答应去做。多少年没有找牙医，这次被他敲一次竹杠，也没有吃亏。以后多少年可少忧虑了。

忽然发〔下〕决心去找牙医，足见我对身体健康还是十分小心也。一切请勿念。

P君不久将来哥大，也许你跟他再来一次kitchen debate吧。再谈 专颂

近安

济安

四月六日

Carol、Joyce前均问好。把P君情形，不妨跟Carol谈谈，让她做个准备。我希望你能请他吃一次便饭。此君在捷克的确很寂寞，在共党统治下，一定没有好东西吃（你也不必问他）。我们给他一点人间的温暖，就是反共最好的宣传。世骧这次对他如此地热诚招待，他一辈子都将忘不了白克莱〔伯克利〕的人情味、美食和学术自由的空气的。

579. 夏志清致夏济安（1963 年 4 月 13 日）

济安哥：

　　谢谢你最近两封长信，尤其是那封长达十二页讨论 Průšek 在 Berkeley 经过的信，在百忙中写出，最使我感激。可惜信星期一到，我五点钟返家看到信时已和 P 君道别（他星期二上午去 Yale 演讲），所以没有把信中的报道当作和 P 君谈话的参考资料。事实上，我一个人在哥大孤掌难鸣，你们和 P 君的 serious debate 和意见交换，在这里是无法推动的。de Bary 是天主教徒，颇反共，请 Průšek 来演讲，带些敷衍性质，所以也没有什么热烈的招待。我以前读过（的）Průšek 的文章只有在 Karlgren 纪念文集上的一篇关于蒲松龄的文章（他同意中共蒲松龄反抗旧社会，讽刺旧社会的说法，但在考据方面是相当 solid 的），在费城听他讲《老残游记》也相当满意，至少没有特别可以提出异议的地方。在费城时，我和他没有谈什么，他既知道我是夏某，就保持客气 distant 的态度。上星期我借出 *Archiv Orientalni* bound volumes 四本，把他较重要的文章翻看了一下 —— 该杂志放在 Butler Library，很少有人借看，王际真教中国文学看来比我 amateurish，他虽然研究小说，Průšek 的东西可能没有读过，这次 P 来，王和蒋彝都没有和他会见 —— 觉得他对宋明话本之类，很花过功夫研究，他 1957 年写了一篇关于 Bishop 那本书和 Birch 《古今小说》研究的长评，很有些见地。同年他在 *Archiv Orientalni*

载了一篇演讲稿叫"Subjectivism & Individualism（Modern Chinese literature）"，你也可以一看。文章的thesis是主观主义和个人主义，是现代中国文学的特征——丁玲、郁达夫，et al——而其由来已久，可直推到晚明小品，和清代的几部小说名著。他极推崇带自传性的作品，如沈三白的《浮生六记》和《老残游记》，他的态度简直和林语堂、周作人相仿，和我的也很相近。他极偏爱《老残》，觉得中共因为刘鹗骂了义和团、革命党，不愿肯定《老残》的classic status，很抱不平（这是后来他告诉我的话）。

P君到1938年一直是研究旧小说的学者。共产的色彩并不太明显，1938–1949年那一段时间，他忽然对抗战文艺和延安文艺大感兴趣，写了本 Die Literatur des befreiten China und ihre Volkstraditionen，德文本1955年出版，捷克本出版得较早。我以前以为这本书是讲"解放后"的文学，不料是讲抗战时的文学和延安（时）期的文学（丁玲、赵树理、李季），他真把毛泽东的"民族形式"当作中国文坛上新发展的关键，把抗战时的ephemeral的宣传品trace back到明清的"民族形式"，写了一本巨著（over 700 pages），我看了一篇在 Archiv 上载的书评，所以知道书的内容。这本书实在很不通，P君既坚信中国近代文学潮流是"主观主义"和"个人主义"，抗战时期恰把这两个倾向abrogate了，P也放弃了自己的主张，歌颂中国人民的解放，岂不怪哉！所以你的分析最透彻，P君是个Sinophile，抗战时看到中国有复兴的兆头，把自己较有偏爱的带个人主义的文学暂时搁在一边了。五十年代，他又开始研究旧小说，他最近的兴趣是1911年前的新文学《老残游记》，李伯元、吴沃尧等的作品。

四月七日（星期日）下午我到 Idlewild 去接P君——本来是Bielenstein 的差使，他临时把此事托我代办——接到后，坐Taxi开〔送〕他到King's Crown Hotel。距离很长，我们寒暄一番后，我就先问他《通报》书评的事。他也老实说对书很不满意，如果写书评前同我相识，我们可能交换意见，得到谅解，现在书评已写好寄出，很抱歉。他主要的批评即是像信上所说的，subjective、spiteful（Pron. spitful），我年纪轻轻，如何忍心去抹杀鲁迅、丁玲一辈人的功绩？他也很tactful，着重丁玲。我书中treat最harsh的可能是丁玲，我预先计划把她当作中共文艺代表人物看，后来她遭打击后，我也无法把perspective调正。丁玲的《水》写得实在坏，但是她的早期作品和延安时期的作品值得有较详尽的critique，这工作我没有做。关于鲁迅，他也觉得我不公平，但最irritate他（的）却是我介绍钱锺书《灵感》时的一句remark："One is reminded here of the homage the dying in Hsün receives." 对P君看来，这句话实在是大不敬，是不可恕的。此外他说中共文艺是不可以一笔抹轻〔杀〕的，他举欧阳山《高干大》为例，认为是部出色的作品。《高干大》我是读过的，欧阳山学土话功夫不错，但小说实在是要不得，最后英雄和villain决斗场面，实在和 *Gene Autry*[1]、*Roy Rogers*[2] 两部片没有分别。我和group在一起，可能讲话很brilliant，在taxi上我听他说话，也不多接嘴，我是他的host，并且他是汉学前辈，所以没有和他辩论。和他辩论倒是你、世骧、Birch三人，你们爱护我的热诚，我是十分grateful的。

　　一路上他表示对你极有好感，真像交到了一位新朋友一样。他对世骧夫妇热诚招待的情形，也是讲了又讲；那次大Cocktail Party，六时许他本来要告辞了，不料还有盛餐，对他是个surprise。Berkeley有世骧主持，招待汉学家名人，实在占上风。哥大、耶鲁、哈佛都没有这样好客而这样派头大的主人和主妇。

　　到旅馆休息半小时后，Donald Keene来，我们三人一起到中

1　Gene Autry（吉恩·奥特里，1907–1998），美国歌手、演员，曾出演了近百部电影，录制过六百多首歌曲，售出一亿多张唱片，1950–1955年，以五年时间制作并演出了91集 *The Gene Autry Show*，更让他家喻户晓。

2　Roy Rogers（罗伊·罗杰斯，1911–1998），美国牛仔、歌手、演员，曾出演一百多部电影以及大量的广播电视剧，有"牛仔之王"（King of the Cowboys）的美称，1951–1957年制作并演出的百集 *The Roy Rogers Show* 是其代表性作品。

国馆子吃晚饭。Keene和Průšek此前在日本和欧洲见过面的，所以讲些学界情形和mutual acquaintance的近况。饭前Keene提议我们一起去看一场Kabuki的电影，我不好意思拒绝，也答应了。结果Taxi开到downtown 44号街，destination是Actors Studio，进studio，Strasberg夫妇都在，Susan Strasberg的也在，我初见到她想不到她生得这样娇小，惊为丽人。我初到美国，见过F. MacMurray[3]一面后，还没有见过什么明星（on stage不算），这次和Susan有握手讲话的机会，也是三生有幸。S. Strasberg（的）电影我只看了一张*Picnic*，以后的电影如*Stage Struck*[4]我都没有看。最近Susan在off-Broadway上演《茶花女》，review不佳，已folded了，她很失望，认为至少可以上演三个月。Susan戴黑边眼镜，小身材，小features，头发很长，用红kerchief包起，但额上和头后的头发仍看到很多，穿了一套极casual红色jersey or knitting的outfits，腿上黑nylon袜子，可能是tights。我对她的电影不太熟，只好大骂George Stevens不智，不让她主演Anne Franke，电影生意太惨。其实Susan已二十二三岁，看来还是很年轻；她脸上看得出jewish features。她在Actors Studio只是Strasberg的女儿，没有人当她明星看待，她脸上也没有化妆。看Kabuki电影时我坐在她前一排，她左边的位子没有人坐，假如我是一个人，一定要坐在她旁边。Kabuki原片很沉闷，放映了一卷，就停下由Faubion Bowers[5]主持讨论，所以我不时有注意S. Strasberg的机会。她很nervous，常bite nails，坐在那里一只脚脱了鞋，脚尺寸极小，简直和小孩子的脚一样。Susan事业上显然受了打击，所以不太高兴，她将去义〔意〕大利，拍一张*The Novelist*的电影。此外有

3　F. MacMurray（Fred MacMurray，麦克默里，1908–1991），美国演员，代表影片有《杀夫报》（*Double Indemnity*，1944）等。

4　*Stage Struck*（《红伶梦》，1958），薛尼·卢密导演，亨利·方达、苏珊·斯塔斯伯格主演，Buena Vista Distribution发行。

5　Faubion Bowers（1917–1999），作家，在日本剧场方面深有研究。

Celeste Holm[6]，金发，脸上涂满了粉，很苍老的样子。我还记得她早年和Loretta Young合演的尼姑喜剧 *Come to the Stable*[7]，和在Broadway上演的 *Oklahoma*，我mentioned了我看过那张电影、那场戏，对她ego也不无小补。Lee and Paula貌极慈祥，他们是M. Monroe死前最好的朋友，可惜我没有机会和他们讨论Monroe（我已买到 *Fifty-Year-Decline & Fall of Hollywood*，¢90，*Time* 写电影明星Cover Stories，故意distort facts去适合preconceived Freudian Themes，实在很shocking。Goodman把B. Crowther的idol Irving Thalberg[8]也痛骂一顿，我心中很舒服。他也骂Dore Schary）。这个晚上，有意外的收获，我很兴奋。Donald Keene各界人物都很熟，他说Strasbergs每年New Year's Eve在家里举行一个大party，到者四五百人，他也去过几次。Keene常看戏，看电影，听concert，每年夏季必去日本，而写的书这样多，远东系学术界无人可匹，实在是很了不起的。 虽然我听他的两次演讲，都不甚满意，enumerate facts，没有惊人的observations。

　　星期一上午，P君十时半左右到Kent Hall，我陪他参观哥大的藏书，哥大民前民初的杂志，小说有好几种（如《绣像小说》等），看得他很眼红，因为Praha藏书不够也。吃午饭时我另请一位唐德刚[9]作陪（唐is our new Chinese curator），所以没有什么特别讨论。我偶然问问他胡风、冯雪峰、周扬的情形，他胡风从未见过，沈从文早

6　Celeste Holm（西莱斯特·霍姆，1917–2012），美国舞台、电影和电视演员，曾获奥斯卡奖，代表影片有《君子协定》（*Gentleman's Agreement*，1947）。

7　*Come to the Stable*（《圣女歌舞》，1949），亨利·科斯特导演，洛丽泰·扬、西莱斯特·霍姆主演，二十世纪福克斯发行。

8　Irving Thalberg（埃尔文·萨尔伯格，1899–1936），美国著名电影制片人，代表影片有《红伶秘史》、《大饭店》、《叛舰喋血记》等。

9　唐德刚（1920–2009），美籍华裔史学家，生于安徽合肥，1948年赴美留学，1959年获哥伦比亚大学史学博士学位，曾任教于哥伦比亚大学、纽约市立大学等，代表作有《李宗仁回忆录》、《胡适口述自传》、《晚清七十年》等。

年是他好友，他对丁玲深表同情，认为艾青是晚近最大的诗人，所以他的意见同中共相左之处不少，讲起来P君也只好算鲁迅派的左派人物，他良心犹在，同周扬派是不同的。

四点钟讲演，题目de Bary早定了，在AAS讲的题目，仍讲《老残游记》，虽然这次approach不同，讲它的艺术和结构。散场后他去Bielenstein处吃晚饭，我未被邀，B和P都是Karlgren的学生，一定很谈得来。总之，P君虽然骂了我，我对他研究旧小说的功夫很佩服，为人也很同情，所以没有一点rancor。只希望世骧的review能早日写好登出，可counteract P君review的恶影响。

你春季不能来东部，很失望。希望你夏季来纽约度假期。纽约好玩的地方比旧金山多，你来我们可以去explore一下，你不来，我自己也不会有initiation的。上次我们来Berkeley，旧金山已玩得差不多了，纽约同上海一样，住久了，好感愈增。去费城开会，许多未见过的汉学家都见到了，很满意。James J. Y. Liu[10]很brilliant，英文讲得也很漂亮。星期三那天，遍找世骧没有找到，我就于十一时左右乘公共汽车返纽约，不知他什么时候动身的？请先致候，并谢Grace送的拖鞋，Carol应写的Thank you note还没有写。

*Annals*上那篇文学，你和Levenson、Schwartz、Halpern[11]等比功夫，正可大显身手，你ideas比Levenson等多，文章也高一等，

10　James J. Y. Liu(刘若愚，1926–1986)，美籍华裔学者，北京人，1948年毕业于北京辅仁大学，1952年获英国布里斯多大学硕士学位，1967年起长期任教于斯坦福大学，长于中国文学与中西诗学研究，代表作有《北宋六人词家》(*Major Lyricists of the Northern Sung: 960–1126 A.D.*)、《中国文学理论》(*Chinese Theories of Literature*)、《语言·悖论·诗学》(*Language-Paradox-Poetics: A Chinese Perspective*)等。

11　Halpern，应该是Abraham Meyer Halpern(哈尔彭，1914–1985)，美国语言学家、人类学者，芝加哥大学博士，曾任芝加哥大学、约翰·霍普金斯大学教授，兰德公司研究员，代表作有《对华政策》(*Policies Toward China: Views from Six Continents*)、《中国革命模式在外交政策中的运用》(*The Foreign Policy Uses of the Chinese Revolutionary Model*)等。

可使全美学人刮目相视。关于 Russia image in China 这个题目我毫
无研究，你书报看得这样多，写起来是不费力的。四五月间，普通
教授们都忙着看论文，我也 assign 了两篇。一篇讲德川时代的中国
化小说家（十九世纪初）Bakin 马琴[12]，他是学《三国》、《水浒》的。他
的巨著是《八犬传》，八条英雄都姓"犬"（犬川、犬田 etc），代表仁
义礼智忠孝悌信八大 Confucian virtues，小说想必极沉闷，但读他
的传记是相当有趣的。论文上英文名字都附日文，读完论文，日文
汉字的拼法也学了一些。另外一篇是 Edith Sitwell，Sponsor 是 York
Tindall，我同他从不相识，不知他如何知道我这个人的。我知道的
M. A. 的论文有（美国女子）叶绍钧，（中国女子）沈从文，有一位日
本女子要开始研究郁达夫（Ph. D.），英文系香港小姐某在研究徐志
摩、闻一多，我也算导师。我哥大第一批学生都是女弟子。

买到两本好书，一本 Spring 1963 *Daedalus*，是讨论小说的专号，
一本是 Lukács 的 *The Historical Novel*（Beacon），历史小说除 Lukács
这本外，没有别的专著，对我可能很有用。*Encounter* 我不常留
意，以后当多注意。系里事情不断，关于中国文学方面的事，都由
我一人照管办理，虽然很得 de Bary 信任，有时感觉自己完全已是
organization man 了。两星期前看了 *The Importance of Being Earnest*[13]，
很满意。下星期将去看希佛来、麦唐纳[14]的 *Love Me Tonight*[15]（《公主
艳史》），在 New Haven 时看《红楼艳史》（*One Hour with You*）大为满

---

12 马琴（曲亭马琴，1767–1848），日本江户时代畅销小说家，代表作有《南总里见八
犬传》等。

13 *The Importance of Being Earnest*（《不可儿戏》，1952），英国电影，据奥斯卡·王尔
德同名剧作改编，安东尼·阿斯奎斯（Anthony Asquith）导演，迈克尔·瑞德格拉
夫、迈克尔·丹尼森主演，环球影业发行。

14 麦唐纳（Jeanette MacDonald，1903–1965），美国歌手、演员，代表影片有《璇宫艳
史》（*The Love Parade*，1929）、《公主艳史》（*Love Me Tonight*，1932）等。

15 *Love Me Tonight*（《公主艳史》，1932），音乐喜剧，鲁本·马莫利安（Rouben
Mamoulian）导演，莫里斯·希佛莱、麦唐纳主演，派拉蒙影业发行。

意，此次能看到*Love Me Tonight*，也是一偿生平宿愿（一·二八在上海时对那几部"艳史"特别神往）。Co-feature：Fredric March、Nancy Carroll[16]的*Laughter*[17]，也是当年名片。

《水浒》文中"忠义双全"一句，我是套用Irwin的译文，想想的确是不妥的。不多写了，即祝

近安

弟 志清 上
四月十三日

附上玉瑛焦良近照。

〔又及〕谈话间，P君和我同意《醒世姻缘》必非蒲松龄所作，虽然他出发点是该小说思想太封建，但文字的粗俗也是一个理由，所以P君见解比胡适、王际真高。

---

16 Nancy Carroll（南茜·卡罗尔，1903–1965），美国女演员，代表影片有《魔鬼假日》（*The Devil's Holiday*）、《千金买笑》（*Laughter*）等。

17 *Laughter*（《千金买笑》，1930），哈里（Harry d'Abbadie d'Arrast）导演，南茜·卡罗尔、弗雷德里克·马奇主演，派拉蒙影业发行。

580. 夏济安致夏志清（1963 年 5 月 5 日）

志清弟：

　　长信收到多日，甚为有趣，你对于 P 君的评价亦是公平之至。信已交世骧看过，他认为你的态度亦很对。关于 P 君，还有一件小事，没有报道。此间有一位德国汉学家 Eberhard[1]，拒绝见 P 君，有三大理由：一、P 是纳粹；二、P 是 Stalinist；三、P 曾经批过他的书，说话不客气。相形之下，我们中国人实在是宽宏大量得多了。（Birch 对他也很宽宏大量，虽然 P 曾骂过他。）

　　最近期间，交际应酬奇忙，时间支配不过来，电影已好久未看——看电影亦很费时间的。Easter Vacation——我们坐 office 的人是不放假的，但外埠有人来，不能不招待。Easter 的上一日，坐公共汽车去 Lake Tahoe（South Shore），是一个人去的。亏得自己没有开车去，复活节日，大雪纷飞，开了车去，开不回来，将大为困窘。Lake Tahoe 风景很好（海拔六千呎以上），但到处是雪，除了滑雪的人以外，没有名胜地方可玩。只好去赌，星期六下午赌了三个

1　Eberhard（Wolfram Eberhard，艾伯华，1909–1989），德裔汉学家，20 世纪 30 年代曾到北京等地教书游历，1937–1948 年，在土耳其安卡拉大学教授历史，后转往美国加州大学伯克利分校任教，艾伯华著述广泛，代表作有《中国史》（*A History of China*）、《中文象征词典》（*Dictionary of Chinese Symbols: Hidden Symbols in Chinese Life and Thought*）等。

钟头（slot machine），得三个jackpot（五分机器，jackpot七元五角）。吃晚饭时，想写张明信片给你们贺节，发现手指不听指挥，原来玩机器玩得太用劲而太久（玩的时候连抽烟的时间都没有），肌肉不适宜于做别种精细的工作。晚上停赌，连show都没有去看，一个人躲在Motel（设备很好，而且便宜）看TV，看了三部戏：E. G. Marshall[2]（此人做工不错）的法律戏：*The Defenders*；两大西部片：*Have Gun-Will Travel*与*Gunsmoke*[3]；生平大看TV，这还是第一次。一个人躲在乡僻旅馆看TV，倒是很好的休养。第二天早起，手臂完全复原，又去赌了两个钟头，又中了一个jackpot。是日大雪，假如没有公共汽车，不知如何回来。坐在公共汽车里，一路高山雪景，很值得一看。

我的赌，因为想出了一条办法，可以持久作战。方法：换十元钱的五分（nickels），共二百枚，去博七元五角的jackpot，看看是它的"宝"先出来，还是我的十元钱先输完。因为常常有小奖出来（三个、五个、十个、十四个等），十元钱可以玩很长时间，长时间地玩下去，中大奖的机会亦就多了。结果为什么我还是输呢？一、我不该去玩Dime or Quarter Machine，得了nickel的jackpot，在大机器上很快就可输掉；二、我不该去别家赌场赌，应该认定一家。我既然抱定宗旨长期作战，在别家赌场走马看花hit and run的赌法，当然亦是很快地容易输掉的。但我对每天输钱定了一个限额（十元）。输完了就不再反攻，认命不赌了。赌场里别种赌博，输赢太大，我不敢尝试，还是Nickel Machine可输的钱容易有control（一次只能放一个nickel；在roulette桌子，东放一点，西押一下，一次可以输掉不少），对于我这种胆小谨慎的人，最是合适。

复活节下一个周末，因为世骧与Grace把Martha小姐接在〔到〕他们家里，希望给她（或我）制造"机会"，我奉陪之下，大感吃力。

2　E.G. Marshall（马歇尔，1914–1998），美国演员，以出演电视剧《捍卫者》（*The Defenders*）、《鲁莽的人》（*The Bold Ones: The New Doctors*）知名。

3　《有枪闯天下》（*Have Gun-Will Travel*）、《荒野大镖客》（*Gunsmoke*）均为电视剧。

星期四、星期五、星期六都睡得很晚，星期天我希望能睡个午睡作为补充，结果还是办不到。那几天他们本来想开车去Monterey，但天公不作美，老是下雨，只好在家里打麻将或Bridge。世骧与Grace完全是一片好意，但他们不知道，我如精神不够，只好敷衍而已。他们早晨能睡觉，我可说从不失眠，但早晨总想起来，不想懒在床上；我虽精神很好，可以熬夜，但连续几夜少睡，早晨又得不到补充，总觉得精神不够的。我假如对Martha感觉有passion，那末〔么〕"精神战胜物质"，亦许会视疲乏为无物。但既无passion，用心敷衍，便更觉吃力。虽然我还是不断地谈笑风生的。世骧当然很识大体，Grace亦很graceful，虽然希望能自然地培养爱情，但爱情如培养不出来，他们亦就算了。对我并无责怪之意，这个我很感激，我当然亦不希望不必要地得罪人也。

这一类的交际很费时间，但我像"别头寸"的上海商人似的，移东补西，至少表面上做出并不窘迫的样子。世骧与Grace外面交际比我忙几倍，但他们如没有交际，生活就感寂寞，我无论如何要"出空身体"奉陪的。这种话在他们面前我当然是不说的。他们有事，一个电话我未有不去的。承他们好意，希望我有一个女朋友。其实我如有女友之后，时间更分不出来，他们那里只好疏远了。我也许因为过去生肺病之故，养成离群索居的习惯，很不怕寂寞。假如一个晚上没有应酬，没有那种我无话可说的colloquium，一个人呆在家里，我认为是很大的乐趣。没有那种恬静mood的人，当然很难了解我的乐趣何来。

八月间你希望我东行，我暂且答应。八月间纽约有个什么会，P君也要来的。这个会不一定请我，希望你千万不要代我钻营。我是很骄傲的人，不请我，我也不生气（如去年Ditchley Manor之会，差一点没有请我，后来因Mote等在头一批邀请中的人，或则没有空，或则无话可讲，没有应邀，才轮到我和时钟雯等第二批。当然我也无须客气，我可以说Ditchley Manor之会假如没有我，《文集》

内容将更空虚），我很能自得其乐。我很怕被人"审查"。不敢交女朋友的原因之一也是怕被人"审查"。（"投稿"、"申请职业"等我都视为畏途。）八月间的那个会，我可以不参加，但是我可以自费来纽约。假如你们有空，我们可以一起离开纽约到什么地方去玩玩。

这几天心上有桩大事，即 Zagoria 之文尚未动工。东西是看了不少，但材料还嫌不够，只怕文章写出来没有劲道。这个周末一定要好好地来开一个头（头已经开好了）。开头开好了，五千字的文章，照理一个礼拜也可以写得完了。

Schaefer 最近把 Victor Purcell[4] 的 *The Boxer Uprising*（Cambridge Un. Press）拿来交我写书评，预备在 *Oriental Studies* 上发表。Schaefer 怎么会想到我能评那本书，也是怪事。其实我对于拳匪的确是大有兴趣的———Schaefer 能看出这一点，他总算是有眼光的了。我很想把那篇书评写好（书还没有开始看），最近不断研究中共情形，假如只成了"匪情专家"（用台湾的术语），对于我（的）学术地位，无甚帮助，很想在别方面也露几手。

还有一方面，我是完全忽略了，即中国旧学问是也。你在那方面一定可有很好的成绩表现。因为我们对于"读书"，已有训练，拿起书来，总有话好说；而那些话往往也是重要的话。像时钟雯、杨富森等（他们上一代的学者中亦有同样情形）拿起书来，无从讲起，这实在是很痛苦的———假如他们想做学者的话。

我对于"匪情"，的确有很大的兴趣。最近一期 *Life* 登朱君（？）的（谈谈打打）的"书摘"，我看写得不行。态度 arrogant，表现得还是心浮气粗。我现在的学问还不够，但假如生活安定，请我按步〔部〕就班地研究下去，我可以写一篇很长的《中共统治下的农民生活》。这种作品 Social Scientists 无人能写（他们对于"生活"没有兴

4　Victor Purcell（布赛尔，1896–1965），英国殖民地官员、历史学家、汉学家，代表作有《东南亚的华人》（*The Chinese in Southeast Asia*）、《义和团运动：一个背景性研究》（*The Boxer Uprising: A Background Study*）等。

趣），而当代历史家们的吸收材料与表达能力，往往是不及我的。

China Quarterly 昨天收到，还有些印错的地方。顶滑稽的是在 p. 230 上，我要说的是"文学研究会"，不知是哪一位——是美丽的 Judy Osborn 小姐吗？——把它改成"作家协会"。这种错误，读者中，外行看不出，内行一定也知道是"文学研究会"。所以我一笑置之，不预备写信去抗议。我两篇文章，一篇表现我文学批评之敏锐，一篇表现我做文学史研究之功力。自己想想，颇为得意。（有一点学问欠缺之处：丁玲《在医院中》根据你的书，1958 年正月的《文艺报》曾经翻印，这种 information 我那文章中至少应该提一下的。还有一点缺注：杨沫曾引"一面是神圣的工作，一面是荒淫与无耻"，这句话是 Ehrenburg[5] 说的，鲁迅引于《八月的乡村》之序。）

关于丁玲，你的见解未尝不是。丁玲的文章是常常不通的。有些文章，她写了就发表的，语法不通之处很多；后来收成集子，仔细修改，文章才通顺。我这里收集了不少例子（尤其是早晚两个 version 的对比），至少这一点上，我可以替你做辩护。至于施友忠报道胡适说鲁迅 ungrammatical（"不通？"），那才是大笑话了。丁玲的《桑干河》我没有看过，不能置评。她早年的作品，据我的印象，文字很多地方是幼稚生疏的。

家里好久没有去信，看见玉瑛妹和焦良的照片很是高兴。焦良的确有点"英气"，但愿不要蹈刘绍棠、秦兆阳等覆辙也。中共现在学俄文的没有以前多了，希望玉瑛妹和焦良少管闲事，好好地埋头翻译几部好书出来。但是这种话，信里也不便说，说了好像是劝人"逃避现实"，受劝的人可能要挨批评的。中共于 '61、'62 两年管制较宽，但 '62 十月后渐加紧，今年是比去年紧了。中共最看不入眼的是"自由市场"（亏得"自由市场"，过去两年，有钱的人可以吃得

5　Ehrenburg（Ilya Ehrenburg，爱伦堡，1891–1967），苏联作家，代表作有《解冻》（*The Thaw*）、《人·岁月·生活》（*People, Years, Life*）等。

稍好），农民的"自留地"与一切"个体经济"的现象。这种东西，共党为何一定要把它们消灭，我至今不能了解。

关于"左翼文人"的研究，几乎在停顿中。我发现学问方面一大缺陷，应该好好补充，但补充起来也不是几天的事。即关于苏联小说的智〔知〕识是也。苏联小说中的人物，如郭如鹤（《铁流》）、莱奋生（《毁灭》）、保尔·柯察金（《钢铁是怎样炼成的》）等，在中共教养出来的人常常会引用，好像引用关公、诸葛亮一般。这种书在中共大约有几百万人看过，像我这种研究中共的人，对于这方面的智〔知〕识，也应该具有。

又鲁迅所译《竖琴》等，大部分皆为"同路人"作品，这种人后来（'37以后）不少被Stalin清算（如Zoshchenko[6]等）。昨天买到一本 The Collected Tales of Babel，前面有篇Trilling的长序（Meridian Book），写得很好。Trilling认为苏联于 '32–'37之间，对文人控制的确比较松，所以鲁迅至死对于Stalin的控制情形，是不大清楚的。Babel不知鲁迅（或鲁门第〔弟〕子如曹靖华[7]等）译过没有，看来Babel的冷峭的笔路和鲁迅亦相近。B后死于Stalin的集中营。Gladkov[8]的《士敏土》最近有paperbook edition（Ungar出版），其中有个"一杯水"主义的女主角（受Kollentay? 的"新女性"观的影响），这种妇女中共小说中很少出现，这点在你文章中如被引入，将更能引起外国读者的兴趣。我因为在研究Chinese Image of Russia，中译的苏联小说给中国人什么印象是个好题目，可惜学问不够，无从谈起也。信在office中写，但墨水在寓所，自来水笔已干，暂停于此。接着就写我的

6　Zoshchenko（Mikhail Zoshchenko，左琴科，1895–1958），苏联作家，代表作有《日出之前》（Before Sunrise）、《洗澡》（Scenes from the Bathhouse）等。

7　曹靖华（1897–1987），原名曹联亚，河南人，翻译家，曾任《世界文学》杂志主编，译有《铁流》、《侵略》、《契诃夫戏剧集》等大量俄苏文学作品。

8　Gladkov（Feodor Gladkov，革拉特珂夫，1883–1958），苏联社会主义现实主义作家，曾任高尔基文学院领导，获1949年斯大林文艺奖金。代表作品有《士敏土》（Cement）、《宣誓》（The Vow）等。

Chinese Image 了。专此 敬颂

　近安

济安
五月五日

　〔又及〕Carol 与 Joyce 前均此，并谢谢你们邀请我东来。为免得使她们失望起见，我到纽约之后，再开车出去同游如何？

581. 夏济安致夏志清（1963 年 5 月 17 日）

志清弟：

另函寄上 "Images" 一文副稿，文章因受篇幅限制，很多东西不能讲，勉强做到 coherent 与 lucidity 而已。希指正。关于此文，另有故事，你和 Carol 想必都很喜欢听见的。它拉近了我同一位小姐的关系。最近曾 date 过她两次。你既然鼓励我多 date，甚至像 "Yuki 那样的 blasé 的女子"，你以为都不妨多多接近。现在这位女友倒是谈得很投机，但看来佳耦〔偶〕并不在此，所以请你们不要兴奋。反正我有 date 了，你们听见了总是很高兴的。

这位小姐名叫 Bonnie，Pennsylvania 人，在我们 Center 服务快两年，我认识她也有这么久。平时见面的机会很多，我又是比较和气而谈笑风生的人，所以彼此间并无什么隔阂。本来关系就不错，我在 date 的时候紧张的毛病是大大地减轻了。

我一向对她的印象很不坏。同事 Father Serruys '61 年去华府乔治城大学任教，我写信给他报道 Center 的情形，称她为 bewitching B ——当然我的口气是开玩笑的。Father Serruys 说过她像水里刚爬起来的 Mermaid。因为她头发（金）很短（齐颈），毫不修饰，披在头上，京戏里有些水怪的头发也是这样的。平常不穿袜子，下雨天更是光了脚穿 Sandals。她对我的 attractions 是：她有非常温柔的性格和声音（sweet），就相貌而论，眼睛（她说她眼睛是 green，

Lee Remick的是blue)、鼻子、嘴、脸型、苗条身材都有点像Lee
Remick——这样岂不是成了一个大美人了吗？事实亦不然。她自
己说她像Carl Sandburg[1]，这个比方也有点对。她的皮肤较粗，似有
皮肤病(allergy？)，头发的确是很像Sandburg的，身材虽好，但走
路的姿态等，是有点野里野气的。你们能想象Lee Remick和Carl
Sandburg混合起来的那样子吗？

　　一年多来我毫无动静，你们一定会觉得很奇怪的。'61秋，
Center有位管图书馆的吴燕美[2]小姐结婚，我们都去参加婚礼。B
说：燕美穿了新娘服装漂亮得很。照我wisecracking的脾气，我很想
说"你穿起来也许更漂亮呀"这类的话，但那时我们不很熟，也许为
了别种inhibition之故，这句话到了嘴边没有说出来。

　　这么多时候以来，Center也有好几次大规模的聚餐会等的
party，她很难得有escort(就是吴燕美结婚那次，她也没有escort)，
据我记得只有一次她带了一个名叫Paul的善良青年，两人似乎也并
不密切。但我从来没有建议过去接她送她，或做她的escort等。这
种念头似乎都没有想到过。

　　我的"Five Martyrs"是她打的；她对于我的"故事"，似乎颇受
感动。尤其是在打完了Father Serruys的枯燥长篇论文之后，看到我
这么一篇充满人情味的著作，反应应较是特别良好的。

　　我忘了提起：她是英文系毕业的——在Penn State读过。'61她在
U. C.还选些Chaucer等课(Graduate School)，'62秋休学，在Center全
时工作，为了想多赚些钱。现在她在读(自修) Spenser，预备今年秋
天去考M. A. Oral。她不懂中文，居然能打繁重的中文罗马拼音很多

1　Carl Sandburg(桑德堡，1878–1967)，美国诗人、作家，曾三次获得普利策奖，代
　　表作有《芝加哥诗集》(*Chicago Poems*)、《诗歌全集》(*Complete Poems*)、《林肯传：
　　战争年代》(*Abraham Lincoln: The War Years*)等。
2　吴燕美，1957年台大商学院毕业，1961年在加大图书馆系读书，婚后随夫婿张明
　　德定居西雅图。

的论文，这点本事，世骧也很欣赏。

经过"Five Martyrs"，并且'62秋后她来全时工作，我们接触的机会当然更多了。但是我做了一件对不起她的事情，即我那篇"20 Years"没有请她打。我那时赶着要寄出，不敢动用Center的办公时间打字——怕到时候赶不出来（因为Center还有别种工作），因此我拿到街上打字行去打的。其实我可以请她在周末与晚上打，另外酬谢她。她经济困难，这种小差使一定很高兴做的。——她固定的有几家babysitting的差使。假如"20 Years"一文去年十一月我请她打的话，那时候关系就可以比较密切了。可是天下事情人生离合都是前定，注定今年我要对她大起好感，这个好感在去年大约还大不起来。

但是去年X'mas我送了她一本你的大作。上款题的是B，抑是Miss Walters，现在记不起来了——可能是Miss B Walters，用以balance我的"题词"中所表现的情感。我写的是A more appreciative reader never could my brother wish for。她因为对于"Five Martyrs"里面的人物如丁玲、鲁迅等，很感兴趣，你的书给英文系学生读来，他们一定会佩服而得益。对她而论，她可以知道些更多的东西。

这样一直拖到四月五号（'62的四月五号怎么过的，我一点也想不起来了），那天是她生日，同事有送她礼物的；我事前可不知道。知道之后我问她送花怎么样？我说要送玫瑰。她说只要一朵，我问她什么颜色（反正我是外国人，冒充不懂），她说Pink。我就去买了一朵Pink玫瑰送她，送她时因office有人，我说了这么一句开玩笑的颂词：Let's reserve the red for Mr. Průšek；Pink is the only dangerous color permissible here in this center. 那时大家都忙着为Průšek张罗，我这句颂词倒是很应景的。但是我话中好像已隐隐透露很遗憾不能送红玫瑰似的。Office里的secretary（很年轻而机灵，B是typist）Mrs. Dolores Levin瞪了我一眼，说道："Mr. Hsia，you're wicked！"我对B的兴趣怕逃不过她的眼睛。但我一向玩笑话说惯的，她没看出什么破绽。她现在已调到别部工作（升官），我少了一个监视的人，胆子也大了一点。我很怕 gossip。

接着我就忙着准备写 "Chinese Images" 了。我希望按规定在五月十五日以前寄出，计划利用最后一个周末来写完。写好的部分请她星期六下午在 office 打。星期六中午我请她在附近的 Yee's 广东小饭馆吃饭。这种午饭饭局并不希〔稀〕罕，我亦并无特别感触。下午我在我 office 作文，她在楼上打字。她打完后，我开车送她回家。晚上我在 Birch 家有应酬，也并不觉得不 date 她是一种损失似的。但我约了她星期天中午（Mother's Day）吃饭——正式的 date。

星期天上午我还在 office 工作，中午去接她。我因为要工作，穿得很不整齐。她打扮得很漂亮——穿了高跟鞋，略施脂粉，衣服也是比较漂亮的——真是很像 Lee Remick，而 Carl Sandburg 的影子都很难找到了。天气很好，我们步行到 Spenger's（就是上次 Carol 在这里时去吃 Sea food 的地方）去吃饭，她住的地方离彼处不远。吃的是 curry lobster，又 pinot 一瓶，谈得很投机。她说：You're the most sociable person I've ever seen；又说 You're a romantic——近年来我一直自以为是个喜欢孤独，somewhat eccentric 的怪人（怪侠？），而且以 classical discipline 标榜，居然有小姐对我是另外一种看法，听了不禁春心荡漾。坐到两点钟——天气这样好，应该开过海到金山去玩玩的。但是我得工作，classical discipline still got the upper hand，因此把穿得漂漂亮亮的她送回家，我回 Center 工作。

星期天下午与晚上居然工作效率很高，把文章写完，人当然也很累。星期五因打牌到 A.M. 三点才睡（赵元任太太请吃饭，李卓敏请打牌），星期六工作一天，晚上又是 Birch 家应酬，我又是谈笑风生地交际，星期天又工作一天。晚上没有什么杂念，睡得很好。

星期一开始，人开始觉得异样，有点 in love 的感觉，即坐立不安，茫然若有所失，思想难集中。星期一我是编 footnotes，这种工作不大花脑筋，也就编好了。下午把未打的文稿交给她，让她在 office 下班后打，剩下已没有几个 pages，她很快可以打完。临走时，我做依依不舍状，说：I do not know what "the lunch" means，but I'm going to leave you in it.

星期二我自己打footnotes —— footnotes太琐碎而沉闷，我一向不忍交给一个不懂中文的人打的。文章我再仔细看了，下午寄走。（送了她五块钱，作为打字酬劳。）

星期三中午没有约好，可是在Yee's饭馆见面了。那几天我心中有"鬼"，她楼上的office我反而不大敢去了。见面了很高兴，我忽然灵机一动，想起一件事情。原来我没有hifi set，有位美国朋友Paul Ivory，去台湾留学，走时把他的set寄存我家，让我用。新近一位台湾来留学的朋友章玉麒[3]在回台湾之前，把他的一套很新的hifi廉价卖给我（他需要钱，而且那东西搬回台湾也麻烦），我买下来了。Ivory要秋后才回来，我有两套那玩意儿，无法处理。忽然想起她是玩flute的，便问她有没有hifi，她说没有。我说我有两套，可以借一套给她，她当然很高兴。我说什么时候我会送来，但没有约定时间。我虽然那时见了她已很紧张，但仍做潇洒状。

我不能不做潇洒状。因为我一向对她比较冷淡，刚刚三天以前，我还忍心把她送回家去，辜负良辰美景。现在忽然对她大感兴趣，似乎有一种不能"自圆其说"的尴尬。这个兴趣我只好少表现。

但星期三中午见面后，那天下午与晚上都很苦闷。晚上去看B.B.的*And God Created Woman*[4]（以前没有看过），也未能排遣。

星期四狠心不进她的office，但在下午五点下班前，我还是上去了。问要不要开车送她回家 —— 这种问题我以前也会嘻皮笑脸地去问的。她说要走回去，我要保持"潇洒"的姿态，也就随她去了。但是我问她要不要晚上把hifi送去，她说很好，我说再通电话好了。

---

3 章玉麒，1955年毕业于国立台湾大学法学院。

4 *And God Created Woman*（《上帝创造女人》，1956），法国电影，罗杰·瓦迪姆导演，碧姬·芭铎、Curd Jürgens主演，Éditions René Chateau Kingsley International Pictures发行。

下班后我把 hifi 拿走（存在朋友那里，但是他们也已经有了 hifi，存在那里也不用的），打了个电话给她，问她现在送来好，还是晚一点好。她说现在就送来好了。

我在六点半之前送去，陪她到十一点半再〔才〕走，相处得很融洽，"单思病"也治好了，但是谈话与观察的结果，我不得不下这个结论：佳耦〔偶〕不在此。原因：她有她的 beatnik 的背景，这种背景我是无法接受的。在我们有现在这样的"深交"之前，她曾告诉过我她曾去看过 psychiatrist，这个我倒不在乎。但是她现在说，她的朋友都是 sick 的。将来她这些 sick 的朋友，做她丈夫的将怎样对付？再则，she is a much worse housekeeper than I am，这个当然和她 beatnik（的）背景有关。

我们的谈话亏得是用英文说的，英文有一套谈情说爱的 vocabulary，说起来很自然，而且语气轻重也容易合分寸；中文还没有这套 vocabulary，假如加上男的紧张，女的矜持（中国小姐十九矜持，你是深知之的），根本无话可说。

我见她时已很紧张，假使用中文，不知说什么话好，但是用英文，还有俏皮话可说。我把 hifi 搬进去后，我说：In China, the delivery man used to expect a tip. 她说：给您沏壶茶吧，我这里什么都没有。我说喝茶固好，晚上同去 Larry Blake's Anchor（离她家不远的另一家 Sea food 饭馆）吃饭如何？她说现在还不饿，我说坐坐再走好了。

她把她的生平说得很多，我也不全记得。但是我的紧张渐渐消失，装作是个 attentive listener，同时也许在慢慢 falling out of love。照前两天的苦闷的样子，我应该有许多"衷曲"要吐诉，结果我什么都没有吐诉，我只是 affable、self possessed，装作有 sympathetic understanding。至少我演一个 mature man，演得还是很像的。

她说她曾经失恋想自杀。现在男友恐还有一些，但她似乎都不中意。有几句话，我相信她真是肺腑之言，中国小姐是绝对说不出口的，而我的态度还是太虚伪了。她说："我已经廿六岁了，真怕做老处女。我真envy燕美（她们是好朋友），我也想做个好妻子，虽然我认为燕美的丈夫并不够理想。"燕美的丈夫姓张，学工的，是个非常好的优秀青年，但在beatnik的眼光看来也许只是philistine而已。那时我有句话到了嘴边："Why don't you marry me？"但是这个机会错过，以后也许永远不会有了。我只是说："I understand that you can line up your suitors." 我想加一句including myself，但是没有说。她说没有满意的。我说做人没有办法，只好compromise——完全像个老大哥似的。

在我们出去吃饭之前，来了一个人打搅，此人是她邻居，叫Mike。他说他在Remington Rand找到了一个差使，今晚要去金山Earthquake Mac Goon夜总会庆祝。但是"Mary"不愿意去，他来拉B，假如B愿去，Mary大约也愿意去了。这位Mike说话很不清楚，情形如此，我后来才听出来的。B当然说不能去了，但是问他要不要请Mary一起进来喝杯茶。Mary在外面扭捏〔捏〕了一下，也进来了。这位Mary一脸可怜的样子，天气很热，穿了件厚大衣。Mike跟我大谈他的计划，想在U. C.读数学系Ph. D.，读完了再去西雅图读西藏文，又要写小说，又想办一个大农场，又想买一条船环游世界等等。说得语无伦次，我反正最会瞎敷衍人，把他哄得很高兴。他最后说："我在海军的时候，医生说我有schizophrenia，你看我怎么样？"我说："哪里的话，我看你是intelligent、ambitious、energetic，有志者事竟成，前途无量！"这种虚伪的话在那种场合之下也非说不可的，但是我在情感上的确缺乏同情心，我只是心口如一的虚伪而已。他们走了之后（Mary结果还是不愿意去金山，因为第二天早晨要上班云），B告诉我，Mary和Mike没有正式结婚，Mike神经的确不健全。后来她还说："你瞧，我的世界一半是属于Academic World，一半是属于Mike、Mary他们的，我舍不得离开他们，我得招呼他们。"我听这句话的时候，正是在对她的beatnik的

sick society 大起反感。现在想想，她对我总算十分诚恳坦白，而她爱人类的心要比我的伟大得多。我所关心的，无非还是名利地位等等而已，或者是"崇高的理想"等等，哪有功夫去管那些闲人闲事？

晚上吃的是 Baked Filet of Sole，酒：Riesling，吃饭的时候不免谈到 Schurmann 夫妇的问题，她也听见了些 gossip，好像太太另有男友似的。我说"不是，Do you want to know whom she is really interested in？"她说："不要听"，好像要把耳朵掩起来似的。这种地方看出来：虽然她的 beatnik 积习很深，但是在 Pennsylvania 从小所培养的 Decency 与 Propriety 的观念还是很强。但是我那时正想 philosophize，赶快说下去："She is interested only in herself！"她叹了一口气，a sight of relief ——总算从我嘴里掉出的不是 scandal！我接着说："You are interested in yourself, I am interested in myself." 她说：不错，但 love（她并不是说"她我之间的 love"，是说她从前的恋爱经验）是可以改变的。虽然照我前两天的 mood，我也许会吐露爱慕的话，但是这种 cynicism 也许是我的根本信念，还是流露出来了。好在我的根本信念不全是 cynicism，接着就讨论杜思妥以夫斯基〔陀思妥耶夫斯基〕《白痴》，"抹杀自我"是多么地困难。Schurmann 夫妇的婚姻照世俗眼光看来也许算是失败，但是他们双方的痛苦 ——可以照世俗办法解脱而甘愿留恋于他们自己的痛苦 ——也许正是他们超越小资产阶级的恋爱生活而进入更高一层境界的契机。

请不要以为我们所谈的都是这些抽象的话。我们谈话时间很长，大部分时间我都是很 witty ——就是你怕我在女孩子（面前）表现不出来的"T. A. at his best"。星期天，我们在 Spenger's 没有碰杯，大约那时我的心一部分还在写论文上面。但是星期四晚上，我们碰了几次杯。有两次值得一提：

一次是我忽然提起曾经挂过陆军中校衔（这次谈话，她谈自己谈得很多，可是我很少谈起我自己 ——这也许是使女孩子高兴的办法，一个寂寞的女子当然高兴有人愿意倾听她的问题的，但我未免还是太厉害一点），她听了大感兴趣。我忽然把话割断，逼她碰杯："To the brave who deserve the fair！"她显得很窘，但杯搁下后，我说："But I don't belong to them. I never saw battle."她惊奇地一笑。

又一次她在描写她所知道的旧金山之后。我又跟她碰杯："Be my Beatrice，& show me the delights of Paradise！"这话还算得体：因为这个 imply love，并没有 imply 求婚之意。

今天星期五，晚上我要跟 Schurmann 夫妇一起吃饭，去看戏剧系同事 Oliver[5] 编的剧：*Don Juan*。S 夫妇如能和好如初，朋友们都求之不得。我的在场假如能增加他们俩空气的和谐，我是很愿意做的。反正今天我 mood 很好，可以使得大家的情绪愉快。我的 date 两次，天下无人知道。在美国男的 date 女的，本是小事，希望你们也把它看作小事，但是千万不要和别人谈起，我不想要人家知道。大家在一个 office 上班，怪不好意思的。今后如 date 亦仍是偷偷进行，不会惊动人的。

星期六晚上纪家有牌局，星期天她说要去 babysitting。现在的情形，我下不了决心拼命追求，她对我也没有爱意。但双方觉得有很多话可以谈，我是绝对 enjoy her company；她至少对我的 company 感到不讨厌。她年纪也不小了，情况大约是比我寂寞，我这点表示目前大约也够了。到要紧关头我还是命定论者。Push 要贲〔坏〕事，成则不知好不好，败则"身败名裂"也。

现在没有约好下次 date 的时间。我虽来美国已有几年，但还不习惯一个星期前定好约会等，打电话还是有点怕。例如星期四晚上我们谈了五个钟头的话（除了那个疯子 Mike 来打断那一阵），我也是

5 Oliver，应该是 William Oliver（威廉·奥利弗，1926–1995），学者、导演、剧作家，康奈尔大学博士，长期任教于加州大学伯克利分校戏剧系，导演过奥尼尔、萨特、卡明斯等人的很多剧作，还创作过西班牙主题的三部曲。其太太是 Barbara Oliver（芭芭拉·奥利弗，1927–2013），导演、演员，曾创办旧金山湾区著名的北极光戏剧公司（Aurora Theatre Company）。

随机应变，毫无准备，到她家还不知道她肯不肯出来一起吃饭也。

我相信 as a middle-aged man，mature scholar，我这点 devotion 的表现也就够了。她觉得我做 scholar 或教授很可惜，应该从事小说创作（她自己也想写小说的）。她对于创作生涯（还是年纪太轻之故）还抱有一种浪漫的幻想。不知道假如决心做小说家，也只好去做"朝不保夕"的 beatnik 了。我虽然习性吊儿郎当，但是只想在 respectable society 中吊儿郎当，换一个 society，照我的年龄我已经没有这么大的 adaptability 了。

你们很高兴知道的，就是我在前两天，心情的确很不"正常"——换言之，心并非如"槁木死灰"。今天 mood 已经很正常，I am still my rational myself。到底命运如何，我也不知道。但是可断言的，一个小姐认识两年后再开始 date，这种机会也不会很多的了。

但是我绝不感觉到 desperate。我现在的感觉只是有点 amusement——造物弄人也太奇怪了。

这封信只是一个报道，并不 seek advice，也不求鼓励和安慰等。I can still take care of myself，而且"山人自有妙算"。希望你们听见了，觉得很有趣，并且也希望你们同意：This girl is probably a better person than I am，but we belong to two different worlds。虽然我还是会继续 date 她的。专此 敬颂

近安

济安

五月十七日

Joyce 前问好。

五月廿日又记：

长信写好了几天，放在抽屉里，决不定该不该寄给你。有几天我心情很坏，胃口变得都很差，这在我是很难得的 —— 但我并不喝酒遣闷，self-discipline has become part of my life —— mood 忽好忽

坏，我也不知道信里所描写的我的mood，会不会改变，等冷静一下再把信寄给你不迟。

星期六、星期天仔细重读 *Brother's Karamazov*（我本想研究鲁迅与杜翁 & 俄国文学，文章中不及发挥。鲁迅先拥护杜翁，后来反对杜翁，这就是他退步而存心跟共党走路的表现也），尚未读完但读得很仔细（以前只是草草读过）。读后觉得心平气和，心里充满的是温柔，而不是passion。我那几天所以神思不安，主要是因为发觉自己已fall in love，但此事该不该向她吐诉。照我急性脾气，很想吐诉，但一吐诉可能把两个人的关系弄得很紧张。她本来也许还enjoy my company，但是我若大胆吐露爱情，反而使得她很为难。当然一个文明人追求的时候，不妨不断地drop爱情的hints——这套本来我可以做，而且相当擅长的。这种作风我想我不该改，但是又怕看见她时神情紧张，心中有话不吐又不快。

杜翁至少使我更进一步认识，（一）人生的痛苦和（二）使别人快乐的重要。他的书使我变得 less ego-centric。少想到自己，因此做人也大为泰然。杜翁是内心痛苦的人，读来最为得益；我在不痛苦时读他，也不会这么得益的。

今天（星期一）见面了，我一点也不紧张，很大方自然，杜翁所引起的温柔（以前我在wise-cracking mood中所表现的只是sharp，brittle wit）很有作用，已约了下次date。我很知足。

事情还是瞒着别人。就世骧与Grace而论，他们太关心我的幸福，太热心帮忙。假如他们知道我对某小姐发生兴趣，他们一定会设法制造机会。他们问长问短的关心，将使得我今后追求很为难。他们希望好事成功，殊不知此事是勉强不得的。世骧与Grace如此热心，将影响我自己的决定。我也不希望你和Carol给我什么advice。我将在杜翁与寂寞中做自己的决定。女孩子是会表现她的爱的——她表现不表现，现在我并不关心。我只是做我认为对的事情。

还有一点，Berkeley华人太多，华人见面，总是gossip——此事并非出于恶意，但我很反对。我绝不希望最近的affair成为别人gossip的题目。有人如见面向我开玩笑，我会deeply resent的。我的charity还没有这么伟大，请原谅，所以请你们二位不要向任何人提起，见了吴鲁芹他们，就是hint也不要提（只是说济安没有女朋友可也）。父母亲大人前也不要禀告，免得二老再失望。我性格刚强，不怕失恋，但脸皮嫩，怕出"失恋"之名，心情高傲，恨人家的怜悯。这点也请原谅。

　　有一件事要请你帮忙。B过去曾在Harcourt Brace做过事，曾打折扣买了些名贵的书。后来到U. C.来读书，等着要钱用，把名贵的书卖掉三本，她心中肉痛不已。其中一本是Chagall[6]的*Illustrations of The Bible*（不是*Jerusalem Windows*）。书名她随口说出，也许不是这几个字。我正偷偷地托旧金山旧书店淘这本书。想起纽约是大地方，这本书务必请你淘一淘。著者Chagall与出版商Harcourt Brace是绝无问题的，书名不一定是这，但内容必是illustrations of the Bible无疑。HB书店的目录我翻过，无该书之名（亦无Chagall任何作品），该书想已绝版在三年以上。这类书新书定价总在$30左右，旧书如觅到可能较廉，但也可能被敲一记竹杠。如觅到，请即买下，价钱不计，款请垫后，我可即刻奉还。如觅不到，请把书名查一查，在*N. Y. Times* Book Preview之类去登一个广告，希望有人肯出让。这许多年来，我在任何小姐面前，没有花过一文钱，现在做一次傻事，亦未为过。事情并不急，因此不希望浪费你很多时间，请有便办理可也。谢谢。专此 敬祝

　　双福（套程靖宇的话）

6　Chagall（Marc Chagall，马克·夏加尔，1887–1985），俄国艺术家，犹太人，主要在巴黎活动。涉足多个主流艺术流派和几乎所有的艺术媒介，被认为是20世纪最出色的艺术家之一，代表画作有《致我的未婚妻》(*To My Betrothed*，1911)、《我和村庄》(*I and the Village*，1911) 等。信中提到的书或为*Illustrations for the Bible*（1956）。

济安

Joyce 前问好。

〔又及〕原书上 p. 277 关于萧军：

In September 1946 he was assigned to Harbin as editor of the newspaper cultural gazette（Wen-hua Pao），which published every five days.

但根据刘芝明[7]，《文化报》是 1947/5/4 创刊。

东北文艺协会等十五个团体的结论中说"萧军近年的活动，特别是他在 1947 年编辑《文化报》以来的活动"。

萧军也许是 46/9 去的哈尔滨。报纸筹备费时，九月到五月这段时间他大约在筹备，但这方面我的材料还不够。

7　刘芝明（1905–1968），原名陈祖謇，辽宁人，早年留学日本，曾任东北人民政府文化部部长、东北文协主席、中央文化部副部长等职，曾组织创作京剧《逼上梁山》、《三打祝家庄》等。

582. 夏志清致夏济安（1963 年 5 月 22 日）

济安哥：

　　昨天收到大文，读后很佩服，你时间不够，能参阅这样许多书，写出这样 informative 而分析透彻的文章来，是不容易的。中国人相信共产主义，而对苏联不一定就有好感，这一点道理你说得很对。de-Stalinization 前后中国作家对苏联所抱的看法，你所讨论的数点，都是以前没有人研究过的。中国新文学内，真正把苏联人物当主角描写的，实在不多；许多社会主义建设和抗战、内战小说的主角当然和苏联小说中的英雄有相似之处，但我们苏联小说都不熟，一时无法研究。除萧军痛骂驻华苏联军人、技术人员外，普通小说中见到的倒是白俄较多：丁玲、张爱玲都写过白俄（丁玲那篇描写白俄电车（bus？）conductor 的 "反动" 形态很有趣），蒋光慈也一定写过白俄。所以你这篇文章，根据史实、学人和作者们的著述和报告作综合性的分析，是比较有更丰富的收获的。其实，中国作者参观苏联后写的报告一定数量上已很多，把这些报告作一篇分析，也该是很有意义的。上次为 Boorman 写茅盾传，翻看了茅盾日记性的《苏联见闻录》，他和他太太充军似的看了不少东西，但茅盾身体不佳，水土不服，时常生病，胃肠不佳，不胜其苦。他一方面极端赞扬苏联的成就，一方面记载自己身体的不舒服，倒是很好的对照。和早年瞿秋白在苏俄吃苦的情形比较起来，也很有意思。你 "Demons in

Paradise"一文发表后，一定当更受学者注意，可喜可贺。你Purcell
书的review更可表演你中国近代史的学问。有一本书，Fleming[1]，*The
Siege in*〔*at*〕*Peking*，也算是一本minor classic，应参阅。

　　本来星期日晚上即预备写回信，当晚读了Chu的《打打，谈谈》
和*Time*上记载黑人暴动的cover story，和其他时文，没有写。我对
时局很隔膜，初到哥大，觉得同事间没有人讨论时局，颇以为怪
（在Potsdam时，讨论时局是日常功课），现在自己也没有功夫看报
章，既然朋友间没有讨论时局的必要，watch时事的责任心愈化愈
淡了。那晚上看了些有关时局的文字，觉得是近来少有的luxury。
一年来教中国文学，的确长进不少，我目前的野心是每genres的名
著，多读几种。你在苏高中，国文教员学问较好，文学作品读得极
多，我在中学时期，换了不少野鸡学校，教来教去就是几篇《古文观
止》里的古文，诗、词都没有碰，现在想想，的确吃亏不少。这一
年教书，宋诗词教得较马虎，元曲也仅教了《西厢记》一剧。好好地
教中国文学史，非分两年教不多〔可〕。唐、宋、元的诗、词、曲，
allusions真多，研究中国poetry非有系统地从头读起不可。元曲中套
用前人的诗词，更是多得惊人，非熟读唐宋诗词，不能领略其美处
or模仿性。我觉得弄通一部《诗经》、《楚辞》不难，能把元曲（or明
戏）弄通，实在要有很大的学问：不能句句明其来历，不能算真欣
赏。英国诗人虽也有借用前人的诗句的，但情形没有这样显著。不
读Chaucer、Spenser，莎翁照样可以读；中国诗就不允许你这样"断
代〔章〕取义"的读法。

1　Robert Peter Fleming（罗伯特·弗莱明，1907–1971），英国冒险家、游记作家，是
　　007系列小说作者伊恩·弗莱明（Ian Fleming）的哥哥。弗莱明曾作为《泰晤士报》
　　的特派记者，从莫斯科出发，经过高加索、里海、撒马尔罕、塔什干、土西铁
　　路，横穿西伯利亚的铁路，一路游历到北京。代表作品有《游历鞑靼》（*Travels in
　　Tartary: One's Company and News from Tartary*）、《入侵1940》（*Invasion 1940*）等。
　　《北京围城》（*The Siege at Peking*）一书描写了义和团与欧洲人围困北京的情况。

《肉蒲团》最近有英译本（translated from Kuhn），哥大有一部
1705 年日本 edition，我一晚上读完了，觉得很有趣。中国的"淫
书"，性质都不相同，不能一体视之。《肉蒲团》虽然归根结蒂还是借
用的佛法看法，书本身倒颇像美国人爱读的《性幸福指南》之类，劝
人不要假道学，从房事中得到生命的乐趣。Anti-puritan 的气味，相
当 modern，小说作者可能是李笠翁。As novel，也有几段好文章。
中国"淫书"多看几部，可以写一部 *The Erotic Novel in China*。

你社交这样忙，还得敷衍自己不欢喜的小姐，必是苦事。你对
Martha 既没有兴趣，不如向世骧夫妇明说了，免得将来牵连更多，
使对方痛苦。我在这里的交际，比你少得多，主要是没有世骧那样
好客的朋友，但系里不时有 visitors，也浪费不少时间。明年春年
Karlgren 的高足 Malmquist[2] 将来哥大教一学期，算是中文系第一次
有内行来担任"文字学"方面的功课。

八月间请你一定来。纽约好玩的地方极多，即不开车旅行，也
可以玩一阵，Carol、Joyce 知道你能来，都很高兴。我电影也不多
看。那次看了 *Love Me Tonight*，的确大为满意，实为三十年代最优
秀之 musical。《璇宫艳史》、《风流寡妇》都不算什么好的电影（根据
过去的印象），*One Hour with You*、*Love Me Tonight* 皆是 classics。你
可以向 Berkeley 那两家 art theater request 重映一次，以证我言不虚。
二次世界大战后，美国歌舞片注重 ballet、跳舞，最好的电影可能
是 *An American in Paris*，虽然 Gene Kelly 是我的 favorite，L. Caron
当时也是美艳无比，影片中的 wit 和 satire 还是不够。最近的著名
musical，*West Side Story*，故事本身更是 gone soft 了。这种 soft 的作
风，和 Liberalism 的得势很有关系。附上 *New Yorker* Theater program

2　Malmquist（Göran Malmquist，马悦然，1924–），瑞典汉学家、翻译家，瑞典文学
　院院士，毕业于斯德哥尔摩大学，曾任斯德哥尔摩大学教授、斯德哥尔摩大学亚
　洲学院院长、欧洲汉学协会会长等职，译有大量中国古典名著以及《边城》、《灵
　山》、《旧址》等现当代文学作品。

上的review两篇，review上的话我句句同意。国内看到的最满意的musical是 *Gay Divorcée*[3]，一直没有重看的机会。*Top Hat*[4]来美国后重看过，觉得不太好。明天要口试很多学生（in Oriental Humanities），两学期来看了三四十种"名著"，还得review一下。隔两日再写长信。即颂

　　近安

弟 志清 上
五月22日

3　*Gay Divorcée*（《锦上添花》，1934），音乐喜剧，马克·桑德里奇（Mark Sandrich）导演，弗雷德·阿斯泰尔、金格尔·罗杰斯主演，RKO Radio Pictures发行。

4　*Top Hat*（《礼帽》，1935），音乐喜剧，马克·桑德里奇导演，弗雷德·阿斯泰尔、金格尔·罗杰斯主演，RKO Radio Pictures发行。

583. 夏济安致夏志清（1963 年 5 月 25 日）

志清弟：

　　来信收到，承你对于文章赞美，谢谢。那封长信想已收到了，日内想可收到回信。你写信想也不易，但是我相信Carol同你一定很替我高兴。我信中说，我并不seek advice etc.，现在的态度还是如此。这种事情，大约是上帝做主的。这次凭上帝的启示，我的作风大致很对。她这样的小姐（我在写前信时，对她的了解当然还没有现在的深刻），也许应该像我这样的人来追求；她非常shy，把她看成beatnik是错误的（星期五，她说她对居住的环境不满意——那环境就是beatnik的），而她大约也能appreciate我的shy的作风——我现在有点感觉到我们两人彼此（made for each other？）很合适。她既然是美国小姐，也知道给我适当的鼓励，因此我用不着desperate。今天星期六我心平气和，刚刚还睡了一个午睡。我是definitely again in love，但是爱情得到这么多response这恐怕还是生平第一次。事情离成功虽然还很遥远，但心中已有幸福感恩的感觉。我到底已经是一个mature的男人（我过去追求失败的原因，你们也许认为是我胆小之故；我却认为是莽撞穷追之故。一莽撞则我失去poise，失去潇洒，成为一很不可爱的人矣），这次不会卤〔鲁〕莽灭裂，不会自找苦吃，预备正正常常地，悄悄地，按着她指示的路子追求下去。当然十分希望事情能成功，但是即使不成功，我认为能有这样一位女友，也是人生极大的幸福。因为我认为她是天下最可爱的女子。——这几句话可以使你相信：我很爱她，但我很沉着，头脑很清楚，心胸也很开朗。Love brings out the best qualities in me. 上次信上所描写的我的心境，也许有使你们worry之处。这一个礼拜以来，那种心境已经丧失。以后我相信也不会再有使你们worry的事情发生了。本来算命先生说我生平多巧遇，一生的好事，都是偶然得之，不是苦苦求来的。过去我的遭遇的确如此，我相信如一辈子不结婚则已（假如如此，我认为是天意，也毫无怨言），要结婚追求对象也不会很费劲的。如果要费劲，情形已不大妙；更如果为了报答一切well-wishers的好意，苦苦追求，情形大致越弄越僵，败得也更惨。这次上帝又给我一次机会，我一定得好好尽做人之道，并不想做一个great lover，只想做一个lover。我这种认识与信念，都是可以使你放心的，种种环境因素使我认识了这位我一辈子在向往着的shy、sweet、sensitive girl，天意真是莫测。

天下有些事情真是巧合，星期一（5/20）我发了那封长信，想不到那天晚上就会有一次date，使两人关系更进一步。星期一早晨我发现她穿了一身很齐整的黑色衣服，本来我一见面就该赞美，但是inhibitions太多，说不出口。（假如不存心追求，话也许说得出口了；但如不存心追求，她穿什么衣服，我根本不注意。）早晨她要出去买咖啡，她是喝茶的，但她常常帮同事出去买咖啡回来饮，我陪她一起出去。她的态度非常之好——现在我才知道那是我星期六星期天在家苦熬的结果，假如我于周末忍耐不住，开车去找她，或打电话给她—— that is what any man in my mood would have done ——她也许对我反而要冷淡了（这个下面再说）——说起date，她说星期五吧，我说一起出去吃饭看个电影如何，她说好的。我陪她把咖啡买回来，心里已经很有幸福之感。

下午约两点钟时她打门来找我，关于我"下放"manuscript上的一个小问题。这种小问题，她常常总是打电话来问我的；电话里如说不清楚，我就上楼去看看。但这次她下来了，问题一分钟就解决。我那时这句话不得不说了："B，you are beautiful today." 她向自己身上看看，说道："Today, yes." 她接着说："That's in honor of Lionel Trilling." 我大讶，原来当天晚上 Trilling 来演讲，我竟一无所知。她是要去听的，我问她一个人去，还是有伴同去。她说是同 Dolores 与 Jerry 同去。我说我可以同去吗，她说你假如要去，赶快得想办法，那是要票子的。有了票子，怎么去法，我们再谈好了。说罢惊鸿一瞥地上去了。

我赶快赶到学校，到好几个地方都说票子发光了。那是不要钱的，我想贴布告，预备花十元、五元买它一张；学校同时开放几个教室，装了 TV，预备容纳礼堂坐不下的人。也许有些学生贪钱，宁可在教室里听 TV 演讲，把票子让给我的。假如为听 Trilling 演讲，有人肯出五元、十元的 scalper 价钱，挖票子，给 Trilling 听见了，一定大为得意。不知我的目的当然不全是为 Trilling——可以说全不是为 Trilling。

但是这张布告我没有贴，因此 Trilling 在 U. C. 也并没有人愿 scalper's price 来听他的演讲。我去找 Dolores 去了。那位 Dolores 就是上次信中提起的年轻机灵的 smart young San Francisco woman，我们不久前离职的秘书。我跟她很熟——你知道我在少妇面前比在小姐面前，谈话更多风趣。我请她帮忙弄票子（我只说 Trilling 是我弟弟的朋友），同时请她晚上吃晚饭。她把皮包打开，点点那三张票子，说道："早知道如此，我该给你也弄一张的。这样吧：我可以让出来，你们三个人去听好了。"我说我可以听 TV，但晚饭请一定赏光。她欣然同意，"不过 B 讲好要到我们家来吃晚饭，你得把她也请在里头。（What an ironical situation！）"下班后约我把她接到 Dol. 的家里去喝酒。我说："Sure！"（虚伪之至！）我临走前说："我要回 Center 了，请你打个电话告诉 B，我请她吃饭。"我就走回 Center。

回到 Center，B 不在 office，我留字希望她打电话给我联络。隔了一些时候，她电话来了。原来她也去看Dolores去了（我们前后脚没有碰上）——我相信她是存心要帮我弄票子才去的。因为你知道美国太太小姐们有事没事总是拿起电话就打，犯不着自己劳动"玉趾"跑一趟。这件事她认为一定不便打电话，才亲自跑去的。这件事一定相当紧急，不急的事，她们晚上反正要见面，何必特地跑一趟？Anyway，她说Dolores在帮我想办法弄票子；我又提起吃饭的事，她说知道了。我说"It was presumptions of me to suppose that you would accept my invitation." 她说"很好"（that's all right），我说"Please forgive my —— "她笑着接着说："Presumption"，我再三道歉：只此一遭下不为例。

再隔一些时候，电话又响了，又是B来的，她说票子给你弄到了。我说"I am so happy. I am speechless."她说："Only wish Mr. Trilling would not be speechless." 原来Dolores现在调在Chancellor's Office做事，票子她是去向Chancellor要来的。这种事情反正都是巧合。

下班后，我们到Dol.家喝酒。D的丈夫Jerry（为人相当cynical）是小学教员，我一向跟他胡说八道瞎幽默惯的。六点钟去Spenger's吃海鲜。我和B坐在一排，J和D坐在一排；但是B和Dol.是面对面坐，她们两人唧唧哝哝说不完的话，我和Jerry则是幽默地瞎聊天。我心中很高兴，也很得意，心想：凭你Dolores绝顶聪明，恐怕还看不出我是在追求B。

我当然还继续向Dol.道谢，并且向她瞎恭维：我说她本来是我们Center的Blithe spirit；我又说李卓敏（boss）是Driving spirit，Mr. Tay[1]（佛教徒，下学期将去George-town U.帮Father Serruys）是Disembodied spirit，我自己是Sardonic spirit。B问是什么？我说Sardonic spirit，她说，"No, you are not." 我本要替B想个什么spirit，给

1　Tay，即郑僧一。字子南，福建人，1963年在加大中国研究中心任职，与济安是同事，后随司礼义（Paul Serruys，1912–1999）神父去乔治华盛顿大学工作。1967年受Ross Roberts之聘来纽约大学工作，终身未婚，与其姊相依为命。

她一打断，才思更窘，想不出来了。——你能想一个什么好的字眼吗？如想出来，请告诉我，我可转告。（Some spirit for me too, instead of "sardonic".）

去听演讲，我们四人坐在一排，她当然和我坐在一起——不知多少中国朋友，去 date 中国小姐，假如有别人在一起，那位被 date 的小姐，一定不肯和她男友坐在一起的，不论在车子里、饭馆里或电影院里——Trilling 没登台之前，她忽然笑着说："你在向我看些什么？"我自己不知道我在看她，大吃一惊，只好偷偷地跟她说她多美呀这类的话。

很抱歉，Trilling 的演讲内容不预备报道。题目是 "The Fate of Pleasure from Wordsworth to Dostoevski"（将来在什么杂志发表，如知道，请告之〔知〕）。大意是 W 当年人心天真，不怕谈 Pleasure。到了 D 那时，Pleasure 根本成为得不到了。讲完后，我们再开车去 Dol. 家喝酒，一直谈到十二点钟。碰巧我对于华翁杜翁都较熟悉（假如换了什么 Blake 等，我就无话可说了），把 Trilling 的话大加发挥；关于 Pleasure 等哲学问题，我也是有点研究的，因此话讲得滔滔不绝。B 大约听得很 fascinated——我眼睛不大看她——但我怕我们的女主人 bored。她已经显得很疲倦，一个 smart 的女秘书，真正要谈 intellectual 问题，还是吃不消的。有两次我要打断，B 都说 "Go on！"（没有说 Please go on！）别的话当然也说了很多，不全是哲学。

开车送她回去，我说我很感谢她："I don't have to add that my thanks are not merely for the opportunity of hearing Mr. Trilling talk."她不做声，我正在开车，不敢把脸转过来看她。送她到家，她说 "I enjoyed it very much"，我说 "I am so happy"。她说 "I'll see you shortly."

星期二无事，星期三又碰巧在一起吃晚饭。下班时，我碰到吴燕美，她已有身孕，手上有东西，我帮她拿着，陪她等她的丈夫开车来接她。不久 B 也下来了，我当然没有什么特别表示。我说：

"怎么样？又预备走回去了。"她说"要到Yee's去吃饭。饭后要回office打字，并去一家人家做babysitter"。说罢她扬长而去，我继续陪着吴燕美，送她上车。我接着也去Yee's。她一人坐在柜台上喝Coca Cola，我说："Will you join me？"她说好的，我们就占了一张桌子。那Yee's上上下下的人我都认识（天天在那边吃饭，吃了几年了），因此不便向她做亲热状。她先点的炒面，我也点了炒面。堂倌送来两张check，我也不跟她客气。她付她的，我付我的。饭后送她回office，她要继续打字（一位女学生的法国文学paper），并等人（是已婚学生）来接她去做babysitter。我送她到office就走了。她问我："晚上做什么事，打牌吗？"（她知道我常打牌。）我说除了读书以外无事可做。

那天晚上，因未能畅谈，回到家来心中又似若有所失。

星期四收到你的信，并附*New Yorker*戏院单子一张。B是个大影迷，星期五是我们约定date之日，早晨我把那单子给她。下午开车出去时，我说："有一件事我想对你说，让你知道我是多么地敏感——同时想测验一下你是否跟我同样地过分地敏感。就是那单子。那单子我的确是昨天收到的，收到了我的确想给你看看。但是今天早晨我觉得很窘——因为那三个字Love Me Tonight使得我不好意思。"她说她一点也没有注意。我说"I did not like to give the impression that the program was meant as a message though I very much like to convey that message"。她笑道："Mr. Hsia——她现在还是叫我这个称呼，我不在乎——I credit you with greater subtlety than that！"上面一段话是下午在车子过桥时说的。（这大约是我第一次向她示爱。）

再回到星期五早晨。她早晨上班，穿的是棕黄色呢质服装，很整齐，这表示她不预备回去换衣服了。我上班时常穿colored shirt，怕做事弄脏，但那天我带了一件白衬衫去，并一条较新的领带，预备出去前就在office换。西装是sport jacket，也就（不）管它了。（我怕穿新衣服，为 office 同人所注意。）

那天偏偏碰到世骧等在三楼开会。快五点时，我打了个电话上去，问"会开完了没有？"她说：还没有。我说"我怕上来跟那许多人打招呼（会是关于在台湾设分校之事）握手，你下来好不好？"她说："我去把头发梳一梳再下来，OK？"——这几句甜蜜之极，有点像 Carol 说的。

等了一会（也有十几分钟）她来了。头发的确梳过，据她自己说是像 Veronica Lake（她对于电影的智〔知〕识，不在你我之下），也涂了些口红。神情很愉快，嫣然说道："你瞧，不是我来看你了吗？"（很 charming，但我不记得英文是怎么说的了。）

我们就开车过海，到一家她曾经说起过的日本饭馆 Min-gei ya（民艺屋）。里面摆设全部日本化，脱了鞋子在塌塌〔榻榻〕米上吃的。先喝的是一种叫做 Mandarin（是她点的）的酒，大约是以 Rum 为底的一种混合饮料，我喝两杯，她喝一杯。酒里有橘子，用小的纸洋伞插住，她说她收藏这种玩意儿。我说中国人是不作兴送伞的，因"伞"与"散"谐音；但中国人又相信见怪不怪，其怪自败，所以我把两顶小伞还是送给她了（点了一盘 prawn 作为 side dish）。吃饭点的是 Mizo-taki（是她的 favorite），这就是中国的暖锅，与 Suki-yaki 不同。Suki-yaki 是扁平锅，味道甜迷迷的像红烧。Mizo-taki 是带酸味的白汤，内容也是牛肉、白菜、豆腐等，很好吃。叫了 sake，但她说喜欢 wine，不大喜欢 sake，我也随她去了。

又谈了不少话，我的爱也慢慢地透露过去了。我说做人诚实非常之难。昨天我去看（Mrs.）Joyce Kallgren（她是 executive secretary，李卓敏的帮手）。Joyce 大声说道："济安，long time no see. Anything new in your life？"我说："Nothing．"我对 B 说，其实这几天我生命中的变化太大了，但我如何向 Joyce 解说呢？只好说 nothing 了。还有一次是前天（星期三）在 Yee's，你问我 How are you？我说 Fine——其实我何尝 fine？——她接口说，Joyce 问人家 Anything new in your life？是Rhetorical question，问了也不等人答复的；你如要答复，她也没工夫听，但是她问人家How are you？倒是真心问人家的。

我忘了我怎么说我是多么地想念她，但她是很耐心地（or一往情深地？）倾听我的诉苦。我告诉她，那天从Yee's出来送她回office后我去淘旧书店，买到一本Lionel Trilling presents *The Selected Letters of Keats*，晚上就带回家去看了（事实的确如此）。当然我绝不敢自比Keats，不过Keats里面所描写的痛苦，我是很有同感的——我对她说。

我们又谈起Yee's的饭，她说只有一次（四月廿六），欢送Dolores的那次宴会做得不差（那次宴会每人收费$2.50，B来交钱时，我说："你不必了，算我请你好了。我从来没请过你。"她说"我这几天有钱。"我说："下次请你好不好？"她说"好的，some office time？"——这是我表示要date她的第一次），那是我负责主办的，平常的不行。我说：请想想，就在不到一个月以前，那次吃饭，我对你还没有什么认识呢。她archly地说："Do you know me now？"我说："This is a highly challenging question. As a rationalist，I can't say that I know all the workings of your mind. But if we trust intuition，I must say I do understand you."我就问她天下有多少人她认为是知己的，她先说是两个，后来又说是三个（Please do not think that she counted me in）。她又说your brother must know you well，我把你们的情形已经谈过不少了，至此又说了一些。我说我写文章，只要我brother说满意，我就不管世界的舆论了。这次的*Demons in Paradise*他说很满意，我就很满足了。（星期一她问我"济安"是什么意思，我说是reliever of pacific；C. T.呢，我说是ambition pure——她说都很贴切的。）

饭后参观饭馆附设的日本土产公司，她对于日本陶器很感兴趣。走去附近的日本电影院Rio看电影。走也得走三个blocks，她说有点冷，我摸摸她的手（她是穿着大衣的），真有点冷——我的手是很温暖的，我们的肌肤就这么接触一次 —— 我这种 self-restraint 她无疑是 appreciate 的，你以后就会知道。

电影叫 *Inheritance*，很多坏人想骗富翁的遗产，可能拍成很动人的 melodrama，但效果很软弱。我们都不满意。对于戏里面那些坏人，认为演得不够坏。我说我看日本电影本来只当它是 cinema to graphic pot-luck，好坏一向不管的。我说我希望这张电影是古代王位继承 myth 的 modern version —— 出现些像 Earl of Warwick、Duke of Gloucester 之类的人，但是电影里没有。

看完戏送她回家，一路上都很愉快。到家门口，不免有点紧张，因为总得约下次的 date 了，何况下星期又是什么 Memorial day。那时她说几句话，真是黑暗中的明灯。她说：请你不要逼我（press），谁逼我了，我就 get panicky（请记得她是曾经去看过 psychiatrist 的 —— 据她说，她还同她的 psychiatrist 讨论过 *Through the Glass Darkly*[2] —— 那张电影不过是一年之前的事吧？）。有不少男友就是这么 break off 的。"But I enjoy your company so much，that I don't like to see our friendship break off。"我说："Thank you for your promise not to break with me."她说："But please do not press me."她说她还有些 involvements 要 straighten out（句义〔意〕不明，但看样子对我不像是不利），结果我叫她 name a date，她定的是再下星期的星期一（六月三日），我就很高兴地跟她说再见，开车而去。

她最后这几句话，的确使我对她增加认识，她是个十分 sweet 的女孩子，但是内心有病，怕 life（她去找 Psychiatrist 也许想克服这个 fear，But I don't know，大约也怕 sex，这种话你当然千万不可向外面说，我整个事件的进行无论如何要请守秘密），但是，内心寂寞，很需要有人体贴入微地同情她安慰她。一般美国男子，大多粗

2　*Through the Glass Darkly*（《犹在镜中》，1961），瑞典电影，英格玛·伯格曼导演，安德森（Harriet Andersson）、布耶恩斯特兰德（Gunnar Björnstrand）主演，Janus Films 发行。

俗。追女人求"实惠"，冲动来了，就追，不大懂得含蓄；看看女的不起劲，男的也就悻悻然地停追，或转移对象了。像她这种delicate的女孩子，的确很难找到知心的男友。

但她偏偏碰到我。我是个正常的男子，但是inhibitions多，self-doubts多，又是敏感得过分（对人生则其实并不恐惧）。我前些日子顶大的苦闷，是如何追法？如何表示爱情？照我（的）冲动，我也顶好莽撞一下，如乱打电话，她下班非要陪她回家不可等等，这种做法，假如我有一个参谋长（e.g.世骧 or Grace），他也会劝我这样做的。不是Only the brave deserve the fair吗？但不知怎么的，也许是碰巧碰对，也许是近年书看得多了，对于intuition一道真有点入门，我没有采取莽撞的做法，宁可在家苦闷，也不去惹犯她。我在和她不很熟时的"潇洒"做法——很和气，谈笑风生，不多敷衍话但很肯帮助人——和跟她较熟以后的shy作风，大约都可以暗暗地博（得）她（的）好感，而并不引起她所谓的panicky之感。这是很重要的关键，我在不知不觉中大约是做对的。说穿了也没有什么希〔稀〕奇，但那几天痛苦的日子我能自己控制得住，大读杜翁，而杜翁又教我怎么样爱人，使我心平气和，在我心里注入了温柔——在美国像我这样讲究内心修养的人，大约是不多的。我既然认为B是天下最可爱的女子，而爱——in this instance——的确又能增进我的内心修养，我是预备做一个devoted lover。

你和Carol都曾批评过我，说我见了心爱的女孩子，只是偷偷地想慕，没有勇气去追。这话很有道理，对于一般女子都很适合。但我一时要把这个习惯改过来，也非易事。现在偏偏碰到B，她也许就需要这样一个勇气不够的suitor——我的痛苦，她当然同情，这点是用不着"逼"她来招认的——而我又觉得她十分可爱。女子到她（这个）年龄，当然也在挑选男友；也许我的作风是最能recommend我的东西呢。

她的shyness还有一点可以看得出来。我在这里还有一件紧张之事，就是要把我的追求，向外瞒得铁桶似的。这在你和 Carol 听来，也许认为是大笑话。我是正大光明的追求，并非偷情——何况在美国，有些人连偷情都不瞒人的（如 Elizabeth Taylor 之偷 Richard Burton），我为什么要如此紧张呢？但这在 B 的 case，大约也是做对的。我自己是在瞎紧张，但我没有叮嘱她去瞒人——她如很大方地向人说（包括她的好朋友如 Dolores、吴燕美等），夏济安在追她，请她出去玩等，我也不会否认的。我也许就借"因头"公开承认了。我之所以紧张的要瞒人，也许是为她考虑。我不知道她愿不愿意让人知道。凭我的 intuition，我也许猜到她是个很 discreet 的女子，她也许不想让人知道。一个 bad taste 的男子，有了女友就要向人胡吹。一个经验不足的男子，想追女友，必定四处找参谋，四处找人诉苦。我的 taste 不算坏，经验虽不算多，但生平读书阅人多矣，内心的问题，自己还负担得下来。上一次的那一封信，差一点拿去给世骧看；他们如此关心，但我瞒住〔着〕他们，心里也有点对不起他们。假如他们一看，这时候 Berkeley 的中国朋友们大约未必知道，但是他们的热心，也将使我很难。Grace 一定要把她请到家里去，加以指导，她和我都将很窘。现在我们二人在大庭广众之中交面，还像泛泛之交一般，至少我对 B，所献的殷勤，没有像我对 Dolores 与吴燕美那样地多。这种做法，我有一度不知道对不对（也许她 resent 我的淡漠呢？），因此很苦闷。现在看来，这样的做法是对的。她大约很不喜欢"骨头轻"的男子，就那些熟人的反应看来，她从来没有向他们表示过我在追她。她另有知己，也许她会告诉，她有一个好朋友叫 Jane 什么的，但这是在 Center 圈子以外的事了，好像我写长信告诉你一般。请记得：我没有叮嘱过她这样做，是她自己不愿意向别人表示的。这一点我大约是不知不觉地做对了。

这些不是成功的条件，但凭这些，我相信我在她心中也许已经占了相当的地位。如何赢得她的爱（她假如并不认为我是世间最可爱的人，I won't be surprised），当然还是很难的事。这一半靠我自己的修为（用极高的智慧配合着纯真的爱），一半靠老天爷帮忙了。

还有一件事：她问你在Potsdam担任一个什么主任？叫做Stillman的人，你记得不记得。Stillman的女儿叫？Stillman（那三个？她都告诉我，我都不记得了）是她在Penn.州的同学。她们都是Penn.州Lewisburg的人。她父亲是陆军上尉，驻在德国，她的全家在德国。

最后，她明明表示对我有好感，使我减少了很多worries；她又指示我不要猛追，也减少了我很多的紧张。我现在因此比写上一封信时心平气和得多。以后大约不会有很spectacular的发展，能够go steady大约就算成功一半了。她假如答应go steady，我也无须瞒人了。她虽十分sweet，总是个neurotic的女子，我还得小心翼翼，希望你们不要为我高兴得太早。我只想不要在任何一件（事）上对不起她。这次因为我运用了极大的定力，即使失败，我相信也不会很惨的。

在六月三日之前，除掉再有像Trilling演讲那样的奇迹，我们之间将只是维持泛泛的关系。她忍受得住，我亦只得勉强忍受住。最近期内大约不会再有十几页的长信来作详尽报道了。别的再谈，专此 敬祝

双福

济安

五月廿五日，一九六三

Carol前不另，希望你念给她听。

Joyce前均此。

正在研究蒋光慈，想再写一篇能使她感动的好文章来。

584. 夏志清致夏济安（1963 年 5 月 26 日）

济安哥：

五月十七日、廿日的长信，是我们通信二十年来你给我最重要的一封信。你在恋爱了，恋爱将改变你（的）生命，带给你无上的幸福。这使我万分兴奋，为你祝福。记得我在台北时你曾给我一封长信，报告你倾心于湖南李小姐的经过，这以后十七八（年）间，信中你虽也报道过一些女朋友的故事，但你和她们关系都是casual or 比较勉强的，看不出多少热情。所以 B 可算你生命史上第二次真正 fall in love 的女子。虽然你自己还摸不定主意，觉得"佳耦〔偶〕并不在此"，我觉得你对她爱慕之意，比你conscious self 所承认的，深切了无数倍。我希望你早日 declare 你的 love，把关系明朗化，免得不断瞒了朋友们 date，制造紧张。我想你的爱，B 一定乐意接受的：她对你学问、为人、文章，早已佩服，唯一可以减低她对你的友谊和好感的是你故意不把真情流露，谈话间弄玄虚表演 wit 的态度。Wit 是在初步恋爱中吸引对方注意的工具，她对你既已有兴趣，你们已 date 了几次，她所需要的是你的真心，而不再是你的 wit。你和她和旁人在一起的时候，尽可表现你的谈笑风生；和她单独在一起时，还是诚恳地把你过去的历史交给她，一诉衷肠为佳。而一诉衷肠正是你内心想做而还不情愿做的事，因为你极端敏感，极端 proud，恐怕把你的 self stripped naked 后，人家反而不接受，徒制造笑话。我想这一层顾虑你不必entertain，B真心待你，你也该至诚待她。据我所观察到的美国女子，你向她们求爱，她们决不会嘲笑你，她们即便不爱你，也是极grateful的。何况B对你有十分好感，正在等待你对她作进一步的表示呢？

上面一段话，可能是多余的，因为信到时，可能你们友谊已深进一步，不需我的鼓励了。你精读 *Brothers. K* 对你一定很有益，杜翁的主人翁见了人都喜欢把心中的话讲出来，一讲一大篇。心中有城府，不肯多讲话而专门听壁脚造谣言的就是Ratikin那样的小人，即是老Karamazov也欢喜多讲话，虽然他讲的大半是谎话。读杜翁使人觉得不再有装门面，护卫ego的需要。把ego打碎是唯一获得happiness的宝诀：我们既不能向世上任何人把自己内心的秘密公布出来，还是向〔在〕我们心爱（的）人面前把ego的面具撕掉吧。B既有非常温柔的性格，极attractive的相貌身材，是你最理想的终身伴侣。她26岁，配你正适合，而以你的年龄，也不容易追到更年轻的女郎。你们都可以说是"天涯沦落"人，她曾想自杀，现在没有别的男朋友，你bachelor做了多少年，一直东西飘零，现在事业已上规〔轨〕道，正应当结婚，把生活变得更充实、更美满。而B称你为Romantic，真是能深切了解你的人，不管你平日十八世纪式的camouflage可以使朋友们相信你生活极端愉快，而不需要爱情的安慰——世骧常说济安兴趣太广，把结婚这一桩事忘掉了，这才是浮面的观察；宋奇、钱学熙、吴鲁芹等我想也决看不出你有什么内心苦闷，你二十年来所cultivate的image是很成功的——B对你有较深刻的认识，可见她的intelligence不差。你做了二三十年bachelor，现在找到了像B这样一位小姐，是你的福气。她能慧眼识英雄，也是她的福气。B稍加打扮后，和Lee Remick一个模样，可见她有你所喜欢的妩媚。她的肤色较粗糙，因为金发女郎skin较sensitive，长期expose于加州日光之缘故，以后出门常戴Grace Kelly式的wide-rimmed hat，即可恢复她皮肤应有的细嫩。她的beatnik作风你有些不习惯，其实她的不爱修饰，一方面固然是较 sensitive、较有理想的青年对世俗社会的 protest（而且在旧金山、纽约大城市，这种服装举动已很普遍）的举动，一方面也是她没有男朋友，自己生活空虚而想对世俗考虑表示不在乎的假装。这仅是暂时的一个 phase，不是个性上有什么贪懒 or 爱好 shopping 的缺陷（她能打你的文稿，一无错误，可见她是极细心而能精神长期集中的）。女为悦己者容，是天经地义（的）。你第一次 date 她，她就打扮得漂亮，以后她当更有理由注意自己的服饰和 appearance。所以这一点你不必多虑。美国国家 traditionally 是好洁的，最近几年青年们的反动，是一种不正常的反动。B 生于 Pennsylvania 老家，不是移居美国时间较短而不可能调整生活习惯的犹太人 or 其他杂种。她可能还是 Puritan Stock。

最使我高兴的，是你现在已 falling in love，所以结婚的迟早，我也不必出主意。我想你可早日 declare love，她一定会接受的，以后就同她像 go steady or 订婚后一样很亲密地做朋友。水到渠成，迟早双方总觉得有结婚的需要的。我的劝告是多 date，承认双方很 serious 后公开式的 date。第一次朋友们知道你在追女朋友，可能很奇怪，date 多了，也就不足为怪了，而且他们都会觉得你们是一对佳耦〔偶〕，希望你们早日结婚。中年人不大容易 fall in love，两三年来你的信上一直表示要保持做学者，做 bachelor 式不受感情激动的生活的 even tenor。这种生活当然也有其优点，当然比为结婚而结婚或被朋友怂恿而结婚的生活高明。但你既已 in love，自己就应该为自己的幸福努力，把萧伯纳式的 life force 充分在恋爱上表现出来。你读杜翁后，很关心他人的幸福。我想 B 很需要你的爱情和友谊，这一点你自己也知道的。

B 的事，在父母前绝对不提，请你放心。Carol 知道你交女朋友的事，也极为兴奋。上信你说八月间来纽约访我们，我们很欢迎。但 B 在八月中如也有一个月 or 半个月的 vacation，你应该趁假期的机会和她一起玩，这样，比你特地飞来纽约，更使我快乐。下次 date

时，可把你们假期的计划synchronize一下，一方面表示你的诚心，一方面不要把较长时期可以一同游乐的机会失之交臂。如到那时你们已同意结婚，则不妨东来省亲，去Penn.看她的父母，也来纽约看我们。谢谢你把我的书送给B，并指出书中的小错误。

上星期四，见到Zagoria，他说你的文章还没有收到，你如早已把文稿航邮寄出，此事可check一下。如文稿在路上遗失了，我可先把副稿送给他。*China Quarterly*上我的文章也有一两处小错误，都是读proof后加入的。"Quarterly"中的会计先生爱用new lamp，而新灯费油，给Judy Osborn小姐改错了。附上*JAS*上我写的短评一篇，没有多大道理。我已决定为*JAS*写一篇《肉蒲团》的书评，此书是pornography，书评不易写。我们近况皆好，你同B友谊的进展，下信请详告。即祝

恋爱成功！

志清 上
五月二十六日

（24日写了一半，因事半〔中〕断）

Chagall那本书，当代调查。五月底学期终了，当出空身体花一天工夫，把这本书找到，望勿念。

585. 夏志清致夏济安（1963 年 5 月 29 日）

济安哥：

今天上午动身到 de Bary 家里去 picnic（Joyce、Carol 同去），算是学期终了系同人的聚会。五时许回来后，看到你恋爱报告的 2nd installment，大喜。B 的确待你很好，温柔而含有爱意，你上星期几次和她见面 date，举止得体而多情，态度诚恳而不紧逼，可见这次恋爱是天作之合，以后 go steady 后，两人相处更和谐而幸福，当在预料之中。你在读杜翁小说和 Keats 的信，两者都是我最爱读的作品，虽然 Keats 的 Letters 已好几年没有碰。你受二人同化，对爱情的观点和对自己的看法，已和我的观点相同，凭你的 intuition，anticipate 对方 wishes 的温柔作风，自己情愿在 B 前表示绝对 candor 的态度，好好地追下去，迟早会博得小姐芳心。我可能贡献的意见是 advise 你把追求的时间缩短，使她早日承认爱你，和你 go steady or 订婚。

你尊重她意见的态度是对的，她有 involvements 得 iron out，不久前曾看过 psychiatrist，所以在 commit 自己前，得多有时间考虑自己的问题。但女孩子一人决不定主意，多考虑不一定对你有利（她现对 life 抱着一些恐惧，以前爱情经验也带来了痛苦，觉得前车可鉴，下意识中可能会 postpone decision，不管她对你怎样好）。譬如说，上星期五你们 date 很圆满，第二次 date 却约在下星期一，时间隔得太长了，这个weekend的寂寞，你能忍受得住，她本人可能没有重要的事，你没有和她bargain把date的日子提前，她到时候一人在家里无聊，可能会怨你不够男子气，使她把大好的周末虚度了。普通男子喜欢占便宜，求实惠，果然能引起对方的恶感，但小姐们（B包括在内）认为男子必然天经地义要有initiative，爱情ardent而impetuous。一味依了她们，她们并不能得到最大的满意（这一段分析，Carol完全同意），或者觉得对方太好好先生了，感（觉）不到被追or被dominate的thrill（Prince Myshkin就是为人太好了，结果使两位爱他的小姐遭受莫大痛苦）。这封信星期六前不能赶到，希望你自己出了主意，和她在周末date（I am Speaking as a strategist，似乎和你的mood不合，好像也不尊重你的B的wishes，请原谅）。Moreover，在追求的初期，date问题都是男的出主意的：你每次问她下次什么（时候）相会，把她处在相当embarrassing的situation：她可能希望明天和你再聚，但口头终究说不出来，所以understandably，她会把下次见面的时间，拖得远一些。B兴趣也很广，你以后得多看San Francisco报纸，和加大bulletins，一定有很多cultural events，平日你不注意，去attend也无聊，但有了爱人就不同，恶劣的电影和展览会、音乐会，都是爱人相聚的机会。你把San Francisco、Berkeley的events弄清楚以后，每次date时，可以提出下次约会的occasion什么地方有什么人演讲，哪个戏院开映新片，etc。这样date很自然，而且你们共同share文化兴趣，好像并不在逼她；此外午饭之类，仍可小date，临时找她，or打电话给她，我想她不会介意的，而且当然也欢迎你的attraction。（在Yee's Restaurant吃饭，以后最好能表示毫不在乎，不要假作大方，而使她觉得你态度上有异样：为爱情而risk gossip，才是大勇。虽然这一点你暂时不能做到。）我的advice是：温柔而表示一些男子应有的刚气和persistence，依她而有时自己做主。克拉克·盖博还是美国女人所最喜欢的男性代表，可见她们天性是欢喜被dominate的。何况B

极端feminine，你代她出主意，帮她解决她的问题，是比让她独自
摸索做决定好得多。你能assert一点男性的authority，最后祇会引起
她的感激。你和B已无所不谈，但谈话总不如写信eloquent而容易
表示passion。美国男女间不大通信，情书已变成了一种lost art；你
有时寂寞，一人在屋里想念她，不妨写信给她，她会感到surprised
and happy，但绝不会offended的。此外，一起走路，倒应挽臂or
握手，在电影院内也应握手，两人身体也应凑近一些。晚上送她
回来，你也应和她接吻；自己怕assert自己，可以问她，May I kiss
you goodnight？我想她一定会答应的。这种种都算是etiquette，不算
aggression：假如你们physically距离这样远，她会觉得something is
wrong with you。每次吃饭看戏大date之后，美国女子expect一些亲
热的表示，否则她们会觉得这个date是incomplete。你和B date好几
次，从未提及接吻之事，她已觉得你把她的人格绝对尊重了。若继
续如此，她会失望，或者觉得你的爱情不够热烈。

在追求初期，group date和单独date一样重要。单独date可以
explore二人（的）兴趣嗜好，互诉衷肠。group date可以制造热闹，
create socially an agreeable image，使女方的朋友也觉得你可爱，而
使女方有show off自己男朋友的机会。中国男子追求要博丈母娘欢
心，在美国能得到女方peer group的O.K.也是很重要的。B的朋友
们都unsolicitously在她面前称赞你，也可早日决定她接受你的爱。
两人date往往愈来愈严肃，有旁人在一起，可缓和空气而制造一些
将来可cherish的共同经验和日后谈话的资料。你同Dolores等关系
很好，有时和他们一起玩，我想也有利于你的早日被接受（Jane也
应早日见到，B的朋友都该是你的朋友）。每两三次单独date后，
找她的朋友们一起开个party，or到night club去，or到郊外去picnic
一下午，多〔都〕可以增进爱情。B中国社交规矩不大懂，你和洋
人玩较合适；因为Grace请B到她家里去，她可能感到不安，ill at
ease。但在西岸，世骧是你最大的fan，他有许多你自己不情愿讲的

anecdotes，经他一讲，把你化成更可爱、更天真、更有才学，也可使对方更appreciate一些她自己不能观察到的方面。所以世骧如有什么中西朋友都请到的cocktail party，你把B当date带去，让世骧用anecdotes去感化她，对你也是有益的。

以上许多suggestions，对你可能有用，虽然你对B一举一动都能深切体会，她有时给你encouragement时，你当然会抓住机会，做进一步的追求。我的意思是可能她有时作〔拿〕不定主意，不encourage你时，你也不要太听话而退却，而用多种方法争取你的爱。中国小姐们祇顾自己，置男人于痛苦境界而无动于心。美国女子是尊重男朋友的claim的（甚至肉体上的claim）。她们知道男子求爱的痛苦而是能同情的。假如你把自己抑制得太厉害，有时disappointed or hurt而不做表示，反而会引起对方的误解。

你生平第一次感到reciprocal love的甜蜜，使我十分高兴。而且你和B的友谊进展得这么快，凭你过去失败的经验来讲，可算是奇迹。这封信上你绝对自认in love，而求获得B芳心而做最大的努力，这种精神就是life force的表现，也是钱学熙所说true love逼人"向上"的表现。B是天下最可爱的女子，而你能追她，将来结婚，也是世上最幸福的男子，我想这次恋爱，你不可能会失败。你在追湖南李小姐时，的确很任性，表现得很笨拙，你说的"莽撞穷追"的确是失败之因。（虽然，女人对你表示兴趣时，if you are not ready，你的确有逃避的倾向。杨耆荪至今是老处女，杨和柳无忌太太的〔是〕亲戚，所以知道她还没有结婚。）你在New Haven学跳舞，和那位小姐讨论Aquinas[1]，另外你和那位Pennsylvania的Mennonite交友，这两次可说是你生平在平等地位和女孩子交朋友的开始，这次和B谈爱情这样顺利，也有功于这两位小姐的开导。你一直是最温柔多情的人，假如高中大学时有些爱情经验（和在美国一样），你在情

---

1 Aquinas（Thomas Aquinas，阿奎那，1225–1274），意大利神学家、哲学家，代表作有《神学大全》（*Summa Theologiae*）等。

场上是可以无往不利的。但 B 这样可爱，你二十年来的 diffidence、
pride、莽撞，正给你一个最幸福的归宿。上帝在人生上的安排是很
微妙的。

　　Trilling 夫妇我一直没有请他们吃饭，Carol 文学修养不够，
可能谈得不好。Trilling 即〔几〕篇讲稿，去年八月在哥大 English
Institute gave 的，所以当出版于今年的 *English Institute Essays 1962*
（Columbia U. P.），出版后我当送你一本。那次 Institute 开会，出席
的还有 C. Brooks、R. Wellek，可惜我隔了一星期才知道，没有去
听。Trilling 预备了一篇讲评，讲三四遍再发表，可多得一二千元的
外快。B 问及的 Stillman，我不知道，可能她以为我在德国 Potsdam
教书也说不定。因为 Stillman 全家在德国。Chagall 的书星期五去淘。

　　你这封长信还没有读给 Carol 听，她对你的 romance 当然极端高
兴。希望这一个星期并没有平平过去，你们每日见面，date 的机会
是很多的。祝你、B
　　双福

弟　志清　上
五月二十九日

　　看了 Huston[2] 的 *Freud*[3]，尚满意，S. York[4] 表情很好，但 Oedipus
Complex 的 myth 总不够 convincing。

2　Huston（John Huston，约翰·休斯顿，1906–1987），美国电影导演、演员，代表影
　　片有《碧血金沙》（*The Treasure of the Sierra Madre*）、《弗洛伊德》（*Freud*）等。

3　*Freud*（*Freud: The Secret Passion*，《弗洛伊德：隐秘的激情》，1962），传记电影，
　　约翰·休斯顿导演，蒙哥马利·克利夫特、约克（Susannah York）主演，环球影业
　　发行。

4　S. York（Susannah York，苏珊娜·约克，1939–2011），英国演员，多次获得奥斯卡
　　和金球奖最佳女配角提名，英国电影电视学院奖最佳女配角奖、坎城电影节最佳
　　女主角奖等，代表影片有《汤姆·琼斯》（*Tom Jones*）、《简·爱》（*Jane Eyre*）、《他们
　　杀马，不是吗？》（*They Shoot Horses, Don't They?*）等。

586. 夏济安致夏志清（1963 年 6 月 1 日）

志清弟：

　　两信都已收到。你们的高兴使我也很高兴，你们的意见都很宝贵，我当牢记在心，我也很感激。现在的情形很明显，我一时尚不能产生如程靖宇那样的奇迹，但我根本不愿意你们存"奇迹"的希望。我所以不愿意让Grace知道这回事，因为我看见好多回，有甲男在追乙女（或仅对乙女发生兴趣，one of them or both 是Grace的朋友），Grace立刻眉飞色舞，好像等吃喜酒似的。而Grace又真愿意帮极大的忙，不断地帮忙，使那场喜酒实现，结果那场喜酒是很难实现的。你们对我的关心，当然比世骧和Grace对我的关心更甚。我自己是不怕失恋的，但我很怕关心我的人因我的失恋而难过。我好像没有尽最大的努力，因此对不起关心我的人似的。这回的事情，B对我这样的好法，我已经有点受宠若惊，事情也许正在向更圆满的路上走，奇迹也许会发生，也许很快地发生。但奇迹不发生的可能性还是很大，我自己心里早有准备。只是希望你和Carol（因为天下只有你们两个人知道my side of the story）也要有这个心理准备。你们的一片好意，希望不要成为满腔的失望。在你们的想法，我年纪已经不小，this may be my last chance ——好像进入沙漠以前的加油站似的；偏偏我会再in love，偏偏B又是这样的好法。这次假如丢了机会，实在太可惜了，但是天下这种"可惜"的事情是会发生的，而且常常发生的。

因为你提起了 strategy，这封信不得不跟你谈谈 strategy。我为人有多方面的兴趣，我可以说是个很 shrewd 的人 —— 虽然这点很少朋友承认（B 就不承认），即使当我自己承认 shrewd 的时候。照一般人的想法，shrewd 的人总想占人便宜，而我是总不想占任何便宜，或者揩什么油的。我的 shrewdness 差不多已经成为第二天性，基本出发点是要"保护自己"。做了很多年的病夫，培养成了这样一个心理习惯，也不足为奇。但是也许我的 shrewdness 太深刻了，我很少有 petty 的想法，我能洞察人情，我的确很 generous，我很 trust 别人（我非常 trust B），我相信人的 good nature。许多人的 shrewdness 是能在伪善里发现真恶，我的 shrewdness 是能在伪善里发现真善。假如我真有这种本事，这种本事也许不是 shrewdness 一字所能包括。这且不去管它。不过我对于世俗事情的观察分析能力很强，对于人的好坏，自以为衡量得也很有分寸，这种本事大约还算是 shrewdness。对于自己，因不断地分析，了解得也很透彻。

我的第二个基本态度是懒和相信命运。中国有句俗话："人有千算，天有一算。"我在算计方面，自以为很高明；假如不以成败为意，只是服务一个崇高的理想，像诸葛亮似的，我可能达到一个很高的境界。但这个境界我是达不到的，因为我对于成败很在乎。但是我又知道，人力能影响于一事之成败者，实在很难讲，因此我又不大算计，对于"算无遗策"的中国朋友们如马逢华（even 胡世桢）等，我都觉得他们局面太小。（我是智、仁，缺勇；他们是智，缺仁、勇。）

就这两点出发，你当知道 strategy is my concern，而且我已决定了我的 strategy。我同 B 之事，我所考虑过的因素，远比我在上两信中所报道的多。上两信中我只是想告诉你们 B 是多么地可爱，而我心中又是如何充满了温柔的爱。这些当然都是事实，而且是极端重要的事实。但是信纸那么长，我很少提起什么 strategy 的话。我在这里偶然也做中国朋友们的恋爱顾问，我的设计虽好（自以为），但也帮不了他们多少忙。我有点瞧不起 strategy。As a romantic，我也许该说：不要相信算计，应该 trust 男女间彼此的爱。事情当然没有这么简单。我因为是个 shrewd 的人（绝不是 Keats，虽然我的 shrewdness 也许还有一点近似杜翁），我即使不想定"策"，策也非定不可。我的策当然跟我根本的 self-preservation 本能和命运主义是分不开的。

As a grand strategist，我定的第一原则是："未算成功，先算失败。"这是天下用兵第一要诀，但很少人能对自己残忍得向这方面去多想的。我和 B 之事，成功后的幸福，你们想起来必有陶醉之感。我也有这种陶醉之感，但是我始终保持清醒。假如失败了呢？照我现在的 pace 与做法，即使失败了对我的打击也不重。因为我的心事根本很少人知道（B 是充分知道的），我们的 date 也许会被人发现（抛头露面的事，长久瞒人根本不可能），但是人家也不知道我 serious 到什么程度；反正我有"倜傥风流"的一面（赵元任太太甚至称我为 ladies' man；Grace 同意，但 Grace 以为我应该少去 charm 已婚女子，应该多去 charm 未婚女子），人家也许以为我是为了无聊才去 date B 的。这方面我是有准备的。但是假如我的 seriousness 大白于天下，而事情结果为失败，那么失败将是相当惨的。其打击之重，真使我想起来不寒而栗。

根本原因当然是我还不是一个十分的好人。我不能"我行我素"置舆论于不顾。我关心我的 public image，我关心我的 career。我假如是一个大学生，那么瞎追一下，失败了也无所谓；这种事情好像小孩发 measles 似的，是人之常情。但是我的地位不同，而我对我自己的 public image 的确也关心得过分。总之，我不够 romantic，不够伟大。

最惨的失败，是像 Father Zossima 年轻时候那样：他还在那里洋洋自得，小姐可跟别人结婚了。Zossima性格中本有"圣人"质地，他尚且受不住，况我乎？杜翁内容丰富，我和你所得的教训，可能不同。你们决不可以rule out B另有男友的可能。

我之恨台湾最大的原因是追求之失败。那边很多人关心我的婚姻幸福，很多人也知道我追求失败。他们的态度：（一）怜悯和同情——继续关心，见面就问结婚的事，使我不能自己解释，因此我跟他们无话可谈；或（二）觉得我的人格伟大，真是要为什么小姐"守节"似的。结果我在台湾住下去太痛苦了，只好整天打牌，与牌友为伍。因为牌迷关心的是牌，少来管我的私事，使得我所受的压力减轻。

我和B之事，假如搅到serious的局面，而结果是失败，那么我只有一条出路：离开Berkeley，甚至离开美国。我受不了人家的关心和怜悯，宁可谢绝人世去做一个凄凉的流浪人。照我现在的public image，人家觉得我虽然不结婚，但很能自得其乐。但假如人家知道我是追求失败而不结婚，我将为魔鬼所控制，我的反应将是非常强烈而不合理的。我的恨Berkeley与美国，将和恨台湾一样。这当然是很不合理的，但是我相信会有这种反应。

再说婚后的幸福吧。那将是极大的幸福，但上帝为什么一定要给我这种幸福呢？（这种向上帝的怀疑，也许很不像杜翁的看法。）上帝对我已不薄：（一）恢复我的健康——我对最近自己精力的充沛，自己也觉得奇怪；睡得很少，工作很多，心事很重，但整天精神抖擞，神志清醒，红光满面，精神奕奕。（二）给我一个相当稳定而我又喜欢的job。（三）认识B这位小姐，而她对我确具好感。就像现在这样，我应该对上帝存感激之念。我内心的感恩之念，不是假的。我该这〔怎〕么做人，才能对得起上帝呢？（这种想法，也不是杜翁的。）我是倾向于prudence方面。我已经有我做人的style——这style当然也是上帝给规定的。So long as I am in style，I am at ease。我的追求方式，也是照我自己的style来做。但是我自己的style是什么东西，以前也不过糊里糊涂地意识到而已。这次恋爱以后，脑筋更sharp，对于自己的style了解得也更清楚。

因此再谈到strategy的实际应用方面，我的确是在用最大的心计来博得B的爱。这事并非不可能，但成功与否还得看天意。你只知道曾经有些小姐对我发生兴趣，但在台湾有些小姐曾经向我强烈地露骨地表示爱意，这些事我好像从来没有向你提起过。因为我不喜欢吹牛，破坏小姐们"名节"之事，我当然更不愿意做。现在事过境迁，不妨谈谈。

A小姐不断地来找我，使得她成为别人耻笑的对象。

B小姐曾盛装地等我陪另一男士到她家去，结果那男士去了，我没有去。那男士后来报告我她那天失望之情，令我也很难过。她又曾在我面前无缘无故大哭。

C小姐：有一次系里开师生联欢会，有人跟我开玩笑开得过分了（如何时请吃喜酒之类），我就离席而去。我倒是不生气，只是觉得无聊而已。不料C小姐也离席而去，跟踪前来，满脸爱意，向我来安慰，我们就离开了会场。

这三位小姐长得都不坏，有一位还是全校有名的美人。她们现在都嫁掉了，想必都很幸福。因此我虽在reciprocal love上很少经验，但女孩子怎么爱我，我也曾深深地痛苦地领略（那时很不幸的我在追别人），所以B对我的反应是不是爱，爱到多少程度，我很能shrewdly地知道。这方面的智〔知〕识，不全是从书本上得到（的），是有点实际经验做基础的。

我也曾给自己分析，发现我对女孩子们的确有fascination的地方。我的特点之一是潇洒（studied casualness？），or磊磊落落，不做拖泥带水之事，说一是一，说二是二；提得起，放得下（这大约也是manly quality）。Leave very good impression，然后于恰到好处之时，飘然而去，让对方长时间地咀嚼回忆。第二，我的public image是a happy wit，但在某些小姐看来我是个unhappy genius。这对于有 neurotic 倾向，或者是 spirited 的小姐们，的确有些吸引力的。美国这类小姐似乎不多（？），B 恰巧是这一种 type。中国小姐凡是向往屠格涅夫里面 heroines 的，无不梦想能碰到一个 unhappy genius。我们平常批评中国小姐太苛，其实她们碰来碰去都是俗人，Henry James 大约喜欢写这个 theme，也是她们的不幸。第三，我是个 able talker。我的 wit 不用提了，我又很会 dramatize，很会 pose（自然而致，并非勉强），讲话很 suggestive，非但表现我自己的聪明，而且使得听话的小姐觉得她也很聪明。B 承认我是个 inspiring talker——这大约是 so far 她愿意跟我见面的原因。有一次我和 Schurmann 夫妇谈起他们的幸福问题，谈话过程中，害得 Schurmann 太太哭了两次（要点是我并不劝他们和好，我只是承认他们之间存在着爱），但是她显得很感激，觉得我真能了解他们的痛苦。世骧夫妇不断地苦口婆心地劝他们，但是 with all their good intentions，只是使得男的觉得更 helpless，女的觉得更 resistant。

这些事我的长处，说穿了三文不值，但是环顾宇内，有我这种长处的男子似也不多。我只要利用这三点长处——因此追求作风就得和一般男子大不相同——碰到 the right person，成功的机会仍是很大的。

我过去追求的失败的原因之一，是 condescend to put myself on the level of ordinary men。我如要学普通男子的追求方法，是非常 clumsy 的，只能显得我不如别的男子。假如因作风笨拙，而引起对方的反感，事情愈弄愈僵，而我于 desperate 的时候，所表现的也愈来愈坏。小姐也许 tolerate 我一个时候，最后非破裂不可。（加以我自觉到自己的 clumsiness，因此恨自己；一恨自己，事情更难进行。）

这次恋爱，于痛苦中静悟出不少道理来。上面就是一部分，本来不想说，现在因为使得你们放心，所以说出来了。我立定主意这样做：假如对方不进一步地表示爱意，我的爱意也就表示到此为止。这样做也许太passive了，但under the present circumstance，我非如此做不可，请原谅。催她做决定，也许会对我有利，但也许会使她想起种种对我不利的因素（如年龄之差别等）。我这样做也许太厉害一点，但我是在等她向我做进一步的表示。我的种种活动（以至沉默），是希望她觉得离了我是多么地可惜。这种感觉假如不是双方同有，婚后生活还不是最美满的。她不做进一步的表示，我是站在可进可退的地位——又是strategist在说话了。有两件事情我是绝对做不出来的：一是向小姐央求——乞怜，或者求一个date等；二是跟小姐纠缠，跟东跟西地跑。以前试过，做得很坏，乃惨败。好像叫Coriolanus去参加竞选似的，Coriolanus当然也有他的manly qualities。

假如我现在仍很乐观，那是因为我还不知道天意究竟是什么。也许天意要此事成功呢？

你讲起我的public image。按image之为何物，也不会全无根据，我也许性格中是有十八世纪那一套。我至今仍看重peace of mind。这次恋爱，我仍希望能带给自己最小量的痛苦。同样地，也希望带给对方最小的痛苦。爱情不全是幸福，这点你当然也知道得很清楚的。

我读杜翁，因为十八世纪那套可能使人shallow，甚至petty。我是的确想很深刻地谈恋爱，了解自己和对方的痛苦。我并不在学杜翁里面的人物做人，杜翁只是帮助我反省。

从上面所说的话看来，我的性格越来越内向，正如前信所说："在杜翁与寂寞之中，找寻一条出路。"我对于自己relentless的分析，显得我是多么可怕的lucid。我在这种lucid的心境之中对于痛苦的反应，当然也是十分地灵敏。而我居然还要谈peace of mind，足见我几十年的内心修养，也有其非同小可的力量。现在的确是心平气和，甚至于不十分紧张。

　　现在这种作风还能保持我内心的平静，再多用力气就要大大地增加痛苦。在更多的痛苦之下，内心中就会产生一种urge：解脱那痛苦。解脱的方法，一是成功；若成功之事渺茫，那么就步伐大乱，干脆胡来一阵，把那事搞垮了，也比悬在那里强。

　　我在历次追求中，如有魔鬼，那就是魔鬼的引诱——求草草了事的结束，以解脱痛苦。但现在我不豫〔预〕备草草了事的结束，那只有限制自己痛苦的定量。在我的case，I should not tempt pain。

　　Date的确是件难事。中国朋友们date中国小姐，受尽多少闲气！天幸B对我这样的好法。你不知道我自己贸贸然然地去date小姐，遭到rebuff后将受到多么大的打击。一次不成，我就将大为不悦，也许就不再试第二次了；二次不成，我会大怒——别看我这么心平气和的人，我会大怒的（我认识我自己的魔鬼）。一怒则大事去矣！

　　有些人会瞎打电话瞎date，那种人是快乐的。我从来没有这种本事。我把date看得太严重了。亲爱的志清，你以前不是鼓励我date吗？你现在的劝告无形中在要使我取消我正在慢慢地享受中的幸福呢！The risk is too great！（你的见解都很对，可惜我不是实行你办法的人。）

　　我把这事的前因后果想得很仔细，我预备向自己、向上帝负责，所以一开头就表示不接受任何advice。我只希望你和Carol的祝福。Chagall书如能买到将是极大的帮忙（害你大费功夫，十分感谢）。如买到，我也将（对她）minimize此事的重要性。我不得不保持我的"潇洒"。上一次信中有一件事没有说清楚，（甲必丹之女）B的家在德国，Stillman是在纽约的Potsdam。

　　这封信没有谈起什么具体的事实，但是具体事实对我仍很有利，下次再谈。增加date的次数，是在这阶段内最重要的事，我何尝不知道？小姐要减少date的次数，也是她的守势防护的要着。在strategy方面，你我完全同意。在tactics方面，我只有采取我自己的

办法了。谢谢你和Carol的关心，专此 敬祝
　　双福
　　Joyce前均此。

济安
六月一日

〔又及〕谢谢你那朋友的诗，B那边诗尚未送去，你再送她一份你文章的抽印本如何？文章和诗一起送去，较好。

刚刚接到Father Serruys的信，大骂Průšek的review。该文我尚未见到。我是这些日子内心充满了charity，希望我能感动你，不要对P生气。

587. 夏济安致夏志清（1963 年 6 月 4 日）

志清弟：

昨天发出一封长信，想已收到（以后的信会不会这么长，我也不知道）。我本来不预备再写什么长信，因为我知道最近期内不可能有什么spectacular的发展，信越长恐怕害得你们越兴奋。但是昨天的长信对我倒有点用处，它至少把我的思想整理一遍。我相信我很坦白——假如许我夸口的话，我的为人大约越来越好，心地越来越纯洁——我假如痛苦，我不会瞒你们；但是我最近的确心平气和，心中充满了温柔。假如心里无端烦躁，这大约就是人在倒霉的时候；假如心平气和，大约就是在交好运的时候。我决不想采取任何行动，使得我的"好运"变成"倒霉"。你们关心我的幸福，当然也不希望我"倒霉"的。

我对于B，大约还是in love，但是前些时候可能有点desperate之感，我在家大读杜翁，就是想征服这种desperation。步伐一乱，徒惹人厌，好事变成坏事。我对于自己的temper了解得很清楚，这是第一要防备的。只要心平气和，走一步是一步，希望总还是有的。步子不乱，即使在希望变成失望的时候，人也可以好受一点。

B在我生命之中的重要，可以说她是我第一个女朋友。或者可以说是第一个"红颜知己"吧？在她没有确切地向我表示爱意之前，我把她当作爱人是错误的。但我一生从未有过女朋友，好像对于女子只有爱不爱的关系。我在骨子里总有点瞧不起女人的坏脾气。你不断地写信来劝我找寻女孩子date，一则当然希望我找寻一个结婚的对象；二则也希望在我生命中增加一点温柔。现在你的第一点希望，还是很难实现；第二点希望，大约还不致落空。把力量太放在第一点上，那么连一、二两点通通成为失望，我的为人可能成为更怪僻。这大约也是你所不愿见到的。

现在的事情发展，越来越不使你们兴奋了。我经过和自己挣扎，早已不准备有什么兴奋之事，所以还是安之若素。可是请你们千万不要失望，写信报道恋爱经过，本非易事。我在此事中的基本态度，昨天一信中已经说明：（一）天幸碰到像B那样的女子；（二）她待我又是那样的好法。为着这两点，我已是大有感恩之念。你们所关心的，是她进一步的表示。我在过去有一个时期，也许有同样的关心。但是一想到我进一步努力的结果可能是垮台，就不敢尝试了。请你们且把我当作是个"饿汉"，以前是什么都没有，现在经常有稀饭可吃（我是很喜欢吃稀饭的 —— in literal sense），且让我把稀饭多吃吃，养足精神，再为山珍海馐而努力吧。

先谈上星期。上星期二，她告诉我，Dolores要来一起吃中饭，你一起来吧？我说好的。她说等Dolores来了，我们再一起来找你。十二点时，她、D.和吴燕美下来找我。我们一起去Yee's。我说要啤酒吗？我请客。B说，"我早知道你要说这句话的。"结果她要了一瓶，我要了一瓶。（我请她喝啤酒，她从来不拒绝的。）我再〔又〕点了一碗汤，也算我请客。四人吃的炒面，则四人平均分担。

星期五我在Yee's，她后到了来join我。我又请她喝啤酒，饭还是各吃各的。星期二大约是你所主张的group date，我当然是谈笑风生。星期五算是单独date了，我跟她大谈哲学 —— 杜翁、歌德、Kierkegaard等。听得她大为出神。我讲的哲学都和"heart"有关，她听了也很有response。

昨天（星期一）算是正式date —— 就是你嫌来得太晚的date。这次date收获很丰富，并不是有什么exciting的事，而是彼此间增加了解。她和我都很温柔，许多话过去没有谈的现在好好地谈了一谈。结论是：我目前只好做她的朋友（上星期五她已承认我是个"Close Friend"），做爱人还差着一步。但我在发出给你的长信之后，心里已有准备。我的反应非但没有悻悻之气，而且多少还有点幸福之感。

我们开车过海后，她说她不愿意再去那家日本馆"民艺屋"（上次两个人吃掉十七元，小帐〔账〕两元，她都看见的），就在Chinatown吃吃吧。我在Chinatown怕碰见熟人，当然反对。由她指导，先到一家法国馆Chez Marguerite，星期一停业；再〔又〕到一家叫Monroe的法国馆，她说这家可能很贵，让她先进去看看价钱，假如贵，我们再换别家。我坐在车子里，由她下去，发现又是星期一停业。最后到了一家叫O'Sole Mio的意大利馆，点了两客Veal Scallopini，加酒一瓶（Sauvignon），吃了不过六元钱。上次在Dolores家里，我看见她Bourbon、Scotch的跟我们一样喝，便问她为什么不在饭前来点烈酒？她说她跟男朋友出去，只喝wine，从不喝烈酒的。足见Pennsylvania的家教不差。（将来教育Joyce时可效法。）

饭后看电影。我上次promise她的是 *55 Days at Peking*[1] ——但是不巧得很，就是同天晚上，世骧、Grace约了Martha再约我去看那片子。我已设词退却，假如再带女友前去，岂不是存心去侮辱别人吗？那天晚上不能在Chinatown吃饭亦是这个道理。所以改看 *Dr. No*[2]，——很紧张有趣，远胜 *Manchurian Candidate*[3]；Double

---

1　*55 Days at Peking*（《北京55日》，1963），历史片，尼古拉斯·雷等导演，查尔登·希士顿、艾娃·加德纳、大卫·尼文主演，联合艺术（United Artists）发行。

2　*Dr. No*（《铁金刚勇破神秘岛》，1962），英国间谍电影，特伦斯·杨（Terence Young）导演，肖恩·康纳利（Sean Connery）、乌苏拉·安德丝（Ursula Andress）主演，联合艺术发行。

3　*Manchurian Candidate*（《谍网迷魂》，1962），黑白片，据理查德·康顿（Richard Condon）1959年同名小说改编，约翰·弗兰克海默（John Frankenheimer）导演，辛那屈、劳伦斯·哈维、珍妮特·利主演，联合艺术发行。

Feature——*My Six Loves*[4]，也还不差。这大约是我生平第一次看 Debbie Reynolds。

这些当然只好算点缀，你所关心的还是我们谈些什么话。我当然不断地吐露爱慕之意——一个女孩子假如容许我吐露这种话，那就表示我还是有希望的。我们在旧金山开来开去，找吃饭的地方，我说：车子里还有20加仑汽油，尽管开好了，反正哪儿吃饭对我都是一样，I only want to listen to you talk。她就说：Bla Bla。我说：好听极了，Continue！

在车子里，饭馆里，电影院的休息室里（我们到时，*Dr. No*还有半个钟头才演完，我们没有进去），回来的车子上，谈的话还是不少。现在且把几件比较重要的跟你们报告一下：

（一）我问她：我于认识她两年之后，忽然对她发生兴趣，did this come to you as a surprise？她大感兴趣，说道："Surprise倒不见得，不过我也曾思索过这个问题。要说两年之后，我有什么改变，使你发生兴趣，至少就我自己方面，我是看不出来。唯一的原因，大约是你要瞒Dolores，她调开了，你就来take me out。可是Mrs. Fox（接D.的）也是个厉害人物，你可瞒不过她。"Mrs. Fox也许是厉害人物，不过她为人拘谨，不苟言笑，我也随她去了。

（二）她总以为我社交忙得不得了（最近社交的确很忙），每天晚上有约会似的。我说："有一点你也许不相信，你是我来美国后所date的第一个，也是唯一的女孩子——不论是中国人还是美国人。人多的地方，跟小姐们在一起的机会当然有，但是单独date出去的只有你一个人。"她说"不相信，人家都说你跟Esther Morrison[5]关系很好。"我说，在大宴会，我奉命去做E. M.的escort，乃是尽做男

4　*My Six Loves*（《未出嫁的妈妈》，1963），高尔·钱平（Gower Champion）导演，戴比·雷诺兹、克里夫·罗伯逊（Cliff Robertson）主演，派拉蒙影业发行。

5　Esther Morrison（伊丝特·莫里森，1915–1989），哈佛大学博士，曾任教于加州大学伯克利分校、华盛顿大学、哈佛大学，退休时为霍华德大学中国及东亚史教授。代表作有《儒家官僚政治的现代化》（*The Modernization of the Confucian Bureaucracy: A Historical Study of Public Administration*）等。

子的责任，我可从来没有 date 过她。（E. M. 是 Mississippi 人，以前是 center 的 executive secretary，现在在代 Levenson 教课，下学期去 Howard's（？）黑人大学）。她说"这样的话，it makes me feel —— "，我说："honored？"她说：" —— ill at ease."我说："Don't worry. Let me assure you: You would never break my heart."她说："假如有男子对我发生过分的兴趣，我总是想 run away 的。"

（三）我说："你说过，你的朋友都是 sick 的，do you now include me among your sick friends？"她对于这个问题又大感兴趣。她认为我是 sick 的，我大讶。我提起我的 public image 等等。她说："我早就看出来了。Normal people do not laugh so much，joke so much as you do."（Wonderful perceptiveness！）但是她认为我的 case 特别："Sick people usually do not function well；but you function so well."我问她：我们两人谁较为 sicker。她说她是 sicker，不过最近一年来她已经好得多。美国那套 sick 哲学、sick language，我本来是差不多一无所知。例如，照她看来，boss 李卓敏是个 square。我说我对她发生兴趣，也许也是因为我 sick 之故；她说，对了，sick people do respond to each other。

（四）她讲起学校里一般人的阶级观念极重，什么主任，什么 committee member，什么教授，各级 secretaries，到她 typist 算是最低一级。不过我（T. A. H.）不知怎么的毫无阶级观念，把各种人都平等看待。我说我根本没有阶级观念。她说："你在中国，一定是 aristocratic family 出身。"（其实志清你的阶级观念也极淡的。）还有一点，她说："学校里总是谁忌谁，谁怕谁，不知怎么的，你好像什么人都不怕。"她知道我喜欢信口胡言。

（五）我平常做人想不到是在她冷眼观察之下，很多分析都很对，不由我大为佩服。说她是 sick，真是冤枉。我说："老实不客气，我是很骄傲的人，我常自以为在 center 里面我是 the most intelligent person。今日跟你一谈，我把这头衔让给你了，我只好算是 the second most intelligent person。"她含笑默认。

（六）像这样能知心谈话的人，不要说在女朋友中没有，在男朋友中都是很少见的。她又很欣赏我为人正派，我认为是improper的事，我是不做的，也不说的。——因此你所劝我的那一套，我更是不能做。她虽然十分feminine，但主意很老，未可轻看。她假如向我表示一点attachment或"嗲"，我当然也会respond。但她十分温柔，又落落大方。亏得我"定力充足"，假如陷于情网，碰见她的合理的态度，那才是痛苦了。

（七）最后，我提起我们之间有一个source of irritation，那就是date的问题。我当然很希望多聚首，但是绝不想因此而引起她任何不愉快。（我也可算candid到极点。）她说：Once every two weeks is all right with me——志清，请不要失望！Once every two weeks是不是也算steady了？她又说一次："I enjoy your company very much." 但她也需要时间读书，或者静下来想想。再说起她的involvements，那个Paul早就另有主，还有个Walter她也曾带来过在party上出现，她对他也没有兴趣（她说我会过那人一两次，可是我一点也想不起来，那Paul因为谈过几句话，所以我还记得），她真感兴趣的人叫Morris（Maurice？），一〔亦〕名Maurie，犹太人，今年卅一岁。照我看来，也许那男的对她兴趣不大。她要去约他，都很难约出来。因此此人从来没有在我们Center的party上出现过。Coming星期六，在Center帮忙的中国学生周弘为了孩子满月请客，她说要把那Maurie约出来，跟大家见见，但是不到星期六还不知道约得出约不出（那男的也太辣手）。假如我不早已在内心修养上下了大功夫，这种讯息我还受得住吗？但在B告诉我这事的时候，我已经把她当成很好的朋友，心里还真有点替她祝福。但我还问她这么一句话："假如我在一年以前declare my intentions，你的反应会比现在热烈一点吗？"她的答语很重要。因为她可以说："我根本不会对你热烈的。"或者就是一个斩钉截铁的"No"，没有理由，让我去痛苦。但是她的答案很快，而且看着我的眼睛说的："不会的，因为那时我已经有了involvements 了。"我怔了一下，她再重复地说一句："因为那时我已经有了那involvements 了。"很明显地，她对我的好感还是不小，只是在她芳心之中，我还敌不过那冷酷的（？）Maurie也。没有Maurie，她是愿意向我表示热烈一点的，我如date 她过勤，给那Maurie知道，也许就借因头逃走了（结果她就恨我）。这是她的顾忌。她既然很想结婚成家，非要逼那Maurie摊牌不可。但是天下事情，她逼他跟我逼她是一样的少希望。我在这一点上，也许可以给她当当参谋。我在吃饭的时候，也说起有些中国朋友拿我当作恋爱顾问，我好像成了the wise man of Gotham似的。她说道："以后也许有这类事请教你——"但接着又说："我还是自己靠自己吧。"我在这件事上所采的态度（就是出主意去帮她忙追Maurie），是极好的好人作〔做〕法呢？还是极坏的奸雄作〔做〕法？我现在自己也不知道。不过，志清请相信我，I can handle the situation。只要她愿意跟我见面，我相信我还有不小的魔力。

谈话差不多就这样结束。我耸耸肩膀说道："反正我已经等了你两年，再等二十年也无所谓。"她噎了一下，只好一笑无话可说。

你所最关心的date问题。在我们谈到once every two weeks之前，我也曾问起她的音乐兴趣。我说假如有名乐队名乐师等来Berkeley，或S. F.，要不要我来请她。她说"好的，不过假如你不感兴趣，请不要请我。"我说"我当然感兴趣。"Once every two weeks暂且假定为吃饭看电影；另有musical events等，如你所说，我还可以请她。这是她的weakness——喜欢音乐，又舍不得出钱买好票子，又没有知心的男友去date她，这点弱点是可以攻破的。但是我目前还并不十分起劲地去注意那些events。因为我喜欢的date是两人远远地离开人群，畅快地一诉衷曲。一到音乐会，就要碰见许多附庸风雅的朋友，我很怕有了date之后再去敷衍那些朋友也。

从这封信中所表现的，你当知道我实在是个相当沉得住气的人。我当不断地去读杜翁，不要把我化为Laclos 中人物也。现在是心平气和，痛苦毫无，只是希望做人要沉潜深刻，而且真想做个好人，to deserve her。因为我觉得B真是个好人。再谈 专祝

双福

Joyce前均此。

济安

六月四日

588. 夏济安致夏志清（1963 年 6 月 9 日）

志清弟：

那两封信使得你很难以回答，恐怕也使你相当难过。你关心我的幸福，这比我关心我自己的幸福为甚。我若对于某一件事情发生强烈的欲望，照你对我的关心，一定是十分希望我的欲望实现的。过去在台湾的时候，我很少表示我想到美国来。这个欲望你是一定想帮忙使它实现的——但在实现这个欲望的过程中，一定有很多挫折，至少焦急的期待就使人很难受。最后也许成功，但在中间可能有一段很长的时间，你我都会很痛苦。幸而我在台湾的时候，不为出国做任何努力，在这种事情上，我的态度是十足的命定论者。因为不做任何努力，也少受挫折。最后终〔总〕算糊里糊涂地也来到美国了——那个 offer 来的时候，我还推拒呢，我的推拒是相当诚心的，并非"奸雄"行径。我似乎有一个自信，我的前途是在美国，此事早晚会实现，不必为此操心。因此操了很少的心，事情经过还算是顺利的。我总算到了美国，事业的前途还算可以乐观。

最后剩了一件人生大事——婚姻。我从 '55 以后，没有对任何一位女子发生强烈或持续的兴趣。我是存心做 bachelor 了，这许多年来日子过得相当快乐——这点你也许不承认，但假如快乐的定义是 absence of pain，我不得不说在那些很长的快乐的日子里 pain 是很少的。

这次的事件是一个 crisis，要决定我做人是如何地积极。我做人是很积极的，读书很用功 etc.，可以作为证明。但在某些方面，你也许嫌我积极不够。这次我怎么会糊里糊涂地 fall in love，自己也不知道。这是上帝的意旨，抑是魔鬼的意旨，我也不知道（假如我胡来一阵，那就是魔鬼的意旨了）。你对我的种种鼓励，我是十分感谢，但我终究还是不能照你所理想的那样积极做人，那是非常抱歉的。

我不愿为自己的立场辩护。例如，我也许有一种"一厢情愿"的想法：不做任何努力，事情可能也会成功。这是完全不合理的想法，叫我来辩护，我也不知如何辩护法。

我和 B 开始 date 以来，还不到一个月，已经搞得我生命大为混乱，最近不断地写这么长的信给你们，就可以表示我的心境是大不宁静的了。事情进展不算理想，但从"没有女朋友"到"有女朋友"，从决心做 bachelor 到决心追求，这点进步，至少在我这一方面，已经使生命完全改观了。

现在的情形大致还是停留在我第一封信（5/19）的阶段。那封长信我为什么要压了三天才寄给你们？我大约有这些考虑：

（一）信里我预备要 fall out of love，假如真的把"爱念"杀死，那信我就可能不寄了。一时的 infatuation 何必认真呢？

（二）也许我还期待着惊人的发展。

（三）我很认真地考虑该不该拿那信给世骧去看，在那三天之中，有几个 moments，我真有冲动去找世骧，结果还是压下来了。

写那封信倒不是难事。写完了寄出去，是一个重大的决定，因为至少我对你们已经是 make a commitment。Commitment 是道德生活中的先决条件，这点我也用不着说了。

B 没有一点对不起我的地方。第一次 date，她也许还以为我是逢场作戏的，所以谈话中没有涉及 serious 的事情。第二次，我虽没有说什么 serious 的话，但是我的 intention 再明显也没有了，她就把她的恋爱生活都告诉我了。她话说得很多，我没有全听懂——因为不懂的地方，不便去盘问她；接着有几点听不懂，真相就变得很模糊。但是这两点在模糊的印象中还是 outstanding 的：（一）她并非不想结婚；（二）她有男友——他或他们在她生命中也许比我重要，但他或他们的成功希望似乎也不大（她曾说：在她的 old flames 之中，只有一个火还烧着，此人想即 Maurie 也）。

现在的情形大致还是如此，但是我对她的了解无疑渐增。她虽软语温存，十分温柔，但其实恐怕是个"冷若冰霜"的人（内心如何热烈，那我就不知道了）。你大约也猜想得到，能 attract 我的女子，大约是温柔而带些冷性的，像 Grace Kelly 那样。她假如是热情奔放，或也像我那样地有说有笑，在 wit 方面可以 match 我的——对这一类的女子，我也许反而没有兴趣了。

有一次我们在 Center 的图书馆里闲谈（也是新近的事），还有吴燕美等在一起。B 站的地位〔方〕是靠着书架，我在说话之间，不知不觉地右手伸过去，撑在书架上，差不多就放在她头的附近，人因此也靠近了（足见我的 inhibitions 并不怎么厉害），她立刻觉得，脸涨得通红（我第一次看见她脸红）。我的手也只好缩回来了。

她也有她 stern 的一方面。以前看不出来，现在我渐渐看出来了。做事很有分寸，说话主意很老。她若 build up resistance，凭我这点远不如 Clark Gable，要融解她的防御工程，那是不可能的。

我当然也有一些"资本"，这里也毋庸详述。详述了也许增加你们的乐观，而乐观可能转化为痛苦也。但有三点，不妨一提：（一）她也许以为我已经想念了她两年——这完全不是事实，因为在今年 Mother's Day 以前，我的确从来没有想念过她。但现在不得不装出我是想念了她两年的样子——这样一个 discreet 而 devoted lover，在一个聪明而多情的女孩子的心里，是应该有他的地位的。（二）我一向做人的确很好（肯吃亏、肯帮忙等），怎么好法，也很难说，但你不难想象得到，这些事在她冷眼旁观之中，有些她还对我承认的。（三）我在 Center 有极好的口碑，我不能影响她全部的朋友，但是在这一方面的朋友，我相信是全部可以拥护我的。（Jane在convent教音乐，也曾教吴燕美钢琴。）

但在strategy方面，我只好跟着她拖延下去。这点你是大不赞同的。但假如你希望我幸福，请你务必原谅。拖延无疑是痛苦的，但猛追也是痛苦的。在两种痛苦之间，我宁取较轻的痛苦——拖延。关于这一点，我已有深思熟虑，不预备更改，务必请你原谅。假如她以为忍得住？等她两年，现在忽而作风大变，几天也等不住，她对我的为人也会觉得奇怪的。

现在要说到昨天的事。昨晚是周弘家请客（我送了一只baby用car seat；周弘之妻是台大外文系毕业的，我的学生），我不是上信报道可能碰见那位Maurie吗？不知你对我的看法如何？但其实我的自卑感很小，自信是很强的。我有点相信我是天才——这种话说出去太狂，但对你说没有关系。我只要不胡作非为（做了一点小小的错事，心里就大为难过），自信很充足。我根本相信天下男子很少比得上我的，我对任何情敌都不怕。何况我在这次事件中，立足点很稳，理直气壮。假如曾有faux pas，那么我可能会心虚——不是怕情敌，而是为自己的faux pas觉得不安。

我在行前根本没有考虑如何去对付"情敌"，只是自信很充足：在任何party之中，我总是shine的，一个没有美国人的party，我就难shine，对付中国人是很吃力的。我pick up了两个passengers，一个是中国太太——胡太太，一个是Mr. Tay（郑子南）。我车子到周家，有个客人王绰（也是台大学生）出来接，问道：B呢？B不是夏先生接吗？我耸耸肩说，"不知道。"但我车子park好，B踽踽独行而来。她可能是坐bus来的。周家地方位落〔置〕在University Village——Married Graduate Students宿舍，有一家窗户里传出了flute的音乐，她走过去听了一下。我捧了一大盒car seat，做滑稽状地一起上楼。

B整晚上还是同平日一样地安详，一样地温柔，也帮主妇收拾碗盏等。她约不出来Maurie——她曾经约过，恐怕只有我一人知道——心里痛苦不痛苦呢？我也不知道。

我根本没有机会向她发生同情之感，我在party里面，总是疯狂似的witty。整晚上我同B说话很少，两人也从没有靠近坐过。这许多人里面，Mrs. Fox（Dolores没有被请）是一定知道我在追B的，我的wit of charm把她（和她音乐家的丈夫）骗得高兴异常。她也许在奇怪：Mr. Hsia为什么不在B身上用些功夫呢？她假如有些奇怪之感，我也没有看出来。

此外，吴燕美也许猜到一点点。但看我的表演，她也许会怀疑她猜得不对。

我为什么在大庭广众之中，对她这样淡漠呢？我怎么能如此成功地conceal我的爱呢？我也不知道。你也许会责备我的作风，但我良心上并不觉得不安。能把这么许多眼睛瞒住，心中还有一点得意。假如我有什么不正常（"sick"），那大约就是不正常了。

假如 Maurie 在场，我的表演大约还是那一套。可能去charm"他"，而对她淡漠。她是很机灵的，我的有些笑话，她听见了也笑。我在去party以前，看了最近一期PR里讲Brecht一文，就同她谈这个。我从来没有看过Brecht任何东西，她在纽约时看过 The Threepenny Opera[1]，我说让她谈这个。我常跟她谈学问，请不要以为我自己想show off；我常常是要造成机会，让她show off的。我没有这么愚蠢。

Party散场，吴燕美要送B回家，我那时向B说道："May I have the honor of taking you home？"她颔首，说道："I'll go with Mr. Hsia."可恨的是车子里另有三个俗人：胡太太、郑子南与王绰。我想把那

1　The Threepenny Opera（《三便士歌剧》，1928），布莱希特编剧、魏尔（Kurt Weill）配乐的音乐剧，改编自约翰·盖伊（John Gay）的民谣歌剧《乞丐歌剧》(The Beggar's Opera，1728），1928年在柏林首演，表达了一个社会主义者对于资本主义世界的批判。

三人放在后座，让B和我坐在前面。但可恨的胡太太，已经一把把B换到后座。我又想把那三个俗人都送走，最后送B回去，这样还有机会和她谈谈。但是偏偏B家又是第一个先走过。我不想在俗人面前露出痕迹，她要下去，我只好让她下去。她进门前，没有向我道谢，只是说"I'll see you！"

我到家后，跟她通了一个电话（这是我第一次无缘无故跟她通电话）。向她道歉，没有机会和她多说话。问她"I'll see you"是不是指明天（即今天——星期日），她说是指星期一。星期天她要baby sitting，拒绝见我（这就是她stern的地方）。她说临睡前还要读Spenser。我说我最近在读 *The Anatomy of Melancholy* [2]，有几句Spenser的诗，不知她能不能identify。诗如下：

The mighty Mars did oft for Venus shriek，

Privily moistening his horrid cheek

With womanish tears

我说："This is found in the chapter on 'Love-Melancholy'. So with this quotation, our nocturnal conversation ends on a proper note. Good night, again." 她也说"Good night"。电话就挂断了。

这就是我的tactics。我若猛追，她会拒绝和我date——这在目前我还觉得很可怕。假如我想草草了事，那么让她拒绝和我date，我也好借"因头"下台了（一时的痛苦总比长期的痛苦好受）。至少在目前我还不想这样做。

情形当然还很delicate。她在Maurie方面失望，我若穷追，她未必就对我发生很大的好感。她也许还会resent，就像我的情形一样。

2　*The Anatomy of Melancholy*（《忧郁的解剖》，1621），英国学者罗伯特·伯顿（Robert Burton）的名作，以医学教科书的形式出版，但其中融入了作者广博的学识、独特的文风以及深邃的思辨，使其同时也成为一部出色的文学和哲学作品。

我追 B 也许没有什么希望，可是假如别的女子（Say，Martha）来穷追我，我也会大为不悦的。情形有点不同者：即我对 Martha 毫无好感，而 B 对我多少还有一点好感。我当努力发扬扩大这点好感，冒冒失失的可能把这点好感杀死。本月二十一日那周末，世骧、Grace 约了我和 Martha 去游 Lake Tahoe，我已答应。——反正情形并不严重，Martha 反对赌，我偏去大赌。

我的态度，似乎现在带了一点"游戏"性质。但是光凭 passion，追求很难持续。我本是个 humorist，假如我能 enjoy 我的追求，追求的成功希望恐怕反而大，但我还是很 serious。

昨天晚上，胡说八道地谈了很多滑稽的话。最后通一个电话，虽然她的态度很 stern，但我的 quote Spenser，总多少表示我的深刻的一面。假如她的 mood 不好，我的忽然引用 *Anatomy of Melancholy*，至少也可让她知道，天下还有人和她同感的。（她说她有时一个人会哭。）

这个周末，Franz Michael、马逢华等要来开会，我将大忙。同时还可能发生一件顶 ironical 的事情：即 Joyce Kallgren[3] 与她丈夫可能约我出去看电影 —— 时间要看 B 有没有空替他们做 baby sitter。关于这点，我也同 B 讨论过。她说，她需要做 baby sitter 的钱，所以我就让她去了。她还欠着 Dream psychiatrist 的钱。（她的假期将在墨西哥，这是我早已知道的了。我没有问她跟谁一块去。）

五月卅日，六月一日、二日，她都是出去游山玩水的，好像与老太太们为伍，她也并不顶高兴。男友 date 她的还是有；但我想目

3　Joyce Kallgren（乔伊丝·卡尔戈林，1930–2013），美国汉学家，哈佛大学博士，曾任教于加州大学戴维斯分校，并任加州大学伯克利分校中国研究中心和东亚研究所主任，代表作有《中国农村老年人的支援策略》(*Strategies for Support of the Rural Elderly in China: A Research and Policy Agenda*)、《社会福利与中国产业工人》(*Social Welfare and China's Industrial Workers*)、《构建民族国家》(*Building a Nation-State: China after Forty Years*) 等。

前persistent的date她恐怕还没有。那Maurie狠心不跟她来往，也太可恨！

　　情形就是这样子。我顶要紧的是保持心情愉快，不要走乱步子，不要胡作非为——这本是我的真正为人方法也。再谈 专此 敬祝

　　双福

　　Joyce前均此。

济安

六月九日/63

589. 夏志清致夏济安（1963年6月10日）

济安哥：

六月初两封长信都已收到了。你和B虽没有特别新的进展，但你们日常见面，每隔一两星期有一个正式date，见面时无话不谈，可以很candid地讨论两人终身的问题，她现极enjoy你的company，你也第一次和一位少女有深交，enjoy她的友谊和关怀，情形未尚〔尝〕不好。但局面是stabilized了，要展开较passionate的"闪电战"，你说不肯做，事实上也不可能，这样友谊式的courtship继续下去，时间可以拖得很长。你对目前的安排，既很满意，我也不必多出主意，disturb你的peace of mind。但从结婚人前提着想，值得注意的是，这种arrangement是否对你最有利？你爱B，已无微不至，不情愿她为了你增加一分一毫的苦恼，自己也表现得很潇洒，并且说过"you will never break my heart"的话，虽然B很聪明，不会轻信你这句话，但你这样地reassure她，你的welfare她可以不必负责，时间久了她真的把你无私的友爱take for granted，不和你商量，自己pursue自己的destiny（可能是不智的），有一天她会告诉你，她同某人要结婚了，那时你心满藏痛苦，悔之晚矣！读你的来信，我觉得你的作风有些像十九世纪小说中"大情人"的作风：我想起了电影

《双城记》[1]中的考尔门[2]，他爱Elizabeth Allan[3]（这个脚〔角〕色可能由M. O'Sullivan演）不露声色，直到最后他代Donald Woods[4]上断头台之后，才使她深深感动，知道他爱情的伟大。Sidney Carton[5]这最后一个gesture，我想你是能深深appreciate的，而且可能模仿，假如他的对象是M. O'Sullivan而不是E. Allan的话。你自己说过你欢喜制造impression，使对方长时间地咀嚼回忆，所以普通人所贪求的自私式的快乐（"实惠"之义），你绝不贪求，但欢喜给人一个极好、极noble的印象，这种欲望可能仍旧是ego的表现。Sidney Carton自己觉得年纪大了，是个一事无成的潦倒酒鬼，所以觉得配不上Lucie。你年纪虽然也大一些（但照美国看法，as an eligible girl，B的年龄也不轻了），但从无逃避现实的习惯，精神超人的充沛，事业正在蒸蒸日上，有何愧人之处，正可正大光明，比较aggressive的追求，何必学高贵"情圣"的办法？Sidney Carton已没有什么will power，对人生已缺乏兴趣，所以他最后这个noble gesture正是向上帝交账最好的办法，把过去的潦倒自甘堕落的生活，一笔勾销。你和B谈得极融

---

1 《双城记》(*A Tale of Two Cities*，1935)，爱情片，杰克·康韦(Jack Conway)导演，罗纳德·考尔曼(Ronald Colman)、伊丽莎白·埃兰(Elizabeth Allan)主演，米高梅发行。

2 考尔门（罗纳德·考尔曼，Ronald Colman，1891–1958），英国演员，风靡于20世纪三四十年代，凭借电影《双重生活》获奥斯卡影帝。出演过多部名著改编的电影，如《双城记》、《消失的地平线》(*Lost Horizon*，1937)和《罗宫秘史》(*The Prisoner of Zenda*，1937)等。

3 Elizabeth Allan（伊丽莎白·埃兰，1910–1990），英国演员，20世纪30–60年代活跃于英美两地，作品有《双城记》、《大卫·科伯菲尔德》(*David Copperfield*，1935)和《吸血鬼的印记》(*Mark of the Vampire*，1935)等。

4 Donald Woods（唐纳德·伍兹，1906–1998），美籍加拿大裔演员，好莱坞演艺生涯近六十载，代表作有《双城记》、《风流世家》(*Anthony Adverse*，1936)和《守卫莱茵河》(*Watch on the Rhine*，1943)等。

5 Sidney Carton（西德尼·卡顿），狄更斯小说《双城记》中的男主人公，原本是一个嗜酒放纵、自怜自艾的英国贵族青年，但出于对女主人公露西·马奈特强烈而高贵的爱，最终牺牲了自己，成全了露西与法国青年达尔奈的爱情。

洽，婚后生活当然更是美满，真不必贪恋目前友爱的甜美而不做更进一步的打算。

这一星期来，你台大的同事、学生在纽约大聚会。有一次，陈秀美、丛苏在我家里，讨论电影明星，陈秀美说她最喜欢的男明星是 Marlon Brando、Clark Gable，丛苏是 James Dean[6]；Brando、Gable、Dean 都是极自私的 male，结果反而能吸引女性，而且 Brando、Dean 这样 petulant、violent、childish，似应博得女性的反感（Dean 当然 appeal to 女孩子 material instinct）。而考尔门这样"情圣"的作风，在中国虽曾感动过不少男女，现在在普通人回忆上竟不留什么痕迹，他在电影史上已成了不足轻重的人物。（最近 Olivier 的电影 *Term of Trial*[7]，我看过；Olivier 因保存一部分十九世纪小说男主角彬彬有礼的态度，先受少女崇拜，最后被她和他妻子糟蹋。）做一个 lover，当然应当潇洒，不自私，chivalrous，但即是最 chivalrous 的男人不经过一个自私求爱（仍是你所 despise 的央求乞怜）的阶段，不大能够使对方真正心服，把终身交给他（双方一见倾心，立即 avow passion，当然是特例）。Blake 把男女爱情分析（得）很透彻：一方面爱情是不自私、noble 的，另一方面爱情是最自私的。而在求爱阶段中，双方不经过一段为自私需要而挣扎奋斗的路，不容易走上比较 serene 的爱情的广坦大路。你分析得很对，你以前追求，的确有求草草了事，以求解脱痛苦的表现。现在改变作风，当然是极对的。但千万不要把魔鬼关得太紧了，不让对方知道你心胸中也有它的存在。平时一直温柔，有时让魔鬼发作一下，使对方知道你

6　James Dean（詹姆斯·迪恩，1931–1955），美国演员，以在《无因的反叛》（*Rebel Without a Cause*，1955）中的表演成为青少年理想破灭、与社会疏离的文化象征，其 24 岁遭遇车祸身亡的经历更加深了这一传奇性的形象。他主演的另外两部电影《伊甸园之东》和《巨人传》（*Giant*，1956）在其去世后两次获奥斯卡影帝提名。

7　*Term of Trial*（《流水落花春去也》，1962），剧情片，彼得·葛林威尔（Peter Glenville）导演，劳伦斯·奥利弗、西蒙·西涅莱主演，英国 Romulus Films 出品。

不仅是彬彬有礼的君子，你的animal nature同时也要claim她，这样她才会真心感动。你既然不想upset status quo，见面时尽可一贯作风，casually romantically式的求爱，但同时不妨一连串给她几封长信，叙述过去的寂寞，目前求爱的痛苦。写信尽可一无顾忌，把自己写成极passionate，tormented，abject，demanding，这样B才会对你刮目相待，把你的courtship看得更serious。上信说过，美国女子很少读到address给自己的passionate love letters，有信会使她异常地flattered and proud。见面你根本不必mention那些信（假如她不mention them），让你所exercise的双重人格的fascination在她心底留根，不由她不爱你。B的许多involvements，她自己解决不了，祇有凭你passion的利刀，才能把束缚她的麻绳斩断，让她死心塌地地爱你。So long as她认为你是她最可靠、最无私的朋友，而不是日夜在痛苦中生活，贪求她爱情的suitor，她的心总会向外跑。你的爱flatter她的ego，build up her confidence，同时也使她已被bolstered up的ego take an active interest in other man。她在失恋时，在想自杀的时间，ego是曾受伤的，那时她对找男朋友方面的事一定很灰心。现在有你爱她，使她跳出sick的圈子，但你又不compel她来爱你，她的心没有归宿，以前她喜爱人的影子，又在她眼前大晃动。即使Maurie不爱她，她会在别的parties上碰到她认为对她自己较适合的男子（因为你究竟和她不是同种，这一点注意）。你和她date最好是每星期一次，更重要的是求她把星期六晚上的时间交给你，这样才算是going steady。她和你星期一date，表示她想把prime time（用T.V.的术语）reserve给别的男朋友，虽然你目前没有serious的rival。你和她星期五、六、日date，才能减少她行动的自由，减少foster别的illusion的可能性。所以我劝你争取星期六晚上的date，暂时可以答应每两星期date一次。你可提出种种excuse：Monday date，星期二太累；星期一好馆子不开门，不能欣赏旧金山夜生活at its best；星期六有空，被朋友找去打牌，心头又想念你，实在把时间糟蹋得可惜。同时 date 不一定看电影，你应该把她带到夜总会去，喝酒跳舞，更能促进 intimacy。以上种种 advice，希望你能 implement。我想这些措置对你是有利的，而且 B 会觉得你的要求很合理，不会因你太 aggressive 而逃避。你现在很快活，我不应该老是 offer 那些较世故的 advice，但我想比较 aggressive 一点，想一些方法来束缚住她的心，对你终是有利的。

上星期四去 downtown，淘 Chagall 那本书（*Illustrations for the Bible*, Harcourt, 1956），Harcourt，Brace Trade Book Dept. 人通电话告诉我，书已绝版了，他说在 57 街某旧书店他曾见到一部，讨价二百元（原价 35 元）。我在几家新书店询问了一下，都没有结果。纽约旧书店很多，我从未淘过，不知有没有时间再去 downtown 一下。Chagall 另一本书 *Drawings for the Bible*. Text by Gaston Bacheland, Harcourt, 1960，也已绝版了，但出版期较近，可能容易买到，价钱也不会太辣。我已在 Columbia Book Store place 一个 order，请他们觅求那本书，有结果再通知。新出的 art books 很多，探听 B 口气，有什么她喜欢的，送一本给她，我想她也会很喜欢的。

附上玉瑛妹寄给你的近照一帧。

上星期看了 double feature：*La Notte*[8] 和 *Shoot the Piano Player*[9]。Truffaut[10] 导演手法很轻松新颖，我很喜欢。Antonioni[11] 电影很慢，

8　*La Notte*（《夜》，1961），爱情片，米开朗基罗·安东尼奥尼（Michelangelo Antonioni）导演，让娜·莫罗、马塞洛·马斯楚安尼主演，联美发行。

9　*Shoot the Piano Player*（*Tirez sur le pianiste*，《射杀钢琴师》，1960），犯罪爱情片，弗朗索瓦·特吕弗（François Truffaut）导演，夏尔·阿兹纳夫（Charles Aznavour）、玛丽·杜布瓦（Marie Dubois）主演，法国 Les Films de la Pléiade 出品。

10　Truffaut（François Truffaut，弗朗索瓦·特吕弗，1932–1984），法国电影导演、编剧、制片人、演员和电影批评家，其自编自导的《四百击》（*The 400 Blows*，1959）成为"法国新浪潮"（French New Wave）电影的代表。其代表作还有《射杀钢琴师》、《祖与占》（*Jules et Jim*，1962）等。

11　Antonioni（Michelangelo Antonioni，米开朗基罗·安东尼奥尼，1912–2007），电影导演、编辑，代表作是"现代性极其不满"三部曲（trilogy on modernity and its

但很能compel interest，但片子末了，没有什么深刻的启示，总不免失望，这是Italy电影的通病。*Time*讨论过的Jeanne Moreau的The Famous "Walk"我也看到了。上星期二下午，哥大毕业典礼，我高高在上，看到下面广场上成千成万的人。星期六我们和白先勇、陈秀美、杨美惠[12]、欧阳子（Beatrice Hung）[13]、Pauline鲍[14]一同坐船，巡游Manhattan，白先勇人很pleasant，看不出他小说中sensitive病夫的样子。侯健也in town，上星期见过一次，今天他和Lucian Wu[15]同来访我，一起吃中饭。侯健在哈佛一年没有读什么书，平日自己煮饭，打牌消遣，时间浪费很可惜。吴鲁芹太太决定来美，Lucian将在华府Voice of America服务。台大英文系competent的人都已出国，不知将来如何维持。不多写了，祝你

　　心境愉快，努力追求

弟 志清 上
六月十日

　　〔又及〕我朋友那首诗第二遍看看，毫无道理，请不必给B、世骧看了。Wells此人写了很多书，学界一无地位。他找我读他很不通的MSS，浪费我不少时间。

---

discontents）《奇遇》（*L'avventura*，1960）、《夜》（*La Notte*，1961）和《蚀》（*L'eclisse*，1962）。

12 杨美惠，来美后，与谢文孙（见信633，注6）结婚，现定居密苏里州圣路易市。

13 欧阳子（1939–），本名洪智惠，台湾南投县人，旅美作家，毕业于台大外文系，《现代文学》的创办者之一，代表作有《移植的樱花》、《那长头发的女孩》、《王谢堂前的燕子》等。

14 Pauline鲍，中文名鲍凤志，曾就读台大外文系，夏济安的学生。

15 Lucian Wu，即吴鲁芹。

590. 夏济安致夏志清（1963 年 6 月 12 日）

志清弟：

回家接到来信，赶紧回你一封。这个问题我以后不预备多讨论，原因并不是我生气了（生你的，或生她的气），或是我太痛苦了。假如这样拖下去，或是照你所说的是 Stabilized（或 Stalemate 了），也没有什么可以讨论的了。

越讨论 strategy 之类的问题，也越显得我人格的渺小，承你谬赞什么 noble 等，真是惭愧得无地自容。先从我的个性说起吧。考尔门那种"情圣"，过去——很久很久以前——也许想做过，至少最近十几年来从不想做情圣。拿电影明星做例子，可以做我的偶像大约有两类：

（一）Bob Hope、Jack Lemmon（乃至 Jerry Lewis）型。胡说八道，动作笨拙，也许有点真情感，但是善于"苦笑"。

（二）George Sanders、Clifton Webb 乃至 Edward G. Robinson 型。潇洒，非常 worldly。但是有其可怕的冷酷的一面。Suave but shrewd，civilized but heartless.

这些是我给自己定的 images；并不是最近想出来的，最近十几年来，我假如要把自己比作什么明星，那些大约是我的偶像。过去我也常这样说的。

这一个月以来，为恋爱之事，痛苦了好几天（其实也只不过几天）。你的一切劝告，都是想从减轻我的痛苦，而帮助获得我的幸福一点出发的。但是痛苦可能加重，或持续，或减轻甚至消失。假如情形有了变化，你的许多建议虽然正确，也失了时效了。

当我对她说"You will never break my heart"的时候，我也曾加以说明：（一）我是个humanist；（二）在我character中有种toughness。我只是没有引用Bob Hope & George Sanders那两个images而已。我相信我是相当老实的。假如我觉得丢掉她我会痛苦得不能做人，我也会老实告诉她。我做人也并非完全老实，有时也许扯谎，或言过其实。但是我相信绝大多数时候我是老实的，在刚才所说的那场合中，我根本没有想到要不老实。因为关于我丢了她我会痛苦到什么程度，那些天不断地在想。我想出来的答案，就是那句话，所以也就告诉她了。（Bob Hope & George Sanders等在电影中好像老得不着〔招〕女人爱似的。）

现在可以告诉你的是：我横分析竖分析的，把爱情已经分析走了。这也许很伤你的心。但是爱情有没有全分析走，还很难说。在台湾时谈恋爱，你也曾劝我：假如对方冷淡，你也报之以冷淡。那时没有好好实行，实是可惜。我来美后，做中国朋友的恋爱顾问，常拿你这句话做金科玉律。但他们都向冷酷的中国小姐猛追，没有一个肯听我的话的。在他们的情形，冷淡的态度的确很难采用；因为他们和对象之间，根本没有什么intimacy，男的一冷淡，事情就完蛋了。

现在要回到我的strategy方面去了。你劝我多花力气——这是我不敢做的。理由是如成功固好，不成功则弄得女的叫苦连天，我无地自容。

我自定的方案，是少花力气。这方案当然有大危险，就是一冷淡到没有为止——Kaputt。但是悄悄地完了，至少不致〔至〕于使我丢太大的面子——Now you know what I really care for！——轰轰烈烈地完了，我简直不能想象其可怕性。

我所以定这么一个方案，当然也有其积极性。根本出发点也许是我的自大狂——这是根深蒂固的，这里也毋庸分析——我认为女的喜欢我（"喜欢"与"爱"不同，这点且不论），好像是天经地义似的。我并不想做一个"情圣"。我要使 B 觉得她有丢掉我的危险，丢掉了又是多么地可惜。假如她觉得丢掉我没有什么可惜，我也许就会觉得她根本不可爱。这种事情也许就这么完了。

这就是我现在的态度，一种非常 petty、cowardly 的态度，但是希望你不要再来劝我。能够达到这样一个态度，也是几经挣扎的。

你我间主要的不同，是你还是以爱情至上，我还是以 peace of mind 至上。我有很多年佛道的训练，是你所没有的。我比你 selfish。但是看到 Dmitri[1] 那么穷追 Grushenka[2]，实在可歌可泣，这样做人（的）方法我真不能想象为何能落到我的头上来。

上信提起 Burton's *Anatomy*，那书买了好久，有时也翻翻。中有引 Ovid[3] 两句云：

---

1 Dmitri（德米特里），全名 Dmitri Fyodorovich Karamazov（德米特里·费多罗维奇·卡拉马佐夫），陀思妥耶夫斯基小说《卡拉马佐夫兄弟》中的人物，老卡拉马佐夫（Fyodor Pavlovich Karamazov）的长子，与父亲一样是声色犬马之徒，因为爱上了同一个女人格露莘卡（Grushenka）而使父子关系极度紧张，不过与两位弟弟，尤其是小弟阿辽沙（Alyosha）保持着亲密的关系。

2 Grushenka（格露莘卡），全名 Agrafena Alexandrovna Svetlova（阿格拉菲娜·亚历山大罗芙娜·斯维特洛娃），小说《卡拉马佐夫兄弟》中的人物，一个年轻美丽的荡妇，对男人充满了吸引力。费多尔（Fyodor）与德米特里父子因为追求她而矛盾激化，但她只是报以嘲弄和折磨。不过随着与阿辽沙的友谊而走上精神救赎之路。

3 Ovid（奥维德，公元前43–公元17/18年），原名普布留斯·奥维第乌斯·纳索（Publius Ovidius Naso），古罗马诗人，生活于奥古斯都时代，在拉丁语文学中被认为是与维吉尔（Virgil）和贺拉斯（Horace）齐名的权威，擅长爱情挽歌，被昆体良（Quintilian）称赞为拉丁语最后的爱情挽歌诗人，却因此在晚年遭遇流放。代表作有《爱的艺术》（*The Art of Love*）、《变形记》（*Transformations*）等。

For who is thee can hide hid his love?

The more concealed，the more it breaks to light.

　　我对于B的爱，也许根本不甚强烈。假如再强烈一点，也许就conceal不住了，我的很多努力，就要使爱不突破那一点——那些努力也很可笑的。

　　还有一点要说明的：我为什么不肯写你所劝告的那种情书？理由是，那痛苦的几天，我用理智分析来对付自己的痛苦，而并不求痛苦的发泄。那痛苦的几天过掉之后，也没有什么痛苦了。这也许不是根本的原因；根本的原因是我很后悔过去所写过的那些情书——那种荒唐话怎么随便写到纸上，落到人家手里去的？曾经发过誓：以后不是真正"两情相悦"时，决不再写什么情书了。这个决定无形中inhibit我写情书的能力。

　　我的diabolical的一面，很能欣赏你的不要去rebuild她的self-confidence的劝告。上星期六在周弘家中那一场，在她应该是相当凄凉的。我没有做任何事或说什么话去伤她的心，但也没有去捧她的场。她恐怕很爱那Maurie，而那Maurie也冷酷得不近人情。看她的过周末的方式，那Maurie也不大去陪她的。过去两年间有多少次群众性宴会，她大约都想带那Maurie出来让大家见见（就像你劝我的让她把我带出去和她朋友见面似的），而那人绝不出现一次。她所以带什么Paul等出来，大约是那种宴会，她先得于答复时说明有没有date；她说了"有date"，而临时主角不出场，只好找个龙套。我猜那Maurie是Marlon Brando型——Mid-century顶吃香的男子。人家是天生的Marlon Brando（假定我所猜是实），你叫我来硬学Marlon Brando，也未免太滑稽了。

　　但是我于崇拜George Sanders之外，仍有我Bob Hope善良的一面。我始终认为B待我很好，我决不会去伤她的心。我说要"少用力气"，只是说：她假如只有这么一点表现，我也就这么一点表现了。付出更多的力气，那 consequences 太可怕。她有充分的自由说：“以后不要见你了！”请问那时候我在 office 里要不要见她？又如何见她？

Chagall 的书请暂停。买来了，我于短时（间）内也不预备送她。送她一本书我也认为是进一步的表示。像现在这样子，用不着有什么进一步的表示也。

事情将大约就像这样子的拖到八月。她去墨西哥，我可能去 yellow-stone park，然后到纽约。这一时期的分别，我想我同她不会通讯。九月再见面，看看有没有什么进一步的发展。看样子她不想同我断绝，我当然不会和她断绝的，也许再拖下去。（Do you prefer 断 to 拖？在我都无所谓！）

她的前途没有我的有把握。她预定 1964（年）二月拿 M. A.，不想念 Ph. D. 了。得 M. A. 后想到纽约来，找个小事情。她说要来找你，那也许是说着玩的。但她说要学中文 —— 为此，我们曾举杯。

当然最理想的出路是嫁人。她也许去逼那 Maurie，不知此君如何反应也。在她和 Maurie 旧事未死之前，我不相信她对于别的男人会有什么强烈的兴趣。正如我对 B 不死心之前，亦很难移情于别的小姐也。不同处是我并无候补，而她有一个候补 —— 是我（也许还有别的）。足见她对于结婚比我着急。（女孩子建立 reserve system，不论有意无意 —— 往往不很成功。男子都想独占，如不能独占，宁可退出。即使善良如我，都想退出。所以拆穿了讲，女人还是比男人可怜。）

事实摆在面前：我只是候补。当然在她面前，我不会承认我只是候补，即使 Dorothy Lamour[4] 爱的是 Bing Crosby，Bob Hope 也还

4　Dorothy Lamour（多萝西·拉莫尔，1914–1996），美国演员、歌手，代表作是与平·克劳斯贝、鲍勃·霍普一同出演的“路系列”喜剧，包括《新加坡之路》（*Road to Singapore*，1940）、《桑给巴尔之路》（*Road to Zanzibar*，1941）、《摩洛哥之路》（*Road to Morocco*，1942）、《乌托邦之路》（*Road to Utopia*，1946）等。

有他强烈的 claim。我相思她的痛苦的话，也说过不少，此处毋〔无〕须重赘。这类话以后还会说（可能 sincerity 越来越少），反正请你相信我的口才好了。我在痛苦的时候，也许会变得暴躁（甚至不想见人），紧张的时候也会，tongue tied。在正常的状态——esp. when I feel happy——我的口才是很好的。我 trust 我的口才，甚于我的写信。

最近在考虑一件事情，预备向世骧透露一点消息。以世骧和 Grace 待我感情之深厚，长期瞒她〔他〕们真觉得对不起她〔他〕们。何况 Martha 方面逼得慢慢地紧起来了。Martha 自己倒无所谓，而 Grace 则起劲过分。21 号我说要去赌，他们还是要去 Carmel——他们怕在赌场里找不着我，失掉拉拢的意思。去 Carmel 是非常无聊的事，不要说是同一个我没有兴趣的小姐；即便我同 B 去，而有人在傍〔旁〕指导，我也将大感窘迫。无论如何，我在动身以前，要把消息透露过去。要点：（一）绝不泄漏〔露〕对象为何人——因为 B 在 center 工作之故，世骧以他的地位可以请她到他家去，这一下事情将弄得大为尴尬；而 center 很多人（现在只有 Mrs. Fox 一人知道——but she's a very understanding friend！）的表情将使我很窘。去年周弘结婚（其父为世骧之友）在世骧家新宅招待客人；B 要做 Joyce Kallgren 的 babysitter 没有去观礼，也没有去赴宴。（二）承认我是爱她的——至少目前我不会考虑别的小姐的。（三）又承认我是不努力的——不希望他们帮忙，又不希望他们催缴 progress report。

我也不希望你们催缴 progress report，很对不起。专此 敬祝
安
Carol、Joyce 前均此，玉瑛妹照片收到了。

济安
六月十二晚

〔又及〕我在暑校的课，将从 1900 讲起，现在在看清末的小说，

心得很多。很希望那课程是集中地从 1900 讲到 1919，那十九年实在还是个 neglected field，in spite of Průšek、Ben Schwartz、etc.，六个星期中要从 1900 讲到 1949（or 1960？），草草了事，反而不见精彩。

我最近同 Schurmann 说："我们这种人大约很难表现自己的情感，只会分析情感，愈分析愈稀薄，而 communication 之功用尚未做到。"过去一个月我给你的信可作为如是观。I think I have succeeded in falling out of love。Schwartz is a much better man than I am。在他性格里没有 George Sanders 的成分。

我的事情进行本来不算顺利，但糊里糊涂的也还有点 innocent calf-love 的乐趣。这种东西我本来在十几岁时就应该有的，但是从来没有过。这件事情本来决不定该不该告诉你，并不是我存心想瞒你（我又多么地想把我的快乐和忧愁告诉你），我在第一封信中，就说明，怕的一是你的关心，二是你的劝告。果然是你大为关心，而且大进劝告。因此我大感乏味。越跟你讨论 strategy，便越觉乏味。在你是一片好心，但这就是人生的 cross purposes 也。我当然想做到孔子的"不迁怒，不贰过"，但是没有你那些劝告，我的态度也许在目前还要积极一点，心境也许快乐一点。你的劝告越多，我就越退缩。我本来就已经有很多顾虑，你又代为给我添了很多顾虑。我有办法消除我自己的顾虑；消除你所设想的那些顾虑，非得照你（的）办法做不可——而那些办法，至少在目前（未成熟时），我是不愿做的。你再来劝告，我就要跟她一刀两断了。这当然不是你的初意。但人之相知，何其难也。所以我现在还决不定该不该对世骧说；（得不到 B 的爱还是小事，但是你我之间相知还如此之难，使得我大有寂寞之感。）再添了他同 Grace 的关心和劝告，我的做人将更难。也许就同他们和 Martha 敷衍下去了。

591. 夏济安致夏志清（1963年6月16日）

志清弟：

　　前日发出一信，可能使你很难过。今日再发一信，一则告诉你我很平安，再则也是安慰你，假如我曾经刺伤了（你）的感情的话。

　　现在这件事情大约就是这么平淡下去，把你的希望提得这样高，然后 let you down，这是我万分对不起你的。

　　你的种种劝告，我虽然没有接受，但是对我也有好处。因为你很 realistic，你的看法确切地告诉我此事成功之困难。对付困难有两种态度，你希望我鼓起勇气，克服困难；我自己的态度是规避困难，减少痛苦。跟你充分讨论之后，我假如没有充分克服这些困难的准备，应该及时了解事情的严重，趁早避免麻烦。你使我睁开了眼睛。当然这不是你的用意所在，但是你希望我采取更积极的态度，我反而变得更消极。这就是我上信所说的"蒸蒸日上"的 cross purposes。

　　我正在 enjoy 你信中所说的"蒸蒸日上" ——的 career。追求女人是个 full time employment，我不能花那么多精神时间上去。精神假如搞得大为昏乱，影响我的工作，这在我目前是办不到的。

　　小姐是在我们 office 工作的。假如逼得她怨声载道，这对于我的 career 也没有好处。当然逼有逼的技巧；有人也许会施以恰到好处的极大的压力，而对方只觉得 pleasurable excitement，可是并不发怨言。这种技巧是情场高手才会施用的，你不难想象，我可并不会。这种东西也无从传授，要在情场里阅历久了，自然而然地获得。好像我学车似的，开头何等紧张，现在是驾轻就熟了。现在要我来学习，也太晚了。

我也许曾经有过"如意算盘"，希望不费力气地很容易地"两情相投"。照你分析，这是不可能的。照事实看来，情形也许正是如此。

你最近写了很多信给我，很多有关理论与方法的指示，我都很佩服。不过有一点我总不大相信：就是你把"恋爱"与"幸福"连得太紧。我不能相信，因为我看不出两者之间极大的关系。"恋爱"的内容大约还是痛苦。继续追求常常是继续地找寻痛苦。假如你说这种痛苦是悟道之阶梯或人生之义务，那么我也许会相信；但假如你说那么多痛苦可以换来什么幸福，我还不大能相信。

现在我处理此事之方针，是非但不增加 date 的次数，而且要减少之，乃至于零。我对待她将还是很好，因为我对 Center 全部同事都是很好的，我对她至少还是有点 tender feelings 的。我不想 hurt 任何人的 feelings，So far 我没有 hurt 过她的。现在虽然想冷漠下去，但是，还是不想 hurt 她的 feelings 的。

朋友之间有两个不愉快的人：（一）Schurmann，（二）David Chen[1]。他们的经验都提高我的警惕。他们两人都是对待他们的 Mistress 太好，这照你说来，是要不得的。Schurmann 的事情，经过一年以来的波折，大约很难旧欢重拾了。David Chen（陈颖）你在 Indiana 见过，也是台大毕业生，现在在 Stanford 教中文。他有个美丽的女友，很多年的交情（他说曾订婚，但女的不承认），好容易把她接到美国来。女的来了已一年，今年暑假如要结婚，时机也可算

1　David Chen（David Ying Chen，陈颖，1925–2009），美籍华裔汉学家，毕业于台湾大学，印第安纳大学博士，曾任教于俄亥俄州立大学，代表作有《中国现代诗的理论与实践》等。

是成熟了。但女的很粗暴地对待他的感情（她对别人当然都是满面春风的），根本不拿他的一片爱心当作一回事。他是痛苦万分，世骧与Grace也曾花了极大的力气帮忙，他们还希望看见陈颖于今年暑假结婚呢。照我看来，他的事情已无成功可能，而女的如此虐待他，婚后大约也不会幸福。Sch.与陈颖正在继续的大痛苦，原因是他们不能自拔，不能拔慧剑斩情丝。我和B的爱情，根本没有到达严重的阶段。假如两个人继续好下去，好到一个程度忽起波折，那时我也会感到大痛苦。你在理论上是绝对不赞成所谓"慧剑斩情丝"那一套的。但假如我也遭受到像Sch.和陈颖那样的持久的、深刻的、逼人疯狂的痛苦，我相信你给我的劝告，也不过是"慧剑斩情丝"而已。

我过去的作风总是在纠缠得还不大厉害的时候（我和过去的那些所谓女友，都没有到十分intimate的程度，远比不上Sch.之于其太太，或陈颖之于其已达到订婚阶段之女友也），就把纠缠割断，这回也许曾想到过纠缠一点，但还是割断了。

你和陈颖如见面时，希望不要提起他的痛苦之事。你在费城对Sch.的安慰，使他啼笑皆非。我很不喜欢gossip，你去安慰别人反而替我博得一个gossip之名。我只想告诉你，我一面自己在谈恋爱，一面也曾在研究别人的object lessons。研究结果，并不替我自己增加许多欢乐也。

这几天忙极。星期五开车去Stanford开那Western Seminar on Modern China，那东西是Franz Michael组织来对付东部的JCCC的。开了一天会，接着是Cocktail Party、Dinner。晚上我再开回Berkeley睡觉。他们在Stanford有安排，我和世骧合睡一室。世骧劳累一天之后，很想有个酣畅的睡觉。我想还是让他一个人睡比较合适，否则他若睡得不好（结果还是没有睡好），可能怪我。

星期天又是一早开车去Stanford，下午回来，晚上在世骧家打牌。

　　星期天（今天）一早去送 Hawaii 来的朋友 Fred Hung[2] 上飞机。Hung（洪家骏）以前也在 Berkeley，是经济学家，是我的开车老师，我们交情是很好的。

　　今晚上还有和马逢华等约会，又得开车去旧金山瞎忙一阵，毫无道理。不过你可以相信：（一）我精神非常之好；（二）至少没有功夫想许多不愉快或愉快的问题也。（明天开始上课，又要忙另外一套东西了。）

　　现在的心情的确是心平气和，上一信也许有几句气愤话，非常对不起。但是关于此事，务必请你不要再进什么忠言。也不要惋惜，也不要鼓励，因为事情尚未完全断绝，我只是已做断绝的准备。我的朋友这么多，可是真心能做我 moral support 的只有你一个人。我所做的每件事情都想赢得你的 approval；过去有些事情大约你是不会赞成的，但 for charity's sake，你还是温言劝慰。这次和 B 的事，你希望太高，对我所作所为，不给我一点 approval。这使我很痛苦——其痛苦之大，实在在"相思病"之上。我相信：There is no love but indulgent love. 我做人就是这个样子，也许慢慢地还在进步，但要在短期内彻底改换作风，那是太难了。所以请你愿〔原〕谅。我并不颓唐或沮丧，我还是很乐观的。再谈　专颂

　　近安

　　Carol、Joyce 前均此。

济安
六月十六日

2　Fred Hung（洪家骏，1925–），美籍华裔经济学家，毕业于上海圣约翰大学，华盛顿大学博士，长期任教于夏威夷大学，代表作有《1920–1956 近代中国工业增长的速度及其规模》等。

592. 夏志清致夏济安（1963年6月17日）

济安哥：

六月九日、十二日两信都已看到了。十二日写的那封信上你表示很灰心，希望这仅是你读了我那封劝告之后暂时的反应，当不得真。否则，因我的瞎热心，反而使你对B的ardor减低，我将感到很guilty。B待你不错，你也很enjoy她的company，如你所说，同她在一起，你初次享受了一些calf love的乐趣。所以以后我当不再瞎出主意，瞎分析你的处境，请你自己也不要把你这一段极宝贵的爱情经验，横竖分析；live in the present，由天安排，未始不理想。本来人定不能胜天，你思想上既然有命定论的倾向，太积极，反而spoil你的style，与〔于〕你无益。我对你写情书之类，目的是逼B对你多加注意，使她早日脱离痴想Maurie的苦境。但此事是不可勉强的，你的eloquence我想早已打动了她的心弦，她暂时不愿意跟你太亲热，我想她也有她的苦衷。反正你对结婚还抱一部分恐惧的心理，而你和B的date你却极enjoy的，这样每两星期date一次也很理想，你平时定心工作，在办公室，和吃午饭时见面的机会也很多，友情当然与日俱增，最后B自己会觉得，你是世上最关爱她的人。1964（年）二月前B不会离开Berkeley，这一段时间很长，你尽有court她的机会。到那时她将早已移爱于你，当然也舍不得离开Berkeley了。

请你绝不要抱一刀两断的念头。你正式date B才一个多月，正不必亟求什么成绩。何况你几次 date 的表现都极好，至少你单独和女孩子在一起时，已不再 tongue-tied，而且态度极其潇洒，谈吐极其 eloquent。这一大半当然也归功于 B，she puts you at ease，她的温柔，她的可爱，使你也变得更温柔，我想你若同 Martha 单独在一起，是没有什么话可讲的。如你所说，B 的 situation，相当 desperate，苦闷的心境也很值得同情，你一贯作风彬彬有礼地找她玩，向她诉爱，不由她不感动。Meanwhile 你也尽可很不在乎地享受和她在一起的乐趣。

你和 B 的事，我觉得你早向世骧夫妇 hint 为是。他们很关心你的幸福，所以花了不少时间把你和 Martha 拉拢在一些〔起〕。你瞒着他们爱别人，至少 Grace 一定要大为失望，而且要生气。你不必泄漏〔露〕对象为何人，但至少告诉他们你已另有自己喜欢的小姐。

你劝我不再 offer advice，关于 B 的事我也不必多讨论了。六月十日的 date 想玩得很好。以后没有重要进展，每次 date 的情形不必详细报告。信上说的"保持愉快，不要走乱步子，不要胡作非为"是你目前最好的座右铭。

Father Serruys 暑期要来哥大教书，今天有信来，他将和我在同一 office。（蒋彝暑期去西班牙。）Prŭsek 的书评，他自己寄来了（哥大的那一本 T'oung Pao[1]，已送去 binding，我没有看到），不久前他也给我一封信，我还没有作复。他的书评是长达 47 页的专论，标题是 "Basic Problem of the History of Modern Chinese Lit. and C. T. Hsia，A History of MCF"。

文中把我骂得体无完肤。开头第一句提出他认为不可容忍的两大点：the spirit of dogmatic intolerance disregard for human dignity。其实他这样骂我才是表现 dogmatic intolerance。我的反共的大前题

1　T'oung Pao（《通报》），荷兰汉学期刊，1890 年由莱登的出版商 E. J. 布里尔（E. J. Brill）创办，是世界上最早的国际汉学期刊，第一任总编是考尔迭（Henri Cordier）和施古德（Gustav Schlegel）。

〔提〕因 regard for human dignity 出发，而他因我侮辱了左倾共党作家，说我不顾他们的 human dignity，实在文不对题。但 Průšek 所指斥的都在 interpretation 方面，facture 错误他一点也找不到，明眼的读者当都会如 Serruys 一样看出他偏激不通之处。虽然如此，我有时间的话，很想写篇文章驳他。至少指出他那种 so-called、objective、unbiased、scientific 马列文艺研究方法，以历史客观现实来决定文学内容和方向的不通处。

今天 Judy Osborn 有信来，说她已结婚而不再在 China Quarterly 社服务了。她和她的丈夫将周游世界三年（丈夫一定很有钱），明春来纽约，可以和我相见。住在纽约，不断有人来，浪费不少时间（所以真正老纽约，都有一个 summer home，避免无谓应酬）。上星期末，我匹大的女书记来纽约玩，在我家里住了两晚。我们伴她看了一场 Billy Wilder，*Irma la Douce*[2]，不甚满意。我看过舞台 musical，和 *New Yorker* critic 有同感，三等妓女不是喜剧的材料。Jack Lemmon 演英国绅士，不如 Jerry Lewis 演英国绅士滑稽。昨晚又看了 *Sundays and Cybèle*[3]，很感动；这张电影，你不应错过。

Joyce 今天放假，一年来她进步很快，已认识了不少字，自己可以看书，私立学校的教授法的确不错。你八月间来纽约，极为欢迎，很多你的朋友都在纽约一带，很想看〔见〕你。希望你心境改善，顾虑减少，好好地和 B 做朋友，即祝

近安

弟 志清

六月十七日

---

2 *Irma la Douce*（《爱玛姑娘》，1963），爱情喜剧片，比利·怀尔德导演，杰克·莱蒙、雪莉·麦克雷恩主演，联美发行。

3 *Sundays and Cybèle*（《花落莺啼春》，1962），法国剧情片，塞基·鲍格农（Serge Bourguignon）导演，哈迪·克鲁格（Hardy Krüger）、妮可·库尔赛（Nicole Courcel）主演，法国 Fidès 等出品。

（上星期*New Yorker*上载了一幅香水广告：Givenchy⁴专为
Audrey Hepburn 订制的 L'Interdit⁵。假如 B 欢喜 Audrey Hepburn，买
一瓶 L'Interdit 倒也是很 timely 的礼物。）

4　Givenchy（纪梵希），法国奢侈品牌，法国高级时装和成衣协会（Chambre Syndicale
de la Haute Couture et du Pret-a-Porter）会员，1952 年由设计师于贝尔·德·纪梵希
（Hubert de Givenchy）创立，经营高级女装、饰品、香水和化妆品等产品，现在法
国酩悦·轩尼诗-路易·威登（LVMH）旗下。1953 年开始为好莱坞设计时装，其与
奥黛丽·赫本的合作为人津津乐道。

5　L'Interdit（禁忌），于贝尔·德·纪梵希于 1957 年亲自为奥黛丽·赫本量身定做的
经典香水，包含了玫瑰、茉莉、紫罗兰等元素，并混合了草木的味道。最初几年
一直作为赫本的私家香水，因此被称为"禁忌"，20 世纪 60 年代后才对公众开放。

593. 夏济安致夏志清（1963 年 6 月 25 日）

志清：

我们四个人在此游览：

Carol、Joyce 前均此。

济安、陈颖、世骧、美真

594. 夏济安致夏志清（1963 年 6 月 25 日）

志清弟：

周末去 Lake Tahoe 玩了。同行四人，世骧夫妇与陈颖。Martha 有病未去（伤风之类），世骧问："济安，do you feel relieved？"足见我缺乏兴趣，至少世骧是很了然的。

关于我的真正兴趣所在，我又有好几次想跟世骧夫妇谈一谈。这次本来可以谈一谈，但因陈颖在场，未便启齿。大致我在 black moods 之时，很想找他们去谈。等到 mood 一好，觉得女朋友有没有都没有什么关系，也就不想谈了。我和 B 之事，向你报告了，已经是一种 commitment。若向世骧他们报告了，在 commitment 方面，又多一层束缚。我现在还只是想保持可进可退的自由，暂时不让更多的人知道的好。

Lake Tahoe 之游甚乐。没有 Martha 在场，真使我精神大感轻松。陈颖算是痛苦的一个，他成了被安慰的对象。我们在赌场里赌了——你知道我对于赌其实并无多大兴趣，去年在德国走过好几家赌场，我都没有进去。我们还带了雀牌，在旅馆里大打麻雀〔将〕。开了旅馆打麻雀〔将〕，小的时候看见大人做也许有点艳羡之感，自己成了大人后还是第一次享受到这种乐趣也。星期五星期六两天晚饭，我都吃的 steak，胃口很好。

最近很少看电影，但是 *Sundays and Cybèle* 是看过的，的确很好。

最近的得意之事是教 Summer School，假如有什么精神力量，支持我和 B 保持疏远的关系，那就是 Summer School 的那一堂课了。每次一堂课讲完，我总有点洋洋自得之感。用你的书做课本，但是上课时，我不带 notes，也不看书，侃侃而谈的 lecture。每星期五小时（每天九–十），一班学生十六人，有女学生多人，似乎都能欣赏我的才学。当然对那些女学生，我并不感得〔到〕特别（有）兴趣。但是只要有女学生能欣赏我的才学，我自能得到安慰之感。这几年没有机会教书，精神相当空虚。这事世骧一直在用心，我也不去催他。如诸事顺利，我可能在 comparative lit. 系开课。这种事情，同恋爱一样，反正都是机遇，成败我至少都该装出不在乎的样子。我若去催逼世骧让我开课（像过去李祁所做（的）那样），那才是真正的成了对不起朋友。开课可以给我精神上很大的支持力量（不论我是否需要该项支持），不单是名气上好听而已，但是我也不会向那方面去钻营的。

"安于现状"也许是没出息的做法，但是假如我抓住"不给我开课"这一点，天天向人 complain，结果别人见了我都讨厌，我则自寻烦恼，觉得 Berkeley 对我不公平。假如有什么大学给我 teaching job 的 offer，我只好跳槽而去。这是"自作孽"的做法。我的做法是努力建立名誉，不谈教书之事，让别人觉得不给我教书是对我太委屈了，那样教书的事也许会慢慢地掉到我手中。但是，即使没有教书的机会，我也得尽量地让自己的日子过得快乐。

我也许表现得欲望很淡薄，其实对于有些事情我是很在乎的，例如教书。我心中有点气愤，而且对它不原谅。这种气愤我好像从来没有向谁表示过。这个中国人叫做"城府很深"。

城府之造成，当然非一朝一夕之功。所以如此，还是为了要保护自己的关系，这次对于 B，我觉得我犯了一个错误，即把爱情透露得太早了。她也许感激，但有一个不良的后果，即你信中所指出的她可 take me for granted，反正我已逃不走，她可以去和别的男友交际。假如我只是友好地和她去纠缠，不涉及爱情的话，她也许反而会期待我的爱情的流露。我所以暂时不去热烈地追求，即是因为第一步业已走错，非得冷静一个时候，调整步伐不可。好在现在我mood 很好，暂时不和 B 来往，精神上很能支持得住。（我只要mood继续好下去，一定会继续追求的，请放心。如 mood 不好，则怕于追求时言行有乖张之处也。）

最近看阿英《晚清文学丛钞》小说戏曲研究卷 p. 306 有波兰文学博士廖抗夫所作《夜未央》叙言一文，年代为 1908（光绪卅四年）。不妨翻阅，作为再版时 footnotes 的补充。

普实克之文我没有看。世骧看后跟你完全同意：P 那种 objectivity 才是真正荒唐的主观主义也。他为 *China Quarterly* 写书评时，将给 P 氏以打击。

Father Serruys 和你同 office，想不到此公与我们兄弟都有缘。关于我们 center 的事情，希望你少跟他提起。如要提，也请提得 tactful 一点：即不要专门限定关于一个人的事问，不妨多提几个名字，免得他起疑，如能不提，那是最好。

别的再谈，专此　敬颂

近安

Carol 和 Joyce 均此。

济安

六月二十五日

595. 夏志清致夏济安（1963 年 6 月 26 日）

济安哥：

上星期寄出一信后，隔日即收到你六月十六的信。信中说我对你的所作所为，不给一点approval，使你很痛苦，读后我也很难过。其实你追B，我每封信上都给你最大的moral support：你和B几次大date，谈话行动都极得体，大方而多情，serious而不忘wit，我和Carol读了你描写date的经过，都极高兴。读信后觉得成功希望很大，所以劝你再接再励〔厉〕，不要松下气来，可惜有一肚子"忠言"，要说给你听的，反而没有多写我们appreciate你所表现的gallantly、patience、devotion、candors、wit各各优点的成功之处，以致引起误会。这是要请你千万原谅的。你看了我的信，想求功，作progress report，同时事实上没有什么特别进展可报告，所以更使你陷入苦境，甚至想把追求的事业也中途放弃了，这都是我逼你所引起的不良后果。希望你不要把我说的话记在心上，B方面仍然〔按〕你一贯（的）作风做去，暂时祇做朋友，使她对你有更深刻的了解，不管将来结婚与否，这一段友谊在你生命史上总是值得cherish的，何必求成功反而把好事弄僵？在上海我们一起读书时，你读红绿书（张歆海夫妇我见到一次，张夫人已很苍老了），我对Newman的那句"君子"之义印象最深，想不到这次竟inflict pain upon you，真是我所始想不及的。希望你愉快地做人，愉快地教书，愉快和B

做朋友。一星期没有信，想仍和她保持很亲密的友谊关系，并且在office 中，吃午饭仍日常见面。

　　哥大 Bookstore 把 Chagall 的书情形讲给我听：书有两册（一册大约是 *Drawings for the Bible*，后二三年出版），每册 $25 是 Prepublication price，出版后定价约五十元，所以现在去索求，两本书必在百元之上（买一本亦当在 50 元之上）。书店登广告后，书到后，非买不可，所以我暂且叫他们把 order cancel 了，免得麻烦。你如只要那本 Illustration，并不太贵，我仍可叫书店去登广告征求。

　　"结婚"和"幸福"的确没有什么必然关系。我自己结婚就不太如意，以前为了两个小孩，为了 Carol，花了不知多少精神。至今脑力没有复原，不如婚前那样博闻强记。以前生 Ulcer，当然也是气出来的，终〔总〕算 Ulcer 已治好，各种吃药的习惯也已戒掉，身体很好，Joyce 也上学了，家庭问题日益减少，但生活上总有不满足处。但同时我相信真正美满的婚姻，应该是极幸福的，你说我是爱情至上主义者，这句话是不错的。人生应有的 tenderness，passion，fulfillment，应当在 marriage 中得到。我劝你结婚，就是这点道理，虽然婚后生活不够理想，你工作效率可能减低，精神也不会有做 bachelor 时那样好。但如双方相爱，it's worth the risk。所以假如我是你，我不会想到朋友们追求期 or 婚后苦痛情形，来 damage 自己的 enthusiastic。每一个 courtship，每一个结婚，都是 unique 的新 adventure，没有什么前车可鉴。这样勇往直前，imprudent，reckless，可能仍是求幸福的秘诀。

　　你暑期开课了，教书一定很精采〔彩〕。你把 1900–（19）19 那一段的小说都看了，真应当写本专书。Průšek 等看书总是很慢的，你花一二月的工〔功〕夫，等于西洋汉学家一年的功夫。Franz Kuhn 总算是 veteran 翻译家了，我把《肉蒲团》中英本比较，错误百出，而且此人老眼昏花，把人名都看错了。小说中有一对姐妹叫瑞珠、瑞玉，是最普通的名字，Kuhn 译成 Tuan Chu（端珠）、端玉。有一位主角，中途"改姓来名教做遂心"，Kuhn译为他改名叫"做遂心"
（Tso Sui Hsin）。一位书僮〔童〕叫书笥（另一位叫"剑鞘"），Kuhn译
名Shu-t'ung笥（！），诸如此类的最elementary的错误不少。我德文
本还没有看到，写信国会图书馆夏道泰，他说Library of Congress
也没有德文本；不知Berkeley有没有，有的话，请寄给我，可证明
错误是Kuhn的，而非重译人Martin[1]的。我已托哥大Library代借
interlibrary loan。德文本也叫*Jou Pu Tuan*，但有六十张（？）插图，可
能太淫秽，书不得入美国，也未可知。为了《肉蒲团》，我看了Van
Gulik[2]的*Sexual Life in Ancient China*和他私印的《秘戏图考》[3]（分送欧
美图书馆五十部），Van Gulik很有Zeal，学问也不错，但书中仍有错
误。书中所include的有白行简[4]的《天地阴阳交欢大乐赋》[5]，是敦煌石

---

1 Martin（Richard Martin，理查德·马丁），美国学者，《肉蒲团》第一个英译本（*The
Prayer Mat of Flesh*，1963）的译者，从库恩的德译本转译而来。

2 Van Gulik（高罗佩，1910–1967），荷兰汉学家、东方学家、作家和外交官。因为
父亲是荷属东印度的军医，他在爪哇岛度过了童年时光，开始对东方文化产生兴
趣。1930年进入莱顿大学学习汉学，后赴乌德勒支大学东方学院深造，获博士学
位。毕业后供职外交界，先后被派驻东京、重庆、南京、新德里、贝鲁特和吉隆
坡等地，在工作之余参加各种学术团体，尝试各种艺术形式，结交了很多中日学
者，并在重庆期间与名媛水世芳成婚。除了研究性的著作《古琴》（*The Lore of the
Chinese Lute: An Essay in Ch'in Ideology*，1941）、《中国古代房内考：中国古代的
性与社会》（*Sexual Life in Ancient China: A Preliminary Survey of Chinese Sex and
Society from ca. 1500 B.C. Till 1644 A.D.*，1961）等之外，其用英语创作的系列侦探
小说《大唐狄公案》（*Judge Dee series*）在西方世界影响巨大。

3 《秘戏图考》（*Erotic Colour Prints of the Ming Period*），高罗佩著，1951年在东京出
版，是研究明代春宫画的著作，并引申讨论了汉代至明代中国的性生活问题，其
内容直接影响了十年后出版的《中国古代房内考》。

4 白行简（776–826），字知退，下邽人，白居易之弟，元和二年（807）进士，历受左
拾遗、司门员外郎、主客郎中等职，有《白郎中集》，今佚，以传奇《李娃传》
著称。

5 《天地阴阳交欢大乐赋》，白行简撰，以文学的语言叙述了性爱的起源、种类、心
理、过程于各种细节，是唐代性文学的代表之作，最早的版本发现于敦煌石窟藏
经洞，1908年被伯希和购得，现藏于法国国立图书馆。后罗振玉、刘德辉等人均

室中所发现的，倒是一篇值得一读的文章。后来小说家用诗词描写 sex，都是套用前人的 cliché，不像白行简自己制造了不少 imagery、metaphors。照 Van Gulik 讲，我们和鲁迅等前一辈人所受的 puritan 教育，都是清代才开始的，明末男女大防较松，所以淫书淫画特别多。中国仕女画中多感善病的削肩式的美女，也在清代特别盛。唐寅[6]画的仕女还是很丰满的，唐代更不必论。（附上玉瑛妹近照，有空请写封家信。家中情形很好，玉瑛妹努力读英文。）

　　我想把 Průšek 反驳一下，重读鲁迅、茅盾。昨天重读《朝华〔花〕夕拾》，极满意。《呐喊》、《彷徨》中都有劣小说，《朝华〔花〕夕拾》篇篇精彩，无怪你对"无常"之类大感兴趣。鲁迅是极 sensitive 的人，年轻时的事都记着，到后来是琐碎式的敏感，整齐〔理〕出来的材料（如《故事新编》）就不免杂乱了。《故事新编》中《理水》文化山一段讽刺很不差，《采薇》全篇可读，其他的几篇都不高明。

　　Carol、Joyce 和 Carol 母亲昨天动身，到 Virginia 海边 vacation 一周，下星期二返，我在过一星期没有家累的生活。昨天 lunch，同 Soviet Ambassador to N. N. 一起吃（East Asian Institute 请客），此人叫 Fedorenko[7]，费德林，名字是郭老[8]起的，抗战时他在中国拜郭老为

　　对文本进行过校订，1951 年高罗佩将其重新校勘，收入《秘戏图考》，是公认最为详尽的版本。

6　唐寅（1470–1524），字伯虎，江苏苏州人，明代画家、书法家、诗人。曾进京赴试，却牵扯科场舞弊，贬谪为吏，辞而不就，从此灰心仕途。诗文与祝允明、文徵明、徐祯卿并称"吴中四才子"，绘画与沈周、文徵明、仇英并称"明四家"，兼善书法，有《六如居士全集》。

7　Fedorenko（费德林，1912–2000），苏联外交家、汉学家，20 世纪 50 年代中期开始主管中国事务，中苏合作时期苏方首席专家，后出任苏联驻日大使、驻联合国大使等职，对中国文学与艺术颇有研究，主持并参与编写了十五卷本《中国文学百科全书》等。

8　郭老，即郭沫若。费德林十分崇敬郭沫若，尊其为老师，其博士论文《屈原的生平与创作》（1942）即受到郭沫若的帮助，后来他将郭沫若的《屈原》翻译成了俄文，还写成《郭沫若》（1958）一书。

师，中文讲得很流利，曾写了六七本关于中国文学的书。此人coat
pocket里的手帕是红色的。再谈了，祝

心境愉快

弟 志清

六月26日

〔信封背面〕信今晨收到，隔日再复，纽约这两天大热，昨日下
午96°(F)。

596. 夏济安致夏志清（1963 年 7 月 4 日）

志清弟：

来信收悉。你的种种关心，我是非常感激（的）。我说过几句
"重话"，害得你痛苦，我也觉得非常抱歉。现在的情形，是越来
越乏善足陈了（以后将更少报道）。但是我是心平气和，以极高的智
慧，处理这复杂的情形。一切请你放心。

情形一度是混乱的，现在可以说很简单。她老实告诉我"不爱
我"，我亦坦然（that's true）地接受这一事实。但是 we remain the best
of friends。我对于自己这种光明磊落的态度，自己也觉得很奇怪。
我自以为在很多地方我是很慷慨大度的，在恋爱上我的气量是跟一
般人一样地小，但是现在我已经变得十分 generous。所以如此，也
许有你所说的那种"情圣 complex"在作怪，也许是我现在脾气变得
非常之好，也许是我的分析能力变得特别高强，把前因后果看得清
清楚楚：事情发展非走这个路不可，我早已胸有成竹，一切都在意
料之中。她预备撤退的时候，我也预备撤退了（上信中已透露）。她
似乎想不到这个 ardent lover 会这样乖乖地听话停止追求的。

一切都要回到我给你的头一封长信，那是经过深思熟虑后写
的。那以后的信，都是在高兴或不高兴（的）时候写的，随 mood 而
定，话不一定可作准。那头一封信中，我强调"佳耦〔偶〕不在此"，
这一个半月以来，我对她的了解当然越来越多，而她对我的坦白，

也是很惊人的（一个女孩子这样地跟我谈知心话，亦是生平第一次奇遇）。她的复杂的背景（"involvements"），的确不是我这样的人将来做了她丈夫后所能对付的。详情我不必告诉你，但是假如你希望我有一个幸福的婚姻生活，B是不能给我这个的，尽管我现在还是认为她十分地可爱。这种实际的考虑，我假如置之不顾，那么我真成疯子了。

整个局势并不是全部使我不满意。我的追求会使得她"害怕"，这是使人很难了解的。我自以（为）我的追求作风是温顺之至了，但她还觉得我的男性声威逼人。我最近替她分析过：我说我的demon是ego，她的demons是id与super ego，她很首肯是言。她辛辛苦苦打字，做babysitter，最近把欠psychiatrist的钱还清了。还清之后，她又去看psychiatrist了！一星期看一次，预备看到明年二月份她拿到M. A.为止。我说："你为什么一定要去看psychiatrist呢？据我看来，你是perfectly sane。"她说："你不知道过去的我。过去没有psychiatrist可能会自杀，现在我仍旧不能handle my own affairs。"她过去曾连续看了两年半。现在又要继续看半年多。你说这是不是叫我很难去继续追求她呢？（她为了要继续赚钱，暑假也不预备take vacation了。）

B是puritan与beatnik的混合物。As a puritan beauty（Jean Simmons，or过去印第安那〔纳〕某美女），她对我有极大的吸引力。其实B并非美女，但是她的puritan的性格，亦暗暗在排斥我的追求。我跟她稔熟之后，也知道些她的beatnik的那一面，那是我觉得很难接受的。Puritan与beatnik两个极端相反的性格，在她芳心中斗争，她是只好去看psychiatrist了。

她的对我的追求的恐惧，她的"病"都增强了我的自信 —— 她不知道我是多么地diffident！—— 因此她虽希望我停止追求，而且我也答应了，但我并无失恋之感。因为我很相信她对我的好感（有一次我告诉她：志清认为陈世骧是我在西岸最大的fan，她说："我也是

你的 fan！" 就是她向我摊牌那一次），我至今认为她十分 attractive，
她的 "病" 使得她似乎更为楚楚动人。但 somehow，我们俩人不能配
合在一起。这是命也运也！我不希望听见你说些 "love cures all" 那种
platitude；事实上，我越表示爱情，她越退缩，甚至怕看见我。我若
以老大哥姿态出现，充满了同情，讨论哲学、人生、文学，加上我
的 wit 与 wisdom，我相信我对她还是有 fascination 的。在她生活中，
我可能成为她丈夫（虽然这可能非常之小）——这是你所希望的。但
是她只希望我成为一种 spiritual force；既然在这一点上，我能发挥
我最大的长处，我的精神力量（分析能力、insight、同情、博学等，
plus maybe，affection）对于她的混乱的心灵也许有点好处也说不定。
我在前两信中，已表示不预备在这件事上多花力量。我想这是我在
目前状态中，我所能保持的最合理的态度。Psychiatrist 也许能 "救"
她（我真不知道她为什么要继续去看 psychiatrist），也许是在继续骗
她辛辛苦苦赚来的钱，这一切我都不管。我相信一个人的精神与身
体的健康，是命定的。生病的时候自会病，健康的时候自会健康。
一切全看她自己的造化了。但是假如你说我能做什么事情使她恢复
健康，我实在不知道该做什么。我只是知道我能碰到一个如此可爱
的 "病" 美人，可说是 "奇遇"；她能碰到我这样一个奇怪的如此听
话的 suitor，大约也是 "奇缘" 吧。

Schurmann 太太也是不断地看 psychiatrist，她要丈夫也去看，丈
夫从来不去。你说每个婚姻都是 unique 的，这个我也相信。但是假
如太太是个 neurotic case，这已从根本上否定婚姻幸福存在的可能，
除非丈夫也有点变态，想自求折磨。Schurmann 真是个大好人，相
形之下，我实在可说是充满了 practical wisdom。这也许是因为我最
近运气不恶，头脑清楚，步履稳定。稍为糊里糊涂一点，我相信不
论 B 是多么地可爱，我的追求将成为一件大苦事；她将带给我更大
的痛苦，假如她成了我的妻子。

在十九世纪，病态的女孩子糊里糊涂地结了婚，也许糊里糊涂

的身心都变得健康起来。但是二十世纪兴了psychiatry，女子不trust她的丈夫或爱人，反而花钱去买靠不住的advice；有时连advice都得不到，只是花了钱自己去胡说八道一阵而已。在这种情形之下，做丈夫或爱人的就苦了。

最近我没有date B去看电影等，长谈都是晚上在我车子里举行的。Schurmann夫妇倒请我看过一次电影：*Cleopatra*[1]。大为满意，远胜*Ben Hur*、*Lawrence of Arabia*等一切古装spectacular。S夫妇很苦，不参加一切社交应酬，他们也不请别人，两个紧张的人常常单独见面，越来越紧张。他们同世骧夫妇的关系搞得也有点紧张：S太太对世骧的avuncular作风（在他完全是无意的，世骧良心之好，天下少有！）不大满意；Grace见了S本人有点讨厌，而S的确是缺乏tact。我成为S夫妇唯一的朋友。这里没有人知道我自己也在闹恋爱纠纷（Dolores、吴燕美等只觉得我和B之间有正常的友谊关系而已，因为她和我的表现都是很大方的），以我自己过去有几天的那种心情，处身在S夫妇之间，这情形也有点滑稽。我的力量虽很微薄，但是以我的wit & wisdom，多少还可以使S夫妇之间的空气变得和谐一点也。

明天飞Seattle，别的再谈。不论B对我说些什么，我还是十分trust她的，这是使我心平气和的原因。Carol和Joyce渡〔度〕假想必很愉快，念念，专颂

　　近安

　　　　　　　　　　　　　　　　　　　　济安
　　　　　　　　　　　　　　　　　　　　七月四日

〔又及〕《肉蒲团》已托Dick Irwin代查，详情续告。

1　*Cleopatra*（《埃及艳后》，1963），历史传记片，达里尔·F. 扎努克（Darryl F. Zanuck）等导演，伊丽莎白·泰勒（Elizabeth Taylor）、理查德·伯顿（Richard Burton）主演，二十世纪福克斯发行。

597. 夏志清致夏济安（1963 年 7 月 19 日）

济安哥：

　　最近来信两封及在 Lake Tahoe 所寄卡片早已收到。知道你一个月来教书很得意，爱情方面也没有受到极大的痛苦，甚慰。我三星期忙着写那篇答复 Průšek 的文章，初稿约七十页，现在改成 46 页，notes 三页，印出来大约和 Průšek 那篇文章长度相仿。我要做的事情很做〔多〕，本来不想多写现代文学的文章，这次又被逼写了一篇。《通报》为汉学杂志权威，我们写的东西，编辑先生不一定欢迎，现在可以在该杂志出些风头，也增加我的一些"汉学家"声望。最近那一期，专文只两篇，一篇是李方桂的一百余页的论文，一篇即 Průšek 47 页的 review article。我把 Průšek 所讨论的东西，原文都重读一遍，发现读书粗心的还是他。他着力写鲁迅，我也着力写鲁迅，把《祝福》、《故乡》等都重新讨论一遍。Průšek 有信来，很客气，赞同我把 rejoiner 发表。Průšek 有许多 remarks，都是自说自话，和我（的）书没有多大关系，无法讨论。我的结论是 Průšek 读书粗心，实为理论错误所造（成）的后果。把马列科学式的文艺理论文艺批评，加以痛斥。

　　哥大 Bookstore 有回音，说 Chagall 的 Illustrations，二十五元即可买到，我已答应嘱他们代觅。书价不贵，你和 B 仍是好朋友，送礼的机会很多，可以好好地 surprise 她（另一本 Drawings，25 元也可买到，不知你有没有兴趣，两本书价钱比预计一本书价钱还要便宜）。你和B做朋友，暂时不谈恋爱也好；友谊生根了，她将来回心转意也说不定。所以我劝你仍照以前计划，每两星期找她玩一次，也无不可；对你，对她，平日工作太紧张，这种date倒是极好relax的机会，而且你们二人应常有互相confide的机会。B偏信psychiatrist，也是怪事，但我们朋友看psychiatrist的人的确不少。在Yale时见过面的Janet Brown，你想仍记得，她也是常看psychiatrist的，而且觉得对身心有益，她自己是心理学Ph. D.，还要人家来分析，岂不怪哉。我以前常通幽默信的犹太朋友，太太也是犹太人，hobby是画画、手工之类，没有小孩，也常去看psychiatrist。我以前常有小毛小病，医生看到我讨厌，最终suggest psychiatry，我自己对自己的事情知道得最清楚，自己也有pride，此事从不考虑。普通女孩子肯把自己（的）心事说给一个stranger听，能这样相信他，总已有几分爱他。用Freud（的）术语，她想把他当作father substitute，已婚的话，当作husband substitute，所以肯这样诚心地去看他。而且两人相见，是upon professional basis，讲出去很大方，由此观之，心理分析家实为高等人所support的高等gigolo也。Psychiatrist能使女人这样相信他，享受到父兄丈夫所不能enjoy到的trust，地位实和天主教神父相仿。但神父年轻时即抱独身主义，女人不可能把他当丈夫看待，或者爱慕想念他（《十日谈》式，or恋爱至上主义式的少数case除外）。Psychiatrist自己也是俗界的人，自己也需要分析，听了这样许多真心话，自己用了些*Reader's Digest*[1]式的platitude去骗她们，其虚伪实和中国小说里的淫僧相仿。Freud的第一个case，patient Susannah York明明爱他，Freud却不准她爱他，硬说她的毛病是父亲

1　*Reader's Digest*（《读者文摘》），美国大众读物，德惠特·华莱士（DeWitt Wallace）与莉拉·华莱士（Lila Wallace）夫妇1922年在纽约创刊，将各类精选文章辑录成册，长期占据美国消费者类杂志销量榜首，直到2009年才被超越。其国际中文版1965年创刊，首任主编是林太乙。

作祟，把她对他的那些情感都分析掉。真正良心好的 psychiatrist，有多一个女 patient，就应当同她结婚，这样才是真正地爱护她；结婚后重改行业（二人的情形，当同 Alyosha[2] 和 Liza[3] 相仿）。*Tender is the Night* 中的 psychiatrist 就是有良心的一种，但他和 Jennifer Jones 结婚后，生活也不快乐。但至少他情愿牺牲自己（的）career，为爱他的 patient 服务，人格比普通的 psychiatrist 高尚。其实真对自己的 case 感兴趣，讨论 Freud 的书，文章这样多，看了都可以作借镜。普通女子仍去看 psychiatrist 者，目的是用金钱买一个较理想、较可靠的 emotional attachment 也。

Father Serruys 人很有趣可亲，和他吃了好几次午饭。他对 linguistics 真有兴趣，自得其乐，比较起来，我对中国文学的兴趣，实远不如他；讲话间，B 等都没有 mention 过，望释念。他的哥哥 Henri，我也见到过一次，人比较 ascetic，烟也不抽。上星期六，兄弟二人去 downtown Soho Theatre 看了 *Sanjuro*[4]，观众连他们仅七人，生意惨极。纽约 neighborhood Theatre 营业都不差〔行〕。不久前我去 downtown 看 *El Cid*[5]，院内也观众寥寥，但影片极 noising，尤其是上半部，下半部许多 footage 都 edit 掉了，故事差劲。相比起来，*55 Days at Peking* 实庸俗不堪。*Cleopatra* 你大加奖赏，我们已定〔订〕

2　Alyosha（阿辽沙），全名阿列克塞·费尧多罗维奇·卡拉马佐夫（Alexei Fyodorovich Karamazov），小说《卡拉马佐夫兄弟》中的主要人物，老卡拉马佐夫的幼子，在小说中被宣称为英雄人物，为人正直、善良和敏感，受到大家的喜爱。

3　Liza（莉扎），全名莉扎·霍赫拉科娃（Liza Khokhlakov），小说《卡拉马佐夫兄弟》中的人物，霍赫拉科娃夫人美丽而乖戾的女儿，她爱上了阿辽沙并且与他订婚，但是却又拒绝与阿辽沙成婚，随着情节的发展她越来越走向歇斯底里和自残倾向，甚至故意用门挤断手指。

4　*Sanjuro*（《椿三十郎》，1962），动作剧情片，黑泽明导演，三船敏郎、仲代达矢、加山雄三主演，东宝株式会社（Toho Company）出品。

5　*El Cid*（《万世英雄》，1961），安东尼·曼（Anthony Mann）导演，查尔登·海斯顿（Charlton Heston）、索菲亚·罗兰（Sophia Loren）、雷夫·瓦朗（Raf Vallone）主演，萨穆埃尔·布隆斯顿制片厂（Samuel Bronston Productions）出品。

了票，下星期一去拥获〔护〕一下Zanuck。Carol已买了*Never Too Late*[6]的票（八月十九日），想那时你已在纽约了。M. O'Sullivan中年风度想仍是值得一看的。

美国黑人大为猖狂，好在我不大留心News，多看了一定把人气死。十九世纪，美国白人把有英雄气质的印第安人都杀光，二十世纪潮流换了方向，黑人得势，而且他们繁殖得这样快，总有一天，黑人会变成majority，那时现在逃往suburb的白人，不知再逃到哪里去。美国这样一个可爱的国家，将来一定葬送在黑人手里，正如罗马帝国被日耳曼民族所打倒一样。

去Seattle后，想早已回来。Carol、Joyce去Virginia一星期，真是纽约最热的一星期，这几天，天气又很炎热，同去年情形不同。世骧方面，有空当给他一封信。明天伴Joyce去看*The Nutty Professor*[7]，Jerry Lewis真人登台。不多写了。关于Freud那一段，你可把我的意见向B说一说。希望仍常date，保持友谊关系，即祝

暑安

弟 志清 上
七月十九日

6　*Never Too Late*（《永远不算迟》，1963），喜剧片，巴德·约金（Bud Yorkin）导演，保罗·福特（Paul Ford）、康妮·史蒂文斯（Connie Stevens）、莫林·奥沙利文（Maureen O'Sullivan）主演，华纳发行。

7　*The Nutty Professor*（《疯狂教授》，1963），杰瑞·刘易斯（Jerry Lewis）导演，杰瑞·刘易斯、斯黛拉·斯蒂文斯（Stella Stevens）主演，派拉蒙影业发行。

598. 夏济安致夏志清（1963 年 7 月 21 日）

志清弟：

好久没有接到来信，甚念。近来没有什么事情可以报告，因此我的信也较稀，请原谅。但今日 mood 之好，为最近所未有，可说十分高兴。最近也许为了"饱暖思淫欲"之故也，mood 受女子影响不小，昨晚（19）的经验至少完成了一件事：新来一个女孩子的 image 把 B 原先所占有的地位，可说完全占领了去。B 方面好事难偕，可说是 from the very beginning 就很明显的。但是我知道，除非另外出现一个女子，我和 B 的关系不免有点尴尬。我已经 declare love，她已明白拒绝，在这种状况之下，要我恢复过去那种大方潇洒的态度，是很难的。虽然我的表现总算是尽可能地完善了。

不妨再谈谈 B。她并不很美（我没有她的相片，也不想有她的相片），我是"独具只眼"，别人恐怕很难注意她。但是她有一种 shy, with drawn charm，有一个 astute mind，而且有相当的 profundity。我和她在一起总觉得有说不完的话（她始终承认我们是 kindred spirits），她和我疏远之后，我有时候也觉得（有）有话无人倾听的苦闷（当然，暑期上课给我在这方面不小的发泄）。我相信我和她之间本是保持一种"精神的友谊"。这种友谊假如能保持下去，我会觉得很快乐的。

事情的转捩点是一天晚上我开车送她回去，在车里又谈了好久的话。她笑靥迎人。我很voluble，好像说了这么一句："Even if I may not win your love…"她插进来说："But you will win it."我先则愕然，继以惊喜。话谈完了，我想起了你的劝告，那时我已写信拒绝你的劝告（一大半当然也是instinctively的），便问她："May I kiss you good night?"她忽然大叫："No, of course not!"我弄得下不了台，便说："B, I am sorry."她已走出车子，说道："Your apologies are accepted"，便逃回她的家。

这个尴尬场面大约引起她的不安，远大于引起我的不安。她为什么如此不安，当然和她的neurosis有关系。她好像觉得：kiss的下一步就是睡觉，这是使她大为alarmed的。相形之下，我实在是as innocent as virgin snow。但是此后我从来没有向她解释，她把我当作一个aggressive male animal，我又何必向她辩护：我对她的爱其实cannot be more Platonic？她后来见到我时，很叹息男女之间asexual的友谊建立的不易。我发觉她对我已失去了信心，辩护也是白说的。只有拿时间——长时间的"正派作风"——来赎回我已失去的东西了。

她后来又继续跟我谈了些她的background，这种事情这里用不着重复。你可以想象得到：她是sexually very excitable（sign of neurosis？），因此自己也克制得很严。她怕kiss以后的热情奔放，失去自己的控制（顶要紧的当然是我不是她所愿意"委身"的人）。她既然希望我停止追求（大约怕我忽然又来要求一个kiss！），我为尊敬她的peace of mind，也就照办。所谓停止追求，就是不去单独date她，除非是很多人的party，她才愿意去。在这个尴尬场面发生之前，我已经写信告诉你，我预备逐步退却，除非她有更热烈的表示。所以对她的奇怪的要求，我是多少有所准备的。所以我并不很伤心，所关心者，是如何重新建立我在她心中的"人格"，以及如何重新获得她对我的信任。我知道，我越是去找她辩解，她将越感觉惊惶；只有对她保持冷淡，经过相当长的一段时间后，她对我的好感也许会再克服她对我的恐惧与疑忌。但这样使得我的做人很为难。这件事情实际上已完全结束了。

我们间的关系忽然转为冷淡，上面所讲的那一件事是个大原因。她的生活背景，远较我的复杂。她继续去看 psychiatrist 这一件事，就可以使你相信，要追求而获得这样一个小姐的爱，是件多么不易的事。何况还有 Maurie 等纠纷呢？

在这几个月间，我和 Franz Schurmann 的友谊也大为增加。我现在认为 Sch. 是天下第一好人，他对他太太的爱实在很伟大（他自己说是 ennobling experience，世骧和我对这一点完全同意），相形之下，我们都太世故，心胸格局太小。Sch. 夫妇间的关系，我在信中也无法详写，总之他太太是经常去看 psychiatrist 的。她一星期去看两次，每次看后回家，都对 Sch. 特别虐待。Sch. 的学问智力，不在你我之下，但他对他太太看 psy. 之后态度必定变坏有点不能了解。他说：psy. 大约同一般医生相仿，假如不能把病治好，就想办法把病尽量发出来 —— 好像疹子要发出来，或使恶疮化脓似的 —— 但 neurosis 尽量发泄，首当其冲倒霉的是女的（的）丈夫。

六月底一期 *New Yorker*，有篇 Mary McCarthy 的短篇小说：*Polly Andrews, Class of '33*，你不妨看看。别的好处不说（里面所描写的生活，我过去对之完全隔膜），里面女主角的“情人”就是去看 psychiatrist 的，该女对他 psychiatric treatment 的反应，很像 Sch. 对他太太去治心理病的反应。男女之间本来应有其自然的了解，但 psychiatrist 反而成了两人之间了解的障碍。（那篇小说我已借给 B 去看过。）

Sch. 之事拖了已有一年。其间 Sch. 在精神虽然达到一个更高的境界，但他为人之苦，你也可以想象而知。他的榜样不断地使我警惕：假如 B return my love，也许我将陷入个很苦的境地。你也许会批评我这种想法不对，但是我手边有这么好一个现成榜样，不由我不往这方面去想，尤其是往这方面去想，使我可以得到一些安慰。

B的病和Sch.太太的病可能大不相同：但是可以断定者，她们之间有这几点是相同的：（一）desperately追求happiness，而不知happiness如何获得；（二）对于自己的mood（包括恐惧忧虑等）不能控制；（三）心理〔里〕藏着一个疙瘩，即使是她们最亲近的人也说不出来是什么东西——她们的psychiatrist也未必说得出来，但是她们老觉着有这么一个东西，只有不断地去找他，希望有一天他能把那东西提出来。

在爱情方面我的人格远不如Sch.伟大，请你原谅。我所关心者，只是如何重新建立我的image而已，而Sch.只是想尽一切办法使太太快乐的。当然，我和B之间本来没有什么关系，我贸贸然地去效学Sch.的自我牺牲精神，将只会显得滑稽。

B也许仍旧希望我能对她显得殷勤一点，但我慢慢发觉，这在我是做不到的。我要是和一个女朋友断绝，断绝起来那是干干净净的。最近有一个机会可以使我向她献殷勤，但我让它过去了。复兴平剧班又来旧金山演唱，演十天以上，连白天的戏在内，总得演十几场。票不过二元一张，我若请五六个人（center的同事）一起去看，对我的花费不大，B也许会欢迎这种社交场合。京戏她从未看过，看后也会很欣赏的。我考虑了好久，结果把这件事根本都没有告诉她。看京戏的中国朋友太多，我若请B，虽然是成群而去，我还是怕中国朋友们gossip。假如B愿意向我表示好感，其实我也不怕gossip。但情形既然已经坏到了这样地步，给人gossip，便犯不着了。再则，我去请她，她也许会搭架子，我也许需要“挜求苦闹”一番，她才肯去。假如整个的事情有希望，这种“挜求苦闹”也许还有点乐趣。但是事情既无希望，再去请她，而她若表示紧张，我就不知道我那样做是什么意思了。

十九号复兴在Berkeley演出《白蛇》，我（预订）买了四张票，原来想请B、Dolores和其夫。考虑了好几天，结果没有向B提起此事；把四张票统统送Dolores，由她在校长办公室找两个朋友一起去看。在我算是答谢她上次给我弄 Trilling 演讲票的功劳。Dolores 一定会和 B 提起此事。我猜不出 B 将是如何反应。她也许会 resent，也许觉得我真守"信用"，不去 date 她了。

十九号那天的戏，我没有去看，因为同样的节目 20 号在旧金山也演，那是领事馆请客（其实我要带一个女友去也可以的）的义务戏。

但是十九号那天晚上我真快乐，忽然认识了一个 Forbidden City 夜总会的 chorus girl。我不会去追 chorus girl，不会去想和她结婚，也不会 fall in love。但 B 之忽然退缩，使得我在生命中忽然又〔有〕了一种空虚之感，这种空虚之感，因为我非常之忙，平常也不觉得。我不想在 B 那边再多花精神，但是偶然觉得有找女朋友的需要。找女朋友也不容易——中国女学生我差不多全部 rule out：一则怕 gossip，再则中国女学生（台湾香港来的）大多学问不够，不善辞令，跟她们没有什么好谈的。（华侨小姐则我不大了解。）

美国女子合适的其实也不多。我暑期班上有个女学生叫做 Katherine Twyeffort（Wales 人），长得有点像 Jackie Kennedy[1]，对我的讲学大有兴趣，下课后还跟我讨论不绝。她说她有个妹妹，在金山 Chinatown 做 Social Work 的 summer job。她说她回家后总把我所讲的统统转告给妹妹，妹妹总嫌听到的太少，很想见见我，问我可不可以一起吃 tea？我说当然可以。那天约了五点钟吃 tea。我见到她们后，问道："Tea 当然可以，但是喝酒如何？啤酒抑烈酒？"她们姊妹俩说啤酒，我就带她们去学校附近的"Larry Blake"（不是靠海的 Larry Blake Anchor）餐馆，地下的 Bear Cellar，她们都是从东部来加州度假的，姊姊（即 Katherine）在波士顿学画，妹妹（Susan）是哥大 Social Work 系的 graduate student（秋后可能要来选你的课），对 Berkeley 不大熟悉，我带她们去喝啤酒，她们很高兴，谈了一两个

1　Jackie Kennedy，即 Jacqueline Kennedy Onassis（杰奎因·肯尼迪·奥纳西斯，1929–1994），美国第 35 任总统约翰·肯尼迪的妻子，以其高贵的气质、优雅的举止，成为美国人心目中"永远的第一夫人"。

钟头，时间是晚饭的时间了。我问她们要不要就在这里吃晚饭了？姐姐说："我们是无所谓，但你要不要打电话回家通知你的 wife？"我说我没有 wife。晚饭吃到九点钟始散；她们说要各付各的账（啤酒是我请的），我就让她们付自己的帐〔账〕了。

那次的谈话，我虽然应付得很好，但并不觉得有逗人的情趣。T 氏姊妹（和这里的中国历史教授 Bingham[2] 是亲戚，Philadelphia 人）是美国正派家庭出身，都有中等以上的姿色，姐姐像总统夫人那样的方脸，仪态很好，妹妹比较瘦，眼睛很亮。但是她们十分 serious（有些美国教授太太就是这种类型），十分想知道关于中国的一切。讲起话来头头是道——其实恐怕也隐藏着一种 tension。我瞎讲关于中国的皮毛（如 ⊙ 字变成"日"字等），觉得很无聊。我和 B 是很少谈到中国的（她的一切 observations & anecdotes，也引起我很大的兴趣）——我的 favorite subjects 是杜翁、Freud、Existentialism 等。T 氏姊妹也许代表的是 solid 美国中等阶级，这个我觉得 dull。她们住得大约离我 Etna St. 寓所不到一个 Block，我也没有去问她们（的）地址。

再说到十九号晚上。这几天我的酒肉朋友萧俊（光华毕业，上海跳舞场"老白相"）因种种不如意，请"脱衣舞后"Coby Yee 吃饭解闷。Coby 有个老处女姐姐 Anne（手里有些钱）好像对我很有兴趣。Coby 问萧俊，夏君对其姐印象如何，萧说据他知道，夏君是绝无兴趣的。Coby 倒很通人情，说道〔到〕既然如此，不要带她姐姐出来了——她知道我也要去的。她另外给我安排了一个 date。那天吃饭者六人：萧，我，Coby，Coby 的女儿（约十岁），日本美女 Cisco（已有丈夫，丈夫是个英俊小生 Jimmy Jay，原在 Forbidden City 唱歌，现在 Ginza West 唱歌），和菲律宾美女 Anna。我们于六点钟去 F. C.

---

2 Bingham（Woodbridge Bingham，宾板桥，1901–1986），美国汉学家、历史学家，加州大学伯克利分校历史学博士并留校任教，创立了东亚研究所，代表作有《唐朝的建立：隋亡唐兴初探》（*The Founding of the T'ang Dynasty: The Fall of Sui and Rise of T'ang: A Preliminary Survey*）等。

把她们接到日本饭馆Nikko。

我对于那位菲律宾美女Anna大感兴趣。那天晚上把B所引起的种种郁闷的情绪一扫而空。我们一起吃饭，回Forbidden City，看她们表演歌舞，看完后，我再请她去Bar喝酒，虽然没有问她电话号码，但同样的party我在最近（一星期后）要举行一次（已约好下星期五，即26号）。我很喜欢有这样一个女朋友。

Anna很有点雅气。我一向对于菲律宾和泰国女子有好感——我喜欢黑黑的细致紧密的皮肤，苗条的身材（同样黑皮肤的人——夏威夷人和西班牙人——我就不喜欢，因为她们较"粗"），日本美女太白，我倒并不觉得动人，当然我也看得出日本美女之美。（Anna此外的发型打扮等，是学BB的。）

我已经有两个月没去F. C.。想不到Coby又整顿了一次"阵容"，把原有美女统统歇光，只剩了一个Cisco（她是身长玉立的）。新添的是日本人Chieko（肉感型），和琉球人Tomoko，Tomoko水汪汪的眼睛，红馥馥的脸庞，可算是东方小家碧玉型的绝色美人。萧的审美观念大约是传统东方式的，硬要把Tomoko介绍给我（他的作风是程靖宇式的），但不知我和Tomoko见面时，心里已有Anna了。

另外新添的就是Anna，她只登了一个星期的台。她还不大会跳，第一晚登台，她说差一点踏错一步（她在做魔术师的助手），跌下台去。十九号那天最后一个节目，她没有登场。我在Bar里问她为什么，她说还没有学会。那节目是歌舞队gipsy里的"Medley"adapt而成——gipsy我没有看过，看过了大约也不会记得。Cisco是教她跳舞的"师傅"。

同Yuki的"老吃老做"相比，Anna可说是"天真可掬"的。她两年前在F. C.登过台，大约只有很短的时间，后来去Los Angeles做secretary两年，最近又回来了。她父母都是菲律宾人，父亲在San Diego，原来有个很长的奇怪菲律宾姓，入美国籍时，改姓为Rubio，所以她现在全名是Anna Rubio。她从来没有出过国（我问她去过日本没有？），也没有去过纽约！Nevada呢？她说短短一两天。我说："To entertain or to be entertained？" 她说："To be entertained."对这一位见闻如此狭仄〔窄〕的show girl，我不由得另眼相看。

但使我惊讶的，是她另一方面的sophistication。老萧的英文讲得相当拙劣（比程靖宇略好），在餐馆中不知说错了一句什么话（我没有在听），Anna笑道："这是Freudian slip。"我肃然起敬。同时，Freud这名字也使我谈虎色变。我就问她关于psychiatry的事。她自己承认没有什么trouble，但曾经有过一个roommate是去找psychiatrist的。老萧后来又大骂犹太人（他最近不愉快的原因），Anna答得也很妙，还用个字Achtung。她是很善谈吐的，相形之下，Coby好像木偶（China doll），Cisco也不过是风度优美而已。（日本人——包括美丽的日女——都不大会讲英文。）

我没有问她在哪里念书等等——何必去暴露人家的弱点呢？但Anna的智力无疑不低，为人也和蔼可亲。只要我不去盲目追求，自陷苦境，像她这样一个hetaera（？）至少可以带给中年哲学家不少的安慰。

我和你对于人生也许在两点上态度不同：一、我比你多自我分析，少采取行动；二、我分析的结果，总把事情推到天命上去。

你和父母以及很多朋友一样，十分关心我的婚姻问题。但有些事情，自己实在做不得主。像B之事，并非没有可能成为"好事"——一个26岁的打字员，碰到一个老成可靠而在很多方面她又相当佩服的男同事，男的又向她表示爱，这样糊里糊涂地结合的例子，天下一定很多。但我追求一两个月下来，连date的机会都失去了。你的反应不知如何？我的反应只是觉得天意之莫测。

我对B的fall in love是今年五月十二日开始的，就是Mother's Day的中午date，此后就害了相思病。在此前，我其实并不想她；去年我在纽约与欧洲飘荡时，B的名字与影子从来没有在我脑子里出现过，为何fall in love，又是件莫测之事。

再从全局面看，我近来精神充沛，不知疲倦为何物，手头也比较宽裕——这种条件假如搬到二十年前去，则今日的济安必非现在那样了。

现在在完全偶然的场合，认识了 Anna——这当然是极肤浅的认识，但照我近来的心境与作风，我现在的确是在想女人了。过去很多年，我常常是不想女人的。因此在这一点上，你可以放心，我的生活实在往丰富的方向走，不论成败如何。这当然与自己的物质环境（"饱暖思淫欲"）以及心理条件（对自己的 confidence 等）都有关系的。（过去在北平和台北交女友时，手头都很窘，作风也笨拙。）

B 之事尚未全了，我又去出外交女友——这种作风过去也不能想象的。那位菲律宾姑娘我不大想她，但想起来心里就觉得很轻松。但有一段时间我对于 B 则是仅有相思之苦而已。希望能够永远以轻松的态度对付 Anna。

Forbidden City 我不能常去，常去，露出追求的"形状"，就会受女人虐待——这是天下男人难逃之关。但是有一点很奇怪，即关于 Anna，我一点也不怕 gossip，我去请她们吃饭，我已告诉世骧与 Grace，当然没有讲起详细情形。假如她愿意，我肯到东到西带她跑——假如金山有什么特别的 stage show 等，我敢带她出去，并在 intermission 时带她和熟人见面，假如碰见熟人的话。对于 B，我则瞒得铁桶似的。这点心理现象是很奇怪的。原因也许是我对于 B 有结婚的企图，而我是从小怕人说：济安想结婚的。

我是否会单独 date Anna，如何 date，现在还不知道。但你可以放心，我的心情很轻松。跟她来往，我不需要杜翁来减轻我的痛苦。也许和 B 短短的来往，使得我对于女子，有更大方自然的 approach 了。

当然，我在这里（的）情形你不能完全知道，所以最好请你不要来"劝告"。我大致走的路的方向，和你所希望的相差不远，你就该满意了。例如，我在自以为时机成熟时，也会向 B 讨一个 kiss 的。

至于事情的发展假如出于常理之外，你我都无法预测的。

我记得我刚到 Berkeley 做事时，你提起波斯国王去游玩China-town 的夜总会，觉得大为满意；你希望我也不妨在这方面寻寻快乐。想不到，现在我也会请那些 girls 去吃饭了。我何尝做什么努力，无非天意莫测而已。

关于 Anna，还有两件事情可记：一是在 Nikko 的 Fortune telling cookie。我拿到的一张是：To know and do are keys to the door of success；她拿到的一张是：Two proposals soon to come. The darker one loves you best. 我把两张都收藏起来了。对她说：I want to crack a joke about this, but I'd better suppress it.（我想说的是：I wish my rival was a Norwegian.）

还有一件是在"吧"上发生的（我喝酒并不凶，看 F. C. 的 show 的时候我 order 的是 tea！）。端酒来的女郎叫做 Sunday，她称呼我为"Darling"。我问 Anna："How did Sunday call me？"她口齿很清楚地说"Darling"。我说："Isn't it serious？"她说："One should not take certain things too seriously."我说："Thanks for advice. I was about to take her seriously."——总之，Anna 可以引起另外一种俏皮；和 B 所引起的我的 witticism & wisdom 是不同的。

想不到又写了一封这样长的信，虽然内容很空虚，和你所期待的我早日成家的目标，相差还是很远。但是你可以知道：我生命力很旺盛，头脑也保持清醒，不为色所迷，不鲁莽灭裂，只想快快乐乐地做个人，而且想做好人。

八月间因 24 号在 Berkeley 有个婚礼，是朋友的女儿，我不能早早来纽约，很抱歉。大致 25 号同世骧夫妇一起飞来。希望你在 King's Crown 替我定〔订〕个房间，以 Air conditioned 的为好。

八月初将去 Seattle。他们还是要我去工作，这次去一两个礼拜，他们也表欢迎。假如时间敷〔富〕余，也许开车去了。胡世桢带了两个小孩子也在 Seattle（参加一个 summer program），他也希望我去。

八月间将是旅行与紧张的工作（在 Seattle）。女朋友的事暂且搁下。八月这个 vacation 对我还是很需要的。

别的再谈，专此 敬颂

近安

Carol 与 Joyce 前均此。

济安

七月廿一日

599. 夏济安致夏志清（1963 年 7 月 23 日）

志清弟：

　　长信发出后，收到来信。知道你于短期内完成一篇洋洋大文答复P氏，不胜佩服之至。P氏的东西，我一篇没有读过，但看样子，他在辩论时的sophistication很不够。他存心要替共党说话，缺点暴露将更多。《通报》一文，他寄了一份给我，我已转送给世骧。我没有读该文，因为我不想受闲气，而且我要读的东西也很多（每天早晨要lecture），没有时间读那种不重要的东西了。世骧在写"书评"（给MacF.氏写的），我希望你去信给世骧，把你驳论的要点告诉他。P氏在加大演讲与私人谈话，还不敢明目张胆地亲共。此人似乎心里矛盾很多，我觉得他还是很可怜的。他的作品我没有看过，看过后我对他印象当然会修改。

　　最近看了一本好书，Mu Fu-Sheng: *The Wilting of the Hundred Flowers* [1]。Birch和一位美国朋友都热烈推荐，看后我觉得真是写得好。有几个passages我希望我能写到他的地步。Mu不知何许人，他

1　书名为 *The Wilting of the Hundred Flowers: Free Thought in China Today*（《百花凋残：当今中国的自由思想》），伦敦Heinemann出版社1962年出版，作者Mu Fu-sheng中文名不详。纽约Praeger出版社1963年推出的平装本，书名改为 *The Wilting of the Hundred Flowers: The Chinese Intelligentsia under Mao*（《百花凋残：毛统治下的中国知识界》）。

对文学界的情形不熟，兴趣在所谓Intellectuals；但对这个题目，他还是有些独到的看法的。（该书已有Praeger[2]纸面本。）

我那封长信也许显得我很excited，自己想想觉得很好笑。事实上，我同过去一样地sober。我的作风根深蒂固，小变动容或可能，大变动是不可能的，所以一切请你放心。

Chagall的书两本都买得到，我想都买下来吧。书暂存纽约，我到N. Y.时拿，钱到时再付，请先垫，谢谢。反正价钱不如以前想象中那么贵。这个礼物我相信还是可以送，B待我实在不好算坏，可以说是一个知己也。

上信说在King's Crown定〔订〕房间，是给我一个人定〔订〕。世骧夫妇是否需要，我没有问过他们，不能代为做主。反正现在时间尚早，房间慢慢地定〔订〕都可以。

纽约的show其实我并无十分兴趣，Maureen O'Sullivan虽为旧日"梦中情人"，但已不堪回首，看不看都无所谓。到纽约后，跟你们随便看几场电影，我就满足了。那些有名的musical comedy，也常到金山来（road show），我看报时素来不去留意。以后如有机会，也许去请Anna看，帮她训练成一个出色的歌舞人才也。如何请法，且看以后机缘。下个月将暂时摆脱此间的"尘缘"，换个环境，我相信对我是非常有益的。别的再谈，专此 即颂

近安

Carol和Joyce前均此。

济安
七月二十三日

---

2 Praeger，即 Praeger Publishers（普雷格出版社），美国出版社，位于美国康涅狄格州韦斯特波特市，主要出版专业学术类书籍，后并入格林伍德出版集团（Greenwood Publishing Group）。

600. 夏志清致夏济安（1963 年 7 月 31 日）

济安哥：

　　七月廿一日长信收到后，又看到廿三日的短信。你近来精力充沛，工作效率好，而艳遇也特别多，很为你高兴。你自己承认想女人，这是好现象，你能多和Anna来往，可增进自己的confidence，将来更可交到很多紫禁城内or学院内的可爱的女子，自己的情形不必和George Sanders相比，简直可以和 *Dr. No* 中的Sean Connery[1]相伯仲了。记得去夏在Frankfort，你对夜总会的女招待态度还相当diffident，一年来进步真多。那次和Anna在一起开的party情形想极满意。B拒吻那段事的确有些怪，普通美国女子对接吻并不看得怎样重，何况你和她已有深交，她还作大为shocked的表示，可能心理上有些不正常。如你所说，她是Puritan和Beatnik的混合物，而潜意识中，还是Puritan占优势。据我看，你仍和她好好地做朋友，你们互相confide，也是人生上少有的乐趣。你的条件比她优越，再隔一年半载，Maurie方面没有反应，她着慌了，回心转意，觉得世上

1　Sean Connery（肖恩·康纳利，1930–），英国著名影星、制片人，曾获得一次奥斯卡奖、两次英国电影和电视艺术学院奖和三次金球奖，作为詹姆斯·邦德的扮演者，其在1962–1983年间共出演了7部邦德电影，取得巨大成功。1999年获肯尼迪中心荣誉奖（Kennedy Center Honors），2000年封爵。其他代表作还有《艳贼》（*Marnie*，1964）、《玫瑰之名》（*The Name of the Rose*，1986）等。

你是唯一爱她的人，自己会向你做表示的。同时你不妨找别的女孩子，享受做美国式bachelor的privilege，一改以前在台北、北京经济窘迫而十分repressed的生活。

你想已在Seattle。*T'oung Pao*的编辑Hulsewé[2]现在Seattle。你可以和他见到，他已答应登载我那篇rejoinder。我还得请人打字，因为只有一分〔份〕底稿，而Co-editor Demiéville也得看一份也。我不久前把陈寿的《三国志》重要的chapter都看了，最有兴趣的是裴松之[3]的注，引了很多别的史料；《三国演义》完全根据"志""注"，我以前想不到它怎样忠于事实。我觉得罗贯中的《三国》跟"平话"、"讲史"没有多大关系，简直是同司马光一样地写历史。弘治本的序上明说"前代"尝以野史作为平话，令瞽者演说，期间言辞都谬又失之于野，七君子多厌之。另东原罗贯中，此平阳陈寿传，考诸国史……文不甚深，言不甚俗，事纪其实，亦庶几乎史。所以罗贯中的编演义是讨厌评话translation荒谬不通后的反动，本身倾向是反"俗文学"的。"演义"中虽也套用了"桃园结义"、"三气周瑜"的传说，但这并不是它一定借用了拙劣不堪如《全相三国志平话》那类东西。《全相平话》哥大没有此书，Berkeley or U. S. Washington如有，很想一看，请寄给我。日内想把我对《三国》的看法和欣赏写下来。《肉蒲团》德文本有下文否？

我脑后，between Skin & Skull，生了个cyst(or fatty tumor)，已两三年于此，上星期进医院把它remove掉(是同一个quarter大小，一团扁圆的fat)，同时背心上也有一个小小的lump，已两三月于此，一同割掉，经过情形良好，望勿念。这些东西，都不是cancer，可

---

2 Hulsewé（何四维，1910–1993），荷兰汉学家，研究领域主要是中国法律史，尤其是汉代的法律制度。其时与法国汉学家戴密微（Paul Demiéville）共同主持《通报》的编辑工作。

3 裴松之（372–451），字世期，河东闻喜人，南朝宋史学家，奉宋文帝之命校注《三国志》，征引丰富，远超原文，使得"裴注"成为阅读《三国志》公认的定本。

能都是以前服用tranquilizer的恶劣反应也说不定。在Potsdam最后一年，左手小指生了一个wart，Potsdam医生本事平凡，一直没有断根，到Pittsburgh后才除掉，以后续生了二三个也remove了。据说warts是caused by 一种virus，不知何时我system中得了这种virus，受累不浅。我身体很好，只希望以后身上不再生什么东西。除维他命外，我已不服什么药，最好有毅力把香烟也戒掉。

　　*Cleopatra*已看过，上半部很满意，下半部我觉得不能引人入胜。Antony[4]的个性被写得一无伟大之处，Cleopatra也一无wit，二人爱情一直在苦闷中，看不到一点gaiety，这些都是Mankievicz[5]编剧的错误。*Polly Andrew*，经你介绍后才读，很满意，Mary McCarthy对Polly的父亲和那位Trotskyist深表同情，她自己也是liberal、leftist intellectual出身（可能也是Vassar class of '33），能有这点wisdom，已不容易。进医院的前后我想看*The Moviegoer*[6]消遣，结果不太感兴趣，没有看完。医院同房住着一位 *N. Y. Times*的排字工人，年已六十出头。看上去已有七十岁的样子。南部人，三十年来日间睡觉，晚上工作，一生没有结婚。年轻时得support母亲，母亲死后，

4　Antony（Mark Antony，马克·安东尼，83 B.C.–30 B.C.），罗马政治家、军事家，罗马由寡头政治走向专制帝国时期的重要人物。在高卢战役和内战中均出任恺撒的副将，在恺撒死后与雷必达（Marcus Aemilius Lepidus）、屋大维（Octavian）达成"后三头同盟"（Second Triumvirate）。其势力范围包括罗马的东部省以及"埃及艳后"克里奥帕特拉七世（Cleopatra VII Philopator）治下的埃及，二人的爱情故事充满传奇色彩，成为各类艺术表现的对象。三头联盟破裂后，在克提乌姆海战（Battle of Actium）中惨败于屋大维，随即被处死。

5　Mankievicz（Joseph L. Mankiewicz，约瑟夫·L·曼凯维奇，1909–1993），美国导演、编剧和制片人，凭借《三妻艳史》（*A Letter to Three Wives*，1949）和《彗星美人》（*All About Eve*，1950）两次包揽奥斯卡最佳导演和最佳编剧的奖项。

6　*The Moviegoer*（《影迷》，1961），美国作家沃克·珀西（Walker Percy）的小说处女作，美国Vintage出版社出版，小说深受存在主义哲学影响，获得美国国家图书奖、《时代周刊》百佳英语小说（1923–2005）等殊荣，奠定了珀西重要南方文学作家的地位。

他已四十岁，美国西部也没有去过，生活呆极，情形很可怜。

下学年，玉瑛已有job，在上海科技协会的外语班教英文。她是学俄文的专门人材〔才〕，改教英文，看来中苏关系一定很恶劣。十多年来没有注重英文，教英文的人才一定很缺乏。中共两面不讨好，没有外援，情形实在很惨。

《红楼梦》一文已在 *Criterion* 上发表，杂志还没有看到，offprint 先到了，寄你一份。你八月里来纽约很好，King's Crown 房间用不到〔着〕先定〔订〕，世骧处我当给他一封信，不多写了，即祝

　　暑安

　　　　　　　　　　　　　　　　　　弟　志清　上

　　　　　　　　　　　　　　　　　　七月 31 日

Chagall 的 Drawing 当代为 order，书尚无消息。

601. 夏济安致夏志清（1963年8月5日）

志清弟：

　　盼望来信甚久，今日接到从西雅图转来之信，大喜。知道你曾进医院，接受小的手术，不免稍添忧虑，刻下想必痊愈，为念。

　　我在此间应酬大忙，去Seattle之日期一再拖延，已决定七号飞。本定今日（五号）飞，但世骧与Grace一定要替我祝寿，打打小牌，只好改六号；但六号是皇宫餐馆的老板请客，饭后看戏，盛意难却，所以又改到了七号。

　　最近应酬之忙，与复兴平剧团在金山演出大有关系。我看的场数没有世骧多，但是已经够多的了。Grace虽然在天津长大，但她说生平看戏从来未有这两个礼拜以来那么地勤的。

　　这个戏班的台柱王复蓉，确是了不起的人才。下台后并不美，可是在台上美极了，演技纯熟，嗓子之圆、脆与亮在坤伶之中可说绝无仅有，绝不在童芷苓之下。世骧曾看过雪艳琴[1]（当年坤旦之王），据说也不过如此也。嗓子还不如王。

　　顶满意的戏当然是《红娘》，那晚我请了Birch夫妇去看。Birch

---

[1] 雪艳琴（1906–1986），原名黄咏霓，山东济南人，回族京剧女演员，工青衣花旦，号称"四大坤伶"之冠，又与侯喜瑞、马连良合称"梨园回族三杰"，还曾与谭富英拍摄了我国第一部整出戏剧电影《四郎探母》。

念《西厢记》很熟，但他想不到《西厢记》会变成 farce 的。

这次复兴戏班来此演出，在我生命史上引起小的变化：即我的 public image 改变了。我在这里不交女友是出名的，世骧老说济安把这事忘了，但最近居然带了女友出入剧院，给很多中国朋友看见，我也毫无窘迫之感。有了这样一个名誉上的新的基础，以后 date 女友胆子就大，不必怕人家说闲话了。

世骧他们曾请 Martha 和我去看《十三妹》（能人寺），Grace 还怕我不愿意去。殊不知我在无女友的状态下，若有 Martha 这样一个人来缠上（Martha 是大大的好人，绝不会纠缠的），相当危险。但当时 Anna 正把我放在轻松的 mood 之中，我对世骧的邀请，以很正常的态度处之。演戏之前，有一幕"跳加官"，说的是些吉利话，当该"官"展示出"敬祝侨胞健康"时，我忽然大拍其掌，并对世骧与 Grace 说："这里有一位侨胞"（指的是 Martha）。当时鼓掌在我是 spontaneous 的，鼓过了也忘了，但后来世骧与 Grace 对别人说起，觉得济安的态度大为正常，与前不同，很觉奇怪。他们还以为济安对 Martha 好感大增，不知这不过表示我不怕交女友而已。

再有一次是我请 Twyeffort 姊妹与她们的 roommate Virginia（Jennie?）Sellers（学音乐的）。看戏之前，我把她们带到陈家喝酒，Grace 很高兴地领她们参观他们的新房子。那姊妹俩对于中国事情的好奇心太大，我觉得有些烦，但世骧诲人不倦的精神比我大，他也许认为她们非常满意。酒后，我请三女与世骧 Grace 在皇宫吃饭并看戏。很不巧的，戏是《花田错》。最后一幕是"一男娶三女"（！）。我觉得有些窘，美国小姐们对之大约是无所谓的。戏毕后，Grace 带她们去后台参观。

还有一次是我请一位很漂亮的上海小姐 S 韩（长得很"细气"）。S 是大陆逃出来的，来了 Berkeley 大约有半年。我本来认识其父，半年内我从来不想去 date 她。那天忽然碰到，我随便说起看戏的事，她说没有车子，去金山太不方便。我当然自告奋勇地请她了，但为免纠缠起见，把她的父亲一起请了（我本来叫他韩老伯的）。我三人在"福禄寿"（北方馆子）吃饭，戏是"五花洞"，很满意。S知道那几天Lisa Lu（卢燕——与James Stewart合演Mountain Road的）也在看戏，她想认识这位明星，我就托世骧介绍（我也认识Lisa的）。Lisa对她说："我说谁家的小姐这样漂亮，一进门我就看见了。"S虽很attractive，对男人也很哆（她顶喜欢学苏州话来讽刺我），但我对这种人还有点怕，绝不会去多找她的。这次的date很愉快，以后什么时候再date，我也不知道。

　　我去Forbidden City的事情，没有瞒世骧与Grace。他们（尤其是Grace）对于济安的忽然变得大为活泼，似乎有点不大懂。但F. C.是好久没有去了——哪有这么多精神与时间呢！等Seattle回来，也许再去一次。（Anna已把gypsy里那一段学会。）

　　这样瞎交际一阵，使我对B建立一个新的关系（有一段时间我见了B有点尴尬之感），我现在对于B也很自然，很大方，好像根本忘了我曾经追过她。她仍然是个很可爱的女孩子，我应该去不断地献殷勤。我不大有self-consciousness，更没有bitterness之感——这事说来容易，似乎是很难的。在人多的地方，我也不怕和她亲近。看戏的事也跟她说了（当然我没有date她），她所miss的《白蛇》定十二号重演（那时我将在西雅图），我买了两张（！）票送她。她说："还有一张票我只好去找Nash Smith[2]——英文系教授，她的导师——去看了"，她这种地方是很可爱的。另外买两张（同排）送给吴燕美与其夫。有什么地方不懂，吴燕美可以向她解释也。

2　Nash Smith（纳什·史密斯，1906–1986），美国学者，马克·吐温研究专家，马克·吐温手稿的保管人。哈佛大学博士，先后任教于明尼苏达大学、得克萨斯大学、南卫理公会大学和加州大学伯克利分校，他的处女作《作为符号与神话的"美国西部"》(The American West as Symbol and Myth，1950)一直到80年代都是"美国研究"最标准的范例。

最近她考论文 flunk。那一段东西（Barrault[3] 论莎翁历史剧）的确极难，我也翻不出来。九、十月间她要重考法文，原定十月间的 oral，改到明年二月。原定明年二月得 M. A.，将延长到明年暑假。这一年时间内，我看不会有什么事情发生 —— 虽然你的来信显得很乐观。我最近只是享受人生，对未来的事不大考虑。

去西雅图后和世桢住在同一宿舍，希望安下心来，好好工作。我在 Berkeley 的关系已搞得相当复杂，需要离开一个时候，把脑筋冷静一下。

因为忙着看京戏，电影已好久未看。别的到 Seattle 后再谈，盼多保重。专此 敬颂

近安

济安

八月五日

Carol 与 Joyce 前均此。

《红楼梦》一文已收到，当再细细拜读。《全相三国志平话》华大如有，当借来寄上。《肉蒲团》一书，U. C. 图书馆似无。去 Seattle 后拟向 Wilhelm 私人借来。此间 Eberhart[4] 教授也可能有，但他在 Indiana 教暑期，找不着他。

3　Barrault（Jean-Louis Barrault，让 - 路易·巴劳尔特，1910–1994），法国演员、导演、默剧艺术家，曾师从默剧大师查尔斯·杜林（Charles Dullin），一生出演近 50 部影片，包括《天堂的孩子》（*Les enfants du paradis*）、《科德利尔的遗嘱》（*Le Testament du Docteur Cordelier*）等。

4　Eberhart（Edward Conze，爱德华·孔哲，1904–1979），德国学者，佛教研究专家，师从德国佛学家华雷泽（Max Walleser），将一生都献给了佛学事业，翻译了大乘佛教的经典《般若经》（*Prajnaparamita*），代表作有《佛教：本质与发展》（*Buddhism: Its Essence and Development*，1951）等。

602. 夏济安致夏志清（1963 年 8 月 9 日）

志清弟：

　　行前从白克莱〔伯克利〕发出的信想已经收到。我于七日来此，与胡世桢住同一宿舍。我对于西雅图的人地都无陌生之感，生活无须调整，一住下来就惯。西雅图是小城，虽略有应酬，但生活比在白克莱清静得多。每晚可以在十一点钟睡觉，最近在白克莱因为看戏之故，每晚总在半夜以后睡觉，这种习惯非改不可。在西雅图因无车，走路机会大增，这种运动对我也是很需要的。

　　昨日（八日）问 Wilhelm 借来珍本德文《肉蒲团》，已交航空挂号寄出。这类淫画〔书〕我是生平第一次看到，看后觉得也平凡得很，并无什么刺激性。大约血气方刚的青年看后恐怕危险性很大。（看完后，请直接寄还给 W。）

　　Wilhelm 已看过你的答 Průšek 文，对之大为佩服，认为 very excellent，他只是觉得你对 P 太忠厚一点。今天我去拜访 Hulsewé，把文稿拿来，看了也大为佩服。你是占着个"理"字，辩论句法之老辣，我相信 P 氏是决做不到的。全文心平气和，实为 Polemics 之上上作。我很怕和人笔战，原因之一是我受鲁迅影响太深，一笔战恐怕就要犯鲁迅的尖酸刻薄强辞〔词〕夺理的毛病。在台湾时，颇有笔战的机会，但我对人家的挑战，一概置之不理。你的文章还要〔有〕一点大好处：即维持你的 subject 的尊严。很明显的你是个 passionate lover of literature，别的问题（即使是罪恶滔天的共产党吧）都是次要的。这个立场，就一个academician说来，是很好的。Birch本来有点担忧，他说近代中国文学通常为系里所瞧不起，假如你和P的论战，强调了近代中国文学的政治性，那末〔么〕各大学的中文系对于近代中国文学一科，更将怀有戒心。现在你保持你的学者立场，让P氏像傻子似的为共匪张目吧！

胡世桢拖了两个小孩子，其负担实甚重。他的度周末的方法是出去游山玩水，明天我们也许去St. Juan Islands，后天去Mt. Baker，这些都是Seattle附近的名胜，我以前所没有去过的。经过白克莱的最近的热闹的夜生活，我也很想去接近一下大自然。

在西雅图倒真享受到一点恬静之乐。十分心平气和，什么女人都不想，短短十天，恐怕做不出什么事来，但是身心双方都感到很大的舒适，那就是渡〔度〕假的收获了。

原定十八日飞还。现世桢定十七日驾车南下，我预备搭他的车，约十九日可返白克莱。如来信希望能在十七日以前看到。别的再谈，专颂

近安

济安

八月九日

Carol与Joyce均此候安。

603. 夏志清致夏济安（1963 年 8 月 12 日）

济安哥：

　　读八月五日来信，知道你先后带 Martha、Twyeffort 姊妹和 S 韩去看复兴剧团演出的戏，public image 大改而自己并不在乎，大是好事。以后 date 女朋友当然更没有怕给人看见或给人批评的毛病了。S 韩对你似不乏兴趣，趁她来美时间不久，人头不熟，也可多 date 她。约 date 以打电话为妙，在电话用苏白上海话和她 flirt，可看出她对你兴趣的深度。自己不在乎，有时她托辞不肯出去，也没有什么关系。这样和各色各样的女子 date，多训练训练，真的可以变成情场老手了。同时你愈 popular，女孩子打听到后，你的身价愈高自己也更可 relax，要享受女孩子的 company。

　　今天收到到 Seattle 后所写的信，知道你和 Wilhelm 对我那篇东西，都很欣赏，放心不少。这篇文章我给 de Bary 看过，他处在 administer 地位，当然不希望有什么和对方决裂的笔战，所以我下笔特别当心，可捧 Průšek 的地方仍旧捧他，态度上仍把 Průšek 当作长辈。Note 2 中述及 Průšek 来美经过，我觉得是不需要的，de Bary 出这个主意，也勉强加了这一段。Title 原定 "J. Průšek on Mod. Chin. Lit."，比较简明，现在换了题目，也表示不和他正面冲突。鲁迅一段中，我说明鲁迅写《呐喊》中的心境和分析《祝福》的内容和主题，对一般读者也有些用处。《故乡》文中鲁迅的笔误，似乎以前也没有人提到过。Průšek研究中国文学作品，一方面注重intention，一方面机械地说明technique，表面上似比中共批评家高明一些，其实自己毫无主张，还是跟中共走。Hulsewé还没有回信来，不知他对我那篇rejoinder抱何态度，他和Průšek是好朋友，但他同Wilhelm一定也是好友，可能对他的意见也会尊重。原稿寄法国汉学大师Demiéville，他即是〔使〕如Birch所谓看不起近代文学的人，他的反应一时也不可知道。我正式走入汉学界仅两年，但已和Dubs争辩了一次，这次和Průšek闹得更凶。上次我读《水浒》paper，中国学界中不服气的也一定不少。反之，李田意这样怕得罪人，不写文章，结果也给人暗中取笑。以后还是我行我素，不管人家的意见，虽然也不想得罪什么人。

　　德文本《肉蒲团》已收到，请向Wilhelm道谢。德国印刷比美国考究得多，可惜英文本的错误大半是根据德文本转译而来的。有一处，Kuhn译"词"（诗词的词）为essay。又一处译"词"为zierprosa（decorative prose），似皆不妥，可问问Wilhelm德文中有没有把"词"怎样译注的规矩。Wilhelm书上铅笔附注Hightower在 *Orients Extremis* 八卷，二期（Oct.61），pp. 252–7的一篇德文本书评，亟思一看，可惜哥大图书馆才开始order该journal，back issues尚未到，你返Berkeley后可把该文影印后寄给我，为感。*JAS* reviews篇幅有限制，不能多发挥自己的意见。其实我把将出版的 *Fanny Hill*[1]看一看，再看一些Marquis de Sade[2]，一定可以写一篇关于中国

1　*Fanny Hill*（《芬妮·希尔回忆录》），英国作家约翰·克莱兰德（John Cleland）的情色小说，1748年在伦敦出版，被认为是第一本英语情色小说。尽管克莱兰德的文才使得这部小说几乎没有使用任何猥亵字眼来表现性爱场面，但仍受到指控和查禁，几乎成为"色情"的代名词。

2　Marquis de Sade（萨德侯爵，1740–1814），法国贵族、政治家、哲学家和作家，极端自由主义者，主张不受任何道德、宗教和法律的约束，最著名的是其色情文学写作，这些作品混合了哲学论述和色情描写，以充斥着暴力、犯罪和亵渎的性幻想描写对抗天主教会教条。性虐癖（sadism）和性虐者（sadist）两个单词均源于他的名字。

pornography 极有意思的文章。Rejoinder 另一份已寄世骧处，希望他看后也和你有同感。（附上 *N. Y. Times* 上载的一篇东西，可给 Richard Irwin、E. Huff 作参考，哥大 Library 以前由外行 Howard Linton 主持，书报极不全。现在由唐德刚主持，大有朝气，Linton 已 demote 为 Western Languages Cataloguer。）

这星期丁乃通夫妇来纽约开 semantics 国际大会，招待他们，很忙。丁乃通要研究《狸猫换太子》的故事，要查《戏考》之类，我觉得《狸猫换太子》是海派连台戏，一定没有材料可找，不料《新戏考》上竟有李桂春[3]的《狸猫》一、二、三、四本的唱词。另外一种《戏考》上竟找到《狸猫》一、二、三、四本全部剧词，真出我意料之外。哥大这一类东西很多，我也没有时间去注意。本星期六我们将同丁氏夫妇开车去 New Haven 访陈文星。据陈文星云，李田意九月初即将结婚，女朋友是陈婉莘[4]介绍的。李田意头发眉毛都已花白，身体虽胖而已，显出衰派须生的样子，他私事从来不谈，最近两三年来苦追情形，我不大清楚。但他比你苍老得多，尚且如此努力，你在婚事方面，似当更加注意些。

王复蓉演貂蝉我看不出她特别好的地方，据你们说，她现在是坤角中的翘楚，希望她能重来纽约，演些《红娘》、《龙仁寺》等拿手杰作。我觉得杜近芳唱工很好，王复蓉年龄太轻，似不可能胜过她。你今年生日，我们又没有什么举动，但据我研究，你今年阴历生日是在阳历八月28日，正好你又来 N. Y.，我们可以再庆祝一番。*Never too Late* 的票子你已赶不上，预备请丁乃通夫妇看。

---

3 李桂春（1885–1962），艺名小达子，河北霸县人，京剧演员，工老生、武生，青年时以唱河北梆子为主，23岁方转攻京剧，在《狸猫换太子》中的"南派包公"形象是其最经典的表演之一。

4 陈婉莘（Chen Ellen Marie, 1933–2017），上海人，姓张，陈文星夫人，此处从夫姓，1955年毕业于台湾大学，1966年获福德汉姆大学博士学位，曾任教于纽约圣约翰大学，代表作有《中国道教中自然的概念》等。

我现在在conduct一个seminar，共八堂，de Bary、王际真先教，学生都是纽约市、州的外文系的教授，有的人著作也不少。他们听了de Bary、王际真后，对我（这个）较有文学修养的人当然更为满意。我已向de Bary建议，1964–1965年我开两门中国诗和drama的seminars。自己虽然学问还不够，颇思把中国古今文学一手任教，以求自己长进。在Seattle，研究和郊游想都有成绩。胡世桢、马逢华前代致候。Carol、Joyce都好，即颂

　旅安

　　　　　　　　　　　　　　　　　　弟 志清 上

　　　　　　　　　　　　　　　　　　八月十二日

Father Surreys已飞Berkeley，你可以见到他。

604. 夏济安致夏志清（1963 年 8 月 21 日）

志清弟：

上星期六（八月十七日）坐世桢的车南下（他的车 1959 Ford 是 hand shift，无 automatic transmission，我不会开），路上走了三天。走的是 101 公路，沿太平洋岸而下，Oregon Coast 可能是全美国最美丽的地区。有极好（宽广细滑）的沙滩，很多像 Monterey 那样的屹立在海中的怪石，岸上的地形变化甚多，但大致是清秀的山，河流之多，在美国别处亦是很少见的。

和世桢在西雅图共了十天宿舍。他在 L. A. 有六万元的一座大洋房，请我去住，但我一直没去过。在西雅图我们一起谈了很多话，主要是他在谈，我很少发表意见。世桢比我大两岁，丧妻之后，心境似甚颓唐。我无 cheer 他 up 的本事，听他发挥他的各种理论与牢骚，大致亦减轻他心理上的负担。他和我之间的距离很大：

（一）他认为人生已将结束：今后的工作是"拖""大"孩子，然后等 retire。我虽不敢说人生四十开始，但总觉得未来还有很多 surprises，并且还有很多 climbing 要做。

（二）他对于社交毫无兴趣，把朋友分成等级：老朋友与新朋友，老朋友中我算顶老，新朋友他则让他们 remain "新朋友"，不再求深交。我则到处交朋友的。（他在 UCLA 从不去 faculty club 吃饭。）

（三）他虽来美十余年，和美国生活似乎始终格格不入，大骂许多美国习惯。我非但"适应性"比他大，而且不断地在求适应的。

他"拖"两个孩子，的确是很吃力的事。两个孩子当然是满口美国英文，他们的中国话智〔知〕识只限于世桢说的那种话：特别的苏州话带有湖州 accent 的。世桢那种中国话我是会模仿的，别人的中国话那两个孩子恐怕大多听不懂了。

世桢很多习惯还和过去相像：自以为高明的各种计算（我很能 appreciate 他的计算），服装不修边幅，食量很大（恐怕比我大 —— 这是很难得的），但不讲究餐馆的外表等等。我所向往的 high living，对他是毫无吸引力的。我事实上也是个"癞塌〔邋遢〕"的人，但有时也想过过比较不同的生活。世桢则定型之后，就不想变动了。他能背很多全出的京戏（虽然唱得不好），记忆力实远在我之上。我是个戏迷，许多戏在唱片上听了至少几十遍（乃至几百遍），甚至用心去记，还不能背全。如《霸王别姬》南梆子："看大王在帐中和衣而卧"底下叫我来背就不甚准确了。世桢根本不看京戏（除了在极少的时候），对戏词如此之熟，令我吃惊。他在苏州中学时就会背那几出 ——《空城计》、《捉放曹》、《二进宫》……还有近二三十年很少有人唱的《战荥阳》（《火焚纪信》)、《天水关》（《收姜维》)、枪毙阎瑞生等。他能背的中国旧诗词亦比我多。我的背诵功夫一向是不大好的。他一面开车，一面唱戏，他如唱戏，我还能跟得上，背旧诗词，我就跟不大上了。

这次去 Seattle 的收获：我那本书（on "左翼"）他们催着我出版，今后一学年工作将很紧张。离开了湾区后，静思近几个月的生活，觉得还是太注重 pleasure，忽略了 duty。当然 p 与 d 之间亦得有适当的调剂，我这一辈子根本不会拼命用功的，但是今后非得用功不可。交女朋友的事，听其自然。忽然想交女朋友了，你可相信我的办法比过去多；如心中不想交女朋友，亦不必特别在那方面动脑筋也。此次去 Seattle 可以说使我把自己的生活重新整理一下，我不预备"逃避"，但此后你将很少听见我的"浪漫史"，除非天意另有安排。经过清醒的考虑，我又回到我的"无女友"的生活了。这种事情，你劝我亦没有用，我只是听其自然而已。

我已定〔订〕廿五日（星期天）American Airlines Flight No.14班机来纽约，约下午五时（？）到Idlewild，同行者为世骧夫妇与陈颖，他们三位将住N. Y. U.，为开会也；我对开会并无兴趣，请你还是替我定〔订〕King's Crown吧。我定九月一日飞归金山，二日恐怕太挤，还是一号好。世骧恐怕还要去波士顿等各地游览，我先回来。他一时还不上课，但我在九月初vacation即已结束了也。

一年不见，又将重聚，快何如之。从过去几个月的信看来，你还是扎扎实实地工作，我似乎心情变化很大，但也不过"似乎"而已。我还是同你所认识的我一样。

别的面谈，Carol和Joyce面前先问好，专此 敬颂

阖家快乐

济安

八月廿一日

在纽约请不要计划盛大招待。一则我们来的人多，招待破费太大，二则我在金山玩得够了，在纽约只想悄悄地在图书馆看书。

605. 夏济安致夏志清（1963 年 9 月 4 日）

志清弟：

回来已有两天，在华盛顿住了两夜，第一夜即住在吴鲁芹家，第二夜住旅馆。第一夜本应返旅馆，但他们家在 Arlington，离华府甚远，交通不便，就住在他们那里了。九月二日晨飞返，一路平安，祈释念。（华府也不很热。）

这次长途旅行，相当辛苦，但是能够和你与 Carol、Joyce 重叙，会到好多位老朋友和学生，心里是很高兴的。在新月、顺利、上海村几处地方吃到的菜肴，都十分可口，而且是在海外不容易吃到的，应庆口腹〔福〕不小。这次我们这么多的人来纽约，害得你一个星期没有好好做事，又破费很多钱，心中颇为不安。一切都谢谢。

回来以后，正在专心研究拳匪，预备下星期把书评写完。写完拳匪，接着就要改写 *Power of Darkness* ——堆积着的事情真有不少。*Power of Darkness* 之后，预备在十月、十一月两月写完《蒋光慈》一文。然后再要准备明年的功课。看样子没有多少时间可以玩的了。我做事情，不能稳定步伐，安〔按〕步〔部〕就班地有计划地做。但是松懈一阵之后，自己总知道发愤用功的。用功一阵之后，大约又会松懈一阵。

过去几个月的热闹的社交生活，将渐归平淡。在 Saks 34th 买的礼物，在最短期内，大约不会送去。跟 B 的事大约止此而已。我们又谈了不少话。她说在22岁的时候住在125街，常去吃"天津楼"的北方饭——那时她还没吃过广东饭。我说："我总当你是Village出身的。"她说："城北也有Beatniks的。"

做历史研究最能使我聚精会神，这几天看拳匪看得津津有味。今天Iowa的诗人叶维廉[1]来金山，我将请他去看*Sanjuro*。别的再谈，专此 敬颂

近安

济安

九月四日

Carol与Joyce前均问好。李又宁破费招待，请再谢谢。

---

1 叶维廉（1937–），诗人、学者，生于广东珠海，普林斯顿大学博士，主要研究领域是东西比较文学，代表作有《东西比较文学模子的运用》、《比较诗学》等。

606. 夏志清致夏济安（1963 年 9 月 11 日）

济安哥：

　　看到九月四日的信，知道你已安返白克莱，甚慰。这次你同世骧他们来，是难得的机会，大家玩得很痛快。新月、顺利几家的菜肴，普通而已，而上海村那天的蟹壳黄、小笼馒头，味道特别坏，颇为憾事。你们走后，Průšek 尚在，Peter Lee[1]（Korean）这星期从夏威夷飞来，晚上我们同 Průšek、Lee 在新月吃晚饭，碰到 David Chen，也是巧事。他从华府回来，suitcase 给 Bus 公司弄丢了，现在追寻中。旅行省钱，结果还是不上算。这星期六还得吃李田意的喜酒。上星期到白先勇家去了一趟，吃他跟丛苏、郑清茂[2] 合做的饭。王文兴[3] 来了，他们也把他带来相见。他们写的小说，erotic 成分很浓，但他们在一起玩，完全中国以前大学生态度，男女之间，

1　Peter Lee（李鹤洙，1929–? ），生于韩国汉城，美国明尼苏达州圣保罗市圣汤姆斯大学毕业，耶鲁大学硕士，德国 Ludwig-Maximilian 大学博士，历任哥伦比亚大学、夏威夷大学教授。加州大学洛杉矶分校比较文学荣退教授，著有韩国诗学、文学、文学史等重要著作。

2　郑清茂（1933– ），台湾嘉义县人，学者、翻译家。普林斯顿大学博士，先后任教于台湾大学、美国加州大学、美国麻省大学、台湾国立东华大学等，著有《宋诗概说》、《元明诗概说》等著作，并翻译了《奥之细道》、《平家物语》等。

3　王文兴（1939– ），福建福州人，台湾作家，毕业于台大外文系，《现代文学》的主要创办者和编辑之一，后任教于台大外文系，代表作有《家变》、《背海的人》等。

毫无不规〔轨〕行动，可见生活习惯较思想更难改变。你来 N. Y.，能见到这许多高足，也是快事。你能训练出这许多文学青年和作家，实在也可算对国家建了一大功劳。

上星期把《肉蒲团》写好缴出，review 写得长，较容易，把它紧缩，似反较吃力，而且我许多批评 Kuhn 的地方，可能出版时已被削掉，也说不定。AOS reviews 篇幅没有规定，你那篇拳匪可以写成极精彩的文章。近几年来，你写作的勤，各大学中文系内无人可匹，这暑假你多玩玩，也是应该的，何况暑假中你做的工作也很不少。入秋后，还是避免无谓应酬，周末自己找女朋友玩，比较实惠。你女朋友已很多，汽车驾驶技术也高明，尽可带小姐们到名胜区去玩。Twyeffort 姊妹出身一定是美国最上等的家庭，她们住的 Sutton Place，在 Manhattan 算是最 exclusive 的住宅区，不久前在 N. Y. Times 看到关于 Sutton Place 的一段新闻，可供你参考。不知大姐姐入秋后仍留在 Berkeley 否？否则和她讨论一下 Vanderbilt[4]、Roosevelt 掌故，也是很有意思的。Lionel Tilling 书尚未寄还，开学后当可见到他。你牙齿已弄整齐，爽〔索〕性再花一笔钱，去看眼科、皮肤科医生。你眼睛老流水，平日看书又勤，终不是好事。

世骧夫妇想亦已返 Berkeley，我文章第三页没有底稿，请你托世骧用机器印一份 copy 寄给 Hulsewé 吧。我见到世骧 Long Island 好友 Drummond 的儿子，他称世骧为 "Ben"，想是世骧的英文名字，又云，Drummond 和世骧在国内时是结拜弟兄。今天郭小姐打电话

4　Vanderbilt（范德比尔特），美国以航运和铁路业崛起的大家族，创始人为商业大亨科尼利厄斯·范德比尔特（Cornelius Vanderbilt），在美国历史上其财富仅次于约翰·洛克菲勒（John Davison Rockefeller）和安德鲁·卡耐基（Andrew Carnegie），创建了包括纽约中央铁路网和范德堡大学在内的一系列重要设施。由第二代掌门人弗雷德里克·威廉·范德比尔特（Frederick William Vanderbilt）购置的家族豪宅（Vanderbilt Mansion）与后面提到的罗斯福家族的住宅（Home of Franklin D. Roosevelt、Isaac Roosevelt House 等）均坐落于纽约海德公园，两个家族一直有着密切和复杂的交往。

来，谓论文已被通过，消息可转告 Grace。Maria Chow 处我已托她代 order 两册 *The Group*[5]，一本将送你，60% off，实在太便宜。

Joyce 这星期即将上学，哥大也将开学，我两个暑假，accomplish 极少，颇自感惭愧。黑白照片，已添印，先择几张较满意的寄给你。五彩照片的 develop 后当亦寄上。你上次家信遗失了，这次可写封短信，报告来纽约经过。

家用你开了一张大额支票，谢谢。Finance 方面我不留心，每两月你承担 $125，每年 750 元，不必再多寄。两张唱片，能听到苏白，也很有兴趣，那幅画，使会客室生色不少，一并道谢。买礼之类的事，都是 Carol 负责，我们没有什么特别东西送你，很抱歉。

时小姐[6]这次来 N. Y. 我一次在〔也〕没有招待她。见面时请致意。Carol、Joyce 身体都好，不多写了，即请

近安

弟 志清

平话一套，杂志，日内寄上。谢谢你远地〔道〕带书来。在华府上，曾见到陈秀美否？

5　*The Group*（《群体》，1963），美国作家玛丽·麦卡锡的代表作，连续 3 年入选《纽约时报》畅销书排行榜。1966 年被西德尼·吕美特改编为电影。
6　时小姐指时钟雯，见信 550，注 4，第 24 页。

607. 夏济安致夏志清（1963 年 9 月 14、15 日）

志清弟：

　　来信收到。照片也已收到，希望五彩的精彩一些。昨天（九月十三日）去紫禁城把礼物送掉，一切很成功。这是生平来第一次贸贸然把首饰送给一个小姐。假如小姐是中国小资产阶级"正派"小姐，情形将是很尴尬的，但Anna非常之得意，这使我亦很高兴。她说，她wardrobe里就缺pearls，其实我的pearl necklace是假的（"simulated"），因此很便宜。她先出来时发型是我所谓Sphinx Cleopatra型，但额前有点皱纹，不像埃及人那样平板，但是耳朵被遮盖了，戴好了耳环也显不出来，她说要把头发往后梳，我说好东西藏起来不让人看见也好，她说这样比较"subtle"。后来第一次show演完，她再下来把头发梳高了，耳环是显出来了。项圈长长的一条，我本不知何用法。原来绕在颈间恰好是两圈。圈中心是一块红宝石（当然也是假的，耳环也是红宝石的，跟它match），她问我红宝石放在颈间好看，还是颈后好看，我说颈后好，她又说，这比较"subtle"。我说"subtle" is a word I did with expect it find here at the forbidden city，but I like it。还有一点显出她得意的，是她把盒子外面的红缎带结成的花也贴在身上（花上似有tape），她称之为"corsage"。

　　另外送给Coby Yee一副金丝的耳环，编得像苦力帽子似的，有点东方情调（也很便宜的）。Coby 以 China Doll 和 Dragon Lady（她现在还 run 一家小夜总会，就叫 Dragon Lady，我从未去过）出名，这种东方情调的小玩意儿给她戴上也很合适。（Anna 是 Coby 讲明给我介绍的"女朋友"，所以我也谢谢她。）

在 Forbidden City 吃的晚饭，他们的纽约 steak 很好，Anna 和 Coby 也是一起吃的（六元钱一客）。吃完饭八点多钟 Anna 去化妆准备上台，我看了一个 show（九点开始）；show 后，她下来陪喝酒。在第二个 show 上场前（不到十一点），我就回来了。她学会的 *The Gypsy*[1] 里的一个 rumba 叫做"Let Me Entertain You"，她现在已跳得很熟练了。你不妨买张 *The Gypsy* 唱片来听听。在休息时间，我是有机会请她跳舞的，但是我不敢，因我跳得太陋，你说我该不该浪费金钱再到"跳舞学校"去补习跳舞？

今年春天夏天胡乱交了一阵女友，秋后调整下来似乎只剩下一个 Anna，还在继续进行，Anna 的好处是"年轻貌美，谈吐不俗"。她的貌究竟如何之美法，也很难说，因为只是在灯光下看见她。不过我是喜欢她那种"黑里俏"，而对于皮肤白皙，或白里泛红的女子，并不觉得很动人（虽然承认那样很美）。叫我怎么勤谨地去追求侍候，我是无此兴趣，事实上也办不到。不过每隔一星期或十天去捧一次场，说说笑笑，表现我的 wit、sophistication 与 gallantry，也是生活上很好的调剂，而且在财力与时间上，我大约也还能对付。Coby 与 Anna 问我什么时候回来的，我说回来了已经有一个多礼拜了，二女脸上大作失望的表情。不问这种情意是真是假，但她们该知道我是不会糊里糊涂地"泡"在里面的。

Anna 现在取了一个"中国"姓 Lea（她在紫禁城的正式艺名：Anna Lea），这个字我好像认识，我说此字解释作 Meadow（Webster:

1 *The Gypsy*（《玫瑰舞后》，1962），喜剧歌舞片，茂文·勒鲁瓦（Mervyn LeRoy）导演，娜塔莉·伍德（Natalie Wood）、罗莎琳德·拉塞尔（Rosalind Russell）、卡尔·莫尔登（Karl Malden）主演，华纳发行。

grassland，pasture），她说：是吗？她敢冒用中国姓，足见长得还像中国人也。我替她点了两次香烟（这种小殷勤我是一向不大注意的），每次她都来扶着我的手——这种response我很appreciate，在正派小姐里大约也得不到的。她详详细细地问我"research linguistics"的工作性质，我毫不吹牛地给以详尽的解释。她开的车是'54 Ford，我说我的是'53 olds——为此她还特别要toast。她不赞成为出风头而买新车——这点我是以前所料想不到的。讲起我的英文的British Accent，我说我是跟两个英国人学的：Alec Guinness与Peter Sellers，她说："But they are my heroes."我说你另外有个hero叫做Peter O'Toole[2]，是不是？她说是的。我说我可学不像他。

这样慢慢下去，双方也许会达到一种什么"了解"——这个目前也不敢说。讲到intimacy，我和Anna之间，当然还远不如和B之间。没有在B那里受了那套"教育"，在Anna前我决不会像现在那〔这〕样地潇洒自如。对于B，我最大的错误，是过早地宣布我的爱——这样造成了一个尴尬的局面，我的一切潇洒与wit都不能纠正这个局面，只有逐渐和她疏远，才是最潇洒的做人方法。我对于B的感情是很奇怪的，来得非常猛烈，但为时只有几个星期，现在可说已完全消失——上次在纽约时，就完全没有想念到她。

对于Anna，我从未感觉到什么强烈的感情，但爱情是一game。半真半假反而有趣，此所以我特别喜欢她之用subtle一字也。真正的考验是在我单独date她之后。也许我永远不去单独date她，只是在紫禁城捧场而已。我送礼物给Anna一事，当然绝对不敢让Grace知道。此事世骧会原谅，甚至赞成，但Grace的想法受"正

2　Peter O'Toole（彼得·奥图尔，1932–2013），英国演员，出生于爱尔兰，作为莎剧演员在布里斯托老维克剧团（Bristol Old Vic）等剧团中崭露头角，凭借主演《阿拉伯的劳伦斯》而名声大噪。此外，还主演了《雄霸天下》（Becket）、《冬狮》（The Lion in Winter）、《万世师表》（Goodbye, Mr. Chips）等杰作，一生获得八次奥斯卡提名却从未获奖，创造了奥斯卡颁奖史上的纪录。

派"成见的束缚太深，她一定要反对济安"荒唐"，但她不知济安能够荒唐就好了（她当然最希望我带些东西来送给 Martha）。济安这一辈子恐怕很难荒唐了。

为什么女友调整下来只剩一个？这和对方的 physical attraction，二人相处时的融洽之感，我对交谊可能引起的 consequences 的考虑等是有关系的。但 Anna 之外，我似乎还希望另外有个女友。Anna 晚上上班，我白天上班，两人时间很难凑在一起，除非我去紫禁城。有时候我可能也愿意有个女友到别的地方去玩玩的。但是为女友之事，我将不做特别努力，一切听天由命。和 Anna 的认识以及送她礼物等等，在今年七月之前，做梦也想不到的，所以希望你对此事也不要来特别鼓励。反正现在我对女人作风很潇洒，态度很大方，认识女友很容易，而且 Anna 对我的态度越好，我见了别的女人的态度越自然，以我的聪明，很多事情（尤其是和心理学有关系的）学起来是很快的。如买首饰，生平第一次就是跟 Grace 去买的那一次 —— 为送程靖宇的婚礼。现在自己觉得对此道已很"在行"了，以后买香水等想亦不难学习也。

在华府没有去找陈秀美，实在是没有时间。世骧叫我明春去华府开会（学校可出钱），届时也许会看见她。但看见也不过就是看见而已。Trilling 的书请你不要做特别的努力，他假如不愿意，也就算了。B 说，她不 collect autographs 的（我没有告诉她正在进行中的"阴谋"）。Trilling 假如随随便便把杂志送来，那是最好，假如他问长问短，或脸有难色，此事作罢可也。但我不知道 The Group 是 Harcourt 出版的，假如 Maria Chow 能再替我买一本，由我送给 B，并告诉她这是打了 60% discount 的，她将很喜欢。（我已告诉她有 Maria Chow 在她原来做事的地方做事。）而我答应送她 something interesting 一句话也算兑现了。当然我希望的是 Chagall。附上 Newsweek 的书评，Mary McCarthy 当年之美艳不在 Joan Leslie 之下也。

和 Twyeffort 姐妹谈起话来实在没有什么劲。我和美国人谈话，喜欢（一）表示我对外国事情知道的渊博；（二）向人请教关于美国的一切——我所不知道的。我不大喜欢和洋人谈中国，当然和Birch、Schurmann、Levenson等专家正式讨论是另外一件事。她们家住在这么讲究的地方，我更不敢去拜访。我怕富贵人家（在上海时和宋奇、张芝联等，总有点轧不大来），当然也怕Beatniks。我其实小资产阶级的习性还是很深。姐姐的信我还没有复，这两天一定要去复了。妹妹也许会来找你。

返白克莱后，已赶完那篇书评，写来也有八页，文章毫不精彩。Purcell恐怕是个好人，在书中很帮中国说话，我的书评恐怕骂得他太凶一点，但叫我措辞再婉转，我的才力已穷，无能为力。一针见血的话我还没有说，总算对得起Purcell了。一言以蔽之，评语该是这么说的："P君做了一点关于拳匪的研究——限于他们和秘密结社之关系，和关于拥清和反清的矛盾两点上，他本来只该写两篇论文，但他偏要出书，于是在前面加了好多章所谓晚清政治社会的背景——都是借用Fairbank、Franz Michael等人的话，与拳匪不一定有关系的，在后面草草了事地把拳匪运动描写一下。然后称该书为 *The Boxer Uprising*：*A Background Study*，算是一本书了。"他因为未涉及拳匪运动本身，我也不好在这上面发挥，只好说：即使作为A Background Study，他的书也是不够的。该书虽不"错误百出"，但也有几十出〔处〕。我把他引用的中国材料校对一下，发现有大笑话，如"恩县四境有匪"，他把"四境"当作是镇名，译成为Szuchingcheng。又如"其色尚红"，他译成Their color was still red，还特别加注：shang——表示以后他们的颜色要改。我的书评列举了很多错误，因此我的文章无法精彩——我不想挖苦他，也不能特别装出"忠厚"状，只好就事论事，文章枯燥之至。我对拳匪的中国材料看了不少，但还不能做"专家"，因为有许多外国材料——当时的洋报、二十世纪初期的外国记录等，那些材料觅起来不易，堆在图书馆里的也是聚了很多灰尘，我懒得去翻了。所以他用外国材料之处，我就放他过去了。

这篇文章之后，接着在本月份（九月）拟赶完对于 *Power of Darkness* 的扩大与修改，这方面的材料我本来就搜集了些，因此写起来（再补四五页）不会很吃力的。然后十月、十一月两月写另一"杰作"《蒋光慈》。

有一件事情我是应该庆祝的，可是提起笔来忘了，留到最后才告诉你：移民局已 OK 我的移民身份，green card 已从邮局寄来了。此件未拿到手前，总有点紧张，拿到了，我倒反淡然处之，好像这是人生当然之事。我想"结婚"大约也是那样。未结婚前，百般经营，神魂不安。婚礼行过后，一切反而显得很平淡无奇。我托律师代办一切移民手续——因为我怕填表等，事情办完后，律师 charge 我三百元，不好算贵。我的所得税其实是最最简单的了，但每年我仍托会计师办——每次二十元。至少那些 files 不会遗失。

我的眼睛出水事，并不厉害——最近并不出。大致少睡了就出水，睡足了就不出。最近很少夜生活（应酬大为减少），十二点前必睡觉，所以眼目很清亮，假如情形严重，当然会去看医生。头发一事，已气出肚皮外，不去管它。过去相面先生说：我的脸越圆，顶越秃，则运气越好。我是有这种迷信的，只求运气好，不管外表漂亮了。

关于 S 事，这个人我根本不喜欢（太矫揉造作），所以不去多理她。最近 Schurmann 太太决定离婚，Schurmann 为此事在陈世骧家大哭一场。他现在已成 bachelor，再过些时候，等他心境稍为平和时，我要请他和 S 一起出去吃饭玩玩。他对 S 本有好感，但他在痛苦时不会想到她。我请他和她一起出去，只是想使他散散心，并不存做媒之念也。

关于 Anna 的事，请转告 Carol，她听见了想必很高兴的。Joyce

生日，我已寄上一只手提包（很便宜，才两块钱），想已收到，物件虽小，至少显出来我已很会买"好用物品"了。Joyce收到了想必喜欢的，再谈 专颂

　　近安

济安 上

九月十四日、十五日

608. 夏志清致夏济安（1963 年 9 月 29 日）

济安哥：

 九月十五日信已收到（两包 Library Books 书想已收到）。知道你向 Anna、Coby 送礼效果很好，甚喜。信到时，两本 *The Group* 想已收到，即可送一本给 B（三本 *The Group*，仅七元半左右，实在便宜）。我给 Trilling 的信原封退还，想八月底九月初屈林夫妇并没有在康州渡〔度〕假，上星期注册刚刚开学，我没有去找 Trilling，这星期当去找他，弄到一个签名，当然是没有问题的。五彩照片成绩比黑白照片好得多，寄上五张，你和那几位女学生同摄的最有纪念性质，你和四美（穿白衣服〔的〕是 Mary Hue 许淑儿，Penn. 天主教小大学英文系毕业，在系里当 receptionist）合摄的那张本当放大寄上，但第一次添印，你左颊上即有白点，放大添印当更靠不住。Christa、又宁，也都各人送了一张，沈慧岑〔琴〕[1] 见面时，当也给她一张。我在 Potsdam 也很受女生爱戴，现在 N. Y. 附近 Long Island or Westchester County 教书的也不少，可惜开一个 Party 花精神太多，我不会去请她们来重聚一次。和 Christa 同班的有一位 Julie Wei（原姓李），也在哥大工作，那天没有请她来。

---

1 沈慧琴，英文名 Louisa，台大外文系毕业，获得哥伦比亚大学硕士后，赴加州大学伯克利分校攻读艺术史，与化学系同学丁正德（Cheng-te）结婚。婚后，双双返纽约定居。

九月十四日，李田意在N. J.结婚，隔日 *N. Y. Times*（星期日）有新娘照片，新娘名叫刘文玉，湖南人，三十二三左右，生得可算美艳，clipping读过后可送给Grace看，你social life能少受Grace支配，比较理想。Martha处仍可敷衍下去，无伤大雅，别的女朋友当然用不到〔着〕她管。其实，你在世骧、Grace面前可透露一些你在女朋友方面很活跃的消息，这样可能使Grace adjust她对你的看法，把兴趣转移到陈颖身上，拼命替他做媒，你的私生活就可少受到她的干涉了。

你已拿到permanent residence的green card，可喜可贺，以后行动自由，明年暑假真可以一个人去欧洲玩一个月，上次玩得不够痛快。跳舞用不到〔着〕学，新式的舞步如twist等我们无法学会，但普通Foxtrot or slow waltz极容易，等于抱了女人走路，要靠舞技高超来impress小姐们，我觉得犯不着，但女方如对你有好感，跳foxtrot双方步伐一定可以很合拍。（在116街subway墙壁广告上看到一条scrawl：Regus Patoff was here。此兄倒是你的同志。）

Lily Winter[2]（of Hawaii）有信来，她要在圣诞节MLA开会组织一个研究中国小说的panel，邀我去参加。我已把你的名字（and世骧、Birch）介绍给panel安排人Thomas Copeland[3] of U. of Minnesota，现在尚无回音。小组讨论会没有什么意思，假如每人读篇paper比较有意思。如Copeland请你，务望参加，我们可在芝加哥玩玩。我在你来N. Y.前后，写了三四十页《三国演义》的文章，稿尚未修正。九月中曾重读真本《金瓶梅》，此书描写琐屑沉闷不堪，即是性的描写，虽然很露骨，好像和正文没有多大关系。《肉蒲团》我花一个晚上就看完了，很引人入胜，《金瓶梅》，as a novel，实在不如它。

这学期自告奋勇，多开了一门"Seminar in Chinese Lit."（去年是

2　Lily Winter, M. A. Associate Professor of Chinese, Department of Asian Languages, University of Hawaii.

3　Thomas Copeland，不详。

王际真的课），即等于第五年中文，学生三人，我用中共出版的《魏晋南北朝文学史参考资料》当教材，藉以自己多有读古书的机会。

给建一的手提包在她生日收到，她很喜欢，谢谢。建一每次生日or过Christmas，Carol总买了不少礼物，很把她Spoil。我们小时候，玩具绝少，我记得有一种木块玩具，可以翻成六张动物图，此外就是玩象棋军棋之类。

China Quarterly 专号已由Praeger印成一本书，title *Chinese Communist Literature*，不知你已见到否？*The Wilting of the 100 Flowers*，经你介绍，我已一读，此公读工程，而对诗、心理学理论很熟悉，很使我佩服。可惜他is over-concerned with patriotism，觉得某方面中共的目标和爱国者的目标是一致的。我对"工业建国"之类问题，一向不感兴趣，在这一点，莫君是比较typical的。这本书是胡适、林语堂写不出来的，在这一点上可看出我们这一代intellectuals是比较成熟了。（你的新作我order了三册，de Bary你已和他认识，可以亲自送他一本，较妥。）

看了*Sanjuro*，发现许多演员是Kurosawa的班底。看了*Mutiny on the Bounty*[4]，Tahili一段拍得很好，mutiny一场也拍得很精彩。但Brando硬要把*Mutiny*当作*Billy Budd*[5]那样的深刻文学作品，他是失败了。Brando没有语言天才，他学讲British英语，讲得实在太坏，以前在*Sayonara*学南方人口音，也学不像。不多写了，即祝

　　近安

4　*Mutiny on the Bounty*（《叛舰喋血记》，1962），历史剧情片，刘易斯·迈尔斯通导演，马龙·白兰度、特瑞沃·霍华德、理查德·哈里斯主演，是旧片重拍（1935年查尔斯·劳顿、克拉克·盖博主演），米高梅发行。是根据1789年真实事件所拍。

5　*Billy Budd*，即*Billy Budd, Sailor*（《水手比利·巴德》，1924），美国作家赫尔曼·麦尔维尔（Herman Melville）的遗作，在其身后由雷蒙德·M. 韦弗（Raymond M. Weaver）编辑出版，成为美国文学中的经典之作。1962年改编为电影*Billy Budd*，彼得·乌斯蒂诺夫（Peter Ustinov）导演，特伦斯·斯坦普（Terence Stamp）、彼得·乌斯蒂诺夫、茂文·道格拉斯（Melvyn Douglas）主演，Allied Artists Pictures发行。

弟 志清 上
九月二十九日

刘绍铭追到一位19岁美国美女，Indiana同学，我已去信劝他结婚。

609. 夏济安致夏志清（1963年10月6日）

志清弟：

谢谢你的信、照片、书和杂志。我最近工作很努力，一切都很顺利，心境也很愉快。最觉满意的是和B之间找到一种modus vivendi，彼此都很愉快，我也不觉紧张。想到过去有一段的紧张情形，这样的成就是大不容易的。

先说我的generosity。这里有一个经济系学生Paul Ivory去年去台湾留学，把他的Hi-fi set存在我这里，由我使用（以及全套唱片）。此后，有一个台湾学生要回台湾，要把他的一副新Hi-fi卖给我，我买下来了，价约二百余元，照市价是很便宜的。我的一套买来了就放在B那里，这些以前已经报道。

最近Ivory回来把他的Hi-fi车〔要〕了回去。B问我："你的Hi-fi要拿回去吗？"我说："你喜欢它吗？"她说喜欢的。我说："那末〔么〕，keep it for as long as you like，反正我没有听音乐的习惯。"她就继续用下去了。我若气量小一点，反正我现在也不追求她，她也不算我的女朋友，一赌气把它要了回来也可以。那样我就做得太狠一点了。一个in his right frame of mind的男人，或者一个追求失败而负气的男人都会那样做的，可是我出奇地大量。据我了解，她远比我寂寞也远比我喜欢音乐，Hi-fi给她使用，比较合适。何况她待我的确不错，所以这个subject也就这样轻描淡写地drop了。

最近使她高兴的事是法文二次考试已及格。这次出的题目采自St. Beuve，文章也许没有Barrault那样隐晦。在准备法文期间，她很紧张。我那篇义和团没有找她打字，由我拿到校外找人打的。（《下放》完全是她打的。）

等她考完法文，结果揭晓之后，我请Ivory吃饭，请她作陪。她并不忸怩，她和Ivory他们原来认识的，Ivory现已为经济系Assistant Prof.，算是加大的杰出人才。那天是九月卅日，我问她什么时候去接她，她说五点钟就空了。我还以为她不喜欢和我单独出去，我说六点钟我去她家找她（晚饭定的是七点）。六点钟到她家，她已打扮好，预备出去了。我说先去have a drink吧？她欣然。因此我们先到金山一家酒店Tosca喝酒，谈话很愉快，内容让我慢慢再说。

九月卅日是Trilling签字的那一天，也是*The Group*寄到的一天。我事前已告诉她有这么一本书要送给她。那天告诉她书到了，她说要我的inscription。那天下午我就写了一大堆字，六点钟时把书送去。Inscription是这么写的（我去纽约前，曾送她一本法文的*Jules et Jim*，什么字都没有写。*J & J*，很奇怪的，我不认为（是）一张好电影，但B与休门太太都极喜爱之）：

To dear B：

As a philosophical comment on the troubled likes described here in，and as an inscription to register my own thoughts（本想写"feeling"）at the presentation of this volume，acquired at a delicious discount，which（此字所指欠明）would revive in you the fondest memory of old New York.

These lines，rethinks，will be appropriate：

"Wer hente laben und seires Lebens froh werden will，der darf kein Mensch sein wie du und ide. Wer statt Gedudel Musik，statt Verguiigen Frende，statt Geld Seele，statt Betriels echte

Arbeit，statt Spielerei echte Leidenschaft verlangt，für den ist diese hübsche welt keine Heincat."

This is also to express my thanks for your thoughtfulness which brought me into acquaintance with Hesse，from whose Steppenwolf the foregoing lines are taken.

Cordially
Tsi-an Hsia

For "Cordially" 我想写 "Pedantically"，上文确有点 pedantic，但大体上很大方，她如拿给别人看，与〔于〕我亦无损。她不懂德文——我倒的确在有空的时候自修德文——一则为长进学问，二则预备进 Comparative Literature 后，可以获人尊敬。上面那一段其实叫我看德文原文亦看不懂的——文中 darf 一字至今不知何义〔意〕，她把书接过后，问道：是不是以后要再请一个懂德文的朋友把那段话翻给她听。我把 Hesse 的书打开，把那一段指给她看：

Who today wishes to live and have joy of his life must not be one like you or I. For he who demands music instead of tootling，enjoyment instead of pleasure，a soul instead of gold，real work instead of activity，true passion instead of dalliance，this pretty world is no homeland.

她说：好得很，it applies to you and me and the book。我说："我写的是 du（法文 tu），也许我们的交情还不够，但这是 Quotation，我可不负责。"反正她一直把我当作 Kindred Spirit，我就这样"谬托知己"了。

在车上，和酒店里，我们谈了些话。她说她明年暑假拿到 MA 后，计划去欧洲，看看母亲和妹妹，并问我："你有计划重去欧洲吗？"我很 cool："当然很喜欢去，但目前并无计划，也不会去设法钻营。"原定的墨西哥之行，已取消了，她说她本来去墨西哥也是预备一个人去的，她又设想用她的简陋的西班牙文应付各种situation等。（我没有问她关于Maurice以及心理分析家的事。）

在（京沪）饭店里，看我的大方，我相信无人猜得出我有（或曾有）追她之意。客人是Ivory与其妻Carol，两个从台湾孤儿院领来的台湾小儿（一男一女），Center Office负责人Joyce Kallgren与其夫Edward，另外是史诚之——香港友联来的，Ivory要见见他。我坚持要Ivory把小孩带去，Joyce Kallgren是个母爱极强的女性（为人高大）。B，我说（jokingly）是个experienced baby-sitter，可以帮忙。男孩子已经会跑来跑去，女孩子还很小，Joyce用她粗大的臂膊抱了她一阵。饭后，史与Kallgren一对先走，B和我和Ivory一家再去Tosca喝酒。走去时，那小女孩是由B抱的，她的确很喜欢小孩子。

回来时又是我们两人在车上。我们谈起adoption of children，她说可惜的是单身人不许领孩子，否则她很想领一个，我说孩子当然比Roy（她的猫）好多了。我又说："Children are only to be tolerated."她说："Mr. Hsia，but if they are your own children…"我故意制造了这样一个情况，引起她种种思想，我又故意显得冷酷。也许我该显得温柔一点，但对付女子，男人该如何表现，也是很难说的。我仍旧十分喜欢B，但那种痛苦的passion是没有了。现在也许是另起炉灶，换一种态度来对付她了。

昨天*PR*寄到，我送给了她，事前我已告诉她，并说很抱歉不能从N. Y.回来时带归。她看看又高兴又好笑，她说："英文系不知多少人要羡慕这个签名了！"她又说："Don't do that to a foolish miss again！""Trilling怎么给陌陌生生的人也写上了sincerely？"我是一副抱歉的样子。我："Please pardon my folly."她："I appreciate it！"无论如何，谢谢你的帮忙。T氏那里，不便提我的名字，就说B. W.谢谢他吧。

这样子B和我总算还维持一个正常的友谊的关系。这在我是一个大成就：我一点也不觉得bitterness，也不存在什么希望或幻想（希望这封信不引起你和Carol的希望或幻想），我只是待她好，并且显出君子作风而已。（她自以为把我 —— 以及天下所有男人 —— 都看穿了的，这点我很不服气。）

上信发出以后，Anna那里只去过一次，她那里实在没有功〔工〕夫多去。紫禁城那里，只有Anna一人我觉得有意思，此外一无可取，这也是使我少去的原因之一。附上她的照片一张，看样子可比Rochelle Hudson，而比Debra Paget来得美。她脸上没有痣，那黑点是印刷之误。（拍照的人特别要显出她的"健壮"来，事实上她是体态轻盈的。）印那照片的报纸，我买来后（买了三份），去找她签名，并请她吃饭（那是在请B吃饭之前）。她的英文字迹倒很挺秀的，但写了To my dear friend T. A.（她叫我T. A.）以后忽然搁笔不写了。我说：Clichés多得很：with love或with best regards都可以的。她说："给朋友用clichés是个insult，我要把我们的关系precisely地写出来。"我就问她："你知道T. S. Eliot吗？"她："Isn't he a poet？"她又说："很奇怪，这个名字在午睡时忽然出现。现在你又提起它了。"我问她要不要我送她一本Eliot诗集？她说好的。我谈了几句Eliot论precision的话。因此，志清，又要麻烦你了：Harcourt新出的Eliot集子，请你替我跟Anna各定〔订〕一本如何？钱我可汇上。

Anna还在想题词，我看见报上用Dazzling一字形容她，我就指着这个字说："Why not play on this word？'To my dear friend T. A. in whose eyes is the blinding light'？"她如获灵感，后来是这样写的："To… I am dazzled by your devotion. Your admirer，Anna Lea." 她自称Admirer，在我是受宠若惊了！devotion一字是怎么来的呢？那是在讨论"precise description of our relationship"时，我这么说的："On my part，it is sheer devotion…"她就套用上了。

Anna在show girls中算是趣味不俗的一个（她说Cole Porter有一只"Cynical"的歌：I smile like a show girl…），她使我很快乐，我也

不敢做进一步的打算。B的背景虽复杂，我至少知道得已很清楚，Anna的背景，不论简单也好，复杂也好，要知道是很难的。但她从没结过婚，这是Coby knew for sure的。年龄呢？ Only hint是她曾投票选Nixon。这几天，因为在B那里得到些安慰，想不到去Anna那里，但下星期（也许再过一个时候）拟再去一次。她也算是个有志气的女孩子，白天在读"cosmetology"，读完学程后，将来预备开个美容院。我预备在紫禁城再请她几次，然后在外面date她。现在的表示：（一）尽可能的devotion；（二）无求于她，免得她搭架子，她这种女孩子搭起架子来也很难对付的；（三）慢慢建立intimacy，表现我的老成可靠。至于我的学问和wit，对于她也许是相当dazzling的。

像Anna这样一个女朋友，在我也很需要。苦闷时可以去谈谈（这些日子可毫不苦闷），有了她，我对别的女子态度可以更大方更自然。假如我对B十分喜欢，那末〔么〕对Anna只有三分喜欢，其他女孩子大约一分都不到。

我精神主要的出路，还是在工作。《义和团》写完，但不预备把稿子寄给你看了。该文毫无道理，但是想起我可以吓吓sinologists们，心里还是很得意的。*Annals*已出版，日内拟寄你一本。这本书的出版日期和《下放》隔得如此地近，更显出我的productivity与versatility，想来也很得意的。《下放》内容枯燥，恐怕你是看不下去的，如无暇，请不必读它。de Bary那里也不预备寄了。但是该文材料之丰富，research之thorough，也是够可以吓吓Doak Barnett之流了。这几天在仔细重写《鲁迅》，篇幅扩充了一倍，添了些新的意思，使我的立论更稳，文章更显得polished，三五天之内拟请B打出，寄给*JAS*。Rhoads Murphey[1]来信说，如于十月十五日左右寄

1　Rhoads Murphey（罗兹·墨菲，1919–2012），美国学者、亚洲史地专家，哈佛大学博士，曾任教于华盛顿大学和密歇根大学。长期担任亚洲研究协会（Association for Asian Studies）执行理事，《亚洲研究》（*Journal of Asian Studies*）杂志编辑，代表作有《上海：进入现代中国的钥匙》（*Shanghai, Key to Modern China*，1953）、《外来

出，可望于明年二月份发表云。

堆积着的事情，一想起不寒而栗：

（一）蒋光慈以及我的那本书——华大希望我于明年暑假之内，把全书 MS 弄舒齐。他们愿意于明年二月起就请我去华大，专为写书而工作。

（二）Comparative Lit. 的那门课（定明年二月开）——目前还毫无准备。Literary Cross Currents in 20th Century China——那该看多少书呀？关于 Bibliography 方面的材料，如有看到，请随时赐寄。

（三）十一月中，Center 请我讲 Chinese Intellectuals Today（"百花"之后），尚未准备。Mu Fu Sheng 之书的确是一本好书。我们不赞成"富国强兵"之说，但为客观报道起见，此事是很重要的，因为很多人相信它的。

（四）明年四月，Stanford 与 San Francisco State College 联合办的什么 Lecture Series，请我讲 Leftist Literature in Modern China，此题目写好后，可以做我的书的 introduction，所以答应下来了。但不知时间忙得过来否。

（五）又是明年四月，世骧举办的大会，总题目定为 "Chinese Myth of Fictional Imagination"。他自己讲《离骚》——认为《离骚》不是事实的 autobiographical 的记录，而是作者幻想的表现——这是对《离骚》看法很重要的修正，他的文章必将成为很重要的一篇。他另外定了三篇文章，Stanford 那位 Hanan[2] 预备讲《平妖传》，我思索了

者：西方经验在印度和中国》(*The Outsiders: The Western Experience in India and China*，1977)、《亚洲史》(*A History of Asia*，1992)、《东亚新史》(*East Asia: A New History*，1996) 等。

2　Hanan (Patrick Hanan，韩南，1927–2014)，美国汉学家，纽西兰人，伦敦大学博士，哈佛大学中国文学讲座教授，在《金瓶梅》、《红楼梦》和中国近代白话小说与翻译方面成果斐然，代表作有《中国短篇小说》(*The Chinese Short Story: Studies in Dating, Authorship, and Composition*，1973)、《中国话本小说史》(*The Chinese Vernacular Story*，1981) 和《创造李渔》(*The Invention of Li Yu*，1990) 等。

一下，预备讲《西游补》（董说[3]著），还不知道讲些什么东西，大致是"痴人说梦"吧。世骧希望你于中国旧诗与旧小说范围内，挑一个题目讲，顶好是和"神话"与"下意识"有关系的。你的题目很多，讲过后的稿子还可以在你的书中派用场。请早日决定后告诉他。

（六）Center方面至少还得完成一篇Terminological Study。

因此之故，MacFarquhar方面的诺言，只好暂不兑现。芝加哥之会经考虑后，也不预备去了。一则Center的钱只容许我开一次会，去了华盛顿就不能去芝加哥；再则，实在没有时间再写一篇文章了。给夏威夷的回信，日内预备写。

最近电影看得很少，等一下预备去看55 Days（P. S.拍得不坏，比预料的好）。我对于义和团已成半个专家，看了想可以更有意思。程靖宇得子，已来信报道，满纸是"骄傲的父亲"的快乐的口气，五彩照片的确都很好，父母亲看见了一定很高兴的。对中国小姐们也许我也会发生感情，但主要条件是要先有intimacy，但我现在不会特别努力制造intimacy了。和中国小姐来往，似乎所有的中国朋友都在那里关心，这使我很窘。像我现在这样，一切都操之在我也。
再谈 专颂
　　近安

　　　　　　　　　　　　　　　　　　　　　　济安
　　　　　　　　　　　　　　　　　　　　　　十月六日

Carol和Joyce前都问好。
〔信封背面〕谢谢你破费定〔订〕了三本《下放》。

3　董说（1620–1686），字若雨，号西庵，浙江乌程人，明末小说家，明亡后改名归山，出家灵岩寺，法名南潜。其人博学多才，曾成立"梦社"，著《昭阳梦史》，以喻现实。一生著述繁富，惜多不传，今有文集《董若雨诗文集》、日记《南潜日记》和小说《西游补》等行世。

610. 夏志清致夏济安（1963年10月19日）

济安哥：

这星期一连收到你三篇大作（书两册，一本送de Bary，一本送Doak Barnett，你觉得妥否？），极为欣慰。昨天晚上把《下放运动》精读了一遍，结果时间晚了，连回信也没有写。这篇专论，research之thorough，采用书报之广博实在吓人，中共专家中，《人民日报》看得这样熟的，实在没有第二个人。而你把"下放"运动分析得精到，terms解释得清楚，中共社会实情的熟悉，更无人可比；文章的老到，全文的结构整齐，引人入胜还在其次。据世骧的导言，你研究材料之多，还可以在第二篇专论上派用场。我觉得关于中共文字方面再写一篇文章后，可否劝世骧他们主持人把project研究范围扩大，改名Current Chinese Language & Literature Project，因为你《公社》和《下放》两篇文章已把中共制造新terms的方法和motivation说得清清楚楚，以后在理论方面可能不会有什么特别新的见解，而在文学方面，你要讲的道理还是很多，很多，而且不必多看报章，浪费时间。你以为如何？最可能的当然是你把书的MSS交给U. of W. Press后，你在加大（or 华大）改聘为教授，不必再管Center的研究工作了。今年继 *China Quarterly* 两篇文章后，最近两篇巨著同时发表，学术界一定大为怔〔震〕惊，但学术界主管人中忌才者较多，你这样brilliant，productive，人家反而不敢approach你，所以明春开课后，能加入比较文学系成为Permanent Staff最好。我想华大对你很有诚意，你把书写成后，他们一定会聘你去教书，那时再同加大去negotiate，一定可得到较理想的安排。哥大已人满，要待蒋彝退休后（五年后），才有中国文学方面的opening；B. Watson去日本后，很后悔，想要重返哥大，也不可能，虽然他是哥大的"favorite son"，de Bary极器重他的。

"The Chinese Images of Russia"还未好好重读，但你同Schwartz、Halpern、Dallin[1]在同一刊物上有文章发表[2]，正好和他们一争短长，他们的文章我还没有看，但想来他们的分析和理论都迹及老生常谈，不像你这样可以一新读者眼界，供〔贡〕献新的意见。《鲁迅》译文expanded后，更为精彩。鲁、周、胡三人的合评，可算定论。周作人的后期作品我从未systematically读过，但看他早期的《人的文学》，他实在是个rationalist，以后悲观而跳出政治文坛上的纠纷，但崇拜理性的态度未改。那你这篇文章无疑是研究鲁迅最好的一篇critical essay，而且文章eloquent，在JAS上可算set一个new standard，JAS的articles普通〔遍〕皆极沉闷，除有关中国文学的外，我一概不读。

你同B已恢复很亲热的友好关系，甚慰。她是个好女子，你追到她，将来生活一定很美满。她对你的学问为人早已佩服，你爱

---

1 Dallin，即Alexander Dallin（亚历山大·达林，1924–2000），美国史学家、政治学家，与亨利·基辛格中学同班，哥伦比亚大学博士，曾任斯坦福大学国际史讲座教授、俄国与东欧研究中心主任，哥伦比亚大学国际关系学讲座教授、俄国研究所主任，代表作有《世界事务中的苏联引导作用》（*Soviet Conduct in World Affairs: A Selection of Readings*）、《德国在俄罗斯的统治，1941–1945：占领政策研究》（*German Rule in Russia, 1941–1945: A Study of Occupation Policies*）。

2 这几篇文章依次是夏济安的"Demons in Paradise: The Chinese Images of Russia"，史华慈的"Sino-Soviet Relations: The Question of Authority"，哈尔彭的"The Emergence of an Asia Communist Coalition"和达林的"Russia and China View the United States"，均发表于 *The Annals of the American Academy of Political and Social Sicence*, Vol. 349, Issue 1（《美国政治科学院年鉴》第349卷第一期）。

她的诚意她也很appreciate（否则她不肯长借你的record player），再花一年半载的功〔工〕夫，我想她会surrender的。你目前的作风很对，但见机行事，她给你encouragement，date的次数即可加勤些。你们可以多讨论明夏假期的计划，假如她答应同你去墨西哥or欧洲玩两三个星期，事情即可算定局了。你争取到她的同意，你们的关系就可算更进一层了。Anna照片上看来的确很可人，是Lee Remick一型的。Debra Paget我一直不觉她美，Anna当然比她美多了。Anna人很甜，你这样的admirer她当然是欢迎的，而且心上也期望你能对她表示devotion。她flatter你的ego，增加你对女孩子相处时的confidence，实在是你的良友，但目前你同B相处很好，你两三星期去一次紫禁城即可以了。单独date倒可以try一次，她首肯的话，表示她对你很有意思，两人单独谈话，她向你confide，也是人生一大乐事。Maria Chow最近又搬了一次家，看她的电话号码，似已搬去Long Island，定〔订〕书比较麻烦，我们不想cultivate她的friendship。所以Carol决定不去麻烦她了。我在哥大Bookstore买书有八折可打，你在加大co-op想也享受同样权利，也贵不了多少。Eliot诗集，你自己去买一本吧，很抱歉。哥大中国同学会开会，见到不少年轻的女孩子，有一位Sylvia Fei[3]（费宗清），是张心漪[4]的女儿，也是台大毕业的，比陈秀美她们更晚了一两年。另有一位Joanna鲍[5]，新从印大搬来，她是陶希圣[6]公子的未婚妻。她们和另一

3　Sylvia Fei（费宗清），是费骅（1912-1984）和张心漪的女公子，台大历史系毕业。

4　张心漪（1916–），生于上海市，曾国藩曾外孙女，费骅之妻，毕业于沪江大学，抗战后赴台，先后执教于台湾师范大学、台湾大学，研究领域是英国文学，也从事翻译与创作。代表作有《心漪集》等，并译有《林肯外传》、《美国名家书信选集》等。

5　Joanna鲍，即鲍家麟，史学博士，著有《中国妇女史论集》、《伯驾与台湾——传教士与中美关系个案研究》、《妇女问题随录集》等。

6　陶希圣（1899-1988），原名陶汇曾，学者、政治家，早年任教于中央大学、北京大学等高校，后弃学从政。1940年在著名的"高陶事件"中与高宗武逃至香港，

两〔个〕女孩子今晚我们请吃晚饭。

上星期重翻《天下》，一篇书评（载1936–1937卷）上提到几个titles，对你（的）course可能有帮助：

> Un siècle d'Influence chinoise sur la littérature fransaise (1815–1930), par Hung Cheng Fu, Docteur des lettres de I'U. de Paris (Les Editions Somat Montchrestian, Paris) pp. 280, 1934; Chen Chuan, Die Chinesische schöne Literatwz in dutscher Schriftum (Inaugural-Dissertation, Kiel, 1932); W. L. Schwartz, *The Imaginative Interpretation of the Far East in Modern French Literature, 1800–1925* (Paris Phampion, 1927) p. 246

我的印象是讨论文学方面cross currents的书，内容大抵很浮浅，没有什么深切的见解，lecture预备的精彩，你自己得费很大的功夫。R. Wellek *Concepts of Criticism*[7]（已有paperback出版）中有一节讨论美国廿世纪初期的文学进化论，胡适显然受这一派的影响，你可作参考。In fact，胡适的文学进化论是篇现成文章的题目。我德文较好，虽然好久没有看德文书（darf=may），法文祇化〔花〕过二个半月的时间攻读，那时记性好，可以看浅近的书，现在都忘光了。但自修一下文法和verb的forms，读法文我想是不困难的，我日文没有野心（至少现在）弄，但很想把法文自修一下。你德文以前化〔花〕过一些功夫，现在重新温习，并不太困难。这学期教一门第五年language（文言），学生程度不够理想，上一年文言是Bielenstein

---

揭露汪精卫卖国条约。1941年赴重庆，出任蒋介石的秘书，《中央日报》总主笔，为蒋介石起草《中国之命运》。1949年后赴台，历任总统府国策顾问、国民党中央常务委员会委员、《中央日报》董事长等职。著有《婚姻与家族》、《陶希圣日记》等。

7 *Concepts of Criticism*（《批评的概念》），韦勒克的代表著作，重点阐释了文学批评与文学理论、文学史的区分以及文学批评中主要概念的定义，是20世纪文学研究的经典之作。

教的，他教得很慢，学生没有什么长进。不久前他prepared了几段
文言准备给学生考Ph. D.翻译的，考卷上韩愈写作韩俞，我指出错
误后，他还要proof，岂非笑话？我的三位学生一星期只能准备六首
短诗，上星期我assign了《五柳先生传》、《归去来兮》、《咏荆轲》，
他们就不可能读完。

明春ASS的panel，世骧定的题目很好，你既讲《西游补》，我
就讲《西游记》，你觉得如何？《西游记》中的妖怪，他们的行为用
人种学的眼光来看，很有意思。题目尚未定，可能讨论comedy &
the unconscious的关系。我很想写一篇 "The Novel as Comic Fantasy:
Some Chinese Examples"，但要多看几本书，读paper的时间很短，
不能充分讨论。中国小说和天方夜谭的关系也值得研究，但目前
材料不够。假如你和世骧同意，我就暂定《西游记》为我paper的题
目。正式title，隔几天再通知世骧。*MLA* 的小说panel，我预备讨论
《金瓶》，但每人allot的时间更短，不能说多少话。Panel上有Hans
Frankel，不知Cyril、世骧有没有兴趣参加。

你commitment这样多，的确最近几月的生活要弄得很紧张，
希望多relax，不要work too hard。我教了一年书，今年功课准备方
面可以轻松些，但对旧文学兴趣愈大，中共的情形更完全隔膜了，
读你的《下放》，知道了不少东西。Carol、Joyce近况都好，再谈，
即祝

秋安

弟 志清 上
十月十九日

611. 夏济安致夏志清（1963 年 10 月 22 日）

志清弟：

　　来信收到。《下放》一文我认为是很枯燥的，想不到你给它很大的赞美。该文长处是在"结构"，我在这么多烦琐的材料之中，整理出一个系统来，自以为是一个成就。你能欣赏这一点，我很高兴。看《人民日报》，在我是消遣，这里Center能找到这样一个以研究为消遣的人，也是它的运气，但材料看得越多，编排越难，而我的头脑是喜欢系统的，所以在这方面得多花些匠心。老实说，我很不喜欢过去李祁那样随便摘录一些terms来解释，弄得字典不像字典，研究不像研究。研究的特点，一则要显出研究员的搜集发掘材料之勤，二则要显出他的智力。很多研究人员（包括*JAS*的投稿者）的智力不过平平而已，所以研究出来的东西也没有什么价值。

　　该文送de Bary or Doak Barnett很好，de Bary 不知有没有功〔工〕夫看（我认为送作品给人是"虐政"，学术界知名人士如赵元任、Fairbank等一星期内恐怕不知要收到多少篇reprints，我怀疑他们怎么有功〔工〕夫看的）。Doak Barnett假如尚未看过该文，看到了想必很喜欢的。

　　你给世骧Panel定《西游记》为文题，很好。我所以选一本冷僻书，因为那种讨论会时间很短，重要的书很难讨论，只好挑一个小题目，讲它30分钟，把要点略述而已。

你如给世骧写信，千万不要为我的事情做说客。我做人的长处是潇洒，即把世俗之事看得平淡，这是我好不容易建立起来的 image，希望你不要给我破坏。父母之间，父亲比较潇洒，而母亲太不潇洒 —— 如借出东西要讨还、巴结大人物等 —— 我看见了心里一直很气。我如结婚，希望我的太太对我 career 的关心，只是放在心里，不要出诸言，更不可现之于行。我顶怕的女子是中国小资产阶级自命有"帮夫运"的女子，这种人将给我带来很大的麻烦。（B 对于学校里的什么首长权威等根本看不大起。）

我近年运气不差，到了美国，而且拿到绿卡。剩下的问题，（一）是 permanent job，（二）是结婚。关于 job 事，我全盘信任世骧，自己什么主意也不出。照我同世骧的交情，关于这种事情应该无话不谈。别人如出于善意，代我做说客，世骧反而将觉得我在和他疏远了。世骧是在替我在这方面想办法，他说还要两年，可以给我在 Oriental Lang. 与 Compar. Lit. 两系弄到一张联合聘书。他说了，我听见了，我可没有发表什么意见。他在替我用心，我已经很感激，至于成败，那是命运的事。假如不能来美国呢？来了美国假如又要回台湾呢？这么一想，我对现状是满意的。

世骧的 language project 办得名誉很好，校外也许有忌才之人，但在 U. C. 我的人缘还是挺好的。很不幸的是现在研究人员是我，照我的勤奋与 brilliant scholarship，我不能想象他能再找到一个合适的继任人选。我走了，他的 project 一定要 suffer。有一个时期，可能找吴鲁芹来训练一下接我的位子。现在吴在美国之音做事，我也曾劝他不要来加大，假如他别处能找到事情的话。别人是不可能把《人民日报》读出滋味来，而且不断挖空心思想题目写文章的。凭我和世骧的交情，我不能忽视他的 project suffer。偏偏我又 enjoy 我现在的工作。为什么那 project 叫做 language proj. 而不叫做 lang. of Lit. proj. 呢？这大约是为了要敷衍 Center 里一帮 Social Scientists 之故。Social Scientists 敌视文学，而认为 language 研究还可马马虎虎。他已经和

Social Scientists之间有不少摩擦了。世骧有他的苦心，我犯不着瞎出主意替他添麻烦。何况我自命多才多艺，language就是language，何必一定要literature才能显出我的长处来呢？

看世骧为我在加大找到事情的份〔分〕上，看加大（Center）为我在移民事情所做的努力的份〔分〕上，我预备在Center的现职做下去。在美国这个"尖钻"的社会空气之下，我还想做出一个"道义"的榜样，虽然我嘴上不必拿着"道义"来唱。唱可就cheap了。

和时钟雯难得见面。暑假里见过一次，她大约是想话说，对我说道："明年是Birch的Sabbatical year了，他的课你可以代教了。"我听见后很气，没有理她。这个小姐也太不聪明了。像马逢华、胡世桢等一天到晚为名义薪水上打算盘（还要挑好大学），我和他们也是格格不合的。

我也并不怪他们。别人很难有我（的）一套"命运哲学"，这套东西成了我生命里的基本信念。一切由老天爷安排好，做人可以快乐得多。我相信我的做人方式是快乐的。

再讲交女朋友的事。忽然又有一个女孩子跑进我生命里来，这还是最近两个星期里的事。那是Louisa。她忽然来信说，本来把我的地址丢了，碰见你要了一个地址，因此写了这封信。她说知道我忙，但希望我把"忙"以外的事情（meaning private life）谈谈。我很受感动，她过去几年写的信，我都没有回复，我如此rude，而她仍想跟我通信，我是应该回她信的了。加以最近因为交女朋友比较顺利（她以前来信时，我根本不想和任何女人来往），我mood很好，所以就回了一信，是小信笺，字迹疏朗地写了四页，把我的生活略描写一下，文章大约还算delightful，并且还promise：以后要"很勤快地写回信"。这封信大约使她很不安，她也来了一封四页的信，我又写了一封四页的信。她问什么是快乐之道，我的答复是"知足常乐"——这本是我的philosophy也。

这事情发展下去，不知什么结果。但希望你和Carol千万不要在这事之间，出任何的力，或者出任何的主意——你们一参加，事情就要变得复杂了。你大约可以相信：我是不会下流到去玩弄少女的心的。L可能是佳耦〔偶〕——但我现在没有把握。压力一重——从她那里，或者从你们那里——我可能要退缩。但有一个女友通通信，轻描淡写地瞎谈谈，照我现在的 mood，我是欢迎的。情形暂时只能希望保持这样，所希望于你们者：

（一）她如不来找你们，你们不要去找她。

（二）看见了她，只算她是 one of the girls，不要对她另眼看待，你们任何举动假如引起了她过大的希望，可能是残忍的举动。

（三）看见了她少谈我的事。

（四）假如有合适的男青年，不妨也替她介绍。

总之，你们只算没有这么一回事。你们任何反常的举动，可能增加我的罪戾。目前我除了写回信以外，不能 promise 任何别的事。

Anna 大约有两个礼拜没见面了。最近王世杰来美召集劳干、李方桂等在金山开会，我交际应酬较忙，没有功〔工〕夫去紫禁城。近期内也许会去一次。Eliot 诗集，此间书铺有卖，我已买了一本。不去麻烦 Maria Chow 最好。其实你知道我花钱的习惯：什么几折不几折，根本不放在我心上。

B 方面，最近的发展，也许在交情上又进了一步，但是我是稳扎稳打，请你们千万不要兴奋。

她忽然要请客，请一桌中国菜。中国人请两个，一个是我，一个是也在 Center 做事的 Joe Chen，但她说希望 Joe 带一个 date。洋人都是她的好朋友，从 Jane 开始（Jane 在小学（？）教音乐，我最近在 Yee's 见过，她说以前也曾会过我，但我不记得了），有 Harvey 与其妻（Harvey 是 B 过去追求过的，大约是个英俊小生），另外（一）些名字也不记得了，但没有 Maurie，听名字好像都是 paired off 的。我听完后，就道："Am I supposed to be your escort that might？"她笑道："是呀！"我大为感动。我建议她请吃饭，我来买酒，她说只要 wine

就可以了，所以in a sense，变成我和她联合请她的朋友了。请客将在十一月的第一个礼拜举行，但我已约她在Halloween那天晚上出去吃饭。我的date将"不勤"如昔，我不希望再出现一次紧张局面，再紧张一次，此事可能仍会完蛋的。（她仍每星期去看一次心理医生。）

你以前曾写信劝我打进她朋友的圈子里去。我从未作此努力，但她自动要把我介绍给她的朋友们了。情形当然不就因此乐观，但至少在她rebuff我以后，我这个月来的继续比较温和的追求，已恢复她对我的好感。

我本来想object把Joe Chen也请进去，但我没有说。她也许觉得只有我一个中国人在一大堆洋人里，显得不好看。我之所以不愿看见Joe出现，倒不是因为Joe对B（or vice versa）有什么兴趣（其间并无什么），Joe是个外向性的很pleasant的上海人，他追些什么小姐，我很清楚。但他智力不够高到发觉我和B之间有什么关系，到今天他还不知道，因为B的请客还没有告诉他（我也不说）。但他将觉得很奇怪，我怎么成了B的date。此事我只好泰然处之，不能forbid他讲出去（其实禁止他也没有用的）。照他那种pleasant的上海人脾气，一定会把B请客之事作为谈话资料，开始在中国人圈子里流传，最后将传到Grace耳（朵）里。没有Joe在场，我的事情还可以瞒中国人，有了Joe，中外朋友将都知道我和B之间是有点密切的友谊关系了。

对付一个小姐，比对付中国人的舆论容易，至少我得准备一套话去向Grace解释。幸而这次是B请我，我还能shrug shoulders地说：其间并无严重之事。当然我是不喜欢说违背良心的话的。这种解释将很吃力。

事情十分明朗化了就好办了，但现在还没到这地步。但至少以后Grace如给什么大Party，我在礼貌上也该带B去做我的date了。

我最近心情舒畅，mood很好，上面所说的问题其实并不伤我的脑筋。我也不为将来建立什么幻想，我只是快乐地做人。过去有一段时间，我见了 B 很快乐，不见她则大痛苦。现在是见了她仍很快乐，不见她也无所谓。As a devoted lover，我已经大打折扣，但是就 maturity 而论，我是今年才懂得怎么交女友的。我因为已脱离痛苦的折磨，所以见了 B 就不紧张，恢复我（的）本来面目，做人大约也可爱一点。

　　未来的周末，世骧与 Grace 约我去 Monterey，事情是 Grace 发动的，看她脸上的表情，我知道 Martha 也在被邀之列。我没有说穿，但是预备硬着头皮去了。陈颖从纽约回来后，有一个月未见，最近又来 Berkeley，神情萎顿，说要自杀，原来他在 Palo Alto 的女友仍不断地和他见面，给他虐待。他在暑假里住在 Berkeley，后来又去 N.Y.，Palo Alto 的事算是暂时搁一搁。回校后，还是不能摆脱，而那小姐又是不顾他感情的一味“大方”，使他进退两难。我和世骧说了：何不把 David 一起请去 Monterey 呢？世骧当然认为很好，可以给他散散心。但是 Grace 知道了，脸上大为不悦：她是存心要给济安制造机会的。有了 David 这样一个 soliloquist，空气将变得不如她理想那样了。David 恐怕还是会去的。其实我和 Martha 之事，世骧早知毫无希望，但是 Grace 总想继续拉拢。我如有别的女友给她知道，她会恨那个人。我总想尽可能地不去得罪 Grace —— 其实我是不想得罪任何人的。

　　别的再谈 专颂
　　近安

济安
十月廿二日

Carol、Joyce 前均问好。

谢谢《天下》里的书目，这种资料如发现请随时赐寄。

612. 夏志清致夏济安（1963年11月2日）

济安哥：

十月廿二日信读后大喜。B对你在感情上已有做进一步的表示，这次她请客，你将公开以escort和host的身份在她好友面前出现，表示她很希望你们的关系正常化，以后在公共场所，朋友家里以steady"情侣"的姿态出现。Halloween吃晚饭，谈话想极投机，B party经过情形，下信想有详细报道。更使我高兴的是Louisa自己和你通信，而且你已很prompt地给了她两次回信。那次Louisa初次见面，给我的印象很好，她比不上Lucy那样"美"，但可能"妖媚"过之。身段苗条，两个酒窝很甜，为人和蔼可亲，而且显然对你大有兴趣。她的确向我问及你的通讯处，而且有勇气向你写信，至少表示她对你很有"爱慕"之意，并且表示她目前生活很寂寞，希望有这一段"友谊"的发展。L和其他五六位台湾来的小姐都住在哥大的研究院女生宿舍Johnson Hall，我第二次和她见面是在中国学生同学会上，她没有男朋友，我也同她跳了一两次舞，最后她们几位小姐有几位男生送回宿舍，但看来都是初次见面，毫无深交。L很忙，她除在Library Service School内念书外，周末晚上在"大上海"饭馆做waitress，星期六上午在中美联谊会教中文（即暑期同Joyce上学的地方），此外还在Library做几点钟工作。她周末时间都给工作占据了，无法好好地date，所以有一次她来office找我，我曾劝她少做苦工，多注意自己的 social life。她很有意转学读 history of art，而且经济上她有她父亲的朋友 support，似可以好好地读书。上次我请 Johnson Hall 小姐们吃晚饭，因为 L 得在"大上海"做工，不克参加，我就在"大上海"请客，有她照应，菜价很公道。最近两星期没有见到她，你的事我当然绝不讨论，我想她自己也不会启口的。你现在爱情生活顺利，和 L 建立一个较深的友谊也是好事，不管将来有无结婚的可能。我目前祇希望你和她不断通信，将来你决定和 B 结婚 or 和 L 结婚，要你自己做主了。想不到一向在情场内很少涉足的你，目前有好几位小姐对你大有兴趣，而且在你结婚前后，她们中一定有人要感到"落选"而痛苦的。

我最近的大事是把香烟戒了。十月二十日星期日家中没有烟，我到 drug store 去买了 Bantron 之类的戒烟药（前几天曾在杂志上看到 Quentin Reynolds endure Bantron 的大幅广告），我抽烟太凶，每天两包出头，可能三包，自己感到 disgusted，所以当天立志，结果发现戒烟很容易：头三天我买了两小盒五支装的 Robt. Burns 作替代品，每天抽两三支，同时服了 tablet，的确烟瘾大减，三四天内我祇服了五片 Bantron，同二三颗同类性质的 End-Hob lozenge，即把香烟戒掉，所以上星期我特别高兴，我 will power 并不大，竟能把十八年来的恶习惯 conquer 了。这星期过得也很好，虽然不抽烟打字写文章的难关还没有 pass。如今天给你写信，文思不来，又去买了一包 Robt. Burns，抽了一支。希望以后写文章需要抽烟作 crutch 的欲望也能除掉。不抽烟后，人不容易疲劳，晚上睡得晚，早晨醒得早，但可能因此有时睡眠不足。晚上读书似也有想吃零食的 compulsion。种种恶习惯，还得好好调整。我想不抽烟，ultimately 可使我 less nervous，健康也可大为增进，虽然目前有时感到因不抽烟而造成的 nervous tension 的时候。以前 Cleanth Brooks 抽烟极凶，后来经医生劝导，竟把烟戒掉，使我对他大为佩服。事实上，我很有洁癖，对 dirty ashtrays、stale smokes 相当厌恶，戒烟后，平日呼吸的空气也干净些。

你在Berkeley不争取教书or appointment态度很对，但事实上你既已允许世骧代你想办法，有时偶一谈及此事，也无伤大雅，否则studiedly unconcerned，反觉不自然了。下半年cross currents那一课教得一定很精彩，那时比较文学系trust你，弄聘书事想不难。Howard Boorman今年project结束，我想他也在找事，他虽徒有虚名，人缘也不差，但在第一流大学，找一个job，也颇困难。你的书一本送了de Bary，一本送了Martin Wilbur，D. Barnett研究中共，自己一定会定〔订〕一本看的。Martin Wilbur虽也研究中共，你的写作可能以前未加注意。我同Barnett很少有来往，对其他中共专家来往也很少，自己多看旧书，中共近况极少注意。

今天读报，美政府coup成功，Diem[1]、Nhu[2]自杀，Kennedy对付Diem政府的作风实在是不可forgive的。两三星期前，星期六，我看到哥大campus对Mme. Nhu[3]的picketing，那些衣服不整的男女青年（Zeno大概不少），看到后大为厌恶。事后知道Mme. Nhu来哥大演讲，所以有人organize picketing。Mme. Nhu讲话直爽，似乎太天真，但她的courage是值得我们佩服的。*National Review*最近一期有Claire Booth Luce[4]写的专文"The Seven Deadly Sins of Mme. Nhu"，

---

1 Diem，即Ngô Đình Diệm（吴廷琰，1901–1963），生于越南顺化，越南政治家，第一届越南总统。天主教徒，曾任阮朝首相，1955年在美国的支持下发起严重舞弊的选举，废黜阮朝末代皇帝保大，成立越南共和国并出任总统。因为对佛教徒的迫害政策而遭到激烈抵抗，最终被杨天明（Dương Văn Minh）将军在美国默许下发动的军事政变推翻，与弟弟吴廷瑈一同被阮文绒（Nguyễn Văn Nhung）刺杀。其遇刺标志着美越同盟的解体，越南共和国也随即走向覆灭。

2 Nhu，即Ngô Đình Nhu（吴廷瑈，1910–1963），吴廷琰的胞弟及主要政治顾问，对南越陆军特种部队和人民革命劳动党有实际控制权，在1963年的政变中与其哥哥一同被杀。

3 Mme. Nhu，即Trần Lệ Xuân（陈春丽，1924–2011），吴廷瑈之妻，因为吴廷琰始终独身，以及吴廷瑈的巨大权力，陈春丽成为实际意义上南越的第一夫人。因为其对佛教徒以及美国干涉的猛烈抨击，在1963年政变后流亡法国。

4 Claire Booth Luce（布莱恩·布思·卢斯，1903–1987），美国作家、政治家，报业

可以一读。Luce 和 Buckley 发生关系是第一次，美国最反共的，除 refugees 外，即是天主教徒。而 Kennedy 唯其 Diem 一家是天主教徒，而要 disown 他，表示自己办事"公正"。Joyce、Carol 近况都好，下星期王世杰⁵来哥大。再谈　即祝

近安

弟　志清　上
十一月二日

大亨亨利·卢斯（Henry Luce）之妻，政治保守主义者，以鲜明的反共立场著称，是美国历史上首位派驻海外主要国家的女性大使。作为发言人参与了从温德尔·威尔基（Wendell Willkie）到罗纳德·里根（Ronald Reagan）的每一届共和党总统候选人的竞选活动，同时也是一位多才多艺的作家，代表作有戏剧《女人》（The Women，1936）等。

5　王世杰（1891–1981），字雪艇，湖北崇阳人，外交家、教育家，巴黎大学博士，回国后任教于北京大学，与胡适等创办《现代评论》周刊。后从政，历任法制局局长、武汉大学校长、中央设计局秘书长、外交部部长等职，1945 年率团赴苏联签订《中苏友好条约》。1949 年赴台后继续从政，历任总统府秘书长、中央研究院院长等职。

613. 夏济安致夏志清 (1963 年 11 月 5 日)

志清弟：

今年暑假分手后，我曾说返白克莱后要少交女友，但最近为女友事大忙，情形大致尚好，心也不乱，请你放心。一切且听上帝的安排吧。（关于Monterey的一个小笑话：世骧在AAA定〔订〕了一个Motel，Motel名字叫做Bide-a-wee，回来告诉Grace，Grace听不清楚，世骧把Bide-a-wee怎么也念不清楚。）

先说10/26、10/27周末Monterey之游，我总算表现得很像个gentleman，但我一举一动一言一行，Grace似乎都在推测有没有"爱"的表现在内，这使得我很self-conscious，因此精神有点紧张。精神一紧张，"爱"更难发生，Grace的安排还是不聪明。主要原因当然还是Martha对我不够attractive，她实在是个很好的女子，智力为人都很好，就是不够attractive（这当然是主观的判断），和她在一起没有什么乐趣，加以我敏感地觉得：假如我多表现一些殷勤，我的用心将被误解；所以我只好显得冷淡。

在Monterey我还做了两件treacherous的事情：一是偷偷寄了张明信片给Anna，Grace看见我寄的，我只说是寄给志清的；二是偷偷买了个蝴蝶标本（十月间大批蝴蝶从Alaska飞到Monterey附近的Pacific Grove避寒，乃加州一胜景），带回来送给B。假如我把给

Anna 和 B 的心的一半，用在 Martha（身）上，Grace 恐怕要高兴得跳起来了。

过去几天，想 Anna 的时候较多，她在我心上的分量，已比过去增加。上信发出后，我又去看了她一次（送了她 T. S. Eliot），约了个date，乃是星期六白天（11/2）去看俄国 Bolshoi Ballet[1]。我约 date 还是不习惯，虽然约妥了，心里还有点紧张。其实我看见了 Anna 是不紧张的（看见了 B 更是心旷神怡），但 date 是个束缚：我寄托了很多的希望，又怕临时变卦等。还有到那种大场面去，被人发现等，想起来也有点紧张。脑筋里被那种思想占有着，所以在 Monterey 我主要想的还是 Anna。

昨天是 date 之日，我中午去她家（在金山）把她接出来，看完戏在 Tosca（我同她说："你在金山一定去过很多'吧'，让我带你去 My favorite Bar"，Tosca 是比较高尚的地方，她好像没有去过）畅谈，感情似很为增进，后来把她送到紫禁城。我对她说："这是我第一次在 natural light 下看见你，过去只是在灯光下，我常想在日光下你将是多么地美，but reality surpasses imagination。"她说 "T. A.，you are very kind"。其实她缺乏 B 脸上所有的一种文秀之气。

Anna 是个杰出的女子，非但智力远超出紫禁城的一辈莺莺燕燕，我相信加大女学生也很少有人能比得上她的。我过去曾问过她一个问题："What do you think of the Beatniks?" 你且想想看，这种问题叫加大、哥大或者 Potsdam 的女学生答复起来，恐怕她们说不出个所以然的。但 Anna 不加〔假〕思索地说："They are the worthless elements of society." 我又问她："What kind of people do you like?" 她：

---

1 Bolshoi Ballet（莫斯科大剧院芭蕾舞团），誉满全球的古典芭蕾舞团，1776 年成立，位于莫斯科大彼得罗夫大剧院（Bolshoi Ballet），是世界上最古老的芭蕾舞剧团之一，与位于圣彼得堡的马林斯基芭蕾舞团（Mariinsky Ballet）并称为世界上最优秀的芭蕾舞团。

"I respect those who respect themselves." 说话生辣得很，但显得其人对于很多问题都曾经想过，而且有很强的moral fiber。

又有一次，我的酒肉朋友老萧酒后向她絮叨，说T. A.怎么怎么地爱她想她等，她面孔一板，把他骂回去：Is there nothing in life that you hold sacred?（她已命令老萧，以后不许在她面前提我的名字。）这种话她理直气壮地脱口而出，足见她是有点moral convictions的。

T. S. Eliot她是不能全看懂的，我也不expect她看懂。但我在书前的inscription不妨抄在下面：

> This is a book that shows no mercy for shams but treats sacred subjects reverentially. Do not expect to find these clichés, which I understand you do abhor (我叫她签名，她说她不愿写clichés) be ready rather to admire the poet's ability "to see beneath both beauty & ugliness: to see the boredom & the horror & the glory." I hope you will find in Eliot a kindred spirit, because your beautiful eyes have already seen much of what is so neatly expressed here.

她对于这几句大为欣赏；她既然对moral问题曾加考虑，她内心的苦闷大约没有一个朋友（男或女）曾经像我这样地去接触到的。

Bolshoi是个了不起的Ballet班子，似乎比我去年看过的Leningrad班子好。看完后，她在Bar里对我说："观众大鼓掌叫encore，我真不希望他们来encore；跳ballet是多么吃力的事，第一次演得好，在encore时，就不一定能保持最高的水准；为了观众为了演员，顶好不要有encore。"这种敏感的地方，我自叹不如。你可想象她是个聪明而好心肠的女子。（在休息时间她没有站起来散步，碰见熟人的机会大为减少。）

我们谈了很多话。她似乎非常关心我对她的看法；她承认她有很多personalities，但真能认识她的好像只有我一个。我给她的 assurance：You may go on with your social activities and I may go on with mine; but I believe that somehow you will return to me and I will return to you.（她还追问我对她印象如何？我说 you are the most likeable，the most lovable person to me。）

你上次来信鼓励我去单独 date Anna，你说"彼此 confide in each other，是人生很大的乐事"。那时候我并没有把握她对我到底有多少信任，但她实在是当我好朋友看待的：她在紫禁城把我介绍给别人时说："My very dear friend T. A. Hsia"，另外一人就只是介绍名字而已。

我们谈到婚姻问题，她说人家都当她是"sweet little thing"，其实她已经 29 岁（一点也看不出来！假如她不说她曾投票选举，我以为她只有廿一二岁，后来我以为她顶多 25 岁），女人的本分是结婚生孩子云。她又说："好像是谁说过的：Anatomy is destiny，因为我的长相，反而交不到知心朋友。"

她学过画，曾经饭也不吃的花十六小时画了一幅画——她称之为 therapy。她记日记。她说前几天（星期一），她还给自己写了四页长的信——她常给自己写信。我问她有没有时候觉得 depressed，因此大量喝酒；她说大约一个月有一次。我问：为什么会感觉到 depressed 呢？她说：Personal reasons.（她是在天主教环境长大的，现在仍是天主教，但不大去教堂。）

我当然将继续 date 她，紫禁城也不必常去了。（她将于 12/21 quit，然后去 L. A. 家里渡〔度〕假两星期再回金山，前途茫茫。）总算在 B 之后，我又找到一个红颜知己。我如用力追求，也许会同她结婚。她真是出污泥而不染的女子，但讨到家里，我将如何应付她那些 show girls 的朋友们？ And what would Grace think of the affair?

Anna 之事紧接 B 之事，我避免了不久以前犯过的错误。我对付 Anna，自信很体贴而大方，现在已经赢得她的尊敬（她说：I have enormous respect for you.）和信心，继续 date（只 date 过一次呢！）也许会赢得她的爱。反正我一切听其自然，但假如没有在B那里受到的"教育"，我和Anna的事情进行不会这么顺利的。

和Anna谈话，虽然很投机，但总还觉得是新朋友；和B在一起，有老朋友的不拘形迹和更完美的confidence，所以我在前面说：和她在一起有心旷神怡之感。B和Anna间最大的不同是：Anna很不幸地在一个不大正常的环境里（家境也较差，她父亲是在L.A.医院里做janitor，有三个姐姐都已出嫁，其母已死）。她努力挣扎要做好人，要过正常的生活，moral force反而比别人强。B是在比较正常的环境之下长大的，反而想要做beatnik，要表示反抗。假如B不下决心想回到正常的生活（就是我所能adapt的小资产阶级学园生活），我认为Anna对我反而比较合适。因为Anna想过正常生活的心，是担保她真能过正常生活的。

且说Halloween那天晚上，我去B的psychologist的office接她。那office很奇怪：一座大楼，很多doctors的名字，那些doctors全是psychologists！大约是代表各学派的。（我没有看见那医生。）

我们一起吃了晚饭，再去Tosca里喝酒。她软语温存，我觉得很快乐。我因为不再提love的事，所以内容没有什么重要性，但她说我（这话她以前也说过）对女子还是naive。（这个我告诉了Anna："Some girl friend of mine said that I was naive"；她说："You are not naive, but you are an individual…"）我们乱七八糟可谈的事情很多（学校、Center、psychiatry、电影、越南等），她已把The Group看完（我为了要和她谈话，也挤出时间来把它看完了），我同意她的看法：全书内容似乎单薄；我说："最后出现Lakey收束全书，plot显得absurd；但Polly Andrews两章写得还是好的。"她说："这些女孩子之中，性格和我最近的还是Polly Andrews；此外，我还带一点Libby的性格。"那天她告诉我决定不请Joe陈，我大为赞成。（以上十一月三日写。）

信写到这里，收到来信，知道已戒香烟，甚慰，我在最近，曾有半天（上午）不抽烟（觉嘴里太干），但到了下午，就受不住了。但是 pipe 总比香烟温和得多。

再回到我的浪漫史。希望你不要进劝告，因我自己也不知道该怎么办。再则不要把我比作 Prince Myshkin，他是个十分纯洁的人，而我是个足智多谋的人，其间的差别是很大的。

四号是 B 请客之日，我衣服也没有换，就是 sports coat，上班穿的那一身衣服，因为我知道 B 的朋友大多衣衫不整，我穿得整齐了反而被人瞧不起。我买了三瓶 white-wine（"green Hungarian——B's favorite"），放在冰袋里 chill，搁在车子的 trunk 里。

Jane 已经先在 B 那里，我把她们二人接到金山，先喝了一个 cocktail，然后吃饭。一桌七人，Harvey 与其妻 Alice，Alice 之弟 Boz（？），另外一青年 Roland（Christian Science 教徒，不喝酒）。Harvey 留了 Tennyson 式的黑胡子，的确很英俊，现在 U. C.，读英文系 B. A.，人显得很聪明，我和他谈话较多。吃饭地方是京沪，菜是我点的，大家吃得很满意，整个晚上，B 显得非常快乐而活泼。我越看她越觉得她美，虽然她毫不打扮。Anna 是天生丽质，加上她对 hair-dressing 有专门研究，把自己头发横弄竖弄，打扮之漂亮，那是不用说的了。但因为她打扮得漂亮，多看反而看不出更多的美。B 毫不打扮，反而叫人越看越可爱。Anna 的音调很甜，但说话生辣有锋芒，显出刚烈的个性；B 的个性恐怕也很刚烈，但声音柔和 modulated——就是我所谓"软语温存"。和 Anna 在一起，我并不觉得要靠近她；和 B 在一起，似乎和她越靠近越快乐似的。还有一点很明显的不同：B 是个 blonde beauty，Anna 是个 brunette beauty。

前面我说，因为我在 B 那里所受的"教育"，我知道如何追求 Anna；应该补充的是：在 Anna 那里所受的教育，也大有助于我的追求 B 也。

你、Carol、Grace 等，你们都没有看见过我现在应付女孩子们的潇洒自然。我在紫禁城是一副不在乎的样子，但对于 Anna 则显得很诚恳。在京沪也〔亦〕然。我是老了面皮，完全以B的男朋友姿态出现，Jane之在场，一点也不使我紧张，反而使我向她表示我是在追求B。Anna在紫禁城是很引我为豪的；B在Jane面前似乎也引我为豪。

B之请客，原来是go dutch的，我向他们每人收三元钱，酒和小帐〔账〕都是我来了。大家吃得很满意，都向我道谢，我说："不要谢我，请谢B，As you know，I am only her most loyal & obedient servant。"

把B和Jane送回B的家，二女都谢我。我对B说："I must thank you for having included me in tonight's party. Do I understand right that tonight's party represents the charmed circle closest to B? "B点头，Jane也点头。我说："Then thank again for your permission to have me included in that circle; and let me hope that I may get some promotion later."这种话让Jane听见了，当然大可帮助build up B的社交地位。Jane假如是B的好朋友，一定会替她觉得欣慰，虽然B要不要我还是问题。我相信我这种表示是应该做的，这也许是B所expect我做的。

但前途未可乐观。你也许有个问题要问：为什么去看Russian ballet，我请的是Anna而不是B？原因之一当然是我想cultivate和Anna的intimacy；之二是我没有把握B会答应和我同去。她在生气的时候，曾经说过："我再也不跟你一起出去了。"这话她也许预备要收回了，但我当它是真话，对我也没有害处。现在B对我的好感增加，是没有问题的；但是在"爱"与"不爱"之间的许多nuances，我过去是模模糊糊的，现在有更清楚的认识。B对我的真意，我还得多方面地probe——这也是一种moral education也。她对我的在增加中的好感，是我的一笔财产，我不能乱花。暂时放在那里不用，对我没有害处。也许会很快地如你所说的"大跃进"式地进入steady"情侣"阶段，也许还需要追求一个时候。追求的方式我现在尚没有定，但在这方面我现在是足智多谋；她若希望我追，一定还会有hint过来的。

追Anna也不是容易的事。以她的美艳，拜倒石榴裙下之男子一定很多，但我在那方面曾经用了很大的心思，so far没有一步是走错的。在最初，她还reluctantly地给我她的电话号码，现在我相信她是天天expect我的电话的了。

有了两个女朋友使人心境愉快，容易左右逢源，不致哭丧着脸地苦苦追求，而两个女朋友都会觉得我可爱。过去的吴新民是如此，我到现在刚刚学会这步功夫。（当然现在的我比过去的吴新民是智慧成熟得多了。）

今天上午（五号）又发生了一件奇怪的事情，此事之怪，只能委诸命运。你想还记得S，她是个有心计手段，而聪明外露的女子，与B之坦白、Anna之刚烈不同。今天忽然她打个电话来，格格地笑，求我帮她一个忙。她现在在这里的Machine translation project做事，office有个男同事（美国人）向她纠缠，date她吃午饭啦，下班时要送她回家啦等等——总之，一切我可能去麻烦B的事（但是，wisely，我没有那么做），那位男士都做了。她说她现在没有steady的男友，摆脱那人的追求很难，问我肯不肯冒充一下她的男友？我说可以的，但今天中午学校有bag lunch讨论会，但下午我一定去接她回家，我又开玩笑地说："只要不跟那人打相打，我是什么事都肯做的。"

这种事只有在电影里会发生到Jack Lemmon的身上的，想不到竟会发生到我的头上来。我只觉得好笑（so comical!），但是最近这一步命运虽然并非桃花运，但是够香艳旖旎的了。这许多女孩之中，Anna的性格最serious，对我亦很serious，不可以以为她是show girl而小看她也。B性格温柔，但精神有病，怕sex，拿不定主意；她过去曾警告我不要press她，不要引起她的panic等——这种话我当牢记在心，将继续以很温柔、诚恳、坚定尚带点幽默感的态度对付她。S是我把她介绍给那傻子David的，她自负聪明，到底存什么意思，我不知道，也懒得去研究。总之，她和我是相当intimate的，只是我在avoid她。我现在将冒充一下她的男友，反正此事随时可停止的。Anna那里将继续date，B那里还得再看一阵风色。此外我还得读书作文，最近生命力之充沛，大约可使你吃惊吧。

L之事引起你一阵兴奋，但我第二封信去后，至今没有回信。我回信之promptness，使得她有点害怕，但信里语气之cool，恐怕使得她有点失望。也许她事忙没有功〔工〕夫写回信，但我在Bay Area如此活跃，远在纽约的任何小姐不能和我建立任何亲密关系的。L之事我当然最近没有功〔工〕夫想它。

最滑稽的是，可能Grace还认为我没有女友，但是又因shy之故不敢接近Martha——她还问我："你是否曾take什么religious vow不结婚？"（因为我是佛教徒。）我大笑，但我的两个女友都没有到公开的时候。B若继续向我表示好感，我倒不怕公开。Anna的事就比较复杂了。

四号早晨天雨，B忽然问我："On a day like this, what are your butterflies doing?"（指的是在Pacific Grove避寒的蝴蝶与我带回的蝴蝶标本。）我说："Shivering in the rain, dreaming of the springs in the Arctic Ocean."男女间如此有情趣的谈话，这个世界上大约是不多的了。

你上次提起的Audrey Hepburn用的香水叫什么名字？我忘了。B是不用香水的，但Anna将会很喜欢收到这样一个礼物。再谈，Carol、Joyce前均问好，专颂

近安

济安
十一月五日

614. 夏济安致夏志清（1963 年 11 月 8 日）

志清弟：

上信发出后，心里混乱了一阵子，信的内容亦许使你兴奋，如果事情真的那末〔么〕顺利的话，我也许无法读书做事了。但是忽然事情急转直下，B之事可说全部垮台，Anna那里也希望渺茫，你说怪不怪？两件事如此解决，也许是我下意识求来的；而我对事情的判断，实在也太不高明。你恐怕在那里大为乐观；我总算极力在防备乐观，但我的想法还是建立在乐观上面的，因为乐观，反而增加忧虑，对人生前途需要严肃考虑，所以这几天我其实并不快乐。现在忽然变得前途空虚，倒有解脱之感，倒觉得轻松起来了。过去几天的虚假的乐观，我既已严肃地认识，你当相信我是在说老实话：我并不感觉痛苦。Date还是会有的，但结婚的可能性已经降到极少；B绝不可能，Anna的可能大约只有千分之一吧。

先说忧虑：一则是人生前途严肃的考虑；二则B和Anna我都喜欢，两者不知如何取舍，只怕取了一个伤了另一个人的感情；三则我的读书作文和一般普通的（陈世骧啦、同事们啦）应酬很忙，假如加上对两美积极的date，我的时间将应付不过来；读书作文是不能牺牲的，只好牺牲一般性的应酬，我是很要朋友的人，如何向他们交待〔代〕，将或为一个很严重的问题。

这些现在都成了杞人忧天，问题可以说莫明〔名〕其妙地都解决了。

B还是继续待我很好，她说她的朋友都liked talking to me；Harvey的妻子Alice说我是"neat"（B特别解释是slang；根据韦氏大字典，此字意义为wonderful、fine、admirable）。星期二下午我是冒充S的"爱人"去接S的；星期三下午我驾车送B回去，并约好星期四再到金山医生那里去接她。

事情不是很顺利吗？怎么会垮台的呢？上星期四我去接B的时候，在waiting room碰见一个青年Walter（此人此前在party里见过），他也在看心理医生，B出来，就是他进去。上星期他报告一个他们认识的朋友，坐机器脚踏车撞车自杀殒命。B出来后说，他报告这种惨事时很带一点malice——这就是他的病。这个星期四是我先到的，Walter来了，他说："你知道吗？"我说："什么事？"他说："B报名peace corps，决定要去Nepal，现在恐怕就在里面同医生谈这件事。"他又说："很抱歉，这应该让她来告诉你的，I took the thunder out of the news。"我说："我从未在心理分析榻上躺过，不过我可能向你坦白一件事：过去中日战争时，我身体很弱，但是我坚持要去中国内地旅行，不顾家庭反对。结果去了也没有什么坏处。年青人就喜欢冒险。"——我这种答复恐怕大出Walter意料。那时B出来，我给他们二人看我带在身边看的书：Cyril Connolly: *Enemies of Promise*[1]，我说他的 *The Unquiet Grave*[2] 也很好云云。我就

1　*Enemies of Promise*（《前程之敌》），西里尔·康诺利（Cyril Connolly）著，1938年英国劳特利奇与吉恩·保罗出版社（Routledge and Kegan Paul）出版。该书兼具文学批评和自传的性质，讲述了其对于文学以及所处文学时代的观察，罗列出其认为对成为一名优秀作家不利的种种因素，并回顾了其自身的成长经历，被认为是康诺利的代表之作。

2　*The Unquiet Grave*（《不平静的坟墓》），西里尔·康诺利著，1944年英国柯温出版社（Curwen Press）出版，采用了帕里努鲁斯（Palinurus）的笔名。该书是一系列箴言、语录、怀古冥想以及精神探索的合集，包括康诺利喜爱的作家如帕斯卡尔

带 B 出去吃饭了——最近 date 之勤，实在也可怕。

今天晚上的谈话经过，我不预备详细报道。要点是她最近确是有可能要去，但已决定暂时不去 Nepal，但将来还想去。这使我大倒胃口，她并无同我结婚的意思。我假如用力穷追，她也许会回心转意，但那样追将是非常吃力的事，可能把我搞得心神不安而且 notorious。追到手了，结婚了，她假如又出了什么主意——又要去 Nepal 了，这叫我怎么办？（她自己承认是 whimsical 的。）我叹气说道："Poor unhappy B!"她也只有苦笑。我们谈得还是很愉快——我的心平气和从上面和 Walter 谈话那一段里就看得出来，但我已决心放弃追求。这个决心已经存过一次，那是她把我推开的时候；现在她待我是很好，但暗中进行去 Nepal 是我所不能了解的。我只能认为她精神不正常，不可存娶她为妻之心，决心放弃追求。这只是 confirm 我最初的印象："佳耦〔偶〕不在此。"我们并未闹翻，以后 date 还可能有，但我将不存任何 serious intentions。B 是个很可爱的女子，是个 fascinating character，但到现在我并不了解她（她越是跟我无所不谈越是显得神秘），虽然我很想了解她。我如受她之迷，可能会成为 *Tender is the Night* 中的医生。她的精神的创伤是我所无法探测的（B 实在是 perceptive 到极点，她指出我对她有 hostility——这是我自己没有觉察到的），我的全部小小的智慧对她将不起什么作用。至于爱情征服一切云云，我是不相信的，何况我并没有那么伟大的爱情，她对于我有什么爱情存在，那更是渺茫之极的问题了。我是认输了，但是也解决了一个问题。（Walter 假如有 Iago[3] 式的狡计，那末〔么〕他已经成功了。）

（Pascal）、德昆西（De Quincey）、尚福尔（Chamfort）和福楼拜（Flaubert）等的名句，以及来自佛教、中国哲学以及弗洛伊德经典中的片段。

3　Iago（伊阿古），莎士比亚悲剧《奥赛罗》（*Othello*）中的人物，是剧中最主要的反派人物，以诡计令奥赛罗怀疑其妻苔丝狄蒙娜（Desdemona）与其副将凯西奥（Cassio）有染，最终导致奥赛罗杀死了妻子，并在得知真相后自杀。

回来后打了个电话给Anna ——这个电话我是早想打了，但这个礼拜她们在排新戏 —— rehearsal，我知道她们下午都没有空。我约她星期天出去玩，她说星期天她有一个steady date，无法应命。下星期且看rehearsal进行（得）如何，那是要Coby决定的。假如继续rehearsal那就不行了，叫我再打电话试试。Anna有steady date，倒是很可能的事，而且她也应该告诉我。我无此雅兴同人家多年老友去竞争，但Anna是个正常的人（比起B来），她知道我不会去逼她，继续date我相信她仍是欢迎的。但这么一来，Anna那边的问题也变得大为简单。伤脑筋的事一下子都不存在了。你说人生的变幻大不大？快不快？

以上七日晚写。

昨晚吃一顿hearty dinner（Prime Rib，餐馆名叫House of Prime Rib），睡得也很好。情绪方面有轻松解脱之感，至少可以专心back to work；再则别的普通的朋友来约我，我也可以大胆接受 ——本来这几天我有点怕答应人家的邀请，怕小姐们对我有什么demand。现在又回到过去的routine了。

前途看来有点bleak，这也许使你有点失望。上信我用"风光旖旎"四字，好像前途灿烂似锦，百花齐放，满园春色。这使我get excited，也有点慌张，因为可能将进入新的经验，而我尚未got prepared。现在我曾经幻想过的花，大约是开不出来了（B和Anna）；你可能会指出还有S、L、Martha等，要得到小姐们的安慰，路子还是有的，但是下意识里我也许不想结婚。对于B至少有两次机会，我可以求婚（也许你认为我应该求婚的）。一次是五月间我第一次在她家长谈，她提起想结婚生孩子等，那时我"求婚"的话在口边，可是没有说。还有一次就是昨晚，我可以求婚表示我的真意。劝她不要去Nepal，她当然会拒绝，但也许会觉得感动。但是我并不感觉到有那种"真意"，我只是感觉到puzzled，也有点aggrieved（for her）与betrayed。她一门心思想去Nepal ——这使我想到Schurmann太太，这种女子不论多么可爱，不是我们这种男子所能应付得过来的。我的 ardor 的确一落千丈。她问我去过西藏没有？我说没有。问我想不想去 Nepal，我眼睛看天花板没有答复。

Anna 那边，我还没有建立起什么 intimacy，当然我不该存什么希望（和 B 如此 intimate 的关系，其实是很宝贵的），但有两点我还是确信的：（一）她是个好女孩子——性格是近乎尤三姐的（我最近又重读你的《红楼梦》大文）；（二）她真的 appreciate 我对她的 admiration。也许这些又是"错觉"，但就根据这样的错觉，我还可以同她继续来往。

B 本来可能在最近期内就去 Nepal，现在决定拖到明年六月以后。她说她精神有病，凭这一点，Peace Corps 也许会 "deselect" 她。我所关心的不是她的去不去 Nepal，而是她想去的"心"——这个心不是我所控制得住的——这是昨晚最大的 revelation。（她没有挑选 Nepal，她在表上填的是东南亚，Nepal 是 Peace Corps 给她指定的。）

小姐们对我追求的 response，没有我所想象（或恐惧）的那样 serious，这样减轻了我的 moral responsibility，因此有轻松之感。但这同时又刺破了我的 inflated ego，因此有空虚之感。还有一点很重要的 realization：赢得一个女子的爱是多么不易的事。

目前我最大的 worry，倒是在对付 Grace 一事上。照前两天我的乐观情形，我是准备告诉 Grace 我有女朋友了。她听见了将会兴奋，但也有点失望（为了 Martha）。但我还是十分 prudent，我没有你那么乐观，我预备再观望一个时候；不要糊里糊涂向世界宣布有女朋友，结果还是一场空，为世人所笑或怜悯。现在证明 prudent 还是对的——结果我做人将越来越 shrewd（为保护自己），和钱学熙所歌颂的 spirit 越来越背道而驰。但是那些日子既然预备向 Grace 宣布有女朋友，现在忽然又没有女朋友可宣布；这样一翻一覆，心里的空虚之感可能是这么来的。我虽并不 seriously 地考虑结婚，但很想"挣〔争〕口气"给 Grace 看看：不要她帮忙，我也会自己去找女朋友的。现在这口气是挣〔争〕不过来，在她面前还是抬不起头来；对她一番好意，还是只好支吾其辞〔词〕地敷衍。

你可能会想起L、S等等。但是现在我又回到专心读书的mood，又离开了卖弄风情的心境。并非因bitterness之故；比起以前来，我现在可说是很少有embittered之感。B和Anna是我所追求的人，追求越顺利，我对别的女孩子越和气。越不顺利，越不会去理会别的女孩子。

再回到上信开头所说的话：今年暑假跟你分手时，我是预备少谈恋爱的了；但接着的是一阵"风光旖旎"。现在似乎又回到暑假完了时候那种心境了：将不预备在女朋友上面多花精神。话虽这么说，命运的安排还是很难测的。最近因在交际女友上获得很多经验，心里也许产生了较强的交女朋友的disposition：I have become more receptive to feminine charms。但我开口命运，闭口命运，表示我的态度还是passive的，我不再可能拼命穷追，所以事情成功的可能性很少——这句话你该听着，以temper your optimism。

一般而论——这封信的tone亦可以表示——我是心平气和的。和B的关系不会断，但是我不能想象有什么东西可以克服我的disgust之感觉。Anna的芳心，还得慢慢地explore——且不说是征服，但我不会给她很多时间。到紫禁城去找她是很容易的（但我不想多去），但date她到外面来，她恐怕也没有很多时间，即使她是真心愿意的。六天晚上和星期天一天（星期天紫禁城休业）她都是not available的，但意外的发展还是可能有的（例如：别的小姐进入我的生命）。再谈，专颂

近安

济安

十一月八日

Carol和Joyce前均问好。

615. 夏志清致夏济安（1963 年 11 月 18 日）

济安哥：

十一月初两封长信先后收到，本拟上星期写回信，不料Hanna、世骧他们先后飞来纽约开会，未果，祇好把信留到今天(星期一) 才写。十一月五日的信读后很高兴，但十一月八日的信读后也并不太失望，因为你对交女朋友这事的态度已改变了，虽然B的心理很难捉摸，Anna方面即想正式追求，周折一定很多，你"风光旖旎"的日子当仍将延续。所谓"交桃花运"者即是你天赋对异性方面的温存体贴的belated blossoming。从小早应交女朋友的，但一直心理上、物质上准备不够，没有心平气和地好好追过。现在心理上不但你已more receptive to feminine charms，即对结婚一事也已减少了无谓的恐惧，物质条件也转优，所以你能同你目前所喜欢的女子结婚，当然很理想，但假如B和Anna和你无婚姻之缘，她们的good will和友谊使你深深体会女性的可爱，你也得感谢她们，不应有极大的遗憾。B报名加入Peace Corps，事情看来似乎奇突，但也并非不可预料的。以前法国有个Foreign Legion，失意和犯罪的男子，很多加入Legion到菲〔非〕洲去充军。Kennedy的Peace Corps对美国大学已毕业而尚未出嫁的女孩子有同样的吸引(力)，假如她们早已有不满现状，idealistic倾向的话。我Potsdam教过的女学生，现在也有两位在菲〔非〕洲，另外一位，我也recommend过，但最后结婚了。

她们都有中上之才，理想较高，看到自己同班的同学都已结婚生孩子了，自己教书也没有出息，最后就去报名参加Peace Corps。她们同事之间，idealistic的男子，想也不少，服务两年后，可能也找到一个男友结婚，从这一方面看，Peace Corps可说是政府给restless青年所provide的一个婚姻介绍所。但这种女孩子，在低级民族间承劳受苦，受侮辱，我总觉得有些冤枉（男孩子他们自作自受，我对他们没有多少同情），所以每次给Shriver写介绍信时，心里总很不痛快，我以为唯其她们情愿join Peace Corps，they are too good for the Peace Corps。想不到B也想走这一条路。要劝醒她事实上很困难（虽然她自己会改变主意），要劝她和你结婚，情形更不简单。每人似乎都要fulfill自己的destiny，劝也无益。她去Nepal两年，可能生活更barren，回来后，一无倚〔依〕靠，重打天下，谈何容易？这些practical difficulties你可对她明说，听不听由她。你们仍旧是好朋友，但你没有把全部时间精神invest在她身上的必要。

Anna的确是个性强，知是非，有骨气的好女子。但她的past想也很复杂，她既有一位steady的朋友，除非她对你表示爱气〔意〕，你也是以admirer、friend的姿态出现较妥。她当然极appreciate你这样一位admirer和boast她morals的忠友，但她will power很强，自己也很有主意，在她没有给你明显的encouragement前，你也不必花气力献太多的殷勤。Anna很看重自己的career（自己有她的shop，不必向男人求媚），可能为追求self-reliance而甘愿放弃结婚的计划，真像B为追求某种intangible的理想而不肯好好地结婚settle down。总之，和普通中国女子相比，Anna、B都比较不平凡，不conventional，同时在人生大路上受了不少颠沛之苦，她们的个性和谈吐似更见得不俗。相反地，一般eligible而想结婚的女子看来似较dull，因为so far她们的生命还是一片白纸，而且她们除想结婚外似没有什么别的理想。但这种dullness，仅是apparent的而已，因为她们的个性还没有经过考验，可能她们在结婚后，方能把她们的potential全部表达出来。我的意思是：许多的on the market的中国女子，你也不必逃避她们，她们so far没有suffer过，不能有她们的wit、vivacity和极明显的个性，可能有你爱情的浇灌，她们也能开出馥郁的奇葩。你同Martha虽然集体玩了好多次，但从未好好地深谈过；你如给她一个机会，她可能也能流露出你一向所未suspect过的可爱处。至少你可能会revise你对她physically不够attractive的看法。你date女孩子已很有经验，何不给她一个单独谈话的chance？

我并不是同意于Grace的安排，但没有她在一起，Martha自有她的可爱之处也说不定。同样，S自动打电话给你，要你做她的champion和protector，表示她对你颇有好感，至少，在她认识的eligible bachelors中，你是最可靠、最可亲的（除非她已看穿你没有追她的野心）。你平日escort她的时候，也可好好地和她谈谈，约她吃饭看戏，看她反应如何。L最近没有信来，可能是觉得你诚意不够而被hurt，觉得自己不可能和你有结合的希望，连写信也多此一举了。但她的冷淡并不能说明她初次拿起笔杆和你写信时的勇气，和她在写信时所托的希望，你如对她有兴趣，不妨写封较passionate的信，看她下文如何。当然你所认识的女子不止这几个，以后你可能交识的女孩子，也很多很多。我的意思是：不要因为某女子和你结婚可能性较大，而觉得她平凡，也不要因某小姐结婚可能性较低小，而觉得她fascinating。在平凡中看到不平凡处，是浪漫主义的真谛，可能也是人生艺术的真谛。你这许多女朋友，我一位也没有见到过，除了L。我对L颇有好感，所以希望你和她继续通信。以上不算是劝告，但近半年来你对交女朋友既很有兴趣，待嫁而对你有好感的女子，不妨也多有来往。她们的compliance可能也是一种温柔的表现。从B、Anna那里听到失望的消息后，想能settle down，好好工作，为念。

上星期三和Patrick Hanan吃了两次饭，此公人很可亲，对《金瓶梅》所做research的工夫，也很令人佩服。虽然他并没有想把这本书好好地估价一番。Hanan最大的贡献，是证明《金瓶梅》中的许多词曲都是抄来的，是当时popular的歌曲。这样看来，《水浒传》、《西游（记）》中的大段词赋，可能也是套用现成的材料，也说不定。星期四世骧飞到，晚上陪他吃饭，同往房氏夫妇处谈了一阵，房兆楹夫妇[1]汉学家朋友很多，以后有人来，不必专由我出面做主人，给我便利很多（星期六中午和世骧、联陞、Albert Dien[2]聚餐，也是房氏请客）。星期五他们开会，星期六晚上，世骧请Kazin[3]夫妇，我陪客，在新月吃晚饭（先定〔订〕了一只"金蒜〔葱〕扒鸭"的大菜），十一时散局，还到Kazin家里谈了一阵。世骧的文坛好友Spender、Kazin都算是liberal较左的分子，这些人心地善良，年轻时对人类抱着过大的希望，年长后dream不能如愿，归咎于希特勒和资本主义本身的腐败，虽然Kazin对十九世纪美国libertarian的思想是很nostalgic

---

1　房兆楹（1908–1985），历史学家，毕业于燕京大学，后赴美参加清人传记写作计划，与妻子杜联喆参编《清代名人传略》（*Eminent Chinese of the Ch'ing Period, 1644–1912*，1943–1944），合编《三十三种清代传记综合引得》（1932）等，成为清史研究专家。二战后继续活跃于美国学界，1965年参加美国哥伦比亚大学"明代传记历史计划"，与福路特（L. C. Goodrich）合编《明代名人录》（*Dictionary of Ming Biography, 1368–1644*，1976），成为明史研究的经典。杜联喆（1902–1994），房兆楹之妻，毕业于燕京大学，与丈夫一同赴美求学，并参与清人传记写作计划，合作多部作品。20世纪60年代主持哥伦比亚大学中国近现代人物传记计划，编有《明朝馆选录》，辑有《名人自传文钞》（1977）等。

2　Albert Dien（丁爱博，1927–），美国汉学家、史学家、考古学家，专长是魏晋南北朝时期考古学，先后任教于夏威夷大学、哥伦比亚大学和斯坦福大学，代表作是《六朝文明》（*Six Dynasties Civilization*，2006）等。

3　Kazin（卡津，1915–1998），美国作家、批评家，出生于布鲁克林，"纽约知识分子"的代表人物之一。作为犹太移民的后代，其作品中常常描述20世纪早期美国的移民经验，以《扎根本土》（*On Native Grounds: An Interpretation of Modern American Prose Literature*，1942）成名，其他代表作有《城市里的漫游者》（*A Walker in the City*，1951）、《当代人》（*Contemporaries: Essays on Modern Life and Literature*，1963）、《纽约犹太人》（*New York Jew*，1978）、《上帝与美国作家》（*God and the American Writer*，1997）等。

的。Kazin 夫妇你也见过，人 unpretentious 而 charming，而且够朋友。哥大英文系教授都太忙，平日我也不去找他们。假如哥大有世骧这样的 liaison Professor，情形可能不同。上次你们 Carmel 之行，世骧看到你对 Martha 没有什么兴趣，认为你无意结婚，做媒的热诚〔忱〕，可能多少 dampened 了。Grace 如因做媒失败而不高兴，你可想些方法 please her。和世骧、Kazin 夫妇谈话，我无意称 Grace 为 a Grecian urn，后来想想她中文名字的出点的确在 Keats 这首诗上。有什么地方可以买到一只小型仿制的 Grecian urn or rose，倒是给她极适合的礼物。如能买到，可算我们兄弟及 Carol 同赠的。这次世骧飞来，又带来两种小玩意儿（scarf for Carol，origami for Joyce），请向 Grace 面谢。

你情场失利，并不太感痛苦，这句话我相信。值得记忆的还是和 B、Anna 同玩时谈话的乐趣。最近十天，可能另有新发展，也说不定。我生活上除读书教书外，平静得一无风波，电影也不常看，闲书也懒得看。中国人间很多对 Mme. Nhu 有恶感的，世骧也在内，我觉得很奇怪，这次 Barghoorn[4] 被释放，即是 JFK 稍表态度强硬的结果，JFK 对苏联强硬了两次，两次都见微功，他的妥协政策无处不失败。这次阿根廷开了先例，把美国的 oil investment 充了公，以后美国在南美及其他各处的产业都有充公的危险，想想很令人气愤。

昨晚看了 *The Condemned of Altona*[5]，此片因 Carol 推荐，并我对 M. Schell 的演技极佩服，所以去看了，但颇不满意。Sartre 的原剧

4　Frederick Barghoorn（弗雷德里克·巴宏），美国学者，苏联问题专家，耶鲁大学教授，肯尼迪总统的好友。1963 年访苏期间被克格勃以间谍罪抓捕，并希望用其交换在美被捕的苏联间谍伊戈尔·伊万诺夫（Igor Ivanov）。由于肯尼迪的强硬无罪声明，苏联方面只好将其无罪释放。

5　*The Condemned of Altona*（《万劫余生情海恨》，1962），剧情片，维托里奥·德·西卡（Vittorio De Sica）导演，索菲亚·罗兰（Sophia Loren）、马克西米利安·谢尔（Maximilian Schell）主演，二十世纪福克斯发行。

想是同Miller的 *All My Sons*[6] 差不多性质的东西。"新月"附近新开了
一家"会宾楼"（Harbin Café），经常有豆浆油条，你再来纽约，当可
去常吃，其他一切想已由世骧转告，祝你心境愉快，不要太用功。
Carol、Joyce皆好，即请

秋安

弟 志清 上
十一月十八日

Audrey Hepburn用的香水是Givenchy特制的L'Interdit，大百货
公司想都有出售。

---

6 *All My Sons*（《私欲》，1948），剧情片，亚瑟·米勒（Arthur Miller）编剧，欧文·瑞
斯（Irving Reis）导演，爱德华·罗宾逊（Edward G. Robinson）、伯特·兰卡斯特
（Burt Lancaster）主演，环球发行。

616. 夏济安致夏志清（1963 年 11 月 22 日）

志清弟：

　　来信收到。承蒙关心近况，谢谢。我最近心境又很轻松，想必是你所乐于听见的。来信对于我心理的观察，真是入木三分。不易追到的小姐，假如她另有别种 charms，对我确有很大的 fascination；"待嫁"的中国小姐，我看来的确很 dull。你的分析是对的，虽然我一时不会接受你的劝告。

　　现在我的 no.1 女友成了 Anna，我相信我们彼此吸引的地方很多，而我一辈子从来没有对于一个女子如此大方，如此温柔，如此用心去了解。对于 B，事情只好算是已弄僵了：毛病出在 from the very beginning，我抱有"追求"之心，这使得我的做法很幼稚；后来恐怕还有一种"追求不到"的悻悻之心，我虽想在她面前力求 charming，但我的 hostility 还是瞒不过聪明的 B。她指出我对她有 hostility 之后，我恍然而悟，决定再 cool off 一个时期，以 inaction 来表示我"改过"之真诚。

　　上信以后，我 date 过 Anna 两次，都是在 Chinatown 吃的晚饭；饭后我送她回紫禁城；两次在紫禁城都没有坐，她也劝我不必去紫禁城。所以 date 只是花了吃晚饭的钱，是很俭省的 —— 我反正要在外面吃饭，和 Anna 在一起吃当然使我快乐得多。

　　我们谈得很投机，什么都谈，除了一个题目：她的 steady 朋友。对于此人我毫无好奇心，她透露有此人，就是要put me in place，我就act accordingly，照你来信所说，以admirer、friend姿态出现，不去逼她，不去claim她的礼拜天，所以双方很愉快。过去——才不过几个月以前，而我已学到多少东西！——B告诉我有Maurie之后，我还是逼得太紧；这个教训，在我跟Anna来往之中是派到〔上〕用场了。

这样下去有产生一个crisis的可能，即我们间的好感与日俱增，她要舍彼男友而取我。这个可能性很小，但并非不存在。此事发生时，我也许会慌张——对于这种也许根本不会发生的事，我当然不会去多想它。

我是十分用心的人，现在人变得更聪明了。危险的讯号可能以两种方式发生：（一）我避免谈她的男友，她忽然要谈起来了，这就表示（甲）她要把我推开（像B过去那样）或（乙）她要把他推开。（二）她自动offer礼拜天同我一起出去玩。

现在我已成了她相当steady的朋友，我们的日子定在星期四，约好了连电话也不打我就去接她。下星期四她还是欣然愿意同我出去的，但我提醒她，那是thanksgiving，她不要答应得太快；她才想起来她在Hawaii的一个妹妹要来，她们要家庭团聚。那时她可能把我的时间改后，甚至拖后一个礼拜，这些都在我意料之中，我已心有准备，也不会觉得hurt。但她立刻接嘴说："我们的日子改在星期三吧。"我说："The sooner the better."这至少表示她是很愿意同我来往的，这也许是生平第一次有"顺利的追求"之感。我还约了她去看电影，"*Mad Mad Mad World*"[1]，时期尚未定，因该片尚未来金山也。来了以后，看她是否牺牲她的星期天——这将是对她的一个考验。

---

1 *Mad Mad Mad World*，即 *It's a Mad Mad Mad Mad World*（《疯狂世界》，1963），犯罪喜剧片，斯坦利·克雷默（Stanley Kramer）导演，斯宾塞·屈塞（Spencer Tracy）、米尔顿·伯利（Milton Berle）主演，联美发行。

关于她的过去，有两点可向你报告：（一）她上过一次银幕，在
Flower Drum Song[2] 中的 Hundred Million Miracles 一幕中，曾参加歌
舞；（二）她曾结过婚，22岁时（七年前）离婚了。"He is an intellectual,
like you"。她说她那时太幼稚，"we are still good friends, but he has
remarried"。此人是个 H. L. Mencken[3]迷，曾到芝加哥去专诚拜访
Mencken，这也是大大的怪事了。她问我对于 Mencken 看法如何。
我说："当年的 Angry Young Man[4]也……其人很有可取处，他的地位
在今日为 Lenny Bruce[5]取而代之，才是美国文化的大不幸。"她曾去
听过 Lenny Bruce，大为不满，觉得没有一句笑话是好笑的。而 B 曾
向我极力推荐 Lenny Bruce——此是二女之不同，而二女对我都是有
魔力的。

关于她的事业前途，尚未多谈，她并无她的 shop，她的
cosmetology 到底学得怎么样，我也不知道。据我的印象，她很有

2　*Flower Drum Song*（《花鼓歌》，1961），爱情歌舞片，亨利·科斯特（Henry Koster）
　　导演，关南施（Nancy Kwan）、詹姆斯·繁田（James Shigeta）主演，环球发行。

3　H. L. Mencken（Henry Louis Mencken，亨利·路易斯·门肯，1880–1956），出生于
　　美国巴尔的摩，记者、作家、文化批评家和学者，以犀利的文笔和抨击时弊的立
　　场著称，其评论范围遍及社会现象、文学、音乐、政治人物与运动等，被认为是
　　20世纪上半叶最具影响力的美国作家之一，人称"巴尔的摩的圣人"。另有研究著
　　作《美国语言》（*The American Language*，1945–1948），奠定了其美式英语研究专家
　　的地位。

4　Angry Young Man（"愤怒青年"），20世纪50年代涌现出的英国作家群体，其成员
　　主要为工人阶级和中产阶级的剧作家和小说家，对传统英国社会感到失望和幻
　　灭，猛烈抨击社会中的不平等现象。其代表人物是约翰·奥斯本（John Osborne）
　　和金斯利·艾米斯（Kingsley Amis），"愤怒青年"的称呼即源自奥斯本的剧作《愤
　　怒地回顾》（*Look Back in Anger*，1956）。

5　Lenny Bruce（兰尼·布鲁斯，1925–1966），美国喜剧演员、社会批评家、作家，
　　以开放自由和充满批判力度的喜剧风格闻名，其作品熔政治、宗教、性、讽刺与
　　粗话于一炉，开启了"反主流文化时代"（counterculture-era）喜剧的先声。1964年
　　被指控猥亵罪，直到2003年才被赦免，该案被视为美国言论自由发展史中的里程
　　碑事件。

前途茫茫之感。她那steady的男友不去和她结婚，也许是经济力量不够之故，因为据她的谈话，此人不可能是beatnik，Lenny Bruce之流；假如是"老实头小伙子"，有这样一个美艳的女朋友，不想和她结婚，也是怪事了。我在前面说：她有移爱给我的可能，因为我看出来：（一）她很trust我；（二）她对前途有隐忧，反正我是心平气和，一切看上帝的安排。

Anna在目前还只是我的second choice，my first choice is still B，虽然B可能成为一个很糟的太太。假如B待我有Anna待我那样的好法，我将更快乐了。Anna的个性强，性格特出，她的话都很有意思，如说："I do not want to cultivate my glamour, I just want to be feminine." B的话有意思的也很多，但对于B，我越和她来往，越觉不了解她；对于Anna，我相信彼此之间是在增加了解。

对于Anna我从未感觉到什么苦闷，交往时小小的困难曾经有过，但凭上帝的帮忙与我自己的理智的运用，困难都迎刃而解。对于B，我一开头以"追求者"之姿态出现，非但把她吓了，而且把自己弄得很不可爱。

男人以追求者姿态出现，其不可爱有如女人太着急地找丈夫显得不可爱一样——在这一点上，我一点也不怪B，只怪我自己。

现在再谈你的"劝告"。我当然可能讨一个说上海话的太太，建立在上海时那样的小资产阶级式的家庭，不过，我对那种家庭不知怎么有很深的反感。请你不要来给我"心理分析"，我只是告诉你：我有那种反感存在着，那种反感而且是深得很难磨灭。我想忘记中国，我是在美国的中国人之中"思乡病"最弱的一个。我date女朋友是想去美国或日本饭馆的，最近两次是因为顺从Anna我才去中国饭馆的。B也希望我带她去中国饭馆，但我很少听她的话。和B在一起，我忘了（我）是中国人。最近我们Center图书馆来了个非常美艳的美国少女（芝加哥大学转来）R（是divorcee！美得人人称赞）来帮忙，她在跟Birch写博士论文。我们谈了很多次，但她对中国发生这么大的兴趣，我对她就减少兴趣了。我们之间来往想总会有，但我不相信我会对她发生很大的兴趣：也许会带她去世骧家里，去impress Grace 一下。B曾问我："What do you think of the new girl?"（她不提R之名，也许有妒忌之意吧！）我说："I avoid her, you know how shy I am."

Martha这个人我始终认为不差，要找毛病，只有她努力想学中文、说国语、喜欢看中国电影、唱中国歌这一点吧。她在这方面的努力，也许想please我，但是只显出她和我之间智力悬殊的差别。她若自居为American girl，不理中国那一套，我也许反而会对她肃然起敬。

Martha 之事顶大的阻碍是Grace。Grace的幻想力太强，为人太热心，缺点是在没事时想找事做，以减少她生活中的boredom。她为我已经有周密的一套计划：备装奁、买房子、办家具等——这使我觉得又可笑又可怕。你叫我去date Martha，此事本来不难，但这事决瞒不过Grace，Grace立刻将认为我对她发生兴趣了，因此，"装奁、房子、家具"那一套在她幻想中又将大为活跃。还有一点后果，我在这里和同事间的应酬很多，我一向"单刀赴会"，人家也不以为怪。但那种应酬，有我常常也有世骧夫妇；我假如对Martha表示些微的兴趣，Grace就会逼我去把Martha带出来赴约，这样几次之后，好像成为steady的朋友了，情形将很尴尬。

L那里我想趁thanksgiving之便，寄张卡片去，至少是表示友谊。我既无serious的intention，我相信你也不希望我瞎表示热心，以欺骗少女的芳心也。

S很希望我能date她，我只是胡乱答应。她很popular，我不想在她现有的——曾被淘汰的——与准备在追求的男友之中，制造一个印象，好像我也在参加逐鹿了。我和这里的中国bachelors是一向避免摩擦的，凡是他们参加的盛会（舞会、picnic等），我是一概不参加。我不希望他们把我拉进去也算一份，我有我的骄傲。

最近发生一件事，你看见最近一期的 *China Quarterly* 没有？陈秀美的那篇文章写得很好，而且对我的推崇，使我很受感动。我当即写了一封信去赞美并谢谢她，疏疏朗朗的四页，语气比我给 L 的自然得多了，显得很潇洒。地址是 c/o Dept. of English Johns Hopkins Univ.，不知能否收到。如退还，当托你转寄。这并不表示我想追她，因为没有"追求"involved，我才能说两句漂亮的话。（上星期四我和 Anna 分手时说：If you are not tired of my flattery, Let's do it again next week.）

在目前情形，至少 Anna 是给我很大的 encouragement，我因此很觉快乐。至少暂时我还可以享受没有责任感的轻松之感。你的劝告总想把责任套在我头上。我也许下意识地在逃避责任——我相信男人大多如此，但一个男人和一个女人好到一个程度，就非负起责任来不可了，那时男人也只有甘心负起责任来。我是个非常乖觉的人，但假如说我安着什么坏心眼儿，那也未必。必要时，我也会"承奉天命"负起责任来的。但这得等自然发展，以现状观之，唯一有可能把责任套在我头上的人是 Anna。我既然已经考虑到这个可能，而仍继续和她来往，那表示我还不是个十足的 shirker 也。

最近在准备写《蒋光慈》一文，尚未动手，因书尚未看全。发现一点：最能代表近四五十年中国文坛的变迁的作家是田汉，他的早期的感伤作品，很值得一读：后来大家左倾，他也左倾；大家抗日，他也抗日，在中共统治下，他写过历史剧以及《十三陵水库》等，大家拼命去研究曹禺，不去写田汉，也是怪事。

《胡适文存》（第一辑）里胡适很替《三国演义》说过几句好话，你如写《三国》，这点至少在 footnotes 中应该提出来。

送给 Grace 的礼物在留意中。别的再谈，专颂

近安

济安

十一月

Carol、Joyce 前均此。

〔信封背面〕写完此信，听见总统被刺，很为难受，虽然此公的政策我也不大赞成。

617. 夏志清致夏济安（1963年12月7日）

济安哥：

读十一月底来信知道你和Anna经常date，甚喜。我们精心〔力〕有限，同时追求两位小姐，可能太伤精神，你现在不紧张地每星期至少和Anna聚会一次，将来双方了解愈深，见面的机会当然也更多，这对你平日忙着做research的人安排很理想。我希望你们intimacy与日俱增，好好地享受一阵交女朋友的乐趣，虽然我同意结婚此事由她主动较妥，你目前仅可诚恳地和她做朋友。性格方面，Anna较stable，而且她离过一次婚，深知世态炎凉，对于你这样considerate的君子更能appreciate，所以结婚的可能性很大，假使你有意的话。相反地，B较unstable，虽然以beatnik自居，其实并没有吃过多少苦头，可能也没有真正地恋爱过，同时对自己现状不满，所以脑中充满了不合实际的计划——如参加Peace Corps——其实这些都是逃避现实冲动的表示。我想她对你很serious，否则她不会问你对那位new girl印象如何，可能她原则上觉得和东方人结婚不够理想，所以自己control自己，不愿和你有什么intimate的举动（至少在目前）。所以你同Anna来往愈勤，B的jealousy可能也愈增（假如她知道你在date another girl）。你暂时不追她，所生的效果可能比拼命追她还要对你有利。同时不妨考虑一下，哪一位做你的太太较合适。我想B的确有些毛病，情方面不如Anna那样tough、健全，婚后你得cater to her every caprice，可能Anna是较理想的太太，但此事得你自己定夺，目前，婚姻事还谈不上，好好地enjoy Anna & B的友谊，不知圣诞节时有什么特别plans？Anna不要你在紫禁城花冤枉钱，可见她是很considerate的。

陈秀美那篇文章的确写得很好，但据她自己说，是经过MacCarthy修改的。我同她有时通信，她的地址是1524 Ralworth Road, Baltimore 18, Md.。你那封信如退还，可直接寄她。她男朋友很多，中国美女太少，很多人见了她，就想求婚。相反地，Christa、丛苏她们年齿渐长，生活必很苦闷，丛苏我已好久未见了，丛苏的通信地（址）是 400 W. 118th ST. Apt 47 N.Y. 27, Christa, 403 W. 115H ST. Apt 34, Claire Wong（克难）310 W. 93rd, Apt 18, Benedette Li（又宁）, 403, E. 115th st.

圣诞期间你都可以送她们每人一张卡片，使她们高兴些。L我们曾请她吃了一次油条豆浆，她把你的*Martyrs*借去读了。李又宁最近也向我借读《瞿秋白》，所以最近你的高足都在读你的文章，你的文名大布。熊玠在我们系里做assistant，最近向我讨了你的通信地址，他也想读你那篇《公社》的大文，L有志读art history，现在读library science，同时兼职两处，很有毅力，这一点和普通上海小姐不同的。

我Detroit的朋友张桂生、久芳，有信来说马逢华已订婚了，不知你有没有听到消息。张氏夫妇是马逢华的好友，我在Ann Arbor时，张、马同时追罗久芳，后来久芳嫁了张桂生后，他们一直感到guilty，要和逢华做媒。去年他们在台北，看到一位合适的小姐，就把照片寄给逢华看，逢华一见钟情，接着就通信，最近逢华到台湾去做research，即和那位小姐订了婚，马逢华作风很稳重，也自有他的福气。其实你在台大时，肯让别人说亲，可能也早已结婚了。我以前和你一样，觉得托人介绍女友是一种耻辱，但中国人间老了面皮求人介绍女友者，大有人者〔在〕，李田意即是托陈文星夫妇介绍而同那位Julia成亲的。胡世桢处处精明，唯追汪霞裳那事，倒是一鼓作气，自己追求，还有他可爱处。

附上玉瑛妹信一封，并近照一张。家中情形很好，玉瑛妹每晚教两点钟课，一星期十二小时，也不算太忙。圣诞期间你也可以写一封家信，免父母挂念，JFK死了已两星期了，他虐待Mme. Nhu，自己的太太也做了孤孀，可能是报应。Johnson看来跟Kennedy走，美国内外政策都不会有什么更动。Vietnam形势日转恶劣，早晚当被共匪所吞。我多读了旧小说，对佛教大有恶感，现在佛教徒情愿被共党利用，恶感更深。我在哥大每年都得教《金刚经》、《妙法莲华经》之类（for undergraduates），实在看不到什么好处。佛教经典值得我们respect的还是小乘。（Huxley、Lewis逝世，我所佩服的人，愈来愈少了。）

我蒋光慈、田汉的东西都没有好好看过，最多〔近〕也不会有重读的机会。希望你把那本《左联文学》的书，早日写完。MLA program已印好了，并没有什么Chinese novel的session，今日已去信Minn.大Copeland处询问，如有这样的panel，我promise的《金瓶梅》那篇短文也得开始写了。《金瓶梅》as a novel糟不堪言，我写那篇《水浒》时，仅读了Kuhn的节本，对《金瓶梅》颇有好感，原文全不如此。中国现代小说比旧小说入情入理得多。

下星期当寄上Harris tweed sport coat一件，算是我们给你的圣诞礼物。Coat极sturdy，袖子可能太长，你可叫tailor改短一些。这件衣服是廉价买来的，花费并不多，请不要多花钱还送。你那件旧sport coat，想已破旧得不能上身了。再谈，谢谢你给我关于《三国》的报道。Carol、Joyce皆好，即祝

　　近安

弟 志清 上
十二月七日

618. 夏济安致夏志清（1963 年 12 月 17 日）

志清弟：

来信收到。承赠 sports jacket，谢谢。已经收到了，很漂亮，很合身。我现在是一张圣诞卡都还没有寄（包括台湾香港的，已经开始寄），最近期内一定要发发狠心，开始注意这种事了。给 Carol 和 Joyce 和你的礼物卡片等已在办理中：送 Joyce 玩具一盒，那是 "fashion saloon"（时装展览室），希望她喜欢。另梨一盒，苹果一盒，并日历一份。

关于女友的事，现在很是心平气和，Anna 方面进行得还算顺利，至少她是很 appreciate 我的追求的，甚至可以说是有点 reciprocity 的。反正对于 Anna 我大体上是以潇洒姿态出现，很少受 passion 之苦。我不会去拼命追求，婚姻之事短期内决〔绝〕谈不上。

关于 Anna，曾经有过一个 crisis，crisis 很快很顺利地就渡过，但产生两个后果：（一）我跟她有更进一步的了解；（二）在 crisis 期间，我思想大部分放在 Anna 那边，硬是把 B 从心上挤走；crisis 过后，B 已不大在我心头出现了，除非 B make a special effort to win me back，她的事大约就此完了。

Crisis 是这样的。Kennedy 死后的礼拜就是 Thanksgiving 的礼拜。Kennedy 的死把我搞得心亦很不安，routine 全被 upset，心无归宿，精神弄得很空虚，那时我的思想已经老是倾向 Anna 方面了。

Thanksgiving那礼拜我和她约好在星期三见面，星期三下午六点我到紫禁城去接她，她没有出现，我order了一杯酒（仅仅一杯），等到六点半（那时紫禁城的bar还没有正式开门呢），她还没有来，打一个电话到她家里，也没有人接。我就走开，一个人吃饭去了，吃完饭回Berkeley。

假如我是madly in love，那天晚上我可以去紫禁城见她，她是不会不见我的，假如她在的话。但是我没有去，经过考虑后的理由：（一）我有点生气，生气之后怕说错话，有失我的风度，而且可能把事情弄得更僵。（二）她是否要向我表示冷淡呢？女孩子的事是很难说的，虽然我看不出有什么理由她要向我表示冷淡。假如是的话，我的出现，反而惹紫禁城里别的girls以及waiters、waitresses等的耻笑（当然他们当面不会笑我的）。（三）我和她约定的原则是少在show time跟她见面（老板娘Coby当然顶希望我在show time多去捧场），这个原则我是要遵守的。她的看重我还是因为我是个man of principle。

因为如此，当天（星期三）晚上我没有打电话到紫禁城去，星期四（thanksgiving）星期五我也没有打电话。那两天我有个考虑：要不要从此就不打电话去呢？我是忍得住的，反正那两天好忍，多忍些时候也无所谓。但这样做显得我作风太毒辣，而且她何以不践约的原因我还不知道：也许她病了呢？车子出事了呢？姐姐来得早了一天呢，她因此就没有空了呢？原因没弄清楚就不声不响和她断绝，不是君子的作风。

星期六、星期天和她通电话都没有接上，星期六晚上我是可以打电话到紫禁城去的，但是我也没有打。那两天很为Anna之事苦恼，B就从我心头挤走了。

星期一打电话到她家里打通了。她先是抱歉，说那天把约会忘得干干净净了，那天晚上就想打电话来道歉的（为什么不打呢？我没有问她），但此后约会仍定在星期四。

星期四见面，我不得不complain一番，complain时不得不吐露相思之苦，这样两人间的情感似乎增进一层。昨天又是星期四，两人感情的融洽（她的眼光、表情、语气、字句、态度等都流露出来的）为前所未有。（她明年还在紫禁城，X'mas week她去L. A.省亲，我可以跟她去，但是还是我行我素的好。）

她为乱失约再乱打电话来道歉，也许要把我耍得昏头昏脑的。她的不打电话，一则表示她并不十分关怀我（这倒给我一种relief之感）；再则，她可能有她"小姐的pride"，不情愿随便打电话给男人的。但她已答应以后如有类似情形，她一定要打电话的了。这点我倒相信的。我相信我并没有为色所迷，她假如一开头就对我熟络得不得了了，里面一定有很大的虚假成分，但她开头很保持她的矜持，脸比较板，带点紧张，现在是有说有笑得多了。

我能够在她失约之后，忍住好几天不打电话去，这点character的力量，她大约也能appreciate的。她至少知道我不在盲目追求。

B之所以拒绝我，并非因为我是东方人之故；她至少是想做beatnik的，对种族观念很淡，这一点上她真是一视同仁的。主要原因是我年纪太大。她说过，你们中国人都是well-preserved，你看来是很年轻，但office里有你的file，我去查过了。

B之事可能就此完毕，但如没有B那一段，我对于Anna是不会这么潇洒、这么considerate的。至少Anna绝看不出我是个情场生手。

最近有一个女孩子，很伤大家的脑筋，我也somehow involved，此人即S。我对S一直没有好感，此人有很多的浅薄的小聪明，而且聪明自用，瞎耍手段。我把她介绍给陈颖（你恐怕不知道，世骧视陈颖如子，但Grace不很喜欢他），陈颖在男女恋爱一道，完全是个傻子。在Thanksgiving前后，她和陈颖闹翻，忙坏了世骧和我两个媒人（我还算是女媒呢！）。她所受的委屈，要找人说，我只好多和她来往，加以倾听了。S整个为人，我不大喜欢，但她和陈颖的关系上，我觉得陈颖很对不起她，她是有我的同情的。我介绍陈颖给她，如此下场，我也有点guilty feeling。世骧还想替他两人拉拢，也许拉成也说不定。恐怕是拉不成了。Grace则对于陈颖和S都不喜欢的。此事相当复杂，因和我无关，不预备详细描写。总之，我对于S是永远提防着的，虽然她也许非常之想从我那里得到一个date（我和她只有lunch date，过去追她的人很多）。时逢圣诞，送别人的礼物，我都胸有成竹（送B的，内定一本法国出的Chagall，定价约十元），唯有送S的东西最难，她自以为跟我很亲热，我可不敢送太重带有情感的礼物（如首饰、香水等），送得太单薄了，未免于人情有亏。送书则她根本是不看书的。（S的礼已送，Webster Collegiate新版字典，约九元。）

且不要以为她对我有情，假如有情，我不会看不出来的。她只是想办法叫她所认识的一切男人都要"跌进去"；我始终不跌进去，她自负美貌，这口气就咽不下去。

以上12/13写

写到前面那一段，停了好几天，今天继续往下写。前面的话，对于S是太harsh一点。关于她，也许应该这样说：她在美国社会的经验很缺乏，书也读得很少，sophistication很不够；她凭一点小聪明来应付人生，此外还有她的charms。她的训练大部分得自中共那边的教育制度，她在男女社交方面是敢采取主动的（例如我没有勇气打电话，她倒有勇气打电话给我），但是她还是十分feminine的，老实不客气地要找丈夫——这点是中国普通小资产阶级女子（甚至美国小资产阶级女子）做不大出来的。她见了男人自然而然有一种平等感，这在我们圈子里看来是不大习惯的。她对于男人的好坏很有点鉴别力，否则的话，她来美国后一年多不会感到如此沮丧，随随便便找个男人还是很容易的，何况追她的人不少。

她的过分明显的小聪明要手段使得很多人防备她。她的拒绝许多男子的追求大约也给了她"难追"的名气，Bay Area 的中国男子存心在追求女友的，其实也不过这么几位，几个顶起劲的人被打退后，别的不大起劲的人更提不起勇气来追了。她的"直爽"的讨论她的男友——跟别的男人，也使得有些人寒心的，因此有人认为她"十三点"。

在她周围的男子之中，我是跟她相当熟识的一位，她也许在等我去追。可追而未追的人剩下没有几个了，她有点慌张——这点她也老实承认的。但是我对她从没有强烈的感情，没有那股力量使我去追。见面后有说有笑，不见面也无所谓。她假如失望，我也没有办法。

当然给我最大的苦闷的女子是 B，我和她之间，我觉得有谈不完的话——esp. 关于文学与人生。现在 B 已不能给我什么苦闷，但是我仍是十分 enjoy her company。Anna 的学问不如 B，但已经是了不起的了。她肯用脑筋，对于世事人生有深刻独到的看法，她的评论"人和事"有她的理智的和道德的标准，这标准和我的标准是相去不远的。她不大能给我苦闷，但是我们谈得很投机。B 评论"人和事"有另外一套看法，往往是我所想不到的；也许因为这点，我曾经觉得 B 特别 fascinating。

S 英文太差，对于西洋文化格格不入，她又没有心思读书，她的对人生的看法也许有点道理，但是她的思想里面完全没有我的那一套 categories，因此我总觉得她浅薄。很多中国男子也没有那一套 categories 的，他们也许并不觉得她在这方面的缺乏；作为一个中国女孩子，S 的智力是不差的。（她就像我们在兆丰别墅前能碰到的那种小姐。）

S 因为不懂英文与西洋文化，仍旧是个很"中国式"的女子（plus 一点共产党的"分析检讨"的训练）。一个很怀念中国的中国男子，会觉得她特别可爱，但我并不怀念中国，我想丢掉中国。

一件小 episode：最近有一次，Grace 叫我把 S 接到她家里去

（Grace对于S冷淡了一阵子，世骧和我都劝她应该多给她一点关怀）。那是下午四点，那时世骧和Grace出去shopping未回，门上留了一个条子，叫我们进去。条子上说：无线电开着（正是classical music hour），酒也备好。"情调"如此之好，我又戒备了，但S对音乐和酒毫不感兴趣，一冲就冲到厨房，看见Grace的午饭碗盏还没有洗，她披上围裙，打开自来水龙头，倒下肥皂粉，开始洗碗了。

我对于"音乐和酒"那种情调是不大能领略的，对于看见脏碗就想洗的女子可也并不感兴趣。天下有能欣赏那两样的男子，但是我最欣赏的是intellectual conversation（顶好把无线电关掉），这方面S偏偏不行。Grace准备了音乐与酒，也准备（那是无意的）了未洗的碗碟。假如要叫我选择，我还是选择喜欢"音乐与酒"的女子。

陈秀美已有回信来，我又去了一信——内容并不冷淡。但要是说我现在有什么女友，那只有一位：Anna。别的再谈，专颂

冬安

济安

十二月十七日

619. 夏济安致夏志清（1963年12月21日）

志清弟：

虽然还有很多封贺年片待发，但最近的发展非得趁早告诉你不可。这些消息当可增加你和Carol的圣诞的快乐的。（一切仍请守秘。）

先说Anna。现在的情形先不妨如此sum up：①我大约已成了她心目中最重要的男友——可能是唯一的男友。②她的爱我至少与我的爱她相等，甚至超过之。

上一封信我提起了些"reciprocity"、"两情融洽"等话，但语焉不详。最近重要的发展，约略报道如下：

①不出我所料，她会自动向我提起她的所谓steady boy friend。她说此人跟她认识三年，和她家也都认识，但"I expect nothing from him; he expects nothing from me. But in our（我俩）relationship, there is no end of development…"

②她送我的圣诞礼物是一条Scotland Cashmere的围巾。她说："最近天很冷，最近出去两次都看见你没有围巾，因此替我（你）买了一条。"我请她把它围在我的脖子上（这种经验是生平第一次）。更重要的是，她说："我本来想替你打一条围巾，但是这几天时间来不及了，先替你买一条。我还在替你编结一条，这样你就可以有两条了。"

③我送她的礼物是14K细金链条，下垂Jade（翠）一块，价约六十元。我是12/12送给她的，也是她请求我给她围在脖子上的。十九日见面，她说"这个我天天戴着，就是登台表演也戴着的"。

④她还要寄卡片给我——尚未收到。我赶快用special delivery寄了一张给她。坊间"情致缠绵"的卡有的是，但我还是挑了一张圣母抱耶稣比较素雅漂亮的。里面印好的字句是 May love and peace prevail with you... 我在love后面加了个字：prosper（是你给我的idea）；把you改成us，给她的称呼是"To my dearest"——大约我们现在之间的交情是够得上这个称呼了。（她已accept这个称呼。）

⑤她要回L. A.去省亲，我要送她父亲礼物。她只许我送一本书，跑到书店，挑了一本有关菲力滨〔菲律宾〕的风土人情谈（价约三元），她说她父亲四十年没有回乡，看见了这本书一定很喜欢的。在书店里我们停留了不少时间，她知道我对于买书是内行，故意让我表演一番学问。但我坚持要去百货公司，让她表演她的特长。结果我再〔又〕买了一件毛巾布做的浴衣（robe），请她送给她的父亲，她说千万不要给她父亲买精美的东西，过去替他买的些好东西，他都舍不得穿的。像毛巾布做的东西比较经济合用，他会喜欢的。（我说我要买东西给她父亲也是 filial piety。）

此事发展至此，当然一则由于天意，二则双方都有互相吸引的条件，但最重要的一点：我对她极大地尊敬。我从来不想去kiss她，不要说侵犯她了。我本来不是sensual type；追Anna的时候正是B给我苦闷的时候。B的事本来还可以慢吞吞地进行下去，但一则由于我想kiss她，二则我grudge她不给我"prime time"，反而弄得她对我戒备，进行困难。忽然遇到Anna，我对B悔过的诚意都用在Anna身上去了。我本来是浪漫派，尊敬而崇拜女性的。对于Anna我认为她是个"圣女"——她的性格操守的确算是个圣女，而且明显的性格刚烈（如旧小说所说的"俏眉带煞，凤眼含威"），和男人很不随便——但是这点去紫禁城逛的人恐怕从来无人欣赏的。但是我是看出来的。为了与 B 的不愉快的经验，加以我对 Anna 人格的钦佩与尊敬，我的谨饬操守，无疑获得她很大的好感。

她在谈话中，"扬弃"了她的 steady 男友，把我认为最亲密的男友，同时恳切地希望我不要做进一步的要求，否则我们的 relationship 恐怕要大受影响。我当然答应。"进一步的"当然是 sex。

B 和 Anna 两个如此环境不同的女子，对于"性"都不肯随便（相比之下，也许 B 还随便一点），这可说是我的"奇缘"——适合我这一类的 suitor。这种情形光是看小说看电影是决不能了解的。至少就我同 Anna 的关系而言，是只凭"温情"，没有凭"热情"去赢得她的爱的。

B 的性格我还是摸不透，但 Anna 现在已经十分珍惜我们这段关系，而且在 worry 我是否变心或对她改变看法等等了（她已经来过两次电话，都是 check date 的时间的。B 从来没有打过电话给我，office 公事不算）。她大约是希望能享受和我过一个"明媒正娶"的生活的。她现在很怕她做错什么事（如失约等），或我做错什么事（如硬要 kiss 等），影响了在长进中的爱情。（Kiss 等事我一切听其自然发生。反正 Anna 看出我是个"老实头"。）

她讲起拒绝男人的调戏——有时得骂，有时得用 physical force——真是充满了痛苦。假如我也是那样的男人，真要碎了她的心的。

这封信在匆忙中发掉，但还有一件事非要报告不可：即 B 约我同过圣诞夕是也。Anna 定 22 日返 L. A. 渡〔度〕假省亲，我于假期并无计划，想留在 Berkeley 做些正经工作。B 是去 Harvey 的丈人（Laidlaw Williams——他家似为 Big Sur 附近的一大 Beatnik 中心）家渡〔度〕假，希望我也去。我和 Anna 已渐入山盟海誓阶段，我想这事不理它算了。但 B 又来提起，我只好糊里糊涂答应了。她先下去，我定 24 号下 Carmel，同她渡〔度〕圣诞除夕，25 号接她回来。

我心目中现在只有 Anna 一人——她的真诚是使我感动的（她是

生平第一个报答我爱情的女子）。B对我大约还是"近之则不逊，远之则怨"那样，好久不去理她，她又要出主意了。我反正不再去追她，她对我起不了什么作用的。（她说收到我的那本Chagall——此书她说是gorgeous——以前那一本不要了。）

还有一件奇遇，有一天晚上在小饭馆遇见Schurmann太太，我们长谈四小时（耽误了我另一个约会——不重要的），她的爱Schurmann使人可歌可泣，而我的同情心、分析能力、perception、moral sensibility等使她也佩服得五体投地。和B、Anna来往没有多久，我已成了女性心理专家了。B使我困惑，Anna正开始灌输给我她的爱——她在这方面的capacity是很大的。

这些事情大约可以使你和Carol在更愉快的心情中渡〔度〕过假期。专颂

快乐

济安

十二月廿一日

Joyce前均此。

关于B还有两件事：

①有一个小party，我被派去接S，那party B本来说不去的，但知道有这一幕（我做S的escort，我告诉她的），她说一定要来。事后她告诉我说我performance很好。

②很久以前，我把Anna的照片给她看过。她看了一下说："看来很年轻呀。"此后我们从来没有提起过这件事。

620. 夏济安致夏志清（1963 年 12 月 24 日）

Dec. 24 1963

Dear Jonathan & Carol:

I've just arrived. Nothing exciting or merry yet. B. has just come in.
Love to Joyce & you.

Tsi an

〔寄自加州卡梅尔（Carmel）镇〕

621. 夏济安致夏志清（1963 年 12 月 25 日）

志清弟：

昨天于匆忙中发出明信片，也许使你们很紧张地要知道下文。事实上一切都很平淡，没有什么奇迹会发生的。

B对我到底什么意思，我无从知道，而且我现在也不想知道。我并无测知她芳心的技巧，我现在的方针，是一切听她去。我不主动追求。

有两点是很明显的：①她并无固定的亲密的男友；②她在某些朋友中间是不怕和我以"情侣"姿态出现（的）。"情侣"是借用你的名词，其含义到底如何？我也不大清楚。

其男友中间，Harvey Meyers（也在英文系读 M. A.）的确是个好人。此人除了丁尼孙式的胡子与不打领带二事外，完全是个"square"，一点也不像beatnik。B和他好过一阵子，但他另婚（长女四岁，次女二岁），已婚之后还是不断地照顾B。现在B住的地方是H丈人家里，去年B也在这里过的圣诞。（我这次只是穿了你所送的jacket来的，没有穿成套西装，jacket很挺，B大为赞美。在Berkeley时是她用剪刀把口袋的封线剪掉的。）去年我和B根本不熟，今年我之来和B同过圣诞，一半大约也是Harvey出的主意。Harvey很明显地（虽然技巧比Grace所做的要高明得多）要玉成B（他的寂寞的旧情人？）和我的好事。H之妻Alice只和我吃过一顿饭，她给我的评语是"neat"——此事 B 早告诉我，可是我在信里似乎未曾提起过。B 还说"neat"是 slang，其义大约和北平话"棒"相仿。

Harvey 我认为是有侠骨柔肠的。他的丈人 Laidlaw Williams 我上信报道是 beatnik，完全是瞎猜。L. W. 不做什么事，一头白发身体很挺很健壮，算是鸟类学家，bird watcher，L. W. 之妻 Abby Lon 是左派团体 Women For Peace[1] 的活跃人物，今年七月还去莫斯科开过一次会。据她说：俄国的今日就像 50 年前的美国，使她很 nostalgic。这种左派人，其实也并无危险性的。

昨天是 B 和 Harvey 步行而来把我接到 L. W. 之家。圣诞节过的完全是旧式的。我坐在女主人右手，算是 guest of honor，我左边是 B。吃到八点钟，carolers 来唱歌，唱完歌点起客堂中很大的圣诞树上的蜡烛。

然后 B 要去 caroling，我和她同去，在 Carmel Highlands 跑了六家人家。我是一句也没有唱，B 唱得很起劲，显然很高兴。她盛赞我是个"grand sport"，因为我居然不唱歌也会跟她乱走。在那六家人家，我和 B 总算也是以"情侣"姿态出现。

B 仍叫我 Mr. Hsia（S 叫我"夏先生"），态度之冷静与虚实莫测一如往日，只有三点是特别的：

①我是 24 号来的，23 号她和 Harvey 出发之前特别打个电话来——这是她第一次打 personal 电话给我——问我 23 号走不走，而且要确知我 24 号去不去。因为我答应得很冷淡。

②caroling 时，有些人家只送一杯红酒给我们两个人喝，她喝一口，我喝一口，她好像若无其事。（你能想象我肯和 Martha 或 S 共喝一杯酒吗？）

1　Women For Peace，全称 Women Strike for Peace（WSP），美国激进妇女组织，主张和平，反对战争，1961 年组织大约五万名妇女在美国 60 余座城市中进行反核武器示威，成为 20 世纪美国规模最大的妇女和平抗议活动，并间接促成了两年后的《部分禁止核试验条约》(*Partial Test Ban Treaty*，1963)。

③回到L. W.家之后，她去舀了一碗children's eggnog（没有酒的），自己喝了一口，再让我喝一口并说："尝尝这个看。"

总之，这个X'mas过得很特别——第一次过真正美国式的圣诞。今天（25）下午两点再去L. W.家吃X'mas dinner，晚上将和B同回Berkeley。

这些事情我只当它们都没有发生。我对B将继续以听话但是冷静的态度对付。我曾经着急得够了，她若不着急，我是不再着急的了。

我昨天一到旅馆，第一张卡片是发给Anna的。预备把我和B之事，全部告诉她。她已开始谈她的别的男友，我也可以开始谈我的女友了。

在B面前我不想提起Anna——提了可能会hurt B，假如她知道我的心已有所归属的话——即使她自己不要我。

回到Berkeley后，最近至少将有两个party，我要做B的escort，所以我们关系不会断，但是我不会起劲地去date她。

但B对我仍有很大的魔力。我看见Anna，真的是当她"圣女"看待的，我一点也不想碰她。我只是欣赏并领略她的"爱苗"的生长。在B方面，我一点也看不出有什么"爱苗"（她的心也许较乱：画成图画，她的心大约是abstraction一派；而Anna的芳心该画成naturalist一派，像颗〔棵〕苗似的有迹象可寻），但是我和她在一起总想靠近她，甚至摸她，etc……当然我从来没有这么做。但是B对我的吸引力不小。

Anna是旧脑筋而非常"顾家"的人，B虽然也在庆祝圣诞，但她在德国的父母弟妹那里的礼物还没有寄呢！要寄的她说只是"a box of dates"（我立刻wisecrack一下："more（dates）than they can use"）。她的家庭观念如此淡薄，请问如何成为一个好太太？

上信报道Anna之事，也许使你们很兴奋。但是请注意Anna和我还没有达到"难舍难分"的阶段。但她对我如此好法，已经使我心绪有点乱，现在出现B的插曲，使我冷静下来。我还要好好培养和Anna的爱情。

假如没有Anna那边的assurance，B对我所表示的种种将使我方寸大乱；现在我总觉得有点像做戏，因为我心已属Anna了。我只觉得有点对不起侠骨柔肠的Harvey。再谈 专颂

新年快乐

济安

十二月廿五日

Carol、Joyce前均祝新年快乐。

622. 夏志清致夏济安（1963年12月26日）

济安哥：

　　读十二月21日信，大喜。你和Anna已于圣诞前夕进入"海誓山盟"的阶段，我想1964（年）是你俩大喜之年，想已无问题。盼望明夏我们都飞来旧金山吃喜酒。上次她break了那date，情感反而更进一步，现在Anna所有言行举动都表示极爱你，等你向她求婚。你们圣诞交换的礼物都是很重的，Anna答应是你的dearest，爱情的发展我想不会有什么挫折的。前几天你贺年卡上写着"A is prospering most beautifully"，我就很高兴，现在事实证明你们的爱情已进入成熟阶段了。想不到，你那位上海朋友带你去逛紫禁城，竟做了月下老人的牵线。你和Anna一见如故，互相敬爱，没有经过torment的阶段；另一方面你和B谈爱，增加了自信，从怕生的bachelor变成了一切女子最信任的confidant，所以一切顺利，真可喜可贺。你多少年不追女孩子，现在有Anna这样又美貌又正派又多情的女子爱你，也是自己修来的福气，Anna处〔出〕污泥而不染，承你青睐，对你的恩情，自当更深，以后你福气无穷。Carol获讯也极高兴，我想此事你不必再同什么人商量，你可准〔征〕求她同意，买订婚戒指，在旧历新年订婚（有时间多开车去Los Angeles，见了她父母，来一个小party，正式订婚），结婚可按世俗在六月初举行。订婚后，Grace祇好接受事实，要想批评，也不可出口了。Anna和你的朋友

见面后，她的谈吐不俗，相貌不凡，他们都会accept她的。要被hurt
的当然是B，但她was given the first chance，她自己不肯接受，只好
怨自己。我想B对你也很serious，祇是不肯surrender自己，大约非
到desperate的时候，不肯下嫁与〔于〕你，希望你和她圣诞除夕玩得
很好，以后她不可能和你有这样亲近的机会了。

明晨飞芝加哥，这次去开会，毫无道理，既然答应了人家，
只好去走一遭，"中国小说"的Conference，大家发表些意见，也没
有什么结果的。你寄来的Fashion Shop、月份牌都已收到。Fashion
Shop assemble起来，花了我两三小时，但Joyce极爱玩(the envy of
her neighbors)。Joyce有tammy doll，较Barbie娇小可爱些，各套行
头都全，所以玩起来很起劲。我看了两张电影，*Birth of a Nation*，
Intolerance[1]，前者的确是电影史的milestone，上半段看了我不断流泪
（我告知Grace、世骧），后半节处理黑白人问题，亦深合我意。在
Griffith手下，三K党是中世纪骑士的复活，没有他们，黑人猖獗，
南部早已完了。芝加哥回来后再写信，附上玉瑛妹贺卡，不久你可
以有好讯报道父母了。即祝

新年幸福！

弟 志清 上
十二月26日

1　*Intolerance*(《党同伐异》，1916)，历史剧情片，D. W. 格里菲斯(D. W. Griffith)
　　导演，莉莲·吉许(Lillian Gish)、梅·马什(Mae Marsh)主演，美国Triangle
　　Distributing发行。

623. 夏济安致夏志清（1963 年 12 月 30 日）

志清弟：

　　接到你表现得如此兴奋的来信，使我很不安。但是我深知情形决没有如你想象那样地乐观，所以在未知Anna方面确切虚实之前，我在那信里还加了几个字"此事仍请守秘"，免得你太兴奋而跟人乱说，结果好事不成，弄得大家一场没趣。

　　在Carmel发出一信一片，想都已收到。Anna待我的各种好处，前信所说，俱是事实，但如说她就想和我结婚，未免太早。她说："Please ask nothing more of me." 可能有两种解释，一种是我不要利用我们的友谊去调戏她（make passes）等，这是我上信的解释，另一种解释是我们只是好到这里为止，不要再谈婚姻之事了（虽然这和"no end of development" 相抵触）。在Carmel发出的信中，我说"我们的关系还没有到'难舍难分'的地步"，这是我在Carmel悟出来的很重要的一点。你想，她可以暗示或者明请我到L.A.去，但是21号晚上我去紫禁城跟她捧场，她不给我L.A.的地址；又不答应从L.A.写信或打长途电话给我，她说"反正只有一个星期的分离"，把事情看得很轻松。照美国规矩（以及照一般人情），一男一女好到订婚阶段，可以舍得不通信不打长途电话的吗？（我信中说"将渐入海誓山盟阶段"，你看成"已入海誓山盟阶段"了。）

她是礼拜一（30号）回来的，还是我给她打的电话（29号我太忙，在别人家里有应酬，没有功〔工〕夫试打电话）。她说太累了，不预备多说话，但是叫我31号定个时间，再由她打电话给我。我说31号我可以见她吗？她说不可以（it's impossible），但是愿意在电话上跟我谈谈。假如照你的乐观，我岂不是一交〔跤〕跌入深渊气个半死了吗？（我可能生气地向她说：假如31号不愿见面，那么电话也请不必打来了。——那样她会痛苦。我如真爱她，也该不怕引起她这种痛苦，但是我只是乖乖地听她走。）

事实上我并没有气得半死，因为我根本没有如你那么乐观。我只有一点好心肠，假如她真是来移爱于我，而我假如没有积极表示，那是对不起她——这是我所不愿意做的。假如她只是平平淡淡，我还是可以平平淡淡，良心反而可以安了。

现在情形很难说，有三个可能：

（一）她忽然对我态度大变，原因是她生活中有大变化，如和L.A.的前夫旧欢重拾等——但这是很wild的猜测。除非她明白表示要不和我来往了。

（二）她想玩弄男子，忽冷忽热地对待我。这点可能性也很小。至少她知道我的个性，我并不是容易被玩弄的人；忽冷忽热地来了两下，我就会裹足不前了。我从来没有去热烈追求过，她也知道。真是热烈的话，我应该不顾一切追向L.A.而去。如她回来了，今晚我就可以去紫禁城见她，假如真想和她见面的话；但我不去。她一冷，我也会冷下去的。顶重要的，是我了解她的个性，她不是玩弄男子的人。所以这点猜测也不成立。

（三）我们的关系还只是开始，需要我好好地培养。照过去种种表示，她无疑是很喜欢有我这样一个朋友的，但她什么时候愿意surrender（or whether she ever will），只有她能做主。我在Carmel发出一信中也提出"培养"二字。

情形如所说第三种，也许要使你和Carol失望，但也许你们太乐观了，估计错误了。希望是有的，但还只是希望而已。

还有一点，我叫她"my dearest"，她的接受也很casual的。我在电话里问她：卡收到否？How do you like the inscription？她说"That's O.K."。我一叫她my dearest，这是表示我的surrender。她除非根本拒绝我这个人，作为女人而论，她是喜欢看见男人（another one）向她倾倒的。

你的种种浪漫的梦想，暂时尚不能实现，甚歉。事实上，也许我已变得比你less romantic，I could even act like a cad。也许你不相信，但她回来后，我不打电话给她（冷酷地等她打电话来），我也可能做出来的。但她既然向我透露一些爱情，我的良心还在，我只好先去向她打电话。

此事前途乐观与否，尚很难说，要看1964年的头几次date再说。但悲观的因素是存在的 —— 主要的是爱情经验并不使我更为浪漫热情，而使我更为冷酷无情。Anna和B不同，B是在同一office办公，我不能不见她，一定要很吃力地维持一个良好的关系，even if only for appearance sake。但Anna我如不找她，我们以后可能永远不见面了。这种危险可能永不发生，但威胁是存在着的。（我相信Anna，但我不相信自己。）

我对B已经冷淡得多，但她也许因此更喜欢我，谁知道？她最近生命中将有大变化。Peace Corps决定不去了。她另外觅得一job，做"disturbed children"的保姆（英文叫counsellor？），每星期从一至四工作四晚上（4 P.M.–8 A.M.），薪水较Center好。她定三月quit，三月十五日开始新工作，并且将搬到S. F.去住。白天来Berkeley上课。对于Center她是有依依不舍之情的。

她说Center假如要替她给一个farewell party，她希望读一篇中文演说，由我替她compose（in romanization），我再训练她发音等。

再有一点她说的是她的involvements都结束了（并不表示她就愿

意下嫁于我）——这些都是很好的鼓励我前进的记号，但我都不加理会（我如恢复追求，还有很多的挫折和打击等待着我，最后也许成功）。（我称 Anna 为 my dearest 后，我也得顾到道义上的责任。）

1964（年）是否成为我的结婚年，现在不敢说。但是我隐隐觉得1964（年）可能成为我的退却年。1963（年）后五月中开始，我的生命中的确是风光旖旎的。1964（年）以后可能又恢复无女友的生活。

B 搬去 S.F. 以后，我可能去找她，但我也可能就此不理她了。Anna 那里如进行顺利固好，如进行不顺利，我也许就此不再找她了。

当然我还会不断地碰到可爱的女子，但是追不追其权在我。现在情形和我初遇 Anna 时不同（B 使我陷入情网也是不可理解的）；当时我深为爱情所苦，很需要女性的安慰。所以 B 之事未了，又去追 Anna。现在看看女子们的（本能的，不是预谋的）伎俩觉得很乏味。现有的都不大想继续追求，当然不会去开辟新局面了。

X'mas 一类的大节，是男女社交的 crisis。我很感激 B，至少 Carmel 之游非常快乐，使我忘了 Anna（我和 Anna 之间第一个 crisis 是 Thanksgiving，第二个是阳历年）。阳历除夕，Anna 不愿和我见面（事实上我永远可以去紫禁城见她的），我的涵养功夫好，可以不加理会。但是她如肯和我见面，甚至再举行些两人间的节目（如去参加舞会等），我可能快乐得多——你所期待的订婚等，也会更快地实现。

X'mas 前 Anna 给我引起的快乐的幻想，这两天变成了相当沉闷乏味的 depression。其实痛苦我倒并不觉得，但是恋爱总是快乐和不快乐的起伏——这一点我已经看穿，而且觉得乏味。可虑的是：即使 Anna 等她疲劳恢复，或者别种 personal problems 解决后，再拿很温柔体贴的态度来对付我，而且拿出的是真心，而那时我对她已丧失兴趣了。

目前不论 B 对我怎么温柔，我已很难对她提起兴趣。我很怕

Anna也蹈这个覆辙。愿上帝保佑她（们）和我。你来劝我也没有用的。

　　还有一点很大的irony。B请我去Carmel，是在Center的Tea party当着很多人（的）面请我的；她回来后，同事问她怎么过X'mas的，她很innocent地说：“同Mr. Hsia在Carmel一起过的。”她这样大方，我怕话传到Grace耳朵里去，引起不良的猜测，因此特地跑去找Grace把B请我去过节的情形描写〔述〕了一下。我一直想找机会跟Grace谈一下B的事情，想不到机会是这样产生的。我当然没有提，我曾经多么地为B而颠倒。在Grace和世骧心目中，B是个很大方的美国小姐，X'mas自己找一个她所admire的男同事去陪她玩，也是很正常的事。假如我和B之事就此结束，想不到是以她来date我而结束的——这使得我向别人解释非常简单。我不提起两人之间有什么情感的因素；我不说我是追她的人，而只暗示她是我的admirer，这种态度其实是caddish的。

　　你说Anna是“美貌、正派、多情”——这些我都承认。她无疑也珍惜我对她的一段情，所以date还是会有——这点倒请你不必过虑的（圣诞节前她的种种表示，都是真心的；但用意是要抓住我，不放我走，并不是等我立刻去求婚）。婚姻问题我也会跟她谈——若继续date而无结婚的打算，我不会下流到如此地步。假如她说没有和我结婚的意思（即使如此说，并不表示她就不要我了，只是表示感情尚未成熟而已），只是想和我做经常见面的朋友——我也不会和她断绝，就和她做朋友做下去了，照她所说的。

　　使你失望的是：我大约不会拿出勇气决心来拼命追一下，非和她结婚不可。这样，结婚的可能性是不大的。但我可担保：1964（年）我如和Anna继续地date，我将不断地同她讨论婚姻问题，并探测她的反应。假如反应不坏，我也许会求婚也说不定。

　　B搬去S.F.后，我和她的关系将有一番调整。那时不必顾忌同事们，也许date反而容易了。两人见面不易，也许见面时反而更亲热了。但她已给我足够的困惑，假如没有更大的鼓励来，我不会向她求婚。

这是1964年我给自己的结婚的可能的一个推测，相信是很dispassionate而且离实情不远的。时逢新年，我无意使你和Carol大为失望——尤其在引起你们那样高的希望之后。在我和Anna开始date的时候，我随便说了一句话：I do not care whether I succeed, I want only to do my best. 我指的是我（的）一般做人作风，或者是我写作的经验。但她接着说一句"If you do your best, you'll succeed"。从她（的）表情看来，她指的是我们两人的关系，这使我吓了一跳，但她所期待于我者，也很明显了。

开辟新战线，另找女友——这点可能性是很小的。照过去的经验，我一depressed就可能depressed好几年，现在时不我待，不能多耽搁了。1964（年）是crucial的一年，但发展如何，一小半靠人力，一大半靠天意。明年暑假又将去Seattle，如在暑假前没有个解决，Seattle回来，金山湾区人物全非，也许就此恢复无女友的生活了。说来虽很可怕，但暑假以前，很多事情可以发生。请不要忘记：这几年都是我的好运道的年份。

专此　敬祝

新年快乐

济安

十二月卅日晚

Carol、Joyce 前均此。

624. 夏志清致夏济安（1964年1月6日）

济安哥：

这次过年，你一定用掉一大笔钱送礼。Grace来信，说你送她一条white sheepskin，这是很贵族的室内用品，Grace的高兴和surprise，信上也看得出。你给我们的苹果和梨也早已收到了。苹果奇大，早已吃光了；梨今年的熟得慢，到两三天前才可以吃，邻居分送了几只，余者自己受用，味极甜。你给女朋友送礼，出空了心思，也是亏你的。今年送礼，我们的一份可以从简，只要一盒梨、一张月份牌，和给建一一些小玩意就可以了，不必多花〔费〕脑筋。你给建一的fashion saloon，她极爱玩，你对女小孩子心理很懂，不知有没有经Grace指导。她应该自己上书谢你，Carol也一年没有给你信了，她们的 indolence，请你原谅。

你去Carmel同B度圣诞除夕，很享受一些美国情调的新经验，甚慰（我至今没有沿街唱过carols）。B仍对你很有兴趣，可见你court她几个月，她是极appreciate的。她离开center后，关系或可明朗化。Anna L.A.回来后，又表示比较冷待你，她心理做什么盘算，我也猜不到。可能当时受了你的重礼，一时情感冲动，说了几句真话。现在又有些后悔，觉得自己还不能决定把终身付托于你，所以比较冷淡些。本来预计1964（年）一切可以明朗化，但看来时机尚未成熟，消息虽然有些discouraging，但我想两位女子对你都很serious，1964（年）仍不失为你的结婚年。

你该如何进行，我实在也无法advise。第一，你可以要求B改换你的称呼，这样要好的朋友，还在姓上加个Mister，似不通，至少在办公室以外，她应当直呼你的first name。第二，next time和Anna date时，可责问她为什么态度变得冷淡，她为人既爽直，或者肯说出原委。以后看两人态度如此，择response好的好好进攻一番，图速战速决，免得一下子高兴，一下子depressed，自己讨苦吃。如决定和B重拾旧欢，你良心上并没有对不起Anna的地方；圣诞节前后，她的确是你的dearest，她自己不给你encouragement，是她自己的错。除非B特别对你表示interest，我想你在三月一日前可先追Anna，看她肯不肯和你结婚；她如不愿，三月一日后好好地向B求婚，暑假前她应该可以给你一个答复。如命中注定，两人都没有做你太太的福分，暑假中得另作打算，免得拖着，把别的机会也失掉了。

我27日去芝加哥开会，29日回来。Chinese novel的section在27日下午开会，Lily Winters做主席，Frankel读了一篇极笼统的paper，我也口述了一篇讨论《金瓶梅》的paper。Panel上还有刘君若，她没有paper可读。出席的也是些熟人，如Irving Lo[1]之类。我批评《金瓶梅》，听众可能不高兴，好像中国人似应当捧中国文学作

---

1 Irving Lo（罗郁正，1922-），福建福州人，华裔汉学家、翻译家，美国威斯康星大学博士，主攻英国文学与比较文学，先后任教于斯蒂尔曼学院、密歇根大学、爱荷华大学、印第安纳大学，主编《中国文学翻译》（*Chinese Literature in Translation*）、《中国文学与社会研究》（*Studies in Chinese Literature and Society*），著有《辛弃疾研究》（*Hsin Ch'i-chi*，1971）等，另与刘无忌合编《葵晔集》（*Sunflower Splendor*，1975），与舒尔茨（William Schultz）合编《待麟集》（*Waiting for the Unicorn: Poems and Lyrics of China's Last Dynasty, 1644–1911*，1986），均是中国古典文学英译的经典。

品的。台大的黄教授也在场。Palmer House MLA开场，人挤得水泄不通，看了就讨厌，所以其他panel一个也没有去听（有Rowse念paper的Shakespeare section，听众有四百人之多）。可是28日预定晚上有约会，只好29日才动身。我上一次参加MLA年会是1954年底，在纽约，现在找事的，想换job的人比（以）前更多。

Harvey Meyers你可和他单独谈谈，他可能知道B对你究竟如何。我前面一段advice，当不得真，你一切得打定主意，见机而行。下学期你要开课，想一定很忙。Carol、Joyce皆好。附上贤良弟的贺卡一张，明天有课，就此打住，即祝

近安

弟 志清 上

正月六日

625. 夏济安致夏志清（1964 年 1 月 10 日）

志清弟：

　　来信收到。谢谢种种advice。其实我并不需要什么advice，因为我并不苦闷，心境目前是很平和的。

　　"平和"当然imply没有什么好消息可以奉告。Anna之事受命运播弄，简直毫无发展。一月四日（星期六）我约好请她去看波兰歌舞团（Mazowse[1]——纽约想已来过），这个加上dinner可以使我们欢聚好几个钟头。但是就在那天上午十点半，她接到消息说她的一个在L. A.的姐夫死了。她总算努力打电话跟我联络，侥幸联络上了。我还是去看了她，送了一盆菊花。她说要去L. A.陪她姐姐，一去之后至今尚未回来。我问她此人的死因，她说是自杀的，并请我不要多问。她们姐妹情笃，她还要陪她姐姐一个时候。这个姐姐是她二姐，她另有一姐姐在夏威夷，一在Palo Alto以南的Sunnyvale。

　　Anna的家庭观念极强，这个不幸的姐姐又是她的favorite（她说圣诞礼物最重的是送给她的），圣诞欢聚后不久，即发生悲剧（自

1　Mazowse（马佐夫舍民乐团），波兰著名民乐团，1948年受波兰文化与艺术部之命成立，旨在保存马佐夫舍乡村地区的传统艺术和歌舞节目，1950年在华沙的波兰大剧院（Polish Theatre）首演，1951年出访苏联。之后被允许到西方国家巡演，1954年出访巴黎，1960年首次出访美国，获得了世界性的声誉。

杀和病故或意外死亡不同），她姐姐一定很悲痛的。Anna要多陪伴她，是情有可原的，但我的事情就此搁起来了。请问这是不是命运作弄？

你的种种劝告所以对我没有什么用处，理由有二：（一）我并没有什么苦闷亟待解决；（二）我目前并无求婚打算。

去年的五、六两月是我的苦闷月，苦闷总是难受的。苦闷的时候，可以做出desperate的事，说出ridiculous的话，而且"病急乱投医"，喜欢听取别人的advice。

我和Anna的关系很单纯。我所求于她者是她的爱，但这个听其自然发生。我对她没有什么欲望，她若不爱我，我不会感觉痛苦。说句没良心的话，她若现在跟我断绝了，我也觉得无所谓。对于她，我其实从未十分陷入情网。上次那封报告好消息的信，里面有这样一句话："她对于我的爱相等于我给她的，甚至超过之。"这表示我从来不十分sure，到底我是如何爱她。

很奇怪地，她的美在开头的时候对于我有吸引力，以后就很少。也许她太正派，不够"媚"。但我对她（的）为人十分倾倒，我认为Anna是个极好的好人，思想正派，有纯正的感情。她的感情我如赢得了，将是人生很大的幸福。她和她姐姐间的爱，在美国就很少见的。她去L. A.迟迟不返，我是想念她的，但这亦增加我对她的好感。

和她在一起，很奇怪的，我也觉得很secure。她什么样的男子没有见过？——英俊的、有钱的、健壮的，etc.。她若对我发生好感，这个好感的基础倒是比较稳固的。

还有一点使我觉得放心的，即和Anna的关系之中，我有很多东西可以give，但并不期待take什么。目前我所求于她者，只是经常的date而已。但在另一方面，我可以给她shelter（假如她要的话），她承认我有一个understanding heart，至少我还是个gentleman。她若求归宿，一定会很seriously地考虑我的。

　　和Anna来往，所以我很少觉得anxiety。不计成败，所以态度也较自然。我也并不逃避什么东西，她假如再多给我一些爱情，我说的话将越来越向"求婚"这方面走的。"求婚"的话男人大多是被动说出来的，女人会引男人向这方面走的。Anna只要再引我几下，我就会"跌"进去的。它的暂停引诱我，正是表示她为人的严肃。这也是使我钦佩她的地方。

　　因为她遭遇的不幸，她无疑也比我moody。在她心境不好的时候，我其实也不应该expect她对我特别affectionate。她无疑在seriously考虑她自己的前途，我做人越正派就对我越有利。我相信她所求的是一个正派的人。

　　一切当然还得听命运安排。我只是慢吞吞地来。只要关系不断（我是不会主动地去切断它的），我就有很大的机会。

　　B情形不同。她是曾使我陷入情网的人，我承认曾十分爱她。B并非美人，但对我至今仍有很大的physical attraction。她的智力很高，至少不比我低，但我倒不大敢向她求婚，原因是她有很奇怪的道德观念。她做事其实很有principles，一步也不苟且的。但讨论起婚姻、家庭等问题来，她至少是假装着很cynical的。她也许一辈子也不会做成功Simone de Beauvoir，但开起口来总想表示"新派"，表示她是个"知识分子" —— 美国式的，或法国式的。不论她说说也罢，真心这样想也罢，我对于她的道德观念是有点怕的，所以我一直觉得"佳耦〔偶〕不在此"（她和我走路，从来不勾搭我的手臂，总保持一个距离。Anna和我走路时亦然）。

　　B也许会接受我，但我相信她心目中一定有个美国英俊小生在。她若同我结婚，也无非不得已而为之 —— 因为她找不到美国英俊小生。我对她将永远是个second best，这是我所受不了的。对于Anna我愿意糊里糊涂地"跌"进去，向她求婚，因为我相信Anna可能认为我是天下顶好的男人。但这在B是不可能的，我将防备着不要为B所诱。

以上的分析我希望能使你满意。我头脑很清楚，对于做人还是很严肃的。还有一点我要向你报道的，即我对于B态度之自然，为从来所未有。我对她的"冷淡"其实并不是真的冷淡，我对她现在非常witty，讽刺她，tease她，开我们两人的玩笑等，这我相信也使她对我观感一新。我过去在"苦恋"期间，大约显得很可怜而可笑：年纪已经很不小的中年人，可是其追求方式近乎中学生；B自命sophisticated，当然不会要我这样一个人。最近我仍是中年人，但是我能比较充分地表示中年人的成熟、风趣、impudence、智慧、体贴等。我自己已经不大显得ridiculous，但我还有勇气使她显得ridiculous ——这个作风我相信她是appreciate的。

对于Anna我则serious得多，我是随时预备求婚的。不断地表示爱情，可以感动Anna，但在B面前则显得naïve云。

你劝我去找Harvey谈谈，这未始不可行；但我现在已非ardent suitor，那样做已不必。我对B现在这种态度，很能建立我的superiority，可以博得both B & Harvey的钦佩——至少我也是他们"道"中人，我也是个sophisticate。

B到底打什么主意，我一直是不了解的。如关于今年暑假，她曾先后有四个计划：（一）去墨西哥，（二）去欧洲，（三）加入Peace Corps，去亚洲，（四）做精神病孩子的保姆。现在照第四个计划做了。她说预备做保姆一年半（她的合同），然后去纽约进哥大读书。我曾经说追求她有五年计划，她说两年计划就够了，因为两年后她要去纽约了。这个计划当然不一定实现。无论如何，她的脑筋里奇奇怪怪的思想一定很多的。你曾警告我关于catering to her whims的事，将来做她丈夫一定很苦。

她无疑也在考虑我的事。我已好久不去麻烦她，但她一天忽然对我说："我走后，我想请R代替我的位子。"我问是否center里打字的位子？她说"不，是to replace me in my relationship with you"。R就是center的"new girl"，是很大方很elegant的美人一个，但她已有情人，在古典系教书的 Charles，我和他们二人已出游多次（领他们参观 Chinatown），但 B 并不知道。她对 R 也许一直在嫉妒，因为 R 的美丽正派善良等美德，无疑都在她之上。我其实不喜欢正派女子的，她们比较 dull —— Anna 是在邪中见正，或者是极力求正，所以对我有 appeal，自然而然的正派女子（大家闺秀）引不起我的兴趣（如 Sutton Place 的那位）。无论如何，我和 R 也是谈笑风生的 —— R 已有男友，我更不紧张。B 见了，心中不服也说不定。

以上的解释也许太乐观一点。B 的嫉妒性〔心〕是有的，但她可能还有一点考虑："我反正不要你了，我现在又要走了，你不是将更痛苦了吗？为什么不去追 R 呢？"假如她有这一层意思，至少她还是关心我的"痛苦"的。但她的怪建议只是引起我的抗议，implying 我的爱只有她一人，她听见了似乎很高兴。

Anna 和 B 都不能引起我的多少"痛苦"。说一句将使你伤心的话（因为这将表示我的"道德堕落"），我现在已经知道如何运用"痛苦"作为武器。这就是过去一年最大的收获。过去的痛苦是真痛苦，是使我手足无措的痛苦。现在的痛苦可能成为达到一种目的的手段。在这方面我算是"成熟"了。

我既不 date B，Anna 又远在 L.A.，现在给我最大麻烦的女子是 Grace。向 Grace 我是不断地献殷勤的，她常常被我哄得很快活 —— 这方面我的技巧是更圆熟了。买那条羊皮毯的确花了些我的精神，我要送她一件压倒一切的礼物。我给世骧和她的卡，也是压倒一切的：冲皮的，像是一本精装烫金的古书。那羊皮毯，所花不到 $20，在一家 India Imports 店里买来的。这是我送他们两人的礼，并不算重。一本像样的美术书，至少也要这个价钱。但羊皮毯使得 Grace 太高兴了。

Grace 知道了我在 Carmel 过节的事，又知道我在外面有 date（她不知道 Anna），其反应不是高兴，而是生气：为什么我这许多精神不去花在 Martha 身上？所以 Martha 又复活。她以前以为是我 shy，怕交女友，怕见女人，不想结婚等，在这种条件下，她忍痛放弃了给我的压力。但现在证明不然，我是在交女友，那末〔么〕为什么不去交Martha呢？即使我献给她自己的殷勤，她也并不十分高兴：为什么不分一部分给Martha？

平常我得花不少时间陪Grace，假如一旦真有了steady的女友，和Grace的裂痕将不可避免。她拒绝知道我的女友的事，我自己找来的人她总是不赞成的。我是接收她给我挑选的人 —— 即便此人是时钟雯吧。

此事的delicate你不难想象。你远在纽约，希望不要为此事出任何主意，或做任何努力。我远比你tactful，我会处理这件事，且处理得很好。你一介入（我也不希望世骧介入），也许我反而难以处理了。我只是想使你知道，并不求你的advice或help。

现在关于Martha的压力还不大，但Grace已在旧话重提了；再则对于我的date（因此便不能接受她的邀请，假如两个dates不conflict，她也不会知道我有什么date），她的态度是冷诮的讥讽："好呀！你有date很不差呀！"etc。

关于Martha，我不得不说一句公平话，她实在是一个稀有的善良的而且intelligent的女子。比起时钟雯来，二人有天渊之别。Date她也该是有其乐趣的，但Grace的安排与压力，使此事成为不可能。Date而不和她结婚，Grace将成为莫大的罪过，使我在社会上不能做人，"始乱终弃"！

Martha的善良与intelligence可以从她和Grace的关系中见之。她俩的关系从二次大战后二人在东京麦帅总部同事时开始。十年前Grace结婚，她送了一套极贵重的瓷器（几十件！），Grace对她过度的关心，恐怕也妨碍她正常的社交生活。Grace打扮得这样漂亮，而Martha是不施脂粉，衣履朴素的。Grace的瞎出主意，可能也吓退了她一些可能的男友。

拿我的事来说吧。Grace的笨拙的拉拢与我的铁石心肠，给

Martha 的痛苦应该是远胜给于〔予〕我的，但 Martha 好脾气地都容忍下来了。假如 Martha 是个量小的女子，她将视 Grace 为天下最大仇人：无缘无故不断地使她出丑丢人，名为帮忙，实在好像是 Bette Davis 之 persecute Joan Crawford[2] 也。我不愿意给任何人来一套 psychoanalysis，但 Grace 帮忙 Martha 帮得如此结果，还要不断地帮下去，Grace 应该扪心自问而觉得惭愧的。

但是我和 Grace 的关系还是维持得很好，Grace 不是个有心计的女子，她只是任性，心地还是善良，而且头脑比较单纯的。假如她稍有计谋，事情不会这样糟。我会对付她：一切事情上都使她满足，使她觉得 pleased，只是在做媒一事上决不让步，她因此拿我没有办法。我只是为 Martha 抱屈，她的 suffering 真是冤枉。

希望你不要劝我做慈善家。我心目中的对象还只是 Anna 一人，但此事 —— 跟一切事情一样 —— 如何发展，还得看命运的安排。再谈，专颂

近安

济安

一月十日

Carol 和 Joyce 前均问好（希望下次写给你的信将谈些别的事，不要老谈女人的事了）。

2　Joan Crawford（琼·克劳馥，1904–1977），美国演员，20 世纪 30 年代好莱坞 "黄金时代" 最受欢迎的影星之一，声名直逼当时的巨星瑙玛·希拉（Norma Shearer）和葛丽泰·嘉宝（Greta Garbo）。40 年代转投华纳，凭《欲海情魔》（*Mildred Pierce*，1945）获奥斯卡最佳女主角奖，之后又以《作茧自缚》（*Possessed*，1947）和《惊惧骤起》（*Sudden Fear*，1952）两获奥斯卡影后提名。其与贝蒂·戴维斯（Bette Davis）在现实生活中存在长期的不和，不过夏济安在这里所指的应该是二人合作的电影《兰闺惊变》（*What Ever Happened to Baby Jane?*，1962）中的剧情，戴维斯扮演的妹妹珍妮（Jane）将克劳馥扮演的姐姐布兰奇（Blanche）对于自己的提携视作令自己出丑，因而处处与之作对。

626. 夏济安致夏志清（1964年1月17日）

志清弟：

前上信，想已收到。很抱歉的，引起你们这样高的希望以后，将有失望的消息报道。即与Anna的关系已达不绝如缕的阶段：关系可能不断，但我对于交女友一事已感厌倦，也许1964（年）真会成了无女友的一年了。种种发展，当然还得看命运安排，我能做出什么事来是很难说的。

昨天（1/16）星期四是我和Anna的经常date又恢复的一次。她的态度冷得可怕，我们坐下来后（在一家叫做Koe's的小法国饭馆，连cocktail、wine 等两人不到十元钱），我问道："Do I look like a stranger to you tonight?"她随即大兴问罪之师，指责我的种种错误。她所说的要点：

（一）我们两人不可能结婚；

（二）我最近追得太紧——尤其是到处打听她什么时候回来，她怕我和她的朋友们谈起她的别的事。（But I did not.）

这样的冷淡倒并非全出意外，我虽然解说得并不十分圆满，但我的dignity还是保持的。我说it's up to you去决定。（一）或者断绝，（二）或者如常进行。她说叫我决定（it's up to you，足见她狠不下心来同我决绝），关于下礼拜约会她说叫我回家多想想后再打电话。

我现在的态度是不预备再打电话，或者至少等一个月后再打电话。此事发展至此，真使我为交女朋友寒心。幸亏我并不真正的 in love，否则痛苦是很难受的。Even as it is，叫我怎么起劲也不可能的。

此事的弄糟，有三原因：

（一）她的 unmistakable encouragement；

（二）由于她的鼓励，以及我的良心好，只好显出更热烈的 response，否则怕对不起她。照我（的）本性讲，我是可以保持很平和的态度的。我想表示热烈的 response，偏偏忽然又见不到她的人（她短期内去两次 L.A.），因此步伐有点乱。

（三）她姐夫的自杀也给了她一点打击，详情不知。她说了一些，大致是今年二月间就是姐姐与姐夫的第十一个 anniversary，他们二人表面很好，可说是 happy marriage，他们也有孩子。但是姐夫对她姐姐只是 infatuation，姐姐 remains her individual self，情形之糟连离婚都不能解决，姐夫只好自杀了。那时偏偏我的热烈显得很像她姐夫的 infatuation，使得她往这条路上面去想了。

我逼她跟我断绝，她倒说不出口来。我想还是我来跟她断绝吧，不声不响的不去找她不就完了吗？对于 Anna 的了解，我有些地方是对的，有些地方还是不对。对的地方是我看出她有 fierce temper。我曾跟她说过，我最怕（的）是 provoke 她，结果还是糊里糊涂地 provoke 了她。足见我的理智还是不行，而且"活得老学不了"也。

我对她最大的看错之处是以为她对我有情意。我最初只是去瞎捧场 flirt 而已，她的反应渐佳，我不得不抱希望。若真是抱游戏人间的态度去和她来往，我认为也是不道德的。所以她向我责问时，我说我不能否认有结婚的企图。

她对我的态度仍不离这公式：一只手把我拉近一步，另一只手就来打我一下，怕我移动得太近了。总之还是不离孔子所说"近之则不逊，远之则怨"。这倒并非存心玩弄于我，女人恐怕是有这个本能的。她如要玩弄于我，继续向我表示好感——（灌迷汤？），我将更难于应付了。

我取悦她有一点估计错误：她以为我的种种热烈表示（attentiveness——她说"I have never been courted more attentively"）是我的真情流露。她吃准了我是溜不走的了。我若从此不打电话去，她恐怕会失望，即孔子所谓"远之则怨"。

我对她的临别赠言："你对我的失望，只是对于一个男人的disillusionment，你的人生态度做人方式仍可照旧。我的失望是对于人生理想的disillusionment；好意不被接受或欣赏，只有引我走上cynicism的路，我本来cynicism的倾向就很强了。"我又说，我虽然做了些事说了些话是错误的，但请她也想想我们友谊的基础。

Anna之事给我的教训：不论女子向我表示多大的好感，我只有保持铁石心肠。我的心肠本来已很"铁石"，但是浪漫的幻想未灭，总想使自己的心肠软化一下，假如碰到the right person的话。现在事实证明：只有铁石心肠自己才不吃亏，宁可让对方吃亏的。爱情诚然可以改造性格——但不是你所想象的那种改造——我历年交女友的经验，只是使我更冷更狠更忍更虚伪而已。

所以使我寒心者，Anna之事与B之事如出一辙：都是在"不逊与怨"之间徘徊而已。所不同者，B和我是同事，我不能穷追猛追，以免造成"丑闻"。再则B从来没有给我像Anna那样的鼓励。三则，我们一起办公，至少容易见面，容易给我一个改变追求作风的机会。

Anna之事，我如不追，则一切都完了。

我相信我要博取女人初步好感的本事现在很大。我的失败一在没有遇见the right girl；二在做人不够狠。假如我让Anna去L.A.，管她回来不回来，见面了天花乱坠胡说一套，不见面当没有她这个人，也许Anna现在还在继续向我表示好感呢。

再说B。今天（十七号）是她在此工作的最后一天（她的离开，我并不觉得难过），我们一起吃的午饭。我没有去请她，她自动地跑到 Yee's 小饭馆来的。下星期起她要去"儿童神经病院"受训练。（今天下午我驾车送她回家。约了下星期四见面，至少下星期四我是不会去找 Anna 了。）

前天（十五号）是欢送 C. M. Li[1] 的大宴会，到（了）一百余人。我是 B 的 escort。我到她家去接她，再送她回家。我和她的谈话很虚伪，我明明知道她不会把我丢掉，可是苦苦哀求她，千万于离开 center 之后，不要把我丢掉，要仍旧把我当作朋友看待。她当然觉得 pleased。

宴会之时，有一重要 confrontation，即 B 与 Grace 的见面。我们先到，当我看见 Grace 进来时，我问 B 要不要去见见 Grace，她说不要。后来 Grace 向我们这边移近过来，我只好替她们介绍。我向 Grace 说："这是 Ms. Walters，a very dear friend of mine."（B 向我看了一眼：惊喜？ resentment？ 感激？）Grace 决想不到我有这样一个 dear friend。我向 B 说："Grace 是我的 guardian angel。"Grace 说："Angel may be，but guardian 则不敢当了。" B："That's why I thought we had better not meet，because of I am the devil in his life."B 的话说得很不得体，但我倒觉得感激的。天下很少有人敢向 Grace 顶嘴，B 第一句就向 Grace 挑战：而且照 Grace 听来，隐隐有把我抢过去的意思。Grace 决想不到天下有女子（即使是魔鬼化身吧）来 claim 济安的 soul 的。她更不知道 B 和我之间已经有这样密切的关系：我可以叫她是 "very dear friend"，而她自居是我生命中的魔鬼。

当然 B 没有 promise me anything，我对 B 早已灰心，因此也并不为之而感觉乐观一点。我只是觉得使 Grace shock 一下，倒是大快人心的。

1　C. M. Li（李卓敏，1912–1991），广东人，加大伯克利分校工商管理学教授，中国文化研究所所长。欢送他赴港任香港中文大学校长。

以后和B联络，也只有打电话一法了。我根本怕打电话，所以以后和她也不会有很密切的来往。你的战略，在三月一日前和Anna搞一个水落石出，然后再去追B。现在B提前离开，Anna的事想应该实行你的战略了，可是我对B兴趣已淡，和她保持来往还是可以的。

今天晚上将有一痛苦节目，Grace、世骧、Martha和我将同吃晚饭，并看Brecht的戏 *The Caucasian Chalk Circle*[2]，在我对于追求觉到灰心的时候，偏偏Martha又出现，真是扫兴之至。照我现在的mood，顶好一个人闭门读书作文，或者一个人去看一场电影。

Martha之事是毫无发展可能的，我只是敷衍而已（希望敷衍得有礼貌一点）。风光旖旎的1963（年）过去了，1964（年）的远景相当bleak。Anna给我这个打击以后，再和她来往我也觉得乏味了。对于交女友的经验又增加了一点，但是有没有女友可交将看上帝的安排了。

你可想象下一封信请〔将〕不大讲起女友们的事了。再谈 专颂
近安

Carol、Joyce前均此。

济安 顿首
正月十七日

---

2 *The Caucasian Chalk Circle*（《高加索灰阑记》），德国剧作家布莱希特所作戏剧，改编自元杂剧《灰阑记》，1944年作于美国，随即由其好友埃里克·本特利（Eric Bentley）翻译成英文，并由卡尔顿学院（Carleton College）的学生编排演出。其职业首演在费城的 Hedgerow Theatre，由本特利导演。1954年柏林剧团（Berliner Ensemble）在柏林 Theater am Schiffbauerdamm 完成了其在德国的首演。该剧公认的最佳版本是鲁斯塔维里国家戏剧院（Rustaveli State Drama Theatre）的"格鲁吉亚版"，由罗伯特·斯图拉（Robert Sturua）导演。

627. 夏志清致夏济安（1964 年 1 月 31 日）

济安哥：

好久没有信给你，一定很使你挂念，甚歉。学期终了，很忙，加上以前答应China Institute写一篇关于中国文学的文章，算是他们一年一度在Baltimore开会节目之一，四五页的文章随手打字半个下午即可写一篇，但要注意文字和内容，反而重写了好几次，最后写完题目是"Tradit. Chin. Lit. & Modern Chinese Temper"，说明五四以来，胡适和中共对中国文学的看法是一致的，此外似没有什么别的theory。这篇东西陈世骧看了一定很高兴，China Institute是捧胡适的，未必高兴，以后不来找我也好。China Institute几次开conferences，内容都是极空虚的，这次有篇比较有新见解的paper，反应难测。即〔接〕着办理NDFL（National Defense Foreign Language）奖金application审察之事，把每一个applicant的folder研究，而定其rating之高低，费了好多天功〔工〕夫。（有一位Oscar Handlin[1]的女公子Johanna，现在台湾Inter-University读中文，她准备专攻中国文学，希望她来哥大。）工作之余，这星期看了两张电影，*Lawrence*

1　Oscar Handlin（奥斯卡·汉德林，1915–2011），美国历史学家，哈佛大学教授，美国移民史研究的奠基性人物，凭借移民史著作《背井离乡》（*The Uprooted*，1951）获普利策奖。

of Arabia，上半部极精彩，全片似较冗长；另一张昨晚看的，*Charade*[2]，极有趣，C. Grant显得老了。

你遭Anna冷待后，希望你没有受到特大的打击。女孩子难服侍，你已真正体会到了，她们不逊则怨的态度，的确是很可怕的。我觉得和Anna不妨冷一阵也好，B处倒不妨亲密些，看她反应如何。她显然对你很有兴趣，虽然自己还摸不定主意。我想同她结婚未始不理想，她witty，可能也很体贴，虽然有时scatterbrained，风度上和你很合得来。读了最近两封信，我觉得Anna可能不是最理想的配偶：她正派，但她究竟读书较少，只好做贤妻良母，不能全部欣赏你的学问和为人。而且她很severe，你似乎见了她有些怕她，婚后她多出主意，渐渐dominate起你来，你一定吃不消。相反地，B自己定不下主意，希望有个dominant male去管她，你虽然不是个dominating的type，但你们婚后生活一定很gay。同30's好莱坞screwball comedy[3]的男女主角一样，你是C. Grant or Jimmy Stewart，B是Carole Lombard，大家工作之余，主意很多，但闹中取静，二人的爱情也与日俱增，一定可以很幸福。有机会不妨和她长谈一次，探她有没有和你结婚的诚意。或者，趁Valentine节日，写封求婚的信，看她反应如何。

我觉得Martha也值得考虑。世骧去夏曾给我看她的像〔相〕片，相貌很端正可人。读你的信，她好像是Jane Austin，H. James小说中被压迫被欺侮的好女子，这种人内心善良，一无骄傲，很deserve

---

2　*Charade*（《谜中谜》，1963），爱情喜剧片，斯坦利·多南（Stanley Donen）导演，加里·格兰特（Cary Grant）、奥黛丽·赫本（Audrey Hepburn）主演，环球发行。

3　Screwball Comedy（神经喜剧），美国大萧条时代兴起的一种喜剧电影类型，常常具有嘲讽、性坦白、高速对白、荒唐的情景、逃离现实的主题和有关求爱或婚姻的剧情等特点，其中的男女主人公往往行为古怪夸张，悖于常理，并由此引发幽默感。影片往往描述社会阶级冲突，在20世纪三四十年代的社会背景下风靡一时，不过在二战后热度迅速消退。代表作有《一夜风流》（*It Happened One Night*，1934）、《我的高德弗里》（*My Man Godfrey*，1936）等。

幸福，她们未始不能 give happiness，有人欣赏，一定终身感激。
Martha 究竟 taste 如何，你真可单独 date，研究一下，反正你交女朋友，不再紧张，给她一个 chance，也可能给自己一个 chance，你嘱她不要把 date 的事 confide 给 Grace 听，她一定会答应的。

你嘱我不多讨论女朋友，我也不多说了。我想凭你目前的
mood，闭门读书用功一阵也是好的，把目前的 mood 改变后，自己再作定夺。1963 年虽然风光旖旎，1964（年）一定可以结婚，事在人为，mood 转变后，另有新发展也说不定。

我们这里生活很平静，weekend 同朋友们到外边吃吃饭，平常时候读书。读书很用功，但记忆力不如从前，收效较浅，虽然对旧文学的知识日在进步中。Carol 的生活可能太清闲，她 *New Yorker* 上的文章读得很勤，我已好久没有看 *New Yorker* 的文章了。早晨看报，照旧生气，觉得美国市民，可旅行而不受侮辱的地方，愈来愈少。你开课在即，想准备得很有把握了。后天星期日李又宁请吃饭，在石纯仪家招待。Joyce 做了女童子军的 Brownie。每星期四穿一天棕色制服，她同楼小朋友反不少。祝你

心境愉快

弟 志清 上
正月 31 日

628. 夏济安致夏志清（1964年2月10日）

志清弟：

来信收到。最近心境很好，只是工作较忙，所以好久没写信，务请原谅。

上一个weekend去Palo Alto住了一晚，参加一个Western Seminar on Modern China，是Franz Michael与Hoover Institution[1]组织的。大家瞎讨论，无甚道理。

最近忙的是写"The Communes in Retreat — A Terminological Study"。关于公社的材料很多，好好地整理大非易事，我要说些别开生面的话，更不容易。希望在三月初把"公社"写完，然后接着写《西游补》。两篇东西写完了，可以轻松地跟你在华盛顿甚至纽约好好地玩一玩。

明天要开始上课，课名The Western Literary Cross-Currents in 20th Century China。一点都还没有准备，但是对于上课我是胸有成竹，一点也不慌张。

1　Hoover Institution，全称Hoover Institution on War, Revolution, and Peace（胡佛战争、革命与和平研究所），美国公共政策智库和研究机构，1919年由赫伯特·胡佛（Herbert Hoover）在斯坦福大学建立，是世界上最大的政治、经济和社会史料文献收藏地之一，其研究和收藏主要围绕"战争、革命与和平"的主题展开，其中包括大量的中国档案，最著名的有"两蒋日记"等。

　　还是谈女朋友的事吧。Anna仍是我生命中最重要的女子，我的喜欢B大约只抵喜欢Anna的一半。我和Anna 的 moratorium 期间，和B有三次来往：一次是我到她的"问题儿童医院"接她回家，一起吃饭。一次是她给的party，请她自己的几个朋友和center的旧同事喝punch，吃cake等。到了那里她指定我做host（她用的字是hosting），代为招待客人，并为客人互相介绍等。她给别人介绍时，只是把名姓说出来而已；轮到我，她说my friend Mr. Hsia。你又要反对Mr. Hsia这个称呼了，但何必逼她呢？那天晚上，我谈笑风生，活泼非常。另一次是请她吃晚饭看电影Tom Jones[2]，玩得很愉快。三月中她要考M. A. Oral，近期内她工作很紧张，不可能再有什么date。不管B对我有如何的亲善表示，我敢说她对我是没有"爱"的（因为仍有很多冷漠表示）。我现在的态度也可以说是没有"爱"的。只是两人可以相处得很愉快而已。

　　Anna的情形不然，她向我表示冷淡后，我写了一封长信（打字的，single space，两页）给她。信我自以为写得不错，大致有点像Darcy写给Elizabeth（Pride and Prejudice）那样吧（仍然称她为Dearest Anna）：Ardor tempered with dignity。假如文字还有魔力的话，至少我把全副本事全用上去了。我建议我一月之内不去见她，请她重新考虑一切。

　　我然后埋头苦干研究公社。想不到一月未满，事情又有变化。那位光华老同学萧俊，近来已不常去紫禁城，最近忽然又去了一次。萧俊的谈话技巧不佳，Anna平常不大理他。他要找话说，话就牵到T. A.头上，但一提到T. A.，Anna就要喝止他的。最近他去，Anna对他大为亲善，最后还问了一句话：May I call T. A.？萧当然说：Of course，why not？ Go ahead。第二天，她打电话给萧俊，她

2　Tom Jones（《汤姆·琼斯》，1963），爱情喜剧片，托尼·理查德森（Tony Richardson）导演，阿尔伯特·芬妮（Albert Finney）、苏珊娜·约克（Susannah York）主演，Lopert Pictures Corporation发行。获第36届奥斯卡（1964）最佳影片奖。

说她已打过电话给学校找T. A.，但line was busy。她说她要打电话给T. A.的住处，但号码丢了，要问他抄一个号码。

她的电话没有打来（她说她把我的电话号码丢了也是假的），我相信她甚至没有向学校打。她只是要请萧俊向我表示：她已认错，而且她已打过电话，我不应当再崖岸自高，也应该向她表示软化了，假如我是个gentleman的话，且不说是lover了。

星期五晚上我住在Palo Alto。星期六（二月八日）萧俊已知道详细内幕，决定做一件"侠举"。他打电话给Anna，说要在紫禁城请她吃饭，并bring her a surprise。Anna很高兴。星期六晚上，Anna还表现一点紧张，我也有点尴尬，但一切误会已冰释，我们的关系将恢复正常（近期内将有date）。

我相信去年X'mas以前Anna向我表示的那种好感，确有深厚感情基础。后来的作梗一则由于我是追得太紧一点了，失掉我的潇洒（她短期内两次去L. A.，使我有点慌张），使我显得不可爱；二则其姐夫之自杀使她心境很坏。

危机发生后，我假如继续苦苦追求（像我过去的追求方式那样），必使两人关系继续紧张，终至不可收拾。我的诚恳的信，和自动的停止追求，使得我原来的好处又逐渐在她的芳心里出现。她向萧俊问起"May I call T. A.？"后，我就大感放心：她一点也没有忘记我。既然如此，我倒并不急急乎要去见她了。志清，我的作风的确是老练得多了。但是我绝不会欺负她，我做事还是一本良心的。

Anna和我之间结婚的可能仍很小。这次闹翻以前，她就指出两人结婚的不可能。她了解这一点，反使我心情增加轻松。圣诞节后，我的追求方式有点拙劣，一个原因是我怕她真的十分爱我，乃至想嫁给我，她既向我表示十分，我就该表示十二分。不知谈恋爱和做文章相仿，假如达不到perfect expression的标准，则overstatement永远不如understatement。对于B，overstatement差一点把事情弄僵；等到我学会understatement，情形才好转。对于Anna，我一向作风是understatement，两人感情倒很投合，等到我试了几次overstatement，事情又差一点弄僵。我所以会有overstatement，原因也许是内心的insecurity。这次和Anna之事起了一次波折，我在情场上添了一次经验；在Anna方面，她当可了解我爱她的诚意，和她自己的舍不得丢掉我。以后发展如何，现在尚不得而知。你现在所以不能做我的"顾问"，因为你一切考虑出发点是结婚，而我只是想和B保持一个很好的友谊关系，和Anna谈恋爱而已。

照情形看来，1964（年）风光仍可保持相当的旖旎。Anna和B已经够使我的生活情调愉快和生活内容丰富了。再交别的女朋友，实为精力和时间所不容许。中国的小姐们，和她们谈话既乏味，一不小心（owing to 社会环境、朋友间的舆论等）弄假成真，她们就要嫁给我了，将使我大为狼狈。你要替Martha做说客，我是很不高兴的。

这封信主要要报告的是：（一）和Anna已恢复良好的关系。（二）即使在和她停止来往期间，我仍可工作如常，且可和B来往，表示我并不怎么受失恋的痛苦的影响。（三）在追求方面力争主动，决不让任何女子支配我的生命，假如能做到这一点，这表示我在追求的技巧方面，的确大有进步。（四）结婚之事暂时不谈，但我的良心还是纯真的；假如B向我大大地表示热情（这简直不可能，她继续看心理医生，原因大约就是她自知不会表示and/or回答爱情），或Anna更进一步地表示，我也许毫无抵抗地结婚。（五）Anna和B各有千秋，两人我都舍不得丢掉，我需要两个女朋友。在那危机发生后即使我和B一帆风顺地好下去，但假如丢掉了Anna，我还是觉得十分可惜。过去有很长的一段时间，我连一个女朋友都没有，现在则想保持两个女朋友，你听来一定会觉得很奇怪的。（六）我并不怕Anna。我和Anna之间有一种rapport，是我和B之间所没有的。B所受的那种教育使她对于人生有strange notions；Anna是个比较有旧脑筋的人，她大约相信人生还有love、passion、devotion、faith、honor

等等的，这种字眼在B看来也许没有什么价值了。至少B要装出来看不起这些字眼，但B是个绝顶聪明之人，她对于我的智力与为人，也很欣赏，我们间的友谊也很值得珍惜。我过去盲目追求她，她有点看不起我，因为我的一举一动，都在她（的）洞察之中；她冷静地欣赏我的盲动。但后来我言行潇洒，举动莫测，她才慢慢地体会我在智力与为人方面，大约是可以match她的。和B来往，有斗智之乐，和Anna来往则有双方互相关切的温存也。

看来我所顶喜欢谈的题目，还是女朋友也。

上课后的情形，下信再报告吧。专此 敬颂

新年快乐

济安

二月十日

Carol和Joyce前均此。

B说 *Tom Jones* 里的Squire Western[3]就像她的父亲：酗酒、粗鲁、喜打猎。

3　Squire Western（地主魏思特恩），菲尔丁小说《汤姆·琼斯》中的人物，一个富有的庄园主，女主人公苏菲亚·魏思特恩的父亲，其土地紧邻菲尔丁的养父乡绅奥尔华绥，一直致力于将女儿嫁给奥尔华绥家的继承人。其形象代表了英国保守乡绅的典型：粗鄙、顽固、暴戾、专横、贪婪。

629. 夏志清致夏济安（1964年2月21日）

济安哥：

二月十日来信收到已多日，知道1964年已带给你不少旖旎风光，而且你同Anna的关系极serious而不断在进展中，甚慰。那次晚餐后，想和Anna已有一两次date，有什么特别发展，请报告。（我的61″笔，最近交Carol去修理，结果被换了笔尖，字迹较粗。在校的那支45″写起来反而顺手。）

这一期JAS载了你的大文，想早已看到。你的"Power of Darkness"文情并茂，而且文势这样足，JAS上还是第一次看到。该期杂志你可能没有看到，另有Creel、Max Loehr[1]、Keene的专文，内容特别精美，前两篇我已读过，说话都很有分量（Keene对我说已收到你Demons in Paradise 的offprint，还没有读，他是你的admirer）。我的那篇review，在哥大也attract了不少attention。但文章被review form 所限制，祇能冒充做专家而已，《肉蒲团》本身讨论的并不多。

1　Max Loehr（罗樾，1903–1988），美国德裔艺术史家，德国慕尼黑大学博士，曾任北京中德学会会长、慕尼黑博物馆馆长等职，1951年赴美，先后任密歇根大学、哈佛大学教授，兼任《哈佛亚洲研究杂志》编辑，是美国中国艺术史研究的权威，对中国青铜器、玉器和古代绘画有着精深的研究，代表作有《中国青铜器时代的祭壶》（Ritual Vessels of Bronze Age China）、《中国艺术：象征与形象》（Chinese Art: Symbols and Images）、《中国大画家》（The Great Painters of China）等。

Review你如未见到，我可寄一份给你。AAS今春的节目和Abstracts也看到了，我们的panel上增加了刘君若一人，她的paper不可能太精彩。当天上午还有Hightower主持的Chinese Drama Section，出席者有刘若愚、杨富森、D. Roy等。杨富森讨论汤显祖，这学期哥大有个明代Seminar，我得讨论两小时明代文学，希望开会前把《牡丹亭》好好读一遍。

你又在写"公社"，真不容易。"公社"如何retreat法，我一点也不知道，祇好将来读你的研究报告了（By the way，你的"Martyrs"和前两本terminological studies还没有书评，而同series的Scalapino和Serruys的书都已有人评过，你同R. Murphy、MacF.都是朋友，应当prompt他们一声。普通学界要人只有时间读书评，有了书评，东岸学者对你必更有新认识）。我《西游记》也还没有动笔，虽然前年写过一篇二三十页的总评，上星期开始读Gargantua，觉得Joyce受Rabelais[2]影响不小。Rabelais很robust，但叙事并不连贯，本领还不如吴承恩，二人可说是exact contemporaries。R比较coarse，吴承恩即是描写盘丝洞的蜘蛛精，仍是很prudish的。R占便宜的地方是西方classical tradition各种文体较复杂，他可以不费气力地travesty or imitate，吴可借用的只白话小说和赋两种tradition而已。R夸大描写Gargantua、Pantagruel的食欲，《西游记》中的妖魔想吃唐僧肉，Theme的replications较多。《西游补》、《平妖传》开会前都拟一读。

这两星期，social、academic life都很忙，不知为何反而多看了些西洋东西。读了Huxley的小书 *Literature & Science*[3]，Huxley生平

---

2 Rabelais（François Rabelais，佛朗索瓦·拉伯雷，1483到1494之间–1553），法国文艺复兴时期作家、医生、学者和人文主义者，以书写幻想、讽刺、怪诞、下流笑话和歌曲闻名，其代表作是耗时三十余年完成的五卷本小说《巨人传》（*Gargantua*）。被西方学界普遍认为是伟大的世界文学作家以及欧洲现代文学的创始人之一，单词Rabelaisian便是用来形容那些充斥着粗鲁的笑话、夸张的讽刺或放肆的自然主义的风格。

3 *Literature and Science*（《文学与科学》，1963），阿道司·赫胥黎著，该书通过观察

出版的四十多本书我都看过，祇有早期的三本长篇 *Crome Yellow*[4]、
Antic Hay[5]、*Those Barren Leaves*[6]一直没有读，自己很觉奇怪。
最近一期 *Kenyon Review* 二十五周年特刊，载了 Brooks 的 *Auden as Critic*，Brooks 认为 Auden 是 one of the most exciting & soundest critics of our day，这句话我很同意。Auden、Brooks 都是 Christians，最近批评界的趋势显然是 Christians 和 liberals 冲突愈来愈明显。New Critics 遭攻击，其实不是方法问题，实在是美国的 New Critics 都是 Christians，而那些 "myth" 的 liberal critics 对 Christianity 只得作历史性的欣赏。Brooks 新书 *Faulkner*[7] 曾被 *N.Y. Books Review* 攻击，原委是 Brooks approve Faulkner as a southern provincial and as a Christian，和 liberal critics 的观点真〔正〕相反。其实 Brooks 的那本书是极 solid 的好书，你 Faulkner 的小说读得很熟，应当买一本看看。Auden 外表是 Freudian and Jungian critic，所以较吃香，其实他善写 Christian dialectic，和当年的 Chesterton 是同一作风的。C. S. Lewis[8] 的 *Popular*

艺术与科学之间的关系，揭示出科学语言和文学语言的相似与不同，并认为两者往往是相互影响的。

4　*Crome Yellow*（《克罗姆·耶娄》，1921），阿道司·赫胥黎的小说处女作，描述的是一次乡间聚会，聚会地点克罗姆完全是对嘉辛顿庄园（Garsington Manor）的戏仿，从中表达出对于当时英国的流行时尚的讽刺。

5　*Antic Hay*（《古怪的干草》，1923），讽刺小说，阿道司·赫胥黎。小说聚焦于伦敦的文化、艺术和知识分子交际圈，描绘出一战后欧洲文化精英失去目标和自暴自弃的悲伤氛围。

6　*Those Barren Leaves*（《那些没用的叶子》，1925），讽刺小说，阿道司·赫胥黎著。小说讲述了 Aldwinkle 夫人及其随行人员在一处意大利宫殿中重温文艺复兴时期荣光的故事，尽管他们自诩拥有很高的文化素养，最终却只不过是一群悲伤而肤浅的人，作者借此剥去所谓文化精英身上的虚伪。

7　指布鲁克斯所写的 *William Faulkner: First Encounters*（《威廉·福克纳：最初的相遇》），耶鲁大学出版社 1963 年出版。

8　C. S. Lewis（C. S. 刘易斯，1898–1963），英国天才式的学者、作家、神学家，毕生研究文学、哲学、神学，尤其对中世纪及文艺复兴时期的英国文学造诣深厚，长期任牛津大学和剑桥大学教授。作为学者，他著有《牛津英国文学史》的第三卷

*Theology*我没有看过，但性质想也是相仿的。

读了中国书，虽有心得，并不觉得有讨论的必要，西洋书看了，要说的话，总是很多，我这种观念可能也confirm你文章上所引鲁迅劝人少读古书的那句名言。这学期我教seminar on fiction，只有R. Maeth一位高材〔才〕生，他有兴趣的只是文言小说，我陪他读《蟫史》[9]，读没有标点的crabbed的古文，相当不耐烦，此书鲁迅很重视，其实文字内容都拙劣不堪。相反地，《燕山外史》[10]、四六文章，读来极轻松，预备用作第二本text。

Anna对你极有诚意，我很高兴，她教萧俊转话，可见她自己也有说不出的苦衷。你目前的作风很对，和两位女朋友不断来往，婚嫁之事，让她们作主动较妥。你对Anna表示殷勤，这是indirect的主动，她想结婚，在行动上给你hint是极容易的。可能在美国女孩子年轻时（高中大学），男孩子作主动，结婚极容易。过了相当年龄，她们考虑反而多，虽然按道理她们似更需结婚。Valentine佳节，你对Anna有什么表示？

卡洛和我生日，Grace特地寄special deliver的信来，很感谢。其实今年我生日较迟，在二月二十三日。即〔接〕着，又收到她和世骧寄来的礼物，给我们三人的。Grace选的那条领带Lily Daché制的，名贵无比，design颜色都极高雅，我的领带以stripe最多，都

《十六世纪英国文学史》(*English Literature in the Sixteenth Century，Excluding Drama*)等；作为作家，他著有"《太空》三部曲"(*The Space Trilogy*)、"《纳尼亚传奇》七部曲"(*The Chronicles of Narnia*)等名作；作为神学家，他写下了《返璞归真》(*Mere Christianity*)、《痛苦的奥秘》(*The Problem of Pain*)等大量通俗神学的著作，被誉为"最伟大的牛津人"。

9 《蟫史》，清代志怪小说，二十回，屠绅著，以清军边疆平叛的战争为背景，融入大量神魔小说元素，在小说史上独具一格。鲁迅在《中国小说史略》中称"惟以其文体为他人所未试，足称独步而已"。

10 《燕山外史》，清代爱情小说，陈球著，本《窦生传》，述明永乐时窦生绳祖与绣州女子爱姑的爱情故事，通篇皆以骈文写成。

超不过 $2.50–1.50 的 range，Grace 的那条至少七八元，请先道谢，
Carol 日内要写信好好谢她。

星期一，Carol 和我看了 *Who is Afraid of V. Woolf*[11]，女主角又
换了 M. McCambridge[12]，男主角 Donald Davis[13]，加拿大人，很潇
洒，咬字发音极准。第一 Act 极精彩，3nd act 最 weak，故事不外
乎女的不满足，夫妻吵架。Albee[14] 这种 literal imagination 其实等
于 pornography，这两种露骨文学最近特别流行，表示一切 cultural
supports 对人类已不再有意思，但唯其如此，追求快乐也特别困难。
Miller，*After the Fall*[15] 想也是同型的剧本。

今天同 H. Boorman 吃午饭，知道今夏 MacF. 在 Ditchley Manor
召开讨论中共 historiography 的会，Boorman、H. Wilhelm 在被邀之
列，其他都是历史系方面的人。这学期我们系里来了位 Karlgren 的

11 *Who is Afraid of V. Woolf*（《谁害怕弗吉尼亚·伍尔夫？》，1962），美国剧作家爱德
华·阿尔比（Edward Albee）所作戏剧，讲述两队知识分子夫妇的聚会，显示出他
们内心的空虚与幻灭，该剧获得托尼奖（Tony Award for Best Play，1963）和纽约
剧评界奖（New York Drama Critics' Circle Award for Best Play，1963）。1966年被
改编为同名电影。

12 M. McCambridge，即 Mercedes McCambridge（梅赛德丝·麦坎布雷奇，1916–
2004），美国演员，活跃于广播、舞台、电影和电视等多个领域，凭《当代奸雄》
（*All the King's Men*，1949）获奥斯卡最佳女配角，后又以《巨人传》（*Giant*，1956）
再次获得提名。

13 Donald Davis（唐纳德·戴维斯，1928–1998），加拿大演员，在贝克特（Samuel
Beckett）的独角剧《克拉普最后的录音带》（*Krapp's Last Tape*）的北美首演中扮演剧
中唯一角色克拉普，获奥比奖（Obie Award）。

14 Albee（Edward Albee，爱德华·阿尔比，1928–），美国剧作家，其作品以精致的
设计、现实主义以及拷问人的现代处境著称，代表作有《动物园的故事》（*The Zoo
Story*，1958）、《沙箱》（*The Sandbox*，1960）和《谁害怕弗吉尼亚·伍尔夫？》等。

15 *After the Fall*（《秋天之后》），美国剧作家阿瑟·米勒所作戏剧，剧情影射其本人与
玛丽莲·梦露（Marilyn Monroe）之间失败的婚姻。1964年在纽约首演，由伊利亚·
卡赞（Elia Kazan）导演，芭芭拉·洛登（Barbara Loden）、杰森·罗巴兹（Jason
Robards）主演。

高足Goran Malmqvist，专攻中文文字学，《左传》专家，有位中国太太[16]，人很pleasant，古文根底也很好。明天我们请他们和Bielenstein夫妇吃晚饭。Carol、Joyce近况都很好，玉瑛妹已好久没有信来。不多写了，专祝

　　近好

志清 上

二月二十一日

---

16 这里指马悦然的第一任太太陈宁祖，四川人，1948–1950年间马悦然在四川考察访学期间结识，1950年成婚，1996年病逝。

630. 夏济安致夏志清（1964 年 2 月 25 日）

志清弟：

　　来信收到。*JAS* 的文章我已看到，你的书评亦已拜读。书评很精彩，评得都很有道理，唯关于"明情隐先生"一点，我有点疑问。"明白情之隐秘"是不对的，"明朝的情隐先生"恐怕也有问题。据我看，"明情隐"的意思是"明白事情的表面（情）与实际（隐）"，"情隐"大约相当于 appearance & reality 吧。我查过《辞海》，未有此解，但世骧是同意我这个说法的。姑录下，供参考。

　　上课并不如理想的成功，但我有课可教，有话可讲，心里总是很得意的。 这课东西是新开的， 结果春季学期的 Bulletin（catalogue?）上没有印上去，很多人不知道（很多学生在上学期结束时已经把课选好了）；等到最后把通知（油印）发给各系，"比较文学系"又列举了许多 pre-requisites（如 CL100 —— 即比较文学的方法论），很多人没有这些 pre-requisites 的，又不敢选了。最后只有两个女学生选，都是中国人读 Oriental Language 的，此外还有些旁听的人。那两个女学生所以选，那是因为世骧不管什么 pre-requisites 不 pre-requisites 的，硬是给她们批准了，其实她们是都不合格的。这门课很难教，与二十世纪中国文学的 survey 不同；假如真来些别系的学生（如英文系），我还要替他们补习关于近代中国文学的基本常识，我的 lectures 可能较沉闷。现在来听课的，对于中国近代文学已有基本智〔知〕识，我可以着重Western Cross-currents，讲得反而精彩。顶使我安慰的是Levenson（他是Donald Keene的好朋友，L结婚时，K为傧相）每堂都来旁听。我的渊博与新奇的见解，大约是可以使他满意的。现在尚未讲到林琴南。我顶有兴趣的还是五四以前的那一段，那时西风东渐不久，西方影响很特出，什么东西讲来都可以引人入胜。五四后初几年亦然。到了'30s以后，反而看不出有什么西方新影响了。朱光潜的《文学杂志》算是别树一帜，戴望舒他们又有其渊源，但朱、戴等在国内所产生的影响毕竟不大。我以历史家的眼光，只好挑"上应下启"影响明确的来讨论了。我这门课教得很不orthodox，没有outline，也没有reading list。大致像Kazin or Trilling的演讲，只是我讲稿并不好好预备，英文并不顶漂亮。我的长处是见解新颖，真想做research的人，捡拾我的一点hints，就可写很长的论文了。

关于生日礼物，那条领带和那双鞋子是我送的。那天我陪Grace去shopping，她给我挑选的。买来了就付邮，信皮是我写的，我的笔迹你想认得出。领带大约只有$3.50，Lily Daché有更贵的领带，Grace给你挑了这一条，可算得价廉物美。二十三日（星期天）也是Grace的生日，你们恐怕忘了。我送她一只瑞典制花瓶（Crystal），价$16.00。世骧的生日大约在四月间吧。二十三日，中午与晚上我都同他们在一起庆祝。Valentine Day我叫花店送两打粉红康乃馨给Anna，一盆日本Bonsai（无半点红色）给B，卡片上没有签名。

"Communes in Retreat"进行甚慢，开课亦得准备，近来工作是较忙。阴历年附近，普通社交亦是很忙的。女友方面，乏善足陈，我看情况将走向"无女友"一条路。大除夕我请Anna看电影，本来想看 Mad World[1]，但时间不对，改看了 Disney 的劣片 Merlin Jones[2]。
Anna 对我，似仍冷淡，我亦以冷淡对之，看来去年 X'mas 前那种热
络情形，将不可复见了。我准备六月间去 Seattle，这里的女友们经
过一暑假的疏远，更将产生不出什么结果了。顶要紧的是我神清气
爽，保持主动，不痛苦，不 bitter（这是很要紧的），高兴则陪小姐们
玩玩，这样（的）做人方式在目前我相信你亦不反对的。

　　Center 的那位 R 美丽得像 model 一样（她做过 model，长得比
Anna 美），人亦温柔多情，和我谈得很投机。她在情场几经波折，
她亦拿我当 confidant 的。但我不敢 date 她——她现在没有男友。
男女之间，一 date 之后，感情即深入一步，但立刻产生一种紧张状
态；如我和 B、和 Anna 之间现在都已达到一种紧张状态，我 either
用力突破，或则疏远规避——但我现在只敢用"疏远"的方法以减
低"紧张"，但疏远得一不得当，将影响整个交情。这许多小姐之
中，R 现在大约是顶 enjoy 我的 company 的一个，我们之间有讲不完
的话。但这是因为我们在交情的初步，和 B、和 Anna 之间都经过
这个阶段的。我现在对交女朋友真有点怕，现在和 R 的交情，含而
不发，留有余地，一见面双方就非常愉快（还有一个非常 enjoy 我谈
话的人，是 Schurmann 太太，她我当然更不敢去找了）。一旦开始
date，我怕把好好的事情，又要 spoil 掉了。但你当高兴知道，我又
有开辟新路的可能。

　　我一则不找太太，二则没有女朋友，事情也忙不过来，仍可愉
快地做人。究竟如何，自己亦不知道。但现在对于交女朋友有了点
经验，反而有点把它看穿了。今年情形不会跟去年一样的。再谈，

1　即上文提到的《疯狂世界》(It's a Mad Mad Mad Mad World，1963)。

2　Merlin Jones，即 The Misadventures of Merlin Jones（《梅林·琼斯的厄运》，1964），
　罗伯特·斯蒂文森（Robert Stevenson）导演，汤米·柯克（Tommy Kirk）、安妮特·
　弗奈斯洛（Annette Funicello）主演，迪斯尼发行。

专颂

　　春安

Carol、Joyce 前均此。

济安

二月二十五日

631. 夏志清致夏济安（1964 年 3 月 10 日）

济安哥：

好久没有给你信，这几天忙着写《西游记》paper，先announced
一个definite题目，写文章受拘束，以后promise人家写文章，还是
预定较general的题目较妥。今晚文章总算写好了，前后说理很通
顺，可能听起来很精彩。明天开始，好好修改文章，再打一份较完
整的稿子。你的《西游补》想也写得差不多了，该书很薄，我将去华
府前把它读一遍。明年AAS开会在旧金山，Ivan Morris主持arrange
文学方面的panels，我以〔已〕答应chair一个panel，借此可来旧金山
一玩。教了两三年中文，想不到已渐渐成为要人了。

你和Anna友谊没有什么进展，此事也不可勉强，祇希望她能
回心转意。你和R谈得很投机，这个友谊似也应培植，平常来几个
casual date也无妨。但如你所说，未能确定对方已fall in love前，
不谈恋爱，可以避免不少痛苦。对方有意，她自己会给你极明显的
hint的。但不date，友谊也会无法增进。（这星期五，Schurmann要
来哥大演讲，不知他来东岸，有什么公干。）

你教这门比较冷门的课，第一次学生不多也在意料之中，但
有Levenson旁听，course的reputation迟早会传扬出去。我去年教
中国文学史，第一学期，真把研究院学生当研究生看待，lecture时
不讲笑话，抹杀自己（的）个性，结果自己觉得很不满意。现在教

这门课，等于在Potsdam教英文一样，很casual很friendly，大受学生欢迎。de Bary、Bielenstein都是带了notes到讲堂去读，我们这种不带夹带的教授法，学生们一定另眼相看。另外一课Oriental Humanities，seminar性质，我把undergraduate性格摸熟，教起来更得心应手。

附上玉瑛妹信，父亲一月中旬病倒在床，可能至今还没有起床，据陆文渊父亲说，没有什么特别毛病，祇是年老力衰而已。但闻讯总不免upset，请你写一封信慰问病情。

你何日飞华府，已定〔订〕了旅馆否？我星期五（20日）下午去华府，将住在Pick-Lee House（5th 1 L Street），离Mayflower不远。Pick-Lee十元一晚，较Mayflower稍便宜。请告知你的plans，一到即可相见。开完会，要不要来纽约一玩？相见在即，不多写了。

谢谢你送的高贵礼物，其实我们生日不必送礼。Carol、Joyce皆好，即请

近好

弟 志清 上

三月十日

632. 夏济安致夏志清（1964 年 3 月 12 日）

志清弟：

来信收到。好久没有写信给你，近况尚佳，衹是忙于《公社》而已。已完成六十余页，至少得写80页（材料太多，整理费力，判断更难）。无奈，衹好华府回来后再赶写了。

《西游补》还没有动笔（已写了开头，进行顺利），你听了且莫吃惊。因为我们演讲定时18分钟一个人，paper不用很长，我可说的话很多，已经胸有成竹了（"董说"根据英译本鲁迅《小说史》，应读"董悦"，可是我的summary拼作Tung Shuo，可见中文之难）。

但是明天Oriental Society西岸分会在Berkeley开会，我派在"招待组"，也得小忙一阵。定今晚开始写《西游补》，希望花三天功〔工〕夫写完之。我同世骧定19日飞华府，第一晚住在Mayflower，该旅馆太贵，要18元一晚。也许住了一晚再搬出去，和你合住Pick-Lee。定22日星期天或23日星期一回来，纽约没有空来了，虽然Lee Remick在舞台表演。

21号我的朋友John Fincher[1]（华大学生，现在国务院）与其妻洪

1　John Fincher（傅因彻，1939–），美国汉学家，华盛顿大学博士，曾任教于约翰·霍普金斯大学、夏威夷大学、澳大利亚国立大学等，研究领域为中国近代史，代表作为《中国革命的第一阶段，1900–1913》(*China in Revolution: The First*

越碧[2]（台大我的学生，越南华侨）请吃晚饭，把你也请进去了，并有吴鲁芹夫妇作陪。

Howard Levy受Twayne出版公司之约，要编一套近代中国文学丛书，每本六万字，注重批评分析，他说已约定Schultz（现在Arizona）写鲁迅。我想答应写丁玲（免得此人为中共永远抹杀也），你意如何？你要不要来一本？Levy是世骧的学生，太太是中国人，现在日本办语言学校，训练美国外交人才。关于丛书的整个计划，你一定有许多高明的意见，我想叫他跟你通讯，你至少可做个adviser的。世骧说，C. C. Wang可写郭沫若。

最近给我最大快乐的是R。我因为mood好，和Anna继续来往。虽不如过去亲密，但危机是已经过去了。最近的date，她又说，"I enjoyed it very much"了。（但来往次数非减少不可。）

R之美可比Gina Lollobrigida（这一型我其实并不喜欢的），但没有Gina那样spirited，因此也没有Gina那么凶。她的温柔和善大方，非B和Anna可比（B和Anna加在一起，大约可抵一个B.B.，而不温柔不大方的B.B.仍是最能迷惑我的女子也），她说她在离婚前（去年夏天）在芝加哥的房子有四个bedroom，她是的确见过大场面的。上礼拜天我请她去金山吃午饭（第一次单独date，二人吃了三元几角，为最便宜的date），下午去看（免费）展览会（瑞典美术）。我送她回家后，她在自己Apt里弄饭（我回去），又请我吃晚饭（她的Apt比我的漂亮，$120元一月）。客人是两对夫妻（都是她的朋友，我所不认识的），我是第五个客人——我们好像又成了"情侣"了，是不是？

Phase,1900–1913）、《中国的民主：1905–1914年间地方、省和中央层面的自治运动》（*Chinese Democracy: The Self-Government Movement in Local, Provincial and National Politics, 1905–1914*）等。

2 洪越碧（1933–），美籍华裔学者，傅因彻之妻。早年以越南侨生就读于台湾大学外文系，美国印第安纳大学语言学博士，曾任教于西雅图华盛顿大学、澳大利亚国立大学、乔治华盛顿大学。研究领域主要为汉语教学、语言学、语用学、语音、语法研究等，编有多本汉语教材。现定居华盛顿DC。

　　和 R 来往的基础是我们在 center 的时常见面，以及 center 的团体性 party。其实我们已很亲密，她以前已请过一次吃晚饭，我事前未答应定（因为要去 Stanford），临时被 Grace 一拉，就打电话说不去了，推托从 Stanford 赶不回来。那次她很失望。

　　假如我要继续 date 她的话，我相信这次和 B 以及 Anna 不同，我是可以占用她的 weekend 的，可惜我太忙也。Coming Sunday 我要请她去看 *The Silence* [3]，可惜是早说定的，有 Joe Chen 以及另一美国女学生同去，算是 double date，比较煞风景。（但星期六已约另一 date，我请她单独吃午饭并去参观中国美术，跟 *AOS* 那些学者们在一起。）

　　我的心境方面，"爱"越来越淡，对于 Anna 就没有如当初对 B 那样的"苦恋"，对于 R（她有中文名字，叫谢露珊，她说像不像 Sing-song Girl 的名字？）可说很少爱意。她很大方，见过世面，她看出我也很大方，而且有点知道我和 B 颇有交情，所以双方的 approach 都很自然。她说我很"tough"，又说我是可以代表中国古代的"mad genius"——总算还有点"怜才"之意吧。

　　So far，我已经送过她这些书（她兴趣很广，知道的东西很多，不单是"中国迷"而已）：（1）*Sat. Eve. Post* 登 Arthur Miller *After the Fall* 那一期（10¢）（同时也送了 B 一本）。（2）William Philips [4]：*Art & Psychoanalysis*。（3）挪威画家 Munch [5] 画集——这是借给她的，她

3　*The Silence*（《沉默》，1963），剧情片，英格玛·伯格曼（Ingmar Bergman）导演，英格里德·图灵（Ingrid Thulin）、冈内尔·林德布洛姆（Gunnel Lindblom）主演，瑞典 Svensk Filmindustri（SF）出品。

4　William Phillips（威廉·菲力浦斯，1907–2002），美国作家、编辑，与 Philip Rahv 共同创办了著名的《党派评论》杂志（*Partisan Review*），并领导该刊物达六十年之久，使之成为一本重要的政治、文学与艺术的综合性刊物，尤其在 20 世纪 30 到 50 年代产生了巨大影响。

5　Munch（Edvard Munch，爱德华·蒙克，1863–1944），挪威画家和版画家，其对于画作的精神主题所采用的强烈共鸣式的处理方式，奠定了 19 世纪末象征主义的某

可能认为送给她了（但该书价不到四元）。Munch是expressionism
的鼻祖，那是说起瑞典展览会才借给她的。（4）*Chinese Houses &
Gardens*——在Remainder List上，不到五元。她不断地受我的礼
物，至少已把我当作是个朋友了。

明天晚上B又请客，这次是向Berkeley告别。她要去S.F.住
了。假如没有Oriental Society开会，我很可能escort R去；但有了
Oriental Society之会，我自己计划不定，不敢约R。我和R来往，
B知道。我写过两封法文信给B，第二封我让R看过（她的法文比B
好），她很欣赏，说有十八世纪味道。用法文来表达Gallantry的确
轻松大方而有礼。（她说这是courtly love，但courtly love并非love
云。）

唱机要从B那里搬回来了。B那一章也许从此closed（我当然不
会去故意闹翻）。她最近去Sheraton Place旅馆Picketing（为黑人事
也），被关了几个钟头——这不是我所赞成的举动，虽然她在去前
曾打电话告诉我，也许希望我去捧场吧？Anna那里也不会像过去那
样热络。很奇怪的，R将成为我主要的女朋友，这是去年所意想不
到的（她说Heater是Anglicized German name，头发大约是棕色）。

天下很多事情都是意想不到的，所以我除了于写文章之外，对
于一切世俗之事，是越来越不起劲了。

父亲有点小病，我即去信请安。别的再谈 专颂

近安

Carol和Joyce前均问好。

济安
三月十二日

些主要原则，并对20世纪初德国的表现主义产生重要影响，代表作有《呐喊》（*The
Scream*，1893）、《生命之舞》（*The Dance of Life*，1899–1900）等。

633. 夏志清致夏济安（1964 年 3 月 30 日）

济安哥：

今晨得文渊急电，立即打个电报给你。父亲病故的详情尚待玉瑛妹报道，但上次病倒以来，行动不大自如，身体 paralyzed 了，可能没有受多大痛苦。八九年前初听父亲中风的消息，我曾哭了一场。这次逝世，已在意料之中，感情上刺激并不太强烈。祇是玉瑛妹三月三日的信收到已两个多星期，假如及早把家中需要的谷粮汇去了，办理后事，舒齐得多，我想等到月底办，已太迟了，为此事，颇感 guilty。今晨预备电汇四百元给文渊，但我得填 affidavit，祇好作罢。给文渊一个电报，嘱他暂先垫款济急。阿二储备了一千元人民币，也可暂时派用场。下午给信文渊，先寄了五百元旅行支票去，明天领到薪水后，再寄二百元家用。办后事买两块寿穴，一块寿板，玉瑛妹估计要 450 元，你份下的 225 元，如手头不便，请不必立即寄来，因为我们平日开销较省，也还有些储蓄，不等用。父亲晚年仍算享了些清福，祇是玉瑛妹将生产的外孙没有看到，你没有结婚，我没有儿子，此三事稍有遗憾而已。

玉瑛妹四月中生产，丧事后即有喜事，母亲精神被 divert，不至〔致〕太伤心。玉瑛妹贤良弟的信你已读过，男"士章"，女"士贞"，取什么单号请你出主意。英文名字让我及 Carol 出主意吧。

前星期五去华府，我转去巴城看了陈秀美，累你很着急。其实我同她仅是朋友而已，去年通了不少信，这次难得有机会见她一面，并没有什么。追她的男朋友很多，现在她很有意于一位在Hopkins读工科的段君，可能下嫁于他。我们在Beverly家里见到的谢文孙[1]，也是Lucy的旧情人。我同Carol感情颇融洽[2]，望勿念。

你离开纽约后，次日L打电话来要见"夏老师"，可能她对你有意思，不时可去信问好。鲁芹、George高[3]招待极周，还没有去信谢他们。

父亲故世，你想也感触不少。上次那封家信我没有发出，请再写一封安慰母亲，再谈了，即祝

好

弟 志清 上
三月30日

---

1 谢文孙（Wonston Hsieh，1935–），出生于上海，哈佛大学博士，曾任职于中央研究院近代史研究所、哈佛大学东亚研究中心等，任教于华盛顿大学、密苏里大学等，代表作有《近代中国社会研究论著类目索引：1644–1969》、《中国辛亥革命历史文献：评论和选目》等。

2 夏志清1962年除夕，初会陈秀美（陈若曦），即一见钟情，向妻子卡洛要求离婚。卡洛引济安为知己，告诉夏陈的恋情。济安规劝弟弟，是以夏志清有此辩解。

3 George高，即乔志高。

634. 夏济安致夏志清（1964 年 3 月 30 日）

志清弟：

在华盛顿相叙甚欢，在纽约又蒙招待，与 Carol、Joyce 在一起玩得也很快乐。父亲事但祝上天保佑，早占勿药，钱还是让家里存在银行里好。兹寄上二百元，祈察收。

回来后，忙于写《公社》。四月六日（下星期一）又要演讲一次"左翼文坛"，也得写几个 pages，虽然 research 是不必做了。大约要等四月六日以后，才可以有喘息机会。《西游补》请 R 打，随她什么时候有空打完就寄上。她读后大为佩服。

和 R 往来颇密。Good Friday 我驾车出游到太平洋边上，从早晨九点钟一直玩到下午十点。陪女朋友出外郊游一天（祇有我们两个人），也为前所未有之经验也。周六周日（复活节）我都没有占用她的时间，我跟她之间无半点紧张，单凭这一点，她已远远地把 B、Anna 抛在后边了。但是请你不要瞎出主意，这点友情还是值得珍惜的。就是这么下去，情形祇会变好，不会变坏。Anna 方面，本来也可以这样顺利地进行，我稍有手忙脚乱，情形就变坏，而且很难恢复到过去的黄金时期。我心中一直感到遗憾。总希望能恢复到过去那样儿也。再谈，专颂

近安

济安
三月三十日

635. 夏济安致夏志清（1964 年 4 月 18 日）

志清弟：

好久没有写信，想必累你很挂念。近况很好，祇是很忙，《公社》昨天才写完，所费的时间比预计的为多；此外，交际还是很忙。人忙得成了糊里糊涂，许多东西都不去想它，祇是精神很好，按着紧张的规律做人而已。

父亲仙逝，我也没有用多少时间去想。没有通知这里任何朋友，免得人家来追悼；我做人一切仍旧。明天礼拜天，我也许去这里的日本的佛教礼拜堂做一次礼拜。现在给你写信，心才静下来。过去一些日子，忙得可怕，心静不下来给你写信。也许是怕心静下来，才不给你写信的。我怕情感的侵袭，也许才瞎忙一阵的。悲悼的心，也许给我硬压住的，也说不定。现在时间过去了几个礼拜，悲悼的心也没有当时那么厉害了，我也可以让自己平静下来了。

《西游补》已打好，兹寄上一份。*AOS Journal* 的我的评《义和团》你想已看见。对于自己的 versatility，很感满意。《公社》写完后，尚有校对排印等事。下一步的工作将是努力为《左翼文坛》一书再写两个 chapters，同时修改过去所写的，希望在九月之前把全书弄出来也。

父亲过世，所以使我良心很受责备的原因之一，是 Anna 和 B 的生日都是四月间，两个 parties 我都以"情侣"的姿态出现。虽然两人

都不愿意嫁给我，但是我也不能让她们在这种场合失望。早答应了
她们，临时家庭出了大故，我不知如何对付。祇好不去想它，糊里
糊涂地照常做人。"不孝"与"不义"之间，我选择了"不孝"，希望
你原谅。

现在祇是希望母亲好好地照顾自己的健康。玉瑛妹和焦良好好
地侍奉她老人家。家里的情形我们实在很难照顾。

关于玉瑛妹孩子的名字，我脑筋空洞想不出来，你最近念古书
较多，随便挑两个典雅的字，就算我想出来的，如何？想好了，就
近可以请教蒋彝一下。其实不请教亦无所谓，名字祇要不太俗不太
怪就可以了。

关于我女朋友的事，Anna 与 B 过了生日之后，和我都还没有来
往。但来往是不会断绝的。同时和 R 的友谊保持得很好。Weekend
我 date 她，成了她生活中的一部分 —— 这在美国算不算 go steady
了？（我和她聚会，一星期至少两次；不知我去 Seattle 后，她将如何
也？）她知道我还有两个女友，但我也告诉她，和这两个女友的关系
都在一种 impasse 的状态中，我既无此热情、意志、毅力和时间去打
破僵局，所以和 Anna、B 的关系早晚总是不了了之的。

附上照片一张，是在今年 Good Friday 照的。R 虽然戴了黑眼
镜，她眼睛的清澈显不出来，但说她"风姿绰约"大约还不算过
分吧。

教书还算顺利。我讲过的主要人物是林纾和胡适，现在在讲郭
沫若。

电影看了一张 *Dr. Strangelove*[1] —— 大为不满。Liberalism 和 sick
human 硬凑（在）一起，无一点可取，不知各报为什么给它这么多好

---

1 *Dr. Strangelove*（《奇爱博士》，1964），喜剧片，斯坦利·库布里克（Stanley
   Kubrick）导演，彼得·塞勒斯（Peter Sellers）、乔治·C. 斯科特（George C. Scott）主
   演，哥伦比亚影业发行。

评。*Strangelove*可算是去年最劣之片。该片是我和R同去看的，她看了也大为不满。

在纽约时忘了提起一件事：你的《通报》大作抽印本如有多余，签一个名送R一份如何？

陈秀美之事，我认为Carol是过虑。我听见之后，决定当作不听见。你我好久没见面，好容易在华府相聚，一见面我跟你提真相不明的暧昧事，一定将惹得你大为不悦。此事（即Carol过虑之事）我从未向任何人提起过，你在华府迟迟不出现，世骧也有点worry。但后来我和Carol通了长途电话之后，我告诉世骧："Carol说志清一定会到的，她也不worry，所以我们也用不着worry了。"你对陈秀美如何想法，我认为并不重要；Carol如有什么忧虑之事，那该是陈对你如何想法。那天我们两人演讲她不出现，我倒感觉到有点relieved。她假如爱上了你，像这种使你出风头的场合，她很可能会来参加的。她假如不来，那就表示她把你的读paper看得没有什么稀罕。即使她那天有事吧，但我们在华府有几天耽搁，她也可以出现一次的。（同时你也不在追她。你如追她，怎么和她见了一次面之后，即不再设法和她见面了呢？）其实，陈秀美长相如何，我已忘得干干净净。她即使在会场出现，假如她不来照〔招〕呼我的话，我决不会看见她的。她现在决定嫁人，Carol可以放心了。我做事多用理智分析，不会大惊小怪。此事你如不提，我也不会提；但你既提了，我祇得把我的想法写下。此事，我看大家忘了它最好。再谈，专颂

近安

Carol和Joyce前问好。

济安

四月十八日

636. 夏志清致夏济安（1964 年 4 月 19 日）

济安哥：

好久没有给你信了，今晚写了五六封信，长信隔两天再写，先把玉瑛妹最近寄出的长信寄上，报告丧事的经过。上海这里大场面的丧事，普通人民早已办不起，普通人死了即火化，因为棺木买不到。据陆文渊言，母亲还弄到了锡箔，是少见的奢侈品。这次父亲丧事，完全按照旧仪式，也给我们一些安慰。玉瑛妹前信还寄上父亲遗照一帧，十年前摄的，我桌子上杂乱，一时找不到，下信再寄上。玉瑛妹待产，请你起两个单号。

Lake Tahoe的卡片和风景片已收到了，你和世骧想玩得很痛快。《左翼文坛》报告想极博得好评。看到你Purcell书的review，你学问渊博，读后极佩服，你对任何题目做小时间准备，即显得学问丰富，这在我是万万办不到的。

明春远东学会两个 panels，小说panel 我已托 Hanan 做chairman，诗panel我自己chair，已请到世骧、James 刘（李商隐）、Wilhelm（谢朓or《诗品》），第四个paper我想请你担任，望勿却。题目是宋代到民国都随你便，你见解多而精彩，当更使我的panel增色，可能你会觉得我们兄弟操纵文坛，不好意思接受，我曾写信给Hanan，suggest他也请你读paper，但他的panel（有Maeth）可能较dull，还是在我的panel上读paper较有意思，也能表现你多方面的才华。因为在小说方面今年你表现得很多了。此事你可和世骧商量一番，我总觉得你做我的panelist较适宜。刘若愚的paper，在他游N.Y.期讲定了。Wilhelm是AAS program committee出的主意，因为他不常读paper，的确Wilhelm来信，他已十五年未参加AAS meeting了。

Good Friday同R玩了一天，这种经验我也没有过。你同R想来往更勤，她有什么特别表示，务必自己留意。她有意同你谈爱，你切不可负她好意，B仍见面否？这学期我们有个Ming seminar，前星期我讲明代文学，听众有de Bary、Goodrich、房氏夫妇，我表现得极好，拿手的小说没有讲，留着后〔下〕星期补讲。不久前校长通知下来，我明年薪金差不多加了两千，去年加了一千五百，是学校把教授薪水调整，这次加薪却是de Bary把我另眼相看，明年我的salary将在一万一千元以上。这次父亲故世，de Bary特别arrange了一个mass，在哥大chapel举行，他太太也特别赶来参加。

刘若愚离N.Y.后即去芝加哥大学interview，将已谈成。据他言，Stanford也要添人，并且有意于他，我觉得你在center日夜做research，不免太忙，如能去Stanford，更好，此事如能和世骧明讲，他可直接和Hanan、Nivison办交涉，我想一定可成功，而且Stanford和Berkeley极近，你可保持世骧、Grace经常往来的友谊。

看了一张电影 *The Prize*[1]，极有趣，可偕R同观之。世骧前问候，Joyce 很enjoy Grace寄的卡片和照片。最近一期 *JAS* Bibliography，编者 Richard Howard[2] 糊里糊涂把你的 Enigma 归给

1 *The Prize*（《大奖》，1963），犯罪悬疑片，马克·罗布森（Mark Robson）导演，保罗·纽曼（Paul Newman）、艾尔克·萨默（Elke Sommer）主演，米高梅发行。

2 Richard Howard，不详。

Tao-tai Hsia[3]（道泰），我已去信更正。隔两天再写信，即祝

近好

弟 志清 上

四月十九日

马逢华已偕新人返美否？

不要忘了写封家信，安慰母亲。

3　Tao-tai Hsia（夏道泰，1921–），江苏泰州人，学者，民国大法官夏勤之子，耶鲁
　　大学博士，曾任教于耶鲁大学、密歇根大学、乔治华盛顿大学等，并任美国国会
　　图书馆法律部主任等职。代表作有《大陆中国法律资料文选指南》(*Guide to Selected
　　Legal Sources of Mainland China*) 等。

637. 夏志清致夏济安（1964年5月3日）

济安哥：

四月十八日信已收到。《西游补》一文已拜读，文字上同华府所读的并无更动，读文章可recapture你那次精彩的delivery。我自己的那篇，想更改几字，但没有时间，祇是刘绍铭逼着要看文章，我Xerox印了一份给他，以后整理后再寄你。

父亲仙逝，我也没有工夫多想它，母亲叮嘱我们戴black arm band，我也没有照做，好像美国已没有戴孝的风俗，几年来没有见到什么人袖管上围上黑布的。不久前玉瑛妹寄来两张照片，一张是父亲在殡仪馆所摄的遗像，看后很难过，的确是他去世后第一次感受到死亡的impact，你怕动感情，我也暂不寄你，以后你来纽约再看吧；另一张是吊孝人的合照，母亲坐着，玉瑛妹不在，立着的有贤良弟、尤家咏南、昌五、六也、乾安、天麟。贤良相貌英俊，余者一显其陋，天麟看上去简直同idiot相仿。我们一代的cousins都天资不高，而性格weak，相当可怜。玉瑛妹的长信想已看到，家中经济情形很好，这次办丧事也很像样，这是母亲在悲悼中稍可告慰的一事。

你给Carol打长途电话，她用了"affair"那个字，实在很不切当。我同陈秀美仅见过几面，而且大多在社交场合，恋爱也谈不上，何况"affair"？去年通了不少信，上次见面后，我对她也无形中冷淡下去，现在不常通信。Lucy 的确是很直爽心地良好的女子，以前国内不多见，可惜那时痴恋了几个女子，都没有找到她这样没有虚假的小姐。她自己本来不想嫁工科学生，不料一般文科学生都没有勇气追她，现在追她的还是工理科人，也是中国学生界的一大讽刺。你学生间诚心追过她的有谢文孙一人，陈秀美那次不来华府，就是怕和他相见，和他缠不清。（谢文孙来信，邀我去 Cambridge 演讲一次，六月初，已接受。）

昨天去 Princeton 玩了半天，我两次讲明代文学，Mote 都来听讲，我想请他吃饭，未成，反而同房氏夫妇一起去 Princeton，在他家吃了一顿丰盛的午餐（有刚上市的鲥鱼，可惜鱼鳞给 butcher 刮掉了）。Mote 在南京结婚，太太很贤惠，他们一幢新房子，全套中国红木家具，生活很舒适。Mote 听了我两次 seminar，对我大为佩服，那次我讲小说，蒋彝房氏夫妇，因为我 radical 意见太多，可能不能欣赏。今晚有饭局，晚上还得去参加蒋彝的 party，大客人是 Herbert Read，小客人有 Robert Payne[1] 等。在英国时，Read 曾帮过蒋彝（的）忙，给他书写 foreword，Read 对中国人的印象大概就是蒋彝那样的人，学问上面没有什么可谈。蒋彝对我的 gay 和 witty 两方面特别看重，每有 party，必请我（esp. party for 英美人），使他的 party 生色。

R 的玉照已看到，的确绰约风姿，娇小可爱。她肤色的确和 *Beat the Devil* 中的 Gina 一样白，Carol 觉得 R 很像 Natalie Wood，

1　Robert Payne（罗伯特·派恩，1911–1983），英国文学教授、作家和历史学家。一生经历丰富，1937 年通过鲁道夫·赫斯（Rudolf Hess）见到了希特勒（Adolf Hitler），后供职于新加坡的英军情报部门。二战中逃至昆明，在西南联大教授造船学，结识闻一多等人，二战后赴延安，见到毛泽东，1949 年赴美教授英国文学。著作等身，尤以伟人传记著称，包括《毛泽东：红色中国的领袖》（*Mao Tsetung: Ruler of Red China*，1950）、《伟大的潘神：卓别林传》（*The Great God Pan: A Biography of the Tramp Played by Charles Chaplin*，1952）、《列宁的生与死》（*The Life and Death of Lenin*，1964）和《希特勒的生与死》（*The Life and Death of Adolf Hitler*，1973）等。

但你是讨厌Natalie Wood的，你可问R本人像哪一位电影明星。R
待你很好，可能有意嫁你，我想你未去Seattle前最好讨论一下婚
姻问题，你有意，她可能会赞同。相片上她嘴角上的笑容，带着
kindness、candor，你可能还没有fall in love，但这样的女子世上少
见，嘱你好好court她，在临别前能clarify这个situation最好，否则
继续保持这个友谊，入秋后看有什么变化。

看了 *From Russia with Love* [2]，大为满意。欧洲art films和美国
liberal作风的电影最近不看，要看电影即看娱乐成分较高的suspense
comedy。春天到了，你和R date想更可上紧，《通报》明日寄出。忙
极，隔几日再写信。即祝

好

志清

五月三日

〔信封背面〕明年panel paper事，请答应勿缺。

2　*From Russia with Love*（《007之俄罗斯之恋》，1963），动作片，特伦斯·杨（Terence
　　Young）导演，肖恩·康纳利（Sean Connery）、丹妮拉·碧安琪（Daniela Bianchi）主
　　演，联美发行。

638. 夏济安致夏志清（1964 年 5 月 8 日）

志清弟：

　　来信收到，你寄给 R 的抽印本她也已收到了，过两天她会写信来谢你。我叫她称你为 C.T.，她现在就称为 C.T. 了 —— 信上怎么称呼，我还不知道。

　　和 R 的关系，发展得如此好法，完全出乎意料。你的种种劝告，我当留备参考。目前我们的友谊还有发展的余地（如她还称我为 Mr. Hsia），让它再发展一个时候吧。

　　主要的原因（两人和谐的关系）是我从 B 和 Anna 那里学到的教训。一年前开始对 B 发生兴趣时，我是内心紧张的，表面上也许想装得轻松，但我的紧张瞒不过聪明的 B，所以她说我是 naïve，后来我对她的关系，紧张渐渐减少。但是经过一段紧张，关系再也好不起来了。

　　后来出现了 Anna。我立志不让紧张重现。进行得很顺利，想不到她对我忽有亲热的表示，我手忙脚乱，又紧张起来 —— 想表示爱意，以免辜负美人芳心。但我一表示爱意，两人关系立刻紧张，她就开始对我挑剔 —— 以前她是祇觉得我的很多的好处的。因为我和 Anna 的关系究竟不能建立在共同的兴趣上，而且往来困难。照现状观之，Anna 是从我生命中退出了。想起今年年初的盲目乐观，不禁也好气也好笑。

和 R 真的是一点紧张都没有。过去的经验（并不远的过去，可说是还在眼前）我是充分地利用。她对我的和善的态度，我以很平常的潇洒的态度报答之。这个说起来很容易，但是假如不是在 Anna 那里得到的教训，一个小姐忽然对我好起来，我真不知如何报答呢。

以 R 的美貌（她说她像 Anne Baxter，她身材不小），此间当然也有美国青年想追求。那些青年都还很英俊（相貌以及智力），但是追求技巧拙劣。上来双方关系先弄得紧张，以至进行为难。那些青年也许在妒忌我的艳福不浅，但不知我这点技巧也是在痛苦中学习出来的。

我为人的聪明体贴（运用 imagination）等，都是可以博得她（的）欢心的，她欣赏我的，还有两点。她说许多男人表示爱就想 possess，我可没有 possess 的欲望。其次，我不想 destroy 我爱的对象，我祇希望对方好。

我的这两个态度，至少目前是应该努力保持的。假使将来要求婚吧，也得等水到渠成的时候，不可露出半点想 possess 或者甚至无意中要 destroy 对方的企图。

你所主张的做法，同那些一往情深的美国青年作风相似。他们为什么会追求失败，是值得反思的。

B、Anna 和 R 三人出身背景等大不相同。B 和 Anna 出身较苦，B 小时候甚至缺乏家庭温暖。R 是在 Scarsdale（纽约贵族化地区？）长大的，对于一切享受（French cooking、做 cocktail、衣裳等）大有研究。但三人有一共同之点，即痛恨男人想 possess 的欲望。我起初给 B 的不良印象，亏得我们见面机会很多，不良印象渐渐改正过来。给 Anna 的不良印象就难以改正，因为我们不能常见面。"求婚"当然是 honorable 的，但如被对方曲解为有 possession 的欲望，这一下把自己的人格都贬低了。

现在我不向 R 求婚，甚至不透露爱意，她正在一天一天发现我的好处。我如一透露爱意，她就会开始注意我们之间的

incompatibility 了——如同 B 和 Anna 一样。她一注意这个，两人在一起就不会有现在这样的愉快了。

当然也许会有"水到渠成"的一天，即她根本不会考虑我们之间的 incompatibility。那个阶段假如达到了，我相信她也会有比较明确的表示的。

现在我们之间的关系很愉快，有些情形过去是从来没有经验过的。

（一）我去 date 她，她总是欣然的。她如另有应酬，总觉得很遗憾——一定告诉我另外什么日子她是有空的，免得我失望。

（二）电话里谈话可达半小时乃至一小时——这是生平未有之经验，我打电话（即便是给 Anna 或 B 吧）总是很 curt 的，正事谈完就挂断。和 R 打电话可以讲半天——同时也因为她不想挂断之故。

（三）她做饭请我一个人到她 apt 去吃饭，一个 evening 可以很愉快地过去。

B 和 Anna 都是 Neurotic 的 girls，Neurosis 种类繁多，我也不能深究，祇好说她们都有"自卑感"。R 精神较健康，但非无创伤，去年暑假离婚，离婚后又爱上了一个有妇之夫，那男人不肯离婚，她又大受打击。她认识我的时候，她自己说是正在 convalescent 的阶段。认识我以后，她很高兴地发现同过去逐渐割断；每次一起出去，她总说觉得 very comfortable。这当然是我小心体贴之故，而她是感激的。假如我以粗线条方式追求，我将很容易碰着她的伤痛。她现在需要的就是像我那样大方、懂事、温柔、谈笑风生，有学问的朋友。我一直在 nurse her back to health。这个任务我是暂时不可抛弃的，但她的底子是健康的，我这个"保姆"的任务不难完成。完成以后将发生些什么事，暂时我也管不了这么多。B 和 Anna 恐怕都无法恢复精神上的健康。

现在 Anna 已经从我生命中退出。B 也有点知道"弄假成真"了。她开头叫我去追求 R，但她想不到我们的关系会发展得如此顺利。后来我告诉她我们的关系很好了，她脸上的表情并不十分愉快。有两件事值得一谈：（一）B生日party，我是她的"情侣"，饭后我要开车送她回S. F. 乡下的儿童精神病院（她在彼处服务）去。她那天下午在城里有事，自己来S. F. 饭馆的。R也要跟着去，B欣然。因此我们三个人上车，上车前推让一下，结果R坐在中间，即我的边上，B则坐在靠右边的门。一路之上，两个女孩子谈得很投机，回Berkeley路上，那就是R一个人陪我了。

（二）R将请B吃饭，在她寓所，祇有我和B两个客人，但她给B的请柬上用we一字（代表我和她）。这个party我将很enjoy的（B已首肯）。

R很大方，很懂得谈吐应酬社交技巧等。她请B（这种作〔做〕法绝非上海所谓"十三点"之流），此中关系，并非三角恋爱。R知道B曾有让贤之举（我告诉她，B劝我去追她），她至少想表示appreciation。B性情孤僻，但很有noble的志气，如去儿童精神病院做事，为黑人事游行被捕等。她自己也许将独身以终，我相信她是很喜欢看见我和R成就好事的。未来的三人party，我曾给R分析一下：我和R之间，并无tension；R和B之间亦无tension，祇是我和B之间有一点tension，但大家空气和谐，这点tension亦将消失。

昨晚（星期四）我在Berkeley女青年会演讲《中共文艺》，讲前我和R在S.F.吃晚饭（她本来说要请我去她寓所吃饭），一起回Berkeley，一起进会场，讲完后在她apt喝brandy与茶，她还招待别的来听的人。她的大方与两人关系之融洽，你听了想必很高兴的。

这样的关系，是人生希〔稀〕有的经验，迄今为止，她很喜欢如此大方的关系。假如有一天她表示我该求婚了（她深知我的敏感），我想我会求婚的。

陈世骧对R十分欣赏，但Grace心里有点气。她佩服R的"美"和"帅"（她请过陈氏夫妇去吃饭），但Grace根本反对中国人和美国人结婚（对 Carol 的喜欢是例外），她见我跟别的女孩子好，心中不免为 Martha 吃醋。我已带 R 去过陈家两次。陈世骧是热烈招待（两人研究 cocktail 的做法等），Grace 总有点"笑"里带"气"（Grace 有很多机会可以邀请 R，但她不请，两次都是我自动带 R 去的）。

女子喜欢支配男子的命运，现在分明是 Grace 不能支配我的命运了。同一道理，B 心中还有点高兴，因为 R 是她指定给我的，我们两人好起来了，in a sense，我的命运还是受 B 支配的。

今年年初我还想，今年恐怕将过一个"无女友"的生活了。想不到后来居上，R 和我关系如此好法。这岂是在我计划之中的？以后如何？我亦并无计划。

《公社》一文写完后，又为《中共文艺》演讲稿略事准备。以后应当为《左联》一书而努力了。暑假去 Seattle，R 是有点依依不舍的（我答应去 Seattle 时，生命中根本无 R 此人）。但祇要两人情感不变，何（必）在（乎）订婚的形式？假如情感丧失，结了婚都可能离婚的。你的劝告还带有一点"患得患失"的想法，但是我是相信建立感情的基础的。

明年 S. F. 之会，世骧希望你除了 Poetry 之外，另外定一个 theme，我的建议是：*Chinese Poetry: Aesthetic Value & Ethical Value*（字眼你可修改），他说这个大题目可以罩住他的屈原 paper，和你平常的主张亦相近。我假如非写不可，我的题目可能是《曾国藩 as poet》，父亲生平服膺曾国藩，我从小受其影响很深，好好地研究一下也是很值得的。

Howard Levy 方面，我和他通信结果，决定写《胡适》一书。对于胡适，我们有说不完的话，祇怕写完了得罪的人太多耳。

这里的 Oriental Language Dept. 主任下学期起内定由 Birch 担任。这里 center 的主任是 Schurmann。两人都是我的好朋友，以后在事业上可得助力。你劝我去外面活动教职，我无此雅兴，尤其是

Stanford是碰也碰不得的；James Liu[1]如进去，无非抢走David Chen的位子。David因为失恋，神思恍惚，工作不努力，系里对他很不满意。世骧极力想维持他，不知能否生效耳。别的再谈 专颂
　　近安

济安 顿首

五月八日

Carol、Joyce前均此。

1　James Liu（刘若愚，1926–1986），原籍北京，1948年毕业于北京辅仁大学西语系，英国布利斯多大学硕士，历任美国夏威夷大学、芝加哥大学、斯坦福大学教授，著作等身，尤以1962年所著《中国诗学》著称。诚如夏济安所料，刘若愚去斯坦福取代David Chen（陈颖）。陈颖承李田意推荐，去了耶鲁大学。

639. 夏志清致夏济安（1964 年 5 月 31 日）

济安哥：

五月八日来信收到已久，三星期来一直很忙，没有功〔工〕夫写回信。读信悉你和R关系发展极好，很高兴。R待你这样好，为人这样温柔知礼，的确这样美满的友谊是人间少有的，要施压力教它变质，的确是不智的。但在你离开Berkeley前总要有些依依不舍惜别的表示，才可对得起她一番友情。可能两人暂时分离了，通信间更能增进情感也说不定。我已收到R的谢信，文字极好，字迹也秀气，是经过一番练字的功夫的。读信觉得此人极可亲近，虽然她信上称呼我Professor Hsia。我回信没有什么话好写，请你转告我的谢意。最近两三星期更有什么新发展，请告知。想不到你所交的女友对aggressive的男人都存戒心，读最近小说好像男女性关系极frank，其实较sensitive的女子都仍保示〔持〕十九世纪女性洁身自好的integrity，可见小说中的爱情描写仍被convention所支配，并不表示什么现实。你什么时候去Seattle？

五月八日在Maryland，College Park开了一次会，China Institute所sponsor的symposium on Chinese Culture，frustrated的华人到了不少，乱发言论极embarrassing。有神父某，plug注音符号，编了一只歌上台唱"不泼墨勿……"，简直笑死人。这组织虽是反共的，反共言论极少有人发表，反而有人骂西洋物质文明，以表明中国文化的崇高。主持人程其保[1]，哥大 Teachers College 出身，不学无术，要把那几篇 working papers 出版，实在很荒唐，大半是英文恶劣的 summarize，不值得读的。

重看了《杨柳春风》(*The Gay Divorcée*)[2]，那是在南京国民大戏院看得极满意的影片，重看甚〔仍〕极满意。Ginger Rogers dress 夹在箱子内大叫 Porter、Porter 的情形，想你仍能记得，但片中有了大型歌舞片的跳舞场面，不如 *Love Me Tonight* 精彩。同 Joyce、Carol 去看 Bob Hope 的 *The Global Affair*[3]，故事以 UN 作背景，我看了一半，不能忍受，先走出戏院，Bob Hope 很多劣片我都能 enjoy，这是我第一次 walk out of a Bob Hope movie。前几天看了 Burton[4] 的 *Hamlet*，莎翁悲剧极难演，Burton 的 version 远不如 Olivier[5] 的 movie version，但 Hume Cronyn[6] 把 Polonius[7] 演得极精彩，莎翁在舞台上胜人的地方，

---

1 程其保（1895–1975），字稚秋，江西南昌人，教育学家，美国哥伦比亚大学博士，先后任教于国立东南大学、齐鲁大学、国立中央大学等，1932 年后任职于教育部，并长期兼任中央政治学校教授。一生致力于教育事业，由乡村教育、社会教育到学校教育，晚年继续从事国际教育事业。编著有《小学教育》、《教育原理》、《教学法概要》等。

2 《杨柳春风》(*The Gay Divorcee*，1934)，爱情歌舞片，马克·桑德里奇（Mark Sandrich）导演，弗雷德·阿斯泰尔（Fred Astaire）、金吉·罗杰斯（Ginger Rogers）主演，美国 RKO Radio Pictures 出品。

3 *A Global Affair*（《全球事务》，1964），喜剧片，杰克·阿诺德（Jack Arnold）导演，鲍勃·霍普、米歇尔·梅奇（Michèle Mercier）主演，米高梅发行。

4 Burton，即 Richard Burton，因在莎剧《哈姆雷特》中扮演哈姆雷特而大获好评，被认为是劳伦斯·奥利弗"天然的接班人"。

5 Olivier，即 Laurence Olivier，凭借电影《王子复仇记》(*Hamlet*，1948) 中哈姆雷特一角获得第 21 届奥斯卡（1949）最佳男主角奖。

6 Hume Cronyn（休姆·克罗宁，1911–2003），加拿大–美国演员，活跃于戏剧和电影界，常常与妻子杰西卡·坦迪（Jessica Tandy）同台演出，凭《还我自由》(*The Seventh Cross*，1944) 获第 17 届奥斯卡（1945）最佳男配角提名。

7 Polonius（波洛涅斯），《哈姆雷特》中的人物，丹麦御前大臣，雷欧提斯（Laertes）和奥菲利亚（Ophelia）的父亲。是一个好管闲事而多嘴的人，与国王克劳狄斯（Claudius）密谋监视哈姆雷特，却被哈姆雷特意外杀死。

还是在喜剧。散戏后看到人行道两边等满了人，因为每晚 Burton 退装后和 Liz[8] 同归，人行道上的人都是等着看 Liz 的，据说每晚如此，Liz 的号召力不小。

五月十二日我买了票参加了 Goldwater Rally，Madison Square Garden 三万人坐满，也是难得的盛事。但拥护 Goldwater 者很多是从 suburb 来的，Goldwater 的讲辞，很有条理，但把自己和 Ike 靠拢，也有说不出的苦衷，此信到时，Goldwater 可能在加州已被 Rockefeller 打败了，即使 Goldwater 被 nominated，可能也敌不过 Johnson。但读 *N.Y. Times* 每天登载 slanted coverage of G's Campaign，令人生气，我去那次 Rally 至少看到了拥护 G. 的中等市民 fervor 的深〔程〕度。

Panel 的题目暂定 The Art of Chinese Poetry，我看到 summarize 后可再改动，你建议的题目很好，但我不想 dictate，看 Wilhelm 的钟嵘《诗品》和 James Liu 的李商隐怎样写法，再定题目如何？你答应写《曾国藩》我极高兴，普通美国人对曾国藩了解极浅，根本不知道他是诗人（他的诗我也没有读过），你这篇 paper 将是把总结清代诗文 tradition 巨人的第一次作评介。这四篇 paper 读好后，我预备自己作 discuss，一定可使世骧满意。

听说李祁要去 Stanford 教中文，想她是代时钟雯的，不会抢去 David Chen 的位置。上次去 Princeton 见到高有〔友〕工，他对中国东西也极有 nostalgia，我同你一样，对中国极少 nostalgia，最近几次业余京剧表演都没有去听。相反的我在国内时不大爱国，现在变成了一个右倾的美国 Patriot，极想把左派、黑人的恶势力打倒。普通中国人虽然见了黑人讨厌，但口头上同情黑人革命的也大有人在，好像中国人和黑人都是受白人欺负的弱小民族。一般理工学生同情中共，也出于此 inferiority complex 作祟，今夏黑人在纽约将更猖狂，

8　Liz，即 Elizabeth Taylor，视 Burton 为一生中的最佳伴侣，二人于 1964–1974 年、1975–1976 年两次结婚。

哥大有一位物理学副教授在Central Park被杀，两位教授被抢被打，都在哥大附近。

有一个人最近来找我，是你光华同学顾恭凯[9]，在上海时没有见过此人，想来同你关系极浅。此人有些武功，曾被意大利恶少四五人attack，他一脚把一个恶少跌〔踢〕倒，乘势追两个恶少，把他们吓逃。顾君我同他吃了一顿午饭后，最近连打两次电话来，如他来路不正，我不想多同他有来往。

学期刚结束，这暑期得好好写书，希望能同你一样地加紧工作。昨天翻看沈从文的《阿丽思中国游记》[10]，有一大段对白都是加韵的，很别致（couplets），读后很满意，有一句描写很精彩，"这小子，肚子学问像是压紧了的麦片，抓出来又是那么多，并且抓一点儿出来又即刻能泡〔饱〕胀"。这种conceit白话文中很少见。

昨天系里在Martin Wilbur家picnic，事后我们去Chinatown吃饭，在馆子内见到一位女子，脸部、头发、眼睛酷似Grace，可转告她。Joyce即将放假，预备带她去看World's Fair。刘绍铭、白先勇、陈秀美及其未婚夫（姓段，尚未订婚）六月初都要来纽约，都得应酬他们。不多写了，祝

好

弟 志清

五月31日

父亲的遗照想已妥收，这是玉瑛妹寄给你的第二份。

---

9 顾恭凯，自称夏济安光华大学同学，20世纪60年代在哥伦比亚大学中日文系攻读
  博士。娶爱尔兰女子为妻，子女众多，不知其何以为生？博士口试失败，不敢得
  罪狄百瑞（de Bary），却怪罪夏志清。

10 《阿丽思中国游记》（1928），长篇小说，沈从文著，续写英国作家刘易斯·卡罗尔
  （Lewis Carroll）的《爱丽丝漫游仙境》（Alice's Adventures in Wonderland），讲述阿丽
  思来到中国，在大都市与乡村的种种奇遇，影射中国的种种社会现象。

640. 夏济安致夏志清（1964年6月3日）

志清弟：

接到来信，甚喜。我近况大致如常，最大的兴趣还是在写书上面。《公社》写完脑筋松懈了一阵子。最近又回到左联的问题上去，开始对左翼文艺理论发生兴趣。所以引起我的兴趣者为Lukács论Realism的书，我认为他的话很有道理，非但他的意见大体可以接受，有些话还应该叫好的。再则，此间有一荷兰来的留学生Fokkema[1]，博士论文是'56到'60年间的中共文艺理论（将在Leiden大学得学位），此人懂俄文，引证甚为广博。我看了他的论文稿子，觉得得益不少。此人没有什么新见解，但用功甚勤，做博士大约亦够了。

在Hoover借来几本旧的《现代》，第一次仔细读周扬在1933（年）写的论文，发现他在那时的理论和在今天差不多完全一样，足见此人有其conviction（当然是跟俄国人走的），并不一定投机取巧。我猜他在延安时给毛泽东的影响不小。

---

1 Fokkema（Douwe Fokkema，杜威·佛克马，1931–2011），荷兰比较文学家、汉学家，曾任乌德勒支大学教授、欧洲科学院院士、国际比较文学学会主席等，代表作有《中国文学中的清规戒律与苏联影响（1956–1960）》（*Literary Doctrine in China and Soviet Influence, 1956–1960*）、《二十世纪文学理论》（*Theories of Literature in the Twentieth Century*）、《完美世界：中西乌托邦小说》（*Perfect Worlds: Utopian Fiction in China and the West*）等。

周扬的文章相当清楚，确比胡风清楚。周扬完全说理，胡风因是诗人，理论中喜欢夹杂figures of speech（形象等）。再则周扬像鲁迅似的，敢放胆骂人；胡风要骂谁，反而吞吐其辞，不去说明，他的很多private allusions大约是很难了解的。再有一点，胡风的感情激动，在文章中亦看得出来，周扬比较cool。

胡风与周扬之大不同，胡风的理论是他自己的：关于主观力量、革命、人民大众etc.，都有他的一套解释，他引俄国人（甚至毛泽东）无非为他自己做注解。周扬是贩卖俄国人的货色，但是他把理论的脉络是搞清楚的。

胡秋原的《少作收残集》已在台湾出版（杜衡——苏汶——现在台湾，我屡次向他拉稿未成），关于左联的那一时期，总算在台湾留了一个记录。里面甚至把鲁迅和瞿秋白的文章也引了些进去，胡秋原可算胆大了。胡以Plekhanov专家自居，到底专得如何，我也不知道。瞿秋白说他是强调P氏主张"文艺自由"一点，也许是对的。P氏自己也许没有这么起劲地主张文艺自由。

胡秋原和左联的笔战，也许有政治阴谋的。他和神州国光社关系很密切，从神州国光社，可以说到它的patron陈铭枢[2]。陈后来的确组织了一个"社会民主党"（乃至福建人民政府）。左联之恨胡秋原，是拿他当"第二国际"、"社会民主党"的代言人看待的。当时欧洲共产党人在史大林路线之下，把社会民主党恨如切骨——这对于法西斯纳粹的兴起大有关系。胡秋原有勇气刊印鲁迅和瞿秋白的文章，但他没有勇气坦白承认他和社会民主党的关系。他和左联笔战时，自认是"无党无派"——这也许是有所掩饰的。

2　陈铭枢（1889–1965），字真如，广东合浦人，政治家、军事将领，历任民国政府军事委员、广东省政府主席、代理行政院院长等职，1933年"福建事变"后失去军权，赴港从事反蒋活动，1948与与李济深等在香港成立"民革"，反蒋反内战，1949年后任中央人民政府委员、全国人大常务委员会委员等职。

"第二国际"、"社会民主党"等都是代表所谓 liberal 力量，是你所反对的。但我祇认共产党人是敌人，别的非共力量（即使它们亦借重写马克斯〔思〕的招牌的）都可联络。共产党之起来，老实说是靠人民阵线，它一个子的干是干不出名堂来的。反共也得多结（交）朋友也。

美国今日在中间游离的左派分子，我看了也很讨厌，但我同时也可怜它〔他〕们。我若自居右派，也许逼他们走更左的路：左右壁垒对峙，非美国政治社会之福。（请想想 Hitler 兴起时的德国！）英美人民的福气，还是靠有一个庞大的中间力量 —— 中间力量之中当然又有偏右偏左的。我自认中间偏右，不敢以极右自居。

Goldwater[3] 已在加州获胜。他如做美国总统，老实说比 Johnson 好不到哪里去。左派人视 Goldwater 为蛇蝎，右派人又把他当作救星看待。我并不把 Goldwater 当作极右看待；即使他是极右吧，除非他能修改宪法（如当年的 Hitler、近来的 De Gaulle[4]），他也不过萧规曹随而已。Kennedy 可算是人才，但也没有什么了不起，至少 LBJ 的作风跟他还是差不多。换个人来，恐怕还是差不多。

我对于政治的看法，一则少憎恨之心（除了反共），二则多注意消长之理。最近左派势力稍见抬头（甚至 Wallace[5] 在芝加哥一带都有人拥护），未始非是"黑人与幼稚白人"的联合示威刺激出来的。

3　Goldwater（Barry Goldwater，贝利·高华德，1909–1998），美国政治家，曾任亚利桑那州参议员，是 1964 年共和党提名的总统选举候选人。

4　De Gaulle（戴高乐，1890–1970），法国军事家和政治家，二战时期"自由法国"（Free France）和"法兰西共和国临时政府"（Provisional Government of the French Republic）领袖，法兰西第五共和国（Fifth Republic）创始人，第十八任法国总统，在位长达 11 年。冷战时期法国的绝对领袖，主张东西方关系缓和与合作，标志性事件是法国在 1964 年与中华人民共和国的全面建交。

5　Wallace（George Corley Wallace Jr.，小乔治·科利·华莱士，1919–1998），美国政治家，曾四次出任阿拉巴马州州长，四次参选美国总统，是 20 世纪 60 年代民权运动期间的保守派代表。1972 年遇刺受伤瘫痪，80 年代放弃其种族隔离思想。

他们越是"示威"，越是替自己在制造敌人。假如未来几个月中，黑人继续猖獗，Goldwater真可能被当选为总统的。

右派太猖獗了，也会替自己制造敌人的。近年大学中的左派风气之盛，一半也是McCarthy时代逼出来的。McCarthy那时太跋扈了，很多人因此恨他所代表的一切。

Goldwater如做总统，我希望他立法温和，政策稳健。他如走极端，固然一时之间可得痛快之感，但后果将是民间强烈的反应：左派势力更抬头，右派也许将长期地不振了。

由大势看来，右派的确在削弱。我既然中间偏右，我主张长期地稳健地培养右派势力。我们的立场还是在ethics方面（做一个负责的个人），这种保守主张还是有人会接受的。若右派走入极端，自居少数派，倡militant的口号，到处与人为敌，结果将使右派更为削弱。总之，这几年来"右派"给人的image太坏，这个image非加修改不可。

讲到我自己的私生活，和R仍然是保持一个很愉快的关系。最使我感激的，我去date她总没有什么疙瘩，她总是首肯的；同时她亦常请我到她Apt去吃饭。我过去没有交过多少女友，但交女友心里总有个不痛快，小姐一搭架子我心里就生气。原因当然是女的怕commit herself，一请就肯，岂非好像就答应嫁给那男的了吧？公式乃或如此：男的勤于追求——女的戒备心重各种方式推三阻四——二人间的紧张——破裂。但男人亦是贱骨头，女的太willingly了，男的亦会觉得索然无味，以至逡巡退出的。女的大约亦需要用点手段。

我和R之间，一开头就讲明要消除一切紧张的因素，彼此以聪明人自居，互相尊敬，不要手段，不求征服，坦诚布公——so far，很徼幸的成功的。和Anna之间，我一开头就讲明要消除一切紧张的因素，成功了一个时期，还是失败了。

好久没有通信，date的近况可述者如下（我们一星期至少两次共餐——至少一次午饭一次晚饭）：R真的请了B和我两人在她的Apt

吃饭。我以为 B 和 R 之间没有什么紧张，但是当场虽愉快，事后 B
说觉得很不舒服。（B 说："Her style of living makes me feel uncouth."）
R 大约是真的觉得很愉快的。她并（不）十分喜欢看电影，但喜欢看
画展。看画她大约真懂，看了十张左右就想走的。再多，她说就不
能吸收了。

最近看了一张十分满意的日本片子：*Harakiri*[6]（《切腹》，松竹
出品，非东宝 Toho 出品）。此片结构之紧凑可比 Sophocles 悲剧，
摄影（黑白）技巧好极，主角仲代达也〔矢〕[7]（在 *Sanjuro* 中饰配角，
甚可惜），演技精湛，在 Mifune[8] 之上。故事稍带 sentimentalism 与
melodrama，还不十分完美，但是够 austere 的了。此片可算近年所
看最满意的电影了。

看了一次 S.F. Ballet *Lady of Shalott*[9]，十分满意（不知何人作
曲）。*Lady of Shalott* 我在光华时曾阅读多遍，故事的前因，因未读
过 Malory，至今不知。这个 Ballet 之好，约有下述诸点：

（一）大体 theme 和 *Sleeping Beauty*、*Swan Lake* 等相仿，都是
woman under a spell，但 *Lady of Shalott* 祇许看镜子，不许看世界，
使人想起 Plato 在 *Republic*[10] 中的洞中人譬喻，她在堡中，外面乡下
人跳愉快的舞，和她不相干。这对比就有点凄凉。结局是悲剧的，
更超过一部童话式的 Ballet 也。

---

6 *Harakiri*（《切腹》），1962 年松竹出品，小林正树导演，仲代达矢主演，讲一名叫
   津云半四郎的浪人来到名门井伊家，要求在庭前切腹自杀的故事。

7 仲代达矢（1932–），日本演员，演出涵盖舞台剧、电影和电视剧等领域，与黑泽
   明、五社英雄等日本名导演均有合作。代表作有《影子武士》、《乱》等。

8 Mifune，即三船敏郎。

9 *Lady of Shalott*，即 *The Lady of Shalott*（《夏洛特夫人》），英国诗人丁尼生（Alfred
   Tennyson）创作的民谣，取材于中世纪的亚瑟王传奇，后来被改编成了绘画、文
   学、舞蹈等多种艺术形式。

10 *Republic*（《理想国》），古希腊作家柏拉图的对话体著作，十卷，成书于公元前 380
   年左右。该书以苏格拉底与其他人对话的方式阐释了一个真、善、美相统一的理
   想国，较为全面和详尽地体现了作者的政治哲学。

（二）技巧方面：Lady顾影自怜，对镜起舞，方框作镜，她舞时，后台出来一个装束跟她一模一样的对跳——美极。（中国京戏至今未曾想到过这一点。）

在Lancelot[11]出现前，先来一个Red Knight追求她。两人之间尚有隔膜，爱情未成。两人间的不完满的爱是这样表示的：堡内Lady和Red Knight的影子跳舞（影子装束如Knight，但无脸，全身黑色）。堡外Red Knight和Lady的影子（全黑）跳。应该是两人跳，结果是两对跳，表现方式很美。Lancelot出现后，她匆匆出堡，meet her doom。两人跳后，Lady死去。

又看了一次musical comedy：*Little Me*，也很满意。最近Shirley MacLaine的一张"巨片"，六大男角配演，故事大约与之相仿。此戏之噱，是某名女人（Belle Poitrine）一生中六七个男朋友（丈夫、姘头等）皆为Sid Caesar一人所演。Caesar的喜剧天才在Peter Sellers之上；而把这个无聊的故事（因人物皆是无聊的）弄得生气活泼。Shirley MacLaine那电影着重描写那些无聊的男人，一定弄得不伦不类。*Little Me*很轻松滑稽，而且大大地讽刺了一般的musical comedy。生平很少看musical comedy，这部东西大约可算是出类拔萃的。

没有R这样一个亲密的女友，我当然亦少有兴趣去看那些特别的events。就为这一点，我是大大地感激的。

课已开完。回顾过去半年，我讲的是这五个人：林纾、胡适、鲁迅、郭沫若、茅盾。所谓cross-currents无非着重Romanticism与Realism两点而已。初开课时，并无计划。讲完了，自己想想，总算还有一个体系。

定十三号开车（今年得试试了）去Seattle，定两个月后回来。R

---

11 Lancelot（兰斯洛特），亚瑟王传奇中的圆桌骑士之一，相传由湖之仙女抚养长大，故又称"湖上骑士"（Lancelot of the Lake）。最强大的剑客和骑士，不过由于与亚瑟王的王后桂妮维亚（Queen Guinevere）之间的恋情而导致了内战。

暑假将搬入我office办公，我设法把她调到Language Project来了。世骧对她的学问和聪明（sophisticated）是很佩服的。

六月六号是你们结婚十周年纪念，我是日请客：定六人，我和R，世骧夫妇，以及新结婚的张凤栖[12]（台大朋友，Francis）与Lulu黄[13]一对。Grace对R仍抱敌意（表面上很客气），我对之祇好做不介意状。其实这是冤枉的，R对Grace很好（不像B那样故意去惹犯她），Grace之不友善，我见了有点生气的。吃饭地方将是日本饭馆"民艺屋"（mingeya）。五月廿一日是世骧夫妇十周年。他们大庆祝（连续几天宴会）。世骧回忆当年赵元任太太"保护"他的情形，看来那同今日Grace"保护"我的情形相仿，可惜Grace不够聪明，看不出她自己和赵元任太太类似之处也。世骧当年追Grace的时候，一直到结婚，Grace（都）没有出现过。朋友们祇隐隐约约知道他有一个女友，可不知是谁。

Twayne Publisher（也在纽约）的合同寄来，写《胡适》一书（写来可能很精彩）。我尚未签字寄回去。明年暑假六月在Lake Tahoe有JCCC的中苏问题研会，世骧要读一篇关于"百花齐放"的文章；我被指定讨论Rochester的Sidney Monas[14]的"Moral Autonomy & Recent Soviet Literature"一篇文章，这一年内当好好准备，多看些苏俄的东西。

明年金山之会我如能不参加，仍是最好。S. F. State College的

---

12 张凤栖，不详。

13 Lulu黄，上海人，加州大学本科生，曾在伯克利国际学舍（International House）住宿与工读。

14 Sidney Monas（希尼·莫纳斯，1924–），哈佛大学博士，先后任教于艾姆赫斯特学院、史密斯学院、罗切斯特大学等学校，1969年就任得州大学斯拉夫语言与历史系教授与主任，长期兼任《斯拉夫评论》（*Slavic Review*）编辑，代表作有《第三厅：尼古拉斯一世时期的员警与社会》（*The Third Section: Police and Society in Russia under Nicholas I*），并翻译了不少俄国历史与文学作品，如《罪与罚》（*Crime and Punishment*）等。其档案资料现存于得州大学奥斯汀分校。

许芥昱君，我看你不妨提拔他一下。我们如提拔他，他将来必有机会"报恩"，这才是"走江湖"的道理，许君我和他不熟，但他的书已出版，总算对新诗努力研究了这么多年，我们似应给他一些recognition。你看如何？写曾国藩，将牵连整个清末"宋诗复兴"问题，需要很多的准备。清末的"宋诗"是走上苍劲瘦削与高度严肃的路子，而曾国藩为其大将。这我认为是诗的正路，一反王湘绮[15]的"唐诗复兴"派（浓艳堆砌俗气）与梁启超黄遵宪[16]（爱国虚夸浅薄通俗）的改良派。五四以后新诗未受"宋诗复兴"的影响，是大可惋惜的。文章将牵连到对新诗的批评。写短文恐不够发挥，写长文恐准备不够也。

父亲照片两张亦已收到。丧事办得很像样，父亲遗容安详。儿子不能送终，照旧日说法是值得遗憾的，别的感想，暂且不说。我们平辈的弟兄们精神不振，大约同丧事的悲伤有关系的。别的再谈，专颂

近安

Carol 和 Joyce 均此问好。

济安

六月三日

---

15 王湘绮，即王闿运（1833–1916），字壬秋，号湘绮，湖南长沙人，晚清经学家、文学家，咸丰二年（1852）举人，曾入曾国藩幕府。先后主持成都尊经书院、长沙思贤讲舍、衡州船山书院、南昌高等学堂等，终请辞回湘，在湘绮楼讲学，门生包括杨度、夏寿田、廖平等人。晚年授翰林院检讨，民国时期任国史馆馆长。有《湘绮楼诗集》、《湘绮楼文集》等。

16 黄遵宪（1848–1905），字公度，别号人境庐主人，广东嘉应人，清代诗人、政治家、教育家，早年出使海外，历任师日参赞、旧金山总领事、驻英参赞、新加坡总领事等职，积极参与戊戌变法，署湖南按察使，推行新政。发动"诗界革命"，主张"我手写我口"，常以新事物入诗。有《人境庐诗草》等行世。

641. 夏志清致夏济安（1964 年 6 月 19 日）

济安哥：

　　你十三号开车，想早已安抵西雅图。六月三日信收到后，一直没有写回信，上星期到 Cambridge 去了一趟，星期一同 Carol、Joyce 在 World's Fair 玩了一天。今昨天 Carol 去 Connecticut 参加丧礼，今天带 Joyce 去 Guggenheim Museum 看了 Van Gogh 的展览，极满意，十多年前曾在纽约看过一次 Van Gogh 的展览，那次名画较多，这次各期 style represent 较全，drawings、水彩画也较多。我对 Van Gogh 一直很爱好，认为他是十九、二十世纪最伟大的画家，可惜没有读过 art criticism，不便讨论他的优点。下午转去 Metropolitan Museum，我已十多年未去，发现 Met. 标准名画极多，而且常在书上、卡片上看到 reproductions，极 familiar，有三间房间常期陈列 Rembrandt 的名画，大多是 portrait。John D. Rockefeller Jr.[1] 1961 年给了 Met. 一大批明清瓷器，还是单色的较洁净美观。Met. 建筑外表

1　John D. Rockefeller Jr.（约翰·D. 洛克菲勒，1874–1960），美国石油业大亨和慈善家，是老洛克菲勒的独子，育有子女 6 人，美国副总统纳尔森·洛克菲勒（1908–1979）的父亲。创办洛克菲勒大学，捐赠土地给联合国，即联合国现址。

好像已洗刷一新，很壮观。它和 Low Library[2]、Penn Station[3] 都代表同时的建筑，可惜 Penn Station 给煤烟染得墨黑，而且即将被拆掉了。玩 World's Fair 的那天，天气不热，晚上下雨被淋湿。Fair 内游人很多（黑人绝少，虽然门票不贵），而且所穿的衣服浆洗整洁，可能 tourists 较多，看惯了哥大附近的龌龊人，看到较 wholesome type，心里很高兴，对美国前途也较抱乐观（纽约这样 dirty，人头不整齐，实在应当来一下新生活运动：中国人以前最有自卑感的不讲公共卫生，不顾公益，想不到给少数民族和 beatniks 完全搬到纽约来，杀人奸抢还不算）。Ford、GM 等 pavilions，外面排队极长，都没有去参观，但西班牙、日本外表较像样的 pavilions 都参观了一趟。香港的建筑最糟，里面人挤人，完全保持东方 bazaar 的空气。相较之下，台湾的建筑比较富丽堂皇，虽然所陈列的国宝不多。西班牙 pavilion 有几张 Goya[4]、Velazquez[5] 等的名画，其实纽约各大 museums 名画更多，可惜平时没有功〔工〕夫去领略。我对科学工业无多大兴趣，

---

2 Low Memorial Library，哥伦比亚大学旧图书馆，1895 年由时任学校主席塞斯·洛（Seth Low）出资修建，在 1934 年巴特勒图书馆（Butler Library）建成后，改作行政部门办公室。建筑由 McKim, Mead & White 公司的查尔斯·弗伦·麦金（Charles Follen McKim）设计，主体为新古典风格，混合了罗马万神庙元素，是哥大最著名的建筑之一。

3 Penn Station（Pennsylvania Station，纽瓦克宾夕法尼亚车站），纽瓦克的主要交通枢纽，1935 年落成，由著名建筑公司 McKim, Mead & White 设计，建筑风格糅合了装饰派艺术和新古典风格。1964 年改建。地平面新建 Madison Square Garden，古典面貌荡然无存。下面两层仍保留当年的月台轨道。

4 Goya（Francisco Goya，弗朗西斯科·戈雅，1746–1828），18 世纪末 19 世纪初最重要的西班牙画家，作为一名承上启下的人物，其画风多变，对现代诸画派均产生很大影响，代表作有《阳伞》（The Parasol，1777）、《裸体的马哈》（La Maja Desnuda，1790–1800）等。

5 Velazquez（Diego Velazquez，迭戈·维拉斯奎兹，1599–1660），西班牙画家，国王菲利普四世的首席宫廷画家，西班牙黄金时代最重要的画家之一。其绘画风格在巴洛克时代特立独行，擅长肖像画，代表作有《教皇英诺森十世》（Portrait of Pope Innocent X，1650）、《宫娥》（Las Meninas，1656）等。

World's Fair 内真正必看的东西并不多（*Pieta*[6]是看了，其 marble 之明莹圆润是少见的），但看到游客们都很 relaxed，自己也很高兴。

上星期去 Boston，系谢文孙出面请我在一个 China Workshop 演讲，我看到节目上有 Schwartz、Mancall[7]等人，也答应了，带脚[8]可以参观一下哈佛。该团体系 Quakers 主办，都是些极纯洁而左倾的青年，东方青年也有十几位。他们开会的目的是促进中（共）美亲善，不知道我反共的背景，我自己倒很窘。讲的题目是中国现代文学中的 fantasy，把《猫城记》、《阿丽思》等讨论了一下，听众很感兴趣。有一位最讨厌的人是叫 David Robinson[9]，生在中国，父亲和 Walter Judd[10]等同在北方，算是 old China hands，此君外表很像 Michael Rennie[11]，在 Yale 当 Chaplain，跟 Wright 夫妇读过中国史，此人见了中国人，也不探口气，就大骂美国对华政策，大骂 Walter Judd，毫无 tact。前星期他去南部，和 Peabody 大人一同关起来，自

---

6 *Pietà*（《圣母怜子像》，1498–1499），文艺复兴时期雕塑家米开朗基罗的作品，位于梵蒂冈的圣彼得大教堂（St. Peter's Basilica），雕塑为纯白大理石像，表现的是耶稣受难后躺倒在母亲玛利亚腿上的景象，在艺术上实现了古典美感与自然主义之间的平衡。

7 Mancall，即 Mark Mancall（马克·曼考尔），著有《俄国与中国：1728 年之前的外交关系》(*Russia and China: Their Diplomatic Relations to 1728*)、《地处中心的中国》(*China at the Center: 300 Years of Foreign Policy Russia and China*) 等。

8 吴语，"顺便"的意思。

9 David Robinson，在中国出生，自命中国通，耶鲁大学教堂牧师。

10 Walter Judd（周以德，1898–1994），美国政治家，早年作为传教士来华服务，抗战中在美国积极宣传援华抗日和对日贸易禁运等，担任众议员长达二十年，是国会"中国帮"（China Bloc）和院外援华集团（China Lobby）的主要成员。坚持亲蒋反共，促使美国在内战中全面支持国民党，并在 1949 年后继续支持台湾国民党政府。

11 Michael Rennie（迈克尔·伦尼，1909–1971），英国演员，活跃于舞台、电影和电视等领域，最著名的表演是在科幻电影《地球停转之日》(*The Day the Earth Stood Still*，1951) 中扮演的外星人克拉图（Klaatu），其他作品还有《万古留情》(*The House in the Square*，1951)、《孽海奇缘》(*Dangerous Crossing*，1953) 等。

以为很得意。在Yale他同另一位Chaplain开了一家名叫Exit的小咖啡馆（allusion：Sartre，*No Exit*[12]？），encourage folk singing，借此传教。学生男女关系方面，他赞成complete promiscuity，大概也算认〔迎〕合潮流。这种人虽然naive，其实一点也不可爱，而且短时间无法同他辩，他做我（的）chauffeur两次，我祇好敷衍点头。以前McCarthy说新教牧师中有不少是共产党，David Robinson此公虽非共产党，但也表示Protestant church在美国的完全破产。他们思想完全secular，以前进来争取年青人的support，所以在line Rights agitation方面特别卖力。美国天主教还是比较反共的。

哈佛校园很大，相较之下，哥大实在太cramped了。建筑大半是colonial style，很neat。参观了Houghton Library[13]，看到了几封Keats给朋友兄弟的信和Shelley给Keats的信，Fogg Museum[14]名画也不少，而且许多挂在走廊里的画没有人guard，假如在纽约一定给人涂损，可见Cambridge黑人少，普通人注重公德，学生的衣服也很整齐。哈佛左倾人士多，但外表看来还很relaxed，不像纽约这样已陷入战争状态。Schwartz、Hightower也都见了一下；Schwartz absent-minded出名，谢文孙约他同我吃晚饭，结果爽约。Schwartz follows我们的写作very closely，对我们的英文特别佩服，曾向谢文孙问及过我们的背景，我们未出国前英文已有很好的根

---

12 *No Exit*（《密室》），萨特所著戏剧，讲述了三个死去的人被惩罚永久性地关在一个房间内，他们极力掩饰自己生前的罪行，但又在"他者的目光"中受到审视，三人形成了一种相互追逐、相互排斥的关系，在永无止境的境遇中无法安宁。剧中名言"他人即地狱"（L'enfer, c'est les autres）流传甚广，展示了萨特存在主义哲学的思考。该剧1944年在Théâtre du Vieux-Colombier首演。

13 Houghton Library（霍顿图书馆），哈佛大学最重要的善本书和手稿储藏室，1942年建成开放，位于哈佛大学南部，紧邻怀德纳图书馆（Widener Library）。

14 Fogg Museum（福格博物馆），哈佛大学的艺术博物馆，1896年建成开放，馆藏从中世纪到现代的西方绘画、雕塑、装饰艺术和照片作品等，尤重意大利文艺复兴、英国拉斐尔前派、19世纪法国艺术以及19、20世纪的美国绘画。

底，他简直不大相信。那天晚上同吃饭的有 Merle Goldman，此人很 pleasant，丈夫研究苏联，她论文已写好，两厚册，从1942年讲到何其芳，scope 较 Fokkema 的论文大，材料也搜了不少，但论点同我 *Conformity* 那一章所讲的相仿，没有什么新意见。我把论文看完了，先叫她和 Fokkema 交换论文，你暑期太忙，叫她入秋再寄你过目，论文文章很松懈，*China Quarterly* 上发表的东西还是经过修削的。所用的都是报章材料，周扬胡风，冯雪峰的理论没有多大研究。

明年旧金山年会，你如真忙不过来，请许芥昱也好。本来我想请 Frankel，后来请了 Wilhelm，南北朝那段诗有人负责，不知 Frankel 会不会不高兴。许芥昱对宋词也稍有研究，他可以读篇宋词 or 新诗的 paper。其实专门弄诗的祇有陈世骧、James Liu[15]、Frankel 等五六人，我的 panel 请了四人后，总有一二人不能被请。所以你能异军特〔突〕起，在中国诗方面一显身手，还是最理想的。此事你可考虑后再做决定。许芥昱随时都可以写信邀他。

Howard Levy 邀我写一本《茅盾》的书，我去信问了他有多少人已参加他的 project，他回信说，除你外，有 Wm. Schultz on Lu Hsün，Louis Ricaud[16]（《三国演义》法文译者）on 罗贯中，Ch'en Teu-lung[17]，Hu Pin-Ching[18]（陈祚龙？前者好像在《通报》上写过文章，

---

15 James Liu（刘若愚），见信638，注1，第458页。

16 Louis Ricaud（路易·里克），法国汉学家、翻译家，《三国演义》四卷法文译本"西贡印度支那研究学会版"的译者之一（与岩全 Nghien Toan 合译）。

17 Ch'en Teu-lung（陈祚龙，1923–），湖北监利人，学者，法国巴黎大学文学博士，以研究佛教学和敦煌学著称，历任巴黎大学中国学研究所、文化大学研究所教授，法国国立远东学术院院士，著有《敦煌学要篇》等。

18 Hu Pin-Ching（胡品清，1921–），浙江绍兴人，诗人、翻译家、学者，毕业于浙江大学外文系，曾任法国大使馆新闻处译员，回到台湾后任中国文化大学教授、系主任，著有《现代文学散论》(1964)、《西洋文学研究》(1966)，译有《法译中国古诗选》、《法译中国新诗选》等。

后名不见经传），另外一位是傅乐淑[19]（！），她的题目是Wang Yuan liang[20]？同吴伟业[21]，可能是写一本合传。除你外，一个像样的学者也没有，我真不想参加，傅乐淑神经失常，书一定无法写好的。你如尚未签字，还是以退出为是。你仅可自己写一本关于胡适之书，叫U. C. Press，or U. of W. Press or Columbia U. P. 出版，不必叫第二流的Twayne Publisher出版。我查看一下已出的World Author Series，作者也都是无名小卒：Philip R. Headings on Eliot，A. Grome Day on J. A. Michener[22]，R. E. Morsberger on James Thurber，Michener和Thurber也不能算是standard authors。Howard Levy中国文学知识有限，一定无法把这个series编好。他自己拿了一笔钱做editor，替他写书除极小的版税外（10% of list price less 43%，等于5%）一无subsidy，我们要写书请钱很方便，似不必被Levy所exploit。我不预备参加，你如已签了合同，最好也beg off较妥。否则同许多无名学者为伍，实在很委屈你。

附上玉瑛妹信，她已生了一个健壮的男孩，题名士漳。我给他取的单号是明，明章同义，而且"焦明"见《楚辞》，上林赋，是五方

---

19 傅乐淑（1917–2003），山东聊城人，傅斯年的侄女，历史学家。芝加哥大学博士，研究领域为元史和清史，尤以中西交通史见长，代表作有《中西交通史编年》等。

20 Wang Yuanliang，即汪元亮，字大有，号水云。南宋末代宫廷琴师，随三宫北去燕都，感亡国之痛，写下了大量体现故国之思的诗章。

21 吴伟业（1609–1672），字骏公，号梅村，江苏太仓人，明末清初诗人，崇祯四年（1631）进士，任翰林院编修、左庶子。顺治十年（1653）应诏北上，授枢密院侍讲、国子监祭酒，顺治十三年（1656）乞假南归，不仕。娄东诗派开创者，创"梅村体"，与钱谦益、龚鼎孳并称"江左三大家"，著有《梅村家藏稿》、《梅村诗余》等。

22 J. A. Michener（米切纳，1907–1997），美国作家，创作有四十多部作品，处女作《南太平洋的故事》（*Tales of the South Pacific*）获得1948年度普利策奖，还被改编为音乐剧在百老汇演出。其他作品还有《夏威夷》（*Hawaii*）、《驼队》（*Caravans*）、《世界是我家》（*The World Is My Home*）等。

神鸟之一（见《说文》）。"东方发明，南方焦明，西方鹣鹣，北方幽昌，中央凤皇。"《乐叶图征》上说明：焦明，长喙疏翼，圆尾身义，戴信婴仁，膺智负礼，至则水之感也。材料都是大汉和辞典上抄来的，焦明是南方水鸟，同"漳"也有些关系。焦明二字叫起来很响亮，虽然有些像笔名和话剧演员的化名。

谢谢你和世骧夫妇寄赠的 anniversary card，我们婚期是六月五日，你请朋友吃饭，我们倒并没有什么庆祝。世骧夫妇十周年 Carol 忘了，也没有寄卡，当嘱她好好写封信。在哈佛见到李欧梵[23]，此人很用功，M. A. 论文 on 萧军，将在 Fairbank 的 series 内发表。白先勇已来纽约，在 Doubleday 做事，校对王际真节译的《醒世姻缘》。我们街上有只 abandoned cat，我已收养，也算做好事。我书房内新装了 air conditioner，得好好写文章。同 R 临别有什么举动，去 Seattle 后想时常通信。Wilhelm、Vincent Shih 代问好，马逢华处曾去信，没有回音，我还没有送婚礼。祝

旅安

志清
六月十九日

---

23 李欧梵（1939–），河南人，美籍华裔学者、作家。哈佛大学博士，台湾中研院院士，主要研究领域为现代文学、文化与电影，先后任教于普林斯顿大学、印第安纳大学、芝加哥大学、加州大学洛杉矶分校、哈佛大学和香港中文大学，代表作有《中国现代作家的浪漫一代》（*The Romantic Generation of Modern Chinese Writers*）、《铁屋中的呐喊》（*Voices From the Iron House: A Study of Lu Xun*）、《上海摩登：一种新都市文化在中国，1930–1945》（*Shanghai Modern: The Flowering of a New Urban Culture in China, 1930–1945*）等。

642. 夏济安致夏志清（1964 年 6 月 24 日）

志清弟：

　　来了西雅图已有多日，至今始写信，甚歉。决定开车前来，总算是"少年之志"。表现一下毅力。自从 '60 得到驾驶执照后，总共开车到 Seattle 来回一次。过去因为驾驶技术不够熟练，总是不敢冒这个险，今年自信技术大有进步，乃决定开车来。事前 Grace 大反对，她相信我车子开得很好了，即使在我开得很坏的时候，她还是坐我的车，这点是使我感激的，但不相信我的 Olds。一般中国人也学美国人的看法，对于"老爷车"没有信心，但我相信美国车是造来走十万哩的，我的车才快九万哩，在十万哩之内尽管放心走。Grace 希望我买了部新车才去走长路，但我不听。我相信我的 Olds ——这个我在给 R 的信中称为 my green charger，my rosinante。

　　十二号 center 有个年终 party，四桌人。我右边坐 B，左边坐 R，Grace 坐在另一桌，看见这个情形，直想讽刺。十三号本来可以动身了，但和 R 真有点依依不舍，决定先来一次 dress rehearsal ——开车郊游一次。去的地方是金门大桥的北边，Marin County（上回我们去的 Muir Woods 森林也在该 County 之内）。该 County 的住户据说都很有钱，平均收入冠于加州全州。County Government Office

是 Frank Lloyd Wright[1] 设计的，是 Wright 平生最后一次设计，现在只造好一个 wing，另外一个 wing，及大会堂等附属建筑，尚未开始造。这个 wing 是个很杰出的建筑物，气魄之雄伟大约不在

Guggenheim 博物院之下（Guggenheim 没有看过）。主要的是用大量的弧形曲线，G. 博物院也是如此的。但因为 county govt. 在乡下，在山水之间出现这样一个建筑物，有点给人"天方夜谭"式的感觉——但绝无 Cecil B. DeMille 的那种电影布景式的俗气。Wright 有他的风格，这是特出的。大致情形如所附 sketch，颜色为蓝黄二色，蓝顶黄墙，黄墙上的弧形窗门也都是蓝色的。Marin County 左边靠海，右边靠湾（S. F. Bay），我们上次（复活节）去的是太平洋边，这次去的是海湾一带，那边有许多很好的住宅房子。在 Belvedere 有一座全部红木造成的 Christian Science Church（半日本式），也是一座杰出的建筑，不知是谁设计的。

十三号同 R 出游一天，在 S. F. 吃的晚饭。Hotel de France 一家幽雅的法国小馆子，十四号早晨开车北上，开了两天，十五号晚上到，十六号早晨报到上班。

我所以想开车北上，另外一个原因是怕 packing，衣服之类不带也无所谓，在 Seattle 也好买的，但是我的笔记本参考书之类，小飞机决带不下这么多，开车行李多一点也无所谓，而且可以不 pack。

第二天一口气开到 Oregon 的 Grants Pass，人很累，九点钟即睡。为安静起见，没有住 motel，开进城去住 hotel（走的是 99 号公路）。

---

1 Frank Lloyd Wright（弗兰克·劳埃德·赖特，1867–1959），美国建筑师、室内设计师，其设计追求人文与自然的和谐，提出"有机建筑"（organic architecture）的理念，其最著名的作品是位于匹兹堡郊区的"流水别墅"（Fallingwater House）。坐落在纽约第五大道的古根汉姆博物馆（Guggenheim Museum）亦为赖特设计。

第二天中午到Eugene，在U. of Oregon的Student Union吃的午饭。饭后继续北上，开过一天之后，人即不觉累了——对于长途开车已熟练了。过西雅图飞机场时，大钟指的是五点四十五分，约六点半进入西雅图市区，住在一家downtown的hotel，打了一个长途电话给R，一个给世骧。然后喝了一杯Scotch & Soda，在Bar上，再进餐室，叫了两杯Martini、一客纽约牛排。餐后精神百倍，一点也不觉困，开了两天车，完全像没有这回事似的。过了十一点钟始睡。

一路之上，风景最好的是加州北部Lake Shasta，湖大极，在群山之中，很幽静，公路有一段在桥上过，我因忙于开车，无暇东张西望。Oregon内部也有些很好的风景，都无暇欣赏，等到八月里回程上再在各处多停留一下，好好地游山玩水。

车的condition仍很好，第二天闹声大一点的，那是因为muffler破了，修好后引擎之安静大约仍和Rolls Royce相仿。Oregon的标准速度是70哩，我一般都开75，有时也到80，这种速度在加州我是从来没有开过的——那边标准是65，我偶尔到70而已。赶长路的人大致都这么开。路平路直，车子condition好，开快一点也无所谓，大家都是这个速度，警察也就不管了。

在Seattle预备耽两个月，现住Lander Hall（men's dorm），不再找公寓了。公寓都很贵，讨厌的是house-keeping以及搅不清楚的各种bills，只怕搬出后还有什么帐〔账〕没有付。住宿舍则公家供给被单、毛巾、肥皂等，水电都不管，房子有人清理，还有一条private telephone line（自己一个号码），但不许打长途的。房间$27一个礼拜，你们哥大的宿舍大致也是这个价钱吧。

Berkeley的房租我仍旧付，虽付两处房租，Seattle的花费还是很省的。这里应酬大为减少，而且大约真的是过"无女友"的生活了。在Berkeley每星期总得陪Grace一两次，再加上date R一两次，以及别种应酬，剩下的时间实在不多。

这里最亲热的朋友是马逢华，马逢华脾气暴燥〔躁〕，但人是极affectionate的。他利用一次research trip，于三月廿九日（台湾的黄花岗纪念日，一〔亦〕名青年节，洋人的复活节）在台湾与赵小姐结婚。赵小姐（是）东北人，逢华去远东前大约经人介绍，和她通讯。爱情经书面来往而成熟，见面就结婚了。婚后两人去香港蜜月两个月，然后他去日本，太太返台湾。太太进美国还有问题，等quota等。但不久时间，他在美国做resident五年期满，请到公民身份后，太太就可以进来了。

逢华返美亦才不久，现在过bachelor生活，还是经常找我一起吃饭。他因诸事栗六，过些日子再给你写信，还要送你一张结婚照片，先向你道歉。他的婚礼我还没有送，预备等他准备好了新房后再说。如八月中我行前他新房尚未准备就绪，那时我就买些什么礼物送给他，免得从加州寄来麻烦。

我在Seattle第一个礼拜也有点小应酬，正式工作尚未开始，上星期四世骧飞来，星期五早晨演讲Socialist Realism，下午飞回加州。这里的colloquium规矩都要先把讲稿油印发给各人，开会时只是讨论。世骧的oral presentation是破例的。世骧平日忙于事务，开会写信等事极忙，仍在准备1966（年）的一个改进美国大学中文教学研究的什么会。该会Shaddick主席〔持〕，委员五人，Hightower、Mote、Hanan、Frankel（或是Wright，我忘了），以及世骧，实际设计策划人是世骧。文章可以说是不大写的。给你书的书评恐尚未写好，我也不便问他（如尚未写好，他也有guilty conscience的）。加大的演讲等，他从来不准备讲稿的，这情形我看不大好。但美国的生活实在demand人的精力的地方太多，我如也像他那样成了要人，恐怕也没有什么时间来写作了。相形之下，你的专心，令人佩服。无怪de Bary等对你另眼相看了。

我目前要紧的事情，是把《左联》一书写完，尚有两章要写。一章是蒋光慈，预备在一两个月之内在此间写完，因为材料大约就绪，写他这样一个浅薄的人物，我只要有Lytton Strachey一半的文才，就可以写得很漂亮了。另一章是总论左联，这个题目有做不完的research（如关于周扬的早期活动等），至今迟迟不敢动手，但无论如何希望在Berkeley把它赶完。圣诞前甚至Thanksgiving前把它赶出来。另一章"鲁迅与左联之解散"，我预备把它重写。当年*JAS*要把它缩短，我预备把它大大地拉长：详论鲁迅与共产党及普罗文艺的关系，更详细地描写胡风与冯雪峰的career（这方面别出心裁很难，但不如此对不起他们两个"有志之士"的），再则多讨论徐懋庸在1956–1957年所发表的我认为可传鲁迅衣钵的讽刺杂文（胡风、冯雪峰的文才均不如徐），这个工作恐怕也得费些时间。稿子都弄齐之后，还有很多editing的工作，如统一footnotes、编index等，这些琐碎的事情我想起来就头痛。写作本身倒是有它的乐趣的。

另函附上短文两篇，都是仓卒〔促〕完成的，文笔希望仍能保持潇洒作风，一篇intellectual life，我去年十一月在Berkeley的报告，只有半小时，所以不长；因为是口头宣读的，所以没有footnotes。现在时候已是六四年中，但情形大致还如所述，内容无须大改，如把它扩大，成为一篇20页的文章，*China Quarterly*也许会要它的。另一篇《左联》一书之序文更短，是根据我在Berkeley的另一篇报告改写的。报告还要长些，但有些不精彩的句子都给删去了。关于左联我知道得太多了，事实多了文章反难精彩。这篇序文只算draft，全书杀青后还要修改扩大。

这两篇文章都是本星期之内要讨论的，事前要打印好。我时间匆促，只好把intellectual life大致不动地送去打字，《左联》短序则加以紧缩，务求精彩。因为口头报告，不怕偶尔噜苏或松懈，印出来的文章，句子必须句句得站得直也。这暑假的工作大致将为写《蒋光慈》了。

　　明年金山之会，我想决定不来读文章了。要做一篇像样的文章，非得好好地读除曾国藩之外，还有他前后的江西诗派诗人[2]、民国以来写旧诗的人（包括鲁迅、郁达夫）以及一些新诗不可。要紧的话有得说，但不大做研究，对不起这个题目（研究民国时代的旧诗，是个冷门题目，但是个值得研究的好题目，假如我们要重新批判"五四"的话），而且精彩的诗句翻译成英文也是很吃力的。我想请许芥昱较妥（他可能去台湾。我和他平常毫无来往，此人野心勃勃，想做寨主，我是有些怕的）。你给他的 honor，他一定感激。世骧虽为文坛上一个寨主，但他对许芥昱平常不加照顾，反而去捧杨富森、时钟雯之流的场。我也认为（是）怪事，许虽非什么了不起的人才，总比杨、时之流像样一点。所不同者，恐怕是他对杨、时私人感情较浓而已。我对办理事务一无兴趣，更不想做"寨主"。但是我知道做"盟主"是该怎么做的。我在台湾已经弄成了一个小小的"盟主"局面，但怕麻烦，情愿退隐。你现在俨然也是一个小山的寨主，但愿能保持"盟主"的气魄也。（我至今怕写 business letter。）

　　Levy 之事，听你一说，我倒也想退出了。不知将如何进行。合同不在身边，想回到 Berkeley 去后再说。毁约手续在合同上想也有规定的。我怕写胡适，一则怕得罪人（台湾、香港一定有很多人将大讲），一则怕没有时间。听你一说，将与傅乐淑为伍，那是何苦。

　　玉瑛妹的信也已收到。承你好意，又去引起母亲对我的婚事的希望。但我觉得如好事不能成，将为对老人的残忍举动。免了使人失望，还是少引起人家希望的好。回信过些日子再写。我在 Lake Tahoe 照了一张五彩相片，一直想寄给你们与家里各一张，但照片在

2　江西诗派本是宋代诗派，奉一祖（杜甫）三宗（黄庭坚、陈师道、陈与义），以吕本中《江西诗社宗派图》中所列二十五人为主要成员。这里所说"曾国藩前后"的"江西诗派"指的是清代的"宋诗运动"，作为重要发起者的曾国藩对黄庭坚的推崇备至，使得江西诗派在晚清得以复兴。如"同光体"诗歌中的赣派即直接承袭自江西诗派，代表诗人有陈三立、夏敬观等。

Berkeley，等秋后再寄吧。秋后我当把去年的家用寄上。

　　和R的关系还是很好。我打给她的长途电话，她说是pleasant surprise，但这电话仅花去两元多。打给世骧的，倒用去了十几块（因为有Grace在内，他们想不到我能在两天之内赶到）。其实我对于打长途电话，大约同你一样，还是不大习惯。我来Seattle后，只写给你这么一封信，但已给R两封，她也来了两封。我第一封信用cordially，想不到她用fondly。第二封她用with fond regards，我只好用with fondest thoughts了。我两封信的长度加起来大约同这一封信相仿。她大约也每次四页，称我为Tsi-an，在Berkeley一直还是Mr. Hsia的。在我行前，Grace对她已亲善得多。我当然可以对Grace发脾气，但一想何必做人如此，还是设法促进她们之间的好感。R对于Grace，在我看来，则是一直都很友善的。她见多识广，很通世故人情，脾气也很好，但她的标准也是很严格的。Grace则还有点小孩子脾气也。我决定到Seattle来，是在认识R之前。此行主何吉凶，现在还不敢说，反正一切都是前定的。

　　再谈 专颂

　　近安

济安

六月廿四

643. 夏志清致夏济安（1964年7月7日）

济安哥：

　　抵Seattle后的长信已收到，你开两天车，安抵西雅图，对你的驾驶技术很为佩服，同前几年你在旧金山机场接我们的时候大不相同了。我觉得公路上开车并不困难，我虽不开车，对公路上的signs很留意，不会出毛病，在大城市内开车比较困难，intersecting的街道愈多愈讨厌，我最怕在红绿灯交替的时候，side street有车穿街来撞你。我今世大该〔概〕不会去学开车，但在风景优美的公路上行驶，的确是人生一大乐事。你的Olds已走了九万哩以上，我想1965年新车上市后，最好能买一部1964（年）的新车，最合算。据人说这二三年的车子机器大有改进，而且guarantee有五年，买新车较上算。你开惯了大汽车，还是买大型汽车较舒服，compact车子我一向不欢喜，美国人最近对compact的兴趣也大为减低。在哈佛我见到一座La Corbusier[1]所design的房子，大概是归建筑系用的，房子很别致，用很多stilts托着，但仍不减给人rugged的感觉。La Corbusier和Wright都需要较宽敞的landscaping。哈佛的main library

---

1　La Corbusier（勒·柯布西耶，1887–1965），法籍瑞士裔建筑家、设计师和城市规划师，"现代建筑"的主要倡导者，国际现代建筑学会（Congrès international d'architecture moderne）的创始人之一，一生关注改善拥挤的城市居住状况，其代表作是对印度新兴城市昌迪加尔（Chandigarh）的整体规划。

叫 Widener[2]，外面看来并不高，但里面 space 极大，可算是 colonial 式最特出的建筑。哥大的 Butler Library[3]，design 极不 practical，waste space 不少，有一间极高的 reading room，但光线不足，学生用这间 room 的不多。

两篇 paper 都已拜读，你的文字已自成一格，所以虽然没有经过大整理的文章，读来给人仍有极潇洒的感觉。我的文章最近力求紧凑，不能打下来就算数，非得修改不可，所以花时数多，而不够 natural，也不能表示个性。你写学术文章，能保持英国正统散文的传统，是最难能可贵的。你序文上把我的书和复 Průšek 的文章都提到了，很感谢。其实和你在写的那本书比起来，我的书只好算粗制滥造，看的书太少，那时穷，而且懒得旅行，其实多到各国图书馆参观一下，许多 gaps 都可以补满。不久前读了《猫城记》，其实对老舍的研究，这是本极重要的书，那时我没有看到这本书，而且老舍自己对这本书极端地 disparage，我觉得大概这本书没有多大道理。其实老舍为人极 prudent，他后来 apologize for 这本书，可能因为书中骂共产党骂得太凶也。在哈佛发现有全套施蛰存、路翎的小说集，有机会真想把这些书好好地看一下。

你评述中共学术学近况，我不常注意中共情形，觉得得益不少。中共最近对中国文学方面的确做了不少 basic 工作。许多 new

---

2　Widener Library（怀德纳图书馆），哈佛图书馆系统的主图书馆，馆藏约3500万册书籍，1915年由艾莉诺·埃尔金斯·怀德纳（Eleanor Elkins Widener）出资建成，以纪念其在1912年泰坦尼克号海难中遇难的儿子，哈佛校友、商人兼藏书家哈利·埃尔金斯·怀德纳（Harry Elkins Widener）。在图书馆的核心区域设有怀德纳纪念室（Widener Memorial Room），展示其生前的笔迹和纪念物，以及由其母亲捐赠的全部藏书。

3　Butler Library（巴特勒图书馆），哥伦比亚大学最大的图书馆，由哥伦比亚校友爱德华·哈克尼斯（Edward Harkness）出资修建，1934年完工，馆名是为了纪念提议修建新图书馆的时任校长尼古拉斯·穆雷·巴特勒（Nicholas Murray Butler）。馆藏超过200万册书籍。

editions都远胜以前商务出版的国学小丛书和仅有标点而无注解的国学基本丛书。"小丛书"请些商务staff傅东华、叶绍钧、沈雁冰来编，都是抄些已有的注解，而且很多还抄错。中共的edition实在尽责得多。大凡近年中华书局所编的书，都有一买的价值，商务新印的书都是旧书翻版，有白文而无notes。中共学者在旧文学（上）下功夫，听你说已被discourage，相当可惜。希望中华书局重编standard authors不因之而产量减少。

你同R感情日增，很高兴，想仍保持勤密的通信，她信上如表示爱意，即可主动求婚，其实你自己信上也可试探她，反正你文笔极佳，措辞方面一定极tactful的。我写家信，每次报告你同女朋友来往很多，其实从B到R你已换了对象，过程事实家中都不知道，母亲当然爱听喜讯，但每次信上提到你在交女友方面很活跃，总比乏善足陈较好。玉瑛妹来信，附上士漳的小照，他很健壮，相貌也端正，你看后一定高兴，士漳号"明"，英文名字我也选了几个同光明有关系的给玉瑛妹参考，玉瑛妹选定了Gilbert。

Levy的事辞掉较妥，此人做了几年行政官，对金钱较看重，他不能请到较有名的学者执笔，和他不情愿多花钱也有关系。最近Paragon重印了Wylie, *Notes on Chinese Literature*，请Levy作序，他把Wylie的名字拼作Wiley，全文一律，可算是个笑话。许芥昱处我上星期已去信，尚无回音，想他一定会答应的。他写的那篇李清照文章，毫无新见解，但他办事能干，英文也较好，几年内一定爬得很高。刘若愚总有信来，下年度去匹大访问一年，代王伊同[4]。芝大一事可能没有谈好，上次去哈佛见到Hightower，他的儿子今年哈佛毕业，读的是法文系。

4　王伊同（1914–2016），字斯大，江苏江阴人，哈佛大学博士，先后执教于芝加哥大学、威斯康星大学、哈佛大学、哥伦比亚大学和匹兹堡大学，研究领域为中国历史与文化，尤其是魏晋时期，代表作有《五朝门第》、《南朝史》、《王伊同学术论文集》等。

　　暑期以来，我大多时间在家里写书，introduction、《金瓶梅》都写了初稿，还得好好修改，最近重写《水浒》，以前简本《水浒》从未读过，最近把简本一百十五回和一百二十回本相比，我想简本保持罗贯中本的真面目较多，除另加诗词外，文字方面改动很少。鲁迅、郑振铎、何心[5]（《水浒》研究）都认为简本同罗本较近；胡适、孙楷第[6]、Irwin 都认为 115 回本是根据郭本 100 回而节删的。我比较了三四章发现后者的假设不大可能：增本是根据原本而增大的。原本文字很少，有更动；王进被高俅所辱后，走出衙门"笑曰"，表示看不起高俅，增本改作，"叹口气道"，把王进改成了一个较 weak 的 character。王进母子留在史家庄一晚，翌晨即要动身。王进看见史进使棒，那时二人尚未介绍相见，所以史进很 hostile，史太公介绍二人后，王进才留下指点史进武术。在"增本"上，王进住了一晚后，当晚王母"心疼"发病，留了五七日，然后史进王进相会，五七日王进尚未见到史进，于情理不合。120 回李逵和宋江相会，简本有这一段"李逵亦垂泪曰，生时伏侍哥哥，死了也只是哥哥部下一个小鬼。言毕便觉身体有些沉重。"增本作"李逵见说，亦垂泪道：'罢罢罢，生时……一个小鬼！'言讫泪下，便觉身体有些沉重。""罢罢罢"三字加得很精彩，但"泪下"二字很不通，因为李逵讲话时眼泪没有停过。吴用吊宋江时一段文字，增本加了"到今数十余载，皆赖兄之德"，极不通。"血溅鸳鸯楼"一节，武人〔松〕杀

5　何心，即陆澹安（1894–1980），字剑寒，别署琼花馆主，笔名何心，江苏吴县人。侦探小说家、学者，与严独鹤、程小青创办《侦探世界》，发表多篇侦探小说，结集为《李飞探案集》。亦涉足电影界，与洪深创办电影讲习班，任中华电影公司、新华电影公司编剧。又好研究古典文学，有《说部卮言》、《水浒研究》、《小说语词汇解》等。

6　孙楷第（1898–1986），字子书，河北沧州人，学者，研究领域为敦煌学、中国古典小说与戏曲等。毕业于国立师范大学，先后任教于北平师范大学、北京大学、燕京大学，长于文献考订，编有《日本东京所见小说书目》、《中国通俗小说书目》等，著有《也是园古今杂剧考》、《沧州集》、《小说旁证》等。

人把刀杀钝了，"看那刀口都砍缺了，武松便去拿条朴刀，再入房里。"武松什么地方找到的刀，交代不够清楚。120 回本，在武松来杀人前加了个交代，"武松把朴刀倚在门边，却掣出腰刀在手里，又呀呀地推门。"后来刀钝后，便抽身来后门去拿取朴刀，丢了缺刀，后翻身再入楼下来。这显然是改作，但武松还〔为〕什么要把"朴刀"放在后门，仍大令人费解。杀潘巧云等 sadistic 场面，gory details 也是改作者添的。改作者有时文字很噜苏，读起来很顺口，要翻译问题就很多。你有空也可把 115 回对照看几回，此书同《三国》合印，总名《英雄谱》or《汉宋奇书》，可惜该书印刷恶劣，错字极多，读来不舒服。如错印重排后，一定可给人较好的印象。我同意郑振铎《水浒》原来是罗贯中编写的，改成今本的人就是那位"郭本"改写者。从来没有人把简本好好读一遍，能证明简本近乎原本，倒是一件重要的工作。孙楷第曾作文 support 胡适的 theory，我已去哈佛借书，看他有什么新见解。

你写《蒋光慈》，一定很顺利。马逢华已有来信，他升为副教授又同一位很好的小姐结婚，很幸福，婚礼将由 Carol 去办。马逢华的太太是由罗家伦女婿介绍通信认识的。暑期过得很快，可能多写东西，但无论如何，我想把《红楼》、《儒林》两章的初稿也写好，文字以后再修改。上一期 JAS 有李又宁译的司马璐写的关于瞿秋白的书，不知该书你可见到否？Carol、Joyce 近况都好，即祝

近安

志清 上
七月七日

644. 夏济安致夏志清（1964 年 7 月 12 日）

志清弟：

　　来信收到。昨日加入学校的旅行团来维多利亚游览，一行六十余人，马逢华也加入的。维城风景好极，值得一游。美洲西海岸风景大致都好，因为有高山峻岭，海岸便曲折有致；因有暖流，大致四季都可以玩，而夏季风光更为明媚。维城和西雅图隔一个海湾，坐船约四小时可抵达。西雅图边上的海湾叫做 Puget Sound，实在是个很美的内海，全世界大约只有日本的内海可以和它相比吧。海湾的水永远是深蓝色的，不像湖 —— 即使有名的 Lake Tahoe —— 那样的怕人生的废物来污秽它；它是内海，也可有湖那样的平静。风浪大致也有，那是在秋天冬天，夏天是很温和的。昨天尤其温和，最高七十一度，最低五十六度，加州最好的天气也不过如此。阳光明媚，觉得身心愉快。我在美国短期旅行过的地方，就气候而言，最舒服的是十一月间游 Las Vegas，约八十几度，但干燥（因是沙漠），一点不出汗，天则蓝而高得出奇，觉得 exhilarated（但是出鼻血）。这次游维城，也有 exhilarated 的感觉。西雅图今年雨太多，我曾伤风。据说维城潮湿也类西雅图。昨天则是今年第一个好天，被我们碰上，算是运气。鼻子里觉得很舒服，伤风算是痊愈了。今天早晨作此信，又是好阳光，风和日暖，赶上好天气作郊游，也是人生一乐也。

我不知加拿大东部情形如何，就维城而论，则人物大多整齐，相貌清秀，彬彬有礼，对异乡人和蔼可亲。美国经济势力很大（如 Safeway[1]、Woolworth[2]、Esso[3]等），但市场情形恐已不同，如美国香烟几已绝迹，加拿大自己的报纸对美国内政即不大注意，Goldwater 的名字只在报纸里页出现，这几天他在美国报纸一定是以大字在前页出现的。

在维城耽搁了一晚，昨天中午到，在旅馆登记。房间无自备厕所（有公厕），但有小便壶，放在夜壶箱里。这个习惯我们在伦敦也没有见到。

下午 shopping，发见〔现〕加拿大的生活习惯与美国不同（也许只是维城如此）。糖果店、书店、点心蛋糕铺特别多，点心之中有肉包（pie）、鸡包（pie）等，糖果多（为）舶来品，我买了英国 Toffee 半磅一盒，送给 Joyce，交邮寄上，不久想可到。对比之下，酒店绝少（没有看见过一家卖酒的店 liqueur store）。西雅图买酒很难，维城亦差不多。卖日本货的铺子也很少。（旅馆里当然是有 bar 的。）

维城市容整洁，有两点是特别的。一、草地 lawn 的整洁，英国本国人恐怕也要自叹不如了。不论是公家建筑门前的草坪，公园里的草地，以及私人住宅的花园都把草剪修得很整齐，碧绿映目。二是花多，闹市每根电杆木都挂两个花篮，满满的是红色、紫色的小花，这是市政府特意经营的，维城引以为荣。

---

1 Safeway（西夫韦），美国连锁超市，成立于 1915 年，北美最大的食品和药品销售商之一。

2 Woolworth（伍尔沃斯），美国零售公司，成立于 1878 年，廉价商店（five-and-dime store）模式的先驱和领导者。

3 Esso（埃索），即埃索石油公司，成立于 1912 年，1972 年收购 Humble Oil 后更名埃克森（Exxon）石油，后与美孚（Mobil）合并，即现在的埃克森美孚（Exxon Mobil）公司。

第一天下午去了 undersea garden[4]，乃是水底下一百呎的建筑，从玻璃窗外望海底生物，那些海底生物其实是被铁丝网圈禁的，不过到底是在它们的 natural habitat 中。海底生物大抵丑陋，只有鲨鱼线条挺括，动作敏捷，很漂亮。另外一种银灰色光洁的细长的鱼，也很漂亮，大约是 herring。这个地方 Joyce 来玩，一定会觉得非常高兴的。

第二天（今天）主要是游 Butchart Gardens[5]，非常满意。这里恐怕是西半球顶香的地方。西方人的公园大半兴趣都不在花——不是"花园"。Butchart Gardens 是私人花园，占地 25 acres，满满的是花，其香可知。维城有了这样一个大花园（这使我想起《今古奇观》里的"花痴"），刺激私人住宅群起效尤，也引起市政府把花篮挂在电线杆上。维城是 British Columbia 的首府，可称是"花都"——巴黎的"花都"因何得名则不可知了。

维城人口十万，其中 40%（即四万）是加拿大、美国，及世界各地来的退休养老之人。他们有钱有闲，可以藉莳花整草，作为修养身心之助。他们火气退尽，做人大致是走向祥和一路。维城当年是淘金客冒险家（去 Yukon）的集散地，今天成为一个很安静美丽的都市了。

马逢华如能早日把归化手续办妥，太太短期内可来美国。他在 U. W. 已升副教授，有了 tenure，且已成家，下一步可能买房子。他很怕服侍 lawn，但有房子而无草地也是难事。胡世桢在 L.A. 的房子是花六万元买的，他讲起草地也觉得太麻烦。

4　undersea garden，即 Pacific Undersea Gardens（太平洋海底花园），位于加拿大维多利亚内港（Inner Harbour），由 Oak Bay Marine Group 拥有和运营，拥有超过五千种当地的海洋生物和美丽的海洋景观。

5　Butchart Gardens（布查特花园），位于加拿大的不列颠哥伦比亚省，始建于 1904年，原本是罗伯特·布查特（Robert Pim Butchart）的石灰石采石场，在矿产枯竭后由其夫人珍妮·布查特（Jennie Butchart）逐渐修缮改造而成，以花卉繁盛著称，包括下沉花园（Sunken Garden）、意大利花园（Italian garden）等部分。

接到胡世桢的信，他有喜讯：已和邝云霞订婚，八月一日结婚，我给他回信第一次正确地用了"雀跃"两字。新娘大约是广东人，他们认识不久，进行可谓"闪电"式了。我很希望世桢因此而精神发旺，去年暑期他的精神实在颓唐得可怕——怕的是我怕受感染。他在数学界恐不可能再有什么贡献，但做人各方面都得拿精神出来，像去年那样，他只是想敷衍了事，活到退休，看两个孩子大学毕业就算尽了一辈子的责任了。

维城也有双层红色公共汽车。旅馆和那糖果铺都在 Yates Street，Yates Street 在上海是翻译成"同孚路"的。维城在一个岛上，岛名 Vancouver，看大小约和台湾相仿。Vancouver B.C.（我还没有去过）则是在大陆的。在这里就是没有看见 Mounted Police。关于我最近的读书情形等，回到西雅图再写吧。拉杂写来，专颂

近安

Carol 和 Joyce 前均此问候。

济安 上

七月十二日

645. 夏济安致夏志清（1964 年 7 月 18 日）

志清弟：

在加拿大发出一信，并寄给Carol 与 Joyce 英国糖果一盒，想已收到。我在西雅图大约还只有一月耽搁，现在要赶紧写文章，心理〔里〕不免有点紧张，与初来时的闲散状况不同矣。

华大的意思是叫我再写一篇文章——《蒋光慈》，就算把全书写完，书赶紧出版。他们是一番好意，但我觉得是很惭愧的。

第一，我想好好地研究 '28 年反鲁迅茅盾运动。是年创造社与太阳社之间也打笔墨官司，闹些什么我可不知道，大约创造社是主张普罗文学，太阳社是主张革命文学，双方理论究竟有什么不同（意气用事之处当然也很多），或者是否代表苏联文坛的两派意见，这些都值得好好研究的。这些问题可写成一章，《左联之形成》。

第二，顶有趣的现象是左联成立后，创造社人物势力大为削弱，太阳社因蒋光慈被开除党籍，也变得微弱不堪，左联在声势上是靠鲁迅维持的，鲁迅有极强的ego，思念及此，大约也要拈须微笑——冯雪峰后来谈起此事便很得意。鲁迅的失势大约与周扬的得势起于同时，但不久又出现一个胡风。大势所趋，鲁迅在左联成了"在野派"，upstart周扬成了"在朝派"，此事究竟如何发展的，我也不大清楚。但鲁迅于左联早期的得意（他继续讽刺创造社与太阳社，忘了他们和他已经是同一阵线了。托派王独清谈起创造社的自取其

辱，是很气愤的），以及后期的悻悻然姿态，此中也大可研究。此是
关于左联内部的权力交替。（大约冯雪峰握权时，事事向鲁老头子敷
衍请教，周扬就不卖〔买〕他的帐〔账〕了。）

　　第三，关于左联之解散，我很想好好地研究一下徐懋庸。他于
1956 年说他已沉默了 20 年，忽然靠了百花齐放，文兴大发，大做其
讽刺文章，那些文章写得也真好，我们实在应该把它们收集起来，
替他出一个集子，以证明"鲁迅风"之不死。

　　第四，鲁迅的介绍苏联文学，实在是功大于罪。苏联在 20's 的
确是个"百花齐放"的时期，文学派别多极，后来是都给 Stalin 收
拾掉的。鲁迅的兴趣在（一）苏联文学的多样性（如加上帝俄文学，
如 Gogol 等，那末〔么〕方面更广了）；（二）同路人作家 —— 那些同
路人作家的了解民生疾苦与注意文字技巧，大致上是继续帝俄文学
的光荣传统的。鲁迅实在并不知道后来 Stalin 的专制情形。鲁迅大
约还算是个好学不倦之人，虽然他不懂得 Mayakovsky[1] 的未来派与
Pasternak 等的象征派，和有些 Formalism 批评家等。据他了解，苏
联文学与帝俄文学之间是有极强的联系的；这个了解和我们在 post-
Stalinist 时代的了解大不相同。"鲁迅与俄国文学"是一个好题目。
（不要忘了，他的未名社就是中国最专心翻译 Dostoevsky 的团体。创
造社介绍苏联文学时，则有强制性的 dogmatic 的。）

　　以上是我胡乱看书后的心得，在信里、在教室里随便谈谈，是
不难，真要做起文章来是很吃力的。

　　如要彻底研究，恐怕还得花几年功〔工〕夫。华大着急要出书，
只好勉强写一篇《蒋光慈》凑数。（当然，"第三种人"论战，"大众文

1　Mayakovsky（马雅可夫斯基，1893–1930），苏联诗人、剧作家，俄国未来主义运
　　动代表人物，代表作有长诗《穿裤子的云》(A Cloud in Trousers，1915)。十月革命
　　后热烈支持苏共，发表长诗《列宁》(Vladimir Ilyich Lenin，1924)。后由于对苏联
　　文学创作中的社会主义现实主义教条感到不满，诗作中往往带有批评和讽刺，受
　　到斯大林追随者的严厉批判，1930 年自杀身亡。

艺"论战 ——我相信瞿秋白与毛泽东理论不同，瞿反对一切literacy
convention，不会喜欢"秧歌"调的，——以及苏联各种左派理论在
中国的介绍与反映〔应〕等，都该一写。）

　　蒋光慈是个浅薄之人，写他本不难。但有两点困难：一、浅
薄之人为何值得一写？如要强词夺理，我的文章一定要说得圆转。
二、他的作品很多失散。我看不到他所有的诗集——这里面他的浅
薄情绪想必更肉麻地也更有代表性地得到发挥。他于1929年避居日
本，未得党的同意私自脱逃，党大怒，在日本期间，写过一本《异
邦与故国》²，我很想一看。他于死前完成一部长篇《咆哮了的土地》³
（《田野的风》），是描写农村暴动，拥护毛泽东路线的，毛派批评家
就因此认为蒋是个有希望的人才，假如不死的话，该书究竟如何，
我很想一看。片段是有，文章照旧的拙劣，但未能看到全部，心中
总是不安。

　　所以我的《蒋光慈》只好在材料很不完全的状况下进行写作了。
那种材料，叫我看起来可以一目十行，但借不到是无可奈何的。材
料不全，文章也可以写，但行文emphasis之处，就得煞费苦心：多
讲我能看到的，少讲我看不到的。总之，得藏拙，而把我要说的话
仍旧drive home。

　　未来一个月将专心写《蒋光慈》。想起有人出钱养我，叫我埋头
写作，实在应该感谢上帝，这是哪里来的福气？在西雅图的社交生
活，大为减少，更是专心的好机会。和R书信不断，我生平从没写
过这么多英文信。我的信是俏皮远多过热情，你想我是学familiar
essay出身的，那种笔调如用在私人信札里，最能显出风趣潇洒。
可以瞎写信，对我也是一种乐趣。现在如表示热情，一则是自寻烦

2　《异邦与故国》，日记体小说，蒋光慈1929年旅居日本东京时所作。小说记述了其
　　从是年8月底到11月9日的生活点滴，表现了其被逐日本后的愤懑之情。

3　《咆哮了的土地》，长篇小说，蒋光慈1930年作，后改名《田野的风》。通常被认为
　　是其从革命浪漫主义向革命现实主义转型之作。

恼，二则替对方增加困难。现在 R 的反应是这样说的："Your letters are delighted — you couldn't write more！"所以 keep the delighted，虽然也许不是上策，至少不会把事情弄坏。

　　消遣只有电影，*The Prize* 也看了，相当满意。日本电影看了不少，我发现日本电影最能令我神往者，是"浪人"的 image：《宫本武藏》(*Samurai*)、《七勇士》[4]、*Harakini*[5]（在金山看的），以及最近看的《道场破リ》[6](*Dojo Yaburi*，这场是练剑术的场所等，都是描写武功卓绝而衣食无着的骄傲的人，*Yojimbo* 亦然的境况)。美国西部片中也有流浪武士（TV 盛行后，电影就很少有西部片了），但美国武士都太温柔（如 *Shane*，乃至加莱古柏），不够骄傲（fiercely proud），其处境也没有日本流浪武士那么凄苦。我的浪漫梦还是寄托在日本武士身上的。

　　Goldwater（台湾人把他译成"高华德"，中共大致亦然，旧金山的中文报把他译成"金水"）当选，我 missed 掉了金山的盛况。我如能投票，将投他一票，此间朋友，大约只有马逢华会选他（马积极办理入籍手续，以便太太入境也）。关于 G 的 popularity，我最不服气的是 pollsters。Pollster 凭什么测验民意的？高氏得这么多票，是不是也算民意？那些代表不能弃他们家乡的民意于不顾吧？高氏当选前夕，还有 poll 说，共和党人的 60% 喜欢 Scranton，30% 喜欢高氏。我想共和党的代表们不会都是昧着良心投票的。美国骗局很多，如 pollsters 之流即为一大骗局，National Review 不知骂过他们没有？

　　美国教育界中人大多反高 —— 对这种人我劝你少谈高的事。因为你决拉不到他们的票，反而引起他们的敌忾也。

4　《七勇士》(*The Seven Samurai*，1954)，动作剧情片，黑泽明导演，三船敏郎、志村乔、稻叶义男主演，东宝出品。

5　*Harakini*（《切腹》)，见信 640，注 6，第 467 页。

6　《道场破リ》(《踢馆》，1964)，冒险动作片，内川清一郎导演，岩下志麻、丹波哲郎、倍赏千惠子主演，日本 Shôchiku Eiga 出品。

焦明的名字很好，照片也看到了，显得很健壮。家里有个小娃娃，母亲老怀可得不少安慰，附上照片两张，是逢华照的。我的Leica太旧，要修理了。我的Beret是Schurmann所送，现在在Seattle又买到一顶法国货，有了替换，可以常戴了。

关于《水浒》，我相信你的意见是对的。暂时没有空去研究它，Seattle想必也没有这么多版本。再谈，专颂

近安

Carol与Joyce前均此。

济安

七月十八日

646. 夏志清致夏济安（1964年7月29日）

济安哥：

最近两信及糖一盒都已收到。太妃糖很可口，我也吃了好几块，Joyce更喜欢，谢谢。你去维多利亚城，得到不少新鲜的印象，读信如游其地。我在Potsdam时，曾去过Montreal三四次（两次看京戏），Ottawa去过一次，都是当天来回，加上那时Joyce尚小，得照顾，不能畅游。两地都很整洁，Montreal住宅房子都葺上色彩鲜艳的tile roof，较美国房子picturesque。Montreal法国种人较多，环境可能和加拿大西岸城市不相同。它的法国菜馆是很有名的。在纽约法国菜馆很少有人去，中国菜馆生意日益兴隆，普通小地方则义〔意〕大利馆子最受欢迎。

信上所提及关于左联的种种心得，皆极精彩，想不久你即可把左联内幕调查清楚。华大要你先把书出版，我想也未始不可，因为你已写成的chapters和现在在写的一章已极够solid了，可能再加一章，把你许多心得扼要地叙述一下，给读者对左翼文艺运动一个总的认识。或者注明你准备写Vol. 2，把许多未讨论的问题先在序文上提一笔，也是个办法。出版一本书把文稿缴给Press，校对编Index，又得费一年功〔工〕夫，先把文稿缴出了，同时继续研究，不必像目前这样地感到pressure。我的书也在pressure下赶写，《水浒》、《金瓶》、《儒林》三章初稿都已写就，还得大大修改。我对于

《儒林》的看法，和你稍有不同，觉得它的白话prose写得实得〔在〕比别的小说高明，如第二章乡村人讨论灯会，把申详甫、夏总申、周进等人一个个介绍出来，没有费〔废〕笔。可惜小说中插进了许多笑话逸事，破坏其完整性，到下半部故事就沉闷不堪了。严监生临死前伸着两个指头，我想一定是现成的笑话，《笑林广记》中一定有，不知你知不知道笑话的出处。百廿回《红楼梦》已看到，范宁的跋语仍是简短的几句，全稿大值得研究，可惜我自己没有功夫，有什么学生写论文，倒是极好的题目。全稿增改的文字都出于一人手笔，此人如是高鹗，实在把原文改动了不少。六十五回尤三姐并不和程高本同一性格，她和贾珍、二姐、妈妈一起吃酒，尤二姐、尤妈故意先走开，"只剩小丫头们，贾珍便和三姐挨肩擦脸，万般轻薄起来了，丫头子们看不过也都躲了出去，凭他两个自取乐不知做些什么勾当。"八十四〔回〕本我还没有查，如这段文字相同，则尤三姐改成烈性，想是高鹗的功劳。曹雪芹被脂砚斋缠着，写书速度极慢，这位改写者（高鹗？）能把稿子整个改订，气魄很大。

小川先生曾在纽约住了一阵，听说他去Seattle，你又招待了他，我现在每天在校时间极短，免得添上无谓应酬，你社交花时间比我多，以后不关紧要的，也是少involve为安。今夏哥大请了何炳棣[1]来讲学，他的两本书我都没有看，但学问的确很渊博，他是1945（年）庚款出身，清华同周班侯同班，在British Columbia教了十多年书，最近方去芝大任正教授。大约杨联陞下来，中国史学家上他算no.2，他在Berkeley曾和你见过一面。

---

1 何炳棣（1917–2012），浙江金华人，史学家，哥伦比亚大学博士。西洋史出身，后转入中国史，曾任教于加拿大不列颠哥伦比亚大学、芝加哥大学，研究领域为明清史，尤其是人口及社会流动的问题。代表作有《中国人口研究：1368–1953》（*Studies on the Population of China, 1368–1953*，1959）和《明清社会史论》（*The Ladder of Success in Imperial China: Aspects of Social Mobility, 1368–1911*，1962）等。

高华德在旧金山开会三天，我天天看 TV。这次 convention 上连 Ike 都大骂 press，骂得很有道理。CBS、NBC 两组人会场情形不大转播，他们那些记者专门在 liberals 和黑人间钻，打听消息，给人的印象好像是唯 liberals 和黑人才值得观众注意，Goldwater 的 delegates 都置之不理。Nominate Goldwater 的 secondary speeches，第二人是 Claire Boothe Luce，NBC 把她 switch off，我在 CBS 上听到，Luce 太太最近这样赤心忠良为保守分子服务，很为我感动。*Time* 以前常报道 Luce 太太的新闻，最近一字不提，我想黑人闹得愈凶，Goldwater 希望愈大。最近 Harbour 和 Rochester 情形转恶，想必是共产分子所煽动的，CORE 的主脑实在应当关起来，不让他们再挑动事潮。美国大国情形正和日本、Vietnam 相仿，两三年前都想不到的。在纽约拥护 Goldwater 的报纸仅有 *Daily News*，但它销路最畅。可见一般小市民比智〔知〕识分子 righteous，所以 Goldwater 被选大有希望。我和同事们少谈政治，请放心。de Bary 的儿子 Paul 自己订阅了 *National Review*，已变成了 Goldwater，那次纽约 Rally 他也去参加，可见年青人中渐渐 fed up with "委曲求全""苟且"态度的人数也在增加中。

N.Y. Times Review 最近一篇专评，讲 Isaac Babel[2] 的，你可能没有看到，对你研究左联文人可能有帮助，兹附上。照片两张，你神态很好，伤风想早已复原。电影看了 *Tom Jones*，不像我所 expect 的那样满意，S. York 极可爱，翻看小说，想不到 Sophia Western[3] 头发是黑色的。Carol、Joyce 近况都好，她们八月间要去 Bermuda

---

2　Isaac Babel（伊萨克·巴别尔，1894–1940），俄国记者、剧作家、翻译家和小说家，犹太人，代表作有《红色骑兵军》（*Red Cavalry*）和《敖德萨故事》（*Tales of Odessa*）等。1940 年在苏联"大清洗"运动中被枪决。

3　Sophia Western（索菲亚·魏思特恩），魏思特恩老爷的独生女，在小说《汤姆·琼斯》中是一切美德和美貌的化身。

vacation一星期。马逢华前问候，专颂

近安

志清

七月 29 日

你和 R 不断通信，表现自己的才华和温柔，我想你回 Berkeley 一定可有开 serious 的发展。

〔写在信封背面〕Carol 问你知不知道 Grace wear 哪种香水，她去 Bermuda 廉价买到，可以送礼。R 用哪种香水，亦请告知，可代买，算你送的。

647. 夏济安致夏志清（1964 年 8 月 2 日）

志清弟：

　　来信已收到，附来 Babel 书评亦已看了，Patricia Blake 写得不错。关于"中俄文学因缘"最近没有功夫弄它，这些资料将来总有用处的。我默察加大与美国学术界一般情形，似乎研究俄国的人很少"亲苏"，而研究中共的人大多"亲中共"，这是咄咄怪事。这个问题我曾向世骧提出来过，他说"大约研究苏联的人，着手得早，一般程度已提高，已少幼稚病现象。研究中共在美国还是新兴的学问，故多幼稚现象"，拿起一本苏联文学作品，一般教俄文的先生大致都懂得给它一个适当的评价；教中文的先生对于中共文学作品就有点评不出来了。我和 Doak Barnett 不熟，他的东西也从未看过，听说此公由衷而发地爱护中国，且因中国而及于中共。类似他的人美国似尚有不少，但我还没有见一个美国学者是替苏联捧场的。MacCarthy 大闹学术界一段公案，我不大清楚，此事件所制造的裂痕，迄今尚未平复。据我记得，有两种学者受打击最重，一种是研究原子物理的如 Oppenheimer 等，他们即使不出卖秘密，至少不为美国国防而努力研究；还有一种是研究中国问题的学者，如 Owen

Lattimore以及太平洋学会[1]等亲中共分子，M氏给他们定的罪也许是冤枉的，我不知其详，不敢乱说，但是至少有不少人是天真而幼稚地拥护中共，殆无疑义。但研究苏联政治、社会、经济、地理、文学等等的学者，即使在M氏 witch hunting 时期，似乎没有一个是受嫌疑的，就这一点看来，美国研究苏联的学者，并无亲共色彩，这一点美国是可以引以自豪的。

我们两人最近都忙于写作，东西遥遥相对地埋头苦干，可以互相引以为安慰。关于《蒋光慈》一文，大约已完成一半，八月十五日以前一定把它赶完。文章内容与初拟的也许不大一样。起初，我想说的是此人文章恶劣，但其生活颇能代表当时一般左倾文人情形，着重的是传记。但现在写下去发觉着重的是对他的作品的评价，内容时间所限：赶 deadline，不能写得太长（但至少将有"20 Years After Yenan Forum"那么长），传记部分也许不能多写了，所以如此者，为了一开头要 justify myself 为什么要讨论这个劣等作家；这么一开头，话越说越多，文章就按着这个线索发展了。讨论一个劣等作家，煞非容易。文章将成什么样子，现在还不知道。

关于左联等等，这几天没有功〔工〕夫想它，等到把《蒋光慈》完卷了，拟再把全书从头考虑一遍。

K. Y. Hsü[2] 不知有回信否？前些日子接 Levenson 来信，请我出席他的 panel，总题目是中西文化的"confrontation"。内定 Nelson Wu 讲美术，Nivison 讲哲学，张佛泉讲政治思想，L 的学生 Crozier 讲医学

1　太平洋学会（Institute of the Pacific Relations），国际性非政府学术组织，1925年成立，总部设于檀香山，后迁至纽约。致力于为环太平洋国家间的政治、经济、文化、外交等问题提供讨论交流的平台，在20世纪20年代至50年代末十分活跃，举办多届国际学术会议，出版千余种书籍。

2　K.Y. Hsü（许芥昱，1922–1982），生于四川成都，美籍华人学者、艺术家，曾就读于西南联大，1947年赴美留学，1959年获斯坦福大学博士学位，后长期任教于旧金山州立大学。代表作有《二十世纪的中国诗选》（Twentieth Century Chinese Poetry: An Anthology）、《周恩来传》等。

（此人的博士论文是《五四以来的中医》），我讲文学。他当然还恭维一下我的 "superb course" ——教过这门课，来 present 一个小 paper 当无问题，我已欣然同意。他还说明年金山之会，关于中国方面的总提纲是 Feuerwerker，F 氏也希望我能有一篇 paper。这样我不在你的 panel，可是也有 paper 宣读，这个办法似乎较妥。

还有一件妙事，不知曾告诉过你没有？*Encyclopaedia Britannica* 请我写一篇《汉高祖》，我早已寄出。最近又来信，请我写《陆游》——我也预备答应。这种短文章很易对付。不知道《大英百科全书》为什么挑这么两个题目给我写的——一为两汉之政治，一为南宋之文学？

Carol 和 Joyce 去度假，你大约在家埋头著作了。Grace 香水事，我已写信给世骧，让他直接把牌子告诉你，R 方面我想暂时不必送她——因为香水作为礼物是太亲密了。何况最近我送了她不少东西，东西送得太多了并不是好事。最近我发现一家蹩脚法国饭馆，在学校附近，故不带酒，东西也并不怎么好。R 对法国烹饪很有研究，我们在金山也吃过两家法国馆子；我对法国菜虽懂一点，究竟还是个大外行。我把那家蹩脚饭馆详详细细地描述了一下，我的外行与那饭馆的地道法国风味（地道者，的确为法国人所开，按照法国做法的，那些法文我也看不大懂，并不是美国人冒牌的 chop suey 或 pizza 之类也），相形之下，很为幽默。R 回信说，她把信看了三遍，每次都笑出〔流〕眼泪。（天下有如此滑稽的"情书"乎？）她说我的信可以比 Goldsmith[3] 的 *Citizen of the World*[4]，Goldsmith 书中人物如

3　Goldsmith（Oliver Goldsmith，奥利弗·戈德史密斯，1728–1774），爱尔兰小说家、剧作家和诗人，代表作有小说《威克菲尔德牧师传》（*The Vicar of Wakefield*，1766）、诗歌《荒村》（*The Deserted Village*，1770）和戏剧《屈身求爱》（*She Stoops to Conquer*，1771）等。

4　*Citizen of the World*（《世界公民》，1760），戈德史密斯在 *Public Ledger* 上连载的一系列书信，取名为《世界公民》。书信托名一个在英国游历的中国旅者，以一种外来者的眼光评论英国的社会现象，其形式明显受到孟德斯鸠（Montesquieu）《波斯人信札》（*Persian Letters*）的影响。

游巴黎，也不过写这样一封信罢了。为报答知己起见，我在该店（附设delicatessen，出售法国土产）买了些罐头食品寄去，计蜗牛一听、蛙腿一听、Artichoke一听。她回信说她觅了Artichoke已多少年了，在哪里都找不到，想不到西雅图有，而且我会自出心裁地替她买一听的。她说Artichoke在法国烹饪中作用很多，但制作费时——到底是怎么一回事，我也不想多打听了。Carol一定知道Artichoke在法国烹饪中的妙用的。

最近马逢华去Berkeley（他已取得公民籍，已在办理手续接太太来美，他去Berkeley是向Galenson[5]教授报告他的研究成绩，并商量来年研究计划。Galenson手中握有百万美元的一个project，是研究中共经济的大学阀，马逢华已用了他两万六千元，并且讨来一个太太，此人可算是他的大恩人了），他反正要去center看书寻材料，我又托他带给R一小罐（可是价值四元多，其贵重不在香水之下！）foie gras（鹅肝），此物我在小说中常见到，不知是什么样的东西。马逢华更不知道是什么东西，只知道是吃的，看形状大小大约顶多值一两元钱罢了。R接到大喜，说这是真正的Strassburg鹅肝也——其贵重大约可比阳澄湖的大闸蟹吧。马逢华在香港吃过大闸蟹，真正活的，价五元港币一只。最近送了这么多东西，所以香水隔些时候再送吧。而且让Grace知道，专程〔诚〕给她带香水，她心里也可高兴一点。

电影看了 *The Organizer*[6]，极好。应该买了copy，在苏联中共多

5　Galenson（Walter Galenson，沃尔特·盖尔森，1914–1999），美国经济学家、史学家，哥伦比亚大学博士，二战期间任美国战争部经济专家（其中1942–1943年任首席专家），二战后进入学术界，历任哈佛大学助理教授、加州大学伯克利分校教授、中国研究中心主任、康奈尔大学终身教授等，研究领域为劳工史、比较劳工研究、劳工经济学等。20世纪50年代末至60年代初主持由福特基金会赞助的中国经济发展研究项目，为最早的有关中国经济现代化及其对周边国家影响的研究之一。

6　*The Organizer*（《组织者》，1963），马里奥·莫尼切利（Mario Monicelli）导演，马

多放映，让人民看看真正的 socialist realism 该是怎么样的。8½[7] 我在 Berkeley 同 R 一起看过，那天晚上精神不好，稍为疏忽，全片情节发展即不能 follow，我深以为憾。发誓要补看，碰到在 Seattle 重演，聚精会神地重看了一遍。算是看懂了，而且对 Fellini[8] 的天才很是佩服。全片很像 La Dolce Vita，但在技巧上比 LDV 有更进一步的发展（多用梦境、幻境、回忆来穿插），但其对于人生的悲观是一贯的。如此美丽的电影，如此悲观的意识，叫人看了很难受，但 Fellini 可算是本世纪一个杰出的艺术家，他的悲观并非冒充，实在是从极深的认识发出来的——否则他不敢拍这样一部描写人生空虚的电影而又采取这么奇怪的形式的。全片有一点故事，如叫好莱坞拍起来，大约是请 Rock Hudson（8½ 里的 Marcello Mastroianni[9]）演其中的男主角，他是个导演，要拍片子，但受很多女人纠缠，片子拍不出来，他的太太应该是 Doris Day 演的，夫妻之间当然有误会，最后言归于好。你当然能想象好莱坞这类香艳喜剧的内容的。相形之下，8½ 和那些东西之间实有天渊之别也。

塞洛·马斯楚安尼（Marcello Mastroianni）、雷纳托·莎尔瓦托雷（Renato Salvatori）主演，意大利 Lux Film 等出品。

7　8½（《八部半》，1963），奇幻剧情片，费德里科·费里尼导演，马塞洛·马斯楚安尼、克劳迪娅·卡汀娜（Claudia Cardinale）主演，意大利 Cineriz 等出品。该片获第 36 届奥斯卡奖（1964）最佳外语片奖。

8　Federico Fellini（费德里科·费里尼，1920–1993），意大利电影导演、编剧，公认为最伟大的电影大师之一。以将奇幻和巴洛克的意象与朴素相结合的风格著称，与英格玛·伯格曼（Ingmar Bergman）、安德烈·塔可夫斯基（Andrei Tarkovsky）合称现代艺术电影的"圣三位一体"，代表作《大路》（La strada，1954）、《卡比利亚之夜》（Le notti di Cabiria，1957）、《八部半》（8½，1963）和《阿玛柯德》（Amarcord，1973）四获奥斯卡最佳外语片奖，《甜蜜的生活》（La Dolce Vita，1960）获戛纳金棕榈奖。

9　Marcello Mastroianni（马塞洛·马斯楚安尼，1924–1996），意大利演员，享有世界性声誉，与多名意大利电影大师有广泛的合作，曾两次获得戛纳电影节影帝。代表作包括《甜蜜的生活》（La Dolce Vita，1960）、《夜》（La Notte，1961）、《意大利式离婚》（Divorzio all'italiana，1961）、《昨日、今日、明日》（Ieri, oggi, domani，1963）和《八部半》（8½，1963）等。

我不知道有没有告诉过你们，六月六日庆祝你们十周年纪念的时候，我除请吃饭之外，还连带请看电影：*Yesterday, Today and Tomorrow*[10]。最近总算看了不少Mastroianni，但比起来他还是在*The Organizer*中演技最好。他演一个瘪三教授，去煽动工人罢工，这类人物中国在20's、30's时期一定出现过不少，但中国大约是永远不会对这种人物有一个正确而又同情的记录了。

在西雅图应酬大为减少，除每日三顿外，几无花费。即使负担两地房租，大约仍可省钱。在旧金山与Berkeley，则省钱越来越难了。物价恐怕还是西雅图高，但西雅图毕竟是小城，花钱地方少。我总算还是自奉俭朴的，只是在吃饭方面花些钱罢了。吃饭方面最省当然是自己做；其次是吃中国馆子，如你和马逢华、胡世桢都喜欢吃中国馆子，中国菜其实不贵；我也喜欢吃中国馆子，但又喜欢吃各国馆子，各国馆子的价钱就难说了。但我很少添衣服，不大买日用品，不买新汽车，不算真正是个消费者——吃掉者，consumed掉也。真正大馆子，我自惭形秽也不敢进去的，在美国有正常收入，吃到底还吃不穷的。我早午二餐都在学校cafeteria吃，量少而质劣，我也不在乎。晚餐比较讲究，但所谓"讲究"，无非多求变化，对质地我还是不考究的。再则我也并无favorite dish，什么都吃的。

我大约八月十五日驾车离西雅图，余再谈，专颂

暑安

Carol与Joyce前均此。

济安

八月二日

---

10 *Yesterday, Today and Tomorrow*（*Ieri, oggi, domani*，《昨天、今天和明天》，1963），爱情喜剧片，维托里奥·德·西卡（Vittorio De Sica）导演，索菲亚·罗兰（Sophia Loren）、马塞洛·马斯楚安尼主演，意大利Compagnia Cinematografica Champion等出品。

648. 夏志清致夏济安（1964年8月17日）

济安哥：

好久没有写信，你准备十五日动身，所以信寄Berkeley。在Seattle你同R通了不少信，看得她眼泪都笑出来。这情形我可以想象，你文笔好，而且幽默信祇有用英文写才够味，用中文写则不免油滑而带俗气。我好久没有写幽默信的机会，你同R两月通信，也是难得有的enjoyable experience。日常见面当然更好，经过这次通信后，双方感情更增进，希望有进一步发展。

Carol、Joyce上星期二去Bermuda，明天回来。这星期天气特别好，照理我可以在家安心工作，但效率并不好。一个人很寂寞，而且胡思乱想，精神不易集中，事实上我也需要一个vacation，但总觉得时间不许可。Carol、Joyce回来了，每天时间受Joyce支配，倒可以定心工作。暑假还有一个月，希望能把写好的稿子，好好整理，你的蒋光慈chapter想已写就，这次返Berkeley后即可把书的全稿整理一番，交给U.W. Press出版。昨天董保中来看我，他听你的指导在写田汉。想不到此人对中国现代文学这样有兴趣，开课也极叫座；刘绍铭下学期也要开一门Mod. Chin. Literature，预先注册的学生有四十位，想不到小大学教中国文学学生比哥大、Berkeley更多。

Carol来信，Joyce已学会了游泳，总算是个accomplishment，我海边已十年未去了。去Bermuda前，Carol到Conn.接她母亲，同时买了一部新汽车，是最贵的Comet，车身银灰色而车顶黑色的hardtop，车子我还没有见到，连1964 comet styling如何，我也不大清楚。

何炳棣爱骂人，所以中国人都有些怕他，不料他见了我，倒是一见如故，什么话都谈（我同杨联陞就无话可谈）。此人记忆力极强，颇令我佩服。前三四年哥大同时考虑appoint Bielenstein，or何，结果Bielenstein被聘，何君大气。此次在summer school表演极好，口碑载道，他同de Bary最后一次lunch，de Bary颇有挖他来的意思，何在芝大当正教授，薪水很高。

当年MacCarthy气势极盛的时候，我在美国，即觉得他并不如报章骂他怎样的可恶。Oppenheimer、Lattimore辈是应该被expose的。当时我还痛恨美国出卖中国，所以读了Utley，*The China Story*后对太平洋学会诸公大无好感。现在Doak Barnett极红，常常上TV，他在State Dept.有多少势力也很难说。至少我所见过的去过台湾的外交文化官员，都并不亲共。Barnett是Schurmann的好友，可能很capable（他的书我一本也没有看过），但他人品学问还不如Howard Boorman，Boorman写的文章还算是学术性的，Barnett则纯是journalism，同《纽约时报》驻香港记者程度相仿，所写的东西，价值也相仿。在Ditchley时陈世骧曾把Boorman大骂，他对文学是外行，但人很潇洒，外表彬彬有礼，颇有外交官的风度，他同我还想连〔联〕络，Barnett同我则一无交情。

许芥昱今夏在台湾，他已来信答应读paper，预备讨论一下Auden Poet。你出席Levenson的panel，极为理想。另外四个人中间至少Nelson Wu是很brilliant的，所以panel有两篇好paper，已很精彩。我本来曾写信给Hanan，嘱他请你出席他的小说panel，后来你答应出席我的panel，我就教〔叫〕他不必请你了。你后来想退出我的panel我总有些guilty的感觉。Hanan公务极忙，今夏在日本，他的panel入秋后开始arrange。

Encyclopaedia Britannica 的事我略有所知，那次在 Maryland 开会，梅贻宝[1] 问我有没有兴趣给 *EB* 写几篇文章。可见此次重编中国方面的 entries 是梅和梅的朋友们主事，梅是弄哲学的，他想已拜读过你的文章，所以才请你。

看了派拉蒙的劣片 *The Carpetbaggers*[2]，根据 Howard Hughes 的故事可以拍张好电影，可惜庸俗小说家借用了一些较浅的 Freud，故事极不通。Carroll Baker[3] 演 Jean Harlow 是大家所知道的，想不到金发的 Martha Hyer[4] 影射 Jane Russell，今年派拉蒙同 J. Levine[5]、Seven Arts[6] 合作后，Box Office hits 很多，MGM 今夏 *The Unsinkable Molly*

1　梅贻宝（1900–1997），生于天津，学者、教育家，梅贻琦之弟，梅祖麟之父。芝加哥大学博士，归国后曾任燕京大学文学院院长、代校长等职，1949 年后赴美任爱荷华大学东方学教授，1970–1973 年间任香港新亚书院院长，代表作有《中国思想和实践中的个人地位》等。

2　*The Carpetbaggers*（《江湖男女》，1964），剧情片，爱德华·迪麦特雷克（Edward Dmytryk）导演，乔治·佩帕德（George Peppard）、艾伦·拉德（Alan Ladd）主演，派拉蒙影业发行。

3　Carroll Baker（卡罗尔·贝克，1931–），美国演员，出演电影、舞台剧和电视剧，在 20 世纪 50–60 年代，因能够扮演从天真无邪的少女到傲慢艳丽的女人的各种角色而走红，被名导卡赞（Elia Kazan）看中，出演田纳西·威廉姆斯（Tennessee Williams）编剧的《宝贝儿》（*Baby Doll*，1956），一举获得奥斯卡最佳女主角提名。她在电影《珍·哈露情史》（*Harlow*，1965）中扮演早逝的金发女郎珍·哈露（Jean Harlow）。

4　Martha Hyer（玛莎·海尔，1924–2014），美国演员，凭电影《魂断情天》（*Some Came Running*，1958）获奥斯卡最佳女配角提名。此外还出演《龙凤配》（*Sabrina*，1954）、《空城计》（*Wyoming Renegades*，1954）等。

5　J. Levine（Joseph E. Levine，1905–1987），俄裔犹太人，生于美国麻省波士顿，与歌手 Rosalie Harrison 结婚，婚后迁居康州纽黑文，经营戏院发行电影。1956 年创办大使影业公司，引进欧洲电影。力捧索菲亚·罗兰。《毕业生》、《冬天的狮子》等名片，皆为该公司制作发行。

6　Seven Arts，即 Seven Arts Productions 电影公司，由独立制片人雷·斯塔克（Ray Stark）和艾略特·海曼（Eliot Hyman）成立于 1957 年，其与派拉蒙合作的代表作是《巴黎战火》（*Is Paris Burning?*，1966），1967 年被博思·华纳影业收购。

Brown[7]生意也特别兴隆。世骧夫妇近况想好，C. Birch 已回来否？隔几信〔日〕再写信，即颂

近安

弟 志清
八月十七日

那张德文生日卡想已收到，Carol Bermuda回来可能会买些礼物给你。

---

7 *The Unsinkable Molly Brown*（《翠谷奇谭》，1964），歌舞喜剧片，查尔斯·沃尔特斯（Charles Walters）导演，黛比·雷诺斯（Debbie Reynolds）、哈威·普雷斯内尔（Harve Presnell）主演，米高梅发行。

649. 夏济安致夏志清（1964 年 8 月 20 日）

志清弟：

谢谢寄来的贺柬，Seattle无人知我生辰，故是日悄悄地过去，但那天下午系里有picnic，晚上适逢劳干在西雅图，一起进餐，也算有了庆祝了。

《蒋光慈》一文越写越长，欲罢不能，所以迟至昨天（19）下午三点始离开Seattle南下，当晚宿在Portland，今晚拟宿加州北部（未定何处），明晚返Berkeley。21晚陈世骧请客，估计行程我是赶得回去的。陈是宴请Schurmann，渠22日飞香港，去庆贺李卓敏就任中文大学校长之职，同时加大与香港中文大学可能有什么合作计划也。

蒋光慈著作很多，而文笔拙劣。我不能赞美他好，但是不断地骂他，读者看了也要厌烦的（其实他还不值得骂），所以文章开始时，觉得很枯窘，不知说些什么好。后来讨论到他的"革命与恋爱"的"公式"，忽然触机，觉得大有可说，于是大谈其"革命与恋爱"。假如我九月回去，再多写一二十页是没有问题的。我在Seattle最后几天，一方面用力写，一方面用力不使文章拉长（但求煞尾有力量），工作相当辛苦。现在原稿留在华大，大约十一月间再提出讨论。我自己想再读一遍都没有时间（可修改之处一定有不少），回到加大有〔又〕得忙别的几篇文章了。蒋文的footnotes还没有，也得等回加大后再补。

马逢华的新夫人已到，看来年纪很轻，为人很纯洁善良，就像台湾大学刚毕业的女学生模样。这几天她的生活还没有调整过来，一则嫌天气太凉——台湾九十度，西雅图七十度，二则马逢华的新居连一个锅都没有，不要说米面及佐〔作〕料了。天天在外面吃，她似乎吃得很苦。马逢华是个十分用功之人，忽然接来一个太太，觉得时间忙不过来了——e.g.去买锅，并采购一切厨房用品，也得花一个下午。我劝他千万不要在太太面前complain，要永远装出兴高采烈状。

Carol和Joyce是否已去Bermuda，念念，别的回到Berkeley后再写，专此 敬颂

暑安

济安 上
八月廿日晨

你的书进行得想必很顺利。念念。

650. 夏志清致夏济安（1964 年 8 月 31 日）

济安哥：

八月廿日在Oregon寄出的信已收到。今天接到Martha来卡，盛赞你的驾驶技术，知道你已安抵Berkeley，世骧那次请客，想也能赶上。

《蒋光慈》已写就，可喜可贺。你着重讨论他"革命与恋爱"，可讲的话一定很多，有了中心题目，文章一定更精彩。我书上曾把"革命与恋爱"的公式带过几笔，屠格涅夫小说中已描写"革命"与"恋爱"冲突的现象，但究竟始作俑的是谁，很难说。你想已把所能找到的蒋氏著作都看完了，他的作品我看得太少，没有什么新意见，祇觉得他在《鸭绿江上》和郭沫若早期都曾写过关于朝鲜的题材，二人可能都没有去过朝鲜，凭幻想瞎写，情形很滑稽（张资平想也写过关于朝鲜的小说的）。

我书初稿算是写好，但revision进展较慢，每章大约五十页左右。书算是guide性质，要加一些基本introduction，所以版本也得讨论一下，但着重点在评介，每本小说都翻译两三段较精彩的文字。希望开学前把文字改得像样些。七月间我去换了一副眼镜，那位optometrist说我有astigmatism，他的diagnose我颇为impressed，受罪把新眼镜戴了三个星期。Vision被distort，颇以为苦，另找眼科医生，发现没有astigmatism，重戴旧眼镜，但戴了新眼镜后，眼球极易congested with blood，至今得常用眼药水，颇以为苦。我每次找医生，身体受到injury，此次也不能例外。我想少做close work，眼睛当作〔可〕复原。昨天休息一天，下午听了Don Giovanni全套唱片，生平第一次听完一次Mozart Opera，意大利文很容易懂，arias可以字字follow，对看英文译文，意义也很明了。唯ensemble唱的人太多，而且每人唱词不一，不易follow，晚上读了Auden、Chester Kallman[1]的 *The Magic Flute* [2]译文，很感兴趣。Auden译笔想比德文原本更精彩。*Magic Flute* 是fairy tale，theme方面即和《牡丹亭》也有相像之处，folklore中西themes相似的很多，最可能给学者做amateurish研究的诱惑。

今天陈颖来访，听他一面之辞〔词〕，觉得他的女友的确厉害得可怕，据云，她已于昨日在Minnesota同她的另一个相好结婚了。好像她来美前即有和他结婚的意思。马逢华虽工作很忙，但他为人很"温柔"，想同他太太关系一定处理得很好的。他太太初来一切不习惯，每〔等〕过两三个星期，当会习惯的。

附上玉瑛妹寄上的焦明近照两帧，焦明相貌很端正，已颇有男孩子气概，母亲家用较省，因为没有父亲医药费的支出，自动要求九月起每两月两百元即很够。所以你的家用负担每年是六百元，你暑期费用较多，不必整笔寄，随时先寄一半即可，这是Carol嘱我写的。Carol、Joyce去Bermuda，其实也没有什么好玩（的），只是伴她母亲换个地方散散心而已。Carol买了一件Jaeger sweater，

---

1 Chester Kallman（切斯特·卡尔曼，1921–1975），美国诗人、翻译家，奥登（W. H. Auden）的挚友和长期伴侣，与奥登一起为斯特拉文斯基的歌剧《浪子的历程》（*The Rake's Progress*）等创作剧本，同时他们也一同翻译外国歌剧，包括《魔笛》（*The Magic Flute*）和《唐·乔瓦尼》（*Don Giovanni*）等。

2 *The Magic Flute*（《魔笛》），两幕歌剧，莫扎特（Wolfgang Amadeus Mozart）谱曲，史肯尼德（Emanuel Schikaneder）编剧，1791年在史肯尼德的剧院维也纳Theater auf der Wieden首演。歌剧取材自诗人维兰德（C. M. Wieland）的童话集《金尼斯坦》（*Dschinnistan*）。

作你生日礼物，已寄出，想已收到。我"火"体，冬天也只能穿
sleeveless sweaters，穿带袖的太热，不舒服。你常常 sport coat 内穿
了 sweater，我不习惯。

　　R 相见后，她已有进一步表示否？甚在念中。其实在美国五十
岁以内的男子结婚很容易，如胡世桢、李田意结婚都没有费多少功
夫。他们的结合，双方都感到需要，可能缺乏"爱情"的味道。你同
R 真正谈情说爱，时间要花得长一些，但 R 也可能想早结婚的，你
可以偶而给些 hint，我想不会 offend 她的。李田意已返，在好好地找
房子，过高等华人的生活。

　　Democrat Convention 没有收听，Goldwater 最近似无特别表现，
美国报纸一致反对他，如何能打到〔倒〕LBJ，很成问题。最近电影
没有看。Joyce 今夏很结实。匆匆　即祝

　　近安

弟　志清
八月 31 日

〔又及〕前寄 Berkeley 一信想已收到。

651. 夏济安致夏志清（1964年9月9日）

志清弟：

　　回柏克莱后，一直没有写信，甚为抱歉。你们送的毛衣，业已收到，谢谢。毛衣十分漂亮而且温暖柔软，真是上好之货。其实你以前也送过一件米色的Jaeger牌毛衣，至今完好如新。这一件比以前的更松软，东西似乎更名贵，颜色更别致，而且仍旧是很大方的。建一生日，我送了一本 *Shirley Temple Story Book*[1]，想已收到。该书是'58年出的，你们不知已经有了没有，如有的话，听说铺子里可以换别的。如不能换，我再另外买别的送上也可。我所以不挑更新的儿童读物，即是因为秀兰邓波儿的大名。但是因为她的大名，你在过去可能也买过这本书，送给过建一了。你我的挑选儿童读物，这方面的标准想必是很接近的。

　　回来以后，在柏克莱仍算是on vacation，反而人成了飘飘荡荡，做事毫无成绩，连信也不写。Office仍常去，应酬仍很忙，与R常见面。她在暑假中做我们language project的Research Assistant，

1　*Shirley Temple Story Book*，又名 *Shirley Temple's Storybook*，本为由女演员秀兰·邓波儿（Shirley Temple）主持和讲述的单元剧（anthology series），以改编童话故事和家常故事为主题，第二季改名为 *Shirley Temple Story Book*。兰登书屋先后出版了四本相关图书，其中包括以第一季内容为基础的 *Shirley Temple's Storybook*。

因此两人现在同一个office。九月十五日后，她将另有office。两人在同一office见面后有很多话可以说，于是事情做不出来了。她因此常去图书馆。我也鼓励她去，因为她很conscientious，不愿多说废话妨碍工作。我是on vacation，做不做事都无所谓也。工余之后，出去玩的次数不少。昨晚（九月八日）去听了Eugene Ormandy[2]指挥的Philadelphia乐队，大轴为Richard Strauss的"The Hero"，很雄壮而易懂；相形之下，Beethoven还是很难懂，Bach那是更难懂了（program就是Bach、Beethoven & R. Strauss）。有两件事情我是避免的：不同她一块去吃午饭；下班不一块出去，免得同事们gossip。至于正式宴会，两人一块去，在美国是认为很正常的社交行为，无所谓避不避嫌疑了。

我的旧Leica在Seattle修理过一次，并添了一个另〔零〕件，即连闪光灯的设备（过去我的Leica是不能装用闪光灯的）。回Berkeley后，买了一辆德制的electronic flash，不需换灯泡，大约可闪一万次，灯泡也不会坏。最近试用过一次，成绩不错。附上相片一张，乃是我给R照的，是在她所给的party上。B我从来没有给她照过相，最近也给照了，俟冲出后再寄上。以后你们来S.F.，或我来纽约，有利器在手，照相更方便了。这架Flash价约七十七元。焦明的照片两张，俱已收到，显得很可爱。

家用事承蒙客气，其实我手边有钱，只是在Seattle时，银行存款有限，不敢动用。在Berkeley的钱比较多，今日本来想去买$600汇票一纸寄上，适逢九月九日为加州之Admission Day，银行不开门。我后天拟搭便车去L.A.游览数天，十五号回来正式上班。开车的朋友是Joe Chen，最近在U.C.拿到历史系的Ph.D.，去San Fernando Valley State College去教历史，车子有空，我顺便跟他去。

2　Eugene Ormandy（尤金·奥曼弟，1899–1985），美籍匈牙利指挥家、小提琴家，担任费城交响乐团指挥长达44年，带领乐团获得三次金唱片（Gold Records）和两次格莱美奖（Grammy Awards）。

L. A.有两个朋友要看的，一是胡世桢。此人的婚事很奇怪。七月间我接他信，说他已订婚，定八月一日结婚。我就去信道贺，并买了礼物寄去。他根本没有发"请帖"，我当时也没有注意这一点。八月初又接信，云婚事决（定）取消，礼物均璧还。我的礼物他则收受了。新娘姓邝，不是美国华侨，倒是香港来的。世桢决定取消婚事的原因是小姐的习惯太奢侈，过去的男朋友太多云。以世桢平日为人之稳健会得³贸然订婚，而且定了喜期，再〔又〕突然宣布取消婚约，真是咄咄怪事。无论如何，他请我到家去住，已历有年数，我一直没有空，最近才有假期，因此决定去一次。还有一位老朋友是劳干，他现在也是UCLA的教授。这两位朋友可以顺便介绍给Joe Chen。其实苏中同班同学还有一位汪经宪，也在L. A.。他本来读中大外文系，转入外交界，任驻Oregon Portland的副领事。大陆沦陷，他没有去台湾，改行读了Accounting，现在在L. A. County govt.做accountant，想必亦是"长饭碗"也。苏中同班同学来美国的恐怕就是这么三个（连我），都在加州，亦异数也。

David Chen的事情太复杂，我看是双方都有错，但David堂堂男子，见人就大骂他过去的女朋友，殊非为人忠厚之道。此人国文根柢〔底〕很好，希望他能找到一个理想的职业。

别的再谈。谢谢Carol费神去Bermuda买来这么珍贵的礼物，再谢谢她关心我的经济情形。$600家用定九月十五日返伯克莱后寄上。建一的生日party想必很热闹，专此 敬颂

近安

济安

九月九日

3　"会得"，吴语中表示"怎么会"、"哪会"之类的意思。

652. 夏济安致夏志清（1964 年 9 月 19 日）

志清弟：

Alice 纪[1]回来，带来相片已收到。知道你们都很好，你并且陪 Alice 跳了 twist，想必兴致都很高。

我已从 Los Angeles 回来，在 Travel Lodge 住了两晚，在世桢家住了一晚。去是由 Joe 陈开车子，L. A. 公路制度复杂，但我走过一趟之后，大致已有眉目，下回自己开车下去的话，也不至于迷路了。

在 L. A. 玩事实上只有一天，那是 Dolores Levin 招待的。Dolores 你想还记得，是我们 center 以前的秘书，后来调到 chancellor's office 去当秘书。现在她丈夫 Jerry 去 U.C.L.A. 读书，她也调到 U.C.L.A. chancellor's office 去做事了。那天他们夫妇请 Joe 与我开车从 L. A. 往南而行，一直到墨西哥的边境小镇 Tijuana 才回来。

先说 Tijuana——那是〔里〕乱七八糟的，街道与建筑等都是〔很〕像中国内地的小城。那地方恐怕不大下雨，一下雨的话，街上想必都是泥潭了。苍蝇倒不大看见。也有些漂亮的小洋房、建筑在周围的小山上，那些想是美国人 retired 之后去住的，因为墨西哥生活程度比较便宜。城里有跑狗、回力球与斗牛（跑马当然也有），我们匆匆巡视一周，都没有仔细去看。夜总会看样子都很脏，墨国的

1　Alice 纪，即纪云，纪文勋之女，陈世骧的干女儿。

女子似乎不漂亮，虽然夜总会里可能有外地来的美女。我提心吊胆怕扒手：钱扒去倒没有关系，假如把皮包扒去，那末〔么〕移民局的green card也要丢了，可能引起大麻烦的。世桢从来没去过Tijuana，他是怕细菌，怕给小孩子带病回来。

过了美国国境，忽然到了一个乱七八糟的小城，耳目为之一新，所以还是觉得很好玩。例如街上就有驴子（burro），这种代步的工具在美国大约是看不见的。

再说L. A.一带。L. A.本身是一味的摆阔，Sunset Boulevard、Wilshire Boulevard的房子的漂亮，在美国是很少见的——前者多私人住宅，后者多公寓房子。纽约的富，比较隐晦。真正大阔老〔佬〕住的公寓房子，外表看看〔着〕也平凡得很；L. A.的富人则有点在互相斗富了。Rockefeller Center如在L. A.，则将不是几座高楼（使人有莫测高深之感），而是一座一座别致的房子，可以摆满一百个blocks。纽约的银行也不觉特别，L. A.则独多奇奇怪怪的Saving & Loan Assoc.。生意做得小，可是门面装潢特别讲究。L. A.的生活程度可能很高，阶级观念似更明显。如Dolores小夫妻一对，住one bed room公寓，房租$150，他们说这样已经成了lower middle class。在Berkeley的公寓房租百元左右，自己并不觉得身份比人低。

L. A.一直往南，有许多很好的beach（包括有名的Long Beach），这里的女人都晒得黄黑异常，只有老太太才保持细皮白肉，亦怪现状也。许多小城之中，我觉得La Jolla为最美，比之Monterey、Carmel有过之无不及。La Jolla属San Diego，该地气候据说为全美第一：旧金山一带还是太凉而多雾。La Jolla是天空奇青，沙滩广大，小城曲折有致，显得非常幽静富饶。该处有U. C. Campus，房子不多，尚在建筑中。U.C.L.A.有点像哥大与耶鲁，虽然有campus，但房子排得很紧而整齐，很少空地。世桢喜欢这样的campus，他说campus如宽大，空地多、树多等，只是给参观的人欣赏，在校内工作的人就得要浪费许多时间在走路上。Campus紧凑，则校内工作的人可以少走路了。

世桢的六万元的房子在 Pacific Palisades，该地在 Santa Monica 之北，房子在小山上，可以远眺太平洋，环境算是不错。但那地方是 newly developed area，房子显得太新，缺乏树木，比起真正阔人住宅区，还显得差一大段距离。一个教授能有这样一座房子，也很像样了。

他的房子很宽大，一个 level，有三间 bedroom，他和二个孩子各占一间。Living room 和 dining room 都是很大的，另外有书房。我买了些花，到霞裳的坟（在 Santa Monica）去吊祭了一下。坟只是很小的一块，石碑平放在地上，说是为了轧草的方便。

世桢最近的浪漫史真是咄咄怪事。他一生为人谨慎，这次差一点吃了大亏，可见人性之难测。他认识那位姓邝的女子是在今年三四月间，订婚是糊里糊涂订的：几个朋友起哄：你们什么时候订婚呀？世桢就拣日子订婚了。订婚后越想越不对，毅然解约。

那位邝女的相片我也看过，我觉得毫不可爱，三十几岁，非常摩登的港派女子。世桢对她的生平很不清楚，也不知道她结过婚没有。据说此女与 Cary Grant 有染，香闺中挂的最大的相片是 C. G. 的，世桢见了很吃醋。能有 Cary Grant 为情敌，世桢的浪漫史总算是很不平凡的了。

讲起邝女的 extravagance，可以使你咋舌：

①订婚戒指：一千五百元一 carat，该女预备买一只两 carat 的，结果买了一只四 carat 的，价七千余元。世桢付了五千余元，这只戒指他没有要回来，莫明〔名〕其妙地大破财。

②订婚后，邝女就把行李陆续搬入胡宅：衣服一千余件！皮鞋一百余双！胡宅虽宽大，但也得借用孩子们的 wardrobe 才有地方可放。

③婚礼后决定在 Beverly Hilton 举行 reception。Beverly Hilton 的场面岂是可以轻易惹得的？邝女还怂恿他在 Beverly Hills 一带买房子。

④订婚后，邝女就去定〔订〕了一部 '65 的 Buick，价五千余元。

该款当然又得世桢付。婚约解除后，他可以不必管这笔帐〔账〕了。
（他现在的车子是'59 Ford。）

邝女过去似乎很有钱，在香港时投资给张善琨（他已死），帮他
拍电影，赔去很多。这样一个女人怎么会hook住世桢这样一个男
人，令人不解。世桢真的会〔曾〕有一个时期入迷，那才是"人性"
的可怕的一面。

相形之下，我还是稳重得多。近年以来，只是给B迷过一个
短时期，但很快就过去。和R的好，还只是朋友而已。因为我根本
没有入迷。好在那位小姐，在美国女人中算是cool的型，做事也
非常稳当。以前电影杂志中描写Grace Kelly等为cool beauty，我不
大懂是什么意思；现在认识了R，渐渐懂得这个意思。最近照了很
多相，添印后于下次寄上。上次寄上的R（的）相片，镜头似乎太
harsh，下次将有更美的，并将有B的照片寄上。Anna那里已断掉，
她的为人我至今不了解，但她决〔绝〕非邝女一型，那是我可以断言
的。什么女人要向我提出extravagant demands，立刻会把我吓跑的。
Anna从来没有"点戏"叫我买什么东西的。

昨天晚上R请我吃晚饭，饭后去看学校演出的*Dr. Faustus*[2]，也是
她去定〔订〕的票。一位小姐待我如此好法 —— 请我吃饭看戏 ——
我若在早一些时候，一定会弄得手忙脚乱的，现在我处之泰然。没
有"谁追谁"的问题，这在目前使双方觉得都很愉快。

*Dr. Faustus*的演出很成功，台上有很多小鬼，那是剧本中所没
有的。Helen of Troy作阿拉伯（近东）装束。Seven Deadly Sins由一
个丑陋女鬼一人演出，也是别出心裁的（我不能想象由七个人上台将
成什么局面）。那个女鬼要像京戏里似的做出种种身段台步，以表示

2　*Dr. Faustus*（*The Tragical History of the Life and Death of Doctor Faustus*，《浮士德博
　　士的悲剧》），伊丽莎白时代悲剧，克里斯托弗·马洛（Christopher Marlowe）作，
　　"浮士德"的角色源于德国民间故事，在1588–1593年间首次演出，在詹姆斯一世
　　时期（Jacobean era）有两个不同的版本出版。

其先后不同身份——这一点在演出上是十分成功的。

去 L. A. 前，陪 R 去看了中国国语电影《梁山伯祝英台》[3]，邵氏出品，李翰祥[4]导演。电影极好。中国电影一百部中大约有九十九部要使我觉得难为情，但《梁祝》调子轻快，非常 witty，李某的导演，使我十分佩服。故事是不通的，但电影 makes sense——这一点就不容易了。演祝女的是乐蒂[5]，十分 passionate；演梁男的也是一个女明星，叫做凌波[6]，此人现在在台湾之红，远超过当年的胡蝶[7]、李丽华等，她一出现可以使全城疯狂，情形犹如 Beatles[8] 之叫某些青年男

3 《梁山伯祝英台》(《梁山伯与祝英台》，1963)，黄梅调电影，李翰祥导演，凌波、乐蒂主演，邵氏出品。

4 李翰祥(1926–1996)，生于奉天锦西，香港导演，以宫闱片、历史片闻名，擅长处理宏大场面，拥有国际性声誉，以《倩女幽魂》(1960)、《杨贵妃》(1962)、《武则天》(1963)三入戛纳电影节主竞赛单元。其导演的《梁山伯与祝英台》获得当年金马奖最佳影片、最佳导演、最佳女主角等多项大奖。

5 乐蒂(1937–1968)，本名奚重仪，生于上海，香港演员。从小接受京剧训练，擅长演绎黄梅调电影中的古典美女，代表作有《倩女幽魂》(1960)、《红楼梦》(1962)、《玉堂春》(1964)等，以《梁山伯与祝英台》摘得金马奖影后。1968 年 12 月 27 日，因服安眠药过量而身亡。

6 凌波(1939–)，生于广东汕头，电影演员，早年拍摄闽南语和粤语电影，1962 年加入邵氏影业，成为黄梅调电影的巨星。以扮演男性或女扮男装角色著称，如《梁山伯与祝英台》中的梁山伯，《花木兰》中的花木兰，《西厢记》中的张生等。凭《梁山伯与祝英台》获金马奖最佳演员特别奖，《烽火万里情》获金马奖影后。

7 胡蝶(1908–1989)，原名胡瑞华，生于上海，民国时期著名影星，横跨默片和有声片时代，被誉为"中国的葛丽泰·嘉宝"，曾在民国"电影皇后"的评选中荣膺"三连冠"。主演了中国第一部有声片《歌女红牡丹》，其他代表作还有《啼笑因缘》、《女儿经》、《后门》等。

8 Beatles (The Beatles，披头士乐队，1960–1970)，英国摇滚乐队，其成员包括约翰·列侬(John Lennon)、保罗·麦卡特尼(Paul McCartney)、乔治·哈里森(George Harrison)和林戈·斯塔尔(Ringo Starr)，1960 年成立于利物浦。其上承噪音爵士乐(skiffle)和 50 年代摇滚乐(1950s rock and roll)，下启流行摇滚(pop rock)、迷幻摇滚(psychedelia rock)和硬摇滚(hard rock)等风格。最初以"披头士热"(Beatlemania)为表征，之后成为 20 世纪 60 年代反主流文化运动的理想化身，风靡全球。首张专辑 Please Please Me (1963) 即创下连续 30 周位居英国流行音乐

女疯狂一样。这是什么原因，我也不懂。不过片子如到纽约，千万去看它一看。应该请Carol与Joyce一起去看。（片子差不多全部歌唱。）

世桢在太太死后，写了些悼亡诗，我抄了一些回来，下次寄给你看。想不到他还埋首写旧诗词呢。

寄上支票$600一张，作为家用，希检收。别的再谈，专此 敬颂

近安

济安 上
九月十九日

Carol与Joyce前都问好。

专辑榜榜首的纪录，先后获格莱美奖最佳乐队（1964）、年度最佳专辑（1967）、最佳流行乐队奖（1996）等，占据各类音乐榜榜首。1970年解散，1988年进入摇滚名人堂。

653. 夏志清致夏济安（1964 年 9 月 25 日）

济安哥：

九月九日和从 Los Angeles 回来后写的两封信都已看到。R 的近影，双手捧着酒杯，很看到她一些 poised、文静的样子。在未来旧金山前，当更可在照片上看到她的美处。你最近游兴很好，并且把 Leica 旧照相机修理，新装了 electronic flash，表示做人极有朝气，我想你和 R 常在一起，她对你显然很 serious，结婚迟早问题耳。想不到胡世桢也会写旧诗，除吃中国菜、唱京戏外，写旧诗也是学术界华人恋旧的表示。哥大除我和王际真外，会写诗的人也不少，蒋彝爱打油（诗），唐德刚去 Ditchley Manor 开会，归途上也写了好几首诗，胡昌度也会作诗，图书馆中年龄较大（者）也会作诗。看来同我年龄相仿的留美学人，童年时读过老法书，学过诗词的不在少数。我中小学时期，曾读过几篇古文，《孟子》、《左传》，根底实在太差。现在诗也读了些，这学期开了个 Seminar：Chinese Poetry，两星期来多读些诗评的书（罗根泽[1]、郭绍虞[2]），发现旧式的诗话大部

---

1 罗根泽（1900–1960），字雨亭，河北深县人，古典文学专家，毕业于燕京大学国学研究所，先后任教于清华大学、安徽大学、北京师范大学、重庆中央大学、南京中央大学。1949 年后任南京大学中文系教授，代表作有《乐府文学史》、《中国古典文学论集》、《诸子考索》等。

2 郭绍虞（1893–1984），名希汾，字绍虞，江苏苏州人，文学家、文学批评家，曾

分都集在《历代诗话》[3]，丁福保[4]编的《续历代诗话》[5]、《清代诗话》[6]，三书全部读一遍，并不要〔用〕花多少时间。《沧浪诗话》[7]、《人间词话》[8]算是最精采〔彩〕的了，读后觉得严王二公颇有见地，但较普通的observations也不少。《唐诗三百首》中所选诗，尤其是五律，性质相同的实在太多，这可能是选者个人的偏好，但事实上恐怕旧诗的题材实在有限。额联、颈联所采用的imagery也大同小异（如雁、月）。五言律诗可能着重sublime这个mood，味道近似英国十八世纪诗，而不似浪漫时期的诗，七律似更着重melancholy；《唐诗三百首》中所选绝句倒有不少隽永可爱、回味较〔悠〕长的好诗。

我暑期没有vacation，纪云来了，倒给我些diversion。那天星期六晚上I-House有中国同学举行的舞会，我带Alice去，想把她介绍给我所认识的学生，不料hall四周放满了桌椅，坐定后无法mix，

任教于燕京大学、厦门大学、光华大学、同济大学等高校，并任开明书店编辑。1949年后任复旦大学教授、中文系主任，代表作有《中国文学批评史》、《照隅室古典文学论集》等。

3 《历代诗话》，诗话丛书，清何文焕辑，录南朝梁至明代诗话二十七种，附《历代诗话考索》，成书于乾隆三十五年（1770），具有很高的史料价值。

4 丁福保（1874–1952），字仲祐，江苏常州人，近代藏书家、目录学家，建"诂林精舍"，藏书总数达十五万余卷。进而依托所藏善本，治目录训诂之学，编有《说文解字诂林》、《文选类诂》、《汉魏六朝名家集初刻》、《全汉三国晋南北朝诗》、《历代诗话续编》、《清诗话》等。

5 《历代诗话续编》，诗话丛书，近人丁福保辑，补《历代诗话》之作，收唐代至明代诗话二十九种，其中多有稀见版本，如天一阁藏《观林诗话》、《永乐大典》本《藏海诗话》等。

6 《清代诗话》，即《清诗话》，诗话丛书，近人丁福保辑，继《历代诗话》、《历代诗话续编》，收清人诗话四十三种，但由于出版仓促，失漏较多，校勘亦不精。

7 《沧浪诗话》，南宋严羽著，约成书于宋理宗绍定、淳祐年间，全书分为《诗辨》、《诗体》、《诗法》、《诗评》、《考证》等五章，针砭宋诗流弊，提出"诗有别材，非关书也；诗有别趣，非关理也"的核心思想，对后世诗话产生很大影响。

8 《人间词话》，近人王国维著，原载1908年《国粹学报》，全书分为《人间词话》、《人间词话删稿》和《人间词话附录》三卷，其论以"境界说"为中心，融合中西方文艺理论而自成体系，对我国文论的发展产生重要影响。

Alice真正做了我的date，但好久不跳舞，生平第一次见到竞选美女的节目，很有趣。出席的有一位Miss China田小姐，台大政治系学生，另一位中国小姐陈某，是airline hostess，相貌身段比不上田小姐，没有在场。参加beauty contest的有八位小姐，有些是华侨，有些是香港、台湾来的，背景很不一致。头一名名叫Lala，她一家人姐妹很多，大姐叫Dodo，二姐叫Rere，Mimi，Fafa，依此类推。此女身段很好，相貌较天真，我也选她头票。第二名较白静〔净〕的江南小姐，第三名年纪很轻，makeup很重，旗袍领圈极高，可算是中国型的nymphet。不久前看到台北《中央日报》，有一家新开的清秀医院，大登广告，第一项节目即是"隆乳"，想不到台湾人会这样跟日本人学时髦，其实在美国plastic surgery并不多见。

　　Alice Chi生长在美国，所以有美国女子的优点，见面时请问好；陈世骧有这样一位干女儿，很可自傲，那位Maria Chou人品相貌都远不如她。可告诉纪先生[9]，他的那本readings哥大也采用做教本了。

　　上星期六（九月十九日）陈秀美同段世尧[10]结婚，我不好意思不去，乘火车去Baltimore参加了她的婚礼。张心漪在Philadelphia，临时没有去，陈秀美的同学都已返Iowa了，熟人祇有McCarty、乔志高两对夫妇。陈秀美同Lucian Wu不睦（他们在VOA是同事），连请帖也没有给他。段君也是台大毕业生，读physics（or工科），明夏可拿Ph.D.，人看来老实可靠。在学校chapel婚礼完成后，在美国人Harris家里招待来宾，还像样。我也被邀到新房去吃supper，客人都是些段君的男同学，我吃了两个sandwiches即告退。旅馆在

9　纪先生，Alice的父亲，名文勋，生平不详。20世纪五六十年代，在加大伯克利分校教汉语，1964年曾在哥伦比亚大学暑期班教汉语，编有多种汉语教材，但未正式出版。

10　段世尧，陈若曦的丈夫，流体力学专家，1966年偕妻子移居大陆，成为当时的重要事件。"文革"中受到波及，获准举家移居香港。

downtown，附近有两个blocks，都是些clip joints，很cheap，我也没有去一坐，翌晨即返纽约。

建一的礼物早已收到，她的生日是18日，你特别把书航空寄来，早到了十天。其实送礼物，平邮first class也很快，不必航寄。*Shirley Temple's Storybook*我们没有买过，所以对Joyce很感新鲜。我们开了两个parties招待她的小朋友。

胡世桢这次订婚，实是怪事。邝女士那样俗气奢华的交际花（？），我们见了面就讨厌，他怎么会想同她结婚的？胡世桢破财是小事，真正结了婚，情形将同Jennings、Dietrich在《蓝天使》[11]内的相仿，真不堪设想了。

今天收到announcement，知道你的新著*The Commune in Retreat*[12]已出版了，可喜可贺，当去order几本拜读。昨晚到55号街影院看了*The World of St. Orient*[13]，两位女小孩很可爱，尤其那位演Valerie Boyd[14]的（brunette），正片*A Hard Day's Night*[15]，影评一致很好，我

---

11 《蓝天使》(*Der blaue Engel*，1930)，歌舞片，约瑟夫·冯·斯登堡(Josef von Sternberg)导演，埃米尔·强宁斯(Emil Jannings)、玛琳·黛德丽(Marlene Dietrich)主演，德国Universum Film (UFA)出品。

12 *The Commune in Retreat*，即《倒退中的公社，以术语和语义为例证》(*The Commune in Retreat as Evidenced in Terminology and Semantics*)，1964年由伯克利中国研究中心印行。

13 *The World of St. Orient*，即*The World of Henry Orient*(《黛绿年华》，1964)，乔治·罗伊·希尔(George Roy Hill)导演，彼得·塞勒斯、宝拉·普林蒂斯(Paula Prentiss)主演，联美发行。影片改编自诺拉·约翰逊(Nora Johnson)的同名小说。

14 Valerie Boyd(瓦莱丽·博伊德)，小说*The World of Henry Orient*(《黛绿年华》)中的人物，为跟踪亨利(Henry Orient)的两名小女孩之一。在电影中的扮演者是Tippy Walker(蒂比·沃克，1947–)，美国童星，以Valerie Boyd这个角色一举成名，此外还主演了《耶稣之旅》(*The Jesus Trip*)等。

15 *A Hard Day's Night*(《一夜狂欢》，1964)，音乐喜剧片，理查德·赖斯特(Richard Lester)导演，约翰·列侬(John Lennon)、保罗·麦卡特尼(Paul McCartney)、乔治·哈里森(George Harrison)、林戈·斯塔尔(Ringo Starr)主演，联美发行。影片包括了甲壳虫乐队的六首电影原声歌曲：*You Can't Do That*、*And I Love Her*、

对 Beatles 的幽默不能欣赏，看了 20 分钟，就走出了。第一次在百老汇 60 街 –55 街那一带走动（Columbia Circle），印象很好，有新建的 Museum of Modern Art（Huntington）[16]，还有 Carnegie Hall[17]、City Center Theater，Carnegie Hall 两傍〔旁〕有 Little Carnegie、Normandie 小影院。此外汽车公司 showrooms 都在这一带，刚刚新汽车上市，showroom 游客很多，相比之下 Times Square[18]实在太庸俗、龌龊。

Goldwater 看来没有希望了。纽约州 Conservative Party 的 senatorial candidate Henry Paolucci[19]，我曾见过，他的太太 Anne Paolucci[20]去夏是我 seminar 的学生，二人写作很勤；Anne 专攻

I Should Have Known Better、*Tell Me Why*、*If I Fell*、*I'm Happy Just to Dance with You*。

16 Museum of Modern Art（Huntington），位于哥伦布圆环（西 59 街与百老汇大道），由美国 A & P（大西洋与太平洋茶叶公司）继承人亨廷顿·哈德福出资所建，展出其个人收藏的现代名画，包括伦布兰特、莫奈、马奈、特纳等名家作品。该大厦因造型奇特，像棒棒糖，故称棒棒糖大厦（Lallipop Building），现为现代艺术与设计博物馆（Museum of Modern Art & Design）馆址。收藏展出现代手工，设计艺术品。

17 Carnegie Hall（卡耐基音乐厅），位于纽约市第七大道与西 57 街转角，1891 年由安德鲁·卡耐基（Andrew Carnegie）出资建成，建筑由威廉·杜斯尔（William Burnet Tuthill）设计，是世界古典音乐和流行音乐的双重圣地，以历史悠久、建筑美观和音效良好的特点享誉全球。

18 Times Square（时代广场），纽约市曼哈顿地区的地标性街区，位于百老汇和第七大道的交汇处。原名朗埃克广场（Longacre Square），后因《纽约时报》将总部迁入而改名。临近百老汇，周围聚集了近四十家商场和剧院，为广告屏幕和霓虹灯光所环绕，极尽繁华。常常被称为"世界的十字路口"（The Crossroads of the World）、"宇宙的中心"（The Center of the Universe）。

19 Henry Paolucci（亨利·保卢奇，1921–1999），美国政治史学者，马基雅维利（Niccolò Machiavelli）研究专家，《曼陀罗》（*Mandragola*）的译者（与妻子 Anne Paolucci 合译），著有《政治理论简史》（*A Brief History of Political Thought and Statecraft*）。

20 Anne Paolucci（安妮·保卢奇，1926–2012），美国学者，亨利·保卢奇的妻子，黑格尔（Hegel）和爱德华·阿尔比（Edward Albee）研究专家，著有《从焦虑到兴奋：爱德华·阿尔比的戏剧》（*From Tension to Tonic: The Plays of Edward Albee*），与丈夫合编《黑格尔论悲剧》（*Hegel on Tragedy*）。

Hegel[21]，也写诗，写过一篇Italian电影的文章，想不到她也是 Conservative。Henry是Machiavelli[22]专家，在小大学Iona College教书。竞选期他们想很忙，否则我想去和他们谈谈。加州又大火，人口激增，地方太干，总不是办法。《祝英台》来N.Y.一定去看，但我不看本地中文报纸，可能错过。Carol、Joyce皆好，即请

近安

弟 志清 上

九月廿五日

---

21 Hegel（Georg Wilhelm Friedrich Hegel，格奥尔格·威廉·弗里德里希·黑格尔，1770–1831），德国哲学家，德国唯心主义哲学运动的重要人物，建立了庞大的客观唯心主义哲学体系，极大地丰富了辩证法，是哲学史上公认的权威学者。代表作包括《精神现象学》（*Phenomenology of Mind*）、《逻辑学》（*Science of Logic*）、《哲学全书》（*Encyclopedia of the Philosophical Sciences*）等。

22 Machiavelli（Niccolò Machiavelli，尼科洛·马基雅维利，1469–1527），意大利文艺复兴时期历史学家、政治家、外交家、哲学家和人文主义者。长期担任佛罗伦萨共和国官员，在美第奇家族重新掌权后被捕入狱，后流落乡间，从事著述。著有《君主论》（*The Prince*）、《论李维》（*Discourses on Livy*）等，同时也创作戏剧、歌曲和诗歌。《君主论》中为了政治目的不择手段的主张被后世称为"马基雅维利主义"（Machiavellianism），其本人也被认为是现代政治学的奠基人。

654. 夏济安致夏志清（1964 年 10 月 12 日）

志清弟：

又是好些日子没有写信，只是因为生活平常，没有什么可说的而已。文章没有写什么，日内想动笔者是（一）《左翼》书的《绪论》与（二）《鲁迅与左联解散》之改写。两题范围都太散漫，我的学问似乎在某些方面太丰富，在另外方面又觉不够，但无论如何在不久即要动笔了。

《胡风对文艺问题的意见》最近看到了，那就是 1955 年《文艺报》附送的那玩意儿。全书一百七十余页，恐怕没有三十万字，因为每页即使是一千字，全书不过十七万言而已；何况每页是不到一千字的。读后很受感动，胡适说胡风代表五四新精神，我看胡风还是儒家"为天地立心，为生民立命"与"知其不可为而为之"的精神也。胡风很少用"道德"二字 —— 在该书中只用过一次："共产党的道德力量" —— 其实他的立场是道德的：他关心作家"仁爱的怀抱"etc，而且痛恨共产党所鼓励的虚伪投机作风。鲁迅曾有文曰《聪明人、奴才与傻子》，我们可能是聪明人，在中共治下很多是奴才，也有一些是聪明人（如 Loh 所作的 *Escape from Red China*[1] 即讲他如何以资产阶

---

1 *Escape from Red China*（《逃离红色中国》，1963），由 Robert Loh（罗伯特·洛，1924–）口述，亨弗里·埃文斯（Humphrey Evans）整理。讲述了 Loh 在中国大陆生

级的聪明欺骗中共，弄得中共很高兴），若胡风者，乃傻子也。（现在我倒很想看看Goldman的论文。）

前天同R看电影*Becket*[2]，很满意。片子还不够深刻，但远超过*Cleopatra*、*Ben Hur*、*Lawrence of Arabia*等其他"巨片"。Becket与Henry的决裂，也是关于原则性的问题。Becket这一角色很难演，但Burton已尽其最大之努力。看电影以来，这是第一部使我满意的Burton的片子（他在*Cleopatra*里只是一个笨头笨脑的武人，在*Iguana*[3]里也是笨头笨脑的），Peter O'Toole演技生动异常，堪称一绝。Jean Anouilh[4]笔下*Becket*所defend的是church，还不是faith；但主要的是讲《双雄绝义》，好像黄天霸恶虎村似的，其动人的drama是在这方面。胡风和Becket等都有点像中国古代所传说的"忠臣"。

开学以后，同Alain Renoir[5]等吃过一次午饭。Renoir是"比较文学系"内定的系主任，该系决定要正式成为"系"了。该系将来要开什么课，世骧是参与决策的。中国方面的课很难开，中国的许多民间文学genres，也许同欧洲中世纪文学相类似，但是这门东西，

活的亲身经历和感受，在当时的美国是十分罕见的来自共产中国内部的声音，因而引起了人们广泛的兴趣。

2　*Becket*（《雄霸天下》，1964），历史传记片，彼得·格兰微尔（Peter Glenville）导演，理查德·伯顿（Richard Burton）、彼得·奥图尔（Peter O'Toole）主演，派拉蒙影业发行。

3　*Iguana*，即*The Night of the Iguana*（《巫山风雨夜》，1964），惊悚剧情片，约翰·休斯顿（John Huston）导演，理查德·伯顿、艾娃·加德纳（Ava Gardner）主演，米高梅发行。

4　Jean Anouilh（让·阿努伊，1910–1987），法国剧作家，创作了从高雅正剧到荒诞闹剧的众多作品，是二战后最多产的法国作家之一，其代表作《安提戈涅》（*Antigone*，1943）因攻击飞利浦·贝当（Philippe Pétain）领导的维希政府（Vichy government）而闻名。书信中提到其创作的同名戏剧*Becket*出版于1959年。

5　Alain Renoir（阿伦·雷诺阿，1921–2008），美籍法国作家、文学教授，导演让·雷诺阿（Jean Renoir）之子，画家皮埃尔·雷诺阿（Pierre-Auguste Renoir）之孙。二战后在美国学习英语文学和比较文学，任教于加州大学伯克利分校，擅长中古英语文学，尤其是《贝奥武夫》（*Beowulf*）和约翰·利德盖特（John Lydgate）的研究。

全美国也许只有 Hans Frankel 能教。中国古代的别的文学种类，要同西洋的来比，都有点牵强；做文章讨论有关问题是可以的，但要开一门像样的 course 很难。刘若愚曾作文曰："伊利〔丽〕莎白戏曲与元曲"（我未读过），但元曲为什么一定要同伊利〔丽〕莎白时代的戏曲来比，是没有什么理由的。比较文学系顶振振有辞的科目，大约是浪漫主义时代、现实主义小说、新古典主义，以及中世纪英雄传奇等，这些题目之下，很多东西可以拿来比较。像你现在在哥大所开的课，虽不说明是"比较文学"，但你一定会用你的智〔知〕识，从西方的立场来 illuminate 中国文学，这是最聪明而合理的办法。真要说明了这是"比较文学"，反而把题目做僵了。我的 Western Literary Crosscurrents in 20th China，春天还要开，这是一个很合理的题目。此外还有什么课目可开，你不妨想想，给我作为参考。假如我有充分时间准备，很想开一门 Super-natural Tales，中国有唐人笔记、《聊斋》等，美国有 Poe、Hawthorne 等，德国也有很多人，中世纪情形如何，那我就不清楚了。我若要研究这个题目，非得把中共方面的问题搁下来不可，所以这种新课，我还是不敢开的。

关于我同 Center for Chinese Studies 的关系，是非常之愉快。以前李卓敏做主任，我对他还不过是敬而远之。现在 Franz Schurmann 做主任，他是好朋友，我不得不尽力拥护他。我若离开 Center，该"中心"的 productivity，势必大大减弱。现在可能设法在"比较文学"弄到 half time（即名字列在 budget 内），另一半列在 Center。

Center 给我很大的自由：我要研究什么东西，从来没有人来过问。只要我不断有货色拿出来，大家就满意了。Schurmann 是哈佛中文系毕业的，出来教历史与社会学，兴趣很广，他很赞成我多方面的研究。事实上，关于现代中国任何问题（除了经济学），我可以做很多人的顾问。Center 也需要我这样一个"博学"而和气的人，但是再叫我弄古代中国，可就没有很多时间了。

这学期开始，Birch 做 Oriental Languages 的主任。校长也许企图用新人来行新政的，但O.L.要行新政也很难。如Schaefer开的《唐诗选读》是叫学生念唐朝发音的，试想那些美国学生，对于近代国语发音还没有十分把握，忽然要念"死无对证"的唐朝发音（有几分像广东话），学得叫苦连天，而且失去对唐诗的兴趣。O. L.潜势力最大的是Boodberg，他对我很好，Schaefer对我也很好，但他们的治学方法，和我的是格格不入的。Birch和我算是好朋友了，他说欢迎我随时进O.L.，即使系里添不出课（因为课目都给Boodberg、Schaefer等前任排死了），我去挂名做research他也欢迎的。这种话我不一定要他兑现，但是多一个地方受欢迎总是好的。

Alain Renoir是大画家Renoir的孙子，说话法国口音很重（如He读作ee），但为人精力饱满，蹦蹦跳跳，不断地哈哈大笑。这个人我认为可以共事。

关于事业方面的新开展，是Hanan请我明年暑假到Stanford开一门新课：Chinese Literature 1927–1949，教十个星期，每星期八小时（薪水二千二百元），这门课我相信应付得过来。现在Hanan去张罗钱，钱如弄到，此事就定。事成后就可不用去Seattle了。

Stanford的旧系主任陈受荣，为人阴险，同事个个受其害，如Frankel就吃了他不少苦。后来系里起风潮，主任落到Shively[6]（他已去哈佛）身上。Shively和我无交情可言，想不到Hanan对我倒是真心佩服的。他的小说panel尚未组织就绪，也想请我去，但我已答应Levenson，只好把这个推掉了。

---

6 Shively（Donald Shively，唐纳德·夏夫利，1921–2005），美国学者，日本研究专家，先后任教于加州大学伯克利分校、斯坦福大学、哈佛大学，最终回到加州大学伯克利分校任东亚研究图书馆馆长。代表作有《殉情天网齐岛：日本家庭悲剧研究》（*The Love Suicide at Amijima*：*A Study of a Japanese Domestic Tragedy*）、《给明治天皇讲儒学》（*Confucian Lecturer to the Meiji Emperor*）等。

另外Wisconsin的周国平（？）[7]请我去（1965春–夏）教半年书，这个我已推辞了。

陈颖明年想参加你的panel，你已同意，很好。陈颖是个忠厚人，只求嘴上痛快，害人的心是没有的。国学的底子很好，在你我之上。为人还是近乎中国旧式的dilettante，不近乎美国今日的"专家"作风。他的智〔知〕识很够，不知道于写paper一道有多少修养，但我敢断言，他的paper不会坏到哪里去的。

世骧的《离骚》想不写了。他说他愿意做个discussant，到你的panel上来凑个热闹。我想有他来做discussant，你的panel一定会生色不少。他的考虑是要挪出时间来给陈颖，让他能好好地发挥。详细情形，他也许会写信给你。

港大有个余秉权[8]，要来拜访你，想已见到。叶维廉编的《台湾新诗选》，出版商要求"专家意见"，他如来找你帮忙，千万替他看看稿子，拜托拜托。

和R是每个周末有date，相处得很愉快。附上照片一张，你们看见了想必很高兴的。别的照片，以及世桢的诗等，下次寄上吧。世桢指出毛泽东的诗词，平仄、押韵错误很多。家里好久没有去信了，下次再写吧，很是怀念，别的再谈，专颂

近安

济安

十月十二日

Carol、Joyce前均此。

〔信封背面〕你们买的什么新车？

7　周国平，应为周国屏（1908–2000），语言学家，密歇根大学博士，1952年后一直任教于威斯康星大学麦迪逊分校，是中文系创系主任，代表作有《中文结构》等。

8　余秉权，史学家，毕业于港大新亚书院，编有哈佛燕京学社《中国史学论文引得》、《中国史学论文引得续编》等。

655. 夏志清致夏济安（1964 年 11 月 1 日）

济安哥：

十月十二日信早已收到，这两星期来公私信来往较多，反而没有空早写回信。附上（的）你和R、世骧的合照已见到，R的确美艳过人，生得有些像当年福斯的小明星Jean Peters[1]，Anne Baxter远不如她。（J. Peters曾同Monroe合演*Niagara*[2]，Monroe过火卖弄性感，反不及正派美女J. Peters可爱。我初到New Haven即看了T. Power和J. Peters合演的*Captain from Castile*，印象很好，后来Peters嫁了Texas巨富，早已不拍电影。李赋宁也极崇拜J. Peters，他也崇拜相貌平平的Jane Powell。）你同R常date，很好，但希望耶〔圣〕诞节前和她有进一步的表示，否则她把你当作confirmed bachelor看待，自己也不好意思示爱，可能引起误解。蒋彝新书*S. T. in San Francisco*尚未正式出版，我自己买了一本，另买两册由书店寄赠R和你（本来打算寄世骧的，但他是书中要角，书局已有书赠他），R初来旧

---

1 Jean Peters（简·皮特斯，1926–2000），美国演员，20世纪40年代末50年代初福克斯旗下著名影星，霍华德·修斯（Howard Hughes）的第二任妻子，代表影片有《南街奇遇》（*Pickup on South Street*）等。

2 *Niagara*（《飞爆怒潮》，1953），黑色电影，亨利·哈撒韦（Henry Hathaway）导演，约瑟夫·科顿（Joseph Cotten）、简·皮特斯、玛丽莲·梦露主演，二十世纪福克斯发行。

金山地区，加上书上有作者签名，对她一定很受用。书想已收到。书中讲的都是他的朋友，Boodberg、世骧、赵元任等，R读了必感兴趣。蒋彝其实是极hard working的西方化的职业作家，书中冒充中国philosopher，所发表的许多意见感想，都是很庸俗的。英美第一流的traveller很多，他们学问广博，对人对物都有新见，蒋彝则贩卖些中国的旧诗旧笑话而已。蒋彝装得很casual的样子，其实写这本书，把旧金山的掌故一定看得不少，而且故意要迎合洋人（的）心理，一定是很吃力的事。蒋彝二十岁时即去游过海南岛，可见当时对旅行的确真有兴趣，他的那篇《海南岛》报告曾在《东方杂志》发表，文字极老练，最近他找到这篇处女作后，曾把它Xerox印出，我粗略看了一下。

你的新著The Commune in Retreat已拜读，你把"人民公社"成立以来数年中组织上的变动问题，调查得清清楚楚，真是亏你的。我为China Quarterly写那篇文章读了不少短篇，但对公社的组织摸不清楚，读了你的大作后，才能有真正的了解。对研究中共的学者，你《公社》和《下放》两本书是最有权威性、indispensable的专著。美国学人，请了一大笔钱，集体研究，往往成绩有限，你一人单枪匹马，找难题研究，而收获异多，这是中共专家不得不叹服的。全书文字有条不紊，读来极饶兴趣，解释许多terms，更是极见功夫。我ordered了三本，暂时不想送人。你的四本近著，还没有人review过，极是憾事。我想写信去〔给〕Rhoads Murphey，请他找人review，三本研究terminology的书可合评，5 Martyrs应另请人评。但不知你觉得请什么人最合适。P. Serruys？Merle Goldman？（Goldman处当去信请她把论文寄给你一看。）

Fokkema现在纽约，昨天把他文稿（的）一部分粗略看了，他把中共文艺界Third Congress所发表的言论和苏联文坛情形联（系）在一起，是很有见地的。Fokkema英文较差，但态度反共，和我们是同道。我最近空下来的时间，专是看人家的文章和稿子。先是张爱玲改写的《金锁记》，即〔接〕着是*Saturday Review*送来给我评的传奇小说集*The Golden Casket*[3]（Wolfgang Bauer[4] & Herbert Franke[5]），书评长度被限制，写得不太好；七八天前又看了柳无忌的文稿*An Introduction to Chinese Literature*，此稿Indiana U. Press请不到reader，求了我两次，祇好答应了。全稿无新见，我写了五页单行的report，柳无忌可能猜得到是我写的，但我善意suggest了不少意见，想不至于得罪他。最近林语堂的女婿[6]出版了一本*A History of Chinese Literature*，认为目前中国最好的小说家是他的太太Lin Taiyi[7]。

3　*The Golden Casket: Chinese Novellas of Two Millennia*（《金匮：两千年中国传奇小说选》，1959），德国汉学家鲍吾刚（Wolfgang Bauer）与其老师傅海波（Herbert Franke）合译的中国古典小说选集，德文版于1959年出版，英译本于1964年出版。

4　Wolfgang Bauer（鲍吾刚，1930–），德国汉学家，兼修日本学、蒙古学等，德国慕尼黑大学博士，先后执教于慕尼黑大学、海德堡大学，1966年回到慕尼黑大学，担任东亚研究所所长。代表作除了《金匮》之外，还有《中国人的幸福观：论中国思想史的天堂、空想和理想观念》（*China und die Hoffnung auf Gluck. Paradiese, Utopien, I der Idealvorstellungen in des Geistesgeschichte Chinas*）、《中国人的自我画像：古今中国自传体文学、文献综述》（*Das Antlitz Chinas. Autobiographische Selbszeugnisse von den Anfangen bis.zur Gegenwart*）等。

5　Herbert Franke（傅海波，1914–2011），又名傅赫伯、傅欧伯等，德国汉学家、历史学家，二战后慕尼黑学派代表人物，柏林大学汉学博士，长期主持慕尼黑大学汉学讲座，先后担任德国东方学会主席、国际东方学会秘书长等，与汉堡学派的傅吾康（Wolfgang Franke）同为推动战后德国汉学发展的核心人物。研究领域为宋元史和蒙古史，代表作有《蒙古人统治下的中国货币和经济》等，同时他还是《剑桥中国史》第六卷"辽夏金元"卷的主编。

6　即黎明（Lai Ming，1920–），广东梅县人，哥伦比亚大学师范学院博士，1949年与林语堂次女林太乙结婚，共同主编林语堂创办的文学杂志《天风》，编纂《最新林语堂汉英字典》等。并曾任职于英国广播公司、南洋大学、香港中文大学出版社等。这本《中国文学史》（*A History of Chinese Literature*）1964年由纽约John Day出版公司出版。

7　Lin Taiyi（林太乙，1926–2003），笔名无双，福建龙溪人，作家、学者，林语堂次女。1949年结婚后与丈夫共同主编《天风》，并任《读者文摘》中文版总编辑，代表作有《丁香遍野》（*The Lilacs Overgrow*）、《金盘街》（*Kampoon Street*）、《林语堂传》、《林家次女》等。

中国传奇小说，Bauer & Franke译为novella，很妥，你在比较文学系开一本〔门〕中西novella比较的课，我想材料是够的。Maurice Valency[8]的 *In Praise of Love* 和他所译的 *The Palace of Pleasure* 都可作教材。*Decameron* 和伊莉〔丽〕莎白时代的短篇小说（大都抄袭翻译欧洲现有的集子），都可供学生阅读。中国方面，*The Golden Casket* 和以前C. C. Wang、E. D. Edwards[9]、Giles等所译的唐代传奇和《聊斋》，都可作教材。关于爱情、义侠、鬼怪各种themes，西洋参考书可借鉴的一定很多。Course title指定novella，似较super natural tales范围广。此外中国的诗评也值得研究，可惜译文太少，而且似侵占世骧的领域。我想重读 *Longinus on the Sublime*，对中国旧诗的了解一定有帮助的地方。你在比较文学系先开Crosscurrents和The Novella两课再说，以后有时间再添别的课。Alain Renoir想不是Jean Renoir的儿子。

胡风的报告，是否是新印的单行本，还是《文艺报》附选的号外，请指示。我想叫唐德刚去order一份。我那篇讨论胡适和中共的对中国文学的看法的短文，觉得弃之可惜，已在 *Literature East & West* 发表，不日寄上。

8　Maurice Valency（1903–1996），剧作家、批评家、比较文学教授，以改编让·季洛杜（Jean Giraudoux）和迪伦特玛（Friedrich Dürrenmatt）的戏剧著称，其改编的季洛杜《金屋春宵》（*The Madwoman of Chaillot*）成为杰瑞·霍尔曼（Jerry Herman）的百老汇戏剧 *Dear World*（1969）的蓝本。研究性著作有《爱的挽歌：文艺复兴时期的爱情诗歌》（*In Praise of Love: An Introduction to the Love-poetry of the Renaissance*）和《鲜花与城堡：现代戏剧入门》（*The Flower and the Castle: An Introduction to Modern Drama*）等。

9　E. D. Edwards（Evangeline Dora Edwards，爱德华兹，1888–1957），英国汉学家、翻译家，出生于中国的传教士后代，在英国接受教育，1913年到北京学习汉语，并任奉天师范学院的主管，1918年还获得北京语言学校的汉语毕业文凭。1931年获得伦敦大学博士学位，先后任汉语教授、远东系执行主任、汉语中心主任等，并长期为中国学社服务，兼任《英国远东研究学刊》（*British Journal of Far Eastern Studies*）编委等职。代表作有《中国唐代散文选》（*Chinese Prose and Literature of the T'ang Period*）、《龙书》（*Dragon Book*）、《竹、莲与棕榈》（*Bamboo, Lotus and Palm*）等。

我的panel上又添了Frankel，人情难却。除Hightower外，对中国诗有研究的学人，差不多已都在我panel上。Carol现在Joyce学校内教一门拉丁，相当tutor性质，每星期五次。我们的汽车是Comet，1964年的，slate color，车顶黑色，upholstery较旧车考究，automotive，但机器似欠佳。*Becket*尚未去看，看了*Mary Poppins*[10]、*The Fall of The Roman Empire*[11]，后者沉闷不堪。余秉权尚未见到。又去参加了一次Goldwater Rally，看来G氏无被选希望。即请

近安

弟 志清 上
十一月一日

附上照片三张，阿二那张请寄还。母亲、玉瑛、焦良都已发福。

---

10 *Mary Poppins*（《欢乐满人间》，1964），歌舞喜剧片，罗伯特·斯蒂文森（Robert Stevenson）导演，朱莉·安德鲁斯（Julie Andrews）、迪克·范·戴克（Dick Van Dyke）主演，迪斯尼发行。

11 *The Fall of The Roman Empire*（《罗马帝国沦亡录》，1964），历史剧情片，安东尼·曼（Anthony Mann）导演，索菲亚·罗兰（Sophia Loren）、史蒂芬·博伊德（Stephen Boyd）主演，派拉蒙影业发行。

656. 夏济安致夏志清（1964 年 11 月 10 日）

志清弟：

来信收到。蒋彝的书也已收到，谢谢；R的那一本也收到了，她会写信来谢你的，我在此也一并道谢。

我的近况如常，不妨谈谈周围的事情。这两天学校在闹风潮，你们也许会在报上见到。事情起因，是有些左派学生在校门口摆摊子，替黑人、古巴等募捐，学校当局禁止。上月大闹一阵子，后归平静；学生们忽然又要出来摆摊子，学校禁止，因此又闹起来了。怎么闹法，我未曾目睹，因为campus我不常去；知道有人在聚众喧哗，我更裹足不前了。

大致情形是在校门口鼓动风潮的人中，有"非学生"在内，他们留了胡子，衣服敝旧，满身肮脏，冒充学生，作政治活动。这种人不知哥大有没有？我想大约NYU一带也许比在Upper Broadway多些。

校长Clark Kerr是个精明强干之人，以调解"罢工"出名，他的学术资格，大约就是研究劳资关系吧。现在事情落到他头上，是相当棘手的。本区主任（Chanceller）Strong[1]是个老好人，哲学家。听

1　Strong，即 Edward W. Strong（爱德华·斯特朗，1901–1990），哥伦比亚大学哲学博士，美国哲学学会主席，1932 年进入伯克利，先后任社会学系创系系主任、文

说事情如果弄僵，教授们将一致拥护Kerr，而牺牲Strong，可能逼他下台。

教授们的多数立场（看他们所发的文告）是站在学校一方面，拥护Kerr与Strong的取缔在校内的政治活动。教授们之中，当然言论庞杂，约可分三派：

一、Assistant Prof.等较年轻的，以及左派人士，认为学生总是对的，不管学生之中有"非学生"在煽动。（其实这种"非学生"也很可怜的，样子像Marcello Mastroianni在 *The Organizer* 之中也。）

二、老派教授可能嫉恶如仇，主张维持学校尊严。如我的房东Loeb，最痛恨留胡子的肮脏学生，尤其痛恨共党的活动。

三、有权力欲的名教授，他们参加校方与学生的谈判，满足他们参加实际政治活动的欲望，同时发挥一下他们自命不凡的抱负。这种人其实也很可怜，他们耍政治也只是amateurs而已。有一位Martin Seymour Lipset[2]，是我们Institute of International Studies的主任，自以为能做学校当局与学生间的调人，结果学生被开除，他受人唾骂。

学生之中情形也复杂，多数人士大约对闹事毫无兴趣，最喧哗的只是左派，他们不能操纵"学生自治会"（ASUC—Associated students），自立各种小团体，如CORE（那是帮黑人的）以及目前的FSM（Free Speech Movement）等。"学生自治会"办的 *Daily Californian* 我不常看，最近留意了一下，发现它言论大致倾左，但在editorial page上常有拥护Goldwater的文章出现。总算做到了"民

理学院副院长等职，1961年至1965年任加州大学伯克利分校校长，由于"言论自由运动"（Free Speech Movement）中与校长Clark Kerr（克拉克·克尔）立场不合而辞职，转任思想与道德哲学教授，1967年退休。

2　Seymour Martin Lipset（西摩·马丁·李普塞特，1922–2006），美国政治社会学家，哥伦比亚大学博士，先后执教于多伦多大学、哥伦比亚大学、加州大学伯克利分校、哈佛大学和斯坦福大学，胡佛研究所高级研究员，代表作有《政治人：政治的社会基础》（*Political Man: The Social Bases of Politics*，1960）等。

主"这一步。*Daily Californian* 的社论是拥护 Johnson 的，但 Stanford 的 *Daily Stanfordian* 的社论却是拥护 Goldwater 的。

说起 Goldwater，我是同情他的，我如有投票权，也会投他一票。但我对他并不佩服，他到底要做些什么，他说不清楚。讲话不顾到讲话的环境，表示他的机灵不够。他是热诚有余，聪明不够。美国有二千六百多万人投他的票，这些人可能在六月以前（Republican Convention）就是拥护他的，六月以后他没有拉到多少票。他的"排他性"太强，某些人的拥护，他根本不放在心上，态度好像是"你们来也罢，不来也罢，我反正总是这一套"，这是"民主风度"不够。其实美国的许多不良现象，如道德崩坏、联邦权扩大、对外软弱等，任何人当总统都难有补救。以对付共党而论，我就不相信 G 氏对于越南有什么办法。G 氏竞选演讲，我不大注意，有一天看见 headline，说 G 氏要派 Eisenhower 去越南（后来 E 氏对此未必表示同意），这未能收号召之效，反而显出 G 氏对越南之无办法。越南问题相当复杂，深思熟虑后未必就有办法，何况 G 氏并不显出对这问题有什么深思熟虑。我看假如共和党真的采取孤立政策，把越南交给 De Gaulle 去办，也许是个较好的退却办法。民主党对 Diem 之死当然该负责，现在他们只是拖下去，拖一天算一天——这也是个办法。美国大多数人无可奈何只好让局势拖下去。G 氏是不是预备大打呢？这点他似乎从来没说清楚。很多人不投 G 氏的票，并非怀疑他的不爱国，而是怕两点：一怕打原子战争，二怕他取消 Social Security——我们不能笑美国老百姓怕死苟安，贪求倚赖救济而生存，全世界老百姓大抵皆如此。在美国则道德风气，更是鼓励苟安与倚赖的。中国古代对帝王的理想是"作之君，作之师"，G 氏不成"君"，尚可成"师"，但他在这方面的条件是不够的。在美国要恢复坚〔艰〕苦卓绝唯善自从的道德风气，在野的人也可倡导；国民如能养成风气，就是为将来的 G 氏之类的人在政治上铺路。目前在风气上的培养还不够，虽然我是很悲观的，这种风气恐怕很难培养。

G氏的失败所引起的最大的危机是国会制衡权之削弱。保守势力如能掌控国会，至少可以去限制总统的胡作非为。但国会恐怕要越来越liberal了，如真和总统一鼻孔出气，那么错误就很难纠正，民主政治面临危机。唯一希望在于Johnson，此人也许不是胡作非为之人，心理上也许是倾向保守的。

在加州"眉飞"当选为senator，另有proposition 14，即限制州政府的立法干涉房产买卖租赁事，这是代表保守意见的，结果是它通过了。看一般民意，对保守派主张也有很多赞成的，但G氏不能善于利用民意，致遭惨败。现在共和党分裂，一时恐怕难以出现一个领袖群伦的人。G氏有勇气而缺机变，共和党其他人士（如Nixon、Rockefeller等）都是勇气不够的。

相形之下，Khrushchev还是个人才，他把Lenin、Stalin遗传下来的政治上的恐怖风气改变过来，不是件容易的事。

十一月三日大选之夕，我和R在萧俊的apt看TV（NBC），越看越乏味，到十点钟就走了。

R在政治上是liberal的，但我很少同她讨论这类问题，因此从未发生过意见不合之事。她的态度和她（的）家庭环境有关系，她家恐怕是美国的"上中"社会，父亲替Standard Oil做事，现已退休，父母都是G氏的拥护者。其父大约是个好好先生，精力业已衰退；其母则仍十分活跃，militantly地拥护G氏，这引起女儿的反感，偏偏拥护反G之人。美国家庭关系简单，青年人所受家庭影响，很容易看出来，而且他们自己也很容易表现出来。中国人所受的家庭影响（欧洲人恐怕亦然）则是微妙之处较多。（R父母住在Palo Alto以南的Los Altos。）

R你评之为正派女子，这大约是对的。她的理想人物大约有二类，一是Jackie Kennedy，过华贵而有艺术修养的生活；二是Sophia

Loren、Melina Mercouri[3]（我们最近看了 *Topkapi* [4]）之类女性，表示自己独立个性的人物。二者之间，Jackie 的成分重些，Loren 等只是一个达不到的理想而已。但男人如不尊重她的个性，她的反叛的一面也会显露出来的。总之，她不是 Maureen O'Sullivan 一型也。

她的性格，比 undergraduates 已经超过很多，但还是近乎一般的 graduate student。她喜欢游泳、打网球等，我当然从来没有去陪过她。但她对足球、篮球、棒球等毫无兴趣。思想 liberal，但对学校内的政治活动，也毫无兴趣。真使她有兴趣的是画展和美国"上中"社会所谓的 culture，那些 culture 活动，我也有兴趣的。对于现代绘画，受了她的影响，也正在培养兴趣中。还有一件事，使她最感兴趣的，是大的 cocktail party，我带她去过两次，一是领事馆的双十国庆酒会，二是金山某地的欢迎蒋彝的 reception（只供给没有酒精的 punch，我大失望）。她自己当然也喜欢请客，像 Jackie Kennedy 那样。因为她有 graduate student 的 mentality，对学术界还有点迷信，她应该看看钱锺书的《围城》。她因为是女学生派，在 taste 方面是绝不 extravagant 的。

我和她的关系是十分愉快；一直到最近，我才以 mature person 的姿态处理男女关系的问题；她是十分聪明，可还是脆弱的。我希望她在感情上坚强起来。男女之事，一有小龃龉，可能引起大紧张。如有大紧张，我就应付不了了。

有两个因素，可能引起龃龉的：

3　Melina Mercouri（玛丽娜·墨蔻莉，1920–1994），希腊女演员、歌手，凭《艳娃痴汉》（*Never on Sunday*，1960）获第 14 届戛纳电影节（1960）影后以及第 33 届奥斯卡（1961）最佳女主角提名。其他代表作还有《费德拉》（*Phaedra*，1960）、《土京盗宝记》（*Topkapi*，1964）等。在希腊军政府时期（Greek military junta of 1967–1974）成为政治活动家，在军政府倒台后出任希腊议会（Hellenic Parliament）议员以及希腊文化部第一任女性部长。

4　*Topkapi*（《土京盗宝记》，1964），犯罪惊悚片，朱尔斯·达辛（Jules Dassin）导演，玛丽娜·墨蔻莉、彼得·乌斯蒂诺夫（Peter Ustinov）主演，联美发行。

（一）虽然我很可能是她最亲密的男友，而且是她的favorite，但她仍旧会和别的男友来往的。有些男子是我瞧得起的，有些则是我所瞧不起的。我只要说话一不小心，就可能去加以干涉，但我抱定宗旨，根本不管。她有时也许（本能地，并非恶意地）想引起我的妒忌，但我知道妒忌的后果，所以抱定诸事不管的宗旨。因为我的稳重，她才有发挥她聪明的机会，她绝不会使我难堪。我若表现愚蠢，她可能立刻也会变成一个愚蠢的人，事情就难应付了。（我除她之外，现在别无女友，这点她觉得，而且也显出感激的。）

（二）她最近要去申请Ford Fellowship到台湾去，我大感痛苦。但我根本不干涉，只是积极地给她advice并帮助她。事实上她也未必去得成，因为明年她要考Ph.D.的qualifying考试，这关如通不过，什么都不必谈；即使通过，Ford方面未必就给她也。我的痛苦只是一天的事，以后就没有了。当然照浪漫派的看法，伟大的爱情可以使她打消去台湾留学的想法，但是这种打消只是短暂的事，女人心底下还是有求独立的意志，一下子压抑住了，将来还会迸发的。何况在廿世纪，爱情能怎么伟大，在男女双方都是不大相信的。

我们现在的关系，双方关切，双方体谅，我落落大方，把她带去任何地方，不感窘迫。邀请出游，绝无疙瘩（这是我的真正需求），她为了表现她的烹饪技艺，每隔一两个星期，总是烧一只菜请我去吃。我们之间，有讲不完的话。这种关系，我想是很宝贵的，你说是不是？

当然，你会说女人需要被"征服"，也许女人本能的是需要被"征服"。但"征服"能够维持多久？而男女之间（即使是夫妇之间）的hostility却可能是永恒的。R的感情相当脆弱，她其实并无朋友（尤其没有知心的女友），目前我算是她最好的朋友；一个朋友可以帮她培植自信，建立健全的内心生活。我这个role也不容易演，但是我相信我对她一直是很诚恳而大方的。她过去一次婚姻、一次恋爱都引起她很大的苦痛，她还需要一个时期能够对人生恢复信心。

朋友之中，世骧是十分喜欢她的。Grace是嘴上很甜，心中不喜。Franz Schurmann、Joyce Kallgren大约也都不甚喜欢她。她有点孤芳自赏，女人不喜欢她的多。她prefer男人的社会，但对于男人是有点怕的。

蒋彝的书我还没有看，我相信你的评语是对的。他的Silent Traveller一套，已出书十种，但对于他自己的真正问题（如寂寞、不结婚、想家等）避而不谈，一味地装出gay philosopher的样子，这点虚伪的掩饰，注定他的文章好不到哪里去。金山一带的朋友，多的是问题，我相信蒋彝是不会去求了解的。

世骧跟蒋是多年老友，现在关系弄得坏极。此次蒋来推销书籍，又添了些误会（世骧的书收到在最后，在别人都收到之后；书上签名是给Prof. & Mrs.的，语气太疏远，请帖又是收到的最后……）。蒋之最大错误，是书上对Grace只字不提，只把世骧当作bachelor来描写，可是他历次来金山，都是Grace给他最热烈的欢迎，Grace的好客，你同Carol都是深知的。Grace说，蒋是妒忌世骧有美满良缘，而他自己则是形只影单——这个说法也许有理由。这种话，希望你不要对蒋彝说。世骧这次对蒋甚为冷淡，Grace则嘴上还是很甜的。她把他引去客房，说"look，这间房是留给你的，你为什么这次不住在我们这儿呢？墙上挂的画是你的大作呢！"etc。

接Hanan（的）信，知道明年暑期，在Stanford的教书之事，大致已定。但他的小说panel，组织不起来，预备取消了。如此事来得及补救，还应该补救一下。因为AAS如看见中国文学这门学问不吃香，以后会减少钟头的。这种事情当然用不着我来管，但我对世骧说，不妨让Frankel来主持小说panel——假如把《左传》、《战国策》、《庄子》、《列子》都算进去，中国小说是大可一谈的。Hanan新做系主任，兼管外事，时间忙不过来，加以对于美国人地不熟，组织起来很吃力。他心目中的王牌是李田意，如李给他捧场，来一篇paper，他就觉得满意了。其实我在Levenson的节目之外，再来一篇小说 paper 也无所为〔谓〕——这种话太像吹牛，只可以对你说说的。

别的再谈，专此 敬颂

近安

济安

十一月十日

Carol 与 Joyce 前均此。

657. 夏济安致夏志清（1964 年 11 月 25 日）

志清弟：

　　这个周末去西雅图，在那里把《蒋光慈》一文寄出，日内想可收到。这篇文章在西雅图的反应很好，在这里经世骧与R看过，他们都很满意，我相信你也会满意的。文章结构，你可以看出来我在开头的时候，有些踌躇，不知写些什么好，后来大讨论"爱情与革命"的公式，似乎很得意，希望关于蒋的生活方面，能多写一点，但是时间不够，只好就让文章成为这个样子了。

　　关于"书"，我曾经写过一篇"序"，于暑假中寄上。我想写一篇 introduction，写来写去，进度极慢。因为研究几个个人和他们的作品容易，总讲那时的一般心理状态，需要极正确的英文讲那时的混乱情形，很是不易。正在努力尝试中。

　　去西雅图之前，Franz Michael 主办的 Western Seminar on Contemporary China 在 Berkeley 开会。Michael 在西雅图服务逾二十年，近年和 George Taylor 关系转恶。今年他在华府的 George Washington Univ. 做客座教授，也许将留在彼处不返西雅图了。所谓 Western Seminar 是他弄出来和东方的 JCCC 分庭抗礼的，虽然名叫 Western Seminar，那会从来没有在西雅图开过，大约是 M 要避免和 Taylor 发生纠纷的缘故。过去两次是在 Hoover Institution 开的，

Hoover 的主任 Glenn Campbell[1] 是 Goldwater 的顾问，有名的右派，可是并不是很有名的学者（他的学问是经济学）。Michael 也是右派，脾气是火爆的，治学也有欠深思熟虑的地方，但对朋友是赤心忠良的。他要主办 Western Seminar，没有 Berkeley 捧场似乎不大像样。这次亏得世骧帮忙，让他在 Berkeley 开成一次会。那些他认为"左派"的人物，对他都很亲热，没有排斥他的表示，这点他是应该引以为慰的。

开这种会，既无 paper present，大家空口说白话，到会的人有何得益，我是很怀疑的。但天下自有人以开会为乐，我虽有广博的同情，对这方面还得用很大的功夫才能想象得出开会的乐趣安在。

在西雅图住了两晚，不断地下雨，觉得那地方很不可爱，也了解马逢华为什么要有一个太太。西雅图没有什么地方好玩的（夏天还有山水可欣赏），像逢华那样孑然一身，一定觉得寂寞得可怕。逢华的太太（天主教，洋名 Theresa）是大陆人，在台湾长大，可说"貌不惊人，才不出众"，但是社会与家庭把她养成一个"贤妻良母"型的女性。这类的女子台湾恐怕还有不少，她们的特点是 self denial，本身的欲望（各方面）低，事事让丈夫占先。逢华是当然的"一家之主"，她从他那里得到 security、小小的虚荣的满足，和并不很大的爱抚。他则有个家，有人"服侍"，在社会上像个"人"，少了些"后顾之忧"。双方都是为结婚而结婚。逢华假如没有 Ph.D.，没有在美国的好差使（他已有 tenure），而留在台湾做穷公教人员的话，像他现在那样的太太，不一定肯嫁给他。一切都很现实，说起来也很悲哀的。

---

1 Glenn Campbell（W. Glenn Campbell，格伦·坎贝尔，1924–2001），美国经济学家，毕业于哈佛大学，著名的保守主义者，长期任总统顾问与加州大学校董。1960 年由当时的胡佛总统亲自选定担任胡佛研究所所长，长达三十年之久。在当时美国学术界自由主义盛行的背景下，坎贝尔将研究所打造成为"自由主义汪洋中的保守主义灯塔"。

　　拿 R 和 Theresa 相比，可以说是中美小资产阶级女性的大不同。R 自认是 a timid girl，她的确是很 timid 的。但她的生活很复杂，不要说别的，单凭她所读过的书，与她所耳闻目睹的实际生活，她的生活也就非复杂不可。她知道人生很多的罪恶与心理问题，这些是一个台湾出身 well-sheltered 的小资产阶级女子所不会知道的。美国虽然说是男女平等，但小资产阶级女子仍有"求独立"的欲望与意志，单是这个心理因素便可以制造不少笑话与悲剧。R 和我来往结果，人大约渐渐变成 mature（这点不是我吹牛，她自己也承认的）。主要的是美国一般社会风气，并不看重"理性"（reason），做事凭一己好恶，甚至有 compulsion 做出莫明〔名〕其妙的事，我相信我是很尊重理性的。我称之为 common-sense。R 的心理大致正常，但有一点我警告她是很危险的：她多梦，有时候梦做得活龙活现，她不知道梦境是真是假。她对一个人的态度，有时候也受此人在梦里如何出现而定。她受我的影响，至少不想去看"心理分析家"，但是要她过一种坦荡荡的平凡生活，恐怕还是不容易的。

　　总之，拿 Theresa 和 R 相比，T 的脑筋里东西少，问题少。R 则常常"百感交集"，而且自己在欣赏自己的"百感"。照中国古书说，这种女子是比较"福薄"的，因为她们会自寻烦恼。我对 R 自始迄今，没有以 suitor 姿态出现，她也许微感失望，但我至少没有使她的问题复杂化，而是使之单纯化。以她的美貌活泼，一辈子碰见的 suitors 想必不少了。她的情感生活如老在圈子里转，对她是没有好处的。以我看来，在美国社会里做女子还是并不很快乐的。

　　看这封信的口气，你当可知道我不大可能会向 R 求婚。她有种种美德，但"讨"了她回家，还是讨了个"问题"回家（当然 B 的问题更大）。如要结婚，马逢华那样是很切实际的办法，他们经济学家本来是很切实际的。关于马太太这类的女子，我至少有一点可说，她们看不懂我的《蒋光慈》。《蒋光慈》以外，还有好几百件事情她们不懂也不想懂的。R 则我陪她去过 Concert、Opera、Ballet、Lectures、Art Exhibit 等等，这种伴侣我还是需要的。

马逢华好辩，上面这些话也许是他逼我说的，但我在他面前当然不好意思说，我只是含糊了事。在访问他的 love nest 之后的感想，就在这里写下来了。

西雅图的中国人之中封建势力大极。逢华叫李方桂太太与施友忠太太都是"伯母"，他对她们也是莫明〔名〕其妙地"乖"。他的新夫人人地生疏，从台湾带来的封建思想更为浓厚，更是少不得伯母们了。Berkeley 的封建势力也很大，我虽对五四运动缺乏好感，但是对于封建势力，还是不愿意看见它滋长的。

Thanksgiving 时 R 回 Los Altos 去和她的父母一起过节，我好久没有和 B 来往，也许与她一起玩。（请她吃饭，也许看电影，但 S.F. 的电影院在罢工。）

李又宁来信问起瞿秋白事，请告诉她：go ahead，我对于瞿的研究只此为止，不会再多。她如写瞿的政治活动，将替我的文章生色，引起大家对他的兴趣。我很高兴将来能拜读她的关于瞿秋白的论文。

你们想都好，家里想也都好，信暂时到此为止，专此 敬颂
近安

济安 上
十一月廿五日

Carol 和 Joyce 前均此候安。

658. 夏志清致夏济安（1964 年 12 月 4 日）

济安哥：

　　已有一个月没有给你（写）信，时间过得真快。你十一月十日信上提到加大学生风潮，今天 *N. Y. Times* front page news 之一即是加大八百学生在 Sproul Hall 实行 sit-in，被 Governor Brown[1] 差警察把他们关起来。Brown 这次做事很有果敢，我很佩服。希望他和 Kerr 能坚持原则，不向学生让步。但同报载五百名教授开 faculty meeting，主张让步，并且 recommend 把犯过的学生，宽宥待遇，不加追究：这些教授大约都是些年青左派教授和有政治欲的名教授，希望 Kerr 和 Strong 能不听他们的话。加大的情形和以前北大学生为争取建立"民主广场"事闹风潮一般无二，甚至和 Diem 下台前和尚作怪情形也相仿。Berkeley 一向很自由很左倾，这次 CORE，和其他共党、socialist 组织全力以赴大闹，显然是想把加大当作一个 test case。这次他们成功，别的名大学也得遭殃。哥大 beats 和左倾学生也不少，百老汇校门前经常有 CORE 会员在那里发传单，以前常有黑人在那里推销 Black Muslim 印刷的报纸和宣传品，最近似少见。Mme. Nhu

---

1　Governor Brown，即 Pat Brown（派特·布朗，1905–1996），美国政治家、律师，第 32 任加州州长（1959–1967），在任期间修建了大量基础设施，并重新界定了高等教育系统，被誉为现代加州的奠基人。三次参与总统竞选，均告失败。

来演讲，曾有左派学生protest，并掷鸡蛋的情形。今年正月Barnard College有什么校庆，特请希腊Queen Frederika[2]来领名誉学位。Frederika去英国，到处被左派人harass。她来哥大，左派人士自然也要protest。结果校长Kirk[3]下命令，Queen F.是哥大trustees邀来的客人，同校政无关，不准学生protest，而且trustees之行动，学生无干涉之权。Queen F.来哥大，平安无事，事后学生又闹了一阵，并无结果。今秋CORE members换了tactic，说学校虐待许多食堂内雇用的黑人和Puerto Rican cooks，要求学校准许他们unionize起来。那些黑人、Puerto Rican自己不闹，祇有几十名CORE members（有些可能不是学生）在闹，他们在John Jay Hall[4]门前picket了两星期，唱些什么 We Shall Overcome[5] 的歌。有一天下雨，他们仍在那里跑圆

---

2 Queen Frederika，即Frederica of Hanover(汉诺威的弗里德莉克，1917–1981)，希腊皇后，国王保罗一世(King Paul of Greece)之妻。在希腊内战期间设立"皇后营"(Queen's Camps)和"孩子城"(Child-cities)收容受战乱波及的孤儿和穷苦儿童，遭共产党指责为君主体制的政治作秀以及非法收养儿童送给美国家庭。内战后多次出访国外，在保罗一世去世后辅佐其子、末代国王康斯坦丁二世(Constantine II of Greece)，其对政治的影响力受到非议，人称王座背后的灰衣主教(éminence grise)。军政府掌权后流亡海外，出版自传 A Measure of Understanding(《理解的尺度》)。

3 Kirk(Grayson Kirk，加里森·柯克，1903–1997)，哥伦比亚大学校长(1951–1968)，20世纪60年代后与学生关系不断恶化，在1968年哥伦比亚大学大示威中起先答应了示威者的部分诉求，不过随后以非法入侵为由报警清场。该事件后拒绝辞职，但最终还是在新学期开始前宣布退休。

4 John Jay Hall(约翰·杰伊大楼)，位于哥伦比亚大学晨边高地校区东南端的十五层大楼，以美国首席大法官约翰·杰伊(John Jay)的名字命名，也是McKim, Mead & White建筑公司的最后一批作品之一，主要作为新生宿舍以及生活设施，在1967年的反越战示威中成为示威学生的大本营。

5 We Shall Overcome(《我们要战胜一切》)，美国民权运动中的经典歌曲，最早可以追溯到黑人牧师查尔斯·阿尔伯特·廷得利(Charles Albert Tindley)的赞美歌 I'll Overcome Some Day (1901)，其现代版本最早出现在1945年食品与烟草工人协会的一次罢工中，女歌手琼·贝兹(Joan Baez)在1963年一场25万人参加的黑人民权集会中演唱后，该歌曲成为美国黑人民权运动的标志性歌曲，时至今日，人们依然在马丁·路德·金纪念日中演唱它。

场。有一位 young mother，一手拿了伞，一手抱了婴孩，也在那里
兜圈子，不想想自己孩子受了寒生了病怎么办。后来这二三十人开
始在 Low Library 前门广场上兜圈子唱歌，接着 Kirk 写了封信分发各
教职员，说明哥大对食堂雇员待遇极 fair，常常自动调整工钱，而
且食堂经常雇用学生 help，假如食堂 unionize 以后，许多 student jobs
就无法再 fill 了，说得很有理。一两星期后 CORE 也印了一份公开信
驳 Kirk，我没有看即把它丢了，但一月来似不再有 picketing。

哥大本部学生祇有二千人，而且学费很贵，拿不到奖学金的
穷学生不能进来，所以不容易闹事。学生人头较杂的是 School of
General Studies，本来是 serve community 的 extension school。近年来
full-time 年轻学生愈来愈多，人数远胜半工半读的成年人。那些住在
纽约的青年，不能进 Columbia College、Barnard，进 G. S. 倒很容易，
学费虽贵，但用不到〔着〕读 full program，选一课两课都可以。G. S.
beatniks 特别多，左倾人士也不少。一两年前 G. S. 的 Dean 颇有野心
把 G. S. 改成正式的 college（名字叫 Butler College），和 C. C.、Barnard
鼎足而立。后来 Kirk、Barzun 发条命令，学生需在二十一岁以上才
可进 G. S.，打破了那位 Dean 自建 empire 的野心，他一怒辞职，另到
别的大学去做校长，其他负责人员也走了不少。这几次 picketing，
我想 G. S. 学生占大（多）数，以后 G. S. 缩小范围后情形或可好转。
G. S. 的学生至少有四千。每年 commencement，台上看下来，
G. S. 那 group 实在是乌合之众，黑人也不少，哥大本部绝少有黑人。

昨天收到 "The Phenomenon of Chiang" 的长文，一口气看完，极
为满意。有这样一位作家，有你这样一位 critic 和 biographer 把他的
作品和生活联系起来分析研究，也可算是文坛上的佳话。你一贯以
前研究瞿秋白、五烈士的作风，文字极动人，而且抓住蒋光慈心头
的秘密，把他的文章和为人互相对证，读后不得不令人叫绝。第一
节文字也有条不紊，叙述蒋氏和共党的关系和他死前死后 reputation
的升降，是正文必需的 introduction。蒋氏的毛病是中国很多作家

的通病，他们都是爱母亲爱家里的小妹妹的。早期的巴金离家，到上海，革命种种都是和蒋光慈相仿的，虽然巴金痛恨小资产阶级的comfort远胜于蒋氏。蒋光慈读书一定很少，究竟读了多少拜伦、Dostoevsky很成问题。拜伦很富讽刺天才，而且出身贵族，颇有自知之明，蒋光慈完全不是这一回事，所学的仅是拜伦浪漫革命外表而已。你参考书看得很全，可惜有些蒋氏的作品没有读到or全读。今天发现哥大除我所看过的两三本书外，另有《菊芬》(1928)和《最后的微笑》的原版or再版。我先把《菊芬》和《冲出云围的月亮》寄上。《最后的微笑》你如要和1940 edition相比较，也可寄上。哈佛中国新文学的书籍也不少，你所未看到的可能哈佛有，可写信问问谢文孙（Winston Hsieh, East Asian Research Center, Room 306 A, Harvard University, 1737 Cambridge 51, Cambridge 38) or 李欧梵。

今天收到周策纵索稿的信，想你也收到一份。他在Wisconsin创办一种《文林》年刊，专刊有关中国humanities的文章。我回信提起了我们《西游》、《西游补》两篇文章，一起在《文林》上发表了，也是好事。不久前我写信给Rhoads Murphey嘱他把三本中共terminology的书和 5 Martyrs 请人评一下，我suggest的names是Paul Serruys和Merle Goldman。Murphey一向对你极佩服，回信一满页，已把我的信转给Ardath Burks[6]（Book Review editor)，我想可以发生效力。有时有书请不到适当的书评人，和有些学者不肯写书评，也是实事。

蒋彝不知何故要把一份《海南岛》寄你，可能有要你把文章在加大华人间传观的意思。我的 The Golden Casket 的review已在 Saturday Review (Dec. 5) 发表了，并同那一本 Literature East & West 一起寄上。The Golden Casket 书评最后一句有毛病，楚王神女的幽会并不

6　Ardath Burks，可能是日本研究专家Ardath W. Burks，著有《日本政体》(The Government of Japan)、《日本：后工业的力量》(Japan: A Postindustrial Power)等。

在"巫山"，但宋玉以后的 reference 都提及"巫山"，少提"高唐"，希望内行不加深究。我写那篇 review，把译文和原文细较，发现不少错误，对于"传奇文"也增加了不少心得，这些材料弃之可惜，已获 Schaefer 同意，在 *JAOS* 上写 review。在 *JAS* 上写 review，（有）篇幅限制，不易表现学问。

MacFarquhar 的书记 Judy Osborn，结婚已一年，不久前她同丈夫 Bill Riches 来纽约，我请他们吃了一顿饭，他们来西岸，一定会来找你、Birch、世骧的。Judy 婚前说婚后他们要游历一年，我以为她先生一定很有钱，不料是个穷记者，他俩是大学同学。Bill Riches 说，Kennedy 在 Blockade Cuba 时，英国人心惶恐，真觉得大战要爆发了。Riches 代表但求苟安、思想左倾的一般英国青年。MacF. 即将结婚了，见 clipping。据说 Mancall 以前也追过 Cohen，Mancall 是 MacF. 在哈佛时的好友，这种三角恋爱情形，美国不多见。

Joyce 读书颇有进步，这星期患 mumps，case 很轻，休息几天后即可上学，望勿念。你无意追求 R，此事也不可勉强，但你们常在一起，可能友谊会更进一步。主要的还是在对方，如她对你表示爱意，我想你也会回心转意的。那次 date B，结果如何？你的高足石纯仪月前结婚了，没有请客。先生是哥大电机工程 Assistant Professor，Emerson Meadows Jr.[7]。我未见到。此事来得突然，大约 Christa 男友渐渐减少，突然碰到一位可亲的洋人，就下决心结婚，勇气可嘉。他们二人已搬进哥大新建的 apt building。她的母亲（已来美）和弟弟住在她的旧 apt。李友〔又〕宁本来预备写袁世凯的，但关于袁公的书愈来愈多，祇好改题目。

上星期看了大半本陈寅恪《元白诗笺证稿》，的确很有道理，大学者同普通人写书毕竟不同。买了一本新出的 Eliot 的博士论文

7　Emerson Meadows Jr.（全名 Henry Emerson Meadows，1931–2017），美国乔治亚州亚特兰大市人。亚特兰工学院学士、博士，哥伦比亚大学工学院教授。

重印，*Knowledge & Experience in the Philosophy of F.H. Bradley*，一时不会看，恐怕也看不懂。*Becket*已看过，精彩无比，又看了Elia Kazan导演的 *The Changeling*[8]，拙劣不堪，小演员不会读verse，看英国剧本，非看英国剧团不可。世骧夫妇前问好，Hanan来信，特地嘱我向哥大学生推荐你夏天的course，我想他有意请你去Stanford教书的。不多谈了，即祝

　　近安

志清
十二月四日

8　*The Changeling*（《调包》），托马斯·米德尔顿（Thomas Middleton）和威廉·罗利（William Rowley）著，英国文艺复兴时期最出色的悲剧之一，1622年获准演出，1653年首次出版。

659. 夏济安致夏志清（1964 年 12 月 17 日）

志清弟：

昨日航空寄出《孙悟空三打白骨精》一本，是给Joyce的，又托Mission Pak寄上水果干果一大包，并日历一册，这是给Carol并大家的。我做事情总有点临事抱佛脚，每年圣诞节的卡片差不多都是航空邮寄的。

送给R的礼物（尚未交给他〔她〕）是赵元任录音的国语唱片一套，并 *Mandarin Primer* 一本。送给世骧与Grace的将是 *History of Japan in Art* 一册。远地的人大致不送礼物，怕麻烦也。吴鲁芹与李方桂两家也许将送Mission Pak去。很怕程靖宁送礼物来，他来了我又得买东西送去。

学校的风潮已为全国所注目，此事关键在明天（星期五）的董事会（Regents）。教授会建议五点，对闹事学生完全让步；董事会是否接受建议，刻尚不知。如不接受（闹事学生坚持全部接受，连修改都不容许的），学校又要大闹了。下星期学校放年假，学生大部（分）回家过节，闹事恐怕不易，但积极分子倾全力以赴，非坚持主张不可，不惜把学校全部闹垮。如董事会态度强硬，可能这学期不能大考，不少学生要开除，激烈教授被解聘或辞职。

如董事会接受教授会的建议，这学期可以太平渡〔度〕过，学校又可以平静一个时候。

在此期间，我没有采取任何公开立场，没有在任何文件上签字——国内有学潮时，我的态度亦复如此。私人场合，我当然发表意见。我同意你的憎恨左派学生，但事情演变至此，我主张接受教授会的建议。大多数教授所以提出那向学生"屈服"的建议，其一部分的动机也和我相仿：为了息事宁人。

这次事件中最可怕的一点是：即左派势力的增加，与中立势力的左倾。忆学期开始，Savio[1]的党徒不满千人，学校大多数人不知他在闹些什么东西；很多人也不知道有他这么一小撮人在闹事。发展至今，非但Savio那小子已经全国闻名，而且中立的学生、中立的教授附和他的已经很多。他们已经committed，如加压力，祇有使他们日益与Savio同流合污。目前之计，是"釜底抽薪"。没有办法可以消灭左派学生，办法祇是isolate他们，限制他们的影响。"息事宁人"的坏处是给左派学生一个胜利的光荣；好处是消灭free speech这个issue，左派要闹而且掀动全校地闹，非得另寻issue不可。他们如祇为黑人与古巴而闹，他们仍旧祇是一小撮人，与全校师生无关的。可怕的后果（假如董事会采取强硬态度）是中立的师生一起为黑人与古巴而闹也。那时美国整个社会将大不安定了。

少数教授反对那五点建议（即反对给学生"全部"言论自由）者，提出这条意见：假如学生要提出杀人放火的言论则如何？假如学生要鼓吹 Ku Klux Klan[2] 则如何？ etc。其实学生即使有了"全部"言论

1　Savio（Mario Savio，马里奥·萨维奥，1942–1996），美国政治活动家、学生运动领袖，加州大学伯克利分校哲学系学生，1964年伯克利"言论自由运动"核心人物，以激情演讲著称，尤其以在史布罗大楼（Sproul Hall）前的演讲《直面齿轮机》（"Put Your Bodies Upon the Gears"）最为有名。

2　Ku Klux Klan，简称3K党，美国民间组织，最早成立于1865年，奉行白人至上主义、白人国家主义以及反对外来移民等教条，后来也包括日耳曼主义、反天主教和反犹主义等。在美国南部尤其盛行，以恐怖手段对待其反对的对象，尤其是黑人。其成员往往头戴白色尖顶头罩，身穿白色长袍，如今这一形象已经成为美国种族主义的象征。

自由（"全部"者即训导处不加干涉，不去处分他们），校外仍有力量
制裁他们（警察，司法），而且怪论即使被提出，未必就有号召力。
左派人士反正要放怪论，让他们去放好了。现在这口号"言论自由"
可以号召太多的人。你要说：左派人士何尝真在争取"言论自由"？
情形的确不是如此。但是在大家情绪激昂的时候，很少人有我们这
样冷静，去研究"言论自由"这口号的。在这口号底下，左派太可以
扩大影响了。所以我的主张是不惜任何代价，先消灭这个口号。先
把中间人士已经动摇的安定起来，再想办法来对付左派人士。

在风潮期间，R 也完全置身事外，这点是很叫我钦佩的。因为
与 Chinese Studies 有关的美国学生，态度大多左倾也。她私人态度
则是对校方不满，对于左派学生的幼稚言行，觉得 nauseating。她思
想还是偏向 liberal 的（如反对 Nixon、Goldwater），但总算有自己的
立场，不去随波逐流。

她有个隐疾 —— 偏头痛 migraine，最近常发，发时痛苦异常。
有种药，吃了可以缩小脑筋里的血管，可以抑制痛苦。吃了有效，
但她不敢多吃；因为血管老是被缩小，可能有恶劣后果，影响整
个健康。最近她用电流检查 Brain Wave，结果尚不知。难能可贵的
是，她在痛苦之中，总是能强颜欢笑，表示 cheerful 的。她的痛恐怕
祇有中国的针灸可治，但在美国哪里找得到好的针灸大夫？

Merle Goldman 来访，我尽心招待。请她吃晚饭，请 R、Birch
夫妇、纪文勋、世骧夫妇（他们还带来了 S）；送她上机场。她慕名
而来，我总算表示了我对她盛意的 appreciation。我们谈了很久，
我恰巧对于她的题目，亦略有研究，讲的话也许有点道理，使她得
益。有一点使我惊奇的是：这位年轻太太兴趣何以如此之狭！她来
时，加大正在闹风潮，她对之毫无兴趣。世间学问，祇要对她的论
文无关的，她也毫无兴趣。哈佛培养出来如此的专家，实非 liberal
education 之成功也。哈佛过去的人才如 Esther Morrison，写了全世
界最长的博士论文，然后耗时十几年地去整理她的论文，把一切学

问置之不顾，可叹亦复可笑也。Harriet Mills之弄鲁迅，大约亦有点钻牛角尖的样子。张琨之流的治学方法，恐怕亦复如此。相形之下，R的兴趣，遍及文学、历史、心理、哲学等等，在美国研究生中，算是难能可贵的了。

《人民日报》十月卅日有长文大骂邵荃麟（自《文艺报》转载），我复印了一份，送给Goldman。她说她要替*China Quarterly*作文论此事，因为关于邵荃麟，她材料搜集了不少，写起来不会太难。《人民日报》之文，你可检来一看，你将会惊奇邵某居然亦会走胡风路线的。

她的博士论文，我没有时间全看，祇看了二三百页，因为她要把它带走。论文的文字并不精彩，观点方面把周扬的role看作自始至终代表"党"的一方面，别人（如冯雪峰）代表literati，这是很成问题的。在1942年之前党的文艺政策很难说，我相信冯雪峰也是代表党的某些人士的。她题目里用literati一字，这字亦非得重加定义不可。你用铅笔写的批语，很详尽公平，对她用处一定很大。你在百忙中抽空替她仔细校读，这种精神亦是很值得佩服的。

周策纵的信亦已收到。《西游补》一文，因Schaefer的*JAOS*约稿，已答应给他，但一直忙于写我书的序文，此事尚未动手。董说的《昭阳梦史》等，哪里可以借得到，刻尚不知。周的刊物暂时我大约无暇投稿。蒋光慈那些书你如能借来给我参阅，不胜感激。同时并请留意董说的著作，假如有空的话。

Thanksgiving前夕我约B吃晚饭，饭后去饮啤酒（这家地方完全模仿英国的pub的），谈得很愉快。她说她和R的感情不会好，因为both are interested（她的字）in the same man，但我相信R待她是很好的。圣诞节R又将回父母那里去过节，我对此事处之泰然。小事情可以引起龃龉的实在太多了，假如我不这么心平气和的话。R说她所abhor的是"exploitation & possession of a person, esp. if the person is me"；她的崇自尊、爱自由可想。她待我实在好极，所以我毫不

complain。圣诞节她回家，我也许又将去约B，假如她不去Carmel
的话。X'mas eve假如没有date，一个人躲在屋里读书，我也不会
觉得痛苦的。至于R的家，我绝不想拜访；她母亲根本反对她读中
文，不要说轧中国男朋友了。去了受人冷淡，真是何苦！最近应酬
真多，节前节后能够空闲一个时候，对我实在也是需要的，但怕还
是空闲不出来耳。专此 敬颂

　　快乐

　　　　　　　　　　　　　　　　　　　　　　　　　　济安
　　　　　　　　　　　　　　　　　　　　　　　十二月十七日
Carol、Joyce前均此，家里也问好。

660. 夏志清致夏济安（1965年1月4日）

济安哥:

今天开学了，这次年假不知为何社交节目特别多，等于浪费了两星期。你在假期想也特别忙，圣诞前后和R、B想玩得很痛快，为念。你寄给我们的礼物都已前后收到了，《孙悟空》先收到，图画很细致，建一看得很满意。即〔接〕着是日历，今年的format比去年的大，多花卉。水果干果最后到，这大包东西你一定花钱不少，干果分送了些邻居，已吃得差不多，加州蜜橘正在受用中，比较起来Carol欢喜Oregon的梨，因为纽约吃不到，但大蜜橘我们经常也不买的。这次圣诞我们等于没有送礼，蒋彝的书早在圣诞前寄出，Carol也没有替你在衣饰上买些新东西，下次来加州再补送吧。世骧给我们的礼物，请你先代为道谢。Grace送我V.I.P.牌的letter opener，请告诉她，收到刀后，我一直感到很vippy。蒋彝的书，到X'mas前一星期方有 *N. Y. Book Review* 书评，评者是小脚〔角〕色（*S. T. in New York* 由 Christopher Morley[1] 评后而大红，in *Boston* 是蒋公的朋友

---

1 Christopher Morley（克里斯多夫·莫利，1890–1957），美国记者、作家和诗人，《星期六文学评论》（*The Saturday Review of Literature*）的创始人和编辑，代表作有小说《左边的雷声》（*Thunder on the Left*）、《凯蒂·福伊尔》（*Kitty Foyle*）等，其中后者被改编为好莱坞电影，获五项奥斯卡提名。

Van Wyck Brooks 写的书评），而且 Norton 广告登得也不大。蒋彝 X'mas 前一阵脾气较坏，可能觉得销路没有把握。今天知道他的书已销了一万五千本，可列入畅销书之一。

廿二日 Ivan Morris 开 cocktail party 欢迎 Rod MacF. 和 Emily Cohen 来美结婚（wedding：廿三日）。Emily Cohen 犹太闺秀，面貌仪态都有些像 Jackie Kennedy，是犹太人中少有的美人儿。她曾在哈佛读中文，据说 Rod 和 Mancall 都追过她，美国很少有三角恋爱，这是破例。后来 Emily 任 *China Quarterly* 第一任秘书，我以前一直劝 Rod 和 Judy Osborn 结婚，想不到他早已情有所钟。廿九日晚上 Rod 父亲 Sir Alexander[2] 在 U. N. 举行 reception，来宾很多，派头也很大。Supper 时 Emily 同我们坐一桌（有吴百益[3]——曾教过她中文——和 B. Salomon），我说她去英国将是受 The Anglicization of Emily 的改造。Carol 一年来第一次出席大 party，大为满意。

廿二日晚上，吴百益送我们两张 Met 的票，看的是 *Manon*[4]（*Manon* 戏有两种，我们看的是 Massenet[5] 的 *Manon*，Puccini 另写 *Manon Lescaut*），Carol 和我都是初次去 Met。戏院很旧，我们坐四

2　Sir Alexander，即 Alexander MacFarquhar，英国外交官，曾供职于印度文职机构（Indian Civil Service），后担任联合国高级外交官、人事部副部长等职。

3　吴百益（1927–2009），美籍华裔汉学家，哥伦比亚大学博士，纽约市立大学皇后区分校教授，哥大东亚系兼任教授。著有《儒者的历程：中国古代的自传写作》（*The Confucian's Progress: Autobiographical Writings in Traditional China*）等。

4　*Manon*（《曼侬》），改编自法国作家普雷厄（Abbé Prévost）的小说《骑士德·格里奥和曼侬·莱斯科》（*L'histoire du chevalier des Grieux et de Manon Lescaut*，1731）。该剧有众多版本，包括哈勒维（Fromental Halévy）的芭蕾剧《曼侬·莱斯科》（*Manon Lescaut*，1830）、奥贝（Auber）的喜歌剧（opéra comique）《曼侬·莱斯科》（*Manon Lescaut*，1856）、马斯奈（Jules Massenet）的喜歌剧《曼侬》（*Manon*，1884）以及普契尼的《曼侬·莱斯科》（*Manon Lescaut*，1893）等。

5　Massenet（Jules Massenet，儒勒·马斯奈，1842–1912），法国浪漫主义时期作曲家，以喜歌剧闻名，最著名的是《曼侬》和《维特》（*Werther*，1892），同时他也创作神剧、芭蕾、管弦乐组曲等。

楼的前排，但视听皆极满意。欧洲式的戏院，花楼包厢三四层，座位排得挤挤的，想不到acoustics这样好。将来新建的Met，戏院一定面积宽大，花楼层次减少，acoustics将大有问题。女主角Mary Costa[6]唱工颇佳，但全剧无特别悦耳的arias。这出戏我从未听过，临时也无法准备。假如先在家里听了一次唱片，必更能欣赏。

廿八日我参加了N.Y.保守党落选senator Paolucci的party（我教过他的太太），想不到是某publisher借他们屋子为某本textbook做宣传的party，出席的一半是来N.Y.开M.L.A.会的英文教授。我见到Leslie Fiedler夫妇，我同Fiedler大谈半小时，Fiedler人矮小而身体结实，态度很豪放，家里有子女六人，不像是他小说里描写的unhappy、neurotic Jews。抗战后他在天津住过一阵，下一本小说是叫*Come Back to China*。又见到Wallace Stevens[7]的女儿，想是未嫁的老处女。

最近纽约55号戏院在上映《姐己》[8]，影评一致痛骂。入秋以来，顾恭凯（现在哥大读书）送了我一份纽约出版的《华美日报》，我每天看看Chinatown的电影广告，将常见的明星名字，已记很熟。不久前我在Chinatown买了一本1964香港影星年鉴，彩色照片是四五十

6　Mary Costa（玛丽·科斯塔，1930–），美国演员、歌剧女高音，最著名的表演是在迪斯尼动画片《睡美人》（*Sleeping Beauty*，1959）中为奥罗拉公主（Princess Aurora）配音。

7　Wallace Stevens（华莱士·史蒂文斯，1879–1955），美国现代主义诗人，长时间担任哈特福德一家保险公司的总经理，1955年以《诗集》（*Collected Poems*）获普利策诗歌奖，代表诗作有《坛子轶事》（"Anecdote of the Jar"）、《白日梦》（"Disillusion-ment of Ten O'Clock"）、《冰淇淋皇帝》（"The Emperor of Ice-Cream"）等。

8　《姐己》（1964），剧情片，岳枫导演，林黛、丁红、申荣均主演，邵氏出品。

幅，其他小演员都有小照，才知道林黛、林翠[9]、尤敏[10]等长相如
何。新年期间两家影院巨片重映，《啼笑因缘》（上、下集）[11]和《宝莲
灯》[12]，我看《啼笑因缘》祇有林翠、葛兰[13]两个女主角，《宝莲灯》二
人外，还有尤敏、白露明[14]等，决定去看《宝莲灯》。元旦一人去华
人街看戏，全片黄梅调歌唱，一直 plaintive 地唱下去，最后母子重
逢，我竟流下泪来（今晚石纯仪母亲来访，送我们全套《梁祝》唱片和
两张京剧唱片，才知道《梁祝》唱的也是黄梅调）。葛兰不美，我要看
的两位美女——尤敏、林翠——都是女扮男装，当小生。在《啼笑
因缘》内，林翠演沈凤喜，没有看到，很遗憾。尤敏照片上极甜，是
有名的"玉女"，她演女孩子，想更可爱。但林翠生得极清秀，可想
是个 good actress。以前女明星拍电影，等于于上演话剧加上唱几首

9　林翠（1936–1995），原名曾懿，广东中山人，香港女演员，曾江的胞妹。因林黛
　　主演的《翠翠》大获成功，起艺名林翠。以饰演年轻活泼、古灵精怪的少女形象著
　　称，被誉为"学生情人"。处女作《女儿心》即大红，代表影片有《四千金》、《长腿
　　姐姐》等。

10　尤敏（1936–1996），原名毕玉仪，生于香港，香港女演员，粤剧名伶白玉堂之
　　女。自幼随父学艺，被邵氏发掘进入影坛，出演《丹凤街》、《人约黄昏后》等。
　　1958年转投电懋，以《家有喜事》获第一届金马奖影后，代表作《玉女私情》更是奠
　　定了其玉女形象。后以《香港之夜》打入国际市场，参演多部港日合拍片，如《香
　　港之星》、《三绅士艳遇》等。

11　《啼笑因缘》（上、下集，1964），爱情片，王天林导演，赵林、葛兰、林翠、乔宏
　　主演，电懋出品。

12　《宝莲灯》（1964），黄梅调电影，王天林、吴家骧、唐煌、罗维导演，尤敏、葛
　　兰、林翠主演，电懋出品。

13　葛兰（1933–），本名张玉芳，生于上海，香港女演员、歌手，以兼具"演、歌、
　　舞"著称，1955年与克拉克·盖博共同出演《江湖客》（Soldier of Fortune）而名声大
　　噪，随后被电懋招入旗下，代表影片有《曼波女郎》、《野玫瑰之恋》、《星星太阳月
　　亮》等。1961年美国 Capital 唱片公司发行唱片《葛兰之歌》（Hong Kong's Grace
　　Chang: The Nightingale of the Orient，1961），进军国际歌坛，获得世界性声誉。

14　白露明（1937–），电影女演员，生于香港，国泰粤语组当家花旦，与邵氏粤语组
　　的林凤齐名。主演粤语电影《三凤求凰》、《蔷薇之恋》、《一家之主》等，国语片《南
　　北和》、《南北一家亲》等。

歌。现在的女明星得学会了武功和唱地方戏的做工唱工，真比以前多才多艺。在英国看《白毛女》[15]，全片歌唱，也看得使我流泪。我想电影上话剧式的对白听上去不自然，改用歌剧方法演出，反能逼真动人。毛泽东所提倡的人民"喜见乐闻"的大众艺术，歌剧式的电影是最大的成功。据A. C. Scott报道，《宝莲灯》和《梁祝》都是中共巨片，香港改拍，而且《梁祝》获得极大成功，也是受中共的影响。最近欧美电影不注重动人心弦，最有娱乐成分的就是suspense comedy（*James Bond*、*Man From Rio*[16]），此外就是高级表达人的苦闷的巨片，中国人比较天真，祇希望自己的情感得到massive assault，才满意。日本电影也欧化，中国电影对我有不少吸引力，一方面当然也是好奇，想看到些新鲜的面孔。最近法国名片，*The Umbrellas of Cherbourg*[17]，全片歌唱，全片sentiment，我想是受中国电影的影响，否则是很奇怪的巧合。

那天另一电影是《半壁江山一美人》[18]，由美女南红[19]主演西施的粤剧片。全片呆板，但加注中文英文字幕，生平第一次听懂广东话，也给我不少pleasure。但那天人特别挤，走廊两边都站着人，我

---

15 《白毛女》，剧情片，王滨、水华导演，陈强、田华、胡朋主演，长春电影制片厂出品。

16 *Man from Rio*，即 *That Man from Rio*（《里奥追踪》，1964），动作喜剧片，菲利普·德·普劳加（Philippe de Broca）导演，让–保罗·贝尔蒙多（Jean-Paul Belmondo）、弗朗索瓦丝·萨冈（Françoise Sagan）主演，意大利Dear Film Produzione等出品。

17 *The Umbrellas of Cherbourg*（《瑟堡的雨伞》，1964），爱情歌舞片，雅克·德米（Jacques Demy）导演，凯瑟琳·德纳芙（Catherine Deneuve）、尼诺·卡斯泰尔诺沃（Nino Castelnuovo）主演，法国Parc Film等出品。

18 《半壁江山一美人》（1964），戏曲片，冯志刚导演，任剑辉、南红、任冰儿主演，香港九龙影业出品。

19 南红（1934–），原名苏淑眉，广东顺德人，香港女演员，幼年从粤剧宗师红线女学艺，后参与影视拍摄，1956年入光线旗下，以《唐山阿嫂》一举成名，其他重要作品还有《天伦情泪》、《神雕侠侣》、《黑玫瑰》等。

先退出了。参观了两三家戏院，一家预告《爱的教育》[20]，林翠主演，宋淇〔奇〕是制片人；另一家预告《花好月圆》[21]，制片人也是宋奇，想是旧片。《爱的教育》不知是不是新片。宋奇还寄给我贺年片，希望他身体转健，好好地拍两张好片子。宋奇的电懋公司，女星有林翠、葛兰、尤敏，阵容很整理。邵氏公司林黛自杀后，恐怕凌波已是头号大明星，《梁祝》导演李翰祥已脱离邵氏，其他明星脱离的也不少，可能电懋后来居上，压倒邵氏，downtown 55 号影院专映邵氏巨片，《妲己》后将演《梁祝》。粤片女星林凤[22]生得也很可爱。

月前林语堂同唐德刚吃午饭，我陪他们坐了一阵。林氏年近七十，看来很年青〔轻〕。戴黑边眼镜，两颊朵〔凸〕起两块肉，相貌和你有相似处。林氏 non-fiction 我差不多全部看过，他的 crotchets 我都有数。他痛恨"今文家"，我找题目让他骂"今文家"，他很得意。林氏写书速度极快，最近一本小说 The Flight of the Innocents[23] 祇花了四五星期就写就了。

年假我们全家看了 My Fair Lady，我总觉得除 I Could Have Danced All Night[24] 外，catchy tunes 太少。亏得有 My Fair Lady，否则 N. Y. Critics 要 vote Dr. Strangelove 为去年最佳巨片。

---

20 《爱的教育》（1961），家庭剧情片，钟启文导演，林翠、雷震主演，电懋出品。

21 《花好月圆》（1962），古装戏曲片，唐煌导演，叶枫、雷震、田青主演，电懋出品。

22 林凤（1940–1976），原名冯静婷，广东顺德人，香港女演员，邵氏旗下，是20世纪60年代最红的粤语电影明星，以玉女形象著称，号称"银坛玉女"。代表影片有《玉女春情》、《玉女惊魂》、《榴莲飘香》、《街市皇后》等。1976年因服用安眠药过量去世。

23 林语堂的英文小说《逃向自由城》（The Flight of Innocents）1949 年由美国 Putnam's 出版公司出版。

24 I Could Have Danced All Night（《我可以整晚跳舞》），百老汇音乐剧《窈窕淑女》（My Fair Lady）中脍炙人口的歌曲，节奏欢快，1964 年的电影版中保留了这首经典歌曲。

两本蒋光慈的书（书寄center）已收到否？甚念。董说著作查看后当寄上。Schaefer来信要我review Lai Ming（林语堂女婿）的《中国文学史》，我曾求过他一次，这次不好意思拒绝。AAS的Burks来信，你三本中共文学studies将一并review；*5 Martyrs* Goldman既已去远东，我已另推荐董保中[25]，他在弄田汉，对30's文坛情形当很熟悉，给他一个publish的机会也是好的。

这次年假，瞎忙了一阵，简直没有读书。27日晚上MLA东西Literary Relations Group聚餐，我还give了一after-dinner talk，Ivan Morris和印度人某也讲了一阵。加大风潮事想已暂时定顿。你经常交际忙，日里还得好好工作，真是亏你的。附上士漳近照和玉瑛妹寄你的月历卡。家中情形都好，新年期中可写封家信。Carol、Joyce都好，即祝

年安

弟 志清 上

正月四日

附上玉瑛妹信，问及结婚事是信上老例，请不（必）介意。

---

25 董保中（1933–），四川人，著名农经专家董士进（1900–1984）的公子。旧金山大学毕业，加州大学伯克利分校硕士，加州克莱蒙研究院博士，纽约州水牛城州立大学教授。

661. 夏济安致夏志清（1965 年 1 月 23 日）

志清弟：

来信已收到。我也好久没写信给你，很对不起。最近忙的还是所谓研究。《公社》那本东西居然得到伦敦大学的Kenneth Walker[1]（经济学家）来信赞美，说是fascinating & enlightening，这总算是空谷足音，很难得的鼓励。我已写回信去道谢，并问他可否为*China Quarterly*写一书评。你很关心书评，如能得K. W.氏来评一下，那是比Father Serruys或Goldman好了，因为他们研究的不是中共经济，而我的著作是想enlighten经济学家社会学家主流的。

这里的language project的下一部作品，很快要动手。我本来拟的题目是《中苏论战中的rhetoric》，想向language靠拢得近一点。但是中苏论战最近几个月较沉寂（但必将恢复，老毛是痛恨K氏路线，而K氏继承人还是走K氏路线的），而我对于rhetoric的修养还不够。我的长处是能够吸收很多的information，而仍能整理出一个头绪来。要发挥这方面的长处，还是研究中共的"社会史"。关于中共

1　Kenneth Walker（Kenneth Richard Walker，肯尼斯·沃克，？），英国伦敦大学亚非学院经济学教授，著有《中国的农业计划》（*Planning in Chinese Agriculture：Socialisation and the Private Sector, 1956–1962*）、《中国的食物采购与消费》（*Food Grain Procurement and Consumption in China*）等。

的农村，我的知识已经多得相当可观，这一点也是可以利用的。现在决定的题目是《社会主义教育运动》——这个运动乍一看好像是老生常谈，其实这是中共进行"阶级斗争"的幌子。从台北、香港来的报道，中共在城市进行"新五反"，在乡村进行"新土改"，整治"资本主义自发势力"，继'60–'62之和缓政策后，狰狞面目重又暴露。但《人民日报》等中共报纸关于这方面的具体材料少极，祇说是在进行"社会主义教育运动"。这个掩饰激发了我研究的兴趣，我要用中共的材料，来说明该运动的真相为何。这样非得大量地读中共材料不可，即便以前读过的，现在还得重读，因为过去读时，脑筋里未存有这个题目也。这个工作，别人也无法帮忙，因为天下很少人有我这样快读的能力，吸收组织的本事，而且再有关于中共社会的基础知识。兴趣提起来了，所以精神很是焕发，《人民日报》之类的东西，假如不像我这样有系统地读，枯燥无比；一有系统地读了，就成了学问，而且有发掘不尽的宝藏可得。

我这样全神贯注的研究——我认为这是历史的研究——当然影响我别方面的研究。以我的精神与努力，如研究中国社会史过去任何一个时期——从周朝到清末——必可成为专家，在学术界占一席地，不让杨联陞、何炳棣（他可能来U.C.，接Bingham之位，B.要退休了）等专美于前。但是研究中共总是为学术界所轻视，这点我是很明白的。我的朋友Schurmann是"中共迷"，他说："你能把公社弄出这样一个头绪来，如弄井田那是两个礼拜就够了"，以他的地位，当然可以为"中共研究"辩护。我祇是悄悄地做我的本分工作而已。但是心中也有点害怕：越深入，越和别的学问脱节了。我还有点关心：我到底在美国学术界制造了怎么样的一个image？

我越是努力，这里的language project恐怕将越是没有人接得下去。吴鲁芹当初有来加大的意思，但是我现在做的事情，他是接不上的。以世骧和Schurmann对我的友谊，我当然不忍看见这个language project垮台。

我的兴趣是研究，对出版等等倒是没有什么兴趣的。有没有书评，我更不关心。比起你来，我是很不 career minded 的。你寄来的那两本蒋光慈，已收到，谢谢，但是还没有开始看。我的文章，写完就算，不想再去整理了，因为又有新的题目来把住我的注意力了。

Franz Michael 决心辞职，改去华府的 George Washington 大学；最近没接到他（的）信，不知近况如何。想来他心境不很好，因为和多年老友 George Taylor 决裂，他心里不会痛快的。我的《左联》一书，他是 sponsor。现在 U. W. Press 要不要再出它，我也不知道，也懒得去问。一问之下，如是 yes，那末〔么〕我也没有功夫来整理旧稿。这个事情到暑假时再说吧。

心中惭愧的是：全书的 introduction 还没有写好。已数易其稿，但牵连东西太多，真照我的意思写出来，恐不容易。

这是文债之一，文债之二，是欠 Schaefer 的那篇《西游补》，初稿他看后大为满意，但我不知道董说的《朝阳梦史》etc，有〔又〕没有地方可以借得到，事情就搁下来了，其实发一个愤，一个礼拜就可以把《西游补》赶出来，现在还是拖着。

周策纵那里还没有写回信，我想把《蒋光慈》寄给他，你看如何？

你的两篇文章都收到了，都很精彩；当然为篇幅所限，有许多话你没有地方发挥了。但是你的文笔还是遒劲而 to the point 的。*Golden Casket* 的德文原本，Baner 送我一本，但我一直没有读，虽然想 improve 我的德文，一直是我的志愿。你所提起的中国小说中的 love，也一直是我所想研究的题目之一。

我还没有你这么多闲差使（写书评等），所以可以专心研究自己的题目。你担任教书，指导论文研究，一定是很吃力的。我最近指导了一个女学生（去年在我班上的）研究周作人的 M. A. 论文，觉得此事很不易做。当然我对周作人的熟悉，不在世骧与 Birch（他们也是导师）之下，但是周的全部著作我并未看过，有许多看过了也忘了，真要凭良心行事，我也得把周作人的全部著作看一遍。我相信我这样指导，那位学生已很满意了。但周作人是我比较熟悉的作家，真要指导起我所不熟悉（e.g.张资平）的作家来，那一定是很花功〔工〕夫的。

我虽然觉得工作的压力重，但是做人仍很潇洒，不慌不忙，晚饭后不用脑筋，就是读书也是读比较轻松或与"研究"无关的，所以睡眠正常，精神很好。我发觉同事之间，不能睡觉的很多。世骧就依赖安眠药，虽然他也打太极拳洗冷水浴等做健身活动。有个李卓皓，是个国际闻名的biochemist（研究hormone专家），他因为吃药安眠加上吃药提神，身体弄得衰弱不堪。另有一洋人，年轻时聪明非常，二十几岁得M. D. & Ph. D.（生理学）两个学位，现在不过三十几岁，已成废物，挂名做researcher。他的病源也是吃药安眠，吃药提神，二药夹攻。他自己有行医执照，可以乱开方子吃药，所以危险更大。亏得他太太是个贤惠的中国人，服侍他。每晚十点钟，一定要侍候他上床睡觉，看好他吃安眠药。否则他糊里糊涂，不知道自己吃多少，可能惹出大乱子的。我的光华同学萧俊亦失眠，以前喝酒安眠，后来想戒酒。到医院验身体，并请配方买安眠药。医生说：吃安眠药睡觉，不如吃酒睡觉。这句话我很相信，因为人类与酒共存，已有数千年之久，酒的一切坏处，人都知道，出了毛病也查得出。安眠药（尤其是新出的tranquillizer）历史均短，到底它们有多少坏处，医学上还没有详细记录。怎么出毛病，毛病出在哪里，一时都无从查起。如安眠药再加提神药，那末〔么〕奇奇怪怪的后果更多了。这些话说来给你参考，要请你"戒药"那恐怕是很难的。照中国传统思想，第一是乐天知命，第二是duty比health（or life）重要，所以我也不替你worry。不过美国的生活方式，一般都是紧张，靠吃药睡觉与提神这个tendency恐怕越来越厉害。我生平没有吃过提神药，如No-doz之类我碰都不想碰，因为我精神一直不错。安眠药也是来美国以后才吃的，过去一年用了大约不过十次。用的只是轻微的sleepeez，无须医生开方子的，这种药对于世骧已经是无效的了。我衹是在兴奋和有心事时才服用，一年没有几次机会，平常是无须服药的。

世骧于28日飞纽约，转飞Bermuda，那天下午晚上他也许会来找你。Bermuda之会是为组织研究中国文学的工作立基础，过去的进行，你大约有点知道。将来组织完成，很多事情可以做，但是我对于这种事情并不十分起劲。研究中国文学就是这么几个人，大家都忙得很，也做不出什么额外的工作。青年学者如Maeth等成名后，也无非轧在一起忙而已。将来可做之事，譬如编一部《中国文学史》，我就劝世骧不要答应承担。因为请些谁来写？谁来校订？谁来替很多不同的投稿者划一水平？小说部分可请你写或请李田意写，水准可能大不相同。做主编的忙死，还要得罪人，到时候可能交不出卷。世骧可能主持为《全唐诗》等巨帙做index工作，这种事情嘉惠学子，而且花了钱的确会有成绩的，我很赞成。

我和R还是维持很好的友谊关系——就是这么一点成绩也不容易了。我显不出什么热烈的爱，但做人到底比以前稳重机灵成熟多了。过年过节，男女朋友之间可能造成误会，男的总想跟女的同渡〔度〕佳节，女的如忙，不能答应，男的可能比平常更为hurt。R不喜欢他的父母，但过年过节总要去孝顺一番，这种事情我并不介意。说起来很容易，但你知道我并没有顶顶sweet的脾气，真能做到不介意也就是做到孔子的"恕"道了。最近出现另一个因素，亏得我心平气和地对付得很好。即她过去的男友Charles Witke决定离婚，想和R.重拾旧好。按Ch.与R.过去的交情，我和她之间从来没有做到这一地步；但在一年以前，R.把Ch.恨死，还是我去劝她饶恕他的。我知道此事后，心中不安（今年衹为此事，吃过这么一次安眠药），当时反应有二，一则决心退出，对R.表示冷淡，让他们成全好事；或则加紧进攻，不让"情敌"插足。总算我修养到家，二者皆未采取。对R.仍很诚恳忠实，既不泄气，也不发狠。我这种态度，R.是很赞赏的。我的学问与wit，她本来很欣赏；还有一点是mature personality，我非得小心谨慎，不能保持也。Charles找我吃过一次午饭，长谈很久，他和我之间无半点ill feeling（你得相信我的敏感，有半点ill feeling我就会觉出来的），这是我引以（为）慰的。R.和Ch.已和解，但仍和我单独出去。按加州离婚法，Ch.君要等一年才可离婚获准，在此期间，他得小心做人，因为他的太太不愿离婚，他如有失德之处，离婚可能不准的。R.自己的志向，还是去台湾为第一要务——此事本来也可成为我和她之间的龃龉的因素的。我自己觉得是个很可爱的人，但恋爱经验不足，在女人面前反而可能显得不可爱。前年对B与Anna，都太慌张，这种缺点，我自己也了然。过而不能改，枉自为人。现在对于R我一直以可爱的姿态出现，请你和Carol放心。以现状观之，R.决不愿意丢掉我这么一个朋友，好消息就是如此而已。

虽然我并不自觉陷入情网，看上面的描写，你可知道我也不能全然无情。R.既occupy我的mind，所以也没有功夫去对付别的女人了。

二月开始，我在comparative lit.的课又要开始。Compa. lit.方面可能以后还要叫我开一课seminar。但我目前忙于中共研究，这种远景也不去多想。

你在纽约能够看到中国电影，可以减轻你的思家之苦。对中国电影（香港拍的）我并无多大胃口。祇有一张凌波乐蒂的《梁祝》可算上选（可能还是抄袭中共的东西）。此后看了李丽华、凌波的《新啼笑因缘》[2]与李丽华、严俊的《秦香莲》[3]（包工铡美案），看后直摇头。Tempo都太慢，香港那些制片家对于电影的基本智〔知〕识还得学习。

2　《新啼笑因缘》(1964)，又名《故都春梦》，剧情片，岳枫、陶秦等导演，李丽华、关山、凌波主演，邵氏出品。

3　《秦香莲》(1964)，动作片，严俊导演，严俊、李丽华主演，邵氏出品。

最近和 R 看了 *My Fair Lady* 与话剧 *Hedda Gabler*[4]。前者我觉得很 tuneful，值得再看一次。后者女主角 Signe Hasso[5] 满身是劲，男主角 Farley Granger[6] 衹是英俊而已，演技平平，话剧的娱乐成分总很差，像 *Hedda Gabler* 那样还算是好的。年前加州风雨成灾，金山一带亦阴雨连绵（大雨中世骧的车曾 skid 一次，车子碰坏，幸亏人无受伤者，我不在车内），几个礼拜不停，学校方面平静无事。X'mas 假期过后，Savio 再要召集大会，到场者据说仅二百人，二百人中不少还是"非学生"（冯雪峰等当年在北大亦是此种人也）。Savio 的"群众"本来就是这么一些些，因为学校当局措置失当，才把事情闹大的。

附上照片四张（"福禄寿"是在 Schurmann 家里），并家信一封，希转寄。别的再谈，专此　敬颂

冬安

济安

一月廿三日

Carol 与 Joyce 前均此。

4　*Hedda Gabler*（《海达·高布乐》），挪威戏剧家易卜生（Henrik Ibsen）所作戏剧，1891 年在慕尼黑的 Residenztheater 首演。戏剧讲述了一名新婚妇女在缺乏激情和魅力的处境中挣扎的故事，被认为是十九世纪现实主义戏剧的代表。

5　Signe Hasso（西格内·哈索，1915–2002），瑞典女演员、作家和作曲家，出演了《还我自由》(*The Seventh Cross*)、《约翰尼·安格尔》(*Johnny Angel*) 和《间谍战》(*The House on 92nd Street*) 等。晚年从事写作和歌曲创作，并将瑞典民谣翻译成英语。

6　Farley Granger（法利·格兰杰，1925–2011），美国演员，公开的双性恋者。最著名的作品是与希区柯克合作的《夺魂索》(*Rope*，1948) 和《火车怪客》(*Strangers on a Train*，1951)。

662. 夏济安致夏志清（1965 年 2 月 14 日）

志清弟：

昨天接到来信，知日内正在搬家。今天买了木制果盘一件，平邮寄上，算是给你们的生日礼物并搬家礼物，日内想可收到。宋奇处久未通信，接奉来信是高兴。翻译的事我想帮他忙，但commitments太多，不知时间是否来得及。他要2/15前有回信，但我回信尚未写。如回信到得太晚，此事作罢，那么我也无能为力了。

这几天的心事当然是R，情形想必你在挂念中。此事现在看来必无好结果，祇看我是用什么方式撤退耳。

对于R.，很奇怪的，我从来没有真正fall in love。去年春天，她和Charles闹翻，需要人安慰的时候，我当然待她很好，但是仍想法和她疏远。去年暑假，我如真心想念她，中间可以抽一个时间回Berkeley来的；但是我举止镇静，在暑假期间，她如找到别的男友，我可以很潇洒地撤退。因此我在Seattle不慌不忙，坐观其变。想不到其间毫无变化，她是真心等着我回来的。

暑假以后，我仍毫无表示。两人date次数频繁，一切对我成了routine。我除不表示"爱"以外，一切对她都很好。所以不表示"爱"的原〔缘〕故，第一，我心中并无此感情；第二，如一表示，可能造成紧张局面，破坏了我所享受的routine。

她在秋天决定要去台湾，决定的时候，似乎很痛苦。因为过去B要去参加什么Peace Corps，我去挽留也是白费的，所以我对R.不加挽留，虽然我心里那时已若有所失。一表示挽留就是爱的表示了，此后我便将失去行动的自由。她对我的不加表示，似乎也失望。所谓"行动自由"倒并不是指"结婚"，而是她抓住我了，便可虐待我，我得仰她鼻息。

她虽然申请要去台湾，当然她也知道去得成去不成与否尚成问题。我是尽力帮她忙的，但一切有赖于她的是否能通过"博士"预试；即便她什么成绩都很好，但名额有限，别人已经等了好几年的，可能有优先权先去。既然谁都没有把握她是否能去得成，我也犯不着着急。

此后一直很顺利，直到Charles的重现。她是十分喜欢Charles的。她的来Berkeley是C.帮的忙，因为C.在这里找到事情了，甚至她和她前夫离婚，我猜想C.在其间也有作用。C.并非坏人，读的是古典文学，为人迂腐，而且拘谨，天才绝不横溢，守着自己的范围与career，有点寒酸的样子。

她和C.在开头好的时候，我当然绝不曾想到会插足进去。她和C.闹翻了，把他骂得一文不值。我还劝她不要如此趋于极端，我说C.的痛苦不在她之下，她应该原谅他。同时一个女人如此痛恨一个男人，我也觉得她爱他爱得很厉害。

他们闹翻的原因是C.的太太忽然杀到Berkeley来。该妇我见过一次，既老且丑，据说甚为泼辣。她到学校系当局去告C.的状，并到R.的寓所去大闹。C.君束手无策，护花乏术。R.那时把她〔他〕恨死了，这大约是整整一年前的事吧。她恨他没有男人骨气，不敢和他太太离婚。

此后她和C.在学校里偶然见面，见面情形她总是告诉我的。他先是不理她，她更恨。后来渐渐讲话了，但至少在暑假里还是没有什么动静的。暑假以后（月份忘记了），她告诉我一件事，当时我没有在意，因为她祇是重申C.的不中用而已。那时C.忽然决定与太太离异，搬到外面去住了一个星期。一个星期之后，不耐寂寞，又搬回太太那里去了。R.描写此事时，对他嗤之以鼻。其实当时情形已经不妙，至少C.的生活情形，R.还是知道的。C.的决定搬出去，也许是受R.的影响，但C君再度表现懦弱，他和R.感情一时又无法恢复。

Thanksgiving R.回到Los Altos她家里，同时去Stanford利用假期翻查参考材料。回来告诉我又和C.君见面了。C.君恰巧那时在Stanford开会。他们谈话情形我不知，但是据事后发展观之，他之决定离婚大约就是和R.在Stanford谈话的结果。

R.的开始对我表示冷淡是在'65年的一月，当时她又要忙着回家，又要忙着准备考试，她又popular，有各种parties要参加，我并不在意。一月十日我发见〔现〕他们两人在一起，知道情形有大变化。因为别的追求她的男子，其地位皆远不如我，我根本不放在心上。C君的出现，对我才是极大的威胁。次日，C君约我吃午饭，告诉我他已决定和太太离婚。

我后来见到R.多次，我当然仍装作潇洒状。我说要退出，她不许。她说We shall all become friends。我说You prefer Charles to me，她说没有这回事。我说You are committed to Charles，她说In a way I am committed to you too。我说以后周末不来麻烦你了，她说Don't be silly！她说她最希望的不是结婚，而是去台湾留学。话虽如此说，但态度总有点不大对。

假如我现在有事情要去Seattle几个月，就此把她丢了，我毫不感觉痛苦。但在学校里大家常见面，而局面尴尬，使我很为难。我的根本态度是绝不和C君去争，对于R.则想在好下台的状况下下台。我的考虑老实说不是爱情，而是"面子"。

最近几天，事情颇有反复。假如男女双方是斗智的话，那么我失败得相当地惨。

周末我本来已是不去麻烦她了。星期一（二月八日）晚上学校有演讲，讲完后我开车送她回家。我诉了些苦，她对我很好。她说我们之间的误会是由于我对Charles的hostility，我说没有的事。她说："本来嚜，我相信你larger than that。"这点误会讲穿，一切都很好了。我约她星期三吃晚饭。

星期三（二月十日）我们在金山Omar Khayyam吃晚饭，恢复过去的愉快。误会消失很多，她说她过去几个星期对我neglectful，她现在plead guilty（那天大谈我们要合作编一部*Anthology of Communist Chinese Literature*，她非常高兴，预备暑假开始）。最后送她回家，她非常高兴地说：You are capable of making people very happy。

情形虽然好转，当然你可想象我可不是会轻易得意忘形的人。我仍旧预备撤退，但两人在愉快状态中渐渐疏远，这对我将是最好的办法。

星期五（十二日）晚八点半，她在寓所预备了Venetian Coffee、Coffee Cake、Chocolate Roll举行Party，客人约十二名，别的都是已婚的，有逐鹿资格的祇有C君与我。她既然说我有hostility，我表现得很大方，相当幽默。经过星期三的事，我心情颇好。我既不存心追求，她能待我如此，我已满足。我决不和C君去夺美的。

星期六（十三日）忽然局势大变。原定计划是我决不去占有她的周末，也决不去占有她的Valentine's Day。但V.D.既近在目前，我不能不有所表示。尤其是经过星期三的愉快的谈话，我应该表示得热烈一点。

本来就庆祝V.D.而言，我对于R.可有三个方式，我都考虑过的：一是无所表示（假如她继续冷淡的话）；二是轻淡表示，三是热烈表示。在目前状况之下，我的热烈当然很有限度，但她既口口声声说我们是朋友，我就在"朋友"上做文章。

星期五的Party，我带去一本厚书：*A History of Japan in Art*，她一直喜欢这本书，从它出版时候开始。我本来可以在圣诞节送她，但圣诞节送她赵元任一套唱片，比它更贵重。这本书我预备留着到她生日时（三月）或其他机会时再送。

同时我精心做了一篇小文章写在卡片上一并送去。文章是这样的：

Dear R:

Owing to your sweet & compassionate nature, you perhaps will never exclude me from your blessings on this or any other day. The largesse of your heart, indeed, is the basis of our friendship which I do cherish. But the friendship I am celebrating, in the revivifying air of the early spring, is a friendship whose beauty & strength comes from an intimate & profound understanding, a sharing of confidences & a reciprocation of affection, a mutual inspiration & elevation; it comes from even an idealism in which I believe we share our faith. It is a friendship which adversity may test but which nothing except selfishness can impair, which sensitively responds to cultivation though the blissful enjoyment of it is also a form of cultivation, which enriches life & is enriched by life, & which imparts sweetness & light to the world. Blessed be the name of the saint who provides occasion for the expression of this friendship though, as you well know, as beautiful thing in the world needs expression: it grows in the feeling. As ever,

Yours devotedly,

Tsi An

（你觉得这些话是否过火？望告。）

这种话我们平常谈话中也说，当然写下来后，比较漂亮。我把礼物带去，她打开一看，十分高兴。我说"卡片上的话我认为比较更重要，你以为如何？"她微笑说："I like it very much，可是晚上我还得仔细看看。"我因为我的英文相当深，她又要招待客人，又忙于翻看那本书，她一下子没有得到深刻印象，所以我对她的反应没有放在心上。在 party 里，她是个出色的 hostess。对任何人都很好，对我也很体贴。我 mood 很好，临走时大家很愉快，我说：I shall call you，她说 fine。

星期六的电话使我手足无措。电话里我先问她碗洗了没有（她临睡前就洗的），晚上什么时候睡的，早上什么时候起来的等等废话。她忽然说："你的礼物很 splendid，但是太重了，而且你卡片里的 spirit 也不是我所能接受的，所以我想把那书送还给你。"这个晴天霹雳我毫无防备，一切潇洒归于泡影。我很生气，我说："我看不出卡片上的话有什么不对，你不喜欢，烧了它好了，书务请留下。退书给我的打击太重，你想我应该受这个打击吗？即便我的话得罪了你，你的反击也太重了一点，书你先收下，以后的事，一切由你决定，我希望我们是还能维持旧欢的。"她说："I hope so."听她口气，以后对我又要恢复冷淡了。

假如我真陷入了情网，这个打击将十分惨重；即使像现在这样，失败也相当地惨。礼物她是喜欢的（她还拿给朋友们看），卡片上的话假如早些时候写了寄去，她也许会喜出望外，或者也许会尊重礼貌地表示感激，现在居然表示拒绝接受。亏得我说的不是爱，祇是友谊，而且态度大方，无半点肉麻，她要拒绝，实在也说不出理由。

像现在这样所谓"友谊"云云，实很难维持。友谊之断绝在我大做"友谊论"之后，也是天下一大讽刺。表面上还不至〔致〕做到双方见面不理的程度，但是朋友贵在双方相知，她若事事挑剔，我将不胜其繁〔烦〕。她第一挑剔是我对 Charles 的 hostility，其实这是毫无根据的（根本有一段时间我没有见她的面，也没有见到他的面，她怎么知道我有 hostility？）；现在又来挑剔我的文章态度不对 —— 照我过去所了解的她，完全不是这么一回事（朋友见面，老是质问或解释，这种朋友也没有意思了，是不是？）。

我祇是脸皮嫩，怕朋友间笑谈（尤其是Grace），否则的话，要断绝是很容易的。和R的下场如此，真是意想不到的。当然，和她这一段友情，也是意想不到的。你总还记得，在一年之前我口口声声说要过一个"无女友的生活"了吧。R的出现，并对我事事迁就表示体贴，我当然是感激的。现在缘分已尽，到此为止了。

此事要是给我什么教训，那就是：男女来往（不管是否谈恋爱）还是谁征服谁的斗争。我和R之间，直到最近我是不屈服的，即表示不在乎，不追求，随她去。她表面上虽处之泰然，心中（也许是下意识的）一定不服气。C君之重现，我有极短时间还认为（是）她来试我的心的——当然现在是很明显地表明她心目中是祇有C君的了。但她利用C君出现的新形势来逼我（可能也是下意识的）有所表示，因此她忽松忽紧，开始把我玩弄于股掌之上，等到我一有表示，她立刻在战略上取得绝对优势，以后天气阴晴寒暖全听她的了。如此关系一紧张，必无好下场。我跟Anna的关系也是如此：经过的阶段是（一）她对我大表好感；（二）我那次是为感激，也表示爱情；（三）我冷淡；（四）紧张破裂。

对付紧张状态一定有一套艺术，大约是同打Poker那样的"狠、稳、忍、准"四字诀吧。这套艺术我从未学会，而且人生责任太多，无暇去深究；play the game花的精神太多，非我所能应付。还有我的性格里还是有太多的严肃，真是游戏人间，倒是可以无往而不利的。假如R说："书我想退还给你"，我哈哈一笑说："好极了，我现在就来拿吧"，这一下会把她搞得手脚无措了。但是我虽足智多谋，深谋远虑，能料能断，但是真逢到事情还是手忙脚乱的。话说得越多，越显得笨拙；自己越恨自己，就越发地不潇洒了。（14日附记：她如真把书退给我，我现在预备收下来了——一切顺着她！）

事情如此下场当然使你失望，我很抱歉。你来金山开会，我可能还会把她介绍给你，那时你可以想象：我们之间貌既不甚合，神亦大离的了。但是她很会做人，对人一般而言是很和善亲热的，你可能仍旧会喜欢她。

此事主要关键，还是"她不爱我"。为什么她不爱我，我的解释是因缘问题。你也许会说：我对她不表示爱，她怎么来爱我？情形并非完全如此。第一，很多美国青年追她，都以热烈求爱姿态出现，她都不喜欢，她说她喜欢我就是喜欢我的做人作风。第二，我在卡片上写的sharing of confidences & a reciprocation of affection不是瞎说的，我们之间的交情是达到这个地步。我在西雅图写信告诉她说害了重伤风，她特地打长途电话来慰问。但交情祇到此为止，假如她心底下真藏有一份更深的感情，C君根本插不进来；而且我一着急，她应该立刻来安慰我才对。那时的着急虽不算大痛苦，但我是等着她来安慰的。重伤风那时，我根本没有想念她。

此后可能又是无女友的生活了。当然你会想起B，我们之间还是很好，但是我对她感情日淡。要date她还是可以的——当然以后要date R还是可以的，就看我肯不肯而已。但近乎敷衍的date是没有什么意思的。V. D.日，我叫花店送一盆Azalea给B，卡片上祇写with best wishes from T. A.，她收到后祇会感激，决不会来说什么退不退的。

还有一个中国小姐叫Amy（广东人讲上海话），读zoology，现在已在某小大学（Hayward）兼课教书。这位小姐我开始认识她还在1960年，彼此印象都很好。从那时开始，不知多少位青年去追求，败下阵来，我是冷眼旁观。最近有机会碰见，我献了一番殷勤。她明白地表示很愿意和我一起出去。我最近有点像惊弓之鸟，对于这位拒绝了很多青年的Amy小姐，更得小心翼翼地对付。我现在按兵不动，显得我作风的稳健——我说"彼此印象很好"，我祇是凭稳健给她好印象而已。但你一定很高兴地知道，在R动摇的时候，我在别的地方也放下埋伏了。

我现在的心事并不是失恋的痛苦，也不是埋怨老天爷的作弄，祇是觉得有点尴尬（而且我一点也不恨Ｃ君，这点恐怕使他很难相信）。祇要男人不陷入情网，女人是拿你没有办法的。我相信我没有真正爱过Ｒ，这是我的不是，但是在目前状况，这又成了我的"资产"了。我还可以稳扎稳打，求一个面面俱到的解决办法。对于最近那一段慌张，也并不怪自己——任何人碰到这情形，也很难有更好的对付之道。我总算是个有经验而且能沉得住气的人了。

世骧从Bermuda回来，会议情形对我说了。1967年之会我应邀出席，算是大幸。亏得我的"下放""公社"那些作品没有人写过书评。假如人人皆知我写过那些东西，恐怕我的出席资格一定要不被通过的。Hightower反对你，你也许从刘若愚那里听到了，希望你不要生气。你祇是算把你的出席资格让给你的哥哥了吧。

写到这里，关于Ｒ还有一事可说。即Ｃ君的离婚官司在加州打起来将大费周折，盖Ｃ君之妻未必"伏雌"也。此事我可不关心，祇是希望他们之事顺利解决，如Ｒ牵连在内，她必大感痛苦。Ｒ爱Ｃ君，我又不爱Ｒ，其间本无三角关系在内。我之慊慊于心者，是如何与Ｒ维持"友谊"关系也。"友谊"而如此吃力，那可就难以维持了（她三月过生日，我仍会送礼物去）。

我工作如旧，精神也很好，请你不要挂念。新居想必使你们身心愉快。别的再谈 专颂

近安

济安

二月十三日

Carol与Joyce前均此。

P.S. 十四日晨又及

写上面这封信时，显得很生气，昨晚一觉睡得很好（当然不吃药），今晨已心平气和，可以把问题再概括一下。我和Ｒ之间交情非

浅，而且学问上公务上尚有往来，所以除非双方有一方决心断绝，断绝是很难的。我自以为是个tactful的人，平日少有忤人之事，当然尽可能地不去得罪她。我喜欢R这个人，但是讨厌R这个问题。为了要丢开这个问题，宁可丢开这个人。其实对付问题的方法还是"见怪不怪，其怪自败"——或者老子的"无为"，即：我得少紧张，当它没有这回事。咬牙切齿地决心这样决心那样，都是不对的。我的脾气还得更为圆通。

说起Amy，或者引起你很大的兴趣。1960年Grace举办Fashion Show，中国小姐十二（？）名参加。小姐中姿首不一，但谈话顶有风趣韵味的，是她。1960年那时，我见什么小姐都不动心的，而且追一个popular的中国小姐，徒惹大家闲话，引为笑柄而已。事情就一拖四五年，我们不常见面，见面时谈得也不多，但双方总留点印象吧。'64年底前碰到，她还complain，说我从来没有去请过她。看样子她并没有热络的男友——这许多suitors被打退，别人想都寒了心了。她虽然有这么明显的表示，我还是按兵不动。这回我非得十分审慎不可。别人（包括有我所认识的）之败，都是败在太猴急上。我能等四五年，难道不能再等几个星期吗？同时，我可以跟她通电话，拜访她，先把情形摸清楚了再动。她是欢迎我去date她，但是date的方式与勤度，我还得好好考虑。第一原则：不能露出半丝半毫的"爱"意，露了半点，情形就难办了。女子大致都是如此，Amy有record在，情形更是如此。你可不要说：小姐越搁越老，难道她们不着急吗？（'60年时，Amy刚从Bryn Mawr毕业来加大，风头很健。）这种话对小姐缺乏尊敬，白克莱着急的小姐多的是，她们岂在我眼里？Amy如着急，当不自今年始。她过去不肯迁就，现在也未必迁就的。她是个头脑冷静之人，而且是个虔诚的基督徒，我可以把问题跟她谈白了再开始行动。去年X'mas我送了她一本你的《小说史》。

对于B，我是上来先慌，现在居然还维持一个良好的关系。原因我猜是为了R。祇要R跟我不断，B一定对我好；B若知道我们间有了变化，她立刻会戒备，我去找她也许没有这么容易了。

对于Anna，开头自以为很稳当，不久即步骤大乱而垮。对于R，我稳当了很久很久，双方的确维持一个十分愉快的关系。想不到现在步子又乱了。步子已乱，当得冷静一个时候再说。我真想出门一下，不见她一两个月，回来后一定可以恢复很好的关系（当然不如以前了），我心中恼恨的是无法走开，而且常常见面。我的尴尬样子老在她面前转，我热也不是，冷也不是——这就是我所谓"问题"。

当然你还想起S。此人我并不讨厌（as a whole），虽然性格上有许多地方太需要修改了，但我绝不会惹她。她现在拜了Grace为干妈，而Grace一心希望我和R之事垮掉。有许多型的小姐是不能找的，其中之一是"有封建关系的不能找"。惹了S，等于使得我和世骧、Grace的关系增加复杂性。我露出半点对S的兴趣，或者露出半点我正在寂寞需人安慰的情形，Grace就来动员了——这个，老天爷，我是受不了的！

今天是V. D.，按理说我可有个date，但是我还是预备安心工作，晚上也许一人去看个电影。R是定给C君了。B和Amy都可以找，但一找B，她立刻会警觉我和R之间出了事；Amy那里，关系尚未开始，定这么一个日子来开始，祇是刺激她的警觉性而已（Amy知道我有R）。而且我得假定B和A这一天都有男友约会的——假如被我发现她们没有男友约会，她们将很失面子。正如我如被她们发现没有女友约会，我将认为很失面子：己所不欲，勿施于人，此之谓也。

想不到这么大年纪还在风月场中颠倒，一笑！

663. 夏志清致夏济安（1965 年 2 月 19 日）

济安哥：

二月十三四日所写的长信已读了两遍，颇多感慨，谢谢你花了整晚的功〔工〕夫把你和R的近况详加报道。我想，不管R和Charles进展如何，你暂时或者在长时期内不可能和R恢复到在去西雅图前后那一段无所不谈互相关切的亲密友谊，对你对她这都是很可惜的。假如C真如你所说那样地没出息（你的观察不会错的），即使他争取到离婚和R结合，R的前途也极平常。你自己可能更切实地交女朋友，但你极enjoy R的company，可能此即是爱，也说不定。*My Fair Lady*内，Eliza出走后，Higgins独唱 *I've grown accustomed to her face*[1]，中年人不易热情奔放，但走掉了一个人，感到若有所失，也可算是情有所钟了。你同R交朋友后，一直自认未尝fall in love，虽然显然地她的友谊填满地〔了〕你精神上的需要。你同她交友一切极顺当，所以我经常信上很少出主意，一则你否认是爱情，二则对B、Anna我所出的主意，不管你采用与否，似乎与〔于〕事无补，或者早日促成你情场上的败退。你对R虽一直未avow爱意，但这次情人节大protest你俩的友谊，作用是一样的。R觉得你的礼很重，虽

1　*I've grown accustomed to her face*（《我已经习惯了她的脸》），电影《窈窕淑女》中的经典歌曲，表达了希金斯教授在伊莉莎离开后若有所失却又难以言表的心情。

然卡片上不涉私爱，但这段文字非但formal，文字的内容即是很正式地affirm一种关系，一种比普通男女私情更进一层的"灵犀一点通"的友情。R突然表示冷待，并不是不知道你一向关心她的一段真心好意，祇是不希望这种ardor字面上变成正式化，尤其当她似乎已决定要再嫁的时候。

我想你从这次"事变"上可得到一个教训，即是，除了初恋的青春少女以外，普通待嫁的女子都是较practical的、较世俗的。美国小姐比中国一般小姐兴趣较广，人头看得多，外表上易camouflage这种待婚的需要，中国小姐对艺术音乐不大懂，书看得太少，对政治社会问题自己很少有意见，显然相形见绌。但中西女子面临嫁人问题，不得不作实际打算，其情形则如一。据我看来，R的确佩服你的才华幽默，你地位高低她也不在乎，人种也不是考虑之一，她不愿同你谈恋爱我想是因为你年纪比她大。有些女子对年龄的disparity不注意，有的则求对方年龄相仿。相较起来二十五岁以上的中国女子，对对方的年龄不大在乎，在Berkeley一带许多中国女孩子对你表示好感，我想都（是）真愿意同你结婚的。

关于R，我想她虽然初同你交往时不抱同你结婚的念头，但迟早受你感动了，所以暑期前后你求婚，她一定会作serious考虑（你对她一直彬彬有礼，怕被她责骂，但最后写这个note，仍被她埋怨），如你所说，暑期她可能很寂寞，那时你信上或打长途电话求婚，可能成功，即是缓拒，她的态度一定是很温柔的。

你分析得很对，男女在一起，女方不自知地想争取mastery。唯其如此，求爱愈早，给女方一个surprise，即使她不鼓励你追她，她也不会生气的。你同R友谊的阶段延续得太长，对她可能已减少了早期的新鲜愉快。Charles上场后，R说你对C有敌意，这不是以情人看待你吗？同样地，你赠书写note，她不高兴，也显然她以情人目你，否则她决不会责备你。

C人并不够理想，你同他情场逐鹿，也无不可，但我总觉得精神浪费太多，而且你真的没有 fall in love，费气力犯勿着。信上提到的 Amy 的确是好消息，因为你对她有兴趣，她显然也盼望你去追她。希望你多找机会 date 她，而且 date 数次后，即可试探她有无婚嫁之意，这样为求婚而求婚，省精神，也未始不带来愉快和喜悦。你常 date R，同女孩子单独在一起已不可能再使你紧张，Amy 平常 date 些脑筋简单的中国男孩，你的 wit、风度当使她倾倒，假如她目前还没有意思嫁你的话。我想你决定追 Amy（十多年前的名歌 "*Once in love with Amy, always in love with Amy*"[2]——是 Ray Bolger[3] 唱的），成功可博。Courtship 期间开始可能对方不如 R 那样谈笑风生，但女孩子真正诚恳地谈爱的时候，情形就不同了。

搬场忙了两三个星期，因为地方大了，一切得重新布置。我的书房很大，这星期装了 wall & wall 书架十层，今昨天把书籍陈列出来，同六楼情形大不相同，明天请客（陈文星夫妇、石纯仪夫妇、另外一对），第一次 show off 新的 apt。谢谢你又破费送礼，生辰卡片已收到，极精美。明后天再写信，Carol 问好，希望你心情愉快。Amy 方面早取〔去〕连〔联〕络。许多事明后天续告。在 Bermuda 世骧为我生气，请问好，Grace 送来的礼物，Carol 当去信道谢。即祝

好

弟 志清
二月十九日

---

2 该句歌词来自歌曲《一旦爱上艾米》(*Once in love with Amy*)，这是一首在百老汇十分流行的爱情歌曲，雷·博尔格（Ray Bolger）在音乐剧《查理在哪儿？》(*Where's Charley?*) 中的演唱令其家喻户晓。

3 Ray Bolger（雷·博尔格，1904–1987），美国杂耍演员、音乐剧演员、歌手、舞者，在《绿野仙踪》(*The Wizard of Oz*，1939) 中扮演的"稻草人"形象最为知名。

编后记

季 进

　　2014年8月中旬，刚刚办完声势浩大的"第四届两岸历史文化研习营"，我就收到王德威教授的邮件，商量夏志清夏济安书信整理的事，希望我能够协助夏师母王洞女士一起来做这件事。当时我还没有见到这些信件，可还是毫不犹豫地一口答应了下来。我想能够参与其中，是夏师母和王德威的莫大信任，也是一种缘分，无论如何，我都应该尽力做好。自那以后，我放下了手头的工作，全身心地投入到了书信的整理与编注之中。经过几年的辛苦努力，到2018年6月终于全部完成，前后历时近四年之久。现在《夏志清夏济安书信集》收入663封往来书信，分成了五卷，篇幅约140万字（其中正文约116万余字，注释约24万余字），分别由香港中文大学出版社、台北联经出版公司以及北京活字文化联合浙江人民出版社和世纪文景在两岸三地陆续出版。这几年，我们一直沉浸在书信世界中，与夏氏兄弟同呼吸，共悲欢，现在《夏志清夏济安书信集》的最后一卷也终于要出版了，回首来时路，实在感慨万千，难以言表。

　　正如我在《编注说明》中所说，我一开始并没有意识到整理和编注书信会如此地耗费时日，工作量之大，真是超乎想象。尤其是刚开始的时候，在书信辨识方面花了太多的时间，但后来随着我们对二夏笔迹、书信内容越来越熟悉，辨识率才越来越高，速度也大大加快。在辨识夏氏兄弟笔迹方面，我现在可能是仅次于夏师母的"权威"。书信注释的难度也不亚于整理,为了注出某个人名、某个篇名,有时也不得不上天入地找资料,一天下来,做不了几个注释,充分感受到了小心求证的艰辛和峰回路转的快乐。我曾经举过一个例子,就是夏志清信中讲李赋宁来美四年,论文研究"中世纪的Mss",刚刚有些眉目,还没写完,就不得不匆匆乘船返国,很是为他惋惜。这里的Mss应该是指手稿,可是指什么手稿呢?我先是遍查李赋宁的文集,没有找到他自己关于耶鲁论文的说法,然后再到网上找,偶然发现在一篇访谈录中,李赋宁提到一句,自己以前研究的是中世纪政治抒情诗。于是循此线索,终于发现Mss其实是指Harley Manuscripts,是Robert Harley(1661–1724)和Edward Harley(1689–1741)父子及其家族收藏的大批珍贵的中世纪手稿,现在珍藏于大英博物馆。李赋宁的博士论文 *The Political Poems in Harley Ms 2253*,即利用手稿研究用13世纪英国中西部方言所写的政治抒情诗。类似这样披沙拣金的曲折和发现,实在还有不少,这也让书信的整理注释,变成一件相当愉悦的工作。

这批书信的意义和价值,王德威在第一卷的《后记》中已经作了精彩的阐述,读者可以参考。《夏志清夏济安书信集》以最原初的面貌,真实记录了夏氏兄弟在1947–1965年间对于志业理想和人生境况的种种经验与感触。这十七年间,正是中国历史、政治、文化与社会发生巨大变动的年代。在夏氏兄弟这里,我们可以看到在时代的大历史之外,作为一介文人,他们如何凭借个体的努力,书写了个人的小历史,不断对话现实,增延历史。这些看似家常、琐碎的个人史,却为我们回溯和认识那个时代提供了最丰富、最鲜活的材料,也为研究夏氏兄弟的学术思想提供了弥足珍贵的史料。比如书信中大量记录了兄弟二人与当时众多名家或汉学家的交往,两人更是时不时畅聊读书心得,对中外文学作品率性评说。从夏志清早期的书信中,可以清楚地看到他在耶鲁所受到的西方文学的系统训练,他不仅亲炙布鲁克斯、兰色姆、燕卜荪等"新批评"大家,而且系统扎实地大量阅读西方文学，甚至读遍了英国文学史上几乎所有的大诗人的文集。以这样的学术训练，阴差阳错地进入到中国现代文学研究，写出来的《中国现代小说史》自然不同凡响，因为他的评价标准是西方文学的大经大典，是将中国现代文学置于世界文学的语境中来加以评析的。这些书信，为我们重新讨论夏志清与西方文学提供了第一手的材料，也给《小说史》的发生学研究提供了可能。我们还可以看到夏济安持续性的关于通俗文学的思考，关于《文学杂志》的编辑、小说的创作、文学的翻译的思考，关于左翼文学的思考等等，都是不可多得的第一手文献。更不用说，书信中还涉及相当多的汉学家和当年学界的情况，包括与普实克的交往与论争，为我们展示了夏氏兄弟广泛的"朋友圈"，甚至还有不少"学术八卦"。比如《骆驼祥子》英译者 Evan King 写了一本颇受好评的英文小说《黎明之儿女》（*Children of the Black-Hairs People*），结果夏志清无意中发现，其实是完全抄袭改写自赵树理的小说。诸如此类的内容，都是正经学术史所没有的"历史细节"。《书信集》提供了太多的史料与可能，假以时日，或许会成为海外汉学研究取之不竭的一座学术富矿。

　　如果说以前我们对夏氏兄弟的认知，更多地停留在比较理性的学术范畴，那么透过书信，展现在我们面前的则是更加真实、立体而生动的手足情深的故事。作为一种典型的私人书写，它们所记录的内容都是"私语"，不可能有什么掩饰、虚构，夏氏兄弟当年也绝无可能想到，这些书信竟然会有出版之日，所以信笔写来，真情实感，坦露无遗，甚至还常涉隐私。比如书信就详细记录了夏济安不同阶段的情感经历，以及他本人的自我分析，透彻地展现了夏济安敏感而怯懦、多情又自尊、悲观却执着的性格特征。相比之下，书信中的夏志清则理性得多，一心向学，心无旁骛，面对哥哥的情感倾诉，更多地在扮演安慰者的角色，不断地鼓励、劝勉、告诫。书信中太多的细节让我们看到了夏志清"犀利"、"不羁"的背后，那爱家人、顾家庭的非常"柔软"的一面。兄弟俩性格不尽相同，但两人志趣相投，赤诚相对，相互鼓励，彼此支撑，汩汩温情流溢于字里行间。他们一心想在学术界、文学界打下一片天地，以一个中国人的身份，向世界介绍和推广中国文学和中国文化。面对时代的洪流，他们更相信文学的力量、人文的力量，而不是革命的暴力。当年很多知识分子确实是缩小甚至放弃了个人的悲欢，而应时扩大了国家忧患，投身到拯救国家社会的大业之中，这是应该高度褒扬的，但对于更多的像夏氏兄弟这样的读书人的无奈选择，我们也应该予以尊重，毕竟，任何时代、任何社会的精神赓续与文化传承，可能更需要像夏氏兄弟这样"纯粹"的人文知识分子来加以承担。

1949年以后，夏氏兄弟最初以为很快就能重新回到上海，回到父母的身边，但很快就意识到，他们是回不去了。从此，兄弟俩一个在美国，一个在台北，开始了各自离散飘泊的人生。之后，夏济安也来到了美国，两人携手，一起在海外学界打拼，书写了各自丰富多彩的学术的"黄金时代"。《夏志清夏济安书信集》生动记录了历史时空中兄弟俩的日常行止与思想激荡，对于大时代来说，这是离散的个人史，对于中国文化来说，这是有情的个人史，呈现了1949年大江大海之后，知识分子不同选择之后的另一幅历史场景。可以说，这部《书信集》是一部离散之书、温暖之书、有情之书，让我们感动，令我们深思。

在全书付梓之际，我首先要感谢夏师母和幕后推手王德威，感谢他们的信任，让我有此机缘与夏氏兄弟产生了如此奇妙的联系。王德威虽然没有署名，但书信整理编注工作，得到了他切实而有力的指导与支持，铭感在心。我与夏师母也是合作无间，十分愉快，夏师母的敬业和投入，在在令人感动。她不顾年事已高，仔细编排、扫描书信，亲自校阅，拾遗补阙，答疑解惑，不仅每卷都写出精彩的卷首语，而且翻箱倒柜，给每一卷都配上了不少珍贵的老照片。如果《书信集》的整理工作尚能得到大家的认可，那首先应该归功于夏师母。其次我要感谢李欧梵老师自始至终的关心，他高度评价《书信集》的价值，夏氏兄弟的心路历程和学术奋斗的甘苦，让他感同身受。李老师还多次发来勘误表，指出英文辨识和注释方面的问题，前后有数十条之多。李老师的博学、严谨、细致，让我感愧不已。当然，我要再次深深感谢所有参加书信初稿录入的学生们，他们是：姚婧、王宇林、胡闽苏、许钇宸、曹敬雅、周雨馨、李琪、彭诗雨、张雨、王爱萍、张立冰、朱媛君、周立栋、居婷婷、李子皿、冯思远等，特别是姚婧、王宇林、胡闽苏三位贡献最大，谢谢他们的无私奉献。虽然这些同学都已毕业离校，大多也离开了学术界，但我相信《书信集》已经以另一种方式把我们紧紧联系在了一起，留下了难忘的美好记忆。最后，还应该感谢台湾联经出版公司的胡金伦总经理、陈逸华编辑，香港中文大学出版社的甘琦社长、张炜轩编辑、杨彦妮编辑，北京活字文化的李学军总编，北京世纪文景的姚映然总编，谢谢他们的厚爱和精心的编辑。我必须再次说明，书信的整理和注释，面广量大，十分庞杂，错误定然不少，其责任完全在我，诚恳期待能得到方家的指正，将来有机会修订出版时再作完善。若有赐教，请直接发至我的邮箱：sdjijin@126.com。先此申谢。

2019 年 4 月 14 日于环翠阁